Jörn Ingwersen
Schafsköpfen
Falscher Hase

Jörn Ingwersen, Jahrgang 1957, ist Musiker und Autor. Da er auf Sylt geboren wurde, sind seine Romane über die Insel nicht nur spannend und voller Atmosphäre, sondern auch von einer beeindruckenden Authentizität. Als Aufbau Taschenbuch erschien von ihm ein weiterer Sylt-Krimi »Nah am Wasser«.

Sylt – das Ferienparadies? Jörn Ingwersen zeigt die Schattenseiten der Insel. In seinem Roman »Schafsköpfen« findet Jakob, der harmlose Abenteurer, einen Koffer voller Geld und hat plötzlich einen Geheimbund am Hals, der vor keinem Opfer zurückschreckt, wenn es um die Zukunft Sylts geht. In »Falscher Hase« fährt Asche, der Strandwächter, nicht nur einen mordsteuren Sportwagen zu Schrott – er läßt auch noch ein Tagebuch mitgehen, hinter dem die halbe Insel herjagt.

Jörn Ingwersen

Schafsköpfen
Falscher Hase

Zwei Krimis auf Sylt

aufbau taschenbuch
AUFBAU VERLAGSGRUPPE

ISBN 978-3-7466-2406-8

Aufbau Taschenbuch ist eine Marke der
Aufbau Verlagsgruppe GmbH

1. Auflage 2008

Umschlaggestaltung gold, Kai Dieterich
unter Verwendung eines Fotos von Jorg Greuel, getty images
Druck und Binden CPI Moravia Books, Pohorelice
Printed in Germany

www.aufbau-taschenbuch.de

Für meinen Vater

I

»Tod den Kur – schwei – nen!«

Jakobs Stimme dröhnte über den einsamen Strand. »Wenn es Gerechtigkeit gibt auf dieser blöden Welt«, er mußte eklig husten, »dann fallen sie alle tot ins Watt. Das wär' das beste, das allerbeste.«

Wankend blieb er stehen und stellte sich mit glasigen Augen vor, wie es wäre, wenn sein Wunsch in Erfüllung ginge. Da würden sie alle ziemlich dumm daliegen. Einen Moment lang schien es möglich. Dann war er froh, daß es seine Möglichkeiten überstieg. Außerdem … wer wollte schon die ganze Menschheit auf dem Gewissen haben? Ein paar von den Deppen würden schon genügen.

»Tod den Schweinen!« brüllte er, wußte aber schon nicht mehr so ganz, was er wollte.

Die Nacht war grau. Dichter Nebel zog sich entlang der Küste und hüllte die Welt in Watte. Es war nicht wirklich dunkel, denn der Mond stand verwaschen am Himmel und streute sein milchiges Licht über den Strand. Mit schweren Schritten stapfte Jakob durch den Sand, mechanisch und stur. Wild ruderte er mit den Armen, um seiner Wut Herr zu werden.

Er hatte viel zuviel getrunken, zuviel geraucht, zuviel geredet.

Ihm war schlecht.

Er wankte von Buhne zu Buhne und hielt sich an jeder fest.

»Blöde Buhne, red' mit mir«, keuchte er, als ihm plötzlich ganz schwindlig wurde und er sich in schmerzhaften Krämpfen übergeben mußte.

Danach war ihm besser. Er zog seine Stiefel aus und watete durchs kalte Wasser. Als er einmal stehenblieb, lauschte er in die Stille. Kein Laut war zu hören, kein Mensch erzählte Unsinn, keine Möwe lachte, nicht mal das Meer hatte was zu sagen. In völliger Flaute war es zum Schweigen gebracht.

Jakob ruhte sich kurz aus. Er hatte sich die Pause verdient, denn der Weg nach List war weit, und eigentlich hatte er sich auf diesen Gewaltmarsch nur eingelassen, weil er nicht mehr Herr seiner Sinne gewesen war und das Angebot der kleinen, roten Kellnerin, ihn gegen eins nach Hause zu fahren, blind und unwirsch ausgeschlagen hatte.

Das bereute er.

Oder doch nicht?

Wahrscheinlich hätte sie ihn weiter mit diesem Gefasel von Haferbrot und Ökofleisch belämmert. Ihr Lieblingsthema. Das war so ziemlich das letzte, was er brauchte. Also war er gelaufen.

Allerdings hatte er keine Ahnung mehr, wo er war. Der Nebel war so dicht, daß er die Linie der Dünen rechts von sich nicht mehr erkennen konnte. Irgendwo mußte doch ein Orientierungspunkt aufzutreiben sein …

Keine Treppe, kein Leuchtturm, nichts.

Nur Nebel.

Jakob dachte nach. Was nützte ihm das Rumstehen? Er wollte ins Bett. Er war müde und froh, daß der Abend ein Ende hatte. Wahllos machte er sich auf den Weg landeinwärts.

Kaum war er ein paar Schritte gegangen, da kam es ihm vor, als wäre geradeaus ein schwaches Licht zu sehen, und er stapfte schon mit neuem Mut darauf zu, als sein rechter Fuß an etwas hängen blieb.

Er kam ins Wanken, wedelte mit den Armen, taumelte ein paar Meter und fiel lang hin.

Na prima. Sein Fuß brannte wie Feuer. Umgeknickt.

Er rieb sich den Knöchel und versuchte im Halbdunkel zu erkennen, worüber er gefallen war. Dann kroch er ein Stück zurück und tastete den Boden ab, konnte aber nichts finden, nur feinen Sand, der ihm durch die Finger rann. Eben wollte er aufgeben, als er auf einen kastenförmigen Gegenstand stieß.

Er kroch um das Ding herum.

Ein Koffer.

Diese Schwachköpfe waren sich auch für keinen Scherz zu schade. Welcher Penner hatte bloß … oder vielleicht war das Ding angeschwemmt worden. Vom Schiff gefallen. War alles möglich heutzutage. Vielleicht von einem Dampfer, randvoll mit langweiligen Butterfahrttouristen.

»Idiot.« Er lachte über sich selbst.

Hier oben gab es schon lange keine Dampfer mehr.

Schließlich schob er das Ding ein Stück zur Seite und merkte dabei, daß es schwer war. »Pfandflaschen«, dachte er. »Oder Gold und Juwelen von kopfüber im Meer treibenden Touristen.« Grinsend untersuchte er das Äußere und fand durch Tasten und Klopfen heraus, daß es sich um einen ganz billigen Pappkoffer mit Plastikecken handelte, wie man ihn in jedem schlechteren Kaufhaus finden konnte, ohne gleich darüber stolpern zu müssen.

Eine leichte Brise zerriß den Nebel über den Dünen für einen kurzen Augenblick, und der Mond warf sein Licht in schmalen Streifen auf den Sand. Jakob griff nach dem Koffer, auch wenn ihm nicht ganz wohl bei dem Gedanken an tote Fische oder krabbelnde Krebse war, die sich in diesem Ding vielleicht verfangen hatten. Er riß sich zusammen. Leise fing er an, vor sich hinzusummen, erstickte die aufkommende Panik.

Er war sturzbetrunken, sonst nichts.

Die leicht verbogenen Schlösser klemmten, als er an ihnen herumnestelte, und die Scharniere knarrten vom Sand. Er hob den Deckel und klappte ihn weit nach hinten, damit das fahle Licht seinen Weg ins Innenleben finden konnte. Beißender Gestank stieg in seine Nase, nur machte es ihn eher noch neugieriger, als daß es ihn hätte aufhalten können. Wie betäubt griff er in den feuchten Koffer.

Seine rechte Hand ertastete etwas Weiches, aber erkennen konnte er nichts, denn wieder war alles in Grau getaucht. Etwas Weißes hob sich davon ab. Er griff danach. Es war ein Blatt Papier, auf dem etwas geschrieben stand.

»'Ne echte Wundertüte«, dachte er, griff wieder in den Koffer und hielt einen Schuh in der Hand.

Einen Schuh?

Jakob schüttelte den Kopf. Schon sah er einen freikörperkulturbeflissenen Beamten vor sich, dem man die Klamotten geklaut hatte, während er in der Brandung seine Weichteile kühlte. Vielleicht irrte der arme Mann noch am Strand herum, im Nebel verloren.

Insel der Nackten und der Schönen.

Jakob grinste breit. Er warf den Schuh im hohen Bogen von sich und steckte den Zettel in Gedanken ein.

Eigentlich hatte er nur sehen wollen, was unter der Plastiktüte versteckt war, aber sein verschütteter Ordnungssinn befahl ihm, den verschnürten Beutel zu öffnen, um dessen Inhalt zu erforschen.

Dieser schien nicht sonderlich schwer zu sein. Fühlte sich an wie ein Haufen aufgeweichter Liebesbriefe. Davon hatten sie als Jungs ganze Tüten voll gefunden. Dann mit nach Hause genommen, sorgfältig getrocknet, später geordnet und in Reihenfolge gelesen.

Daran dachte Jakob, während seine klammen Finger den Draht aufzubiegen versuchten, der um den Beutel gewickelt war. Er hob die Tüte an und schüttete ihren Inhalt neben sich, aber was er nur undeutlich erkennen konnte, waren keine Briefe. Dafür waren die einzelnen Zettel viel zu klein. Außerdem waren sie farbig und bemalt, und sie fühlten sich seltsam vertraut an.

Jakob erstarrte.

Er drehte sich ruckartig um, lauschte dem aufkommenden Rauschen des Meeres, wollte sehen, ob irgendwas darauf hindeutete, daß er vielleicht nicht allein war. So hockte er einige Minuten, bis er sich seiner Sache ganz sicher glaubte. Dann wandte er sich seinem Fund zu.

Es waren zweifellos Banknoten, die er in Händen hielt.

Eine ganze Menge davon lag um ihn herum im Sand verteilt. »Da wollte jemand seine Blüten loswerden«, dachte er, aber das kam ihm komisch vor. Soviel Geld warf keiner weg, selbst wenn es Falschgeld war. Sowas konnte man doch immer gebrauchen. Es gab tausend Möglichkeiten, das Zeug an den Mann zu bringen. Nein, da war was schiefgegangen. Und zwar ziemlich schief, denn der Beutel, den er geöffnet hatte, war bei weitem nicht der einzige im feuchten Koffer.

Wieder griff er hinein und brachte den nächsten Plastiksack hervor, der dem ersten allerdings in Form und Gewicht absolut unähnlich war. Schwer war er und fühlte sich an, als ob etwas drin lag, das seinen festen Zustand schon vor längerer Zeit aufgegeben hatte. Außerdem mußte sich Jakob eingestehen, daß der fiese Geruch von diesem Beutel auszugehen schien.

Damit war seine Neugier befriedigt. Das konnte kein Geld sein. Das war eklig.

Er holte weit aus und warf das Ding im hohen Bogen zum Wasser hinunter, so weit er konnte.

Der Mond bahnte sich seinen Weg zu Jakob hinab und schlug eine Schneise des Lichts in den Nebel. Unwirklich legte sich eine fremde Ruhe über ihn, als er den Flug des Beutels beobachtete.

Der Beutel war zu schwer, um wirklich weit zu fliegen, und der Verschluß nicht sorgfältig genug angebracht, um festzuhalten, was drinnen war. So kam es, daß der Beutel auf halbem Weg aufriß, und Jakob zu seinem ungläubigen Entsetzen einen Ball fliegen sah, auf dem offenbar Mengen von Haaren befestigt waren.

Jakob schwitzte.

Behäbig kam er auf die Beine, wischte sich sein nasses Haar aus der Stirn und machte sich mit einer bösen Ahnung auf den Weg zum Flutsaum, wo er die gräßliche Kugel liegen sah. Unwillig setzte er einen Fuß nah vor den anderen, um eine übereilte Ankunft zu vermeiden. Er wischte seine Hände an der Hose und stand mit weit aufgerissenen Augen da, den Blick auf den Sand geheftet, wo zu seinen Füßen etwas lag, das ohne Zweifel ein menschlicher Kopf war, der durch das Fehlen des dazugehörigen Körpers einen etwas herrenlosen Eindruck machte. Die sanfte Bewegung der See schwemmte das Haar je nach Strömungsrichtung hin und her, so daß der Schädel lebendiger aussah, als er eigentlich sein konnte.

Reglos stand Jakob lange mit den Füßen im Wasser, bis das Meer ein Stück Holz gegen sein rechtes Bein trieb. Dieses hob er auf, kniete sich hin und versuchte, das runde Ding umzudrehen, damit er das Gesicht erkennen konnte. Er mußte würgen, als er den Schädel berührte, wandte sich ab und drückte seine Faust vor Mund und Nase, bis der Brechreiz vorbei war. Noch einmal faßte er Mut, aber das Holz brach in der Mitte durch, und mit nackten Füßen wagte Jakob nicht, das tote Ding zu berühren.

»Wieso immer ich?« dachte er.

Man konnte es drehen und wenden, wie man wollte. Der Kopf stand in direktem Zusammenhang mit dem Beutel voller Scheine. Aber was um alles in der Welt war hier passiert? Geld war auf dieser Insel keine unbekannte Größe. Zuviele Pfeffersäcke hatten hier ihr zweites Domizil errichtet. Sie bekriegten sich da, wo sie herkamen. Scheffelten die Kohle nur so. Aber eine Krähe hackte der anderen nicht den Kopf ab. Dafür waren sie viel zu praktisch veranlagt. Wozu eine Leiche zersägen, wenn man sie viel einfacher im Watt vergraben und den Würmern überlassen oder irgendwo auf der Heide in eine vergessene Grube werfen konnte? Es gab unzählige Möglichkeiten, sich eines ungeliebten Konkurrenten zu entledigen.

Jakob schüttelte den Kopf. Da war was faul. Er holte tief Luft und wischte mit der Hand über seinen Nakken, während er sich zu entscheiden versuchte, was er mit dem stinkenden Schädel anfangen sollte.

Das Blut sackte ihm in die Magengrube, was ihn einen Augenblick lang taumeln ließ. Der Schock kam spät, aber heftig, und mit tanzenden gelben Punkten vor den Augen torkelte er weg von seinem Fund, so weit er konnte.

Was jetzt?

Am Koffer kniete er nieder, griff sich die Plastiktüte und raffte soviel von dem Geld zusammen, wie er finden konnte. Er stopfte die Scheine hinein, fand noch so einen Beutel voller Banknoten, griff sich auch den und fing an zu laufen. Irgendwas schien in seinem Nakken zu brennen. Er hastete den Strand hinauf in Richtung Dünen, und mit jedem Schritt wuchs die Gewißheit, daß er nicht allein sein konnte.

Er war hellwach.

Hörte er was?

Immer schneller lief er, ächzte mit bleischweren Beinen durch den nassen Sand, fiel hin, rappelte sich wieder hoch, krallte die beiden Tüten fest mit seinen Händen und rannte, dem Kollaps nahe, die Dünen hinauf. Er hatte nicht den leisesten Schimmer, wie weit er am Meer gelaufen war, also tat er das einzige, was ihm blieb: Er suchte die Nähe von Menschen, lebenden Menschen, und zwar solchen, die nicht gerade hinter ihm herliefen.

Schweißnaß erreichte er nach einer halben Ewigkeit die Straße nach List und schlich im Schutz der Krüppelkiefern in Richtung Norden.

2

Jakob stand mit dem Rücken gegen die Eingangstür seines kleinen, weißen Hauses gelehnt, nachdem er sie hinter sich verriegelt hatte. Die Hände waren flach gegen das morsche Holz gepreßt, und sein rechtes Ohr drückte sich in ängstlicher Neugier gegen die Balken.

Den ganzen Weg vom Strand her war er gerannt und hatte die Flucht nur gelegentlich unterbrochen, um seine Verfolger, die er mehr spürte, als daß er sie sah, heimlich überholen zu lassen. Da hatte er dann zwischen dornigen Büschen gehockt, mit zitternden Händen seine Beute umklammert und den Blick auf die Suche nach seinen Henkern geschickt. Noch immer war er nicht davon überzeugt, daß er sie abgehängt hatte.

Zehn Minuten hatte er am Fuß der Düne gekauert,

wie mondsüchtig zum Himmel gestarrt und den Atem angehalten. Nie war er sicher gewesen, ob er nun Schritte oder doch nur seinen eigenen Herzschlag hörte. Nach zehn Minuten war seine Geduld dann erschöpft, und er hatte sich den kleinen Weg hinaufgeschlichen, der ihm sonst so vertraut war. Heute war alles neu.

Eine ganze Weile stand Jakob an der Tür, die beiden Plastikbeutel vor sich auf dem Boden. Dann schlich er durch den einzigen Raum seiner Behausung und zog die schweren Vorhänge zu, nachdem er einen letzten, vorsichtigen Blick aus dem Fenster zur Straße geworfen hatte. Er machte Licht und sah auf die Uhr. Es war halb vier. Jakob hob die beiden Beutel auf und schüttete ihren Inhalt auf den Boden vor seinem Bett. Ein ganzer Haufen gebündelter und loser Hunderter türmte sich auf. Einige davon waren blutbeschmiert. Jakob fing an zu zählen. Er machte kleine Häufchen zu tausend Mark und war froh, daß ihn die mechanische Beschäftigung von der Herkunft seines Fundes ablenkte. Die rötlichen Scheine sortierte er aus und legte sie ordentlich beiseite. Was konnte verräterischer sein als blutiges Geld? Und wenn Jakob etwas wußte, dann daß er diesen mit viel Glück und Angstschweiß erbeuteten Schatz ganz bestimmt nicht wieder hergeben wollte. Auf so eine Chance hatte er lange gewartet.

Seit er vor knapp vier Jahren für eigenhändig auf alt getrimmte Möbel hundertzwanzigtausend holländische Gulden kassiert und dafür die Hütte auf Sylt gekauft hatte, war meistens Ebbe in der Kasse gewesen. Dann war im letzten Jahr noch das kleine Bistro in Westerland pleite gegangen, in das er sich günstig hatte einkaufen können. Seitdem war in dieser Hinsicht nichts mehr passiert. Der legale Erwerb von Geld war ihm schon immer schwergefallen. Für die Aufregung dieser Nacht allerdings hatte er sich eine Belohnung verdient, und wenn er schön vorsichtig war, das Geheimnis für sich behielt und den neuerworbenen Wohlstand nicht angeberisch aus dem Fenster warf, müßte es schon mit dem Teufel zugehen, wenn er nicht in dieser Nacht endlich die Grundlage für seine totgeglaubte Zukunft gefunden hatte.

Ein leichter Schauer durchlief Jakob bei dem Gedanken an den Teufel, und er mußte seine Unruhe mit einem weiteren Blick aus dem Fenster bekämpfen. Der dichte Nebel hatte sich zu kleinen, tiefliegenden Wolken zerrissen und ließ in dieser Vollmondnacht einen weiten Blick nach Osten über das Watt zwischen Keitum und Kampen zu.

Müdigkeit und Erschöpfung ließen Jakobs Gedanken über die Insel fliegen. Kein Mensch war zu sehen, kein Auto leuchtete die Straße hinab. Alles war still und friedlich, doch als er sich beruhigt umdrehte, lag dort vor seinen Füßen das Blutgeld, und von jedem Hunderter starrte ihn ein abgeschlagener Schädel vorwurfsvoll an, als wollte er sagen: Gib mir meinen Frieden wieder.

Jakob hielt dem Blick stand. Sollte er sich schon jetzt die Fäden aus der Hand nehmen lassen? Was konnte denn passieren? Gut, jemand war ermordet worden. Aber hatte *er* es getan? Hatte *er* den Fremden so zugerichtet? Er war doch mal wieder nur der Abstauber gewesen und hatte sich der vorgegebenen Situation angepaßt. Endlich wurde sein Warten belohnt. Jemand hatte etwas Furchtbares getan und vergessen, sich dafür entschädigen zu lassen. *Das* war es doch. Jakob konnte nichts dafür. Und was man hat, das hat man.

Jakob zählte die Haufen. Es waren mehr, als er beim Ordnen bemerkt hatte. Der halbe Boden war von

Scheinen bedeckt. Zehn, fünfzehn, zwanzig, vierzig, sechzig ... bis zweihundertsiebenunddreißig kam er. Zweihundertsiebenunddreißig Haufen von jeweils eintausend Deutschmark. Unglaublich. Mit soviel Geld hatte er bisher nur einmal zu tun gehabt. Und das hatte ihm nichts als Ärger eingebracht.

Fred und er waren durch einen blöden Zufall auf dem Weg von Amsterdam nach Berlin mit fünfzig Kilo Dope erwischt worden. Zwei Jahre plus Bewährung hatte es ihm eingebracht, weil er nicht vorbestraft gewesen war. Fred kriegte das Doppelte. Aber das war Jahre her, und die Kohle hatte ihm noch nicht mal gehört. Das hier war seins, und das sollte es auch bleiben.

Und außerdem war da noch das Blutgeld.

Er schaufelte die fleckigen Fetzen in eine der beiden Tüten zurück, um sie am nächsten Tag zu verbrennen, aber eine trübe Mischung aus Raffgier und Vorsicht bewegte ihn, nichts wegzuwerfen, was man noch gebrauchen konnte. Jakob dachte nach.

Er holte eine Plastikschüssel unter der Spüle hervor und füllte sie mit warmer Seifenlauge. In diese warf er die eingefärbten Scheine und beobachtete, wie sich das Wasser rötete. Wissend lachten ihn die Gesichter auf den Hundertern unter Wasser an. Jakob legte ein Tuch darüber und setzte sich ans Fenster, das durch einen Spalt zwischen den Vorhängen die allmählich aufgehende Sonne hereinließ. Er nahm sich eine Zigarette aus der zerknüllten Packung und steckte sie an. Angestrengt sog er den Rauch in seine Lungen und betrachtete die Staubkörnchen, die im frühen Licht des neuen Morgens auf und nieder taumelten. Langsam kam er zur Ruhe, und doch wurde er in regelmäßigen Abständen von seinem Stuhl getrieben, um nachdenklich im Zimmer auf und abzugehen oder um das Wasser in der Schüssel zu erneuern.

Eine Stunde oder mehr war vergangen, als er sich entschloß, das Einweichen aufzugeben. Besser wollte es nicht werden, und für den Anfang mußte es genügen. Er schüttete den Inhalt der Schüssel in den Ausguß, ließ ein letztes Mal Wasser darüber laufen und sammelte seinen feuchten Schatz zusammen. Was sollte schon passieren?

Müde warf er die nassen Scheine in den einen Beutel und stapelte die trockenen im anderen. Er rückte sein Bett ein Stück zur Seite, nahm einen seit langem lockeren Mauerstein aus der Wand und freute sich, daß er das beste aller Verstecke aus purer Trägheit nicht verputzt hatte. In dieses stopfte er die beiden Beutel. Griff man durch das Loch in der Wand, öffnete sich dahinter eine Höhlung, die gerade groß genug war, ein solches Geheimnis zu hüten.

Er schloß das Versteck sorgfältig, schob das Bett davor und betrachtete erschöpft und zufrieden sein Werk. Es kam ihm vor, als wäre nichts geschehen. Man konnte ja auch nichts sehen, und wo kein Diebesgut war, konnte auch kein Dieb sein. Ganz einfach. Nur irgendwo in seinem Inneren schrie eine leiser werdende Stimme wie atemlos dagegen an.

Also kramte er in der unteren Schreibtischschublade herum, bis er den rostigen, alten Armeerevolver hervorbrachte, den er noch aus seiner Zeit als Möbelfälscher hatte. Er sah ins Magazin, entsicherte das Ding und legte es neben sein Kopfkissen, als er sich in voller Montur auf dem Bett ausstreckte, wo er nach kurzem Kampf mit kopflosen Leichen und blutendem Geld in erlösenden Schlaf fiel.

3

Er sah Hände. Weiße Knöchel traten daraus hervor, während die dazugehörigen Finger sich an etwas festkrallten, das die Farbe einer schmutzigen Orange hatte. Salziger Wind blies in sein Gesicht und nahm ihm von Zeit zu Zeit den Atem. Das Gerüst, an das er sich klammerte, schwankte hin und her, gleichmäßig und gemütlich.

Zögernd sah er nach unten, denn er fürchtete sich, seine wahre Lage zu erkennen. Die tränenden Augen sahen nur undeutlich, daß er hoch oben über der Stadt auf der wankenden Spitze eines Baukranes saß. Offenbar war Feiertag, denn es wurde nicht gearbeitet, und die kleine, saubere Stadt breitete sich sonnengebräunt unter ihm aus. Plötzlich aber lebte das bunte Treiben am Boden auf, und Jakob konnte Hüte fliegen und Röcke flattern sehen.

Der Kran begann, gefährlich von einer Seite zur anderen zu kippen und warf seinen Reiter hin und her. Wie Schlachtvieh auf dem Weg zur Hinrichtung klammerte er sich an das kalte Metall, um ja nicht den Halt zu verlieren.

Wie war er nur hergekommen? Was wollte er hier? Er starrte in die Tiefe und sah Menschen, die im Kampf mit dem täglichen Einerlei ihren fliegenden Badelaken nachliefen oder versuchten, die Picknickkörbe zu retten. Was konnte er von denen schon erwarten? Dennoch schrie er um Hilfe und wedelte mit den Armen, wenn der wankende Turm es zuließ. Doch niemand achtete auf ihn.

Da hörte er im Augenblick größter Not die Rettung nahen. »Die Kavallerie«, dachte er, »Gott sei Dank, die Kavallerie«, als ein feuerroter Hubschrauber seinen stählernen Baum umkreiste. Das Ding kam näher und näher und blieb dann schließlich lärmend neben ihm in der Luft stehen. Er selbst saß an der geöffneten Tür und winkte. »Spring doch!« hörte er sich rufen. »Unten stehen zwei mit einem Netz! Kann gar nicht schiefgehen!« Jakob wünschte sich zu fliegen, zu schweben, frei zu sein, völlig frei, wenn auch nur für einen Moment, denn natürlich wußte er, daß er tot wäre, sobald er unten aufschlug. Tausendmal war er schon gesprungen, und noch jedesmal war es schiefgegangen. Trotzdem: welch lächerlich geringer Preis für den einmaligen Genuß, ein Vogel zu sein!

»Spring doch, wir haben keine Zeit!« rief er aus dem Hubschrauber heraus. »Wir müssen schon Ballast abwerfen!« Er öffnete einen alten Kartoffelsack, aus dem die abgeschlagenen Hundertmarkköpfe fielen. »Spring doch! Spring doch!« riefen sie. Doch Jakob klammerte sich noch fester an die Stahlträger und glotzte ungläubig auf die fallenden Köpfe hinab. »Zu spät, du bist verloren!« hörte er seine Stimme hinter dem Gebrüll der Flugmaschine, als diese abdrehte und ihn seinem Schicksal überließ.

Da sprang er.

Er ließ sich nicht einfach nur los, sondern stieß sich mit letzter Kraft vom Gerüst ab, breitete seine Arme aus und segelte durch die Luft. Er konnte es. Tatsächlich. Er flog einen Bogen um den Kran herum, flatterte kindisch mit den Händen und lachte dabei. Wie ein kleiner Junge freute er sich über dieses ungeheure Glücksgefühl des Gleitens über die Klippen der Welt. Wer war die Möwe Jonathan? Hier kam Jakob. Rächer der sieben Winde.

Er sah den Hubschrauber hinaus aufs Meer fliegen und rief: »Warte doch! Ich komm mit!« Da verließ ihn seine Gabe und er fiel. Er ruderte wild mit den Armen und schrie hilflose Laute. Fiel tiefer und tiefer, unendlich schien der Sturz, da sah er unter sich einen Parkplatz voller Menschen, die lachend auf ihn deuteten und ihm fröhlich zuwinkten. Sie kamen näher und näher, bis er die einzelnen Gesichter erkennen konnte. Gleich war es vorbei. Er dachte noch an den bunten Vogel aus Kristallsteinchen, der in seiner alten Schulklasse gehangen hatte, als er in der vierten Klasse war, an die Telefonrechnung, die er längst bezahlen wollte.

Plötzlich schlug eine Autotür zu.

Jakob fuhr hoch.

Vom Strand wehten Fetzen von Kindergeschrei herüber.

Er griff nach dem Revolver neben sich und lauschte.

Da ... noch eine Tür!

Er schlug die Decke zurück und schlich barfuß mit der Waffe in der Hand zum Fenster, schob die Vorhänge ein Stück zurück und spähte hindurch. Unten an der Straße stand ein Polizeiwagen auf dem Sandstreifen. Zwei Männer plagten sich die Düne hinauf.

Die Sonne brannte heiß vom Himmel. Es schien Nachmittag zu sein. Jakob kniff die Augen zusammen und rieb sich den feuchten Nacken.

»Was für ein Traum«, dachte er.

Er legte den Revolver in den Schreibtisch, sah sich im Raum nach Verdächtigem um. Er hatte nichts zu verbergen.

Da klopfte es.

Jakob ließ sich Zeit. Es gab keinen Grund zur Eile. Es klopfte wieder. Endlich schloß er auf und öffnete die Tür.

Vor ihm stand ein untersetzter Mann im grauen Anzug. Mit einem gelblichen Taschentuch wischte er sich die Stirn. Er rückte seine Brille zurecht und musterte Jakob mit Schweinsaugen.

»Wir dachten schon, es wäre niemand da ...«, sagte

der Mann, trat einen Schritt zurück und sah um die Ecke des Hauses, um seinen Kollegen zu rufen, der inzwischen seine Nase an das zugezogene Fenster drückte.

»Er schon wieder«, dachte Jakob. Er ging zurück ins Haus, riß die Vorhänge auf und rief: »Guten Morgen, Herr Christiansen!« Der zuckte zusammen und riß die Augen auf. Lächelnd beobachtete Jakob, wie sich die Ohren hinter den blonden Locken langsam, aber stetig puterrot färbten. Direkt unter seinem eigenen Ohr erklang die monotone, etwas leiernde Stimme des anderen Mannes: »Kleiner Spaßvogel, was? Ich mag junge Leute mit Sinn für Humor.« Jakob sah ihn wortlos an. Ihre Augen trafen sich für einen Moment, und beide schienen froh zu sein, als der lächelnde Wachtmeister Christiansen eintrat, der sich noch immer über den kleinen Streich freute, dem man ihm gespielt hatte. Die Bohlen knarrten unter seinem Gewicht, und freundlich sagte er: »Moin, Jakob. Ausgeschlafen?«

Damit war das Eis gebrochen.

Christiansen war der Inbegriff des jovialen Kleinstadtschupos, der die kleinen Jungs, wenn sie beim Klauen erwischt worden waren und von aufgebrachten Krämerseelen dem Pranger übergeben werden sollten, heimlich durch die Hintertür entkommen ließ.

»Das ist Herr Katzmann von der Kripo Flensburg. Du brauchst dich nicht zu beunruhigen. Reine Routinesache.«

Der schwitzende Mann nickte Jakob zu und zückte sein Notizbuch.

Jakob sagte: »Gut und schön, aber kann ich vielleicht erstmal einen Kaffee aufsetzen? Ich schlaf noch halb.«

»Da sagt man instinktiv die Wahrheit«, warf Katzmann näselnd dazwischen und stierte Jakob an.

Konnte man ein schlechtes Gewissen wittern? Jakob wurde unsicher. »Ich geh mal Kaffee machen«, sagte er.

Er schloß die Haustür und wandte sich der Einbauküche zu. Der kalte Blick des kleinen Mannes hatte ihn für einen Moment aus dem Konzept gebracht. Was wollte die Kripo von ihm? Unmöglich konnten sie wegen der letzten Nacht hier sein. Oder doch? Jakob warf sich zwei Hände Wasser ins Gesicht. Draußen stritten ein paar Möwen.

Die beiden Polizisten standen wortlos am Fenster und lauschten dem Gurgeln der Kaffeemaschine, bis Katzmann begann, sich im Zimmer umzusehen. Er blieb vor einem Bücherstapel stehen, von denen mehrere den Boden an der freien Wand verstellten, nahm ein Buch in die Hand, blätterte lustlos darin herum und legte es wieder hin. Interessiert neigte er den Kopf zur Seite. *Lockruf des Goldes* zog er heraus und betrachtete den abgewetzten Schutzumschlag, dann *Die Falsche Kiste* von Stevenson. Auf einem wackeligen Kiefernregal thronte stolz die hundertbändige Gesamtausgabe von Karl May, die Jakob zu seinem 30. Geburtstag bekommen hatte. Katzmann griff sich den *Schatz im Silbersee*.

»Das mochte ich immer am liebsten«, sagte er zu Jakob gewandt.

»Mmmh«, machte der, denn er putzte sich gerade die Zähne und kleckerte dabei Schaum über sein Hemd.

Katzmanns Augen glänzten hinter seinen dicken Gläsern vor Rührung über die Erinnerung an die eigene Kindheit. »Genau so ein kleiner Junge hat heute morgen den Schreck seines Lebens bekommen, als er die Leiche am Strand gefunden hat.«

Christiansen träumte zum Fenster hinaus. Jakob spuckte einen Mund voll Wasser ins Becken und sah Katzmann erschrocken an. Also doch.

»Eine Leiche?« sagte er mit krampfhaft hochgezogenen Augenbrauen.

»Oder besser: Teile davon lagen heute morgen kurz hinter Kampen unten am Strand.« erklärte Katzmann korrekterweise.

»Das ist ja grausig«, sagte Jakob. »Angeschwemmt?«

Katzmann hielt ihm ein Foto unter die Nase.

Jakob warf einen kurzen Blick darauf. »Was hab ich damit zu tun?«

»Kennen Sie den Mann?« fragte Katzmann.

Das Gesicht kam Jakob bekannt vor, aber er konnte sich beim besten Willen nicht erinnern. Es war einer dieser Allerweltsköpfe, von denen man in diesen Breiten zahllos viele finden konnte. Blond, kräftig, braungebrannt, gepflegt, einer von diesen Typen, die ihre groben Züge mit lieblichem Firlefanz zu kaschieren versuchten. Nein, Jakob hatte keine Ahnung, ob er den schon mal gesehen hatte. »Ist er das?« fragte er unschuldig.

»Ich hab zuerst gefragt«, gab Katzmann zurück und lächelte kalt.

»Nie gesehen«, sagte Jakob. »Tasse Kaffee, die Herren?«

Da kam Leben in Christiansen. Er lächelte und löste sich von der Aussicht über die Dünen.

»Danke«, sagte Katzmann scharf. »Ich glaube, Sie nehmen die Sache nicht ernst genug, mein Lieber. Also, kennen Sie diesen Mann?«

Jakob ließ sich Zeit, goß in aller Seelenruhe zwei Becher voll, verbrühte sich fluchend an der Kanne, reichte Christiansen einen Becher und sah ihn fragend an. »Milch?«

Der Wachtmeister nickte schüchtern. Katzmann begann, die Farbe zu wechseln. Die Hinterwäldler nahmen ihn nicht ernst.

Jakob deutete auf den Kühlschrank und setzte sich hinter seinen Schreibtisch, dann lehnte er sich bequem zurück und betrachtete Christiansens Kampf mit der Milchtüte.

»Was wollen Sie eigentlich von mir? Ich hab keinen umgebracht«, sagte er.

»Aber du mußt eine ehrliche Antwort geben, Junge. Dazu bist du verpflichtet«, warf Christiansen dazwischen und schlürfte seinen Kaffee.

»Ich sag doch, ich kenne ihn nicht. Wie kommen Sie denn überhaupt auf mich? Seh ich aus wie Karloff, daß ich Leichen schände?«

Katzmanns Augen verengten sich, dann zischte er: »Der Mann kannte *Sie*, soviel steht fest. Ihr Name stand in seinem Adreßbuch.« Mit spitzen Fingern hielt er Jakob einen weichgewordenen Lederkalender hin. »Unter L wie ›Laufbursche‹«, sagte er siegessicher und lächelte bei einem kurzen Blick auf die Angaben in dem Buch. »Bote auf der Reeperbahn, ja? Tolle Karriere.«

Jakob nahm die Karte in die Hand. »Das ist über zehn Jahre her«, sagte er, »Außerdem ist das meine alte Hamburger Nummer. Den Job hab ich längst aufgegeben. Und mein Telefon ist seit fast einem halben Jahr abgestellt.«

»Und?«

»Ich habe mit dem Fahrrad belegte Brötchen ausgefahren. Tagsüber in der Innenstadt, nachts auf dem Kiez. Was weiß ich, warum mein Name da steht. Manchmal schleppt man irgendwelche alten Telefonnummern ein Leben lang mit sich rum.«

»So einer? Die Nummer von einem Laufburschen? Wohl kaum.« Katzmann sah Jakob mitleidig an, dann Christiansen, dann wieder Jakob. Der zuckte mit den Schultern. Langsam ging ihm dieser Komiker von der Kripo auf die Nerven.

»Ich hab keine Ahnung, wovon Sie reden. Kommen Sie wieder, wenn Sie wissen, was Sie von mir wollen«, sagte Jakob ärgerlich und stand auf, um die Tür zu öffnen. »Ich hoffe, ich konnte Ihnen bei Ihren Ermittlungen weiterhelfen, Monsieur Maigret. Vielen Dank für Ihren Besuch, beehren Sie uns bald wieder.«

Katzmann stutzte, dann faßte er sich, steckte Foto und Visitenkarte ein und sah den betrübten Wachtmeister Christiansen an. »Und was sagen Sie dazu, Schimanski?«

Der saß da, die Ellbogen auf die Knie gestützt, den Blick tief in seine Kaffeetasse versenkt. Einen Moment lang war Stille, dann sah er auf. »Ich sage: Sie führen sich auf wie die Axt im Walde. So werden Sie auf dieser Insel nie was rausfinden.« Damit stand er auf, stellte die Tasse hin und sagte: »Danke für den Kaffee, Jakob.« Noch einmal sah er zu Katzmann hinüber, dann ging er. Der andere folgte ihm in einigem Abstand.

Jakob sah ihnen nach, bis sie hinter der nächsten Düne verschwunden waren. Der Tag fing ja gut an. Warum hatte er sich bloß mit diesem Choleriker anlegen müssen? Den hatte er jetzt am Hals.

4

Den Rest des Nachmittags verbrachte Jakob zu Hause. Er saß draußen auf der schmalen Bank hinter seiner Hütte und ließ sich die Septembersonne auf den Pelz brennen. Er fühlte sich wie ein zottiger, alter Hund. Sogar seine Zunge war pelzig.

Er versuchte sich zu konzentrieren, damit ihm die Ereignisse der letzten Nacht wieder einfielen, aber so sehr er sich auch bemühte, immer blieben es nur Bruchstücke, und selbst die entglitten ihm mit jedem ablenkenden Geräusch. Natürlich wußte er noch von dem Geld, und irgendwie erinnerte er sich auch an den groben Ablauf, aber wie war es eigentlich dazu gekommen? Und warum war er in Panik geflüchtet? Da war doch niemand gewesen, nur dieser wohlhabende, wenn auch zersägte Mensch.

Jakob war es gewohnt, sich hinter dem schweren Vorhang von Osborne und Rauchwaren zu verstekken, mit denen er sich täglich den Horizont vernebelte. Jetzt, wo sein Verstand nach langer Zeit mal wieder gefordert war, schien der sich stur zu stellen. Zu lange hatte Jakob sein Hirn sich selbst überlassen. Außerdem mußte er wieder Herr über seinen Körper werden, denn den hatte er sträflich vernachlässigt. Immerhin funktionierte er noch als Fortbewegungsmittel. Was man von dem muskulösen Körper des dauergewellten Toten nicht behaupten konnte.

Jakob konnte froh sein.

Als die Sonne im Meer versank, stand er auf, ging ins Haus und schob sein Bett zur Seite. Zielstrebig nahm er einen der Beutel aus dem Versteck, griff sich einen Packen Hunderter und stopfte ihn in die Hosentasche. Nachdem alles wieder an seinem Platz war, kramte er in einem der durchweichten Pappkartons nach Munition für seinen Revolver. Die wenigen Patronen, die er fand, waren genauso vom Rost zerfressen wie die Waffe selbst. Darum würde er sich kümmern müssen.

Er warf sich seine Jacke über und verbarrikadierte die Fensterläden des kleinen Hauses. Dann verriegelte er die Eingangstür und machte sich auf den Weg hinunter zur Telefonzelle an der Straße. Er wählte die Nummer der Autowerkstatt in Keitum, wo seit Monaten sein geliebter, schwarzer DS stand. Die Erpresser hielten ihn in ihrer Gewalt, weil Jakob das Lösegeld nicht aufbringen konnte. Da stand er, blankpoliert und rausgeputzt für die Touristen.

»Na warte«, sagte Jakob, als das Freizeichen in den Hörer kam. Nachdem er der Werkstatt Bargeld versprochen hatte, rief er einen alten Schulfreund in Tinnum an, den er als Waffenfetischisten mit akuter Geldnot kannte. Zum Glück war Hoddel zu Hause.

Der Hörer hing schon in der Gabel, und die Tür hatte sich langsam und gleichmäßig hinter ihm geschlossen, als Jakob plötzlich klar wurde, was eigentlich gerade vor sich ging.

Er war auf dem besten Wege, sich mitten ins Geschehen zu stürzen. Aber nicht sein Verstand hatte sich dafür entschieden, das hatte der Rest längst für ihn erledigt. Irgendwas in ihm hatte die Chance gewittert, blindlings einem Ziel zu folgen.

Endlich ein Geheimnis.

Und wer kleine Schritte machte, stolperte auch nicht so leicht.

Geheimnis.

Jakob ließ sich das Wort auf der Zunge zergehen. Die letzte Nacht hatte sein Leben tatsächlich verändert.

Freundlich lächelnd wie lange nicht mehr stand er am Straßenrand und deutete mit seinem rechten Daumen in Richtung Süden, um den vorbeirasenden Touristen die gewünschte Reiseroute anzuzeigen. Jedem Wagen, der weiterfuhr, warf er lange Messer hinterher und bedachte den Blödmann hinterm Steuer mit den besten Wünschen.

»Dein möge der nächste Baum sein, Bruder!«

Er konnte ein echter Streithammel sein, und noch ahnte er nicht, wie gut er dieses Talent bald brauchen konnte.

5

Der nagelneue Revolver drückte schmerzhaft am Hosenbund, als Jakob die frühabendlich lebhafte Einkaufsstraße im Herzen der Stadt hinabschritt. Er blieb in der Mitte der Fußgängerzone, ließ die Massen von Urlaubern, Schulklassen und Schoßhündchen an sich vorübertreiben und kämpfte so mitten im Getümmel gegen den Strom. Buntbehängte Verkaufsstände priesen ihre Waren an, Teflonpfannen in allen Größen, bemalte Steinfiguren oder lederne Brieftaschen, Minutenportraits aus der Feder unterforderter Zeichenkünstler und toter Fisch auf Brötchen. Zwischen Barden der Volksmusik und wehklagenden Kleinkindern drängte sich ein Troß von Kegelbrüdern, die sich ihre Vereinsabzeichen an die Pepitahüte genäht hatten. Angewidert sah Jakob zu Boden.

Die Hände tief in die Taschen gegraben, spielte er nervös mit seinem Autoschlüssel und ärgerte sich.

Jakob konnte die Friedrichstraße nicht ausstehen, und trotzdem ging er mindestens einmal in der Woche hin, um sich seine Dosis Mensch abzuholen. Meist hatte er schon nach wenigen Minuten genug. Der Rest war dann nur noch Flucht. Jakob beschleunigte seinen Schritt.

Zu seiner Linken bemerkte er eine Menschentraube, die sich offenbar betreten, wenn auch in schamloser Neugier um etwas scharte, das sich Jakobs Blicken entzog. Er stellte sich dazu und war froh, in der Menge zu verschwinden.

Die Blicke der Leute um ihn herum waren auf den Boden geheftet. Jakob mußte sich auf die Zehenspitzen stellen. Dann sah er, worum es ging.

An der untersten Stufe der kleinen Parfümerie kniete

eine Frau. Der Stoff ihres grellgeblümten Kleides spannte sich stramm um ihren massigen Körper. Leise wimmerte sie vor sich hin.

»Mach doch mal einer Platz da und laß den kleinen Jungen vor, damit er auch was sehen kann!« rief jemand, und Jakob wurde von hinten gestoßen. Der kleine Racker mit den roten Haaren wurde von fürsorglichen Händen vorwärts geschoben. Nur widerwillig ließ er sich das gefallen.

Da richtete sich die dicke Frau auf, und unter ihr wurde ein winziger Hund sichtbar. Es hätte auch ein Eichhörnchen sein können, aber denen konnte man keine rosa Schleifen anlegen. Sie packte das leblose Tier im Nacken und schüttelte es, die Augen ungläubig darauf gerichtet. »Bienchen, o Bienchen, mein Gott, sag doch was! Laß mich nicht so allein! Das kannst du mir doch nicht antun! Sag Frauchen, daß es nicht wahr ist! Sag doch was!«

Betreten blickten die Umstehenden zu Boden, manche scharrten mit den Füßen. Der innere Kreis wurde weiter nach vorn geschoben, denn die hinten Stehenden wollten schließlich auch was sehen, während die vorderen Reihen eigentlich genug hatten, jetzt aber nicht mehr entkommen konnten.

Anklagend hielt die Frau den haarigen Wurm am ausgestreckten Arm, hob schweigend den Kopf und sah zur Tür, in deren Rahmen ein junges Mädchen stand. Das betrübte Gesicht kannte Jakob genau.

Suse machte trotz ihrer rosafarbenen Jacke und der blonden Zöpfe einen ausgesprochen unglücklichen Eindruck. Nervös knisterte sie mit ihrer kleinen Plastiktüte. Jetzt waren alle Blicke auf sie gerichtet.

Kaum hörbar kamen die Worte aus dem Mund der Verzweifelten. »Mörderin«, zischte sie. »Gemeine Mörderin! Das wirst du mir bezahlen.«

Ein Murren ging durch die Menge. Das Mädchen war wie versteinert.

Die aufgequollenen Augen der Frau glühten haßerfüllt, und ihre Stimme wurde immer lauter. »Mörderin! Mein kleines, wehrloses Bienchen tottreten! Warum hast du das getan? Schämst du dich nicht?«

Die Menge rückte näher zusammen. »Sag was! Warum hast du das getan?«

Verschiedene Stimmen wurden laut. Einige versuchten zu vermitteln, andere waren bereit, das Mädchen in der rosa Jacke am nächsten Baum aufzuknüpfen. Die meisten der Umstehenden waren froh über die Abwechslung im tristen Urlaubstrott.

»Los, sag was, Schlampe!« brüllte ein ansonsten harmlos wirkender Mittvierziger mit grauenhaftem Sonnenbrand im Gesicht.

Suse rührte sich nicht, dann nickte sie kaum merklich mit dem Kopf, wischte sich die Tränen aus den Augen und stammelte: »Es … eseses … es tut mir leid. Ich … ich hab ihn doch gar nicht gesehen.« Sie sah auf.

»Es tut dir leid? Das ist ja wohl das Letzte! So leicht kommst du mir nicht davon …« Die dicke Frau wollte Suse an der Schulter packen, aber die Leute hinter ihr drängte so sehr nach vorn, daß sie ihr Ziel verfehlte und gemeinsam mit fünf oder sechs anderen zu Boden stürzte, so daß die Situation fast etwas Komisches bekam, als die meist rundlichen Gestalten wie Michelinmännchen übers Pflaster kullerten.

Wie ein Storch im Salat stakste Jakob über die ächzende Meute hinweg, griff Suse bei der Hand und schob sie in der allgemeinen Verwirrung durch die umstehende Menge. Er achtete nicht auf die strafenden Blicke und gehässigen Kommentare, aber als sie ein Stück die Straße hinuntergehastet waren, drehte er sich nochmal um und sah, daß ihnen ein paar Pepitahüte und der kleine, rothaarige Racker schweigend hinterhersahen.

»Bin ich froh, daß du da bist«, sagte Suse.

»Was machst du bloß für Sachen?« sagte Jakob.

Dann lachten sie.

6

Sie hatten sich für den späteren Abend verabredet, und Jakob freute sich darauf. Vor Jahren war zwischen Suse und ihm mehr als bloße Freundschaft gewesen, sogar das unaussprechliche Wort war damals gefallen, aber die bloße Erwähnung der Liebe garantierte eben keinen Erfolg des Unternehmens. So waren sie genauso wieder auseinandergedriftet, wie sie sich seinerzeit zusammengerauft hatten. Schade eigentlich.

Weinerliche Gefühle stiegen wie ölige Blasen in Jakob auf, und er versuchte, zu verdrängen, daß es einen ganz konkreten Grund für die Trennung gegeben hatte. Als er mit siebzehn von der Schule geflogen war und es ihn in die Großstadt zog, hatte die kleine Suse aus Keitum nicht mithalten können. Sie war hübsch und liebenswert, patent und anschmiegsam gewesen, aber nicht in der Lage, Jakobs unberechenbare Pläne nachzuvollziehen. Dafür hatte sie unglaublich weiche Lippen. Jakob erinnerte sich sehr gut daran, wie sie sich zu den Klängen von »I Am Sailing« zum ersten Mal geküßt hatten. Schwamm drüber. Irgendwann war sie ihm auf den Keks gegangen. Sicher hatte es irgendwie auf Gegenseitigkeit beruht, aber das war nicht sein Problem. Er war nun mal, wie er war.

Trotzig stocherte Jakob in seiner Pizza herum. Er sah auf und bemerkte erst jetzt, daß sein Blick ganz glasig geworden war und er die Getränkepreise nur noch unscharf erkennen konnte. Ihm war nach Brandy.

Viel Brandy. Je mehr er drüber nachdachte, desto größer wurde die Flasche, die er sich vorstellte.

Jakob stand auf, ging durch den großen, hellen Raum zur Kasse, bestellte sich einen Dreifachen und setzte sich wieder. Immerhin hatte er noch was vor.

Ihm fielen die Zeitungen ein, die er extra gekauft hatte. Er schob den kalten Käselappen beiseite, machte Platz auf dem Tisch, roch an dem warmen Glas in seiner Hand und fing an, nach Notizen zu dem mysteriösen Mordfall zu suchen.

Die Sylter Rundschau hielt sich bedeckt, aber BILD brachte es ganz groß: HAMBURGER AUF SYLT ZERSÄGT. Das Foto darunter war dreimal so groß wie der ganze Artikel. Es war das gleiche Bild, das ihm der Kripomann am Nachmittag unter die Nase gehalten hatte. Eine Fresse zum Reinschlagen.

Nach den spärlichen Informationen zu urteilen, war der Mann seit Jahren in den verschiedensten Funktionen des sogenannten Milieus tätig gewesen. Nett gesagt, dachte Jakob. Sieht aus wie'n Lude, riecht wie'n Lude, redet wie'n Lude. Was kann das nur sein?

Interessant war an dem Artikel eigentlich nur, daß der Mann, den man den »Wilden Walter« nannte, weil er Walter Wilde hieß, für seine vermittelnde Rolle bei den verschiedensten Transaktionen bekannt geworden war. So hatte er vor Jahren den blutigen Streit zwischen Streetboys und der alteingesessenen GmbH während einer mitternächtlichen Schlacht auf dem Heiligengeistfeld geschlichtet (wenn auch zugunsten seiner eigenen Leute), und einmal sogar einen wildgewordenen Amokläufer aus den eigenen Reihen zur Vernunft gebracht, wobei sich der andere allerdings ein Messer zwischen die Rippen eingehandelt hatte. Zu guter Letzt wurde noch auf die freundschaftliche Verbundenheit mit dem seit einigen Jahren untergetauchten Kiezkiller Ralf Helgenmacher hingewiesen, den die Zeitungen einhellig liebevoll »Ralle« nannten. Diese Verbindung konnte einen zu den verschiedensten Vermutungen hinreißen. Vielleicht war die Rundschau deshalb so zurückhaltend.

Jakob sinnierte vor sich hin, bemalte geistesabwesend mit dem Kugelschreiber den Rand der Zeitung und ließ seinen Blick durch das Fenster hinaus auf die Straße gleiten.

Draußen drängelten sich die Menschen in beide Richtungen, alles war in Bewegung, keine Zeit, keine Zeit, wir müssen uns amüsieren. Nur ein einziger ruhte in diesem Film.

Drüben auf der anderen Straßenseite stand ein Junge. Er trug eine grüne Militärjacke, schwarze Springerstiefel, und sah herüber. Anfangs war sich Jakob gar nicht darüber im klaren, daß der Junge ihn ansah. Der stand eben einfach nur da und wartete. Auf einen Freund vielleicht oder sein Mädchen, oder er hing einfach nur auf der Straße herum wie es viele Kids auf Sylt taten. Erst als Jakob ihn eine Zeitlang – eher unbewußt als neugierig – beobachtet hatte, wurde der Junge nervös, nestelte an seiner Jacke herum und gab sich Mühe, woanders hinzusehen. Aber er rührte sich nicht von der Stelle.

Das kam Jakob zwar etwas seltsam vor, aber eigentlich war er viel zu sehr mit dem Umstand beschäftigt, daß möglicherweise Ralle Helgenmacher mit der ganzen Sache zu tun hatte. Das gefiel ihm gar nicht, denn er kannte ihn noch aus der Zeit, als man ihn noch nicht den »Kiezkiller« nannte, auch wenn er schon damals den einen oder anderen Gegenspieler dem Erdboden gleichgemacht hatte. Ein kalter Karriereschläger, der schon im Kindergarten König der Unterwelt werden wollte. Mit dem wollte Jakob nichts zu tun haben.

Leute, die mit Waffen rumfuchtelten, waren gefährlich.

Hinter ihm klapperte Geschirr, ein Kellner kam und wischte die Tische. Jakob stand kurz auf, um ihm Platz zu machen, sammelte eben die Zeitungen zusammen und bückte sich, um ein Blatt aufzuheben. Da rutschte ihm der schwarze Revolver aus dem Hosenbund und fiel scheppernd auf den Steinfußboden.

Der Kellner wischte sich die Hände an seiner schmutzigen Schürze und sah Jakob an, als erwartete er eine Erklärung. Die Leute an den umstehenden Tischen hatten ihre Bestecke vorsichtig beiseite gelegt und rührten sich nicht von der Stelle, um den Irren mit der Flinte nur nicht zu reizen. Keiner sagte was. Bis auf den Kellner.

Der sagte: »Dir ist da was runtergefallen.«

Jakob hob den Revolver auf und stopfte ihn, peinlich berührt, unter den Blicken der gar nicht mehr so hungrigen Pizzafreunde wieder in den Hosenbund zurück.

Er räusperte sich, zog seinen Stuhl ein Stück nach hinten und setzte sich, als wäre nichts geschehen. Das war die Taktik, die ihn bisher am weitesten gebracht hatte.

Als er wieder aus dem Fenster sah, war der Junge mit der grünen Jacke verschwunden.

7

Nach einer halben Stunde im Wind am Strand hatte sich Jakob am verabredeten Treffpunkt eingefunden. Seine Freude auf Suse hatte ihn nicht nur davon abgehalten, wie üblich zu spät zu kommen. Mindestens zwanzig Minuten unter der Uhr auf der nächtlichen

Kurpromenade lagen noch vor ihm. Ein eng umschlungenes Pärchen träumte sich auf einem weißen Wellenkamm aufs Meer hinaus.

»Wenn die sich küssen, geh ich«, dachte Jakob, als er sich gegen die bemalte Glasplatte lehnte und eine verbogene Kippe aus der Jackentasche fischte. Er atmete tief und lauschte einen Moment dem Rauschen des Meeres.

Jakob wühlte in seinen Taschen nach Feuer und stellte fest, daß er sein Feuerzeug in der Pizzeria liegengelassen hatte, aber irgendwo mußte er noch Streichhölzer haben, diese kleinen, weichen ... da! Er zog sie heraus und holte dabei einen weißen Zettel hervor, der zu Boden flatterte und am Fuß der Laterne liegenblieb.

Jakob sah hinunter. Seine rechte Hand spielte nervös mit der kalten Zigarette, und er zog einmal kräftig seine Nase hoch, als ihm klar wurde, woher dieser Zettel kam.

Daran hatte er gar nicht mehr gedacht. Das war im Suff völlig untergegangen. So einfach, wie er es sich vorgestellt hatte, konnte er den Koffer wohl doch nicht aus seinen Gedanken verbannen. Mit einem Schuh trat Jakob auf den Zettel, damit dieser nicht wegfliegen konnte. Eigentlich war er nicht besonders scharf darauf zu erfahren, was auf dem Zettel stand, aber Jakob konnte nicht länger als ein paar lächerliche Minuten lang stillhalten. Der Zettel unter schien wie glühende Kohle unter seinem Stiefel zu brennen. Er mußte wissen, was darauf geschrieben stand. Also bückte er sich.

Verblichenes Papier lag vor ihm, zerknittert und eingerissen, aber beschrieben war es nicht. Mit spitzen Fingern nahm er eine umgeknickte Ecke und hob das Blatt auf. Auf der Rückseite stand etwas. Er legte den Zettel auf den Asphalt und las.

Es dauerte einen Moment, bis er verstand. In krakeliger Kinderschrift, von der Feuchtigkeit an mehreren Stellen beinah unleserlich. Die Worte waren kaum noch zu erkennen.

LEWER DUAR ÜS SLAAV. Nur der eine Satz.

Lieber tot als Sklave.

Darunter stand: SYLT DEN SYLTERN.

Jakob rieb sich den Nacken.

Ein Geräusch, eine kurze Unruhe im Augenwinkel oder pure Intuition ließen ihn den Kopf drehen. Er sah rüber zu den Betonburgen des Kurzentrums. Auf der erhöhten Terrasse unterhalb der mächtigen Bauten erkannte er im Halbdunkel ein weißes Gesicht. Im Schutz der Balustrade stand jemand – nur undeutlich zu erkennen, aber zweifellos ein Mensch, der starr und steif beobachtete, was auf der Promenade vor sich ging. Jakob trat aus dem Lichtkegel der Laterne, um sein Gegenüber besser erkennen zu können.

»He!« rief er. »Was ist?«

Da erkannte er die grüne Jacke. Er knüllte den obskuren Zettel zusammen und lief die Treppen hinauf, immer zwei Stufen auf einmal. Er suchte das weiße Gesicht in der Dunkelheit und achtete auf jeden Hauch einer Bewegung in der Nähe, aber als er auf der oberen Plattform ankam, war er allein. Ganz still blieb er stehen, sah sich um, horchte.

Irgendwo im Labyrinth der Einkaufspassagen schlug eine Tür.

Jakob fluchte laut.

Als er seine Zigarette angezündet hatte und dann langsam bis zum Rand der Terrasse geschlendert war, hielt er an, lehnte sich auf das breite Geländer und sah hinaus aufs Meer. Inzwischen verstand er kein Wort mehr von dem, was passierte. Was hatten Leute, die keine Sklaven sein wollten, mit Hamburger Zuhältern zu tun? Warum schickte ihm jemand ein Pickelgesicht hinterher? Der sah nicht aus wie ein Lude. Beim besten Willen nicht. Das alles machte keinen Sinn. Was, zum Teufel, wollte dieser Junge von ihm? Er brauchte keinen Verfolger und wenn, dann wollte er Gegner, richtige Gegner.

Jakob zog den Zettel aus der Tasche. LEWER DUAR ÜS SLAAV. Genau. Sollten sie doch kommen.

Niemand würde ihn zum Sklaven machen.

Unten auf der Promenade winkte jemand. Mürrisch sah er runter.

»Hallo, ich bin Suse. Du erinnerst dich an mich?« rief ein Mädchen in rosafarbener Jacke.

Jakob winkte zurück.

»Was machst du denn da oben?« fragte sie.

»Lange Geschichte«, sagte Jakob trübe und ärgerte sich, daß er ständig in blöden Klischees redete.

Als er die breiten Stufen hinunterging, überlegte er, wie um alles in der Welt er Suse die letzten achtzehn Stunden erklären sollte, ohne als Spinner, oder schlimmer noch, als Angeber dazustehen. Es war wichtig, daß sie ihm glaubte, denn vielleicht konnte sie ihm helfen.

8

Der große, schwarze Konzertflügel stand wie ein steinernes Urviech auf dem Podest der verlassenen Musikmuschel. Suse und Jakob saßen schweigend nebeneinander, ließen die Beine herabhängen, stützten die Hände auf den Stoffbezug und starrten auf die welligen Holzbohlen hinab.

Damals waren sie oft nachts hergekommen, um flüsternd und heimlich zusammen zu sein. Hier, unten am Meer, im Schutz der roten Muschel, hatten sie sich getroffen und wie wild aneinander gerieben.

Am schönsten waren die Herbststürme gewesen, wenn das ohrenbetäubende Brüllen der Brecher ihnen drohte. Suse hatte dann mit Fäusten auf die Tasten des Flügels eingehämmert, während Jakob armwedelnd auf und ab stakste und mit sich überschlagender Stimme wahllos rezitierte, was immer ihm gerade in den Sinn kam. Einmal hatten sie die ganze Nacht hier verbracht, als der Wind zu stark wurde, um über die Promenade in den Schutz der Häuser zu gelangen. Dichtgedrängt und vor Kälte zitternd, hatten sie bis zum nächsten Morgen beieinander gehockt und darauf gewartet, daß die Riesenmuschel direkt über ihnen zusammenbrechen würde.

Wieder saßen sie schweigend unter dem knarrenden Gebälk, und es war nicht nur die Erinnerung, die ihnen die Sprache verschlug. Jakob hatte versucht, seinen Arm um Suse zu legen. Sie hatte ihn sanft, aber bestimmt zurückgewiesen. Jetzt mußte jeder neu sortieren.

Jakob hob den Kopf und sah hinüber zu einem Pulk von Möwen, die sich kreischend zwischen den weißen Bänken um ein altes Brötchen stritten. Er versuchte, den quälenden Gedanken an seinen Verlust abzuschütteln, aber es wollte ihm nicht gelingen. Er schüttelte sich trotzdem.

»Ist lange her«, sagte Suse mit sturem Blick auf die Möwen, deren kampflustige Schreie laut vom Kurzentrum widerhallten.

»Haben wir uns auch so gehackt?« fragte Jakob.

»Ist doch egal jetzt«, sagte Suse und ließ sich vom Flügel herabgleiten. Sanft strich sie mit der Hand über den Bezug, als sie um den großen Kasten herumging. Dann rüttelte sie am Schloß.

»Zu«, sagte sie leise.

»Keine Wiederholung?« fragte Jakob.

»Wiederholungen sind für Leute, die es beim ersten Mal noch nicht verstanden haben«, erwiderte Suse lahm, und zum ersten Mal nach Jakobs kläglichem Annäherungsversuch sahen sie sich wieder in die Augen. »Vergiß es«, sagte sie. »Das war doch auch nicht der Grund, warum du mich treffen wolltest, oder?«

»Auch«, sagte Jakob, »das war auch ein Grund.«

»Und sonst?«

Jakob zögerte einen Moment. »Ich brauch Hilfe. Ich bin da in was reingeraten ...«

»Brauchst du Geld?« fragte Suse dazwischen, aber Jakob schüttelte den Kopf.

»Nein, nein, das nicht. Ich brauch Informationen, ich ...«

»Bist du jetzt unter die Detektive gegangen, oder was?« fragte Suse und wippte ungeduldig mit den Füßen.

»Naja, mehr so unfreiwillig. Ich hab da gestern abend am Strand einen Koffer gefunden. Stand ja heute in der Zeitung, hast du das gelesen? Da war ne Leiche drin, und jetzt ist irgendwie jemand hinter mir her. Ich weiß auch nicht ...«

Suse riß die Augen auf. »Warst du schon bei der Polizei?«

»Ja, die waren heute morgen gleich bei mir, weil der Tote meinen Namen in seinem Telefonbuch hatte. Ich hab natürlich gesagt, ich wüßte von nichts. Aber die Bullen sind auch gar nicht das Problem.«

»Du bist neugierig, was das alles soll.« Nervös fummelte sie an ihren Ohrringen herum.

»Ich hab da so ne Ahnung«, sagte Jakob, zog den zerknitterten Zettel aus der Tasche und strich ihn auf dem Flügel glatt. »Sylt den Syltern. Kommt dir das bekannt vor?«

»Aber ...«, Suse sah ihm ins Gesicht, »was soll das?«

Jakob zuckte mit den Schultern. »Der Zettel war in dem Koffer neben der Leiche. Sowas nennt man wohl Bekennerbrief.«

»Na, das kann ja heiter werden.« Suse kramte in ihrer Jacke vergeblich nach Zigaretten. »Was kann ich dabei tun?« Suse schien nicht besonders glücklich über das zu sein, was sie gerade gehört hatte. Jakob hielt ihr seine Camel Ohne hin.

»Hör dich mal um, telefoniere ein bißchen und halte Augen und Ohren auf. Vielleicht erfährst du mehr, als die Zeitungen schreiben wollen.«

Suse achtete nicht auf die angebotenen Zigaretten. Wie gebannt starrte sie auf den Zettel und versuchte, mit dem kleinen Finger die Falten glattzustreichen. »Wenn ich dich recht verstehe, soll das wohl lieber unter uns bleiben, oder?«

»Würde ich mal sagen. Ich möchte nicht, daß die Bullen dich da mit reinziehen.«

Die Möwen hatten den Sieger im Kampf um das Brötchen ermittelt. Die Glückliche nahm Anlauf, hob ab und verschwand in der Dunkelheit. Die anderen flatterten aufgeregt hinterher. Leblos lag die Promenade im fahlen Licht der Straßenlaternen.

»Und du bist sicher, daß es keinen anderen Grund gibt?«

Schweigend nickte Jakob und merkte, daß er nicht besonders überzeugend wirkte. Suse kippte ihren blonden Kopf ein Stück zur Seite.

»Jakob?«

Sie sahen sich an.

»Stimmt das auch? Hast du mir alles erzählt?«

Wieder nickte er unsicher und sagte dann leise: »Naja, du weißt jetzt alles, was ich weiß.« Er versuchte, charmant zu lächeln.

Suse blieb ernst. »Ganz bestimmt? Du ziehst mich

doch nicht in irgendeine windige Sache rein, oder? Jakob?«

»Du tust gerade so, als ob ich das schon mal getan hätte«, stieß er beleidigt hervor und ignorierte das mulmige Gefühl in seiner Magengegend.

»Ich tu so, weil es nicht das erste Mal wäre«, sagte Suse. »Aber gut, wenn ich dir helfen kann ... ich bin dir wohl auch noch was schuldig für heute nachmittag.«

Jakob spürte, wie Wut in ihm hochkochte. Suse wehrte sich mit Händen und Füßen gegen ihn, als wollte er sie ausnutzen.

»Quatsch«, zischte er, »du schuldest mir überhaupt nichts. Vergiß es einfach.« Trotzig sprang er vom Flügel herunter, streckte sich übertrieben genußvoll und sah zum Himmel auf.

»Jetzt sei nicht gleich beleidigt, ich will dir ja helfen«, sagte Suse. »Morgen früh setze ich mich gleich ans Telefon. Mal sehen, was ich tun kann. Okay?«

Jakob rührte sich nicht.

»Okay?« fragte sie noch einmal. »Jetzt laß dich nicht auch noch bitten. Außerdem tu ich es sowieso.«

Jakob tat einen Schritt nach vorn, legte seinen Arm so fest um sie, daß sie es geschehen lassen mußte: »Sind wir also doch noch das alte Team? Ja? So wie früher?«

»Du redest wie ein alter Mann«, sagte Suse, legte ihrerseits einen Arm um seine Hüfte und lehnte den Kopf an seine Schulter. »Ich muß los, Jakob. Ist schon spät.«

»Spät? Ich dachte, wir trinken noch was zusammen. Wenn einem soviel Gutes widerfährt ...«

»Mathias wartet schon auf mich.«

»Ach.« Jakob verzog den Mund. »Na dann.«

Suse machte sich von ihm frei. Jakob fuhr sich mit

der Zunge über die Zähne. Der schale Geschmack war nicht wegzuwischen. Einen Moment noch standen sie einander gegenüber, dann schlugen sie die Kragen hoch und liefen schweigend nebeneinander über die einsame Promenade, vorbei an den verwitterten Schaukästen und Plakatwänden.

An der Treppe unterhalb vom Hotel Miramar blieben sie stehen. Suse hielt Jakob am Ärmel fest.

»Hör mal«, sagte sie, »eins mußt du mir aber versprechen.«

»Und zwar?«

»Ich will nicht bei jedem Treffen mit dir über alte Zeiten reden. Und ich will dir nicht wieder jedesmal beweisen müssen, daß es vorbei ist zwischen uns. Du hast es schließlich damals so gewollt.« Ihre Augen flackerten angestrengt.

»Mathias«, sagte er, »ist das immer noch der Junglehrer von der Oberschule?«

»Hast du mich verstanden, Jakob? Ich meine es ernst.«

»Einer mit Pensionsanspruch, ja?«

Suse machte auf einem Absatz kehrt und rannte mit kleinen, wütenden Schritten die Treppe hinauf. Jakob blieb unten stehen.

»Und glaub ja nicht, daß alle Welt immer zu deiner Verfügung steht«, schrie sie ihm von oben zu und zerrte am Reißverschluß ihrer Jacke.

»Warte!« rief Jakob, aber Suse drehte sich hastig um und lief außer Sichtweite.

Zum zweiten Mal an diesem Abend hetzte Jakob die Treppe hinauf, und als er keuchend auf der obersten Stufe ankam, die Hand in die schmerzende Seite gestemmt, sah er Suse gerade noch in ein schneeweißes Golf Cabrio einsteigen, das vor der Damenboutique gegenüber geparkt war. Im Licht des Schaufensters sah er auf der Fahrerseite runde Brillengläser blinken.

Der Wagen sprang auf Schlag an, wendete und verschwand mit quietschenden Reifen und leuchtend roten Bremslichtern um die nächste Ecke.

Jakob warf seine Zigaretten in den Mülleimer. Sie waren sowieso total zerknüllt.

9

Der hintere Tresen war der Stammtisch. Es stand zwar nirgendwo geschrieben, aber für die Jungs in den zerrissenen Jeansjacken war klar, wer dazugehörte und wer nicht. Matze zeigte hinter dem Tresen mal wieder seine Tätowierungen her, und Hoddel versuchte gerade, einen blonden Touristenteenie mit seiner Trinkfestigkeit zu beeindrucken. Holli war auf seiner Eckbank eingeschlafen. Jack und Joey, die unähnlichen Zwillinge, nickten im Takt zu John Bonhams dröhnender Bassdrum. Janni haute mit seinem Schraubenschlüssel auf den Tresen: »Ey, mach noch ma eins klar da!«

Jakob drängte sich durch die schwitzenden Gestalten im vorderen Teil des Ladens, vorbei an den kleinen Mädchen, die sich mit fliegenden Haaren auf der Tanzfläche drehten. Ein paar Leute nickten ihm zu und lachten, aber Jakob wollte nicht lachen. Mürrisch nickte er zurück.

»Na, hast du den Weg gestern abend noch gefunden?«

Jemand stieß ihm von hinten ein Tablett ins Kreuz. Erschrocken drehte Jakob sich um und sah das Mädchen mit den feuerroten Haaren, das ihn gestern abend hatte nach Haus fahren wollen. Ihren Namen konnte er sich nie merken.

»Ja«, sagte er zögernd, »irgendwie ja.«

Sie lächelte. »Was trinken?«

»Ja«, sagte er und nickte, »irgendwie ja.«

»Wie immer?«

Jakob grinste böse. »Nochmal sag ich es nicht.«

»Schon gut. Osborne für den feinen Herrn.«

Sie hob ihre spitze Nase und wandte sich schon zum Gehen, aber dann drehte sie sich nochmal um und beugte sich zu Jakob herüber.

»Ich setz mich da hinten an den Tresen«, sagte er.

Sie hatte ihn nicht verstanden. »Hast du schon von dem toten Zuhälter gehört?« sagte sie. »Ekelhafte Geschichte. Wenn du gestern am Strand entlang gelaufen wärst, hättest du fast drüber fallen können.«

Jakob nickte einen Moment zu lang. »Bin ich aber nicht.«

»Na, da hast du aber Schwein gehabt.« Das Mädchen sah ihm erwartungsvoll in die Augen. Jakob wischte seine Hände an der Hose ab. Wenn er sich nur an den gestrigen Abend erinnern würde …

»Was ist?« fragte er.

»Was soll sein?« fragte sie.

»Weiß nicht. Was guckst du mich so an?« Seine Hände waren schon wieder feucht, aber er wagte nicht, sie abzuwischen. Statt dessen rieb er sich den Nacken.

»Darf ich dich nicht angucken?«

»Blödes Spiel. Hör auf damit.«

»Na, du hast ja tolle Laune.«

»Ja, ganz toll. Einen doppelten Osborne, Frollein.«

»Nana, mal langsam …«

Bevor sie ihre Beschwerde zu Ende bringen konnte, hatte sich Jakob umgedreht und war auf den hinteren Tresen zugesteuert. Das Herz schlug ihm bis zum Hals, und er war stinksauer, daß er so leicht aus der Ruhe zu bringen war. Alles und jedes brachte ihn auf die Palme. Was mischten sich die Leute in seine Angelegenheiten ein? War doch seine Sache, welchen Weg er gegangen war. Er war niemandem Rechenschaft schuldig. Warum war ihm bloß immer alles wie mit Blockbuchstaben quer übers Gesicht geschrieben? Jakob zog sich einen Barhocker ran und setzte auf, was er für sein Pokerface hielt.

»Ey, Jakob! Ne Runde Maxen? Oder hast du von gestern noch die Schnauze voll?« Matze schwenkte den Würfelbecher. Die ganze besoffene Runde lachte, denn wenn der tätowierte Tresenmann die Stimme hob, waren alle ganz Ohr. Joey prustete so laut, daß er rot anlief und Holli dabei anstieß. Der wachte auf. Jakob rieb sich die Augen. Er konnte sich beim besten Willen an nichts erinnern. Weder daran, daß er verloren, noch daran, daß er überhaupt gespielt hatte. Der Koffer am Strand war das einzige, was ihm vom Vorabend geblieben war.

Joey kam um den Tresen gewankt, stellte sich ganz nah neben Jakob und hauchte ihm seine übelriechende Schnapsfahne ins Gesicht. Die glasigen Augen stierten wie gewöhnlich an ihrem Ziel vorbei, und der Ellbogen rutschte mehrmals von der Tischplatte, bevor er einigermaßen Halt gefunden hatte. Inzwischen lag sein Kinn auf Jakobs Schulter.

»Heeeee, das war aber komisch«, lallte er. »Maxen, hahaha, laß uns was Maxen.«

»Laß gut sein«, sagte Jakob, ohne ihn anzusehen, »trink noch einen, dann ist der Abend für dich sowieso vorbei.«

»Na, das wüßt ich aber«, tönte der andere und versuchte sich mit großer Geste noch ein Bier zu bestellen. Als keiner auf ihn achtete, stützte er beide Arme auf den Tresen und legte den Kopf darauf. So blieb er stehen.

Jakob sah sich um. Der mittlere Teil des Ladens war voll von adretten Oberschülern in Tweedjacken und lachsfarbenen Pullovern. Ein paar schüchterne Punks mit bunten Haaren saßen am Eingang herum und schnorrten das Bier schluckweise. Dazwischen immer wieder sozialbewegte Naturfreaks jeden Alters mit Norwegern und Holzbotten. Ein müder Ventilator verteilte die dicke Luft im Raum, das gleichmäßig plappernde Stimmengewirr untermalte die sägenden Gitarren bärtiger Männer, an den Wänden hingen Spiegel mit nackten Frauen. Irgendwie war die Zeit hier stehengeblieben, nur die Perspektive hatte sich verändert. Früher hatte Jakob selbst am Eingang gesessen und die Rentnerbank am hinteren Tresen beobachtet. Man konnte gar nicht mal sagen, welcher Blickwinkel der bessere war. Die Teenies am Eingang sahen nicht besonders glücklich aus.

»Dein Osborne.« Ein weißhäutiger Arm schob ihm von hinten ein Glas auf den Tresen. Jakob hielt die Hand fest und drehte sich um.

»Friede, ja? Ich bin etwas genervt heute. Hat nichts mit dir zu tun«, sagte er.

»Brauchst mich ja nicht gleich so anzumachen«, sagte sie und war schon fast wieder besänftigt.

Jakob mußte sich konzentrieren, um den Funken des Verdachts in ihren grünen Augen zu besänftigen.

»Sag mal, du kriegst hier in dem Laden doch so ziemlich alles mit«, sagte er und bemühte sich um einen galanten Themenwechsel. »Ein Freund von mir schreibt ein Buch über Leute in Ferienorten. Über die Einheimischen, wie sie mit all den Fremden klarkommen und so. In Südfrankreich soll es welche geben, die in kleinen Trupps Kurgäste fertigmachen. Ich hab meinem Freund versprochen, mich mal umzuhören. Hast du sowas schon mal gehört? Ich meine, hat dir mal jemand sowas erzählt?« Er räusperte sich.

Das Mädchen dachte einen Moment lang nach,

dann schob sie die Unterlippe vor und schüttelte den Kopf. »Ich bin ja noch nicht so lange hier«, sagte sie.

Neben ihnen rührte sich Joey. Er hob seinen schweren Schädel, schielte mit rotunterlaufenen Augen zwischen ihnen hindurch, wischte sich den weißen Schleim aus dem Mundwinkel und sagte: »Kurschweine plattmachen.« Dann verlor er den Halt, kippte nach hinten weg und fegte mit seiner Jacke den Tresen leer. Am Boden blieb er liegen.

»O Mann, Joey. Du nervst«, kreischte das Mädchen. »Guck dir mal die Sauerei an.« Joey rührte sich nicht. Sie stemmte die Hände in die Hüften und wartete. Dann sah sie Jakob an. »Und du redest von Leuten, die Touristen fertigmachen. Guck sie dir doch an. Die saufen sich einfach tot. Die machen niemanden mehr fertig. Die warten doch nur, bis alles vorbei ist.«

Jakob stand auf, wischte sich das verschüttete Bier von der Hose und ging zum anderen Tresen hinüber, um einen Lappen zu holen. Er stand da und war in Gedanken ganz woanders, als sein Blick mehr zufällig auf den gegenüberliegenden Eingang fiel.

Mit dem Rücken an die Tür gelehnt, das Haar wild und verschwitzt, die Hände in der grünen Jacke versteckt, stand sein Verfolger und trat unruhig von einem Fuß auf den anderen. Er war allein. Niemand achtete auf ihn. Jakob tat,als würde er ihn nicht sehen. Als er Matze den Lappen gab, zog er ihn zu sich herüber.

»Dreh dich mal ganz vorsichtig zur Tür um. Da steht ein Junge mit einer grünen Jacke. Siehst du den?«

Matze brummte.

»Wer ist das?«

»Der Schlacksige da? Einer von den Oberschülern. Hängt hier manchmal rum. Keine Ahnung, wie der heißt. Ist aber nicht von hier, glaub ich. Wieso?«

»Nur so.« Jakob legte ihm einen Zehner auf den Tisch und wandte sich zum Gehen. Das feuerrote Mädchen war noch damit beschäftigt, den ohnmächtigen Joey zu wecken, indem sie ihm mit der flachen Hand ins Gesicht schlug und dabei aufmunternd zuredete.

Jakob ging langsam und bedächtig in Richtung Tür, aber er hatte kaum drei Schritte getan, als sich ihre Blicke trafen und der Junge die Gefahr bemerkte. Er drehte sich um, wirbelte durch die Tür und knallte sie hinter sich zu.

Jakob wollte rennen, aber er kam nicht vorwärts. Die Leute standen bewegungslos wie Denkmäler mit ihren Gläsern in der Hand. Sie ließen sich bitten. Das tat er zweimal, dann stieß er sie wütend zur Seite. Kreischende Petticoats gingen zu Boden, machtlose Hände versuchten ihn zu halten, einer schlug ihm noch von hinten ins Kreuz, dann hatte er die träge Masse hinter sich gelassen. Er riß die Glastür auf und brüllte: »Wo ist er hin?«

Der Junge an der Garderobe nahm seine Hand unter dem Pullover eines rundlichen Mädchens hervor.

Draußen vor der Tür war niemand zu sehen. Nur ein alter Mann rollte ächzend seinen Koffer über den Bürgersteig.

Jakob rannte ein Stück die Straße hinauf, dann sah er die grüne Jacke um eine Ecke verschwinden.

Der Junge war nicht mehr allein. Sie waren zu dritt, und sie gestikulierten im Laufen wild mit ihren Armen. Den Größten von ihnen kannte Jakob. Er war nicht zu übersehen, denn selbst bei Nacht und Nebel konnte man den ledernen Elbsegler auf seinem kahlen Kopf erkennen. Der Typ nannte sich Erik, denn er fühlte sich als Eroberer. Was soviel bedeutete wie: er nahm sich, was immer er brauchte. Für alle anderen war er hinter vorgehaltener Hand immer nur das, was er in Wahrheit war: der fette Erik.

Jakob drückte sich in den nächsten Hauseingang und wartete, bis das Trio die Elisabethstraße überquert hatte. In der Fußgängerzone waren noch vereinzelt Menschen unterwegs, die sich Auslagen der Geschäfte ansahen oder einfach auf dem Heimweg waren.

Als der Abstand groß genug war, nahm Jakob Anlauf, sprang über die Blumenkübel und sprintete, so schnell er konnte, hinterher. Seine Stiefel hallten laut in der engen Straße, er keuchte schwer. Gleich würden die drei im Kurzentrum verschwunden sein, nur noch über die Straße mußte er, dann konnte er vielleicht sehen, welchen Eingang sie nahmen. Seine Knie wurden weich, die Lunge fing an zu stechen, nur noch ein paar Meter, die Schritte wurden ungleichmäßig, Lichter tanzten vor seinen Augen, jemand brüllte ihm noch etwas hinterher, und von links quietschten Reifen auf ihn zu.

10

»Wie die Wilden. Man ist ja seines Lebens nicht mehr sicher. Ohne Rücksicht auf Verluste. Na, Sie werden schon noch sehen. Das wird Ihnen eine Lehre sein!«

Die Stimme kam von weit hinter den Blauen Bergen und donnerte wie eine Lawine auf dem Weg ins Tal. Jakob schüttelte den Kopf. Stechender Schmerz zuckte genau zwischen seinen Ohren.

»Ich hab's genau gesehen, Sie sind ja die Straße runtergekommen wie Carraciola in seinen besten Zeiten. Das wird Sie Kopf und Kragen kosten, junger Mann. Ihre Taxilizenz können Sie vergessen.«

»Nu laß mal gut sein, Opa. Ist ja nichts passiert. Paß

auf, gleich macht er die Augen auf, und alles ist wieder in Ordnung. Den kenn ich, der fällt öfter mal hin.«

Die zweite Stimme war näher dran. Ein vertrautes Gefühl machte sich breit.

»He, bist du okay?«

Jemand rüttelte vorsichtig an seiner Schulter.

»Jakob, sag was. Dir ist doch nichts passiert, oder? Soll ich den Krankenwagen rufen?«

Bevor ihm einfallen wollte, wem diese Stimme gehörte, dröhnte der andere gnadenlos weiter: »Das haben Sie noch nicht getan? Haben Sie denn gar kein Verantwortungsgefühl? Was ist, wenn er innere Verletzungen hat? Vielleicht ist er schon tot?«

»Aufhören! Jetzt langt's aber!« Jakob schlug die Augen auf.

Über ihm hingen zwei blasse Köpfe in der Luft. Der eine hatte eine dunkelblaue Schiebermütze oben drauf, der andere ein enormes Kinn unten dran.

Kein Zweifel, das war Knud.

»Mann, da bin ich aber froh«, sagte das Kinn. »Alles klar soweit?«

Jakob nickte und versuchte, sich aufzusetzen.

»Tut mir leid, Mann, aber du bist einfach über die Straße gerannt. Ich hab dich überhaupt nicht sehen können.«

»Schon gut, mir ist ja nichts passiert.« Jakob wischte sich den Schmutz von der Jacke und betrachtete den Riß an seinem Schienbein. »Das war meine Lieblingshose.«

Knud half ihm hoch. Mit weichen Knien stützte sich Jakob auf seine Schulter und versuchte, zu sich zu kommen. Glasige Augen betrachteten ihn, und Jakob mußte grinsen.

»Na, Knud, schon wieder Doppelschicht?«

»Naja, Schulden bezahlen und so.« Er lächelte entschuldigend. »Du weißt ja, wie das ist. Soll ich dich lieber in die Nordseeklinik fahren? Du siehst ziemlich blaß aus.«

»Du aber auch, mein Lieber.« Jakob schob den linken Ärmel hoch, um einen dunkelblauen Fleck am Oberarm zu untersuchen.

»Komm, ich stell die Taxe weg, und wir gehen auf den Schreck was trinken. Jetzt kann ich sowieso nicht mehr fahren.«

Vor ihnen stand der alte Mann mit der Schiebermütze. Offenbar konnte er sich nicht zum Gehen entschließen.

»Buh!« machte Knud, und sie lachten los, aber Jakob durchzuckte ein Stechen im Kopf, daß ihm das Lachen verging.

Im Handschuhfach fanden sie ein paar Kopfschmerztabletten, die Jakob gierig runterwürgte, während Knud die Taxe vorsichtiger als gewöhnlich durch die Einbahnstraßen manövrierte, bis sie endlich wieder in der Elisabethstraße waren. Nachteulen gingen nicht zu Fuß. Sie parkten die Taxe direkt vor einem Laden namens »Lazy«. In der Bar im Parterre tanzte man auf den Tischen. Grace Jones hauchte »La vie en rose«. Man konnte glauben, sie hätten nur die eine Platte.

Der goldkettchenbehängte Türsteher nickte Jakob und Knud kaum merklich zu, als sie den Vorraum der Plüschdisco im ersten Stock betraten. Die überschwengliche Reaktion war fast schon zuviel des Guten. Von drinnen stampfte ihnen ein Viervierteltakt entgegen. Jakob war froh, daß er sich die doppelte Portion Dolomo gegeben hatte.

Die Luft war zum Schneiden. Dichte Rauchschwaden waberten im flackernden Licht der Scheinwerfer. Die beiden blieben einen Moment stehen, dann schoben sie sich durch die dichtgedrängt Tanzenden und suchten sich eine beschauliche Ecke, von der aus man einen guten Überblick hatte. Knud ging die Getränke holen. Das war nur fair.

Das Durchschnittsalter in dem Laden hinkte Jakob knapp fünfzehn Jahre hinterher. Aber deswegen ging man ja hierher. Teenies gucken. Verträumt lehnte er an einem der vibrierenden Baßschränke und suchte sich ein Objekt der Begierde. Wie immer fiel die Entscheidung ausgesprochen schwer. Große, Kleine, Dicke, Dünne, Breite, Schmale. Worüber konnte man mit so einem Prinzeßchen nur ins Gespräch kommen? Bunte Longdrinks? Wie schwer es war, eine Lehrstelle als Pediküre zu finden? Warum der Papi ihr nicht den Mercedes leihen wollte?

Das Stechen in seinem Kopf wurde stärker, und plötzlich war ihm klar, daß er auch hätte draufgehen können, als er Knud vor die Räder gelaufen war. Krampfartig zog sich sein Magen zusammen. Ihm fiel wieder ein, warum er über die Straße gerannt war. Das war beim Aufprall völlig verschüttgegangen. Der fette Erik kam ihm in den Sinn. Dem wollte er vielleicht doch lieber nicht im Dunkeln begegnen.

Vor Jakobs Nase tanzte ein Bier. Knud wedelte mit der Flasche. Sie nickten sich zu und tranken. Die Lautstärke machte Worte eigentlich unmöglich.

»Wohin wolltest du denn vorhin so eilig?« Knud kreischte Jakob direkt ins Ohr, daß sein Trommelfell zu kitzeln begann. Er steckte einen Finger ins Ohr und versuchte, sich an der Stelle zu kratzen.

»Kennst du den fetten Erik?« schrie Jakob zurück.

Knud nickte und rieb sein Kinn. Dann hob er eine Augenbraue. »Und?«

»Lange Geschichte.« Jakob winkte ab. Er wollte das Thema nicht vertiefen.

»Erik is'n Idiot!« brüllte Knud. Dann nickten sie beide.

Jakob konnte nicht davon lassen. »Was treibt der so?«

»Wer? Erik?« Knud hob die andere Augenbraue, dann die Schultern, und schließlich schob er den Daumen seiner rechten Hand deutlich sichtbar zwischen Zeige- und Mittelfinger hindurch. »Was soll er schon machen?« lachte er.

Da hätte Jakob auch selbst drauf kommen können.

Links von ihnen, direkt vor der gemauerten Festung des Diskjockeys, produzierten sich zwei feingemachte Vorstadtlolitas. Lustlos ließen sie die Arme hängen und trotteten fast bewegungslos auf der Stelle. Fast stießen sie mit ihren Nasen an die langsam rotierende Glitzerkugel, wenn sie unerwartet die blonden Mähnen warfen und sich mit schmalen Händen durchs Haar fuhren.

Knud zog die Mundwinkel weit nach unten und fächelte sich demonstrativ Luft zu.

»Na, wär das was?« brüllte Jakob.

»Beide auf einmal?« wollte Knud wissen.

»Wenn schon, denn schon.«

»Ich geh uns lieber noch was Bier holen. Was macht dein Kopf?«

»Total taub«, lachte Jakob.

Knud machte sich auf den Weg zum Tresen, und Jakob widmete sich wieder den wiegenden Hüften auf dem Parkett. Er tat einen Schritt aus dem Lichtkegel über der Baßbox heraus, um sich ungestörter umsehen zu können, und trat dabei versehentlich jemandem auf die Füße.

»Oh, tut mir leid«, wollte er sagen, aber die Worte blieben im Hals stecken.

Hinter ihm stand ein Klotz von einem Mann, einen ganzen Wasserkopf größer als er und mindestens doppelt so breit. Der Riese hielt einen Schlagring in der Hand, als er sich den ledernen Elbsegler aus der Stirn schob.

Jakob wollte ins Licht zurücktreten, um von den Umstehenden besser gesehen zu werden, aber wieder trat er jemandem auf die Füße.

»Vorsichtig«, zischte man ihm ins Ohr.

Jakob drehte den Kopf nach hinten. Im gleichen Moment traf ihn ein dumpfer Schlag in den Magen. Ekelhafter Schmerz breitete sich aus. Er knickte zusammen und wollte sich zu Boden sinken lassen, wurde jedoch hinterrücks von kräftigen Armen aufrecht gehalten. Er wollte schreien, aber nur ein leises Gurgeln kam aus seiner Kehle. Erst nachdem ihn die Faust ein weiteres Mal mit voller Wucht getroffen hatte, ließ man ihn fallen. Jakobs Hände krallten sich wie Enterhaken in den Stoff einer fremden Jacke. Dennoch sackte er in sich zusammen. Seine Schläfen pulsierten wie Vorschlaghämmer, und bittere Magensäure sammelte sich auf seiner Zunge. In Erwartung weiterer Schläge rollte er sich zusammen, preßte die Arme schützend vor seine Weichteile und wartete.

Sein Kopf war völlig klar. Adrenalin hielt ihn bei Bewußtsein, und er wußte, daß er lieber die Klappe hielt. Mit denen konnte er es im Moment nicht aufnehmen. Wenn ihm keiner zu Hilfe kam, konnten sie ihn in der dunklen Ecke totschlagen, ohne daß jemand etwas davon merkte. Jakob lag da und wartete.

Als nichts passierte, öffnete er langsam die Augen und sah direkt vor seinem Gesicht einen nagelbeschlagenen Schnürstiefel, der lässig im Takt der stampfenden Musik wippte. Jakob wollte seinen Kopf heben und etwas sagen, aber der Stiefel traf ihn voll vor die Brust. Der andere trat ihm von hinten in die Nieren. Jakob heulte vor Schmerz.

»Verdammt!« schrie er. »Was wollt ihr?«

Behäbig beugte sich der fette Mützenmann zu ihm herab, nahm seine Nase zwischen Zeige- und Mittelfinger und schüttelte Jakobs Kopf sanft hin und her.

»Du weißt genau, was wir wollen. Stimmt's, Alter?«

»Was denn?« Jakob versuchte, Zeit zu schinden. Knud mußte doch gleich wiederkommen.

»Was denn, was denn«, äffte ihn eine Stimme nach. »Stell dich nicht blöder, als du bist. Du vergißt einfach, was du gestern gesehen hast. Das ist alles nicht passiert. Ist das klar?«

»Was ist nicht passiert?«

Ein Stiefel traf ihn hart an der Schulter.

»Nichts ist passiert. Deswegen hörst du auch auf, dich drum zu kümmern. Hast du mich verstanden?«

Jakobs Hirn ratterte wie ein alter Webstuhl.

»Hast du mich verstanden?«

Was blieb ihm übrig als zu nicken? Also nickte er.

»Sag: Ja, lieber Onkel, wenn du mich verstanden hast. Hast du mich verstanden?«

Mühsam preßte Jakob die Worte hervor, und endlich ließ der andere seine Nase los.

»Hoffentlich«, zischte Erik. »Ich mach dich platt, wenn du dich nicht dran hältst. Merk dir das gut. Ich mach dich platt wie ne Flunder. Du hast keine Ahnung, worauf du dich eingelassen hast. Also laß die Finger davon.«

Mit diesen Worten richtete sich der Dicke auf und sah herab. »Damit wir uns auch richtig verstehen«, sagte er, holte aus und trat ihm voll gegen die Brust.

Der Schlag nahm Jakob den Atem. Er röchelte einen Moment und versuchte, zitternd sein Hemd aufzureißen. Ihm wurde schwarz vor Augen, dann tanzten wieder die gelben Punkte, die Musik donnerte an seinem Ohr vorbei und verschwand in der Ferne. Die Dunkelheit empfing ihn wie einen alten Bekannten.

11

Der klebrige Boden vibrierte von gewalttätig marschierender Musik. Die versammelte Armee der plündernden Schwedenkönige trampelte auf seinen Nerven herum. Woher, zum Teufel, kamen plötzlich all die Soldaten, warum mußten sie unbedingt so laut gröhlen, und warum beschwerte sich keiner der Nachbarn über den Lärm? Jakob hatte die sandfarbene Kutsche gar nicht gesehen, da war er ganz sicher. Nur an den Aufprall konnte er sich genau erinnern. Warum sagte keiner den Soldaten, daß der Krieg vorbei war? Der Krach mußte doch die ganze Straße wecken. »Ich muß es ihnen sagen«, dachte Jakob und riß die Augen auf.

Zwei der Soldaten beugten sich über ihn. Die langen, blonden Haare hingen ihm entgegen, und die großen Ohrringe klapperten hörbar. Das mußten Piraten sein. Schwedische Piraten. Sie ließen ihre Säbel, wo sie waren, und bewegten die rotgemalten Münder.

Jakob verstand kein Wort. Er schüttelte den Kopf, und wieder war da dieses Stechen, das seine Gedanken durcheinanderschüttelte wie die Lose einer Tombola.

»Wo bin ich?« Er kniff die Augen fest zusammen und riß sie ruckartig wieder auf.

Vor ihm standen die beiden Tänzerinnen. Eine sagte: »Laß ihn. Der merkt doch nichts mehr.« Die andere sah ihm unverwandt in die Augen.

»Was ist denn los? Können wir dir helfen?«

»Beate, nun laß ihn schon in Ruhe. Is doch nur'n besoffener Penner. So'n Althippie. Den sollten sie hier gar nicht reinlassen.«

»Aber wir können ihn doch nicht einfach hier liegenlassen ...«

»Die anderen kümmern sich doch auch nicht drum.

Nur du mußt dich wieder mal unmöglich machen. Komm schon!«

Knud kam ins Blickfeld. Sein Kinn zeigte sich besorgt.

»Mann, Alter, was ist denn los mit dir? Soll ich dich doch eben in die Klinik fahren? Sackst hier einfach zusammen.« Er packte ihn unter den Achseln und hob ihn hoch.

»Kannst du stehen?«

»Klar.«

»Sicher?«

»Logo.« Jakob konnte seinen Blick nicht von der kleinen Samariterin abwenden. Ein Engel in der Finsternis.

»Siehst du? Doch kein Penner«, sagte sie mit triumphierendem Blick zu ihrer Freundin.

»Auch wenn er nicht besoffen ist, bleibt er ein Penner. Das sieht man doch«, gab die andere zurück.

»Nu geht mal wieder Arschwackeln und laß mich durch«, fuhr Knud dazwischen, warf Jakob halb über die Schulter und schleppte ihn zum Ausgang. »Die Biere könnt ihr euch nehmen, wenn ihr wollt.«

»Dein Bier kannst du dir in den Arsch schieben«, hörte Jakob hinter sich.

Draußen vor der Tür stellte Knud ihn auf die Beine.

»Na, schon besser?«

Jakob nickte. »Ich glaub, ich fahr lieber mal nach Hause«, murmelte er.

»Kannst du denn fahren?«

»Glaub schon.« Jakob stutzte. »Wenn ich nur wüßte, wo mein Wagen steht.«

»Hast ihn ausgelöst?« mischte sich der schwarzgelockte Türsteher ein und ließ einen Packen Garderobenmarken durch die Finger rattern. »Wollte ihn selbst schon letzte Woche kaufen. Völlig durch, das

Ding. Die Hydraulik müßte mal überholt werden. Und achtzehn Liter auf hundert.« Abfällig schüttelte er den Kopf. »Das war wohl nix.«

Jakob wandte sich ab, damit er nicht auf ihn eingehen mußte.

»Wo bist du denn vorhin gewesen?« fragte Knud.

»Suse«, sagte Jakob stirnrunzelnd.

»Bei Suse? Habt ihr euch wieder vertragen?«

»Geht so.«

»Find ich gut. Ihr beide paßt zusammen. Hab ich schon immer gesagt. Jakob und Suse, hab ich gesagt, die zwei passen wie Arsch auf Eimer ...«

»Schon gut, Mann. Ich glaub, ich weiß, wo der Wagen steht. Ich mach mich mal auf die Socken.« Jakob wurde unruhig.

»Und du willst ganz bestimmt jetzt Auto fahren?« Knud klang ehrlich besorgt.

»Ganz bestimmt. Ich weiß schon, was ich tu. Keine Sorge. Mach's gut. Laß was von dir hören.«

Jakob drückte den Arm, der ihn stützte. Dann ging er etwas unsicher die Treppen zur Straße hinunter, wandte sich nach links und machte sich auf den Weg zum Miramar. Alles, was er jetzt brauchte, waren eine riesengroße Mütze voll Schlaf und viel Zeit zum Nachdenken. Die Ohren summten, und sein Kopf fühlte sich an wie ein nasses Brötchen.

Bisher war er nicht in der Lage gewesen, irgendwelche vernünftigen Zusammenhänge herzustellen, alles wirbelte in seinem Schädel herum. Der Tote. Das Geld. Die Bullen. Die Zuhälter. Sylt den Syltern. Sein Verfolger. Der fette Erik. Das paßte doch alles überhaupt nicht zusammen. Was hatte Erik gesagt? »Vergiß alles, was du gesehen hast?« Woher wollte der Typ denn wissen, was Jakob gesehen hatte?

Er blieb stehen. Natürlich. Jemand mußte ihn unten

am Strand beobachtet haben. Jemand, der selbst zuviel zu verbergen hatte, als daß er ihn verpfeifen konnte. Das war es. Es war immerhin möglich, daß Erik und seine Helfershelfer den Luden selbst auf dem Gewissen hatten. Zuzutrauen war es ihnen. Aber wieso? Und woher kam die ganze Kohle? Und warum ließen sie Jakob mit dem Geld abziehen, wenn sie gesehen hatten, wie er sich die Tüten unter den Arm klemmte? Hinter ihm scharrte jemand mit den Füßen. Jakob zuckte erschrocken zusammen. Dann schoben sich zwei verliebte ältere Herren gesenkten Blickes an ihm vorbei. Erleichtert sog er die Lungen voll salziger Luft und durchsuchte seine Taschen nach Kleingeld für Zigaretten.

12

Die Fahrt über die nachtschwarze Insel glich einem Flug durchs All. Der Wagen schwebte wie ein Raumschiff seinem Ziel entgegen. Jakob lag, tief in Gedanken versunken, in die weichen Kissen seines französischen Sofas gelehnt, rauchte eine Camel nach der anderen und rollerte mit verkehrsbehindernder Geschwindigkeit nah am Mittelstreifen in Richtung Norden. Zwei hupende Taxis überholten ihn auf der Schnellstraße nach Wenningstedt, aber Jakob sah nur die gelben Hungerleuchten als tanzende Punkte vor seinen Augen. Auf Höhe des Kampener Leuchtturms riß er plötzlich das Lenkrad hart nach rechts und trat mit aller Kraft auf die pneumatische Bremse, so daß der Wagen schräg auf dem Radweg zum Stehen kam.

Was hatte der fette Erik gesagt? »Das ist alles nicht passiert?« Ach.

Ganz sicher war Jakob sowieso nie, ob alles Wirklichkeit war, was um ihn herum passierte, aber diese plumpe Lüge rief seinen bloßen Trotz auf den Plan. Die blauen Flecken und brennenden Schürfwunden bewiesen, daß er sich nicht darauf verlassen konnte, unbeschadet aus dieser Geschichte aufzuwachen. Das beste war, sich einen Plan zu zeichnen, auf dem die Zusammenhänge deutlich wurden. Eine große Pappe, auf der er alle Beteiligten aufmalte. Mit Pfeilen konnte er die Verbindungen herstellen. Genau. Das wollte er tun. Der Leuchtturm strich sein gelbliches Licht über den Acker. Jakob legte den ersten Gang ein.

Kurz hinter Kampen passierte er einen Pulk von Radfahrern, die wacker durch die Dunkelheit buckelten. An der Vogelkoje fiel ihm ein, wo er seine Filzstifte verstaut hatte und welche Pappe er nehmen wollte. Er kämpfte gegen ein Gähnen an und bog um die letzte Kurve vor seiner Düne.

Das Haus war hell erleuchtet.

Jakob trat auf alle Pedale gleichzeitig und schleuderte um ein Haar in den Graben neben der Straße, weil er sich nicht von seinem Haus abwenden konnte. Dann gab er Vollgas. Der schwere Wagen nahm nur behäbig wieder Geschwindigkeit auf. Jakob fuhr bis zur Kreuzung am Sonnenland, wendete und fuhr mit Standlicht in Richtung Süden zurück. Etwa hundert Meter vor dem Haus parkte er und fingerte seinen neuen Revolver unter dem Sitz hervor. Um ihn herum war stockfinstere Nacht. Nur die gelben Quadrate der Fenster bohrten sich fest in die Dunkelheit.

Wütend kroch Jakob die Nachbardüne hinauf und versuchte, etwas zu erkennen. Er war stinksauer, daß er das Geld unbeaufsichtigt in der Hütte gelassen hatte. Kein Wunder, daß Erik und Konsorten ihn nicht danach gefragt hatten. Sie hatten längst gewußt, wo sie suchen mußten.

Gebückt schlich er ums Haus herum, ließ gebührenden Sicherheitsabstand und achtete darauf, daß er den Blick nicht von den Fenstern nehmen mußte. Außer dem Rauschen des Meeres war nichts zu hören. Und zu sehen war überhaupt nichts. Eine Weile blieb Jakob bäuchlings im Sand liegen, bis die Spannung soweit nachgelassen hatte, daß ihm die Augen zufielen und er zu frieren begann. Er richtete sich auf, klopfte die zerrissene Hose ab und ging mutig – die Waffe in der erhobenen Hand – auf seine Hütte zu.

Die Tür stand offen, und soweit man sehen konnte, war niemand drinnen. Jakob drückte sich an der Außenwand entlang bis zu einem der Fenster und wagte einen vorsichtigen Blick ins Innere. Niemand zu sehen, aber der Raum war kaum noch wiederzuerkennen. Die Eindringlinge hatten ganze Arbeit geleistet. Bilder waren von der Wand gerissen, Tische und Stühle umgeworfen, Schubladen ausgekippt, der Schrank leergeräumt. Sie hatten sogar den alten, roten Teppich angehoben und versucht, die Holzbohlen aufzustemmen. Nichts war mehr an seinem Platz. Nichts, aber auch gar nichts. Das Bett hatten sie von der Wand geschoben. Das war's dann wohl. Er brauchte gar nicht erst nachzusehen. Die Enttäuschung konnte er sich sparen. Die Kohle war weg.

Mutlos wandte sich Jakob von diesem Bild der Verwüstung ab. Wie hätte es auch anders kommen sollen? Damit war zu rechnen gewesen. Mit hängenden Schultern trottete er durch die aufgebrochene Tür. Alles hatten sie geschändet. Karl May lag zerfleddert am Boden, und über seine Robert Mitchum-Fotosammlung hatten sie den letzten Rotwein gegossen. Barbaren. Sogar den Mülleimer hatten sie ausgekippt. Unter einer alten Filtertüte fand er Suses ersten Brief.

Als er sich aber erschöpft aufs Bett fallen ließ, glaubte er plötzlich, seinen Augen nicht zu trauen. Die

Mauer am Kopfende war verdächtig unversehrt. Vorsichtig ließ er eine Hand darübergleiten. Keine Spur von Gewalt. Der rauhe Putz lag gleichmäßig auf der Wand.

Augenblicklich war Jakob auf den Beinen. Mit zitternden Händen fummelte er den lockeren Stein hervor, setzte sich wieder aufs Bett, um besser ranzukommen, kratzte mit den Fingernägeln an der Mauer herum und hielt schließlich laut lachend den Mauerstein in der Hand. Ungläubig griff er in das Loch. Er fühlte die beiden Plastikbeutel an seinen Fingerspitzen. Den einen davon riß er kurz hervor, um sicherzugehen, daß er sich auch tatsächlich nicht täuschte, ließ ihn wieder fallen und schloß das Loch in der Mauer so schnell, wie er es geöffnet hatte. Das Geld war noch da. Jakob stand vollkommen neben sich. Feuchte Augen und rote Wangenflecken ließen seinen Kopf ganz heiß werden.

Das alles war schwer verständlich. Wer den Boden aufstemmte, mußte doch auch die Wände abklopfen. Das war doch halber Kram.

Kopfschüttelnd saß er noch eine ganze Weile da, die Ellbogen auf die Knie gestützt. Eine Hand in die andere gelegt, kniff er die Augen zusammen und rauchte konzentriert. Er fand noch einen Rest Kirschwasser, den er vor Jahren zu Ostern bekommen hatte, und trank ihn aus der klebrigen Flasche. Irgendwie hatte er sich mehr Spaß von diesem Abenteuer erhofft. Er hatte nicht damit gerechnet, daß es so schnell und unvermittelt auf ihn zurückschlagen würde.

Als Jakob klar wurde, daß es kein Zurück mehr gab, daß er nur noch vorwärts funktionieren konnte, setzten wieder die stechenden Kopfschmerzen ein. Er versuchte, sich seine nächsten Schritte auszumalen, und ließ den Blick auf der Suche nach Pappe und Filzer lustlos über das Chaos auf dem Boden wandern. Das konnte er auch morgen machen, wenn er das Durcheinander wieder im Griff hatte. Und dann würde er sich um den Jungen in der grünen Jacke kümmern. Da konnte der fette Erik ihm solange drohen, wie er wollte. Auf jeden Fall machte er von jetzt an keinen Schritt mehr ohne seine Waffe. Unwirsch stand er auf, schloß die Fenster und Vorhänge, schob das Gestell zurück an die Wand und löschte das Licht. Das Bett protestierte quietschend, als er sich darauf warf. So lag er bis zum Morgengrauen, starrte an die dunkle Decke und versuchte, an nichts zu denken.

13

Jakob nutzte die Gelegenheit, seine weiße Hütte auszumisten. Jetzt, wo sowieso die Hälfte seiner Habe zerrissen oder eingeweicht war, hatte man ihm endlich die Entscheidung darüber abgenommen, was er denn nun behalten wollte und worauf er eigentlich verzichten konnte.

Er hatte alle Fenster und das Vormittagsprogramm im Radio aufgerissen, stopfte große, graue Mülltüten mit alten Zeitungen voll und sammelte die bunten Scherben von dem Service zusammen, das ihm seine Mutter geschenkt hatte. Es war das erste Mal in den letzten fünf Jahren gewesen, daß sie Interesse an ihm gezeigt hatte. Es würde wohl auch das letzte Mal gewesen sein. Vor einiger Zeit hatte sie den hilfreichen Nachbarn geheiratet, der ihr in der schweren Zeit nach dem Tod ihres Mannes zur Seite gestanden hatte. Onkel Waller besaß die unangenehme Eigenschaft, sich genauso penetrant in Jakobs Leben einzumischen, wie er sich in die kleine Pension gedrängt und seiner neuen Frau auf ihre alten Tage noch ein Kind angedreht hatte. Eine Woche nach ihrem unangemeldeten Besuch jedenfalls war eine Kiste voller Porzellan mit der Post gekommen.

Jakob saß auf dem Boden in der prallen Sonne, die Beine gespreizt und vor sich Briefe, Fotos und Zeitungsartikel aus den letzten dreißig Jahren. Alles Mögliche hatte sich im Laufe der Zeit angesammelt. Es gab ihm das vage Gefühl, eine Vergangenheit zu haben.

Er war an diesem Tag ungewöhnlich früh aufgestanden, nachdem er kaum mehr als ein paar Stunden gedöst hatte. Gut gelaunt und voller Tatendrang war er vom grellen Licht aufgewacht, das durch einen Spalt zwischen den Vorhängen hereinfiel. Er hatte Kaffee gekocht und die Wunden des Vortages geleckt. Er hatte Glück gehabt. Kaum etwas war übrig geblieben. Nur ein paar Prellungen und eine gemeine Schürfwunde an der Stirn, deren Schorf sich mit Dreck vermischt hatte, so daß er die Stelle mit Alkohol reinigen mußte. Dafür hatte er die Zähne zusammengebissen und mit Freude an die Deppen gedacht, die ihm das Geld überlassen hatten, weil sie zu blöd gewesen waren. Jetzt gehörte die Kohle endgültig ihm.

Nachdem er die gröbsten Arbeiten im Haus erledigt und zufrieden in die Runde geblickt hatte, setzte er sich an seinen lädierten Schreibtisch, zog ein Blatt Papier hervor, nahm einen Schreiber zur Hand und saß etwa zehn Minuten regungslos vor dem leeren Zettel. Sein Magen knurrte. Er stand auf, warf sich seine Jacke über und stapfte runter zur Straße.

Der schwarze Lack des Wagens hatte sich in der Sonne so sehr aufgeheizt, daß Jakob seine Finger an der Haube versengte, als er sich darauf stützen wollte. Drinnen war es unerträglich stickig. Er kurbelte alle Fenster runter und setzte seine Sonnenbrille auf. In

Kampen standen zwei Tramperinnen an der Straße und winkten. Schweigend saßen sie auf der Rückbank und dufteten betörend vor sich hin. Von Zeit zu Zeit tuschelten sie sich etwas zu, was Jakob nicht verstehen konnte. Und offenbar auch nicht verstehen sollte. Wenn jemand flüsterte, hatte er immer das Gefühl, es richtete sich gegen ihn. Er war froh, als er die beiden unten an der Friedrichstraße absetzen konnte. Sie würdigten ihn keines Blickes, als er ihnen hinterhersah.

Beim Bäcker an der dicken Wilhelmine kaufte Jakob Brötchen und Croissants, Saft und Käse. Dann fuhr er in Richtung Osten, vorbei am ehemaligen Amtsgericht, in dem inzwischen die Polizeiwache untergebracht war, bog hinter der alten Dorfkirche in die Bastianstraße ein und hielt vor einer baufälligen Bretterbude. Zwischen all den gepflegten, weißen Reetdachhäusern wirkte die Hütte von außen wie ein Fahrradschuppen aus der Vorkriegszeit. Mehrere Bürgervereine und Nachbarinitiativen hatten schon versucht, den Abriß zu verfügen, aber selbst die Baubehörde konnte nichts ausrichten, denn die vermeintliche Einsturzgefahr hatte sich als solider Unsinn entpuppt.

Jakob ging um das Haus herum und spähte durch die großen Scheiben, die auf den verwilderten Garten hinausblickten. Kniehohe Brennesseln wuchsen neben Rhabarber und Löwenzahn. Kaninchen spitzten auf dem Rasen ihre Ohren und hoppelten sicherheitshalber in den Schutz der nahen Büsche. Vorsichtig klopfte Jakob ans Fenster und versuchte, im Inneren des Hauses etwas zu erkennen. Alles war dunkel. Er klopfte lauter und gab sich Mühe, die Terrassentür zu öffnen, als eine hagere Gestalt auftauchte und sich den abgewetzten Morgenmantel um die Schultern warf. Weiße Haare hingen glatt und strähnig auf die Schultern herab, und das graue Gesicht verzerrte sich zu einem gewaltigen Gähnen.

»Ach, du bist es ...«

Dürre Finger fummelten an dem Schloß der Tür herum. Jakob wartete einen Moment, dann winkte er mit der Brötchentüte. Der andere sah ihn an und zuckte mit den Schultern. »Klemmt«, sagte er dumpf hinter der Scheibe. »Komm vorne rum.« Jakob stelzte zurück durch den Rhabarber und trat aus Versehen auf etwas, das wie der halbherzige Versuch einer Spargelzucht aussah.

Pop machte ihm die Tür auf, murmelte irgendwas von kaltem Wasser und schlurfte voraus. Es roch nach Schlaf und alter Wäsche. Jakob öffnete die Terrassentür problemlos und sah sich um. Der Raum war bis unter die Decke angefüllt mit alten Orgeln, selbstgebauten Synthesizern und Verstärkern, halbkaputten Lautsprechern, massenhaft Bandmaschinen in allen Größen und einem badewannengroßen Mischpult. Kabel lagen auf dem Boden verteilt wie Schlangen im Terrarium. An den Wänden hingen bunte Gitarren jeder Form und Machart, Bässe, Geigen, ein demoliertes Cello, mehrere verbeulte Blasinstrumente, und über dem Schreibtisch prangte, umgeben von unzähligen Erinnerungsfotos, die meist Pop zu seiner besten Zeit zeigten, ein riesenhaftes Plakat von David Bowie.

Jakob war länger nicht hier gewesen, aber es hatte sich nicht viel verändert. Als Pop vor ein paar Jahren seinem versoffenen Vater die alte Hütte abgekauft hatte, damit dieser sein Rheuma von der ewigen Feuchtigkeit auskurieren sollte, hatte er eigentlich alles so gelassen, wie es war. Nur die Sperrmüllmöbel hatte er endlich auf den Sperrmüll zurückgestellt und dafür den leeren Raum mit Musik gefüllt. Als Jakob hörte, daß die Dusche abgestellt wurde, ging er in die Küche und setzte Kaffeewasser auf. Da er keine Filtertüten finden konnte, nahm er Klopapier, das er sorgfältig in dem angeschlagenen Porzellanfilter verteilte.

»Na, kannst das wohl schaffen?« Pop stand im Türrahmen, rubbelte sich mit einem Handtuch die Haare trocken, beugte sich vornüber und schüttelte seine nasse Mähne.

»Nee, ich bin zu blöd zum Kaffeekochen«, gab Jakob zurück.

»Hab ich gewußt.« Pops Grinsen trieb ihm tiefe Furchen ins Gesicht. »Wie geht's dir? Was gibt's Neues?«

»Ach, wie gehabt. Nichts Besonderes.« Jakob goß das heiße Wasser in den Filter.

»Und woher hast du den Kratzer auf der Stirn? Ich hab gehört, du spielst Sherlock Holmes. Das ist doch was Neues.«

Jakob sah ihn an. »Wo hast du das denn her?«

»Gestern abend bei Matze. Du mußt ja einen ziemlichen Aufstand veranstaltet haben.« Pop holte ein paar angeschlagene Tassen aus dem Schrank. »Was war los?«

»Erzähl ich dir gleich. Ich muß dir unbedingt was zeigen. Setzen wir uns nach draußen?«

Jakob hob das Tablett vorsichtig an und trug es hinaus auf die Terrasse, stellte es auf den krummbeinigen Tisch und holte zwei Stühle von drinnen, die er sorgsam mit Blick auf den Garten postierte. Dann stand er einen Moment lang drinnen vor der Gitarrenwand und griff sich nach einiger Überlegung die dicke, verschrammte Gibson, die ganz rechts außen hing. Angeblich hatte sie mal B.B. King gehört. Pop hatte zu jedem Instrument mindestens eine Anekdote parat. Jakob hatte sich abgewöhnt, den Wahrheitsgehalt der harmlosen Geschichten anzuzweifeln, nachdem er Pop mit seiner Skepsis ein paar Mal tief gekränkt hatte. Die Gitarre jedenfalls sprach für sich.

Während Pop seine Glieder in der Sonne ausstreckte, saß Jakob zurückgelehnt auf dem Stuhl, hatte die Beine übereinandergeschlagen und griff konzentriert in die Saiten. Er spielte immer dasselbe, seit Jahren schon, wiederholte die altbekannten J. J. Cale-Riffs bis zur Hypnose, verläßlich und stur. Nach zehn Minuten stellte er die Gitarre weg.

Pop lag reglos in der Sonne. Das Hawaii-Hemd zeigte einen Tiger auf der Jagd, seine Sonnenbrille wurde von braunem Paketband zusammengehalten.

»Was macht die Kunst?« fragte Jakob. »Kommst du weiter?«

Pop rührte sich nicht. Jakob war nicht sicher, ob er ihn gehört hatte. Er wollte die Frage gerade wiederholen, da spitzte Pop die Lippen.

»Manchmal denk ich, das wird nie was. Wie kann man Klänge erzeugen, die man nur in seinem Kopf hört? Töne, die kein anderer Mensch wahrnehmen kann? Letzte Woche mußte ich alles wieder löschen, weil die Katzen fast einen Herzkasper hatten. Ich will ja niemanden umbringen mit meiner Musik.«

»Und was sagt deine Plattenfirma dazu?«

»Die wollen nach wie vor Liedchen von mir. Gassenhauer. Damit bin ich fertig, aber sie wollen es mir nicht so richtig glauben. Mit denen kann ich nicht mehr rechnen. Ist aber auch egal. Unangenehmes Thema. Was macht deine Musik?« Pop senkte den Kopf.

»Meine Musik? Ach, ich bin doch nur ein Feierabendmucker.«

Sie sahen sich an. Pop schob die Sonnenbrille hoch und kniff die Augen zusammen.

»Aber ein sehr guter Mucker. Seinerzeit.«

Jakob nickte. »Seinerzeit. Schwamm drüber.«

Sie saßen in der Sonne, alle viere von sich, und tranken wortlos viel zu starken Kaffee.

»Du warst lange nicht hier«, sagte Pop schließlich. »Du wolltest mir was zeigen.«

Jakob lehnte sich vor und brach ein Stück Croissant ab.

»Ja, geht gleich los. Kannst du mir versprechen, daß du alles für dich behältst, was ich dir erzähle?«

»Oha ... ein Geheimnis«, sagte Pop übertrieben gehaltvoll. »Ich liebe Geheimnisse. Was ist es?«

»Hast du mal was von Leuten gehört, die das böse Spiel mit den Touristen übertreiben? Hier auf Sylt? Ich meine, Leute, die mit ihrem Haß auf die Fremden ernst machen?«

»Erwischt, Herr Kommissär. Ich wollte meine Musik beim Kurkonzert vorstellen. Das geht jetzt wohl nicht mehr.« Pop schob die Unterlippe vor und trommelte mit den Fingern auf der Lehne.

»Im Ernst. Kennst du Leute, die so drauf sind, daß sie es wirklich tun würden?«

»Du meinst, es gibt welche, die Kurgäste plattmachen? Richtig plattmachen? Genial!«

»In anderen Kreisen sagt man dazu Mord.«

Einen Augenblick lang fiel kein Wort. Pop zupfte an seinemOhrläppchen.

»Du meinst das wirklich so?«

»Genau so.« Jakob zog den Zettel hervor und strich ihn auf der rostigen Tischplatte glatt. »Sagt dir das was?«

»Woher hast du das?« Pop nahm den Zettel in die Hand und hielt ihn gegen die Sonne.

»War in dem Koffer mit dem toten Luden, den sie gestern morgen am Strand gefunden haben.«

»Und du? Woher hast *du* das?«

»Ich war da.«

»Oh, Mann!« Pop schüttelte den Kopf. »Das war klar. Die ganze Insel redet davon, und du hängst mittendrin. Dafür hast du echt Talent.«

»Ich weiß. Fiese Geschichte.«

»Um den Luden ist es ja nicht schade, aber ...«

»Was?«

»Ich meine ... vielleicht findest du die Frage ja indiskret, aber du hast doch nicht etwa ...«

»Nein, nein, ganz harmlos. Ich bin über den Koffer gestolpert und hab nachgesehen, was drin ist. Das da hab ich gefunden. Und den zersägten Mann. Häßlich.«

Pop sog scharf Luft durch seine Nase.

»Hätte ja sein können«, sagte er.

Zwei Kaninchen wagten sich heldenmutig zum gefährlich ungeschützten Löwenzahn auf der Mitte der Wiese.

»Sylt den Syltern.« Pop nickte vor sich hin. »Ich kenn da ein paar, die rumlaufen und alte Leute erschrekken, aber das ist wohl was anderes. Erinnerst du dich an Gisbert und Thomas? Aus Archsum? Die haben mal ne Zeitlang nachts Wohnwagen umgekippt. Einfach so. Aber das is'n anderes Kaliber.« Er dachte nach. »Wenn das keine Finte ist, dann sind das Irre. Aber vorstellen kann ich es mir nicht. Was meinst du?«

Jakob stellte seine Tasse ab. »Kennst du den fetten Erik?«

»Den Bruder von Sven Johannsen? Den kenn ich lieber nicht. Hat der was damit zu tun?«

»Auf jeden Fall hat er mich gestern abend im Lazy etwas unfein darauf hingewiesen, daß ich mich raushalten soll.«

Jakob kratzte sich neben dem juckenden Pflaster die Stirn.

Pop lächelte, streckte seinen rechten Zeigefinger langsam in die Luft, legte an, zielte auf die ahnungslosen Pelztiere und gab einen lautlosen Schuß von sich. Treffer. Die beiden Nager ließen sich nicht stören.

»Ach«, sagte er, »ist ja 'n Ding. Den hab ich sowieso auf'm Kieker. Ich hör mich mal um. Vielleicht finde ich ja was raus.«

»Genau darum wollte ich dich bitten.«

»Gut, kein Problem. Aber weißt du was, Jakob?«

»Was?«

»Sylt den Syltern ...« Pop seufzte.

»Was ist damit?«

»Find ich auch.«

»Das ist aber nicht das Problem.«

»Ich weiß. Noch Kaffee?« Hinter Pops Sonnenbrille spannten sich schlaffe Augensäcke zu einem verbindlichen Lächeln. Die Sonne schien, und alles war gesagt.

14

Die Halle des Postamts in der Kjerstraße war so häßlich, daß Freiherr von Stephan persönlich darin Amok gelaufen wäre. Sein Denkmal hatten die Stadtväter daher wohlweislich zwei Straßen weiter in den Park gegenüber vom Rathaus gestellt. Damit der alte Herr seine Ruhe hatte.

Dreimal schickte man Jakob zu einem anderen Schalter, und überall mußte er sich ganz hinten anstellen. Eine Zeitlang beobachtete er gleichmütig das Flackern einer defekten Neonröhre, dann betrachtete er interessiert die orangefarbenen Leuchtbälle, die wie überreife Apfelsinen von der Decke hingen. Als er schließlich wieder vor dem Fenster des dickbebrillten Barsches stand, der ihn als erster weitergeschickt hatte, war Jakob kurz davor, seinen Revolver zu ziehen. Eine ältere Dame mit kariertem Kopftuch und Langhaardackel an der Leine stützte ihn für einen Moment, dann hatte er sich wieder im Griff.

Der Sachbearbeiter für unbezahlte Telefonrechnungen saß in einem winzigen, halbdunklen Zimmer abseits des Publikumsverkehrs. Er hielt Jakob einen zwanzigminütigen Vortrag über den volkswirtschaftlichen Nutzen eines intakten Telefonnetzes, welches seiner Ansicht nach nur aufrechtzuerhalten sei, wenn jeder Teilnehmer nach bestem Wissen und Gewissen seinen Beitrag dazu leiste. All diese riesigen Satelliten oben am Himmelszelt und die unzähligen Kabelwürmer unter der Erde kosteten schließlich Bargeld. Der Mann lächelte über seinen kleinen Scherz. Natürlich sei er sich darüber im klaren, daß momentane Engpässe eine prompte Entrichtung verschieben konnten, aber er wolle sich nicht nehmen lassen, noch einmal darauf hinzuweisen, daß eine sorgfältige finanzielle Absicherung einem Teilnehmer die Schande unbezahlter Rechnungen ersparen könne.

Jakob blätterte ihm fünf Hunderter hin.

»Der Rest ist für Sie«, sagte er und ging.

Unten in der Halle fand er eine freie Telefonzelle und eroberte sie. Er wählte die Nummer der Kurverwaltung. Suse war gleich dran.

»Gut, daß du anrufst«, sagte sie. »Ich hab's schon ein paar Mal bei dir versucht. Du hast deine Rechnung nicht bezahlt. Warte mal einen kleinen Moment. Da ist ein Gespräch auf der anderen Leitung.«

Es klickte, und Jakob lauschte dem weit entfernten Stimmengewirr, das ihm aus der Muschel entgegenflüsterte. Er lehnte sich an die gläserne Wand der Zelle und legte sich Worte zurecht, die er Suse sagen wollte. Das mit der Rechnung konnte er nicht auf sich sitzen lassen. Sie wollte ihm doch nur sagen, daß er unzuverlässig war. Das war ungerecht. Draußen stand ein kleiner Junge, der seine Arme liebevoll um eine dänische Dogge gelegt hatte.

»Hallo, bist du noch da?« Ihre Stimme klang angestrengt.

»Klar. Sag mal, ich will dich gar nicht groß bei deiner Arbeit stören. Ich war nur neugierig, ob du was rausgefunden hast. Und ob du überhaupt was versucht hast. Du warst ja ziemlich sauer gestern abend.«

Schweigen.

»He. Hallo.«

»Oh ja, entschuldige, Jakob. Hier ist im Moment ne ganze Menge los. Roberto Blanco kommt heute zur Autogrammstunde, und nichts klappt. Aber ich hab mit Loni telefoniert, weißt du, die ist doch Volontärin bei der Rundschau. Die konnte mir nicht viel erzählen, weil sie nicht allein im Büro war. Sie sagte, da wäre zwar völlige Hektik in der Redaktion, haufenweise Reporter vom Festland sitzen rum, trinken Bier und warten auf den Obduktionsbericht, aber in der Zeitung steht nicht viel, weil sie Order direkt aus dem Rathaus haben. Unser lieber Bürgermeister hat persönlich darauf bestanden, daß sie sämtliche Meldungen zu dem Mord am Strand vorerst möglichst knapp halten und auf keinen Fall rumspekulieren. Trutz Blanke Hans hält sich doch sonst aus allem raus. Das ist doch irgendwie komisch, oder? Warte mal, da ist noch ein Gespräch. Kleinen Moment, ja?«

Jakob stieß sich von der Glaswand ab und fingerte eine Zigarette aus der Tasche. Das war allerdings komisch. Der joviale Hans Holtz war seiner Aufgabe als Bürgermeister bisher nicht besonders ausgiebig nachgekommen. Als Repräsentant war er zwar geradezu begnadet, weil er immer mehr trinken konnte als alle anderen, aber als Bürgermeister war er eine völlige Niete und mit der Zeit zum Strohmann degradiert worden. Wenn der Blanke Hans sich einschaltete, konnte das eigentlich nur heißen, daß es sich um eine für ihn existenzbedrohende Angelegenheit handelte.

Jakob wechselte den Hörer in die andere Hand und klopfte seine Filterlose an die Scheibe. Draußen hatte sich eine kleine Schar von Bewerbern um das Telefon zusammengefunden. Erster Anwärter war noch immer der Junge mit der Dogge. Ein nervöses Pärchen, das über und über mit Plastiktüten bepackt war, hatte sich dazugesellt, dahinter eine fünfköpfige Familie, die ausnahmslos in gelbes Ölzeug gewickelt war. Sie sahen aus wie die Mainzelmännchen auf hoher See. Die Dogge hauchte von außen gegen das Glas. Eines der größeren Mainzelmännchen deutete auf das Nichtraucherschild an der Wand. Es klickte in der Leitung. Jakob wandte sich ab.

»... und komm erst wieder, wenn du das fertig hast«, hörte er im Hintergrund.

Jakob setzte zu seiner Erklärung an.

»So, da bin ich wieder«, fuhr Suse ihm dazwischen. »Wo waren wir stehengeblieben? Das mit dem Bürgermeister hatte ich schon erzählt, oder? Also, das kam mir alles komisch vor. Ich hab einfach ein paar Leute angerufen. Die meisten wußten auch nicht mehr als ich, aber durch Zufall fiel mir ein, daß dieser Walter Wilde ein Apartment im Kurzentrum hatte. Also hab ich meinen Vetter Sören angerufen, der in so'ner Vermittlung Telefondienst macht. Und tatsächlich, was meinst du wohl, was ich rausgefunden habe?«

Jakob war nicht sicher, ob das eine ernstgemeinte Frage war. Sollte er jetzt die Antwort raten? Die Dogge sabberte gelangweilt an die Scheibe.

»Sören war's?«

In der Leitung raschelte es.

»Sag mal, Jakob. Hörst du mir eigentlich zu? Ich bemüh mich hier den ganzen Morgen, Licht in deine dunkle Geschichte zu bringen, und du machst blöde Witze. Finde ich nicht komisch. Überhaupt nicht.«

»Tut mir leid, aber hier stehen Hunderte von Leuten, die alle telefonieren wollen. Wär ganz gut, wenn du auf den Punkt kommen könntest. Also, was hat Sören dir erzählt?«

Jakob wand sich vor konzentrierter Freundlichkeit, und Suses Stimme klang viel weicher, als sie weitersprach.

»Die Wohnung, in der dieser Typ seit etwa einer Woche wohnte, hat er nicht selbst angemietet. Sören hat mal kurz einen Blick in die Kartei geworfen. Der Auftrag kam telefonisch von einer Firma in Hamburg. Ich hab den Namen zwar noch nie gehört, aber nach Reeperbahn und Stripshows hört sich das eigentlich nicht an. Sagt dir der Name NORDBETON HAMBURG irgendwas?«

»Hört sich eher so an, als ob uns das in die Irre führt, oder? Hat Sören den Mann mal getroffen? Hat er was erzählt?«

»Nee, hat er nicht, aber er jobbt da auch nur. Wer weiß, was dran ist. Ich versuch rauszufinden, wem diese Firma gehört.«

»NORDBETON«, sagte Jakob leise. »Hört sich an, als hätten die das Kurzentrum gebaut.«

»Das war BAUBETON, das weiß doch jeder. Und die sind wieder hingegangen, wo sie hergekommen sind. Die Geschichte ist zu lange her.«

Jemand versuchte rabiat, die Tür der Telefonzelle aufzureißen. Worte wie »Rücksichtlosigkeit« und »unverschämt« drangen von draußen herein. Jakob rutschte mit seinen glatten Stiefeln beinah auf dem Linoleum aus. Vor Schreck glitt ihm der Hörer aus der Hand und baumelte zu Boden.

»He, was soll das?« fluchte er, klemmte mit einem

Fuß die Tür fest und griff nach dem Hörer. Das Freizeichen zeigte ihm, daß die Verbindung unterbrochen war.

»Na toll.« Er drehte sich um und wollte schon seinen Hintermann anpöbeln, als sich der kleine Junge zwischen seinen Beine durchdrängte und ihm den Hörer aus der Hand nahm. Die Dogge kam mit in die Zelle. Die Tür fiel hinter ihnen zu.

»Mann, du hast aber lange gebraucht. Sitz, Artus, sitz!« sagte der Kleine, als er auf den blechernen Vorbau kletterte und die Groschen in den Schlitz steckte. Dann setzte er sich auf die Ablage und sah Jakob an. Der war völlig sprachlos.

»Das hier ist ein Privatgespräch, würde es dir was ausmachen, zu gehen?« Das Lächeln war entwaffnend. Artus sabberte Jakob auf die Stiefel. Er hielt dem Vieh als Friedensangebot seine rechte Hand hin, und die waschlappengroße Zunge leckte sie begeistert ab.

»Brav, Artus«, sagte Jakob leise und versuchte langsam, ohne hastige Bewegungen die Tür zu öffnen.

»Von wegen brav«, lachte der kleine Junge. »Gestern hat er einen Kurkartenkontrolleur gebissen. Bloß weil er ihn nicht mochte. Das war gar nicht nett von dir, Artus.« Das Vieh schüttelte seinen riesigen Kopf.

»Ich geh dann mal.« Jakob räusperte sich. »War nett mit euch. Tschüß.«

Höflichkeitshalber versuchte die Dogge aufzustehen, aber es war nicht genug Platz in der Zelle, so daß sich ihr wedelnder Schwanz beim Öffnen in der Schiebetür festklemmte. Jakob erstickte das herzerweichende Jaulen, als er die Tür schnell hinter sich zuzog. Von außen konnte er sehen, wie das Monstrum die weißen Zähne fletschte und ihm die dunklen Augen aufmerksam hinterhersahen. Fröhlich ließ der kleine Junge seine Beine baumeln.

Jakob verbeugte sich vor den Umstehenden, deren Blicke ausnahmslos auf den wütend knurrenden Hund gerichtet waren. Er sah zwei Mainzelmännchen, die sich hinter den Briefkästen versteckten, er sah die ältere Dame, die ihren Dackel auf dem Arm trug und ihm beruhigend den Kopf tätschelte, er sah den Brillenbarsch, der hinter seinem Pult aufgestanden war, und er sah den schmächtigen Jungen mit der grünen Jacke, der unauffällig in den dicken Telefonbüchern blätterte.

Er würdigte ihn keines Blickes.

15

Als Jakob durch die elektrisch surrenden Schiebetüren auf den Vorplatz des Postgebäudes hinaustrat, kniff er geblendet die Augen zusammen. Seine Sonnenbrille lag im Wagen. Der buntbeflaggte Supermarkt auf der anderen Seite der Straße sog eine ganze Kompanie hungriger Mäuler in sich auf und spuckte sie schwerbeladen wieder aus. Einkaufskarren klapperten leer über den Gehweg, und flaschenklirrend hielt ein Getränkewagen am Straßenrand.

Jakob hatte überhaupt keine Lust, sich nach dem Jungen umzusehen, denn er wollte sich nicht schon wieder umsonst die Lunge aus dem Hals hetzen. Es würde bessere Gelegenheiten geben.

Betont leger schlenderte er über den vollbesetzten Parkplatz, nahm die Sonnenbrille von der Ablage seines Wagens und ließ die dicke Wagentür, ohne einzusteigen, lässig wieder ins Schloß fallen. Die dunklen Gläser verbargen seine Blicke, und als Jakob sich einmal abrupt nach hinten drehte, sah er den Jungen gerade noch hektisch in eine Hecke fallen.

Am Kiosk kaufte Jakob alle verfügbaren Tageszeitungen während sich neben ihm zwei Rotnasen mit Flachmännern in der Hand wankend auf die Zeitschriftenablage stützten. Ihre Zungen waren schwer und die Gesichter schnapsgegerbt, aber ihr Tagesthema hatten sie gefunden.

»Ich sach nur ein Wort«, knurrte der eine. »Verbrechers.«

Der andere nickte und nahm die Flasche. »Mafia, allesamt.«

»Nu macht ma' Platz da«, schimpfte der drahtige Kioskbesitzer und knöpfte seine dunkelbraune Strickjacke zu. »Andere Leute wollen schließlich auch was kaufen. Stimmt's, junger Mann?« Er stapelte die Zeitungen vor sich auf der Ablage. »Macht genau achtzehn Mark.« Lächelnd zeigte er seine Zähne.

Als Jakob einen Hunderter hervorzog, starrten ihn alle drei an.

»Alles für die Bildung«, sagte er und lachte freundlich, aber als er das Wechselgeld verstaute, wandten sich die beiden Rotnasen einfach ab.

Jakob suchte sich eine freie Bank auf den Stufen vor den Zwiebeltürmen des Rathauses, das unter seinem dunkelgrauen Pappdach nicht ohne Grund auch die Spielbank beherbergte. Er stapelte den Packen Zeitungen zu seiner Linken, streckte die Beine aus und hielt den Kopf in die Sonne. Aus den Augenwinkeln konnte er den Jungen beobachten, der in dem kleinen Park gegenüber versuchte, eine sichere Position zu finden. Unter all den gemütlichen Rentnern fiel seine geduckte Gestalt kaum mehr auf als ein Leuchtturm zwischen Lehmhütten. Er hockte sich auf die freie Ecke einer schattigen, vollbesetzten Parkbank und sah immer wieder zu Jakob herüber. Der lächelte und winkte ihm zu. Die Frau auf der Bank daneben schwenkte zum

Gruß ihr weißes Taschentuch, dann schneuzte sie hinein und versenkte es in der Handtasche auf ihren Knien.

Die Zeitungen hatten allesamt dieselbe, zwanzigzeilige Agenturmeldung übernommen, und so konnte Jakob fast alle Blätter übergangslos in den Eimer neben der Bank werfen. Die Polizei tappte völlig im dunkeln. Kommissar Katzmann wurde als neuernannter Leiter der Ermittlungskommission angepriesen, und Jakob fragte sich, warum sich der kleine Mann eigentlich nicht wieder gemeldet hatte. Die Polizei glaubte inzwischen an das blutige Ende eines Eifersuchtsdramas, das nur noch in vagem Zusammenhang mit Konkurrenzkämpfen im Hamburger Vergnügungsmilieu stand. Offenbar war niemand seiner Sache sicher. Zwar gab es Tatverdächtige oder mögliche Mitwisser, aber alle in Frage kommenden Leute hatten Alibis angegeben, deren Überprüfung noch einige Zeit in Anspruch nehmen würde. Kein Wort mehr von Ralle Helgenmacher. Die Morgenpost hatte den Sprecher des Fremdenverkehrsverbandes aufgetrieben, und der Mann versuchte, beruhigend auf die verängstigten Touristen einzuwirken, denn ein Mord am Ferienort sei wohl kaum das, was ehrbare, zahlende Kurgäste als entspannend empfinden konnten.

Jakob knüllte das Blatt zusammen und warf die Kugel in den Eimer. Kein Wort vom Geld. Kein Wort von Freiheitskämpfern.

Der schlaksige Junge wischte sich die Stirn. Er schien völlig aufgelöst, das Haar klebte ihm an der Stirn, der Kopf wanderte unstet von einer Seite zur anderen, und angespannt rieb er die Hände aneinander. Warum nur hatte der fette Erik diesen Knirps auf ihn angesetzt? Der Junge starrte einen Moment lang zu ihm herüber, dann stand er auf, stolperte rückwärts über einen der Wanderstöcke, die an die Bank gelehnt lagen, und verschwand hinter einem großen Busch aus Heckenrosen. Jakob schüttelte den Kopf.

Was für eine blutrünstige Komödie.

Die Sylter Rundschau druckte ein Exklusivinterview mit Bürgermeister Hans Holtz, der sich zu einer seiner dickflüssigen Lobeshymnen auf die Arbeit der momentan erfolgreich regierenden Koalition aus Konservativen und Liberalen aufschwang, deren nicht unerhebliche Leistungen dem Weltbad Westerland zu einem weiteren Rekordjahr verholfen hätten. Diesen schönen Erfolg wolle man sich nicht von einem unglücklich zu Tode gekommenen Hamburger Zuhälter miesmachen lassen. Er selbst könne den Sylter Bürgern und der gesamten ferienreifen Öffentlichkeit sein persönliches Ehrenwort geben, daß der Fall in kürzester Zeit aufgeklärt sein würde, damit er die Schuldigen mit lebenslangem Inselverbot bedenken könne.

Jakob rieb sich die Augen. Die überlang gedrechselten Sätze hatten ihm den Schweiß auf die Stirn getrieben. Aber gesagt hatte Holtz nichts. Nur den üblichen Schmus. Diese Typen wußten doch allesamt mehr, als sie zugaben. Aber was hatten sie zu verbergen? Jakob schüttelte sich.

Düstere Bilder bauten sich vor ihm auf. Jeder war mit jedem verbunden, alles hing zusammen, bedingte einander, keiner war unschuldig. Eine Frage drängte in ihm hoch, ein Gedanke, der ihm schon beim Anblick des Zettels gekommen und dem er bisher lieber aus dem Weg gegangen war.

Was hatte das alles mit Pidder Lüng zu tun?

Über den einzigen Volkshelden, den diese Insel zu bieten hatte, wußte Jakob eigentlich nur, daß der Wunsch, lieber tot als Sklave zu sein, aus seinem Mund stammte. Oder zumindest stammen sollte. Wer wußte das schon so genau? Wenn Erik und Co. nun eigentlich die Guten waren ... wenn ihre Absichten mit der Sage um Pidder Lüng zu tun hatten ... wenn sie eigentlich im Dienste der gerechten Sache kämpften und Jakob aus Unwissenheit alles verdarb?

Eine dunkle Regenwolke schob sich neben die Sonne und tauchte den kleinen Platz vor der Politspielbank in müdes Grau. Jakob hob seinen Blick und kriegte einen dicken Tropfen auf die Stirn. Er stopfte auch die letzten Zeitungen in den vollen Papierkorb, klopfte sich die Jacke ab und sah hinüber zum roten Klinkerbau der Alten Post, auf deren Dachboden sich das Sylter Archiv befand. Wenn irgend jemand über Pidder Lüng Bescheid wußte, dann doch wohl der Archivar.

16

Als Jakob die frischgestrichene Tür leise hinter sich zuzog, ging draußen ein heftiger Platzregen nieder. Wie gläserne Murmeln prasselten die Tropfen auf die großen, schrägen Thermopenscheiben, und der ohrenbetäubende Lärm überdeckte jedes weitere Geräusch im Keim. Jakob stand einen Moment im Vorraum, dann wagte er sich in das hellerleuchtete Giebelzimmer. Ellenlange Bücherborde führten ins Innere des Archivs.

Vorsichtig schlich Jakob zwischen Stapeln von verblichenem Papier und rostigen Leitzordnern herum, faßte hier und da einen Packen besonders alt wirkender Pappschachteln an und sah neugierig hinein, nur um noch mehr brüchiges Papier zu finden. Am Ende des Ganges sah er den gebeugten Rücken eines weißhaarigen Mannes, der offenbar mit jemandem sprach. Jakob räusperte sich. Der Regen pladderte erbarmungslos auf die Scheiben.

Jakob tat einen Schritt nach vorn, aber der Mann stand auf, hielt eine altmodische Teekanne in der Hand und goß die dampfende Flüssigkeit in eine Tasse am anderen Ende des Tisches. Das dort sitzende Mädchen starrte Jakob mit haselnußgroßen Augen an. In der Linken hielt sie eine kleine Flasche Rum, in der anderen den dazugehörigen Deckel.

»Aber …«, sagte sie.

Der Mann sah ihr Gesicht, erstarrte einen Moment in dieser Haltung und goß den Tee an der Tasse vorbei.

»Moin«, sagte Jakob. »Kann ich mal was fragen?«

Konzentriert schraubte das Mädchen den Deckel auf die Flasche, ohne ihren Blick von Jakob zu nehmen.

Jetzt musterte ihn auch der Archivar, indem er seine altmodische Hornbrille nah an die Augen hob. »Na, Sie sind ja gut, hier einfach so reinzuschleichen. Nu kommen Sie mal mit.« Er führte Jakob durch die Gänge zurück zum Eingang, und Jakob merkte, daß er draußen hätte warten sollen, bis Sprechzeit war. »Sie müssen nicht glauben, daß es hier immer so gemütlich zugeht, aber jetzt ist gerade Kaffeepause, verstehen Sie?« Verschwörerisch zwinkerte er mit den Augen. Jakob lächelte.

»Ich wollte Sie ja auch nicht bei der Arbeit stören«, sagte er und kniff dabei ein Auge zu.

Der Mann überging das. »Was kann ich für Sie tun?«

Jakob legte die Hände auf dem Rücken zusammen und beugte sich leicht nach vorn. »Ich interessiere mich für die Sagenwelt im allgemeinen und die Sylter Sagen im Besonderen. Im Auftrag einer großen Illustrierten bin ich auf der Suche nach echten Volkshelden. Sie verstehen: Freiheitskämpfer, Räuberhauptmänner, Piraten und so weiter.« Er sah dem Mann in die Augen, dann doch lieber wieder auf den Blumenkalender an der Wand. »Im Laufe meiner Recherchen bin ich auf die Sage um Pidder Lüng gestoßen, der ja im übrigen eine faszinierende Persönlichkeit gewesen sein muß. Ich würde gern einen Blick in die Quellen des wahren Lebens tun. Sichergehen sozusagen, was von dieser Sage Wahrheit und was bloßer Mythos ist.«

Der Mann hatte ein großes, ledernes Buch aufgeschlagen, seinen Füllfederhalter gezückt und begann Eintragungen vorzunehmen. »Für welche Zeitung sagten Sie, wäre diese Reportage?« sagte er, ohne aufzublicken.

»Das kann ich leider nicht sagen.« Jakob versuchte, bedauernd zu wirken. »Sie verstehen, Pressegeheimnis.« Er zwinkerte mit den Augen.

Der Mann schob seine Brille die vernarbte Nase hinauf. »Aber Ihren Namen bräuchte ich dann mal.«

»Anders.« Jakob wartete, bis die hagere Hand geschrieben hatte. »Thomas«, sagte er, »Thomas Anders.«

»Nun, Herr Anders, da haben Sie sich ja ein sehr interessantes Thema ausgesucht. Die Sylter Sagenwelt ist ein in sich geschlossener Kosmos ganz besonderer Art. Die Zwerge und die Riesen, Pua Moders, dessen Schornstein gegen den Wind rauchte, die unzähligen treuen Fischersfrauen und und und ...« Er tat eine umfassende Geste mit den Armen.

»Und Pidder Lüng«, sagte Jakob.

»Ganz richtig. Pidder Lüng. Aber leider muß ich Sie enttäuschen, wenn Sie historische Hintergründe in dieser reinen Sagenfigur suchen. Es handelt sich hierbei ganz zweifellos um ein Symbol, einen Mythos, wie Sie schon sagten. Man findet Quellen, die sein Leben bezeugen sollen, aber leider ist die Glaubwürdigkeit dieser Urkunden sehr zweifelhaft.« Der alte Mann machte eine halbe Drehung, ohne die Füße vom Fleck zu bewegen, griff in das Regal hinter sich und sagte: »Lesen Sie selbst, aber glauben Sie nicht alles, was ihre Augen sehen. Nicht wahr, Herr Anders, Sie müssen die Dinge unter Vorbehalt betrachten.«

Der alte Mann war zu Teekanne und Rendezvous zurückgeschlurft, und Jakob hatte sich einen Stuhl unter die Neonröhre gezogen. Mit dem kleinen, blauen Buch auf den Knien saß er da und lauschte dem nachlassenden Regen.

Heimatforscher C.P. Hansens Bericht von den Abenteuern des mutigen Pidder klang in Jakobs Ohren wie ein Märchen. Hänsel und Gretel, Schneewittchen und der Froschkönig, Frau Holle und Pidder Lüng. Irgendwie waren diese Geschichten allesamt gleich wahr und unwahr, hatten sämtlich einen wahren Kern. Allerdings war die Geschichte um die Familie Lüng aus Hörnum immerhin eine Sage, also doch einen Schritt weiter zur Wahrheit hin. Jakob las von Pidders Jugend, als man ihn noch Petje nannte und von den »lügenden Fischern und neckenden Dirnen und Hexen«, die den Kleinen so störrisch gemacht hatten. Pidders Vater hieß »Jakob der Langsame«.

Jakob grinste.

Dann kam er zu der Geschichte mit dem dänischen Steuereintreiber Henning Poggwisch, der einen allerletzten Fehler in seinem Leben machte, als er die Friesen als »Kohlfresser« beschimpfte und in den Topf spuckte, um den sich die Familie Lüng versammelt hatte. Pidder war aufgesprungen und hatte geschrien: »Wer in den Kohl spuckt, soll ihn auch fressen!« Dann hatte er den Gesandten des Königs beim Kragen gepackt und ihm das Gesicht in den heißen Kohl gedrückt, bis der Mann nicht mehr zappelte.

Jakob blätterte um.

Pidder floh noch in derselben Nacht und scharte eine Gruppe von Aufrührern um sich, mit denen er eine Zeitlang das Meer vor der friesischen Küste unsicher machte. Später dann sollte er sich als Kämpfer für Einheit und Freiheit des friesischen Volkes vor der holländischen Küste hervorgetan haben. Seiner Mannschaft hatte er Galgen und Rad auf die Kleider nähen lassen, um sie immer daran zu erinnern, was ihnen drohte, wenn sie ihrem Anführer und seinen Grundsätzen untreu werden wollten. Auch Jahreszahlen wurden genannt. In der zweiten Hälfte des 15. Jahrhunderts sollte er gelebt haben und 1515 eines natürlichen Todes gestorben sein. Aber das war nur eine Version von mehreren. Eine andere besagte schlicht, daß er und seine Spießgesellen auf der Munkmarscher Heide geköpft worden waren. Das klang vertraut.

Jakob hob seinen Blick zum Fenster. Der Regen hatte aufgehört. Am anderen Ende des Raumes saß das haselnußäugige Mädchen an einem Tisch und blätterte unkonzentriert in einem Bildband. Sie trug das hennafarbene Haar offen und strich immer wieder eine Strähne aus ihrem Gesicht. Er dachte an Kressen, Pidders Mutter, die so mutig ihren Mann gegen die Häscher des Königs gestanden hatte. Wie hatte sie wohl ausgesehen? Bestimmt war ihr Haar zum Zopf gebunden. Nicht wie dieses kleine Eichhörnchen.

Jakob wandte sich wieder seiner Lektüre zu, blätterte hin und her und suchte nach weiteren Berichten über Pidder Lüng, aber er konnte nichts mehr finden. Als er wieder aufsah, blickte ihn das Mädchen an. Jakob lächelte und nickte ihr zu. Sie reagierte nicht. Verunsichert wandte er sich ab, sah zu Boden, strich mit einer Hand über das aufgeschlagene Buch und sah wieder hin. Sie starrte noch immer unverwandt in seine

Richtung, regungslos wie eine Puppe, starr wie ein Gemälde. Es dauerte einen Moment, bis er verstand. Ihr Blick war es. Sie sah aus wie eine Puppe, aber es war beim besten Willen kein puppenhafter Ausdruck in ihren Augen. Sie glühte förmlich, sprühte unsichtbare Funken.

»Ich hoffe, Sie haben gefunden, was Sie suchen.«

Vor Schreck ließ Jakob das blaue Buch fallen, als sich eine Hand auf seine Schulter legte. Ganz nah am Ohr flüsterte die Stimme. »Sie wissen doch, was Sie suchen, oder?« Die Frage schwebte im Raum. Jakob brachte kein Wort hervor. Das Mädchen starrte ihm unverwandt ins Gesicht. Dann schlug sie die Augen nieder und betrachtete eher mechanisch den Bildband in ihren Händen.

»Was ... was ...?« Dann fiel ihm wieder ein, wo er war. »Ja«, sagte er abwesend. »Natürlich.«

»Pidder Lüng hat Sie entführt, was?« sagte der Archivar. »Das geht jedem so. Seien Sie unbesorgt. Es ist nur ein Märchen. Nichts davon ist wahr.«

»Aber wie ist er denn nun wirklich gestorben?« Jakob drehte den Kopf nach hinten.

»Er hat nie gelebt. Das können Sie mir glauben.« Die Stimme des Alten wurde schärfer.

»Aber was bedeutet diese Geschichte, wenn Sie nicht wahr ist? Wer denkt sich sowas aus, wenn er nicht was damit sagen will? Jedes Märchen hat doch eine Botschaft.«

Nachdenklich verschränkte der Archivar die Arme vor der Brust. Das Mädchen scharrte nervös mit den Schuhen auf dem Boden.

»Nun, sicherlich hat es mit der Forderung nach Heimat zu tun, mit freier Bestimmung und dem Willen zur Durchsetzung dieser Ideale.«

»Aber davon ist doch nichts mehr übrig auf dieser

Insel. Alles steht zum Verkauf. Heute sind die Menschen hier nur noch Knechte im eigenen Land.« Er dachte nach. »Hat es denn jemals – egal wann – einen Versuch gegeben, die Fremden zu vertreiben? Ich meine, der friesische Dickkopf ist doch sprichwörtlich. Lieber tot als Sklave. Ist das denn alles vergessen?«

Der Alte lächelte und hob den Kopf, um durch die heruntergerutschte Brille besser sehen zu können. »Mein lieber Freund, die Sylter sind ein habgieriges Völkchen. Sie würden für das bißchen Freiheit niemals den Ast ansägen, auf dem sie sitzen. Nicht erst bei Gründung des Bades im letzten Jahrhundert wußten sie, die Fremden auszunehmen. Sie waren Strandräuber und Piraten, bevor sie legale Wege dafür fanden.«

Der Bildband klappte zu. Das Mädchen schob mit den Kniekehlen ihren Stuhl nach hinten.

»Sie müssen sich einmal die mangelhafte Infrastruktur einer sturmgeprüften Insel vor Augen führen. Hätten *Sie* denn zum Beispiel Lust, jedes Jahr für mehrere Monate mit holländischen Walfängern ins Nordmeer zu fahren, wie es die Sylter noch vor nicht allzu langer Zeit getan haben?« Das Mädchen stellte zielbewußt das Buch ins Regal und griff nach ihrer Jacke.

»Was hätten sie anderes tun sollen, als den Zeichen der Zeit zu folgen und ihr bescheidenes Eiland für einige Zeit zu vermieten, um dafür den Rest des Jahres die Füße hochzulegen?«

Das Mädchen stellte sich neben dem alten Mann auf die Zehenspitzen und flüsterte ihm etwas ins Ohr. Seine Hand strich ihr vorsichtig über den Rücken, und er sagte: »Ja, tschüß, mein Süßen, guck mal wieder rein. Ich freu mich immer, wenn du kommst. Grüß Ocke von mir.«

Sie winkte, ohne Jakob zu beachten, und steuerte

geradewegs auf den Ausgang zu. Der Archivar widmete sich wieder seinem Gegenüber.

»Nein, nein, nein! Die Sylter wären schön blöd, wenn sie den Fremdenverkehr aufgeben würden. So eine Entwicklung kann man außerdem nicht mehr rückgängig machen. Oh, Sie wollen schon gehen?«

Jakob hob das Buch vom Boden auf und versuchte ein Lächeln. »Ja, leider.« Er sah auf die Uhr. »Schon viel zu spät für mich.« Er gab dem Mann die Hand. »Ich danke Ihnen vielmals für die Hilfe. Ich werde Sie sicher nochmal konsultieren.« Er war schon fast an der Tür. »Natürlich wird Ihr Name in meinem Artikel erscheinen. Ich danke Ihnen.« Er drehte sich noch einmal um. »Auf Wiedersehen.« Dann schob er sich hinaus. Etwas ratlos stand der alte Mann mit dem Buch in der Hand.

Als Jakob auf den kahlen Flur hinaustrat, hörte er unten eine Tür. Er hetzte die Stufen hinunter und hangelte sich in den Kurven am Geländer entlang. Da war etwas, was er wissen mußte. Er hatte keine Ahnung, was es sein würde, aber er war sicher, daß es ihm nicht entgehen durfte.

Unten angekommen, konnte er das Mädchen über die Straße laufen sehen. Mit jedem Schritt wedelte ihr Haar von einer Seite zur anderen. Die Knie schlugen gegeneinander, und eilig raffte sie ihre Jacke zusammen. Gegenüber wartete ein türkisfarbener Ford Taunus, dessen regennasse Speichenräder in den Sonnenstrahlen glitzerten. Von der überlangen Peitschenantenne tropfte ein durchweichter Fuchsschwanz herab. Die Beifahrertür wurde von innen geöffnet, und bevor das Mädchen einstieg, konnte Jakob einen kurzen Blick auf den Fahrer des Wagens werfen. Dieser Blick mußte nicht lang sein, denn was er sah, war ihm nicht fremd. Am Steuer saß ein großer Mann. Er ließ den linken Arm lässig aus dem Fenster baumeln und nickte leicht mit dem Kopf zur Musik aus dem Autoradio. Er war enorm groß, und so stieß der lederne Elbsegler auf seinem Kopf beinah gegen den Himmel der türkisen Badewanne.

Der fette Erik ließ den Motor an, setzte den Blinker und lenkte den Wagen langsam auf die Fahrbahn. Im Rückfenster lag deutlich sichtbar ein besticktes Kopfkissen, das einen Totenkopf zeigte. Am Zebrastreifen hielt er an, um einen Kindergarten passieren zu lassen. Das Mädchen sah sich um, suchte Jakobs Blick, zog ihre Sonnenbrille aus der Jackentasche, setzte sie auf und bekreuzigte sich. Langsam kam der Wagen in Bewegung.

17

Der hellbraune Schriftzug erstreckte sich über die gesamte Breitseite des altersschwachen Kässbohrer Setra. Solche Reisebusse wurden heute gar nicht mehr gebaut, die tauchten sonst nur noch in Heinz-Ehrhardt-Filmen auf. Der Fahrer hatte sein Mikrofon mit einem Taschentuch umwickelt, um das dickste Seemannsgarn aus seinem Vortrag herauszufiltern. Hinter den getönten Scheiben sah man gebannte Gesichter, die den Blick von einer Seite zur anderen schwenkten. Der Bus mußte halten, und der überdimensionale Schriftzug füllte Jakobs Blickfeld völlig aus. Die rundliche Schreibschrift sagte:

»Inselrundfahrt«

Jakob ballte die Fäuste. Er wartete, bis der dieselstinkende Koloß anfuhr und die Straße freimachte. Gegenüber, im Schatten großer Bäume, wartete noch immer der grüne Junge. Er hatte seine Hände unbequem in die Taschen der viel zu engen Jeans gestopft und zappelte nervös mit den Beinen. Seine Springerstiefel wirkten frischgeputzt. Er starrte in die Richtung, die der fette Erik und sein Herzchen genommen hatten.

Jakob war zum Schreien zumute. Weißglühende Wut schnürte ihm den Hals zu, und er brauchte ein paar Sekunden, bis er verstand, daß der entscheidende Moment gekommen war. Gemächlich schlenderte er über die Straße, blieb stehen, beobachtete den Jungen. Dann machte er ein paar Schritte auf ihn zu. Der Bengel reagierte nicht. Noch immer starrte er dem türkisen Wagen hinterher, der längst hinter der nächsten Kurve verschwunden war. Jakob überlegte, wie er ihn zum Reden bringen wollte. Am besten gab er ihm erstmal eine Kostprobe von dem, was er selbst am Abend vorher an blauen Flecken kassiert hatte. Der Junge bemerkte ihn noch immer nicht. Jakob fing an zu lächeln.

Als hinter ihnen eine Sirene aufheulte, fuhr der Junge herum. Für den Bruchteil einer Sekunde standen sie Auge in Auge. Panik war in seinem Gesicht zu sehen. Nur der helle Flaum auf der Oberlippe verriet sein wahres Alter. Ein Krankenwagen fegte mit Blaulicht an ihnen vorbei. Da rannte der Junge los.

»Warum bekreuzigt sie sich?« schrie Jakob. Er warf sich mit seinem ganzen Gewicht nach vorn und versuchte, die grüne Jacke zu packen, aber der Bengel schlug einen wilden Haken nach links und verschwand in den Büschen. Jakob verpaßte die Kurve und schrammte mit einem Knie über den Kies. Er rappelte sich hoch und hetzte hinterher. Der Abstand war gewachsen. Der Junge stieß zwei mit Einkaufstüten beladene Hausfrauen zur Seite. Unter den steinernen Augen des Freiherrn von Stephan rollten Milchbeutel, Fertigpizzas und ein paar Apfelsinen über den Rasen.

»Festhalten!« brüllte Jakob atemlos, aber alle Umstehenden glotzten ihm nur ratlos hinterher. Der Junge umtänzelte geschickt drei Kinderwagen und einen Radfahrer, den Jakob einen Moment später zu Fall brachte. Bösartige Schimpfkanonaden hämmerten in seinen Ohren, als er den Jungen, ohne anzuhalten, über die verkehrsreiche Wilhelmstraße hetzen sah. Reifen quietschten, und grobe Flüche wurden laut, aber der Junge überquerte die Straße unversehrt. Ein Blechschaden vor den Toren der Sparkasse brachte den Verkehr zum Erliegen.

Der bärtige Radfahrer versuchte, seine verbogenen Speichen zu richten, und Jakob betrachtete den Riß auf seinem linken Knie. Der Bengel konnte was erleben.

In der nächsten Telefonzelle suchte er G wie Glöckner. Zuviele Witze hatte er schon darüber gemacht, als daß er diesen Namen hätte vergessen können. Mathias Glöckner, Lehrer, Käpt'n Christiansen Str. Der mußte den Jungen doch kennen, wenn beide am Gymnasium waren. Und außerdem hatten sie sowieso noch was zu besprechen.

18

Jakob hockte zeitgemäß unbequem auf dem poppigen Sofa, hielt ein Gläschen Eierlikör in der Hand und starrte hypnotisiert in das flaschengrüne Aquarium. Die Sonne schien durch dünne Vorhänge und brach sich in dem blubbernden Wasserkasten. Ein paar neugierige Guppys tanzten vor seiner Nase, ein lethargischer Steinwels drückte sein Maul gegen das Glas. Am liebsten wäre Jakob gleich wieder gegangen.

Er hatte versucht, die Angelegenheit kurz an der Tür abzuhaken, wollte eigentlich nur eben nach dem Namen des Jungen fragen und schnell wieder verschwinden. Dann stand er seinem Nebenbuhler gegenüber. Der hatte ihm mit seiner freundlich einladenden Geste ganz einfach den Wind aus den Segeln genommen. Da konnte Jakob nicht anders. Er trat ein, und da saß er nun, umgeben von Schulheften, schlauen Büchern und Albert Einstein, der ihm von einem Plakat herab die Zunge ausstreckte. Jakob versuchte, eine der himmelblauen Hanteln anzuheben, die zwischen diversem Sportgerät in einer Ecke des Raumes verstaut waren.

»Jeden Tag ne halbe Stunde.« Die Stimme kam aus dem Flur, und Jakob nickte.

»Aha«, sagte er.

»Das ist wohl nichts für dich?« Mathias kam ins Zimmer und hatte zwei Becher mit dampfendem Kaffee in Händen. Seine blondbehaarten Beine steckten in Boxershorts, und auf dem Hemd stand in großen Lettern UCLA. Jakob bekam einen Becher mit Herzchen drauf.

»Danke«, sagte er. »Tut mir wirklich leid, daß ich dich aus dem Mittagsschlaf geholt habe. Hättest du doch am Telefon sagen können, daß es dir nicht paßt.«

»Ach was, ich muß sowieso gleich zum Training.« Er setzte sich und schnürte die Turnschuhe zu. »Außerdem wollte ich dich gerne mal kennenlernen. Suse hat mir so viel von dir erzählt, daß ich manchmal schon denke, wir kennen uns seit Jahren.«

Jakob stutzte. »Aha«, sagte er. Die Freundlichkeit paßte so gar nicht zu der Situation. Eigentlich sollten sie sich wie kämpfende Kater die Augen auskratzen. Statt dessen scharwenzelten sie umeinander herum.

»Fast hätten wir uns ja gestern abend getroffen«, sagte Jakob. »Suse hatte es auf einmal so eilig.«

Mathias nickte. »Ja.« Sie sahen sich an. »Es reißt alte Wunden auf. Das weißt du doch.«

»Ich kann nichts dafür. Sie mag mich eben.« Triumphierend sah Jakob über den Rand des Bechers hinweg. Als er aber merkte, daß er den anderen damit genau so getroffen hatte wie beabsichtigt, tat es ihm schon wieder leid. »Ich will mich gar nicht in euer Verhältnis einmischen, aber ich kann mich auch nicht gegen meinen Instinkt verhalten.«

»Wir sind verlobt«, sagte Mathias leise. »Tu mir den Gefallen, vor allem aber tu Suse den Gefallen und benutz deinen Verstand. Instinkt ist ja ne gute Sache, aber ich glaube, es handelt sich dabei eher um animalische Begierden und eine nostalgische Überstilisierung aufgrund von akuten Kommunikationsproblemen deinerseits.«

»Was ist das hier? Alltagsphilosophie Grundkurs, oder was? Wir sind hier nicht in der Schule. Überlaß Suse die Entscheidung. Sie weiß, was sie tut.«

»Natürlich bleibt die Entscheidung bei ihr. Aber ich bin sicher, daß du ihr nicht geben kannst, was sie eigentlich sucht.« Mathias stand auf.

»Ach, was sucht sie denn?« Jakob riß die Augenbrauen hoch.

»Sicherheit. Geborgenheit. Zukunft. Nenn es, wie du willst.« Seine Kiefermuskeln spannten sich rhythmisch.

»Nach kurzer Zeit wird es ihr zum Hals raushängen. Das kann ich dir jetzt schon sagen. Ich kenn Suse nicht erst seit gestern.« Das war seine Trumpfkarte.

»Du hast einfach kein Recht, nach Jahren wieder aufzutauchen und irgendeinen obskuren Anspruch einzuklagen.«

»Ach Blödsinn. Ich klage nichts ein, wie sollte ich das wohl tun? Suse ist einfach ne tolle Frau, und ich hab eben Glück, daß sie mich zufällig mag. Sie geht mir einfach nicht aus dem Kopf.«

»Du solltest statt dessen lieber in deinen Kopf reinkriegen, daß der Zug abgefahren ist.«

»Willst du mir drohen?« Jakob lächelte.

»Quatsch. Ich will mich gar nicht mit dir streiten. Aber du kannst dir wohl denken, was mir an Suse liegt. Verstehst du, ich möchte mein Leben mit ihr verbringen. So jemanden muß man erst mal finden.«

Mathias hatte sich wieder hingesetzt und sah zwischen seinen haarigen Beinen hindurch auf die Auslegeware. Es ging ihm wirklich nahe, das konnte Jakob sehen. Er selbst war ganz ruhig.

»Ich kann nichts dafür, daß das Leben so ist.«

»Ach was, Leben«, ging der andere dazwischen. »Du willst mir Suse ausspannen, das ist alles.« Er stand auf, nahm die beiden halbvollen Becher Kaffee und ging damit hinaus. Als er wieder im Türrahmen stand, hatte er sich was übergezogen und hielt eine Sporttasche in der Hand. »Ich glaub, das war's, oder?«

Jakob blieb sitzen. »Eigentlich bin ich gekommen, um dich was zu fragen.«

»Und?«

»Die Angelegenheit könnte vielleicht auch unser gemeinsames Problem lösen.«

»Ach.« Mathias stellte die Tasche ab und verschränkte die Arme vor der Brust. »Denn mal los.«

»Oh, ich kann und darf dir nicht die ganze Geschichte erzählen.« Jakob hob abwehrend die Hände. »Aber wenn sie für mich gut ausgeht, dann bin ich bestimmt bald von hier verschwunden. Dann bist du mich los. Und zwar für immer.«

»Klingt gut.« Auf der Stirn des Sportlers bildete sich eine steile Furche. »Weiter.«

»Alles, was ich von dir wissen möchte, ist der Name eines Jungen von eurer Schule. Er ist schlank, fast hager, vielleicht sechzehn oder siebzehn, und er trägt meistens eine grüne Armeejacke und schwarze Springerstiefel.«

»Was ist mit dem?«

Jakob lächelte. »Kennst du ihn?«

»Davon gibt es mehrere, eine ganze Clique von Oberstufenschülern mit leichtem Hang zum politischen Extremismus, wobei sie sich nicht mal darüber im klaren sind, ob sie rechts oder links stehen wollen.« Mathias dachte nach.

»Am hinteren Ende des Spektrums treffen sich ja doch alle wieder«, sagte Jakob. »Er geht leicht gebückt, hat ziemlich fettiges, mittellanges Haar und macht einen verwirrten Eindruck.«

»Könnte Daniel sein. Was ist mit ihm?«

Jakob lächelte. »Hat er auch einen Nachnamen?«

»Was hast du mit ihm vor?«

»Du möchtest doch, daß ich hier verschwinde, oder?«

»Aber ich kann wohl kaum verantworten, daß dem Jungen etwas zustößt, weil ich seinen Namen weitergegeben habe. Wer weiß, in was für Geschichten du schon wieder drinsteckst.«

Jakobs Augen wurden schmal. »Red nicht mit mir, als wenn wir alte Freunde wären. Das sind wir nicht. Du tust mir einen kleinen Gefallen, das ist alles. Dem Jungen wird nichts passieren, was er nicht verdient hätte.«

Mathias sprach wie zu einem seiner Schüler: »Wenn du mir die Zusage gibst, daß ihm nichts geschieht, und du niemandem erzählst, von wem du den Namen hast, werde ich ihn dir sagen.« Er sah Jakob fest in die Augen, dann griff er in die Trainingshose und holte seinen roten Lehrerkalender heraus. Er schlug ihn auf und blätterte darin herum. Dann wischte er sich über die Stirn. »In der Hoffnung, daß wir uns demnächst für immer verabschieden: Er hat einen Kurs in naturwissenschaftlicher Philosophie belegt. Kein dummer Junge, leider etwas gestörtes Sozialverhalten, aber bei den Familienverhältnissen ist das wohl auch kein Wunder. Ich glaube kaum, daß sich irgend jemand um ihn kümmert.«

»Keine Angst«, sagte Jakob. »Ich kümmer mich schon um ihn.«

»Ein stiller, formbarer Junge, der Anschluß sucht. Er ist erst vor zwei Jahren hierhergekommen. Einmal hab ich seine Mutter kennengelernt. Da war mir klar, warum er kein Bein an den Boden kriegt. ›Dominant‹ ist eine eher bescheidene Umschreibung ihrer Person.«

Jakob sah ihn erwartungsvoll an. Mathias klappte den Kalender zu.

»Reicht das nicht?«

»Den Namen noch.«

»Daniel. Das sagte ich doch schon.«

»Und?«

»Müller. Bist du jetzt zufrieden?«

»Ja, ich bin zufrieden«, sagte Jakob.

19

Jakob blätterte im Westerländer Telefonbuch. Er hatte sich eine ruhige Ecke im Lesesaal der Kurverwaltung gesucht und beobachtete über das Verzeichnis hinweg das absurde Geschehen um den großen, schwarzen Mann, der in einer gegenüberliegenden Ecke Autogramme verteilte. Der ließ in regelmäßigen Abständen sein ansteckend sonores Lachen hören und versetzte damit den Pulk von aufgeregten Damen in helle Aufregung. Sie hatten sich um den sitzenden Sänger versammelt, brav, ohne zu drängeln, jede einen kleinen Block und einen Kugelschreiber in der Hand. Es duftete nach Haarspray und Hormocenta.

Es gab zwei Spalten Müllers auf der Insel. Das war zu erwarten gewesen. Jakob hätte den Lehrer Glöckner gleich nach der Adresse des Jungen fragen sollen. Er wollte sich schon daran machen, alle hintereinander anzurufen, da stellte er fest, daß alles viel einfacher war. Daniel Müller stand im Telefonbuch. Und, wie konnte es anders sein, er wohnte im Kurzentrum, mittlerer Block. Kein Wunder, daß der Bengel am Abend vorher so schnell verschwunden war.

Die hölzerne Drehtür rotierte einen Strauß roter Rosen in den Saal. Er suchte sich seinen Weg übers Parkett und machte vor dem Sänger halt. Da beugten sich die Blumen nach vorn. Hinter den Stacheln tauchte Suse auf, ihr Kopf war rot vom Tragen, und sie machte einen freundlichen Knicks. Wie bei Hofe. Roberto stand auf, nahm ihre Hand und legte die weiße Nelke aus seinem Knopfloch hinein. Die Umstehenden gurrten selig.

Suse blieb noch einen Moment dort stehen, dann sah sie zu Jakob herüber und winkte. Sie zuckte mit den Schultern, als wolle sie sich für die Situation entschuldigen. Jakob lachte. Sie durchquerte den Saal und kam zu ihm herüber.

»Ich kann hier nicht weg«, sagte sie. »Ich fürchte, ich muß mich noch um die Prominenz kümmern.«

»Können wir uns heute abend sehen?« Jakob tat, als wäre er in das gelbe Buch auf seinen Knien vertieft.

»Wenn du warten willst. Aber ein, zwei Stunden wird es wohl dauern.«

»Gut«, sagte er. »Gleicher Ort wie gestern.«

Suses blonde Zöpfe wippten, und sie lachte ihm mitten ins Gesicht: »Und das Kennwort?«

Jakob zeigte seine Zähne. »Wie wär's mit ›Frisia non

cantat‹? Oder singen jetzt alle das Lied vom schwarzen Mann?«

Sie boxte ihn an die Schulter. »Witzbold«, sagte sie.

Jakob blieb sitzen und überlegte, wie er sich die Zeit vertreiben konnte. Einen Moment lang spielte er mit dem Gedanken, sich den Jungen auf der Stelle vorzuknöpfen. Er war erheblich im Vorteil, denn immerhin war jetzt klar, mit wem er es zu tun hatte. Das war ein enormer Fortschritt. Es bedeutete aber auch, daß er sich Zeit lassen konnte. Schließlich war er sicher, daß sein Verfolger wieder auftauchte. Das beste würde sein, zu warten. Wer die Buben in der Hand hielt, konnte die anderen ruhig kommen lassen.

Er saß da und betrachtete die Bilder an den Wänden. Romantische Seenotgemälde. Dramatische Rettungsaktionen. Drei Männer kämpften auf einem Floß ums nackte Überleben, aber keiner der Anwesenden sah ihnen dabei zu. Alle hingen an den Lippen des jovialen Schlagerhelden und versuchten herauszufinden, ob er so war wie im Fernsehen oder doch eigentlich ganz anders. Viel netter. So natürlich. Ein paar knurrende Männer saßen abseits und raschelten mit ihren Zeitungen. Zigarren qualmten im Aschenbecher, und von Zeit zu Zeit warfen die Herren dem Unruhestifter mürrische Blicke zu.

Jakob rutschte tiefer in den Sessel, legte ein Bein auf den flachen Tisch, verschränkte die Arme hinter dem Kopf und schloß die Augen. Hin und wieder wurde das gleichmäßige Gemurmel von heiterem, mädchenhaftem Gelächter unterbrochen, manchmal hustete ein Mann, knarrte ein alter Sessel. Die Drehtür schleifte am Boden. Jakobs Augenlider zuckten. Auf der Leinwand dahinter sah er deutlich den Jungen, schwitzend, in panischer Angst. Er lag auf den Knien und flehte um Gnade, winselte und bat Jakob um Vergebung. Es wäre ja alles nicht so gemeint gewesen, eine Verwechslung, ein Versehen, jemand anderer, jemand ganz anderer war gemeint. Jakob lachte laut auf. Genug. Die Männer am Nebentisch sahen herüber. Als er aufstand und ihnen zunickte, wandten sie sich ab. Langsam schob er sich durch die Drehtür.

Draußen sah er an dem himmelschreienden Wohnturm hinauf, den das Abendrot in blasse Farben tauchte. Jakob stapfte die Treppen zum Kurzentrum hinauf. Diese Rumsitzerei konnte einen verrückt machen. Irgendwas mußte passieren. Das konnte doch kein Mensch aushalten.

20

Die Gänge sahen sich zum Verwechseln ähnlich. Lange Flure waren in blassem Orange gehalten. Die Salzluft fraß mit rostbraunen Zähnen an Türen und Fenstern, der Fahrstuhl ratterte verdächtig, die Wände waren mit verschiedenen Angeboten und radikalen Wünschen sexueller Art bedeckt.

Jakob hatte auf dem riesigen Klingelbrett lange nach dem Namen des Jungen suchen müssen und sich gefragt, ob er lieber hätte anrufen sollen, um sicherzugehen, daß überhaupt jemand zu Hause war. Als er D. Müller gefunden hatte, drückte er auf einen Knopf zwei Reihen darunter, nuschelte auf Anfrage etwas von einem Telegrammboten in die Gegensprechanlage und mußte kurz warten, bis ihn der Summer einließ. Er fuhr in den dreizehnten Stock, schlenderte kahle Gänge hinunter und stand schließlich vor einer Tür, an der mit Tesafilm ein kleines Pappschild befestigt war. »Müller« stand darauf.

Jakob drückte auf den Klingelknopf. Zwei Glocken

waren zu hören, dann leise Schritte, ein Rascheln. Jakob hielt die Hand vor den Spion und läutete noch einmal.

»Wer ist da?« Die Stimme klang gedämpft.

»Der Avonberater. Ein Päckchen für Sie.«

Keine Reaktion. Jakob lauschte mit einem Ohr an der Tür.

»Legen Sie's hin. Und ... vielen Dank.«

»Oh, ich bräuchte eine Unterschrift zur Empfangsbestätigung. Nur eine Formalität.« Jakob hustete laut.

»Nehmen Sie die Hand vom Sucher, ich will Sie sehen.« Wer auch immer hinter der Tür war, er klang gehetzt und angestrengt.

Jakob bemühte sich, verbindlich zu sprechen. »Oh, Sie täuschen sich. Ich steh hier nur mit einem Paket in der Hand, das ich gerne loswerden möchte. Ich hab gleich Feierabend, verstehen Sie. Das Loch ist zugeklebt. Sieht aus wie Kaugummi.«

»Schon gut, Moment mal.« Die Kette wurde weggezogen, ein Schlüssel gedreht. Dann ging die Tür auf.

»Ding Dong«, sagte Jakob und schob den rechten Fuß in die Tür. Vor ihm stand der Junge. Das fettige Haar klebte ihm an der Stirn, die kleinen, grünen Augen bohrten sich fassungslos in sein Gegenüber. Hastig versuchte er, die Tür wieder zuzuschlagen, und klemmte dabei Jakobs Fuß ein.

»Nana«, knurrte er, legte dem Jungen die flache Hand auf die Brust und schob ihn rückwärts in die Wohnung. »Bist du allein?« Er sah sich im Flur um. »He, ich hab dich was gefragt.«

Der Junge sah aus, als hätte er seit Wochen nicht mehr geschlafen. Er blieb regungslos in der Mitte des Zimmers stehen, ließ die Arme an den Seiten herunterhängen und folgte Jakob mit den Augen auf seinem Rundgang durch das kleine Apartment. An den weißen Wänden hingen alte Stiche von Segelschiffen, hanseatische Zinnteller in verschiedenen Größen und ein blankgeputzter Kompaß. Das einzige Fenster füllte eine ganze Wand aus und blickte direkt aufs Meer. Der Fernseher lief und zeigte stumm die Bilder einer Nachrichtensendung. Auf dem Tisch türmten sich volle Aschenbecher, Bierdosen und Kartoffelchips zwischen Landserheften und Heavy-Metal-Magazinen. Dick und zäh stand die Luft im Raum.

Jakob baute sich vor dem Jungen auf. »So, mein lieber Daniel, dann mal los. Und glaub nicht, daß du mich für blöd verkaufen kannst.«

Der Junge wandte sich ab. »Was wollen Sie eigentlich von mir? Ich kenne Sie gar nicht ...«

Jakob packte ihn am Kragen und zog das picklige Gesicht ganz nah an sein eigenes. »Paß mal auf, du kleine Kröte. Verarsch mich nicht, sonst schmeiß ich dich aus dem Fenster. Also, was ist los?«

Daniel fing an zu würgen. »Ich krieg keine Luft«, keuchte er. Jakob ließ ihn los und wartete, aber der Junge zog sich nur das Hemd zurecht und starrte zu Boden.

Jakob schüttelte den Kopf. »Da habt ihr euch ja einen schönen Schatten für mich ausgesucht. Wessen Idee war denn das? Eriks? Oder ist das Mädchen drauf gekommen? Wie heißt sie gleich?«

Der Junge rührte sich nicht. Jakob redete weiter.

»Du weißt doch, wen ich meine, oder? Das kleine Eichhörnchen mit den Haselnußaugen. Ist das die Freundin von Erik? Oder wer ist der Chef bei euch in der Gang? Der andere Typ, der mit in der Disco war?« Jakob stieß ihm den Zeigefinger unters Schlüsselbein. »He, sag was. Das ist nicht fair. Ich krieg auf die Birne und hab keine Ahnung, worum es geht.«

Der Junge war nicht mehr auf dieser Welt. Seine niedergeschlagenen Augen flackerten nervös, die dunklen Schatten darunter zuckten über aschfahler Haut.

Jakob stellte sich an das große Fenster und sah hinaus aufs Meer. Er verschränkte die Arme vor der Brust und atmete tief ein. Aus dem Augenwinkel beobachtete er den Jungen, der noch immer wie zur Salzsäule erstarrt neben dem ungemachten Bett stand. »Eine schlechte Luft ist das hier«, sagte Jakob und öffnete die Tür zum Balkon hinaus. »Zu stickig zum Reden, stimmt's?«

Frische Seeluft zog durch den Raum. Unten auf der Promenade bewegte sich ein kleiner Pulk von plappernden Menschen auf das Kurcafé zu. Der Junge begann, am ganzen Körper zu zittern. Jakob nahm ihn beim Arm und hob ihn zum Fenster hin. Ruhig flüsterte er ihm ins Ohr: »Wenn du nicht gleich mal anfängst, was zu erzählen, dann lernst du fliegen, ist das klar? Ich laß mich von euch nicht zum Hansel machen.« Er schob ihn auf den Balkon hinaus. »Du warst nicht mit in der Disco, aber du hast den Jungs den Tip gegeben. Ich warne dich. Das ist kein Spaß mehr.« Er drückte den dünnen Arm, so fest er konnte, und drängte den Jungen an die Balustrade.

»Rede oder flieg«, sagte er.

Daniel preßte die Lippen aufeinander. Die freie Hand klammerte sich an die Mauer. Seine Augen waren geschlossen. Er sah aus, als würde er alles auf sich nehmen, was das Schicksal für ihn vorgesehen hatte.

»Was ist los mit dir?« fragte Jakob. »Kannst du etwa fliegen?«

Daniel schüttelte den Kopf.

»Na, das ist doch wenigstens eine Reaktion. Ein kleiner, bescheidener Anfang. Mehr davon.« Er drückte fester zu.

Kaum hörbar kamen die Worte zwischen den zitternden Lippen des Jungen hervor. »Die machen mich fertig. Ich kann nicht.«

»Erik oder wer?«

»Wenn die rauskriegen, daß du hier bist, bin ich so gut wie tot.« Seine Finger krallten sich beinah in die Mauer des Balkons.

»Nette Freunde hast du«, sagte Jakob. »Auf die kann man sich wenigstens verlassen. Vielleicht kann ich dir helfen. Aber du mußt mir erstmal deine Geschichte erzählen.«

»Ist doch egal.« Der Körper des Jungen wurde schlaff, und er lehnte sich in Jakobs harten Griff.

»Was ist egal?«

Der Junge hob den Kopf, und Jakob sah, daß er weinte. Leise und still, wie jemand, der es gewohnt war, seine Tränen zu verbergen. »Ich hab dich gesehen«, preßte er hervor. »Ich hab gesehen, wie du vorgestern abend am Strand warst.«

Jakob lockerte seinen Griff. »Also doch. Ich hab's mir schon gedacht.«

»Ich hab dich erkannt. Ich hab gesehen, wie du den Koffer gefunden hast. Ich war da. Ich hab's gesehen.« Er wischte sich übers Gesicht.

Jakob ließ ihn los. Er rieb sich den Nacken, dann sagte er: »Mir scheint, wir sitzen beide ganz schön in der Patsche. Was zum Teufel hast du da gemacht um die Zeit? Was hast du mit dem Toten zu tun?«

Daniel stieß sich von der Mauer ab und rannte in die Wohnung. Jakob konnte ihn nicht halten, und so hetzte er hinter ihm her. Der Junge warf sich schluchzend auf das Sofa mit den Schottenkaros. Weinkrämpfe schüttelten ihn wie Stromstöße. Jakob setzte sich daneben und versuchte, ihn zu beruhigen. Freundschaftlich stieß er ihm an die Schulter.

»Heee, nun mal langsam«, sagte er.

Der Junge starrte ihn mit rotgeheulten Augen an. »Die machen mit mir das gleiche«, heulte er.

»Wer denn eigentlich?« fragte Jakob. »Der fette Erik? Was habt ihr denn bloß gemacht? Wußtest du denn, was in dem Koffer war?«

Der Junge nickte stumm.

»Habt ihr den Zuhälter zersägt?«

Daniel wiegte sich langsam vor und zurück.

»Aber ... aber, was habt ihr denn bloß vor? Ist der Zettel von euch? ›Sylt den Syltern‹? O Mann, warum zum Teufel bringt ihr einen Luden um, wenn ihr euren Freiheitsgeist beweisen wollt?«

Schulterzucken.

»Verdammt, rede mit mir.«

Der Junge streckte sich kurz, kam hoch und lehnte sich wieder zurück. »Ich hab dich gesehen«, sagte er. »Du bist auch nicht unschuldig. Ich hab's gesehen.«

»Erzähl mir lieber, warum du mir die ganze Zeit hinterherrennst. Danach reden wir von mir.« Jakob wollte das Geld lieber aus dem Spiel lassen. Im Moment sah es eher danach aus, als hätte er es mit ein paar völlig Wahnsinnigen zu tun.

»Ich soll aufpassen, was du vorhast.« Er sah Jakob an und wartete auf Reaktion.

»Du hast es den anderen also erzählt?«

»Das brauchte ich gar nicht.«

»Ach?« Jakob stemmte seine Fäuste in die Hüften. »War Erik am Strand? Oder wer war mit? Worauf hast du dich bloß eingelassen, Mann? Du bist dem doch gar nicht gewachsen. Deine Freunde wollen dich wohl loswerden, oder was?«

Hilflos starrte der Junge Jakob an, gelähmt von den Worten, die noch eine Weile im Raum hingen. Daniels Schicksal war besiegelt, wenn er nicht so schnell wie möglich von hier verschwand. Wem war schon geholfen, wenn Jakob ihn der Polizei übergab? Eigentlich würde er nur sich selbst schaden, denn er müßte Katzmann erklären, wieso er sich überhaupt um die Angelegenheit kümmerte. Konnte ihm doch eigentlich egal sein. Nein, er machte sich nur selbst verdächtig, wenn er den Jungen der Kripo auslieferte. Aber eins wollte er noch wissen.

»Habt *ihr* gestern meine Bude auf den Kopf gestellt?«

Daniel grub seine Finger in die Polster des Sofas.

Jakob wartete noch einen Moment, dann verließ ihn die Geduld. Er schrieb dem Jungen seine Telefonnummer auf die Rückseite eines Lottoscheins und sagte: »Wenn du gar nicht mehr weiter weißt, kannst du mich anrufen, aber du solltest besser von der Insel verschwinden, wenn dir dein Leben lieb ist.«

»Ist es aber nicht«, flüsterte der Junge.

»Wo ist denn deine Mutter?«

»Hamburg. Glaub ich.«

Jakob stand auf und sah den Jungen an. »Geh lieber nach Hamburg. Vielleicht bist du da wenigstens vor deinen Freunden sicher.«

Daniel stierte vor sich hin. Dann sagte er leise: »Das geht erst recht nicht. Dahin kann ich auch nicht.«

Abwartend schob Jakob seine Hände in die Hosentaschen. Was sollte er mit Daniel anfangen? Mehr würde der ihm nicht erzählen. Vielleicht wußte er gar nicht mehr. Und Jakob wollte erst recht keine väterlichen Gefühle aufkommen lassen. Der Junge war alt genug.

»Du mußt wissen, was du tust«, sagte Jakob und wandte sich zum Gehen. Als er in dem kleinen Flur neben der überladenen Garderobe stand, drehte er sich ein letztes Mal um.

Der Junge saß zusammengesunken auf den karierten Kissen des Sofas. Der Sonnenuntergang malte einen blutroten Balken an die Fenster, und der Fernseher flimmerte gelbliche Bilder in den Raum. Daniel war nur noch ein krummer Schatten, eingerahmt in den letzten Farben des vergehenden Tages.

Leise zog Jakob die Tür hinter sich zu.

21

Suse war schön. Sie saß auf einer der schneeweißen Bänke neben der Musikmuschel und breitete ihre Arme aus. Die kräftigen Beine zwängten sich in Designerjeans, und ihre stahlblauen Pumps ruhten auf dem Geländer zum Strand. Sie hatte ihre Zöpfe geöffnet. Das blonde Haar flatterte leicht in der milden Brise.

»Du läßt mich ganz schön warten«, sagte sie. »Dreimal bin ich schon angequatscht worden, ob ich mitkommen will.«

Jakob trommelte mit den Fingern auf dem Holz. »Hättest du ja machen können. Inzwischen wärst du bestimmt schon wieder zurück.«

»Witzig.«

»Nein.« Er strich ihr mit einem Finger über den Unterschenkel. »Dieser Junge geht mir nicht aus dem Kopf. Sein Gesicht hättest du sehen sollen. Der war völlig am Ende.«

»Du solltest zur Polizei gehen, Jakob. Nicht nur deinetwegen, auch für den Jungen. Wenn er wirklich bedroht wird, ist es doch besser für ihn, lebendig in der Zelle zu liegen als tot in seinem Apartment.«

Jakob nickte halbherzig.

»Mathias hat mich angerufen. Er hat mir von heute nachmittag erzählt und ein ganz schlechtes Gewissen, daß er dir den Namen gegeben hat. Wenn dem Jungen nun wirklich was passiert …«

»Also weißt du, vielleicht ist er ja ein unbedarfter Schuljunge, aber wenn er einen Mann in Einzelteile zersägen kann, wird er wohl nicht ganz harmlos sein, oder? Da gehört schon was zu. Und wenn ihn seine eigenen Leute bestrafen wollen, braucht sich die Polizei doch nicht einzumischen. Es sei denn …«

»Jakob.«

»Was?«

Suse hob den Arm mit der zähen Anmut einer Zeitlupe. »Da oben!«

Jakob folgte ihrem Blick, der regungslos an die Spitze des Kurzentrums geheftet war. Suse riß die Hände vor den Mund, Jakob sprang auf und kniff die Augen zusammen.

»O Gott!«

Aus einem der links liegenden Fenster loderten Flammen.Gelbliches Flackern erhellte den nächtlichen Himmel wie eine Fackel im Sturm. Kleine Funken setzten sich ab und segelten in die Tiefe. Jakob zählte die Balkons ab, aber er wußte schon vorher, welches Apartment brannte.

Man mußte die Feuerwehr rufen, den Krankenwagen, die Polizei. Jakob und Suse standen Schulter an Schulter, das Kinn gehoben, die Beine wie Blei am Boden. Sie sahen das Licht, begriffen aber nicht, was vor sich ging. In der zum Himmel strebenden Bewegung des Feuers war eine Drehung zu erkennen. Eine Flammensäule rotierte um die eigene Achse und schuf eine horizontal verlaufende Linie, die schließlich zu einem brennenden Kreuz heranwuchs.

Suse schlug die Hände vors Gesicht. »Nein!«

Auf dem Balkon stand ein brennender Mensch. Mühsam hob er sich über den Rand der Steinmauer und breitete die Arme aus, als wollte er ein letztes Mal sein Leben umarmen. Dann stieß er einen gellenden

Schrei aus und ließ sich einfach in die Tiefe fallen. Wie eine fliegende Fackel auf dem Weg zum Grund eines vergessenen Brunnens stürzte er schneller und immer schneller. Verloren, aber stolz im Augenblick der letzten Tat. Dumpf schlug er am Boden auf.

Noch hallte das letzte Geräusch über die dunkle Promenade, da hetzte Jakob schon die Treppen zwischen den Sturmbläsern hinauf und folgte, oben angekommen, dem schwächer werdenden Schein der Glut. Zwischen den Glaswänden des Terrassencafés fand er ihn. Er lag in unnatürlich gekrümmter Haltung auf einem zerbrochenen Gartentisch, die Hände schwarz, sein Hemd war von der Haut nicht mehr zu unterscheiden. Jakob kniete sich hin, um in sein Gesicht zu sehen. Da war kein Gesicht. Er hatte keine Augen mehr. Ein dunkles Loch bohrte sich unter der Nase in den Kopf. Der beißende Geruch verbrannter Haare stieg von ihm auf.

Suse stand außerhalb der Glaskabine und preßte ihre Hände gegen die Scheibe. Jakob stand auf und sah sie an.

»Oh, mein Gott«, sagte sie. »Ist er das?«

Jakob wandte sich ab. »Ich hätte ihn nicht allein lassen dürfen.«

22

Eine ganze Menge Menschen hatte sich auf der Terrasse vor dem Café versammelt. Flüsternd standen sie um die Scheiben der Glaskabine herum. Neben der verkohlten Gestalt am Boden kniete ein Mann, dessen schütteres Haar vom Schlaf ganz zerzaust war. »Ich bin Arzt«, hatte er gesagt, »vielleicht kann ich helfen.« Die Polizei traf ein, nahm Personalien auf und versuchte festzustellen, um wen es sich bei dem Verunglückten handelte. Drüben am Miramar heulte kurz die Sirene des Krankenwagens auf.

Jakob und Suse saßen ein wenig abseits des Geschehens und rauchten mit zitternden Händen. Sie schwiegen dabei und beobachteten, wie das anfangs blanke Entsetzen der Umstehenden schon bald in einmütige Ablehnung umschlug. Es meldeten sich genügend eifrige Zeugen bei den überforderten Streifenpolizisten, so daß Jakob und Suse unbehelligt blieben. Ein Nachbar hatte kurz vor dem Unglück eine verdächtige Gestalt aus der Wohnung des Jungen kommen sehen und brüllte dem kleineren der beiden Schutzmänner mehr wilde Vermutungen ins Gesicht, als dieser mitschreiben konnte. Den Mann selbst hatte der lautstarke Zeuge nicht erkennen können, und glücklicherweise war seine Version der Vorgänge nur eine unter vielen. Niemand konnte mit Bestimmtheit sagen, ob sich der Junge zur Zeit des Unglücks in der Wohnung aufgehalten hatte. Man war übereingekommen, daß es sich um einen Selbstmord handeln mußte. Blieb nur noch festzustellen, wer der Tote war.

Eine unangenehm laut redende Frau in einem grasgrünen Polyestermantel mit rosa Latschen an den Füßen wußte Näheres aus Daniel Müllers Leben zu berichten. Während die Krankenpfleger ihre weiße Trage zusammenklappten und der Leichenwagen vorfuhr, goß sie einen Eimer Gülle über dem Jungen aus, der nach ihren Angaben völlig verwahrlost und ohne jegliche Aufsicht der Eltern in einem stinkenden Loch gehaust hatte. Sie wußte von ohrenbetäubender Musik bis zu süßlichem Geruch vor der Tür so ziemlich alles, was man ausspionieren konnte, ohne jemals die Wohnung betreten zu haben. Als die Polizisten begannen, den toten Körper mit weißen Kreidestrichen zu umrahmen, fielen andere in den Chor mit ein und steuerten Anekdoten über den merkwürdigen Jungen bei, der offenbar niemals zu irgendeinem der Nachbarn Kontakt gesucht hatte. Die Zuhörer nickten gemeinschaftlich, wohlwissend, daß so einen das Schicksal schrecklich bestrafte.

Aus dem dunklen Schatten hinter der Meute mitfühlender Nachbarn trat ein untersetzter Mann im grauen Mantel hervor, der mit der einen Hand seine Brille an die Augen schob. Die andere stützte eine leicht gebückt gehende Frau, die mindestens zwei Köpfe größer war als er. Sie traten ins Licht der aufgebauten Scheinwerfer.

»Platz da, Herrschaften«, schnarrte Kommissar Katzmann die Leute an und machte seiner Begleitung eine einladende Geste. »Hier entlang bitte, gnädige Frau.«

Die Menschen bildeten eine Schneise, und die Frau trat in den Lichtkegel, der sich um den toten Jungen legte. Sie hatte sich einen langen Silberfuchsmantel über die Schultern geworfen. Schlanke Fesseln versuchten, möglichst unauffällig auf ultrahohen Pfennigabsätzen zu gehen. Am Eingang des Glaskastens knickte sie um, und Katzmann hatte alle Mühe, sie aufrecht zu halten.

Jakob reckte den Hals.

Die Frau bückte sich, und unter ihrem Mantel entblößte sie braungetönte Haut mit einem Hauch von rotem Stoff. Der weißblonde Haarschopf war im Nakken ausrasiert und ansonsten auf die Länge abgebrannter Streichhölzer gebracht. Mit stierem Blick steuerte sie auf den verkohlten Körper zu. Abwesend tastete sie noch im Stehen nach Katzmanns stützender Hand. Sie schien die Umstehenden gar nicht zu bemerken und gleichzeitig das große Publikum gewöhnt zu sein. Lange Ohrringe glitzerten im Scheinwerferlicht.

Jakob war aufgestanden.

Sie preßte die Knöchel an die Schläfen, dann rieb sie die Fingerspitzen aneinander, als rollte sie kleine Klumpen Teig. Schließlich kniete sie auf dem Boden nieder und nahm einen der schwarzen Finger in ihre Hand. Sie sah sich das Gesicht genau an, dann hob sie hilfesuchend den Kopf und blickte Katzmann in die Augen. Sie nickte.

»Die Mutter«, tuschelte einer, »das ist die Mutter.«

»Die hab ich hier noch nie gesehen«, setzte ein anderer hinzu. »Die hätte sich mal um den Jungen kümmern sollen.«

Jakob schob sich vorsichtig weiter nach vorn, um bessere Sicht zu haben, und drückte dabei in Gedanken einen der Schaulustigen beiseite. Er war wie im Rausch.

Plötzlich und ohne erkennbare Vorwarnung drehte Katzmann seinen kugeligen Körper um die eigene Achse. Er hielt ein kleines Notizbuch in der Hand und schrieb. Dann ließ er den Blick in die Runde schweifen, entdeckte Jakob und sah ihm einen Moment lang mit leerem Ausdruck ins Gesicht.

»Ich hab mir schon gedacht, daß Sie hier nicht fehlen dürfen«, sagte er.

Jakobs erstarrte.

Auch die Frau hob den Kopf, suchte Katzmanns Blickrichtung und blieb an Jakob hängen. Die wäßrig blauen Augen verloren ihre Trauer schnell, und die zwei Sekunden Kontakt endeten mit einer abschätzigen Wendung zur Seite. Die Ähnlichkeit mit Daniel war offensichtlich.

»Bitte, ich möchte hier weg«, flüsterte sie, und Katzman half ihr auf die Beine. Ohne sich noch einmal umzuwenden, schritt sie langsam zurück in die Dunkelheit. Katzmann lief neben ihr her und sah immer wieder an ihr hoch, aber man konnte nicht erkennen, ob sie miteinander redeten. Alle Umstehenden jedenfalls starrten ihr hinterher und versuchten, noch einen Blick auf dieses fremde Wesen zu werfen.

Als die beiden Totengräber gemeinsam anzählten, um den leblosen Körper in die Blechkiste zu hieven, machten sich die ersten Schaulustigen schon wieder auf den Heimweg. Sanft trug der Wind das Rauschen des Meeres herüber. Darunter mischten sich Fetzen einer schwermütigen Melodie. Jemand spielte unbeholfen und verbissen immer wieder die ersten paar Töne des Trauermarsches, brach ab und begann das Spiel von neuem. Betreten zogen die letzten Nachbarn die Kragen ihrer Mäntel zu.

Jakob schlich die Treppe bis zur mittleren Plattform hinunter. An dem kleinen Pavillon blieb er stehen und versuchte zu erkennen, wer auf dem Flügel spielte, aber das unruhige Licht unter dem Halbkreis der Musikmuschel gab keine Gesichter preis. Also trat er nach vorn an den Rand der Freitreppe.

Auf dem Flügel flackerte eine Kerze, die das Gesicht eines jungen Mädchens erhellte. Wenn sie den Kopf bewegte, leuchteten ihre Augen. Trauer lag auf ihren Zügen. Links von ihr hockten zwei Gestalten in der Dunkelheit. Ein dritter ließ die Beine von den Blumenkästen baumeln. Am rechten Rand der Muschel lehnte der fette Erik mit verschränkten Armen. Er sah zu Jakob herüber und grinste. Der Klavierdeckel knallte wie ein Schuß, als das Mädchen ihn zuschlug. Sie stand auf, bekreuzigte sich und blies die Kerze aus.

23

Chopins schwermütige Melodie fehlte ihm. Nachdem der letzte Ton verklungen war, kam es ihm vor, als hätte er keinen Leitfaden mehr. Die Stille war bedrückend.

Jemand zupfte ihn an der Schulter, und er fuhr herum.

»Wer ist das?« fragte Suse und deutete mit dem Kopf zum Meer hinunter.

Jakob atmete tief ein und setzte zu einer Erklärung an. Er nahm Suses Hand und führte sie ein Stück zur Seite. Als sie noch einmal zur Musikmuschel hinuntersahen, war kein Mensch mehr zu sehen. Sie waren wieder ganz allein. Jakob knöpfte seine Jacke zu. »Erzähl ich dir später.«

»Mir ist ganz komisch. Hast du was zu trinken zu Hause?« Suse war kaum zu hören.

Jakob sah sie an und legte wärmend einen Arm um sie. »Gute Idee«, sagte er.

Wenig später saßen sie in den weichen Kissen seines Wagens und kurvten schweigend durch das Labyrinth der Westerländer Einbahnstraßen auf der Suche nach einem geöffneten Kiosk. Gegenüber vom Bahnhof hielt Jakob an, um Osborne und Zigaretten zu kaufen. Während er darauf wartete, daß die Bedienung seine Waren durch das kleine Sichtfenster schob, betrachtete er Suse, die steif wie eine Holzpuppe im Wagen saß. Ihr Kopf lehnte sich langsam gegen die Scheibe, aber sie schien es gar nicht zu merken.

Auch als Jakob einstieg, Suse zwei Flaschen in den Schoß legte und der Wagen wie ein Boot auf hoher See zu schwanken begann, rührte sie sich nicht. Ihre Hände hielten alles fest, was ihr gegeben wurde, aber sie schien es kaum zu bemerken. Jakob nahm ihr eine Flasche wieder weg, schraubte sie auf und setzte sie an den

Mund. Langsam lief die brennende Flüssigkeit seine Kehle hinunter. Er reichte ihr den Osborne, aber sie reagierte nicht.

»Bist du okay?«

Sie sah ihn an und schüttelte den Kopf. »Laß uns fahren«, sagte sie. »Bitte.«

Sie schlängelten sich durch ein paar kleine Seitenstraßen, dann schwebten sie über die Insel. Der Wagen konnte gar nicht anders. Am Bahnweg bogen sie nach links auf die Schnellstraße. Die Landebahn des Flughafens war hell erleuchtet und wartete ganz offenbar darauf, einen verspäteten Heimkehrer in den Hafen zu lotsen. Als sie an der roten Ampel beim Witthüs warteten, nahm Suse ihre Handtasche vom Boden auf und zündete sich eine Zigarette an. Am Straßenrand parkte der Streifenwagen des Wenningstedter Dorfpolizisten. Der Leuchtturm neben der alten Schule war wakker bei der Arbeit. Drückendes Schweigen füllte den Innenraum des Wagen bis unter die Decke. Jakob glaubte, ersticken zu müssen.

»Was wird denn dein Oberlehrer dazu sagen, wenn du ihm erzählst, daß du die Nacht bei mir verbracht hast?«

Suse stieß den Rauch gleichmäßig durch die Nase. »Wer sagt, daß ich die Nacht bei dir verbringe?«

»Ich«, sagte Jakob und öffnete sein Fenster einen Fingerbreit.

Suse seufzte und malte einen unbeholfenen Kreis auf das beschlagene Seitenfenster. »Was soll er schon dazu sagen? Wahrscheinlich tobt er seine Wut an der elektrischen Eisenbahn aus.« Sie machte eine Pause, dann setzte sie leise hinzu: »Manchmal find ich ihn einfach zum Kotzen langweilig.«

Suse betrachtete ihr Werk.

Jakob brauchte einen Moment. »Ich dachte, das gefällt dir so gut, wenn alles berechenbar ist. Schön harmlos und ungefährlich.«

Zwei Punkte mitten im Kreis wurden die Augen.

»Das gefällt mir ja auch. Und ich kann nicht gerade behaupten, daß ich jeden Tag sehen möchte, wie brennende Kinder von den Häusern fallen. Wenn das vielleicht auch deine ganz persönliche Vorstellung von einem Abenteuer ist.«

Ein gerader Strich war der Mund.

»Wer sagt, daß es Selbstmord war?«

»Na, du doch, oder?« Sie zog an ihrer Zigarette.

»Irgendwie glaub ich nicht, daß der Junge sich selbst angezündet hat. Das geht mir schon die ganze Zeit durch den Kopf. Daß er springen wollte, kann ich mir vorstellen. Aber vor wem sollte er sich so in Szene setzen? Vor den Nachbarn?«

»Aber ich dachte ...«

»Grund genug hatte er, sich umzubringen, aber es sollte mich nicht wundern, wenn seine Freunde dabei nachgeholfen hätten.«

In der Rechtskurve am Kampener Ortsausgang schaltete Jakob zurück und setzte zum Überholen an. Suse krallte sich in den Haltegriff. Beinah hoben sie ab. Der Wagen schwenkte auf die lange Gerade ein und ließ zwei weiße Motorroller hinter sich.

Nach einigen wortlosen Kilometern parkten sie unten an der Straße und stapften die finstere Düne hinauf. Als Jakob umständlich das Vorhängeschloß an der Tür entfernt hatte, tasteten sie sich durch die dunkle Hütte auf der Suche nach Licht.

»Die Deckenlampe ist kaputt. Immer dasselbe.« Jakob stieß gegen den Blecheimer, der klappernd umfiel. Die Schreibtischlampe tauchte das kleine Zimmer in gelbliches Licht. Suse stand noch immer am Eingang und hielt die beiden Flaschen in der Hand.

»Hier sieht's ja gut aus«, sagte sie und betrachtete die Flecken an der Wand. Als die notdürftig wiederhergestellten Holzbohlen am Boden unter ihrem Gewicht leicht nachgeben wollten, sprang sie zur Seite und sah Jakob erschrocken an. »Diese Hütte wird nochmal über deinem Kopf zusammenbrechen. Du solltest dich besser darum kümmern. Hast du saubere Gläser?« Sie stellte die Flaschen auf den Tisch.

»Ich hoffe«, sagte er. »Als ich gestern abend nach Hause kam, hatte irgend jemand alles auf den Kopf gestellt.« Jakob deutete auf den roten Teppich. »Das geht auch auf deren Konto.« Er stand auf und suchte in der Spüle nach Gläsern.

Suse nickte. »In der Musikmuschel vorhin, das war die Bande, zu der auch der Junge gehörte, oder?«

»Ja.« Er klapperte mit dem Geschirr. »Der Dicke rechts, hast du den gesehen? Das ist der Schlimmste von den Typen. Daniel war anscheinend der Benjamin.« Jakob gab Suse eins von den rundlichen Senfgläsern. »Andere hab ich nicht«, sagte er.

Sie setzte sich steif auf die Bettkante. »Aber wie sind die denn hier reingekommen? Die Tür ist doch noch heil.«

»Das Schloß kriegt man mit jedem Dietrich auf. Das ist überhaupt kein Problem.« Jakob schenkte ein. »Die Schwierigkeit liegt ganz woanders.«

»Und zwar?«

»Die waren gar nicht hier. Jedenfalls wußte der Junge nichts davon. Es muß jemand anders gewesen sein.«

Suse betrachtete die goldene Flüssigkeit in ihrem Glas. Sie machte den Versuch, einen Cognacschwenker zu imitieren. »Wer auch immer dafür in Frage kommt ... was könnten sie denn gesucht haben?« Vorsichtig nahm sie einen Schluck.

»Keine Ahnung.« Nach einem Moment des Schweigens setzte er hinzu: »Wirklich nicht.«

Suse öffnete ihre Jacke, nahm ein Kissen, lehnte sich an die Wand und schlug die Beine übereinander. Auf ihrem Bauch balancierte sie das Glas. »Du meinst, die wollten nur mal einen Blick in das Häuschen werfen. Nur so interessehalber. Und weil es ihnen hier nicht gefiel, haben sie alles kaputtgehauen?«

»Möglich, oder?«

»Möglich.«

Jakob stand auf und ließ Wasser in die Gießkanne laufen.

»Warum sollte jemand sowas tun, Jakob?«

»Vielleicht zur Einschüchterung.« Ein schmaler Wasserstrahl aus der Kanne ergoß sich über die Blätter einer vertrockneten Pflanze.

»Wer denn?«

»Keine Ahnung.«

»Jakob?«

»Ja?«

»Stell doch mal die blöde Gießkanne weg und setz dich zu mir.« Suse strich mit der linken Hand über die Bettdecke.

Jakob gehorchte.

»Sag mir doch, was sie gesucht haben. Warum erzählst du mir immer nur die Hälfte? Traust du mir denn nicht?« Sie hakte sich bei ihm unter. Er lehnte sich nach vorn, um seine Schnürsenkel zuzubinden. »Hast du gehört, was ich gesagt habe?«

Jakob richtete sich auf, stützte die Ellbogen auf seine Knie und rieb sich das Gesicht. »Ja. Ich hab's gehört.«

»Und? Was sagst du dazu?«

Jakob war konzentriert. Er durfte keinen Fehler machen. Er mußte abwägen, wie weit er Suse wirklich mit hineinziehen wollte. Schließlich zog er seine Socken hoch und sah sie an.

»Du mußt mir was versprechen«, sagte er.

»Daß ich selbst unter Folterqualen das Geheimnis nicht preisgebe.« Suse schlug sich an die Brust. »Mögen sie auch Daumenschrauben haben, Nagelrad und Guillotine. An der höchsten Rahe sollen sie mich aufknüpfen, ich werde schweigen. Ich schwöre.« Sie hob die eine Hand und legte sich die andere aufs Herz.

»Zum Brüllen«, sagte Jakob. »Wenn du Pech hast, wird genau das passieren. Ich weiß gar nicht, ob es gut ist, wenn du alles weißt.«

»Ich kann ganz gut auf mich selbst aufpassen«, gab sie zurück und lehnte sich wieder an die Wand. »Sei unbesorgt, mein Lieber. Ich komm schon zurecht. Also?«

Jakob betrachtete seine Fingernägel.

»In dem Koffer war nicht nur die Leiche von dem Luden.«

»Ich weiß. Da war noch der Bekennerbrief.«

»Und noch was. Eben das, was sie gesucht haben.«

Suse kam nach vorn. »Was?«

»Viel Geld.«

»Als wenn ich es nicht gewußt hätte!« Suse stürzte ihren Drink runter und hielt Jakob das leere Glas vor die Nase. »Ich hab mir gleich gedacht, daß mehr hinter deiner Neugier steckt als nur ein Abenteuer. Du bist doch immer auf deinen Vorteil bedacht. Mann, was soll bloß mal aus dir werden?« Den nächsten Drink stürzte sie gleich hinterher.

»Was aus mir werden soll? Ein reicher Mann natürlich. Was zum Teufel ist so schlecht daran, einem toten Zuhälter sein Bargeld abzunehmen?«

Suses Augen wurden klein. »Wieviel war's denn? Sehr viel?« Fordernd reichte sie ihm das Glas.

»Bin ich deshalb ein Leichenfledderer? Ein Grabräuber oder was? In welcher Zeit lebst du eigentlich?«

»Du hast es gestohlen, Jakob.«

»Du bist vielleicht gut. Du hättest erstmal die Polizei gerufen und darauf gewartet, daß sich irgendein anderer Lude meldet und behauptet, daß ihm die Kohle gehört.« Er wackelte mit dem Kopf und sprach mit affektierter Stimme. »Natürlich hat er all die schönen Scheine nicht beim Mädchenhandel verdient, Gott bewahre, ganz bestimmt nicht, Herr Kommissar, und auch nicht bei Schutzgelderpressungen, nie im Leben. Er hat einfach Glück gehabt beim Verkauf seiner Münzensammlung, klaro. Und das Geld hat er seinem Kumpel geliehen. Aber was der damit eigentlich vorhatte, das weiß ich wirklich nicht, Herr Kommissar.« Jakob füllte die Gläser bis zum Rand und stellte sie ab. Seine Wangen waren heiß, die Stimme überschlug sich. »Wenn er Pech hat, muß er vielleicht ein paar Prozent Steuern bezahlen, denn den Münzenverkauf hat er natürlich nicht angemeldet ...«

»Schon gut, ich hab verstanden.« Suse nahm ihr Glas in Empfang. »Das Geld gehört ihm nicht. Aber dir doch auch nicht, Jakob. Wenn du das alles für dich beanspruchst, bist du dann nicht genau so ein Schwein wie der Lude? Was wäre, wenn alle so denken würden?«

Jakob sprang auf und sah sie an. »Suse, kleine Suse, es denken doch aber alle so. Du bist scheinbar viel weltfremder als ich. Siehst du denn gar nicht, was auf dieser Insel passiert?« Er wedelte wild mit den Armen. »Siehst du denn nicht, woher das ganze Geld stammt, das hier in den feinen Spezialitätenrestaurants verpraßt wird? Was glaubst du denn, wovon all die Porsches, Lamborghinis, Maseratis bezahlt worden sind? Die Leute, die du darin rumfahren siehst, haben dafür ganz sicher keine Opfer gebracht. Da kannst du ganz unbesorgt sein.«

Wütend setzte er sich an den Schreibtisch und suchte in den Schubladen nach Zigaretten. Schon bereute er, daß er Suse von dem Geld erzählt hatte. Diese ewigen Diskussionen um Moral und den schwachsinnigen Anspruch, immer selbst das beste Beispiel zu sein, gingen ihm dermaßen auf den Geist, daß er sie normalerweise mit zynischen Bemerkungen im Keim erstickte. Bei ihr war er anders. Sie war so lieb und naiv. Sie meinte es tatsächlich so, wie sie es sagte. All die fiesen Leute um sie herum nahm sie anscheinend gar nicht wahr, sie freute sich über jeden fettwanstigen Millionär, der sie zum Essen einlud, ohne auch nur einen Gedanken daran zu verschwenden, daß es dem geilen Bock nur um den Nachtisch ging. Oder sie lauschte gebannt den Lebensbeichten blaublütiger Berufssöhne, die ihr geifernd in den Ausschnitt glotzten und dann ätherisch durch den Raum hinüber zur Bar schwebten, daß man meinen konnte, sie würden sich im nächsten Moment höchstpersönlich in den Geist des Weines verwandeln. Mit zitternden Händen riß Jakob eine neues Päckchen Zigaretten auf und zündete sich eine an.

Er ärgerte sich über sich selbst. Er war eifersüchtig auf diese Idioten, die Suse beeindrucken konnten, und er war eifersüchtig auf Suse, die alles so leichtnehmen konnte und bereit war, in allem etwas Gutes zu entdecken. Jakob sah zu ihr hinüber. Er stand auf, setzte sich neben sie aufs Bett und ließ vorsichtig sein Glas gegen ihres klingen. Er wartete, bis sie ihn ansah.

»Friede«, sagte er. »Und den Menschen ein Wohlgefallen. Du wirst mich nicht dazu bringen, das Geld zurückzugeben.«

»Damit hab ich auch gar nicht gerechnet. Das gefällt mir ja an dir.« Sie lehnte sich nach vorn und drückte ihre heiße Wange an seine.

So saßen sie eine Weile.

»Und wenn dein Oberlehrer nun seine Eisenbahn ganz kaputt macht?« flüsterte Jakob ihr ins Ohr.

Suse legte einen Arm um seine Schulter. »Heute ist mir alles egal«, seufzte sie.

24

Es war kurz vor Morgengrauen. Nur die leicht erhellten Fenster waren als schwache Umrisse zu erkennen. Auf leisen Sohlen schlich der neue Tag heran.

Jakob und Suse hatten eine Flasche Brandy fast leergetrunken und das letzte, stinkende Gras geraucht, das er in der hintersten Ecke in seinem Schreibtisch deponiert hatte. Danach waren sie am Rande der Zurechnungsfähigkeit ins Bett gefallen. Wie eine nackte Katze hatte sich Suse sanft an Jakob geschmiegt, eine Hand auf seinen Bauch gelegt und ihn anfangs euphorisch, später dann eher mechanisch gestreichelt, bis ihm schwindlig wurde. Er nahm ihre Hand und legte sie auf sein Herz. Weich drückte sich Suses Körper gegen ihn. Der Geruch ihrer Haut und ihrer Haare umgab ihn wie eine warme Wolke. Jakob kannte sie so gut. Das gleichmäßige Atmen verriet ihm, daß sie weggedämmert war. Vielleicht war es besser so. Liebevoll betrachtete er ihre vom Alkohol leicht entgleisten Züge.

Jakobs Gedanken wanderten zwischen dem toten Jungen und dessen Mutter hin und her. An Schlaf war nicht zu denken. Er lag da und rauchte, eine Hand hinter das Kissen geklemmt, Suses Kopf an seine Brust gelehnt. Er ließ seinen Gedanken freien Lauf und starrte zum Fenster hinaus, durch das der Morgen dämmerte. Immer wieder fielen ihm die Augen zu, und er zwang sich, sie wieder zu öffnen, denn den wasserblauen Blick der Mutter wurde er nicht wieder los. Sie hatte ihn angesehen, als ob sie ihn kennen würde. Und als ob er ihr etwas getan hätte.

Aber das war unmöglich.

Langsam sanken seine Lider über die Augen, er genoß das Gefühl für einen Moment, dann riß er sie wieder auf.

Draußen vor dem Fenster stand ein großer Mann im hellblauen Jogginganzug. Stand da und sah herein.

Als Jakob langsam eine Hand unters Bett gleiten ließ, um seinen Revolver hervorzuholen, schüttelte der Mann seine blonden Locken und brachte eine enorme Walther PPK ins Blickfeld. Er lächelte freundlich. Jakob verstand und gab der Waffe auf dem Boden einen kleinen Stoß.

In genau diesem Moment wurde die Tür eingetreten, das morsche Holz zersplitterte, und die Scharniere rissen aus dem Rahmen. Suse fuhr hoch, benommen und verwirrt.

Im Zimmer stand ein großer Mann mit langen, schwarzen Locken und einer ebenso schwarzen Walther in der Hand. Sein Jogginganzug war quittegelb. Er lachte breit übers ganze Gesicht.

»Guck dir die zwei an. Wie die Karnickel, heimlich in der Ecke und im Dunkeln.«

Suse zog die Decke bis ans Kinn und versuchte, sich hinter Jakob zu verstecken. Der andere Sportler kam herein und betrachtete den Türrahmen.

»Junge Leute von heute. Immer alles kaputtmachen«, sagte er und sah sich im Zimmer um. »Und unordentlich. Alles liegt auf'm Fußboden rum. Sogar die Leute hier.« Als er Suse sah, freute er sich. »Ach, die

Karnickel drücken sich in die Ecke. Zieh die Decke über'n Kopp, dann bist du unsichtbar.«

Die beiden Männer lachten laut.

»Na, Häschen, dann zeig doch mal her, was du hast. Hm? Hast du deinen Freund denn auch ganz doll lieb? Ja? Deinen Freund, der den Onkels schlappe Vierhunderttausend schuldet? Na los, ihr zwei, nich so schüchtern.«

Die beiden Muskelmänner freuten sich. Der eine zog den Stuhl vom Schreibtisch heran und lehnte sich entspannt nach hinten. Stille. Sie warteten.

»Langeweile im Stehen ist das Übelste. Nun los, oder soll ich ein bißchen nachhelfen? Ich weiß, wie das geht. Und für den Batzen Kohle haben wir uns ja wohl das kleine Vergnügen verdient. Seh ich das richtig, oder was?«

Der Kerl auf dem Stuhl beugte sich vor, drückte Jakob den Lauf der Pistole in das linke Nasenloch und sagte: »Na, möchtest du, daß mein Freund deinem Häschen das Hoppeln beibringt, oder willst du das lieber selbst besorgen? Als Zinsen für unseren finanziellen Ausfall sozusagen.« Er grinste dreckig.

Suse zitterte am ganzen Körper. Jakobs Gedanken rasten, aber es wollte ihm kein Ausweg einfallen, also zischte er zwischen seinen Zähnen hindurch: »Warum tut ihr das? Was soll das alles? Könnt ihr euch keinen Porno ansehen, wenn ihr in der Brunft seid?«

Die wimpernlosen Augen des Sitzenden wurden schmal. Er drückte die Waffe fester in Jakobs Nase. »Mein lieber Freund, wenn du hier Witze reißen willst, solltest du dir überlegen, auf wessen Kosten die gehen. Und wenn du gleich freudestrahlend an ihren Titten rummachst, kannst du dir schon mal überlegen, wo du die Kohle versteckt hast, die du uns schuldest.«

»Aber ... welche Kohle denn? Ich weiß gar nicht,

wovon ihr redet.« Jakob war zu dem Schluß gekommen, daß nur die beiden Komiker für das Durchsuchen seiner Hütte in Frage kamen. Und offenbar waren sie davon überzeugt davon, daß er das Geld nicht zu Hause versteckt hatte, denn sonst wären sie nicht wiedergekommen. Aber warum faselten sie von Vierhunderttausend, wo doch gerade die Hälfte davon im Koffer gewesen war?

»Willst du uns für dumm verkaufen, oder was? Mach hier nicht auf holde Unschuld. Du warst am Strand. Du hast den Koffer gefunden und die Kohle eingesackt, ganz klar. Man hat dich gesehen. Also nochmal: wo?« Der Sitzende ließ seinen haarigen Arm unter die Bettdecke gleiten, an Jakob vorbei hinüber zu Suses Hintern. Sie wagte sich nicht zu rühren. Entsetzt starrte sie dem großen Mann in sein pockennarbiges Gesicht. Sanft ließ er seine Hand über die Innenseite ihrer Schenkel gleiten. Suse rückte näher an Jakob heran.

»Guck mal, Kleiner. Das gefällt deiner Freundin.«

Als der Pockennarbige den Gummizug an ihrem Slip schnalzen ließ, zuckte Jakob zusammen und verzog wie unter Schmerzen das Gesicht. Sein Kopf war eine große Achterbahn, aber er wollte den Killern das Geld nicht kampflos überlassen. Sie sollten bloß Suse in Ruhe lassen. Vielleicht mußte er die weiße Fahne hissen.

»Also gut«, sagte er. »Ich war am Strand. Da lag ein Koffer. Ich hab nicht reingesehen, aber der Bulle aus Flensburg hat gesagt, da wäre eine Leiche drin gewesen.«

»Quatsch nich, du hast den Schädel freudestrahlend durch die Luft geschleudert, mein Lieber. Ganz schön geschmacklos. Und nach dem Unterhaltungsteil hast du dich auch noch mit der Eintrittskasse dünn gemacht. Das nehm ich dir persönlich übel.« Der Pokkennarbige roch eklig aus dem Mund.

»Aber das ist doch gar nicht wahr. Wer erzählt euch denn so'n Scheiß?«

Der Mann hauchte Jakob ins Gesicht. »Einer, der dabei war. Einer, der nicht mehr unter uns ist. Weißt du eigentlich, daß der einzige Grund, warum wir uns hier mit dir abgeben, die reine Menschenliebe ist? Wir könnten schließlich auch rumrennen und kleinen Jungs die Hosen runterziehen.« Er kniff Suse in die Backen. »Oder kleinen Mädchen«, setzte er hinzu.

»Mannomann.« Der quittegelbe Kerl an der Tür schüttelte seine schwarze Mähne und machte einen Schritt nach vorn. »Hau ihm eins aufs Maul und fertig. Wenn er seine Zähne einsammelt, fängt er schon von selbst an zu reden.«

»Überlaß das Denken ruhig mir.« Der Pockennarbige blitzte seinen Kumpel böse an.

»Ach was.« Der gelbe Mann blieb ruhig. »Was glaubst du eigentlich, wer du bist? Der Chef hier, oder was?«

»Ganz genau«, sagte der andere, ohne ihn anzusehen.

»Das wüßte ich aber.«

Jakob und Suse hockten verkrampft auf dem Bett, die Decke am Hals, die Blicke hin- und herfliegend. Ungläubig beobachteten sie die beiden Männer.

»Der Furz da auf dem Bett feixt sich doch eins. So wird das nie was.«

Der Pockennarbige funkelte ihn an, wollte wohl den Streit verhindern, damit sie ihren Auftrag nicht vermasselten.

Der Quittegelbe ließ nicht locker. »Los, plätt ihm eine, sonst mach ich das«, sagte der er von oben herab.

»Verdammt, halt's Maul!« Sein Kumpel hatte endgültig genug.

Der Beleidigte machte eine schnelle Bewegung nach vorn, drückte dem Pockennarbigen seine Waffe ins Genick und zischte: »Du schubst mich nicht in der Gegend rum!«

Jetzt waren sie ein Halbkreis. Jakob hatte einen Pistolenlauf in der Nase, der Pockennarbige einen im Genick. Sein haariger Arm lag noch immer unter der Bettdecke und hakte sich unter Suses Slip fest. Suse hatte im Laufe des Streits, die fremde Hand an ihrem Schenkel, allen Mut zusammengenommen und vorsichtig die rechte Hand unters Bett fallen lassen. Nur Jakob hatte die leise Bewegung gespürt, und so brachte sie mit den Fingerspitzen langsam Jakobs neuen Revolver darunter hervor. Mit einer plötzlichen Bewegung rammte sie ihn dem Quittegelben fest in den Magen.

Einen Moment rührte sich keiner von der Stelle. Der große Gelbe wollte die Waffe von seinem Kumpel abwenden, aber Suse sagte mit kalter Stimme: »Glaub ja nicht, daß ich nicht wüßte, wie man den rechten Zeigefinger krumm macht. Du hättest nicht mehr viel Freude an deinem Job als Kinderschänder, wenn du jetzt nicht versuchst, vernünftig zu sein.«

Der Quittegelbe lächelte. »Nu ma nich so vorlaut, Kleine. Mein Kumpel macht dein Herzchen satt, sobald du einen Fehler machst.«

»Ach ja?« Das Pockengesicht kraulte Suse knapp über den Schamhaaren und beobachtete sie dabei genau.

Suse preßte den Revolver so fest sie konnte in den Unterleib des stehenden Killers. »Ihr Schweine!« schrie sie. »Sag deinem Freund, er soll seine fettige Hand unter der Bettdecke rausnehmen, sonst kann ich für nichts garantieren.« Schweißperlen standen auf ihrer Oberlippe, aber ihr Blick war so voller Haß, daß der Gelbe etwas verunsichert zu dem anderen hinübersah.

»Moment! Wenn ich mal was sagen dürfte …« Alle sahen Jakob an. »Ich versteh überhaupt nicht, was hier los ist. Es gibt da ein paar Sachen, die mir einfach nicht in den Kopf wollen.«

Die Pistole in seiner Nase tat einen kleinen Ruck.

»Mann, was redest du?«

»Naja, ich möchte nur verstehen, was das soll. Es ist doch absurd: Ich fall nachts besoffen über einen Koffer, und plötzlich will alle Welt was von mir. Ihr zum Beispiel. Was soll das? Von wem kommt ihr? Wer hat mich am Strand gesehen? Kennt ihr den Jungen, diesen Daniel? Was habt ihr mit diesen Kindern zu tun?«

Suse fuchtelte mit der Hand, damit niemand die Situation außer acht ließ. »Du bist ein Träumer«, sagte sie. »Du glaubst doch wohl nicht, daß die Typen dir die Wahrheit sagen würden, selbst wenn sie was wüßten. Das sind doch nur ganz kleine Nummern.« Sie machte dem Pockennarbigen schöne Augen. »Kleine Lichter, die sich von blonden Locken und blauen Augen einwickeln lassen.«

Verblüfft betrachtete Jakob die plötzliche Härte und den kalten Ton der sonst so mädchenhaften Suse. Sie hatte sich verändert. Und drückte dem Schwarzgelockten ihre Waffe in die Magengrube.

»Harte Männer hab ich sowieso gefressen. Die glauben immer, man müßte nur mal richtig rangenommen werden. Alle Welt wartet nur auf sie. Und jetzt steht ihr hier schwitzend rum und überlegt, wie ihr heil nach Hause kommt. Jungs, es sieht schlecht aus. Als erstes nimmt der Kinderschänder mal seine Pistole aus Jakobs Nase, damit ich seinem Kumpel nicht die Eier abschießen muß. Ihr mögt ja wunderbare Kampfmaschinen sein, aber ihr habt einfach zu viel zu verlieren. Das macht euch verwundbar. Euch braucht man doch nur das Haaspray wegzunehmen.«

Jakob lauschte ihr gebannt. Ihre Stimme überschlug sich fast. Was war nur los mit ihr?

»Und die ganzen schweinischen Hintergründe der Geschichte will ich gar nicht wissen. Der eine Scheißkerl bekriegt den anderen. Das ist ganz in meinem Sinne. Am besten macht ihr euch alle gegenseitig fertig. Aber uns laßt ihr bitte aus dem Spiel. Wir haben nichts damit zu tun. Jakob nicht und ich auch nicht.« Sie machte eine kurze Pause zum Luftholen. »Die Bude habt ihr gestern schon durchsucht. Also, was wollt ihr noch?«

Tränen standen ihr in den Augen. Langsam sah man es ihr an: Sie redete sich um Kopf und Kragen.

»Verschwindet. Ihr wißt nicht, wie gerne ich abdrücken würde. Ich bräuchte noch nicht mal aufzustehen. Also los, haut ab. Und kommt nicht wieder! Ihr seid auf der falschen Spur. Okay?«

Der Quittegelbe fand als erster seine Fassung wieder. »Nu mal halblang, Torte. Das kann sich ja keiner anhören. Du nimmst das Maul zu voll ...«

Sein Blick folgte dem Revolver in Suses rechter Hand, bis der an seine Schulter stieß.

»Gib mir deine Waffe«, sagte sie ruhig.

»Warum?« sagte der Mann.

»Weil ich dich freundlich darum bitte.« Sie klimperte mit den Wimpern.

In diesem Moment sprang der Pockennarbige nach vorn übers Bett. Er wollte ihr die Waffe aus der Hand schlagen, saß aber zu weit weg und verfehlte knapp sein Ziel. Suses Kanone ging los, ließ den stehenden Mann herumwirbeln, seine Waffe verlieren und mit schmerzverzerrte Miene rückwärts zur offenen Tür hinaustaumeln, während Jakob den Kopf wegriß und dem pockennarbigen Killer seinen Ellbogen mit aller Kraft in die Nieren rammte, daß der die Waffe fallen ließ. Ächzend kam der Mann auf die Füße. Jakob hatte sich die Pistole gegriffen, holte aus und schlug damit dem wankenden Koloß mit voller Wucht ans Schienbein, daß dieser einknickte und sich zur Tür schleppen wollte.

Suse griff sich ein Messer.

Jakob holte ihn ein, hielt ihn am Türrahmen fest und sagte: »Bist du sicher, daß du alles verstanden hast? Ich hab die Kohle nicht, okay? Das könnt ihr eurem Auftraggeber sagen. Wenn ich sie hätte, würde ich sie behalten. Aber leider hab ich sie nicht. Klar?«

Auf der Bank um die Ecke kauerte der andere und hielt seine Schulter. Er wiegte sich vor und zurück und keuchte schwer, als müßte er sich konzentrieren.

Jakob kniff im grellen Sonnenlicht die Augen zusammen. »Kümmer dich lieber mal um deinen Kumpel.«

Auf der anderen Seite des Mannes stand Suse. »Und denk an mein Versprechen«, zischte sie böse. »Faß nochmal ungebeten eine Frau an, und ich knall dich ab. Das versprech ich dir.«

Der Mann rieb sein Schienbein und sah sie so kalt an, als würde er sie sicher nicht vergessen.

Jakob baute sich vor ihm auf. »Auf die Frau ist Verlaß. Das kann ich bezeugen.« Wichtig fuchtelte er mit der Walther herum, während der Humpelnde dem Angeschossenen auf die Beine half.

Suse sah Jakob an und schüttelte den Kopf. »Deine Sprüche haben mir gerade noch gefehlt, mein Lieber.«

Jakob grinste und sah hinunter zu den beiden krummen Gestalten, die sich gegenseitig den unregelmäßig angelegten Weg aus rohen Steinplatten hinunterhalfen.

»Meinst du, die sind wir los?« fragte Suse.

Jakob hob die Schulter. »Keine Ahnung. Wenn die nicht wiederkommen, schicken sie andere.«

Unten an der Straße fuhr eine dunkelblaue Limousine vor, die offenbar hinter der nächsten Düne in Richtung Norden gewartet hatte. Als die beiden Männer an Jakobs altem Wagen vorbeikamen, trat der eine von beiden wütend gegen den vorderen Kotflügel. Suse mußte Jakob an der Jacke festhalten.

»Du Dreckskerl!« schrie er und schüttelte seine Faust hinter dem quietschend anfahrenden Wagen hinterher. »Ich krieg dich!«

Ein paar Minuten standen sie schweigend da und sahen über die Insel. Es schien ein Tag wie jeder andere zu werden. Suse warf das Messer mit Schwung in den Sand, wo es steckenblieb.

»Sag mal, Jakob, wo hast du das Geld denn nun eigentlich versteckt?«

Er sah sie an und überlegte kurz. Dann bückte er sich und nahm das Messer beim Griff. »Ich glaube, es ist besser, wenn möglichst wenig Leute wissen, wo das Zeug ist.«

Suse warf ihren Revolver in den Sand. »Ach, du traust mir wohl immer noch nicht. Das ist ja nett. Erst ziehst du mich in deine dreckige Geschichte mit rein, und dann spielst du den einsamen Unverstandenen, der mit seinem Leid alleingelassen werden will. Mann, Jakob, du machst alles immer noch komplizierter, als es eigentlich sein müßte.« Beleidigt wandte sie sich von ihm ab, sammelte die Waffe auf, ging ins Haus. Jakob folgte ihr. Sie legte das warme Schießeisen auf den Tisch, nahm sich das Glas mit dem letzten Rest Brandy und betrachtete ihre zitternde Hand. Dann führte sie das Glas zum Mund und nippte mit spitzen Lippen daran. Ein Tropfen rann ihr vom Kinn.

Jakob lehnte mit weichen Knien im zersplitterten

Türrahmen. Aufmerksam beobachtete er jede ihrer Bewegungen. Als sie sich nicht mehr rührte und nur noch die Sonne in ihrem Glas zu betrachten schien, ging er leise zu ihr hinüber und setzte sich neben sie auf die Bettkante.

»Komm schon ... sei nicht sauer. Ich hab's nicht so gemeint. Ich bin nur vorsichtig. Die Kohle war die ganze Zeit direkt neben dir hinter dem lockeren Stein in der Wand. Da, wo wir früher immer unser Dope versteckt haben.«

Suse wischte sich eine Strähne aus der Stirn und schob die Unterlippe nach vorn.

»Irgendwie mag ich deine Abenteuer«, sagte sie.

25

Die Äquatorsonne brannte heiß vom Himmel. Nackte Füße malten Kreise in den Sand, und Jakob beobachtete die kräftige, kleine Hand, die ruhig an seinem Herzen lag. Das Radio summte vor sich hin. Eine laue Brise half gegen die Hitze, daß es ihm nicht mehr ständig vor den Augen flimmerte, wenn er den Kopf hob, um sich die eingeborenen Schönheiten mit ihren Körben voller Kokosnüssen genauer anzusehen. Anmutig schwebten braune Körper grüppchenweise vorüber, und zarte Frauen sangen alte Lieder. Das Meer flüsterte wie hinter vorgehaltener Hand. Wieviel anders klang der Stille Ozean. Wieviel angenehmer lebte es sich hier, unter Palmen, in einer verschwiegenen Bucht. Keine Sorgen, kein Ärger. Sie ließen einen in Ruhe, und wenn man Glück hatte, wählten sie den weißen Mann sogar zum Häuptling. Suse wäre seine Königin. Er wollte ihr ein guter König sein. Gut und gerecht.

Jakob seufzte und legte den Stift beiseite. Die unbeholfene Palme auf dem Papier schien im Wind zu schwanken. Im Radio setzte Werbung ein. Die Kaffeemaschine gurgelte lautstark, und als das Wasser der Einbaudusche mit einem Quietschen abgedreht wurde, wollte er den Zettel schon weglegen, begann dann aber, auf der Rückseite ein paar Namen aufzuschreiben. Daniel. Erik. Ralle. Mutter. Walter Wilde. Und nach kurzem Nachdenken mit Großbuchstaben NORDBETON. Er zog ein paar wirre Linien zwischen den Namen, strich sie wieder aus und ersetzte sie durch andere Verbindungen. Blödsinn. Er brauchte sich nichts vorzumachen. Er konnte sich die Namen kaum merken.

Nachdem das alte Röhrenradio den Werbeblock zum Thema Fitness und Beate Uhse über sich hatte ergehen lassen, kündigte eine Fanfare die bevorstehenden Nachrichten an. Jakob kratzte sich den nackten Rükken und zog seine Unterhose hoch. Dann stützte er den Kopf in die Hände. Unter der Dusche klapperte es. Er lauschte, ob zu erkennen war, was Suse gerade tat. Vielleicht seifte sie sich gerade ein, vielleicht dachte sie an ihn. Nervös rutschte er auf dem Stuhl hin und her. Er stand auf, um das nutzlose Gelaber abzuwürgen, da lenkte der Sprecher die Aufmerksamkeit auf ein interessantes Thema.

»Kann man denn«, fragte er besorgt, »ich meine, kann man denn überhaupt noch beruhigt hinfahren, wo Mord und Totschlag das Strandleben zu bestimmen scheinen? Diese Frage stellten wir dem Leiter der Ermittlungskommission für die Aufklärung des Mordes an dem Hamburger Kneipier Walter Wilde. Herr Kommissar Katzmann, was haben Ihre Untersuchungen denn bis jetzt ergeben? Ist die Insel für unsere Hörer wieder gefahrlos zu betreten?«

Ein Band wurde eingespielt. Offenbar hatte man das Gespräch schon am Vorabend geführt. Es knackte und knisterte, dann lachte Katzmann schnarrend.

»Nun, Herr Budzinski, ich will mal so sagen: Niemals waren die Menschen auf Sylt sicherer als nach Aushebung dieses Schweinestalls, der uns von der Mordkommission zum Ausmisten freigegeben wurde. Nach einigen aufregenden Tagen der Suche und des Aufräumens ist es uns gelungen, die Hintergründe dieser traurigen Geschichte aufzudecken.«

Der Moderator war zufrieden. Jakob drehte lauter. »Das ist ja schön zu hören. Was haben denn Ihre Untersuchungen zu Tage gefördert, wenn ich mal so spontan fragen darf?«

»Eifersucht, Eifersucht und nochmal Eifersucht. In einer Gemeinschaftsaktion der Kriminalpolizei mit der Hamburger Ausländerbehörde konnten gestern morgen drei tatverdächtige koreanische Seeleute in einer Gaststätte auf der Reeperbahn dingfest gemacht werden. Nach dem bisherigen Stand der Ermittlungen sieht es so aus, als ob die illegal in die Bundesrepublik eingewanderte Ehefrau des einen Matrosen als Prostituierte arbeitete und sich aus Liebe zu dem ermordeten Walter Wilde strikt weigerte, zu ihrem Mann zurückzukehren, der sie wieder mit nach Korea nehmen wollte.« Katzmann räusperte sich. »Alles deutet darauf hin, daß sich der Seemann mit Hilfe seiner Freunde dieser Schande entledigen wollte.«

»Dann darf man diesen Fall als abgeschlossen betrachten?«

»Das letzte Wort ist noch nicht gesprochen, aber wir sind sicher, auf der richtigen Spur zu sein.« Das Knistern wurde abgeschaltet, die Aufzeichnung war zu Ende.

»Herr Katzmann, ich danke Ihnen für dieses offene

Gespräch. Das waren die Nachrichten bei Radio Wattenmeer. Es ist genau sieben Uhr und sieben Minuten. Wenn das kein gutes Zeichen ist.« Die Hintergrundmusik wurde lauter. Der monotone Rhythmus ließ das Gehörte gleich wieder in Vergessenheit geraten.

Jakob stand vor dem Radio, die Hände auf dem Rücken gefaltet, den Blick auf den dröhnende Kasten geheftet, der das halbe Bord an der schmalen Wand ausfüllte. Die altmodische Phosphoranzeige flackerte etwas, und Jakob dachte schon, das Ding zwinkerte ihm zu. Was erzählte Katzmann da? Das stimmte doch alles nicht. Das mußte er doch wissen. Keiner sagte, wie es wirklich war. Keiner, der noch alle Tassen im Schrank hatte. Jakob nahm sich einen Becher Kaffee, schaltete das Radio ab und setzte sich wieder hin.

In diesem Moment schob Suse die Kabinentür beiseite. Sie hatte sich locker in ein Handtuch gewickelt und ein anderes um die nassen Haare gelegt. Barfüßig kam sie zu Jakob herüber und stellte sich vor ihm hin.

Jakob sah hoch. »Hast du das gehört?«

Suse nickte.

»Was soll das? Ich faß es nicht.« Er schüttelte den Kopf und fuhr sich angestrengt durchs Haar. »Werd ich verrückt, Suse? Glaubst du, ich werd verrückt? Oder bin ich es schon?«

Sie tat einen Schritt nach vorn, ließ das feuchte Handtuch vom Körper gleiten, nahm seinen Kopf in beide Hände und legte ihn an ihren nackten Bauch. Seine Hände umfaßten fordernd ihren Rücken, dann fuhren sie leicht über ihren Po die Wirbelsäule hinauf. Schutzsuchend drückte er sein Gesicht an die heiße Haut. Sie strich ihm sanft über den Kopf.

»Nein, ich glaub, du bist in Ordnung. Ich versteh's ja auch nicht.« Sie schob seine Knie zusammen und setzte sich vorsichtig auf seinen Schoß, bis ihre Beine seine Hüften umfaßten. Er drückte sie an sich und vergrub das Gesicht tief in ihrer weichen Brust. So saßen sie ruhig und weltvergessen, Arme und Beine ineinandergeschlungen, Jakob hörte das Rauschen der Palmenblätter, und als Suse kurz zuckte und sich dann anspannte, war ihm klar, daß sie die Tränen runterschluckte. Sie weinte um ihn. Dann glitt sie von seinem Schoß, nahm das Handtuch vom Boden auf und bedeckte sich. Er hob den Kopf. Sie hatte die Augen weit aufgerissen, aber Tränen waren nicht zu sehen. Verwundert folgte er ihrem Blick zum Fenster und wußte Bescheid. Sie weinte nicht.

Draußen stand ein Mann und sah herein.

Jakob sprang auf, langte zum Tisch und packte seinen Revolver. Diesmal war er schneller. Er stieß den Stuhl um und hechtete hinter dem Schreibtisch zu Boden. Langsam und lauernd kam er wieder hoch und richtete die Waffe mit beiden Händen auf das Schwein am Fenster. Suse rührte sich nicht.

»Hör schon auf damit«, sagte sie. Jakob kniff die Augen fest zusammen, dann riß er sie auf, und im Gegenlicht erkannte er ihren übernächtigten Lehrerfreund, der wie ein begossener Pudel durch die Scheiben stierte. Er rührte sich nicht. Er hatte genug gesehen.

Eilig warf Suse sich ein paar Sachen über, sammelte ihr Zeug zusammen, das auf Bett und Boden gleichmäßig verteilt war, suchte einen Moment lang ihre Schuhe und hauchte Jakob schließlich einen Abschiedskuß auf den Mund.

»Ich muß gehen«, sagte sie, ohne ihm in die Augen zu sehen und ohne daß er etwas hätte erwidern können.

»Schon gut«, sagte Jakob mehr zu sich selbst. Er folgte ihr nach draußen, als sie etwas Vorsprung hatte, und sah den beiden hinterher. Sie würden eine Menge zu besprechen haben, aber soweit er sehen konnte, wechselten sie kein Wort miteinander. Mathias würde ihr sowieso nicht glauben. Da war Jakob ziemlich sicher. Das war seine Chance. Aber es gab ihm keine Befriedigung. Nichts machte Spaß. Außer Suse. Und reich sein. Aber nur, wenn er den Reichtum teilen konnte. Freiwillig teilen konnte. Wütend trat Jakob gegen die zerborstene Tür.

26

Als Suse ging, verschwand die Sonne mit ihr. Es war ein trüber Tag geworden, viel zu trübe für die Jahreszeit. Eine feste Wolkendecke zog vom Meer herüber, sperrte das Licht aus und gab einen kleinen Vorgeschmack auf den bevorstehenden Herbst. Die stämmige Verkäuferin beim Bäcker nickte betrübt, als Jakob zehn gemischte Brötchen orderte, und er überlegte schon, ob er was Falsches gesagt hatte. Sie schien ihre ganze Last mit unter die Brötchen gemischt zu haben, denn die Tüte war ungewöhnlich schwer, als sie ihn müde anlächelte und er verunsichert den Laden verließ. Er war dem Ränkespiel des Lebens einfach nicht gewachsen. Zu kompliziert.

Dann saß er in seinem Wagen. Er setzte den Blinker, fuhr an und fügte sich in den Verkehrsfluß ein. Gemächlich rollte er durch die Straßen, hielt an jeder Ampel und betrachtete die umstehenden Wagen mit ihren Insassen. Am Amtsgericht schwenkte er aus und fuhr unter großen Bäumen auf die alte Dorfkirche zu.

St. Niels läutete seine Glocken und wies einer Trauergemeinde den Weg, deren harter Kern sich um eine längliche Grube im Boden gruppiert hatte. Direkt neben dem Friedhof bog Jakob links ab. Er hielt vor Pops Hütte an, schnappte sich die Brötchen und stieg aus. Auf der anderen Straßenseite stand hinter dem hüfthohen Friesenwall ein Mann, der sich auf seinen Rasenmäher gestützt hatte und mit einem Tuch die Stirn wischte. Jakob schloß den Wagen ab.

Von irgendwoher hörte man Musik. Es klang nicht, als käme sie aus einem Radio. Sie wirkte einfacher, bescheiden, wenn auch etwas unbeholfen. Die Kirche war zu weit entfernt, das konnte es nicht sein. Einen Moment blieb Jakob stehen, streckte die Nase in die Luft und versuchte, die Klänge zu wittern. Kein Zweifel, Pop mußte schon wach sein. Hoffentlich war ihm nichts passiert. Das war so gar nicht seine Zeit. Zehn Uhr morgens.

Jakob steuerte die Eingangstür an und stellte fest, daß sie nur angelehnt war. Von drinnen hörte man jemanden eine jammernde Hammondorgel spielen. Irgend etwas sagte ihm, daß sich was verändert hatte. Vorsichtig zog er seinen Revolver aus dem Hosenbund und schob den rechten Fuß vorsichtig durch die leise knarrende Tür.

Die wimmernde Musik wurde lauter, als hätte jemand den Regler raufgeschoben, und als sich Jakob durch den schmalen Flur gedrängt und beinah auf sein Spiegelbild geschossen hatte, lehnte er sich leise gegen die Wand auf der rechten Seite und warf einen vorsichtigen Blick um die Ecke. Er ließ die Waffe sinken. Bevor er sich lächerlich machte, stopfte er sie in seinen Hosenbund zurück und knisterte auffällig mit der Brötchentüte. Erschrocken fuhr das rothaarige Mädchen an der Orgel herum. Es war die kleine Kellnerin, die ihn in der Montagnacht hatte nach Haus fahren wollen.

»Moin«, sagte Jakob und gab sich alle Mühe, nicht

auf ihren nackten Oberkörper zu starren. »Ist Pop da?« Er wedelte mit der Tüte. »Frühstück.«

»Kommt gleich wieder«, sagte sie und schüttelte sich. »Du hast mich erschreckt.« Sie fuhr mit der Hand über den sommersprossigen Hals, sah kurz auf ihre Hände und wandte sich wieder den Tasten zu.

Jakob stand noch einen Moment so da. Er lauschte ihren Versuchen und überlegte, woran ihn die Situation erinnerte. Als es ihm einfiel, kam Leben in seine Bewegungen, und er legte die Tüte weg. Hoffentlich hatte Pop Neuigkeiten, mit denen sich was anfangen ließ. Jakob fiel rückwärts in einen Sessel, legte die Stiefel auf den Tisch und betrachtete das wahllose Muster der Sommersprossen auf ihrem Rücken. Man müßte sie zählen können.

»Hat er gesagt, wann?«

»Wann was?«

»Wann er wiederkommt.« Jakob suchte nach Zigaretten.

Sie verteilte alle zehn Finger gerecht und gleichmäßig auf den Tasten. »Gleich«, murmelte sie. In diesem Moment entdeckte sie die Fußpedale am Boden der Orgel und entlockte dem Instrument mit ihren nackten Füßen ein tiefes Dröhnen. Begeistert lachte sie zu Jakob herüber, schüttelte wild ihre Mähne und legte beide Unterarme auf das Manual. Ein sägendes Geräusch kündigte den bevorstehenden Abschied der Lautsprecher an. Die Füße stellten sich quer, und der Boden begann zu vibrieren.

Jakob kniff die Augen zusammen. Der Raum war randvoll mit dem Lärm eines startenden Flugzeugs, einer festgefahrenen Kreissäge, dazu ein Dröhnen mitten aus der Erde. Jakob wurde schwindlig. Elektrisches Knistern schnitt durch die Luft. Jemand schien ein Stück Kreide über eine Schiefertafel kreischen zu lassen. Ein anderer schlug ihm einen Nagel zwischen die Augen. Feuerrot wirbelten die Locken des Mädchens. Sie war aufgesprungen, hatte den Hocker umgekippt und tanzte vor den Manualen der Orgel auf und ab. Das Handtuch hatte sie längst verloren, und Jakob hätte noch tausend neue Sommersprossen zählen können, wenn ihm der Schmerz zwischen den Augen nicht den Spaß daran verdorben hätte. Er sah nur wirre Punkte, die durch die Luft tänzelten und Spuren einer Herzkurve hinterließen. Als er aufstand, wankte er. Der Boden bebte, die Fenster klirrten. Jakob hielt sich am Tisch fest und nahm Anlauf. Drei große Schritte brauchte er, und schon beim ersten Griff hatte er den Lautstärkeregler gefunden.

»He, was soll das?« schrie das Mädchen und versuchte, Jakob zur Seite zu drängen. Heißer Atem hauchte ihm ins Gesicht, und die blassen Fingernägel wollten sich in seine Hand krallen. Er packte sie fest an den Handgelenken und sah ihr regungslos in die Augen.

»Was ist mit dir?« fragte das Mädchen und wollte sich aus seinem Griff befreien. »Was guckst du mich so an? Laß mich los. Spinnst du, oder was?«

Jakob schüttelte kurz den Kopf, preßte die Augenlider aufeinander und verzog sein Gesicht. »Musik«, zischte er und packte die Arme des Mädchens fester. »Musik. Das sind die Pausen zwischen den Tönen.«

Das Mädchen starrte ihn einen Augenblick lang an, den rundlichen Mund geöffnet, die Stirn in kleine Falten gelegt. Sie neigte ihren Kopf ein Stück zur Seite und verlagerte das Gewicht von einem Fuß auf den anderen. Jetzt merkte sie, daß ihr Handtuch am Boden lag. Kurz und hart stieß sie Luft durch die Nase. »Dir geht's heute nicht so gut, oder?« sagte sie heiser, und Jakob lockerte seinen Griff.

»Hat aber gedauert, bis du's gemerkt hast«, sagte Jakob. »Kannst du mal einen Moment Pause machen? Wenn du üben willst, warte lieber, bis ich weg bin.«

»Kommt gar nicht in Frage.« Jemand schloß die Haustür hinter sich. »Üben verdirbt den Charakter. Und den Appetit.« Mit federndem Gang trat Pop ins Zimmer und schwenkte eine weiße Plastiktüte. »Das klang doch soweit ganz gut. Die Leute auf dem Friedhof waren ganz ergriffen. Naja, vielleicht lag es nicht eigentlich an der Musik. Auf jeden Fall waren sie ergriffen.«

Das Mädchen schnappte sich ihr Handtuch vom Boden, legte es um die Schultern und hüpfte durchs Zimmer. Neugierig stöberte sie in der Tüte herum, die Pop auf den Tisch gestellt hatte. »Mmmmh«, machte sie und setzte eine genießerische Miene auf. Dann sah sie Pop an, lächelte und tanzte in Richtung Küche.

Pop hatte die Terrassentür aufgerissen und ließ frische Luft herein, die auch die letzten dröhnenden Töne aus Jakobs Hirn verscheuchte. Erleichtert atmete er tief ein. Pop hob den umgefallenen Hocker auf.

»Langsam wird es eng, stimmt's?« sagte Pop wie zu sich selbst.

Jakob lehnte sich gegen den Tisch und trommelte mit zwei Fingern auf der Platte. »Was ist mit ihr?«

»Was soll sein? Sie hat hier gepennt.«

»Das meine ich nicht«, sagte Jakob. »Das kann ich selber sehen. Weiß sie Bescheid? Können wir reden?«

Pop fuhr sich durch die langen, weißen Strähnen. »Das Ganze hat Kreise gezogen. Von einem Geheimnis kann keine Rede mehr sein. Du kannst reden, soviel du willst.«

»Ach«, sagte Jakob.

In der Küche hörte man das Klappern von Geschirr.

»Alle wissen Bescheid?« fragte Jakob.

»Naja, du weißt, wie das ist. Ist ja auch ein ziemlicher Skandal, die ganze Sache.« Pop saß auf dem Hocker vor der Orgel und drückte eine Taste.

Jakob hielt sich die Ohren zu, preßte sein Kinn an die Brust und flüsterte: »Bitte.« Pop drückte zwei Tasten. Jakob hob die Stimme und heftete seinen Blick an den Boden. »Bitte, Pop, hör auf damit.«

»Mann, du bist aber ziemlich empfindlich was? Ist irgendwas passiert seit gestern? Gibt's was Neues?« Pops Stimme hatte einen singenden Klang angenommen. Er stand auf und fing an, im Zimmer herumzulaufen. Es schien nicht so, als erwarte er eine Antwort, denn er sprach von selbst weiter. »War ne blöde Frage, vergiß es. Die Sache mit dem Jungen weißt du sicher schon. Seit gestern abend sind ne Menge Leute in Aufregung geraten, von denen ich es nicht erwartet hätte.«

»Kann ich mir denken«, brummte Jakob.

Das sommersprossige Mädchen tanzte mit einem runden Tablett in Händen durchs Zimmer, schob Jakob zur Seite und breitete die Frühstücksutensilien ordentlich auf dem Tisch aus. Jakob und Pop sahen ihr schweigend zu. Als sie nach einem prüfenden Blick in den Zuckertopf wieder in der Küche verschwunden war, sahen sie sich an.

Jakob schüttelte den Kopf. »Ich hab so das Gefühl, als wenn viel mehr Leute in diese Sache verstrickt sind, als ich geglaubt habe. Überall stoße ich auf Widerstand. Nichts geht mehr von selbst.«

»Du solltest lieber die Finger davon lassen. Ich hab mich gestern mal umgehört. Ich sage dir: Halt dich da raus. Vergiß es und tu, als wenn nichts gewesen wäre. Du bist diesen Leuten nicht gewachsen.«

Jakob hob seinen Blick. »Welchen Leuten?«

Das Mädchen stand im Türrahmen, hielt die Kaffeekanne wie einen Pokal in der Hand und sah Pop ernst und aufmerksam ins Gesicht.

»Frühstück ist fertig«, sagte sie. »Wenn's beliebt.«

Sie schenkte ein. Pop setzte sich neben sie, und Jakob stand noch einen Moment unentschlossen hinter dem letzten freien Stuhl. Dann setzte er sich, goß Milch in die Tasse und versuchte, sie anzuheben, ohne daß sein Zittern allzu deutlich wurde.

»Guter Kaffee«, sagte er, als er die Tasse glücklich wieder abgestellt hatte. Das Mädchen sah ihn an und lächelte matt. »Also gut«, sagte er. »Welche Leute?«

Pop schmierte Honig auf sein Brötchen. »Welche Leute was?«

»Welchen Leuten bin ich nicht gewachsen?«

Genüßlich biß Pop in die obere Hälfte und nickte zufrieden. Er hob seine Tasse an und schlürfte laut.

Jakob nahm sein Messer in die Hand. »Hörst du mir zu?«

»Ja, ich hör dir zu.« Pop nickte noch immer.

Das Mädchen ließ den Teelöffel fallen. »O Gott«, flüsterte sie. »Die Eier werden hart.« Sie sprang auf und rannte mit hastigen, kleinen Schritten in die Küche.

»Also?«

»Ich kann dir nichts Genaues sagen.«

»Kannst oder willst?«

Pop malte mit dem Eierlöffel Muster in die Butter.

»Mann, Pop, was ist los mit dir? Hast du Schiß?«

Aus der Küche hörte man das Rauschen von Wasser.

»Mit Angst hat das nichts zu tun.«

Das Mädchen trat fest mit den Fersen auf, als sie um den Tisch ging. Sie legte drei braune Eier in den Brotkorb, nahm eins wieder heraus und schlug es auf. Jakob wartete auf eine Antwort, aber Pop schien nicht daran interessiert zu sein. Das Mädchen entfernte die braune Schale sorgsam in kleinen Stücken und nahm das nackte Ei vorsichtig in die Hand, um es etwas abzukühlen.

»Komm schon«, sagte Jakob. »Mach's nicht so spannend. Irgendwas wirst du doch rausgefunden haben.« Pop rührte sich nicht. Eine Zeitlang starrten alle vor sich hin, dann schob sich das Mädchen ihr Ei in einem Stück in den Mund. Der Hals verdickte sich, und ihr Gesichtsausdruck glich dem eines erstaunten, kleinen Karpfens. Sie mußte lachen, aber es war kein Platz dafür. Nur zwei kleine Falten um die Augen zeigten, daß sie sich amüsierte. Pop legte den Eierlöffel beiseite, holte einmal tief Luft und sah Jakob in die Augen. »Also gut«, sagte er.

Das Mädchen beugte sich zu ihm herüber, stupste ihn mit der Nasenspitze gegen die Wange und kraulte ihn sanft an den Ohren. Sie drückte zärtlich ihre Lippen auf seinen Mund und preßte das Ei langsam nach vorn, so daß er die Lippen öffnen mußte. Seine Zunge stieß gegen etwas Unerwartetes, und erschrokken riß er die Augen auf, als sie ihm das ganze Ei entschlossen und mit einem Ruck in den Mund schob. Wie eine stille Post gab sie ihm den fischigen Gesichtsausdruck weiter. Zufrieden klatschte sie in die Hände und quietschte vor Vergnügen. Jakob rieb sich den Nacken. Pop fing an zu würgen.

Er röchelte heiser und wechselte blitzschnell die Gesichtsfarbe. Die grauen Augen wölbten sich aus ihren Höhlungen, und eine dicke Ader pulsierte auf seiner Stirn. Das Mädchen fiel vor Lachen beinah hinten über. Teilnahmslos schob Jakob ihm den Salzstreuer über den Tisch. Ein blutunterlaufener Blick erstickte jeden Kommentar im Keim. Erschöpft und düster sah Pop ihn an, als er hustend das Ei hervorgewürgt hatte.

»Geh nach Hause und leg dich schlafen«, keuchte er. »Du kannst sowieso nichts tun. Halt dich ruhig und warte, bis Gras über die Sache gewachsen ist. Mehr kann ich nicht sagen.«

Jakob zog seinen Revolver aus dem Hosenbund und legte ihn vorsichtig zwischen Honigtopf und Brotkorb. Langsam fuhr er mit dem Zeigefinger den Lauf der Waffe entlang. Das Mädchen hatte aufgehört zu kichern.

»He«, sagte sie. »Das ist nicht komisch.«

Pop drehte seinen Kopf. »Und dabei lachst du doch so gerne.«

Sie zeigte ihm ihre kleine, rosa Zunge, stand mit einem Ruck auf und stützte die Hände auf den Tisch. »Das ist nicht mehr witzig. Ihr seid doch kleine Jungs. Hört schon auf. Ich will nicht, daß ihr da mit reingezogen werdet. Keiner von euch beiden.«

Liebevoll zeichnete Jakob die Form des Revolvers nach und stieß ganz leicht dagegen.

»Das ist ja nett gemeint«, sagte er. »Aber du verkennst die Lage. Es gibt kein Zurück mehr. Alles, was ich will, ist ein kleiner Tip von dem Eierkopf da gegenüber. Irgendeinen Hinweis, in welche Richtung ich gehen soll. Dann nehm ich meinen kleinen Freund, und wir machen uns auf die Socken. Kein Problem für euch. Ihr habt nichts damit zu tun. Also, in welche Richtung geh ich von hier?« Er beugte sich nach vorn und sah Pop erwartungsvoll in die Augen.

»Verdammt«, sagte er. Dann schwieg er einen Moment, räusperte sich und wischte einen Rest Eigelb aus seinem Mundwinkel. »Ich weiß selbst nicht, wer alles dazugehört. Könnte jeder sein. Und ich will es auch gar nicht wissen. Als du gestern mittag hier ankamst, hab ich gedacht, du machst Witze. Gestern abend hab ich gemerkt, daß die Gesichter immer länger wurden, wenn ich mich darüber lustig machen wollte. Die Stimmung ist nicht gerade auf dem Höhepunkt, weißt du. Du solltest dich wirklich zurückhalten.«

Jakob rutschte auf dem Stuhl hin und her. »Und?«

Pop sah das Mädchen an, das wütend seine Fäuste in die Hüften gestemmt hatte. Unsicher blickte er zu Boden. »Ich kann ihn doch sowieso nicht aufhalten.«

»Eben«, sagte Jakob. »Also?«

Heiser und kaum hörbar flüsterte Pop: »Soweit ich gehört habe, treffen sie sich manchmal im Schwarzen Bunker am Strand. Unten, zwanzig Meter tief in der Düne.« Ein leichtes Summen elektrischer Geräte war das einzige Geräusch im Raum.

Das Mädchen stampfte mit dem Fuß auf. »Oh Mann«, kreischte sie und schüttelte ihre Mähne. »Ihr seid doch nicht ganz dicht.«

Jakob stand auf, nahm seinen Revolver und wog ihn in der Hand. »Kommst du mit?« fragte er in den Raum hinein.

»Jetzt langt's aber«, sagte das Mädchen und nahm Pop seinen Teller weg. Wehrlos sah er dabei zu und folgte ihr mit den Augen aus dem Zimmer hinaus.

Jakob rührte sich nicht.

Langsam stand Pop auf, abwesend, tastete sich durch den Raum hinüber zur Orgel und setzte sich behutsam auf den Hocker, als könne dieser unter seinem Gewicht zusammenbrechen.

»Was ist?« sagte Jakob schroff. »Das war eine Frage.«

Pop hob seinen Blick hinauf zur Wand, strich sich einmal glatt durch die Haare, hob die Hände wie zur Kapitulation und ließ sie auf die Tasten sinken. Ein sanfter Mollakkord verschleierte den Raum und verklebte die Ritzen der kleinen Hütte zum Schutz gegen die böse Welt. Aus der Küche hörte man das Klappern von Geschirr. Wortlos fuhr Jakob herum und knallte die Tür hinter sich zu.

27

Das alles war verdammt lange her. Kleine Jungs waren sie gewesen, übermütig und übermäßig neugierig. Eine Bande von fünf Gleichaltrigen, die nachts heimlich aus den Fenstern der elterlichen Häuser kletterten und mit Steinschleudern Katzen durch die Kleinstadtgärten jagten. Ihre Fahrräder waren in den grellsten Farben bemalt und trugen lange Peitschenantennen mit Wimpeln daran, damit alle Welt wußte, daß sie zusammengehörten. Sie gingen zusammen in eine Klasse, schwänzten gemeinsam den Unterricht, und wenn sie doch mal hingingen, lachten sie auch gemeinsam ihre Lehrer aus. Sie waren unzertrennlich bis zu jenem Sommer, in dem der erste von ihnen ein Mädchen mitbrachte.

Die anderen hatten ihn erst großmäulig ausgelacht und für verrückt erklärt. Ein Mädchen. Was konnte man mit denen schon anfangen? Er hatte sie dann einfach mitgenommen, und beide trugen eine große Flasche Wein unter dem Arm, als sie an diesem milden Juliabend den Schwarzen Bunker erreichten. Sie war viel netter, als die anderen gedacht hatten. Etwas jünger und etwas unbedarft in ihren Augen. Aber hübsch war sie. Blonde Locken und lange Beine. Und je mehr sie tranken, desto hübscher wurde sie, und bald nannten sie das Mädchen ihre Prinzessin, und jeder versuchte, ihr, so gut es ging, zu imponieren. Sie saßen im Kreis und pafften Ernte 23, bis einer von ihnen sich übergeben mußte. Die anderen versuchten, das blonde Wesen möglichst unauffällig zu berühren. Einer legte ihr den Kopf auf den Bauch, ein anderer kraulte ihren Nacken, einer schob seine kalte Hand unter den himmelblauen Pullover. Und sie genoß es ganz offensichtlich, die wilden Burschen zu zähmen. Der Abend wurde kühl, aber keiner von ihnen fror. Sie schwitzten vor Aufregung. Sie wurden immer mutiger. Und das Mädchen wehrte sich nicht.

Dann war einer aufgestanden und hatte die zweite Flasche Wein geholt, und die hatten sie kreisen lassen und gelacht, und als die Prinzessin trank, wurde sie gekitzelt und hatte dabei vor lauter Lachen losgeprustet und sich den ganzen Rotwein auf dem Pullover verteilt. Alles kreischte vor Vergnügen, und sie sprangen auf, wedelten wild mit den Armen, gackerten wie die Hühner und tanzten torkelnd um ihre kleine Prinzessin herum, die nicht mehr so recht wußte, ob sie lachen oder weinen sollte. Einer erbarmte sich. Er kniete neben ihr und tröstete sie. Er nahm sie in den Arm und schob ihr langsam das nasse Ding über den Kopf. Und sie zitterte und drängte sich an ihn, und dann küßten sie sich wild, so gut es ging, und sie schien es gar nicht zu merken, als zwei andere ihr die enge Hose über die Hüften zerrten. Sie nahmen es als stille Duldung, und jeder von den kleinen Jungs tat das, von dem er glaubte, daß wilde Männer es tun. Danach war nichts mehr, wie es mal war.

Seit diesem Tag war Jakob nicht mehr im Schwarzen Bunker gewesen. Ein paarmal hatten sie sich noch getroffen, aber keiner hatte gewagt, die anderen an den wüsten Abend zu erinnern. Das neue Schuljahr kam, und sie gingen getrennte Wege. Das war verdammt lange her. Und wieder stand er vor dem mannshohen Drahtgitter und suchte eine Stelle, an der er ungesehen durchklettern konnte. Er stapfte die Düne hinauf und sah sich alle paar Meter um. Er wollte sichergehen, daß er allein war. Er sah hinab zum Strand. Die Menschen wickelten sich in Decken und dicke Pullover und suchten den Himmel nach der Sonne ab. Jakobs Hand glitt über den Revolver, dann über die schwere Taschenlampe. Er war gut gerüstet.

Der Schwarze Bunker hockte wachsam auf der Spitze seiner Düne. Vor einem halben Jahrhundert hatte er diese Insel gegen die angreifenden Allierten verteidigen sollen. Nur wenig hatte sich seit Jakobs letztem Besuch verändert, aber es kam ihm alles viel kleiner vor. Der riesige, schwarzgeteerte Koloß aus seiner Erinnerung war zu einer eher mittelmäßig großen, antiken Flakstellung geschrumpft, von denen es auf der Westseite der Insel mehrere gegeben hatte. Trotzdem war eine gewisse Ehrfurcht erhalten geblieben. Er schlich ein paarmal um den Betonklotz herum und suchte sich eine geeignete Stelle, von der aus man den Bunker sicher ersteigen konnte. Oben angekommen, schwankte er einen Moment im Wind und mußte aufpassen, daß er nicht in den runden Innenhof stürzte. Die Wände waren unbeholfen mit Parolen verziert. Bierdosen rosteten vor sich hin. Ein zerschlagener Johnny Walker lag am Boden. Im Sommer campierten hier manchmal eine paar herumstreunende Großstadtpunks, die der Inselpolizei durch die Lappen gegangen waren. Den urlaubsreifen Stadtstreichern, die auf der Insel Zuflucht suchten, war der steile Weg die Düne hinauf oft schon zuviel. Meist duckte sich der schwarze Bau wie ein großes Tier verlassen ins Dünengras.

Mit einem Satz sprang Jakob in den Hof. Er kniete auf dem Boden nieder und spähte durch das Loch in der Mitte. Unter ihm befand sich ein Saal, dessen Zugänge schon vor Jahren zugemauert worden waren. Das graue Licht, das durch die schmalen Schießscharten hereinfiel, gab dem runden Raum fast etwas Sakrales. Ein Dom, der tausend Jahre halten sollte. Staub hing in der Luft. Wind wimmerte durch die Mauerspalten und hallte andächtig von den Wänden zurück. Der Boden war von zerbrochenem Glas übersät, und es sah aus, als wenn vor nicht allzu langer Zeit jemand über diesem Loch im Boden seinen Darm erleichtert hatte.

Jakob rümpfte die Nase.

Der Wandelgang, der den Innenhof umgab, war einsam auf der Wacht. Gebrauchte Präser lagen in einer öligen Pfütze, und jemand hatte das Band einer Musikcassette fein säuberlich abgerollt und als Girlande an die Wand drapiert. In der dunkelsten Ecke des Rundbaus war ein Loch in den Beton geschlagen und gab den Blick auf die ersten Stufen einer Treppe frei, die schmal und steil in die Tiefe führte. Jakob erinnerte sich. Er steckte seinen Kopf hinein und zückte die Taschenlampe. Den Weg kannte er. Noch einmal drehte er sich um und lauschte. Vom Strand her hörte man Kinderstimmen lachen. Eine Sirene heulte sich den Weg frei.

Auf den ersten Stufen begleitete ihn noch ein Rest von trübem Tageslicht, das bald vom völligen Schwarz des Treppenschachts verschluckt wurde. Unsicher setzte Jakob einen Fuß vor den anderen und tastete sich Stück für Stück das feuchte Mauerwerk entlang. Seine Schuhe scharrten auf grobkörnigem Sand. Die Lampe in der rechten Hand warf ihren harten Lichtkegel die Stufen hinab und ließ die Schatten an den Wänden tanzen. Stille umgab ihn, und er schüttelte sich. Dumpfer Gestank von Moder machte sich breit, je tiefer er in die Erde hinabstieg, und schon bald überkam ihn der verlockende Gedanke, sich einfach umzudrehen und die ganze Sache zu vergessen, genau so, wie Pop es ihm geraten hatte. Noch waren keine Horden wilder Wikinger aufgetaucht, aber dieser enge, feuchte Schacht weckte Ahnungen und Ängste vor unterirdischen Ungeheuern, die er früher schwer atmend unter seinem Kinderbett vermutet hatte, wenn im Fernsehen schwarzweiße Gruselfilme gelaufen waren.

Immer tiefer stieg Jakob in die Düne hinab und vermied es tunlichst, sich umzudrehen. Weit unter sich entdeckte er einen hellen Punkt und konnte den Blick nicht davon lösen, bis er direkt neben einem von Hekkenrosen beinah zugewachsenen Zugang stand. Eine schmale Gasse war in die Rosen geschnitten und der Durchbruch in der Mauer fachmännisch vergrößert worden. Dies war das zweite Untergeschoß des Bunkers. Bis hierhin waren sie als Jungen gekommen und dann in ihrem Unternehmungsdrang von einer großen, alten Eisentür gebremst worden. Offenbar gab es noch andere, die den Bunker kannten. Sie hatten sich einen bequemeren Weg hierher gesucht. Und außerdem hatten sie nagelneue Sicherheitsschlösser eingebaut.

Jakob rüttelte an der Tür, ohne eigentlich zu erwarten, daß sie aufsprang. Die Scharniere und Schlösser sahen solide aus, als wollte jemand sichergehen, daß kein Unbefugter über diese Schwelle trat. Jakob nahm eine verbogene Eisenstange vom Boden auf und setzte sie am Türrahmen an. Er drückte und schob und preßte und rüttelte, und schließlich schlug er blindwütig darauf ein. Er untersuchte das Schloß aus der Nähe und probierte, ob zufällig einer seiner Schlüssel paßte. Dann nahm er wieder die Eisenstange zur Hand und versuchte, das Schloß aufzubrechen, aber was auch immer er versuchte, es blieb erfolglos. Keinen Zentimeter wollte sich die Tür bewegen lassen. Vielleicht wäre es auch zu einfach gewesen. Nach etwa zwanzig Minuten gab er es auf. Schwitzend hockte er im Sand und wollte gerade eine Zigarette aus der Packung ziehen, als er plötzlich leise Stimmen und Schritte hörte, die zwischen den Heckenrosen hindurch zu ihm drangen.

Jakob rührte sich nicht. Er lauschte. Mit klopfendem Herzen drückte er sich an die feuchte Wand des Bunkers und hielt die Luft an. Mit Menschen hatte er gar nicht mehr gerechnet. Die Tür war sein Gegner geworden. Jetzt mußte er umdenken.

Der kleine Raum verdunkelte sich, als ein ziemlich großer Mann in den Eingang trat und sich ächzend über den Mauervorsprung schob.

»Muß das hier eigentlich sein?« schnaufte er asthmatisch. »Da wird sich noch mal einer das Genick brechen.«

Hinter ihm meckerte ein amüsiertes Kichern durch die Luft.

»Heute abend brauchen wir hier eine Lampe, sonst finden sie wieder den Eingang nicht.« Der Mann krempelte sich die Ärmel hoch und entblößte zwei kräftig behaarte Unterarme. Hosenträger hielten die ausgebeulte Anzughose, und er beugte seinen faßförmigen Körper vor, um Schmutz von seinen Sandalen zu wischen.

»Also«, sagte er scharf und wandte sich wieder dem Eingang zu. »Ich warte immer noch auf deine Erklärung. Was war gestern abend los? Wie konnte das passieren?« Seine Bewegungen wirkten korrekt und etwas steif, als er einen Schritt nach hinten tat.

Jakob schob vorsichtig seinen Kopf ein Stück weit nach vorn, um das Gesicht des Mannes besser erkennen zu können. Sein Atem ging flach, und er bemühte sich, jedes überflüssige Geräusch zu vermeiden, aber als er sah, wie sich der lederne Elbsegler als zweiter Mann gemächlich durch das Loch in der Wand hereindrückte, riß er die Augen vor Entsetzen weit auf. Langsam legte sich seine rechte Hand auf den Revolver.

Erik klopfte den Staub von seiner Jacke und versuchte, einen betrübten Gesichtsausdruck zu machen. »Ich weiß doch auch nicht, was mit Daniel los war.

War wohl zuviel für ihn. Er war ja auch noch ein kleiner Junge.«

Der andere sah ihn an. Sie waren beide ungefähr gleich groß, aber Erik war nur halb so alt wie der andere, der sein schütteres Haar schüttelte, so daß die fettigen Strähnen beinah seine Ohren bedeckten. Die zottigen Augenbrauen schoben sich zusammen, und er hob den mächtigen Arm, um Erik in die Wange zu kneifen.

Freundschaftlich schüttelte er dessen Kopf hin und her. »Junge, das genügt mir nicht. Ich will wissen, warum eins von den Schäfchen ausbrechen wollte. Ich muß es wissen. Das weißt du genau.«

Erik holte ein Schlüsselbund aus der Tasche. Er beugte sich zu dem Schloß herab und brummte: »Vielleicht hat der Typ was damit zu tun, der ihm in den letzten Tagen immer hinterhergelaufen ist. Ist'n Sylter. Ziemliches Großmaul. Ständig war der ihm auf den Hacken. Vielleicht hat er was rausgekriegt.« Nervös nestelte er an dem Schloß herum. »Dunkel ist das hier«, fluchte er.

Der andere legte die Hände auf dem Rücken zusammen und wippte leicht vor und zurück. »Was ist das für ein Mann? Will der uns Schwierigkeiten machen? Bei der Sache darf nichts schiefgehen. Ich will, daß diesmal alles klappt. Schlimm genug, daß wir unsere Zeit mit diesen nichtsnutzigen Zuhältern vertrödelt haben.« Er machte einen leichten Ausfallschritt nach rechts und stellte sich in Positur.

»Elende Krämerseelen ...«

Zufrieden mit sich, lächelte er in die Runde. Jakob war nicht zum Lachen zumute. Da drehte Erik den Schlüssel, hob den Kopf und grinste breit.

»Hab ihn«, sagte er und zog die Tür zu sich heran, um dem anderen den Weg freizumachen.

»Laß offen. Wir gehen ja doch gleich wieder.« Der Blonde war noch ganz benommen.

»Wie Majestät belieben«, gab Erik betont unterwürfig zurück, schlug die Hacken zusammen und deutete einen Diener an.

Der andere blieb vor ihm stehen und musterte ihn wortlos. »Du läßt nach«, knurrte er. »Deine Witze waren schon geistreicher. Komm endlich.« Und er stieß Erik zur Seite, obwohl der Weg längst frei war.

Die Tür blieb einen Spalt breit offen. Jakob stieß sich leicht von der Wand ab und wartete einen Moment, bis die Stimmen der beiden Männer leiser geworden waren, dann schob er sich durch den schmalen Spalt in der Tür und stand in einem engen, schwach beleuchteten Gang, der stufenlos und gleichmäßig in die Tiefe zu führen schien. Er tastete die nassen Wände ab und fand eine Nische, in die er sich drücken konnte, ohne entdeckt zu werden. Er war nicht sicher, was er tun wollte, aber er wußte, daß ihm keine Wahl blieb. Er mußte sich selbst vor vollendete Tatsachen stellen.

Ein paar quälende Minuten vergingen, bis die Männer schlurfend zurückkamen. Sie redeten nicht, aber Jakob konnte die Spannung zwischen ihnen spüren. Er merkte, daß sie nicht sprachen, weil sie dann hätten brüllen müssen. Das Notlicht wurde gelöscht. Die schwere Eisentür fiel ins Schloß, und Jakob hörte, wie der Schlüssel gedreht wurde. Er kniff die Augen zusammen und merkte, daß es keinen Unterschied machte, ob sie offen oder geschlossen waren. Alles um ihn herum war in tiefstes Schwarz getaucht. Er wartete eine Zeitlang in seiner Nische, bis er sicher war, daß die beiden nichts vergessen hatten, dann nahm er die Taschenlampe und machte sich auf den Weg, hinab ins feuchte Verlies. Er versuchte, sich lieber nicht vorzustellen, was ihn erwartete. Mit rhythmischem Pfeifen steuerte er auf den Tiefpunkt seiner Reise zu. Der Gang machte eine leichte Biegung, und an den von kaltem Wasser überzogenen Wänden sah man eine Kette von rötlichen Notlichtern, die ihm den Weg hätten weisen können, wenn er gewußt hätte, wo der Schalter war. »Abwärts geht es immer einfach«, sagte Jakob leise vor sich hin und schlenderte die Biegung hinab, bis der Gang in einen großen Raum mündete, den seine Taschenlampe nicht mehr ausleuchten konnte. Das Knirschen von Sand unter seinen Füßen hallte von den Wänden zurück. Wasser tropfte langsam von der Decke. Jakob drehte sich noch einmal um und lauschte. Dann suchte er die Wände nach einem Lichtschalter ab. Neonblitze flackerten auf und tauchten den Raum in grellweißes Licht. Schützend legte Jakob eine Hand vor die Augen und sah Sterne und bunte Kreise. Der stechende Schmerz ließ ihn zusammenfahren. Jedesmal schien etwas in seinem Kopf zu zerreißen. Er atmete konzentriert und gleichmäßig, bis das Stechen abgeklungen war, dann holte er einmal tief Luft und spähte ängstlich durch seine Finger.

Was er sah, gefiel ihm nicht. Er konnte noch nicht genau sagen, was es sein sollte, aber es gefiel ihm nicht. Er war tief unten im Bauch des Bunkers, und tatsächlich fühlte er sich, als hätte man ihn gefressen und verdaut. Er wischte sich über die Lippen, rieb die Hände an den Hosen und fing an, sich den Raum genauer anzusehen.

28

Der weiße Saal war hoch wie ein Haus, lang wie ein Schlauch und schmal wie ein Schacht. Von seiner Form her wirkte er wie ein gotisches Kirchenschiff, dessen bunte Fenster man zugemauert hatte. Es hätte aber genausogut die letzte Ruhestätte für ein im Weltkrieg versunkenes Unterseeboot sein können. Der Betonsarg für einen stählernen Riesen.

In der Mitte reihten sich vernarbte Tische aneinander und formten am Kopfende des Saales ein hölzernes Kreuz. Stühle gruppierten sich entlang der Senkrechten, an deren oberster Spitze ein aus dunklem Holz geschnitzter Hocker thronte. In seinem Rücken, hoch oben an der Wand, prangte eine überdimensionale Totenkopfflagge, unter der sich im Glanz der summenden Neonröhren zwei Krummsäbel kreuzten.

Staunend schritt Jakob die lange Wand ab und betrachtete die Unmengen verschiedenartiger Waffen, die offenbar nicht nur zu Dekorationszwecken angebracht waren. Zwischen Fackelhaltern hingen in regelmäßigen Abständen Gewehre aller Größen, Längen und Kaliber, Elefantentöter, Schrotflinten, Degen, Peitschen. Alles, was das Herz begehrte. Die blutrote Schrift auf der gegenüberliegenden Wand ließ keinen Zweifel an den Motiven der Unterirdischen: »LEWER DUAR ÜS SLAAV« stand in Blockbuchstaben auf einem weißen Tuch.

Jetzt wußte Jakob, was Pop gemeint hatte. Jetzt wußte er, daß er auf den fetten Erik hätte hören sollen. Jetzt erst fiel ihm auf, daß er eingesperrt war. Er mußte zweimal trocken schlucken und sich auf einen Stuhl stützen, als ihm klar wurde, worauf er sich eingelassen hatte. Er drehte sich um. Er hatte die Hälfte des Weges durch den Saal zurückgelegt. Taumelnd arbeitete er sich weiter nach vorn.

Hinter dem thronähnlichen Sitz war auf einem Mauervorsprung ein kleiner Altar errichtet worden. Unmengen weißer Tropfkerzen waren zu verschiedenen Längen abgebrannt und umrahmten eine in den Beton eingelassene Steinfläche, deren dunkelrote Farbe Jakob einen Schauer über den Rücken schickte. Die Opferbank war vor nicht allzu langer Zeit benutzt worden.

Mit einem Finger fuhr er über die Platte und betrachtete die eingefärbte Kuppe. Kein Zweifel. Das war Blut.

Jakob setzte sich auf den geschnitzten Hocker und legte das Gesicht in die Hände. Dann sah er auf und blickte verschwommen die lange Tischreihe hinab. Er versuchte, sich die Menschen vorzustellen, die hier zusammenkamen. Er beschwor ihre Gesichter, die wutverzerrten Fratzen der andächtig Lauschenden, die leeren Mienen der gleichgültigen Mitläufer im fahlen Licht des Fackelscheins. Er konzentrierte sich, so gut er konnte, aber die Bilder zerliefen vor seinen Augen wie nasse Farbe. Er konnte sie nicht festhalten. Nichts an ihnen war real. Nicht mal die beiden Männer, die ihn eingelassen hatten, konnte er sich hier vorstellen. Der Hosenträgermann als Hohepriester. Der fette Erik als Meßdiener. Jakobs Mundwinkel zuckten.

Unmöglich.

Jakob schlug wilde Haken. Es konnte nicht sein. Es durfte nicht sein. Das hier war keine Tempelanlage. Es war ein Rittersaal. Das Vereinslokal von überdrehten Schützenbrüdern. Genau. Sie trafen sich und tranken Bier und erzählten sich Herrenwitze. Vielleicht trauerten ein paar von ihnen ihrer glorreichen Jugend als Ritterkreuzträger hinterher, aber das war auch schon alles. Sie beeindruckten sich gegenseitig ein bißchen mit Fackeln und Runenzeichen, dann gingen sie mehr oder weniger friedlich nach Hause. Jakob stand auf und schritt die andere Wand ab. Er ging langsam, sog alles auf, was ihm den Raum verständlich machen konnte. Nahm alles symbolisch, solange er nicht sicher war, was imponieren sollte und was davon tatsächlich benutzt wurde.

Kurz vor dem Eingang war eine unbehauene Schieferplatte an die Wand geschlagen, in deren Mitte man eine Fläche geschliffen hatte. Mit goldener Schrift waren fachmännisch einige Worte eingraviert. Sie wirkten geordnet, wenn auch die Ordnung auf den ersten Blick nicht zu erkennen war. Jakob trat näher, fuhr zögernd mit der Hand darüber und las:

Sonne wird schwarz, in die See sinkt die Erde,
Vom Himmel fallen die Sterne funkelnd,
Es schwillt der Gischt des schwelenden Feuers,
Und heiße Lohe leckt an den Holmen des Himmels.

Darunter stand in kaum lesbarer, altdeutscher Schreibschrift:

Ragnarök. Die Zeit ist reif.

Jakob wischte sich mit zitternder Hand über die Stirn. Eine heiße Woge stieg in ihm auf. Er wandte sich ab, lehnte an der Wand, stieß sich davon ab, ging weiter, hielt an und stand schließlich vor einem Erker, in dessen Mitte ein Durchgang geschlagen war. Hilfesuchend schob Jakob den dicken Vorhang beiseite und sah vor sich einen kleinen, in trübes Licht getauchten Raum. Ein Sofa, zwei Sessel, ein kleiner Tisch, eine Leselampe. Je näher er dem Sofa kam, desto schwindliger wurde ihm. Er hielt sich am Tisch fest. Kraftlos fiel er in die Polster. Die Luft war stickig und verbraucht. Hier ruhte der Küster zwischen den Vorstellungen. Oder Pidder Lüng versteckte sich vor den Dänischen. Oder das Opferlamm graste seine letzte Mahlzeit ab.

Ragnarök. Götterdämmerung. Die Weltesche bebte.

Der Boden unter Jakob wankte, und er setzte sich auf, um nicht ohnmächtig zu werden. Ein Alptraum. Ein Ammenmärchen. Die älteste Wahrheit, älteste Lüge.

Zu Gast bei Frau Holle. Und er saß mit Wodan auf der Couch. Das Herz schlug ihm bis zum Hals. Mit zitternden Fingern nahm er seine Zigaretten und starrte abwesend auf die zerknitterte Packung. Was machte man damit? Wozu waren die weißen Stäbchen da?

Jakob zwang sich, aufzustehen, trampelte ein paar Mal mit den Füßen auf und setzte sich wieder hin. Die Unruhe wollte nicht weichen. Sein Feuerzeug fiel ihm ein. Mechanisch zündete er die Zigarette an und merkte kaum, daß er rauchte. Er beugte sich nach vorn zum Tisch. Auf der Ablage darunter stapelten sich verschiedene Zeitschriften. Bunte Bilder. Ablenkung. Jakob blätterte in dem Stapel herum. Abgegriffene Herrenmagazine und Waffenjournale. Das oberste nahm er in die Hand.

Domina stand in gelben Lettern auf dem Deckblatt. Jakob verschluckte sich am Rauch und mußte husten. Sein Daumen ratterte durch die Seiten, und er las Überschriften. »Käthe und ihr Schäferhund«, »Abenteuer Stalingrad«, »Brüste des Teufels«. Die Bilder zeigten billige Posen, die alles ankündigten und nichts einlösten.

Jakob schlug das Heft in der Mitte auf und betrachtete die Frau auf dem Hochglanzfoto. Sie lag auf einer grünen Steppdecke, streckte alle Viere von sich und trug eine Miene zur Schau, die wohl den fließenden Übergang zwischen Schmerz und Lust darstellen sollte. Ihre Haltung bemühte sich um eine Mischung aus freudiger Erwartung und Unnahbarkeit. Das war ihr nicht besonders gut gelungen. Wahrscheinlich lag es daran, daß ihre Augen eine andere Sprache sprachen als ihr Körper. Diese wasserblauen Augen hatten Angst. Panische Angst. Und genau das machte den seltsamen Reiz des Fotos aus. Jakob konnte seinen Blick nicht davon abwenden. Sie hatte einen üppigen Körper, kräftige Schenkel und enorme Brüste, die sich ihm wie Luftballons entgegenstreckten, aber Jakob nahm das alles gar nicht wahr. Körper waren austauschbar. Diese wasserblauen Augen sprachen mit ihm, meinten genau ihn und nur ihn, und er tauchte ins Zentrum der tiefschwarzen Pupillen. In einem Boot glitt er über den See. Ihm gegenüber die wasserblauen Augen. Er sprach mit ihr. Sie sah ihn an.

Da erkannte er sie.

Die Haare waren zu lang. Sie hatten die falsche Farbe. Die Frau hatte zu wenig an, und dem Foto fehlte die Bewegung. Aber die Augen. Wasserblau. Gierig sog Jakob den Blick in sich auf. Er blätterte nach vorn und suchte andere Bilder, um sicherzugehen. Er legte die Zeitschrift auf seine Knie und staunte. Je mehr Fotos er betrachtete, desto sicherer wurde er. Und je näher er darüber nachdachte, desto möglicher wurde es. Es fiel ihm schwer, den Gedanken zu formulieren, und viel schwerer noch, ihn auszusprechen. Aber schließlich blieb ihm keine Wahl. Mit starrem Blick flüsterte er: »Sie ist es. Die Mutter. Sie ist es.«

Er nahm andere Magazine in die Hand, Zeitschriften der verschiedensten Art, Größe und Bildqualität. Unmengen davon quollen unter dem Tisch hervor und ergossen sich über Jakobs Knie. Alles von harmlosen Hochglanzmagazinen für den Hausgebrauch bis zu textlosen Schwarzweißheftchen der untersten Pornoklasse. So unterschiedlich die Bilder auch sein mochten, hatten sie doch allesamt eines gemeinsam, und das war gleichzeitig der Grund, warum Jakob zwanzig Meter unter der Erdoberfläche, eingesperrt in einen feuchten Kellerraum, nichts Besseres zu tun hatte, als sich Bilder von lüstern schauspielernden Frauen anzusehen: aus jedem der Hefte schmachteten ihn die gleichen sehnsuchtsvollen, wasserblauen Augen an. Egal, was sie vor der Kamera tat oder was ihr getan wurde, was sie empfinden mochte oder was er in ihrem Blick sah, immer war es eigentlich Jakob, den sie meinte. Er schüttelte sich, um seine angespannten Nerven und Muskeln zu entladen.

Weiter unten im Stapel war sie blondgeschoren, so daß er jeden Zweifel ausräumen konnte. Je länger er blätterte, desto mehr hatte er das Gefühl, als würde er sie kennen, jede Pose, die immer gleichen Stellungen und Verstellungen, seit Jahren, er wußte, was sie tat, hatte es schon immer gewußt. Und doch erstaunte sie ihn. Wie konnte sie das tun? Nicht, daß sie Grund hätte, sich zu schämen. Aber wie konnte sie es tatsächlich tun? Als er merkte, daß ihn der Gedanke erregte, blätterte er hastig weiter.

Und als wenn das alles nicht genug wäre, fand Jakob noch einen weiteren Bekannten, der als Pornostar, die karierte Hose galant in den Kniekehlen, seine Brötchen verdiente. In einem der eher wortkargen Hefte agierte der quittegelbe Lude, dem Jakob am Morgen seinen Ellbogen in den Magen gerammt hatte. Er machte einen wirklich zufriedenen Eindruck. Es schien, als würde ihm sein Beruf großen Spaß machen. Er lachte übers ganze Gesicht.

Jakob legte das Heft beiseite und atmete tief durch. Er dachte an das Gedicht auf der Schieferplatte. »... und heiße Lohe leckt an den Holmen des Himmels.« Das konnte auch die Bildunterschrift aus einem dieser Hefte sein. Mit einem nervösen Lachen fingerte er die Zigaretten aus der Tasche, erschrak beim Knistern der Plastikhülle und schob die Schachtel wieder zurück. Der bloße Gedanke an den trockenen Qualm einer Zigarette war ihm eklig. Er lehnte sich nach hinten und überlegte, was zu tun war. Da hörte er, wie sich jemand an dem Schloß zu schaffen machte.

29

Jakob warf die Zeitschriften zu Boden, sprang auf, stieß gegen den Tisch, raffte den Vorhang beiseite, stolperte über das große Tuch, stürzte zur Tür und löschte das Licht. Er zog seinen Revolver aus dem Hosenbund und preßte sich gleich neben dem Schalter an die Wand.

Seine Augen brauchten einen Moment, bis sie sich an die Dunkelheit gewöhnt hatten. Von irgendwoher drang eine schwacher Lichtschein, der die Umrisse in diffusem Schimmer nachzeichnete. Jakob lauschte. Jemand probierte seine Schlüssel an der Eisentür aus und ließ das Vorhängeschloß wütend gegen das Metall schlagen. Jakob überlegte, ob er den gebogenen Gang hinauflaufen und den Eindringling gleich am Eingang überraschen sollte. Dann hätte er zumindest den ersten Moment auf seiner Seite und konnte vielleicht sogar unerkannt ins Freie flüchten, aber die Entscheidung wurde ihm abgenommen, als sich die große Tür öffnete und jemand das rotschimmernde Notlicht einschaltete.

Der Tempel begann zu glühen.

Jakob bezog Stellung. Er spreizte die Beine einen Schritt weit auseinander, nahm den Revolver in beide Hände, streckte die Arme in Kopfhöhe nach vorn und wartete. Die Schritte kamen näher, schlurften am Boden und schienen keine Eile zu haben. Jakob federte ein wenig in den Knien. Er mußte die Situation von vornherein in seine Gewalt bringen. Der andere durfte gar nicht erst zum Zuge kommen. Im Geiste sah er den fetten Erik den Bogengang hinuntertrotten und nahm sich vor, ihm den Knauf des Revolvers mit aller Kraft an den Hals zu schlagen, sobald er Gelegenheit dazu hatte. Die Schritte kamen näher und näher. Dicker

Staub taumelte im rötlichen Licht vom Gang herein. Eine Hand faßte um die Ecke herum und tastete nach dem Lichtschalter. Jakob preßte die Lippen aufeinander. Leise rasselte der Atem seines Gegenübers. Ein Klicken war zu hören. Die vorgewärmten Neonröhren sprangen mit einem Schlag an und erfüllten den Saal mit gleißendem Weiß. Jakob holte aus.

Ein spitzer Schrei schnitt durch den Raum. Jakob zuckte zusammen und riß die Augenbrauen in die Höhe. Vor ihm stand weder der fette Erik noch sonst jemand, der es mit ihm hätte aufnehmen können. Kalkweiß und zitternd hielt sich das kleine Mädchen aus dem Archiv die Hände vor den Mund, und ihre haselnußbraunen Augen starrten über abgekaute Fingernägel hinweg. Jakob ließ den Revolver sinken. Unter ihrer Jacke trug sie ein viel zu weites Herrenhemd, das wie ein Zelt über sie fiel. Die Strähnen hingen ihr ins Gesicht, denn sie hatte vergessen, sie zurückzustreichen.

»Was ... was ... wie kommen Sie denn hierher?« stotterte sie und sah sich unsicher im Saal nach anderen um.

»Egal. Das muß dich nicht interessieren.« Jakob ließ seinen Blick nicht von ihr. Er versuchte zu schalten. »Bist du allein?«

Sie klemmte ihre Hände in die hinteren Hosentaschen, pendelte hin und her und versuchte, hinter den Vorhang des Nebenraums zu spähen. Dann sah sie Jakob an. Er wartete einen Moment, dann wurde er schroff.

»Antworte! Bist du allein?« Er mußte sich räuspern, was die Schärfe der Frage ungewollt milderte. Das Mädchen lächelte. Jakob überlegte, womit er sie beeindrucken konnte.

Sie trat einen Schritt näher. »Und du? Bist du denn allein?« Unbeholfen versuchte sie einen Schlafzimmerblick.

»Hör auf damit«, fuhr er sie an, packte ihre Jeansjacke, zerrte das Mädchen in den kleinen Raum und stieß sie rüde auf das Sofa. Als sie die aufgeschlagenen Pornohefte am Boden verteilt sah, lächelte sie Jakob siegessicher an. Er setzte sich neben sie.

»Also los«, sagte er. »Dann erzähl mal.«

Sie sah ihn erstaunt an. »Erzähl mal was?«

»Fang einfach irgendwo an. Mit deinem Namen zum Beispiel.«

Das Lächeln wurde breiter.

»Oder erzähl mir von diesem Bunker.« Jakob bemühte sich um Ruhe. Sie zeigte ihre Zähne und schob eine hennafarbene Strähne aus dem Gesicht. Sie war wirklich ein hübsches Kind. Das wußte sie genau. Und wenn es das einzige war, was sie wußte. Jakob beugte sich nach vorn, packte ihren dürren Arm und drückte ihn. Sie versuchte, sich aus seinem Griff zu lösen, hatte aber keine Kraft.

»He«, sagte sie. »Du tust mir weh.«

»Das ist auch der Sinn der Sache«, sagte Jakob und zeigte ihr den Revolver. »Wenn das Ding dich nicht beeindrucken kann, muß ich wohl was Handfesteres versuchen, oder? Komm schon, vielleicht kann ich dir sogar helfen. Aber ich muß wissen, was hier abgeht.«

»Du willst mir wohl genauso helfen, wie du Daniel geholfen hast. Vielen Dank.«

Mit heftigem Ruck riß Jakob das Mädchen an sich, so daß sie vor Schreck das Gesicht verzerrte, als ihr Kinn an Jakobs Schulter stieß.

»Paß mal auf, Kleine. Es ist mir völlig egal, ob du glaubst, daß ich dir helfen will oder nicht, aber du wirst mir jetzt erzählen, was ich von dir hören will. Ist das klar?« Fast hätte sich Jakob geschämt, als ihm auffiel, daß er immer nur die Schwächeren unter Druck setzen konnte. Kurz lockerte er seinen Griff. Als sie wieder zu lächeln begann, merkte er, daß er sich irrte. Sie war die Kleinere, aber keineswegs die Schwächere. Sein Griff wurde fester.

»Wie heißt du?« fuhr er sie an, und der Geruch von milder Kinderseife stieg ihm in die Nase. Er hob sie ein Stück weit an, bis ihre Nasen aneinanderstießen. »Ich kann dich nicht hören«, sagte er. »Wie war das?«

»Anna«, preßte das Mädchen erstickt hervor.

»Also gut, Anna. Dann fang mal an zu erzählen. Was hast du hier zu suchen? Was ist das für ein Verein? Und was hast du mit Erik?« Langsam ließ er von ihr ab.

»Ach der«, sagte sie leise. »Der ist doch doof.« Abschätzig sah sie Jakob an. »Finn hat mir seinen Schlüssel für den Bunker gegeben und gesagt, ich soll ein bißchen aufräumen und saubermachen. Das ist alles. Ich weiß nicht, was die hier machen. Ich darf nie mitkommen. Sie sagen, das ist nichts für mich. Männersache.« Trotzig blähte sie die Wangen auf und stieß die Luft aus. »Ich muß immer die Dreckarbeit machen, und die Typen machen ein Riesengeheimnis um alles.«

Jakob wartete einen Augenblick. »Wer ist Finn?«

Sie sah ihn an. »Den kennst du nicht? Was weißt du eigentlich? Ohne Finn passiert hier gar nichts. Und außerdem ist er mein Freund.« Ihr Rücken wurde gerade, die Schultern hoben sich. »Er vertraut mir Sachen an, die er sonst keinem erzählt. Und er gibt mir sogar den Schlüssel für den Bunker. Heimlich. Die anderen dürfen das nicht wissen.« Sie neigte den Kopf ein Stück weit und sah durch den Vorhang in den Saal hinaus. »Ich gefalle ihm nämlich«, sagte sie.

Jakob betrachtete ihre Hände, die sie nervös aneinander rieb. Sie hockte vornübergebeugt auf dem Sofa, die Fußspitzen nach innen gekehrt, die Ellbogen auf die Knie gestützt. Sie stand unter Druck, das war unschwer zu erkennen, und Jakob wollte wissen, warum.

»Weißt du eigentlich, daß du es mit Mördern zu tun hast? Denen ein Menschenleben ein Dreck wert ist? Weißt du das?«

»Stimmt ja gar nicht.« Sie war aufgesprungen und funkelte Jakob an. Sie stutzte einen Moment, dann wurde sie ernst. »Sie wollen nur die Insel befreien. Das ist was ganz anderes. Finn würde nie ohne Grund einen umbringen. Das weiß ich genau. Aber wenn die Fremden verschwinden sollen, müssen Opfer gebracht werden. Das ist doch wohl klar.« Sie streckte sich und schüttelte den Kopf. »Das kannst du sowieso nicht verstehen. Du bist auch schon verseucht. Solche wie du müssen weg. Die neue Welt braucht neue Menschen, und die müssen eben an das Gute glauben.« Sie ging zum Vorhang und schob sich hindurch. Jakob stand auf und folgte ihr.

Mit gefalteten Händen stand sie vor dem Altar und blickte andächtig hinauf zu der Flagge mit dem Schädel. »Heute um Mitternacht wollen sie ein Lamm opfern, um die Götter für die nächste Befreiung gnädig zu stimmen. Dann beten sie zu Hangatyr, dem Gott der Gehenkten.« Sie wartete einen Augenblick, dann sah sie Jakob an, um sicherzugehen, daß er beeindruckt war.

Die Worte fielen ihm schwer. »Was heißt ›Befreiung‹?«

Anna lächelte den Totenkopf auf der Flagge an. »Na, zum Beispiel, wenn du geopfert wirst, dann sind wir von dir befreit.« Sie zog einmal kräftig die Nase hoch und preßte die gefalteten Hände ineinander.

»Na, das ist ja nett. Dafür, daß du nie dabei sein darfst, weißt du ja ganz gut Bescheid.«

»Finn mag mich eben«, gab sie stolz zurück. Sie runzelte ihre kleine Stirn unter den Strähnen, als gäbe es etwas, worüber sie nachdenken müßte: »Manchmal müssen Menschen Böses tun, um Gutes zu erreichen. Dafür opfern sie ein Lamm, denn sein junges Blut reinigt uns von jeder Schuld. Nicht alle Fremden und Fremdenfreunde müssen sterben. Nur ein paar, damit die anderen das Weite suchen. Dann gehört die Insel wieder uns. Nie mehr Sklaven. Sylt den Syltern.«

Sie schien diesen Vortrag schon oft gehört zu haben, denn sie leierte ihn ausdruckslos wie eine Litanei herunter. Nach den letzten Worte bekreuzigte sie sich und neigte den Kopf zu einer Verbeugung. Sie hatte ihr Ziel erreicht. Jakob war beeindruckt.

Er nahm eine umgekippte Kerze in die Hand. »Und ich bin der nächste?«

Anna zuckte mit den Schultern. »Ist doch egal«, sagte sie. »Du oder ein anderer, was für einen Unterschied macht das schon?«

Jakob schluckte trocken. Seine Zunge war rauh wie ein Drahtschwamm. »Na weißt du, für mich ist der Unterschied nicht unerheblich.«

»Dein Problem.« Sie wandte sich zum Gehen.

Als sie ein paar Schritte gemacht hatte, rief er ihr hinterher: »Und was ist mit Daniels Mutter? Wer hat die ganzen Hefte von ihr gesammelt?«

Für einen kurzen Augenblick war es völlig still im weißen Saal. Die Neonröhren summten, und eine von ihnen begann, unregelmäßig zu flackern. Jakob scharrte mit dem Fuß am Boden.

Anna hatte wie in Stein gemeißelt dagestanden, und nun wirbelte sie auf der Fußspitze herum und schlug mit der flachen Hand fest auf die Tischplatte. »Was weißt du von der?« zischte sie, und plötzlich hatte sie all ihren kindlichen Charme verloren. Der Mund wurde schmal, die Wangen zuckten. Leicht gebückt stand sie da und wartete mit gesenktem Blick auf Jakob, der ihr neugierig folgte.

»Eigentlich weiß ich gar nichts«, sagte Jakob bemüht beiläufig und schob die Hände in die Hosentaschen. »Ich hab nur die Bilder gefunden und mich gefragt, wer von diesem Herrenclub wohl ihr Fan sein könnte. Aber wenn ich mir ansehe, wie du dich aufregst, würde ich mal tippen, daß nur dein dicker Freund und Onkel dafür in Frage kommt. Richtig?«

Mit einem katzenartigen Satz sprang das Mädchen auf Jakob zu und versuchte, ihm mit den Fingernägeln übers Gesicht zu kratzen. »Du Schwein«, kreischte sie. »Du gottverdammtes Schwein. Was weißt du schon? Du hast doch keine Ahnung!«

Jakob machte einen Ausfallschritt nach links und hielt das Mädchen fest, bevor sie über einen der Stühle fallen konnte. Ihre knochigen Fäuste trommelten auf seine Brust ein, die Knie suchten seine Weichteile, und als er einmal kurz nicht aufpaßte, trat sie ihm mit aller Kraft auf den Fuß. Jakob jaulte auf, aber er ließ nicht los.

»Ist ja gut«, keuchte er. »Hör schon auf! Vielleicht kann ich dir ja wirklich helfen. Aber nur, wenn du aufhörst, nach mir zu treten. Da bin ich empfindlich. Hörst du? Laß das nach jetzt!«

Sie zappelte noch einen Moment, dann wurde sie schwächer. Jakob ließ los. Schließlich glitt sie zu Boden, faltete die Beine zum Schneidersitz und ließ den Kopf hängen. Er hockte sich neben sie und wartete.

»Du magst ihn sehr, was?«

Anna nickte.

»Und er? Mag er dich auch?«

»Mmh.«

»Ja?« Er legte seinen Arm um ihre Schulter, und wieder war da dieser Duft von frischer Babyseife, aber sie stieß ihn zurück. »Hör mal«, sagte er. »Wenn das der Typ ist, den ich vorhin mit Erik gesehen hab, dann ist der doch wohl ein bißchen zu alt für dich, oder? Was willst du denn von dem?«

Anna kratzte mit den Fingern auf dem Boden herum. »Na was wohl?« flüsterte sie.

»Aber er könnte doch dein Vater sein.«

Sie wischte sich mit dem Handrücken übers Gesicht und sah Jakob an. »Er ist der größte und stärkste von allen. Vor dem hat sogar Erik Schiß.«

Jakob schüttelte den Kopf. »Und dein richtiger Vater? Was sagt der dazu?«

»Der ist weg.«

»Und deine Mutter?«

»Hat nen Neuen.«

Jakob seufzte. »Und Daniels Mutter? Macht die auch für Finn die Beine breit, oder was?«

Anna schüttelte den Kopf. Dann nickte sie. Dann schüttelte sie den Kopf.

»Was denn nun?«

»Er guckt sich nur die Bilder an. Er träumt immer von ihr. Und Daniel muß ihm erzählen«, sie unterbrach sich, »*mußte* ihm erzählen, was sie gerade machte. Aber getroffen haben sie sich noch nie, glaub ich. Ich weiß nicht.« Sie ließ den Kopf sinken. »Ich glaub, er liebt sie mehr als mich. Er will auch gar keine Fotos mehr von mir machen. Immer sitzt er nur da und starrt die blöde Tussi an.«

Jakob rieb sich das Kinn. »Vielleicht solltest du ihm eine Lehre erteilen und ihm zeigen, daß er nicht alles mit dir machen kann.«

Sie zog die Nase hoch, krallte die Jacke fest um ihre Schultern und schüttelte den Kopf, als wollte sie die Gedanken abschütteln, die in ihr heranwuchsen.

»Du mußt ihm beweisen, daß du besser bist als die andere.« Jakob stieß sie leicht an. »Paß mal auf, ich mach dir einen Vorschlag.«

»Ich will keinen Vorschlag von dir.« Sie malte ein Kreuz in den Staub am Boden. »Du bist ein toter Mann.«

»Ja, später.« Jakob versuchte, seine Stimme in Samt zu hüllen. »Erstmal müssen wir dein Problem lösen. Das ist doch viel wichtiger, oder? Wenn ich verspreche, daß ich dir die Frau vom Hals schaffe, tust du mir dann einen Gefallen?«

Anna malte einen Kreis hinter das Kreuz. »Du willst die Tussi aus dem Weg räumen?«

»Versprech ich dir«, sagte Jakob. »Ehrenwort. Ich tu's für dich.«

»Einfach so?« Sie malte noch ein Kreuz hinter den Kreis.

»Nicht ganz.« Jakob sah zu Boden.

+ o + las er im Staub.

Anna verwischte die Schrift und sah ihn an. »Was muß ich tun?« fragte sie.

»Laß mich raus und erzähl keinem, daß ich hier war.«

Sie zog die Nase hoch. »Das soll alles sein?«

Jakob suchte in seiner Hose nach einem Taschentuch und gab es ihr. »Nicht ganz«, sagte er. »Wir müssen in Kontakt bleiben. Du mußt mir erzählen, was hier vor sich geht, sonst kann ich die Sache mit der Frau nicht regeln. Ich muß ja auch wissen, was dieser Finne ...«

»Der heißt Finn«, unterbrach das Mädchen scharf und sah von ihrem Taschentuch auf.

»... was dieser Finn vorhat, wenn ich ihm eins auswischen soll.«

»Du sollst ihm keins auswischen, du sollst die Frau verschwinden lassen. Ich will nicht, daß ihm was passiert. Was du mit der Frau machst, ist deine Sache.« Anna stand auf und sah auf Jakob herab. »Wenn du dich nicht daran hältst, bist du tot.« Sie schnippte mit dem Finger und machte eine Geste, als würden Seifenblasen von ihrer Hand aufsteigen. »Ganz einfach.«

Jakob nickte. »Ganz einfach«, sagte er heiser.

30

Draußen dämmerte der Tag seinem Ende entgegen. Jakob kniete im Sand und duckte sich in den Schutz der blühenden Heckenrosen. Ein leichter Wind strich über sie hinweg, ließ sie wanken und löste vorsichtig ein paar der rosafarbenen Blütenblätter ab. Spielerisch taumelten sie zu Boden. Jakob legte sich eins auf die Hand und atmete den süßlichen Duft tief ein. Er hatte Zeit. Erst gegen Mitternacht sollte der Opferdienst stattfinden, und den wollte er sich nicht entgehen lassen. Seitdem er wieder unter freiem Himmel war, fühlte er sich erleichtert. Das Bedrückende des unterirdischen Tempels hatte er abgestreift wie eine nasse Badehose, den beklemmenden Eindruck verdrängt und versucht, sich ausschließlich auf die allernächste Zukunft zu konzentrieren. Fast den ganzen Tag war er in dem feuchten, moderigen Bunker gewesen. Jakob gähnte, bis sein Unterkiefer knackte. Offenbar hatte das ganze Gerede von archaischen Göttern und blondgeschorenen Göttinnen ihn heftiger in seinen Bann gezogen, als er sich eingestehen wollte. Er hob den Kopf und sah die Wolken im Westen wie Ungeheuer aufziehen. Grau dämmerte der Tag in die Nacht hinüber.

Jakob hatte nach einigem Suchen das alte Bleirohr gefunden, das wie ein versteinerter Pilz ohne Schirm aus dem Sand ragte. Der Tip war das letzte gewesen, was Anna ihm noch im Türrahmen zugeflüstert hatte. Das Rohr verband den weißen Saal mit der Außenwelt und führte ihm Frischluft zu. Wenn man ganz leise war und ein Ohr neben den Deckelverschluß ans Rohr legte, konnte man verstehen, was unten geredet wurde. Jakob rieb sich die Hände. Langsam wurde ihm kühl. Er knöpfte seine Jacke zu und rollte sich im Sand zusammen. Nur einen kleinen Moment wollte er dösen. Er machte die Augen zu, zuckte noch einmal mit den Schultern, dann war er eingeschlafen.

Riesige Regenwolken legten sich wie müde Schafe über ihn, wärmten seinen zitternden Körper und zerdrückten ihn beinah mit ihrem Gewicht. Ein Urwald aus Heckenrosen wuchs in Windeseile zu einer festen Mauer heran, die ihn kreisförmig umschloß. Palisaden aus Schrotflinten und gekreuzten Krummsäbeln standen auf dem Kamm der Mauer. Er hörte Opferlämmer blöken. Er sah in die Runde und blickte in wasserblaue Augen. Die Schafe drängten sich um ihn, scharrten mit den Hufen im Sand und schoben das Bett von einer Seite zur anderen, denn alle versuchten, unter seine Decke zu kriechen.

»Pfui, geht weg«, wollte er sagen, da öffnete der Schädel auf der Piratenflagge seinen knochigen Mund, zwinkerte ihm zu und grinste gemütlich.

»Laß sie doch. Die haben nichts zu lachen«, sagte er. »Laß sie doch zu dir ins Bett. Sie stinken auch gar nicht.«

Jakob wollte sich aufrichten und klarstellen, daß er die kleinen Schafe nicht anrühren wollte, und außerdem würde er sich selbst im Notfall nur an erwachsene Schafe ranmachen, da hörte er draußen vor den Palisaden die Waffen klirren.

»Harre aus, Dornröschen! Wir kommen, dich zu retten.« Männliches Stimmengewirr drang durch die Büsche in das schattige Rund der Heckenrosen. Bärtige, windgegerbte Gesichter tanzten auf der Hecke. Gehörnte Helme erstrahlten grell im Sonnenlicht. Thor schwang seinen Hammer, Hangatyr schwang seinen Strick, und Wodan schließlich trat durch die Büsche, die man in die Rosen geschlagen hatte, trieb einen lokkigen Sündenbock vor sich her, blitzte mit dem einen Auge, das ihm geblieben war, und brüllte, daß die Trommelfelle vibrierten: »Wodan hat euch alle!«.

Jakob schreckte hoch. Um ihn herum war finstere Nacht. Es war kalt geworden, der Wind rauschte um die Ecken des Schwarzen Bunkers. Mond und Sterne versagten ihre Dienste. Einen Moment lang blieb er ganz still und lauschte nach dem Blöken der Schafe, aber er hörte nur das Meer und den Wind, die um die Wette rauschten. Jakob schüttelte sich und wischte den Sand aus seinem Gesicht. Die Müdigkeit ließ ihn erschauern, und er ärgerte sich, daß er keinen Flachmann bei sich hatte. Er fummelte in seinen Jakkentaschen herum und suchte nach Zigaretten, als plötzlich schneidige Worte aus dem Bleirohr zu ihm heraufdrangen. Er nahm eine Zigarette in die Hand, legte sein Ohr vorsichtig an die Öffnung und horchte.

»Friesen! Männer! Kampfgefährten!«

Jakob drückte den Kopf fester an das Rohr, denn die Worte waren nur sehr undeutlich zu verstehen. Er sah auf sein Handgelenk und bereute bitter, daß er keine Armbanduhr besaß. Offenbar war es schon Mitternacht. Leise fluchte er durch seine Zähne. Beinah hätte er den Auftritt verschlafen.

Er zündete seine Zigarette an und schloß die Augen, um sich die Szenerie im Bunker vor Augen zu führen.

Vorn, unter der schwarzen Flagge, stand der hemdsärmelige Häuptling Finn, König der Unterirdischen. Wahrscheinlich trug er eine Kutte und bemühte sich, möglichst weihevoll auszusehen. Und seine Anhänger. Ob sie Masken trugen? Oder vertrauten sie sich gegenseitig? Oder konnten sie ihre Gesichter im Kerzenschein sowieso nicht genau erkennen? Oder waren sie so unter Druck, daß keiner auch nur im Traum daran dachte, abzuspringen? Es sei denn, er sprang vom Balkon.

Die Stimme aus dem Rohr bemühte sich um einen umgänglichen Ton: »Wir haben uns hier und heute zusammengefunden, um eine große Tat zu weihen. Eine weitere große Tat, die vor uns liegt. Eine ruhmreiche Tat, die in den nächsten Tagen unsere ganze Aufmerksamkeit erfordern wird.« Die Stimme wurde leiser. »Von den unerfreulichen Zwischenfällen der letzten Tage wollen wir heute einmal absehen und hoffen, daß sich derartig unnötige Öffentlichkeitsarbeit nicht wiederholt.« Einzelne Lacher wurden laut und erstarben im gleichen Moment. Dann war er wieder besser zu verstehen. »Wir haben heute zwei neue Mitstreiter unter uns, die mit unseren Gepflogenheiten nicht vertraut sind. Wir wollen sie willkommen heißen und geben unserer Freude Ausdruck mit einem Lied.« Stühle wurden gerückt, man hörte lautes Husten und Räuspern und Männerstimmen, die versuchten, einen gemeinsamen Anfangston zu finden. Wie ein mittelalterliches Saufgelage klang es aus dem Bauch des Bunkers. Einzelne Stimmen hoben sich vom Pulk ab und drängten die schwermütige Melodie durch das schmale Rohr hinaus an die Luft. Die Worte waren deutlich zu verstehen.

»Laßt wehn die schwarze Fahne, verschwunden
ist die Nacht.
Jetzt heißt es wohl beizeiten zum Kampfe sich
bereiten,
Der Ritt geht nun zur Schlacht.
Der Ritt geht nun zur Schlacht.«

Jakob lief ein kalter Schauer über den Rücken und er mußte sich umsehen, ob nicht irgendwo die SS hinter ihm stand.

»Dort hält der Feind am Walde, gewaffnet
Glied um Glied.
Die Lanzen sieht man fällen, Trompeten hört
man gellen,
Und stolzes Siegeslied.
Und stolzes Siegeslied.«

Jakob mußte grinsen. Das Ganze war doch lächerlich. Er stellte sich erwachsene Männer vor, Schlachter, Bäkker, Lehrer, Kellner: Ku-Klux-Klan-Tüten auf dem Kopf, die gemütlichen Bäuche unter Kutten verborgen, standen im Kerzenschein um einen Tisch herum und hielten sich an den Händen.

»Am Walde droben steht in kühler Ruh der Tod.
Wer weiß, ob er mich rühret, mit sich von
dannen führet,
Beim frühen Morgenrot?
Beim frühen Morgenrot?«

Sentimental waren sie auch noch. Ein einzelner Sänger hatte sich aufgeschwungen, die zweite Stimme zu intonieren und bemühte sich redlich, dem Gebrüll der Recken eine romantische Regung beizubringen.

»Wir wolln danach nicht fragen, laßt doch
die Fahne wehn!
Wir sind die letzten Erben, wolln siegen
oder sterben,
Doch frei die Heimat sehn,
doch frei die Heimat sehn.«

Den letzten Ton hielten sie besonders lange aus und beendeten ihn gemeinsam. Diese Strophe gefiel ihnen offenbar am besten. Stolz und Inbrunst sprachen aus ihrem Gesang. Jakob hielt den Atem an. Die Geräuschkulisse wurde undeutlich. Eine tiefe Stimme wuchs aus dem nachfolgenden Gepolter und Gerücke von Stühlen hervor. Sie hatte etwas Bedrohliches, Eindringliches, etwas, das unweigerlich zum Zuhören zwang. Sehr schnell kamen die Sänger zur Ruhe.

»Ihr mögt Zweifel haben«, sagte die Stimme rauh. »Zweifel an mir, Zweifel an euch, Zweifel an der gemeinsamen Sache. Ihr mögt euch die Frage stellen, ob es gut und gerecht sein kann, Leben zu töten, um Leben zu erhalten. Ihr mögt schwache Momente haben und glauben, das geschriebene Recht der Winkeladvokaten sei stärker als die überlieferten Gesetze, die schon die Urzeiten unserer Welt überdauert haben.« Der Redefluß riß so abrupt ab, wie er begonnen hatte. »Dabei kann euch niemand helfen. Damit müßt ihr fertig werden. Aber ich sage euch: Seid wachsam! Hütet euch vor eurem eigenen, verblendeten Gewissen! Erkennt eure Zweifel, bindet sie in Stricke und vergrabt sie, so tief es geht, in einem Dünental.« Er legte eine kleine Pause ein.

»Und ich frage euch: Hat Wodan Zweifel? Zweifel an sich und an der Sache?« Er wartete auf einen Einwurf, aber es blieb still. »Darauf gibt es eine klare Antwort, und diese Antwort sollt ihr niemals im Leben vergessen, denn sie kann euch Hilfestellung sein, schützender Schild und Stärkung.

Ja, meine Freunde, Wodan hat Zweifel. Der grübelnde Ase ringt mit der Gerechtigkeit wie mit dem Fenriswolf, wenn einst die Götterdämmerung über uns hereinbrechen wird. Er weiß um die Zerrissenheit einer heldenmütigen Seele, er weiß, wie schwer ein Mann zu tragen hat, die einsame Aufgabe vor Augen, die ängstlichen Volksgenossen im Rücken. Er selbst hing sich in die Weltesche, um das Geheimnis der Runen zu ergründen. Er selbst gab ein Auge, um die Weisheit der Urzeit zu erlangen.« Er schlug mit der Hand auf den Tisch. »Aber, Volksgenossen, eins ist klar! Wodan ist nicht nur der Gott der Dichter und Denker, nein, er ist auch der Gott des Krieges und der Winde, und so ringt er nicht nur seine Zweifel nieder, sondern packt mit seinem starken Arm den Gegner gnadenlos beim Schopf und versenkt ihn im Ewigen Abgrund.«

Die Stimme legte eine Unterbrechung ein. Einzelne, schüchterne Beifallsäußerungen wurden laut.

»Und eben dieser Abgrund ist der Ort, der alles Leben hervorgebracht hat und in den alles Leben zurückkehren wird. Und dieser Abgrund hat einen Namen.

Ginungagap!«

Ein Raunen ging durch den Saal.

»Ginungagap«, wiederholte er. »Die gähnende Kluft, der unendliche Graben, in dem der ewige Kampf von Frost und Glut das erste lebendige Wesen entstehen ließ, den gärenden Lehm, den mächtigen Brüller, den Urriesen, den Vater allen Lebens.«

Eine jungenhafte Stimme rief: »Ymir!« Und jemand klatschte in die Hände.

»Ja, Ymir, ein Ungetüm von grauenhaftem Anblick und doch der Ursprung dieser Welt. Und was tat Wodan? Und was taten die anderen Asen, um den Menschen ein Leben zu ermöglichen? Sie erschlugen den Ymir und warfen ihn in den leeren Raum. Sein Blut machten sie zu Flüssen und Meeren, aus seinem Fleisch entstand die Erde, die Knochen wurden zu Bergen, aus seinem Hirn machten sie die Wolken, sein Schädel wurde das Gewölbe des Himmels. Und, meine

Freunde, aus den Brauen des Ymir bauten die Asen die künftige Wohnung der Menschen. Nun frage ich euch, wie soll Wodan keine Schuld empfinden? Wie soll er, der Gerechte, der seinen Vorfahren erschlug, um die Welt zu erbauen, Herr seiner Zweifel werden? Er kann es nur, indem er sich vor Augen hält, wie die Welt aussähe, wenn der gärende Lehm sie noch beherrschte und der unermeßliche Abgrund Ginungagap der einzige Ort im Land der Lebenden wäre.«

»Heil Wodan!« rief einer dazwischen, und andere schlossen sich dem Ausruf an.

»Was lernen wir daraus? Wir wollen diese Insel befreien, wir wollen sie für uns, und wir wollen sie für alle Zeiten. Die Ungläubigen, die sich Christen nennen, sollen gehen, wohin sie wollen, am besten schnurstracks in ihren Himmel!«

»Oder zur Hölle!« rief jemand, und andere lachten.

»Oder zur Hölle«, wiederholte die Stimme nachdenklich. »Und ich frage euch noch einmal: Was lernen wir daraus? Wir lernen, daß man Opfer bringen muß, daß man Schuld auf seine Schultern lädt, um sein Schicksal zu bestimmen. Wenn der Himmel der Christen keinen Platz für Sylter hat, dann nehmen die Sylter ihre Heimat wieder an sich. Dann rücken die Friesen zusammen und befreien die Wiege des Friesentums aus den Klauen der falschen Prediger, der Krämer und Geldverleiher, der Zugereisten und Dänischen.«

Beifallsrufe wurden laut, Hände schlugen auf den Tisch.

Die Stimme wurde drohend. »So wahr ich hier stehe. So wahr ich Finn heiße. Wir werden die Fremden vertreiben und unserer Bestimmung entsprechend als freie Friesen leben.« Die Stimme begann sich zu überschlagen. »Unsere Zeit ist gekommen! Die Jahre der

Unterdrückung durch die Ungläubigen sind vorbei! Laßt uns unseren eigenen Staat bauen!« Jetzt kreischte er beinah. »Lewer duar üs Slaav!« schrie er wie außer sich. »Sylt den Syltern!«

Jubelnde Zurufe ermunterten ihn zum Weiterreden. Hinter Jakobs Rücken raschelte es in den Büschen. Er fuhr herum und lauschte. Es war ganz still in dem Versteck. Langsam zog er seinen Revolver aus dem Hosenbund. Er hörte das leise Blöken eines Schafes. Es kam aus dem Rohr zu ihm herauf.

»Nun laßt uns die Götter um ihr Wohlwollen bitten«, sagte die Stimme aus dem Bleirohr. »Laßt uns für unser Gewissen bitten, auf daß unsere gemeinsame Sache von Erfolg gekrönt sein möge. In guter Tradition unserer Vorfahren werden wir morgen ein großes, dem Schicksal angemessenes Opfer bringen und einen der Feinde in Stücke reißen. Diese Tat möge uns vergeben werden.«

Das Schaf blökte.

»Wir bitten dich, Wodan, Herr der Asen. Vergib uns unsere Tat, denn du weißt, daß unsere Absicht eine gute ist.«

»Wodan«, wiederholten die anderen gemeinsam.

»Wir bitten dich, Wodan, laß auf den nächsten Winter einen Sommer folgen, der von Freiheit gekrönt sein möge. Laß die Fremden zu Stein erstarren, sobald sie der erste Sonnenstrahl trifft.«

Hufgetrappel auf dem Steinfußboden war zu hören. Einmal blökte das Schaf, dann quiekte es, dann war es still.

»Nimm dieses Blut und wasche unsere Hände. Sei unser Herr, Wodan, verzehre das Feuer und nimm unser Opfer an.«

»Wodan«, wiederholten die anderen gemeinsam.

Jakob war das linke Bein eingeschlafen. Er hockte

sich hin und versuchte, es zu strecken. Zehntausend Stecknadeln stachen in die Haut. Er biß die Zähne zusammen und stieß die Luft scharf hindurch. Als er seinen Kopf wieder an das Rohr hielt, hörte er von unten, wie sich düstere Gesänge den Weg ins Freie bahnten. Er hatte längst genug gehört. Das Ganze war einfach albern. Wodan und der mächtige Brüller. Jakob steckte den Revolver zurück in den Hosenbund. Spinner, allesamt. Und solange sie nur Schafe massakrierten ...

Aber das war eben das Problem. Bei den Schafen blieb es nicht. Morgen war der nächste dran. Jakob wurde das unangenehme Gefühl nicht los, daß die Männer im Bunker schon eine konkrete Vorstellung davon hatten, wer stellvertretend für die anderen Feinde geköpft werden sollte. Er hatte so eine Ahnung, und Annas Worte wirbelten wild in seinem Kopf herum. »Du bist tot«, hatte sie gesagt. Und: »Wenn du geopfert wirst, dann sind wir von dir befreit.« Ein unangenehmer Mitwisser weniger, und Wodan hatte sein Blutopfer.

Jakob fuhr sich mit der Hand durchs Haar. Er mußte diesem Finn auf den Fersen bleiben. Er mußte mehr über ihn wissen, und wenn es nur war, um die kleine Anna auf seiner Seite zu haben. Vielleicht konnte man noch etwas an der Auswahl des Opfers feilen.

Er zückte seine Taschenlampe, sah in die Runde und schlug sich durch die Büsche die Düne hinunter. Die Dornen der Heckenrosen fuhren ihm durchs Gesicht wie die Krallen einer kleinen Katze, und schützend schlug er den ledernen Kragen seiner Jacke hoch. Er wagte nicht, die Lampe anzuschalten, weil er fürchtete, die Freiheitskämpfer könnten Wachposten aufgestellt haben. Hören konnte er nichts, denn das Kratzen der Büsche auf seiner Jacke übertönte jedes andere Geräusch in der Dunkelheit. Nur langsam kam er voran, viel zu langsam. Er hatte es eilig, denn er wollte vor allen anderen den Dunstkreis des Bunkers verlassen haben.

Der Wind blies in Böen über den ungeschützten Parkplatz und ließ alte Zeitungen und Pappbecher über den Asphalt fliegen, als Jakob seinen Wagen erreichte und erleichtert in die Polster sank. Nachdem er einen Schluck aus der Flasche im Handschuhfach genommen hatte, drehte er den Zündschlüssel und fuhr mit der Hand zärtlich über das leuchtende Armaturenbrett. Er freute sich über den technischen Firlefanz, die blinkenden Lämpchen und Anzeigen. Es machte die Welt so einfach und berechenbar, so reparabel. Er lächelte beruhigt, zog den Aschenbecher heraus und steckte sich eine Zigarette an. Dann drehte er das Fenster runter, rutschte ein Stückchen tiefer in den Sitz, atmete den Rauch ein und blies ihn hart wieder aus.

Der Mond schien durch die Lücken der aufgebrachten Wolken, und in seinem Licht bahnten sich mehrere gebeugte Gestalten wie Schattenrißfiguren ihren Weg vom Kamm der Düne zur Straße hinunter. Auch Horrorfilme hatten einen wahren Kern. Sie alle waren auf totes Zelluloid gebannt und lebten nur, wenn man es wollte. Dieser Film war anders. Jakob hätte ihn am liebsten nach vorn gespult, bis kurz vor die Schlußszene. Den Abspann wollte er noch sehen. Immerhin mußte er wissen, wer Regie geführt hatte. Die Schattenkarawane auf der Düne ließ sich nicht beirren. Träge stapften die Männer durch den Sand und spulten ihren Film unbarmherzig ab. Der wohlige Schauer blieb aus. Jakob löschte seine Zigarette und schob mit dem Daumen die Kindersicherung nach vorn.

31

Der beigefarbene Kleinwagen hielt sich gnadenlos korrekt an die vorgeschriebene Höchstgeschwindigkeit. Adrett stoppte er an jeder gelben Ampel und rollerte dann mitten durch das Zentrum der kleinen Stadt. *Ein Herz für Tiere* klebte auf der Kofferraumklappe. Der Plastikdackel auf der Hutablage nickte zufrieden in jeder Kurve. Jakob hatte große Mühe, ihm unentdeckt zu folgen, denn in seinem schwarzen Ungetüm war er selbst bei Nacht kaum unauffälliger als ein Totengräber beim mittäglichen Kurkonzert.

Er hatte auf dem Parkplatz gewartet, bis die letzten Verschwörer den Bunker verließen, hatte gesehen, wie sie sich nervös umblickten, wie Zweier- und Dreiergrüppchen in ihre Autos stiegen und abfuhren. Einige von ihnen hatte er erkannt. Einer seiner alten Lehrer war dabei gewesen, der selbst in Latein und Chemie noch mit stolzgeschwellter Brust Kriegsanekdoten zum besten geben konnte, außerdem der drahtige Kioskbesitzer, bei dem er tags zuvor die Zeitungen gekauft hatte, und der feiste Sohn vom Bauunternehmer aus Tinnum. Ein paar kräftige Jugendliche in Bomberjakken gaben sich siegessicher und steckten die Köpfe zusammen, um den Anweisungen eines schmächtigen Schreibwarenhändlers zu lauschen, von dem Jakob wußte, daß er vor einigen Jahren unter lautstarkem Protest aus der CDU ausgetreten war. Für die Rotarier war er nicht fein genug. Mehr hatte Jakob nicht erkennen können, aber das genügte ihm schon. Der fette Erik und sein vollschlanker Anführer waren als Letzte aus dem Dickicht der Heckenrosen hervorgetreten, hatten sich im Schein der Straßenlaterne noch einmal die Hände gereicht und waren in unterschiedlicher Richtung auseinandergegangen.

Jakob blieb hart am Ball.

Finn steuerte über den verwaisten Bahnhofsvorplatz und dann geradewegs auf den Norden der Stadt zu. Überraschend bog er nach rechts in eine Seitenstraße ein, so daß Jakob sie verpaßte. Fluchend wendete er an der nächsten Ecke und versuchte, seinen Fehler wieder wettzumachen. Nach einigem Suchen fand er den beigefarbenen Jetta, der vor einem zweistöckigen Reihenhaus geparkt war. Der Dackel nickte immer noch.

Jakob parkte etwas abseits im dunkleren Teil der Straße, machte den Motor aus und wartete, ob irgendwo in einem der Häuser das Licht anging. Es hätte ihm die Suche wesentlich erleichtern können, aber alle Fenster blieben dunkel. Eine Zigarettenlänge blieb er sitzen, bis er sicher war, daß niemand ihn beobachtete. Dann schnappte er sich die Taschenlampe, achtete darauf, daß die Innenbeleuchtung ihn beim Aussteigen nicht verriet, und schlich über die Straße in den Schutz der Häuser gegenüber. Vor den Klingelknöpfen blieb er stehen, hielt seine Jacke um die Lampe herum und suchte. Der dritte Eingang brachte den erhofften Erfolg.

Finn stand da. *Baldur Finn.*

Jakob merkte sich die Hausnummer und kehrte zum Wagen zurück.

Lange saß er da, starrte auf die Eingangstür und überlegte, ob er bleiben oder morgen wiederkommen sollte. Bei Nacht konnte er nicht viel ausrichten, aber nach Hause fahren wollte er auch nicht, und so blieb er sitzen und wartete auf etwas, das ihm die Entscheidung abnahm. Sein Magen fing an zu kneifen, und ihm fiel ein, daß er seit dem Morgen nichts mehr gegessen hatte. Im Handschuhfach fand er einen von der Sonne mehrfach verformten Schokoladenriegel, den er mit einem Schluck aus der Flasche runterspülte. Eine halbe Schachtel vertrockneter Zigaretten fand er noch und drei bunte Lollies, die von Fusseln und Tabakskrümeln umklebt waren. Keine fürstliche Mahlzeit, aber immerhin. Zum Glück war in der Flasche noch genug, um die zähfließende Zeit und die Götter der Unterwelt zu vertreiben. Am anderen Ende der Straße schnitt eine vereinsamte Laterne ihren Kegel in die Nacht.

Er machte das Radio an, lehnte sich zurück und ließ sich von afrikanischen Klängen einfangen. Beschwörende Gesänge mischten sich mit Urwaldgeräuschen und Buschtrommeln, riesengroßen Buschtrommeln, die den Regen zu rufen schienen. Anfangs trommelten seine Finger rhythmisch auf dem Lenkrad mit, dann gab er seiner Unruhe nach und suchte einen neuen Sender. Wer wollte schon, daß es regnete? Immer wieder setzte er die Flasche an, nahm eine neue Zigarette und versuchte sich einzureden, daß er beruhigt nach Hause fahren könnte. Hier würde sowieso nichts passieren. Aber er mißtraute seiner Ungeduld, und wie ein tanzender Medizinmann beschwor er sich selbst zu bleiben.

Dann fing es an zu regnen. Die Buschmänner hatten Erfolg gehabt. Vereinzelte Tropfen ließen sich auf der Windschutzscheibe nieder. Immer mehr fielen herab, und die Masse verhinderte, daß Jakob sich jeden einzelnen genau ansah. Da konnte er sich nicht mehr zurückhalten. Er mußte an die blonde Frau denken, an diese Augen, die so durchsichtig waren und doch nicht zeigen wollten, was hinter ihnen lag. Ein Blitz durchzuckte den rabenschwarzen Himmel. Das Radio krächzte. Jakob kurbelte die Scheibe ein Stück runter. Er mußte an Suse denken, die sich jetzt friedlich an ihren Sportsmann kuschelte. Die Uhr zeigte halb vier.

Immer schien es halb vier zu sein, wenn er auf die Uhr sah. Die Regentropfen waren enorm gewachsen und hatten ihre Wegbereiter längst weggespült. Laut und fordernd prasselten sie auf den Wagen ein. Die Eingangstür des zweistöckigen Hauses war nicht mehr zu sehen. Jakob drehte das Fenster rauf und nahm die Flasche zur Hand. Der Himmel zuckte hell. Brennende Flüssigkeit lief seine Kehle hinab.

Jakob schloß die Augen und atmete tief durch. Die kleinen Jungs tauchten vor seinem inneren Auge auf. Zusammengekauert saßen sie in einem Zelt, lauschten dem Pladdern des Regens auf der Plane und verzogen die Gesichter, wenn sie von dem Doppelkorn tranken, den einer von ihnen im Supermarkt geklaut hatte. Wind kam auf und zerrte die Heringe aus dem Sand, so daß die Plane flatterte und die Stangen mit sich riß. Die Jungs kicherten wie blöde, rollten über- und untereinander, wickelten sich in den Zeltstoff und johlten besoffener, als sie eigentlich waren. Schließlich wurde der erste von ihnen müde und maulig. Die anderen machten sich über ihn lustig, bis noch einer zu gähnen anfing. Der Regen wollte nicht nachlassen, und draußen war es furchtbar ungemütlich. Also stellten sie das Zelt nicht wieder auf, und jeder suchte im dunklen Durcheinander nach seinem Schlafsack, kroch hinein, drehte sich auf seine Lieblingsseite, kicherte noch einmal leise und schlief ein.

Jakob schnaufte schwere Luft durch die Nase aus. Dann fiel er ins Bodenlose.

32

Beinhart und beinah schmerzhaft laut wurde gegen die Scheibe geschlagen.

Jakob stieß mit dem Knie spitz gegen die Lenksäule, warf die Arme schützend vors Gesicht und kippte dabei die aufgeschraubte Flasche um. Mit blitzschneller Bewegung schnappte er sie noch im Fallen und rettete die Polster. Das Radio sabbelte sinnlos vor sich hin.

Er fluchte und sah wütend aus dem Fenster. Dann versuchte er ein unbeholfenes Lächeln und schraubte die Flasche zu.

»Gottverdammtes Gammlergesindel!« schimpfte der dicke Mann dumpf durch die Scheiben und schwenkte seinen nietenbeschlagenen Stock. »Man sollte euch alle in einen großen Sack stecken und ins Meer werfen. Mach, daß du wegkommst, du Penner!« Er stemmte die behaarten Fäuste in die Hüften, schob die buschigen Brauen düster zusammen und wartete. Jakob rieb sich die Augen. Frühmorgens sah Baldur Finn nicht halb so gefährlich aus wie um Mitternacht, da konnte er noch so böse gucken.

»Blöder Blockwart«, sagte Jakob wie zu sich selbst und sah zum Himmel auf, an den ein paar trübe Wolken gemalt waren. Finn beobachtete ihn genau, folgte seinem Blick in die Höhe und zurück. Ihre Blicke trafen sich. Dann wandte er sich ab.

Vom Haus her kam eine gebückt gehende Frau in erdfarbenen Pantoffeln auf den Wagen zu. Das weiße Haar war streng zu einem Dutt gebunden. In der Hand hielt sie eine orangefarbene Butterbrotbüchse, die sie dem Mann reichte, ohne einmal aufzublicken. Der graugeblümte Kittel saß wie eine Wurstpelle, und darunter quoll ein dicker, selbstgestrickter Pullover hervor. Sie sah zu Jakob in den Wagen. In ihrem steinernen Gesicht fehlten die Falten, fehlte eigentlich jegliche Spur von Leben. Jakob versuchte sich vorzustellen, wie sie lachte. Es paßte nicht zu ihr. Der Arm blieb ausgestreckt, der Mann ließ sie warten. Dann sah er abschätzig auf sie hinab und riß ihr die Dose unwirsch aus der Hand. Sie wandten sich in verschiedene Himmelsrichtungen ab und strebten zügig auseinander. Der Mann stiefelte auf seinen rostigen Jetta zu.

Jakob kurbelte das Fenster herunter und hielt die Nase in den Wind. An der Straßenecke, neben einer beschädigten Telefonzelle, standen drei alte Männer mit leeren Einkaufstaschen und schüttelten die Köpfe, aber Jakob konnte nicht ausmachen, ob sie ihn oder den anderen meinten. War auch egal. Viel wichtiger war, wie er Finn folgen konnte, ohne entdeckt zu werden. Langsam wurde sein schwarzes Schlachtschiff hinderlich. In den alten französischen Filmen machten sich Citroëns immer gut, aber da waren die Straßen auch voll von den Dingern. Hier waren die Straßen voller Jettas.

Hustend spuckte die kleine Kiste Qualmwolken aus, als sie gestartet wurde, zurücksetzte und ruckend Geschwindigkeit aufnahm. Das feuchte Klima war der Tod der Technik.

Jakob ließ sich Zeit. Er wartete, bis die Frau im Haus verschwunden war und die Tür ordentlich hinter sich geschlossen hatte. Scheinbar gleichgültig wendete er und folgte dem Wagen in großem Abstand. Es paßte nicht zu Finn, daß er bei seiner Mutter lebte, aber vielleicht erklärte es so manches. Jakob lächelte. Er freute sich, daß Finn ihn nicht erkannt hatte. Trotzdem mußte er vorsichtig sein. Im Rückspiegel sah er, daß die Männer an der Ecke die Köpfe zusammensteckten.

Die beiden Wagen fuhren durch den alten Teil der

Stadt, durch schmale Straßen, vorbei an halbverfallenen Friesenhäusern und frischgestrichenen Apartmentblocks. Außer ihnen waren kaum Autos unterwegs, so daß es eigentlich unmöglich war, jemandem ungesehen hinterherzufahren, und nach einiger Zeit war es Jakob auch ziemlich egal, ob der andere ihn erkannte oder nicht. Er mußte dem Mann folgen, koste es, was es wolle. Etwas anderes fiel ihm gar nicht ein. Einmal stand er hinter ihm an der Ampel, aber Finn rührte sich nicht, sondern saß steif und regungslos an seinem Lenkrad.

Jakob fing an, ihm Fragen zu stellen. »Wohin fährst du?« fragte er. »Zur Arbeit, oder was?« Der Dackel auf der Hutablage nickte langsam.

»Was für einer bist du denn?« Der Dackel nickte weiter.

»Das ist keine Antwort«, sagte Jakob.

Plötzlich bog der Jetta ab und fuhr zurück in die Richtung, aus der er gekommen war. Jakob war unentschlossen, ob er ihm folgen sollte. Die Aktion sah eher danach aus, als hätte Finn ihn entdeckt und wollte ihn in eine Falle locken. In diesem Moment sah Jakob, wie der andere fünfzig Meter weiter auf einen Hinterhof einbog, für kurze Zeit aus dem Blickfeld verschwunden war und dann mit einer alten, braunen Aktenmappe unterm Arm um die Ecke kam. Sein Schritt war erstaunlich leichtfüßig und federnd für einen so großen Mann. Er trug die blaue Windjacke offen und steckte seine Brille in die Brusttasche des blaßgestreiften Hemdes. Vor einer Tür blieb er stehen, öffnete die Mappe, suchte konzentriert ihren Boden ab und brachte ein Schlüsselbund zum Vorschein. Er schüttelte es, hielt einen der Schlüssel zwischen spitzen Fingern, schob ihn geübt ins Schloß und öffnete die Hintertür des Rathauses, als hätte er das schon seit zwanzig Jahren getan.

33

Die Vorhänge waren so fest zugezogen, daß sie wie Barrikaden wirkten, in deren gläsernem Vorhof sich müde die Sonne spiegelte. Von Westen her drängten aufgewühlte Wolkenberge dem Licht entgegen, strebten eilig darauf zu und drohten, es in Kürze zu verdecken. Heftig knatternd riß der Wind an einer Flagge mit der handgestickten Aufschrift *Pension Erika*. Die kleine, muschelbeklebte Windmühle rotierte hilflos am Rande ihrer Kräfte.

Jakob döste mit halbgeschlossenen Lidern vor sich hin und versuchte, den Blick nicht von dem zugezogenen Fenster zu nehmen, damit er wußte, wann man ihn entdeckt hatte. Der schwarze Wagen stand entgegen der Fahrtrichtung, der Sonne zugewandt, direkt vor dem gelblich geklinkerten Apartmenthaus, in dem Jakob Suse vermutete. Das weiße Golf Cabrio hielt auf der anderen Straßenseite seinen Schönheitsschlaf. Ein Mann im abgewetzten Bademantel kam schnaufend vom Strand herübergetrabt, die Haare wild durcheinandergewirbelt, das Handtuch wie ein Boxer um den Hals. Kinder mit bunten Ranzen auf den Rücken rannten die Straße hinunter. Zwei von ihnen blieben an dem Cabrio stehen, knickten mit geübten Fingern die Antenne zum rechten Winkel ab, kicherten, warfen einen hämischen Blick über die Straße und liefen weiter. Jakob lächelte väterlich. Wozu die kleinen Racker doch alles gut waren …

Als er seine Aufmerksamkeit wieder dem verschlossenen Fenster widmen wollte, stellte er fest, daß inzwischen geschehen war, worauf er gewartet hatte. Die Vorhänge waren zurückgezogen und jemand hatte die Balkontür geöffnet. Jakob rutschte schwerfällig in seinem Sitz hoch und gähnte. Die Uhr am Armaturenbrett zeigte halb acht. Wurde auch Zeit.

Der Wind trieb einen weiteren Pulk Schulkinder vor sich her, die katholische Kirche an der Ecke läutete zweimal kurz, eine mit grünem Kopftuch vermummte Frau roch an einem Strauß Astern in ihrer Hand und zog die weißgeschnitzte Pforte zum Friedhof der Heimatlosen auf. Da öffnete sich die Tür des Neubaus nebenan, und Suse trat heraus. Mit fahrigen Bewegungen fuhr sie sich durchs Haar, blieb einen Moment auf dem Plattenweg stehen, zog die rosafarbene Daunenjacke fest um sich und sah prüfend in den Wind. Jakob kurbelte sein Fenster runter.

»He«, sagte er. »Kann ich dich mitnehmen?«

Ohne hinzusehen, schüttelte sie den Kopf, riß ihren Reißverschluß hoch bis zum Kinn und stiefelte an Jakob vorbei, ohne ihn auch nur eines Blickes zu würdigen. Mathias trat auf den Balkon, breitete seine Arme am Geländer aus und sah herab. Die beiden hatten nicht viel Schlaf bekommen, das war ganz deutlich zu erkennen. Wenn der Junglehrer nicht bald unter die Dusche ging, würde er zu spät zur Schule kommen.

Jakob ließ den Wagen an und rollerte hinter Suse her, die mit wütenden, kleinen Schritten über den unebenen Gehweg stolperte. Immer wieder wischte sie sich über die Augen und warf den Kopf in den Nacken, um ihren aufrechten Gang zu wahren. Jakob freute sich, sie zu sehen. Suse war wie ein offenes Buch, das einzige, das er immer wieder las, weil es ihn, auch wenn er es auswendig kannte, immer wieder überraschte. Hinter ihm hupte es heiser. Ein gelber Postbus heulte an ihnen vorbei. Suse blieb stehen. Jakob hielt an, ohne seinen Blick von ihr zu lösen. Sie stemmte ihre Fäuste in die Hüften, starrte vor sich zu Boden und atmete tief durch. Dann warf sie Jakob einen wütenden Blick zu und stapfte weiter. Er folgte ihr. Sie hielt an, sah herüber. Jakob bremste. Sie ging weiter, er hinterher, sie blieb stehen. Er blieb stehen. Sie sah ihn an. Er steuerte sein Schiff so, daß sie sich gegenüber standen und die Straße versperrten.

»Was jetzt?« sagte er. »Willst du?«

Sie schüttelte den Kopf.

»Du mußt mir helfen, Suse. Ich muß dir was erzählen. Unbedingt. Komm schon. Ich sag auch nichts über deinen Lehrerfreund. Versprochen.« Jakob hatte seine Arme auf das heruntergedrehte Fenster gelegt und das Kinn darauf gestützt.

Hinter ihnen öffneten sich die Türen eines Lieferwagens, und zwei Elektriker stiegen aus. Einer wischte sich die Hände an seinem Blaumann ab und sagte: »Bitte, geh doch mit. Vielleicht können wir dann endlich diese Straße runterfahren, ja?« Der andere nickte, während er sich eine Zigarette anzündete. Suse rührte sich nicht. Ein Taxi hielt an, der Müllwagen kam ascheimerklappernd um die Ecke, zwei Männer mit Stullenpaketen unter den Armen schoben ihre Mützen aus der Stirn und rieben sich die Bärte. Die Müllmänner standen an das Taxi gelehnt und sahen mit verschränkten Armen zu Suse hinüber.

»Los jetzt«, sagte Jakob. »Sonst kommt Mathias noch hier vorbei, und dann geht der Ärger erst richtig los. Ich will doch gar nichts von dir. Sei nicht so doof. Komm jetzt endlich.«

Die Männer hinter ihnen applaudierten. Suse streckte ihnen die Zunge raus. Die Männer buhten. Jakob öffnete die Fahrertür und stieg aus.

»Bist du jetzt vergeben?« fragte er bissig. »Hat er dir einen Heiratsantrag gemacht, oder warum hast du Angst vor deiner eigenen Courage?«

Ein Raunen ging durch die Zuschauer.

Suse sah auf. Die Wangen waren puterrot, die Fäuste wild geballt. Sie tat eine gnadeflehende Geste zum Himmel und riß mit zuviel Schwung die Beifahrertür auf.

»Das geht dich gar nichts an«, schnauzte sie und ließ sich in den Sitz fallen. Die Männer johlten, und als Jakob sich umsah, hoben sie ermutigend ihre Daumen in die Höhe, lachten und wünschten ihm mit eindeutigen Gesten allen Spaß, der ihnen beim Anblick eines kräftigen, blonden Mädchens einfiel.

Aber das Eis war nicht gebrochen.

Suse war keineswegs gewillt, noch irgendein weiteres Wort zu sagen. Unsicher spähte Jakob immer wieder zu ihr hinüber, aber sie starrte stur aus ihrem Fenster, und auch das Überraschungsei, das er zwischen den Schokoladencroissants aus der Brötchentüte hervorzauberte, nötigte ihr kaum ein Lächeln ab. Enttäuscht zog sich Jakob in seine Gedanken zurück und lenkte den Wagen betont langsam und scheinbar ziellos durch die kleinen Gassen der träge erwachenden Stadt.

»Was soll das?« Gereizt sog Suse Luft ein. »Ich muß zur Arbeit. Ich hab keine Zeit für deine Spielchen.«

Jakob platzte der Kragen. »Hör auf damit«, fuhr er sie an und trat fest auf das Gaspedal, so daß der Motor sich böse verschluckte. »Wir fahren jetzt in dein Büro, trinken eine Tasse Kaffee, und dann reden wir, okay?«

Sie sah ihn an, als wenn die Idee völlig irrsinnig wäre, scham- und geschmacklos, kurz, als wenn sie nur von ihm kommen konnte. Aber ihre Zunge hatte sich gelöst. »Wo bist du denn gestern überhaupt gewesen?« fragte sie schnippisch und wartete einen überflüssigen Moment lang auf Antwort. »Den ganzen Nachmittag hab ich versucht, dich zu erreichen. Und wonach stinkst du eigentlich so penetrant? Hast du mal wieder mit deinen besoffenen Freunden in der Jauche gelegen?«

Jakob hob den linken Arm und roch in seiner Armbeuge. »Hm«, machte er und zuckte mit den Schultern. »Hab ich gar nicht gemerkt.«

Und er erzählte ihr von seinem Tag im Schwarzen Bunker, von den wildgewordenen Freiheitskämpfern, dem Saal, den Waffen, der Opferbank. Sie setzten im Büro gegenüber der Kurverwaltung Kaffee auf, und er erzählte von dem Stapel Hochglanzfotos, und sie setzten sich und schlürften an ihren Tassen. Er beschrieb ausschweifend sein Zusammentreffen mit Anna, während Suse angestrengt versuchte, den indianischen Bogenschützen aus dem Überraschungsei zusammenzubasteln. Als er schließlich berichtete, was er nur gehört und nicht gesehen hatte, die Rede des wahnsinnigen Baldur Finn und das Schlachten des blökenden Schafes, starrte Suse ihn regungslos über den Rand ihrer Tasse hinweg an. Jakob biß den Schokoladenhut vom Croissant und nuschelte mit vollem Mund: »Naja, und dem Häuptling von den Spinnern bin ich gefolgt. Ich weiß, wo er wohnt, und ich weiß, wo er arbeitet. Den haben wir in der Tasche.«

Suse machte einen langen Hals. »Wir?« flüsterte sie. »Wieso wir?«

»Aber ich denke, du willst mir helfen«, sagte Jakob, als er runtergeschluckt hatte. »Oder hat dein Lehrer dir das verboten?«

»Mir verbietet keiner was.« Suse stellte ihre Tasse ab.

Jakob lächelte.

»Grins nicht so blöd. Was soll ich tun?« fragte sie.

Jakob versuchte, ihr mit der Hand über die Schulter zu streichen, aber sie zuckte angestrengt zurück, als fürchtete sie seine Berührung wie einen Stromstoß. »Was?« wiederholte sie.

»Ruf nochmal bei deinem Vetter in der Apartmentvermietung an und frag ihn, woher die monatliche Miete für die Wohnung im Kurzentrum kommt. Ich will wissen, wo Daniels Mutter wohnt. Ich muß mit ihr reden.«

Suses Augen wurden schmal. »Reden, ja?«

»Reden, ja«, äffte Jakob sie nach. »Hör schon auf, sonst zieh ich über deinen Pädagogen her.«

Nervös knüllte sie die Brötchentüte zusammen und fing an, einzelne Krümel vom Schreibtisch aufzupikken. »Mathias hat mir die ganze Nacht über Vorwürfe gemacht. Ich mußte meine ganze Überredungskraft aufbringen, damit er dich nicht anzeigt.« Ein Schauer fuhr ihr über den Rücken. »Ich«, sie stockte, »ich will ihn nicht verlieren.« Sie wischte mit der Hand die Krümel vom Tisch. »Nicht so«, sagte sie.

Jakob nickte. »Brauchst du auch nicht. Bleib bei ihm, aber ruf erstmal deinen Vetter an, ja?« Freundlich legte er seinen Kopf auf die Seite und beobachtete sie.

Suse riß mit einem Ruck das dunkelrote Telefon zu sich herüber. »Jakob Junior, du stinkst nicht nur, du bist einfach ekelhaft.« Energisch tippte sie ein paar Zahlen in die Tasten und sah auf ihre Armbanduhr. »Hoffentlich ist er schon da.« Sie ließ es ein paarmal klingeln, und Jakobs Blick blieb erwartungsvoll an ihren Lippen hängen. Als die Mundwinkel leicht zuckten, wußte er, daß jemand am anderen Ende war. Ihre Stimme klang sachlich.

»Sönnichsen, Kurverwaltung, guten Morgen. Ich hätte gerne mal mit Sören gesprochen.« Räuspern. »Danke, ich warte.« Sie hielt mit einer Hand die Sprechmuschel zu und zischte: »Hoffentlich kriegt der nicht mal Ärger deinetwegen.« Und dann: »Ah, Sören, na du? Ausgeschlafen? Nein? Na das wär wohl auch mal was Neues, oder?« Suse begann, mit dem Kugelschreiber in ihrer Hand auf der Schreibunterlage herumzutrommeln, damit sie ihre Unruhe in den Griff bekam. Sören redete gerne und viel. Davon hatte sich Jakob an unendlich langen, gemeinsamen Abenden überzeugen dürfen. Suse nickte, als könne ihr Gesprächspartner sie dabei sehen. »Ja, Sören ... ja ... paß mal auf.« Sie nickte immer weiter, und es schien so, als nähme sie Anlauf, seinen Redefluß zu unterbrechen. Die Anstrengung der Höflichkeit stand ihr ins Gesicht geschrieben. »Gut, Sören ... ich hab da nochmal ne Frage zu ... ja, es geht ihm gut, glaub ich.« Sie sah Jakob rachsüchtig in die Augen. »Na, du weißt ja, wie er ist.«

»Wie?« sagte Jakob.

»Ja, das stimmt.« Suse kicherte. »Laß ihn das bloß nicht hören«, sagte sie und lachte Jakob ins Gesicht. »Der reißt dir beide Ohren ab.«

»Allerdings«, brummte Jakob und holte seine Zigaretten hervor. »Komm zur Sache, Schnacker.«

Schadenfreude lag in Suses Blick. »Paß auf, Sören. Du hast doch von dem Feuer vorgestern gehört. Ja, ich weiß, daß es eins von euren Apartments war. Oh, du mußtest den ganzen Dreck wegmachen? Bis gestern morgen? Armer Kerl.« Wieder war sie zum Nicken verdammt. Immer ließ sie sich das Heft aus der Hand nehmen. Jakob hätte sich am liebsten den Hörer geschnappt. »Gut, Sören, ja, laß uns heute mittag was essen gehen, dann kannst du mir das alles erzählen. Im Moment bräuchte ich ganz schnell mal die Adresse von der Frau, die die Wohnung gemietet hatte. Genau, die Mutter von dem toten Jungen. Weiß ich doch nicht, woher du die nehmen sollst. Aus der Kartei vielleicht?« Suse wiegte unruhig ihren Kopf hin und her. Jakob war aufgestanden und krempelte sich die Ärmel hoch.

»Ach, du weißt zufällig, wo sie wohnt?« Suse lehnte sich genüßlich in ihrem Sessel zurück. »In Kampen? Am Watt? Na prima. Danke Sören. Das hilft unserem Geheimagenten bestimmt weiter. Okay, vielen Dank.«

Sie knallte den Hörer auf die Gabel und ließ sich mit Schwung nach hinten fallen. Jakob hatte den Daumen seiner rechten Hand hinter die Gürtelschnalle geklemmt und fixierte Suse mit bösem Blick.

»Na, seid ihr euch einig geworden?«

»Hast du ja gehört.«

»Große Klasse. Und wo wohnt sie jetzt?«

Suse lächelte. »Hast du wohl nicht verstanden, was?«

Jakob hielt sich der Schreibtischplatte fest und lehnte sich weit nach vorn. »Willst du mich auf den Arm nehmen?«

»Ich wußte übrigens gar nicht, daß du ein Faible für solche Gewaltfrauen hast. Ich dachte immer, du hast Angst vor denen.«

»Ich steh eben auf Titten, je praller, desto besser, okay? Sagst du mir jetzt, wo sie wohnt? Dann erwisch ich sie vielleicht noch im Bett. Das wär doch ne günstige Gelegenheit.« Jakob zog sich mit überheblicher Geste die Hose hoch, als wäre sie zu eng.

»Angeber«, sagte Suse. Sie nahm einen kleinen, weißen Zettel aus dem bemalten Holzkasten neben dem Telefon, schrieb etwas darauf und schob ihn Jakob über den Tisch. »Da«, sagte sie, ohne ihn anzusehen. »Viel Spaß. Verlauf dich nicht. Und paß auf, daß du unter ihrem Ballerbusen nicht erstickst.«

»Le petit mort ...«, sagte Jakob träumerisch. Zackig machte er auf dem Absatz kehrt und rannte zur Tür, als konnte er es kaum erwarten, Hand an die Mordwerkzeuge zu legen.

Suse saß da, zupfte nervös die Träger ihres Hemdchens zurecht und sah Jakob hinterher, als hätte keines ihrer Worte nur im Ansatz das vermittelt, was sie hatte sagen wollen.

34

Der kleine Bierbauch machte es sich in einer Mulde bequem, der Kopf ruhte auf die Hände gestützt. Süßlich roch die Erde unter ihm. Mit erhobenem Kinn und Sand in den Ohren versuchte Jakob, durch die Büsche einen Blick auf das dahinterliegende Haus zu werfen.

Er hatte seinen Wagen ein Stück weit die Straße hinunter geparkt und war den Rest zu Fuß gelaufen, denn weder wollte er seinen schwarzen Franzosen direkt neben dem lachsfarbenen Aston Martin abstellen, noch dachte er daran, den Vordereingang der gut geschützten Reetdachvilla zu benutzen. Er hatte absolut keine Lust, sich mit Rausschmeißern oder sonstigem Personal abzugeben oder sich von Dobermännern oder Videokameras beobachten zu lassen. Von vorn war das Haus ohnehin soweit von windgeformten Rosenbüschen zugewachsen, daß man kaum den Schornstein und die kleine Fahne darauf zu sehen bekam, die anzeigte, daß jemand zu Hause war. Von diesen Zweit- und Drittschlössern der oberen Zehntausend erzählte man sich auf Sylt die unglaublichsten Geschichten.

Goldene Wasserhähne, ausschweifende Lustwiesen, dunkle Kammern in den feuchten Kellern. Im Sommer führte man hier ein Leben in Gesellschaft von sektkübelnden Geschäftsfreunden und deren minderjährigen Steckenpferden, im Winter wurden solche Häuser von den unteren Zehntausend mit Vorliebe leergeräumt. Auf der Rückseite des Gebäudes waren die Hecken kurzgeschnitten, um den Blick auf das Watt freizugeben. Ein kleiner Trupp Regenmäntel beugte sich herab und suchte zwischen den Gummistiefeln nach Muscheln und Krebsen. Ein paar geflügelte Wattläufer kreischten, das Geschrei der Möwen schien ihnen zu antworten, aber die waren zu weit entfernt.

Jakob robbte den flachen Wall hinauf und entdeckte eine windgeschützte Terrasse, aus der drei bunte Sonnenschirme wuchsen. Davor hatte jemand einen tiefblauen Swimmingpool in die Kampener Heide gekachelt. Der gleiche Witzbold hatte sich die Rückseite der alten Kate komplett aufreißen lassen und die klaffende Wunde mit überdimensionalen Panoramascheiben zugekittet. Wer Geld hatte, brauchte keinen Geschmack zu beweisen. Das konnten die Damen des Hauses übernehmen, wenn ihre Fingernägel getrocknet waren.

Die Dame dieses Hauses lag wie hingegossen auf einer weinroten Gartenliege, den Kopf im Nacken aufgerichtet, die knallroten Finger wie Spinnenbeine abgespreizt. Ihre Kleidung war äußerst knapp bemessen. Sie war nackt bis auf die Sonnenbrille.

Jakob robbte näher.

Sie war so natürlich blond, wie man nur sein konnte. Dagegen schimmerte der zimtfarbene Braunton ihrer Haut so nahtlos, wie er eigentlich nur im Solarium entstehen konnte. Als eine weiße Wolke kurz den Tag verdunkelte, kam Bewegung in den massigen Körper. Sie hob ein Knie und ließ es zur Seite kippen. Jakob hielt ganz still. Da lag sie vor ihm, echtes Fleisch und Blut. Ihr schwerer Busen hob und senkte sich zweimal, und ein braungebrannter Mann mit buntbebildertem Hawaiihemd über den breiten Schultern trat aus der Terrassentür, zwei Gläser in den tellergroßen Händen. Strohhalme ragten über die Ränder, und aufgeschlitzte Orangenscheiben klammerten sich daran.

Jakob leckte seine Lippen. Der Mann beugte sich über die Frau und reichte ihr eines der Gläser. Ohne aufzusehen, nahm sie den Drink entgegen, führte den gestreiften Strohhalm zum Mund, und gönnte sich einen tiefen Zug von der bläulichen Flüssigkeit. Jakob sah, wie die beiden ein paar Worte wechselten. Die Frau nickte gleichmütig, der Mann ging gemessenen Schrittes zurück ins Haus und zog die Terrassentür leise hinter sich zu.

Jakob hob sich auf die Knie und schlich gebückt im Schutz der Hecke den Wall entlang. Es schien sehr einfach zu sein, verdächtig einfach, aber er verdrängte den Gedanken und freute sich auf die günstige Gelegenheit, ein klärendes Wort mit dieser Frau zu sprechen und dabei einen unauffälligen Blick auf sie zu werfen. Sein Herz schlug schneller. Stolpernd hastete er hinter den Büschen entlang auf der Suche nach einer geeigneten Stelle, den Wall zu überwinden. Schließlich rollte er schwungvoll wie ein Judoka darüber hinweg, kam kampfbereit wieder auf die Füße und lief auf leisen Sohlen die Mauer entlang zur Terrasse, um sich Daniels Mutter von hinten zu nähern, deren blonder Schopf wie frischgemäht über den Rand der Liege hinausragte.

Durch die geschlossene Terrassentür drang das Wummern von dumpfen Schüssen nach draußen. Jakob blieb wie angewurzelt stehen und lauschte. Weitere Schüsse bollerten wie platzende Papiertüten. Das galt nicht ihm. Da trainierte jemand auf der Schießbahn im Keller. Die Herrschaften waren gut gerüstet. Jakob erinnerte sich, daß er selbst auch nicht ganz unbewaffnet war. Leise zog er sein Revolver aus dem Hosenbund. Die Frau streckte sich genußvoll der Sonne entgegen und stieß einen bleischweren Seufzer aus. Jakob hätte sie im Nacken kraulen können, so nah war er bei ihr. Sie roch nach zuviel Sonnenöl und etwas Schweiß. Drei Schritte weiter, und er stand vor ihr.

Er war darauf vorbereitet gewesen, daß sie ihm mit ihren roten Krallen übers Gesicht fahren, ihn beschimpfen und verfluchen würde. Nichts dergleichen geschah. Jakobs Blick wanderte ungehindert umher, versuchte das ganze Bild zu fassen, blieb starr auf ihre Brüste geheftet, die sich wie zwei hautfarbene Kegelkugeln aufrichteten, wanderte die kräftigen Sehnen ihres Halses bis zu den fleischigen Ohren hinauf, sah sich selbst in ihrer Sonnenbrille und folgte ihrer Hand, die behutsam den streifigen Strohhalm zum Mund führte. Ein Hauch von Mildtätigkeit umspielte ihre Mundwinkel, daß Jakob glaubte, sie verkohlte ihn vielleicht, aber als die gleiche Hand ihr Knie berührte, dort konzentriert kratzte, in langsamen Kurven die Innenseite des Oberschenkels hinauffuhr und sich spielerisch die herzförmig rasierte Scham kraulte, war er sicher, daß sie sich allein glaubte. Jakob ging neben ihr auf die Knie und legte sorgsam seine Pistole ins Gras. Dann räusperte er sich.

Die Frau räkelte umständlich ihre Massen, rollte ein Stück zur Seite und hauchte heiser: »Oh, Boris, du bist schon zurück? Wie war's? Haben die Hunde geweint, unsere beiden Lieblinge?« Einen Moment wartete sie auf Erwiderung. Jakob suchte nach einer schlauen Antwort.

»Hunde weinen nicht«, knurrte er schließlich. »Die jaulen bloß.«

Sie hob den Kopf mit einem Ruck und schob sich die Sonnenbrille in die Stirn. Zwischen den sauber gezupften Augenbrauen sammelte sich ein wütender Graben. Jakob wich zurück.

»Was wollen Sie hier?« zischte sie. »Hauen Sie ab und lassen Sie mich in Ruhe! Haben Sie nicht schon genug Unheil angerichtet? Verschwinden Sie, bevor ich um Hilfe rufe!« Die wasserblauen Augen suchten nach einem Handtuch, einem Mantel oder Umhang, irgendwas, mit dem sie sich bedecken konnte, aber sie hatte nichts dabei.

»Nur keine falsche Scham«, brummte Jakob mit stierem Blick, aber sie schien ihn gar nicht zu hören. Ihre blaubemalten Lider blinzelten in die Sonne. Der Strohhalm tanzte in seinem Glas.

»Und sagen Sie Ihrem Guru, er soll aufhören, mir diese ekelhaften Briefe zu schicken. Sie haben meinen Sohn in den Tod getrieben mit Ihrem schwachsinnigen Fanatismus. Gehen Sie jetzt. Ich hab weiß Gott genug von dieser Geschichte. Gehen Sie. Sofort.« Sie richtete sich auf, stellte das Glas am Boden ab und überging mit ihrem Blick kaltblütig die schwarze Waffe im Gras.

Jakob hob die Augenbrauen. »Gehen Sie doch zur Polizei.«

Hart stieß sie Luft durch die Nase, verschränkte ihre Arme hinter dem Kopf und präsentierte Jakob die nacktrasierten Achselhöhlen.

»Na, du machst mir vielleicht Spaß«, sagte sie spöttisch. »Warum sollte ich das tun?«

»Na, zum Beispiel, um Daniels Mörder zu finden.«

Hinter den Scheiben pulsierte das Rattern einer Uzi. Damit traf der Sportschütze sein Ziel auf jeden Fall.

»Ach, sieh mal an«, gab sie zurück. »So einfach ist das?« Schweißperlen rannen ihr die Rippen hinab. Zynisch schleuderte sie Jakob ein Lächeln an den Kopf, musterte ihn von oben bis unten und freute sich ganz offenbar an seiner Dummheit. Er selbst merkte davon nichts. Es war ihm völlig egal, was sie sagte. Ihre Worte würden es niemals mit ihrem Körper aufnehmen können. Ein Schauer fuhr ihm über den Rücken, er grub die Hände in sein Haar und rieb sich angestrengt den

Nacken. Er kämpfte um Konzentration. Dann holte er tief Luft.

»Es ist alles ganz anders, als Sie glauben«, flüsterte er, als wolle er nicht, daß sie ihn hörte. »Völlig anders. Ich bin keiner von diesen überdrehten Spinnern, ich gehör nicht zu denen. Damit hab ich nichts zu tun.« Langsam wanderte sein Kopf von einer Seite zur anderen. »Aber ich hab Daniel gekannt. Ich hab versucht, ihm zu helfen, hab ihm geraten, abzuhauen, aber er wollte nicht. Er hat mir nicht geglaubt. Ich konnte nichts dafür, wirklich.« Er legte seine Hand fest auf die Pistole und stützte sich darauf.

»Komm mir bloß nicht auf die Tour«, fuhr sie ihm hart über den Mund und unterbrach das blödsinnige Kopfschütteln, dessen er selbst nicht hatte Herr werden können. »Deine Gefühlsduselei kannst du für dich behalten. Außerdem glaub ich dir kein Wort. Ich weiß, was hier gespielt wird, und ich weiß, daß du dir längst die Finger verbrannt hast.« Jakob zuckte zusammen. Trübe verschwammen ihre Konturen vor seinen Augen. Er taumelte leicht nach hinten, wollte sich an der Liege festhalten, packte sie aus Versehen am Knie, zuckte erschrocken zurück und setzte sich auf den Hosenboden. Ihre Stimme drang wie durch Nebel zu ihm durch. »Du machst es nicht mehr lange, mein Lieber. Am besten fängst du gleich damit an, deine Haut zu retten. Bevor es zu spät ist.«

Sie wollte ihm etwas sagen, er spürte es. Sie wollte ihm zwischen den Zeilen etwas mitteilen, eine Nachricht, die er verwerten sollte. Vielleicht hatte sie doch was für ihn übrig. Vielleicht war noch nicht alles verloren. Da merkte er, daß etwas fehlte. Etwas Vertrautes, Verläßliches war ihm abhanden gekommen. Er versuchte, den Nebel abzuschütteln, wischte sich mit beiden Händen übers Gesicht und suchte nach der

Antwort. Er griff nach seiner Waffe und wußte plötzlich, wonach er gesucht hatte. Die dumpfen Schüsse aus dem Keller der Villa. Sie hatten aufgehört.

Jakob kam auf die Beine, sah auf die Frau hinab und dachte unverhofft an Walküren, die breitschultrig gefallene Krieger einsammelten. Wodan kam ihm in den Sinn, der feuchte Kellersaal im Bunker. Verständnislos sah sie zu ihm auf. Jakob versuchte ein Lächeln.

»Ich muß jetzt gehen«, sagte er sanft. »Wir sehen uns wieder.«

»Wohl kaum«, gab sie zurück, erhob sich mit der Geschmeidigkeit einer trächtigen Gazelle und sprang nach kräftigem Anlauf mit einem Hechtsprung in den Pool.

Jakob rannte in die andere Richtung. Weiche Knie hielten ihn gerade noch auf den Beinen, ein paar Kaninchenlöcher im Rasen brachten ihn beinah zu Fall. Er erreichte die Stelle in den Büschen, durch die er auf dem Hinweg gekrochen war, und tauchte ohne einen Blick zurück mit Schwung über den Wall hinweg. Dahinter duckte er sich, blieb am Boden liegen und wartete darauf, daß ihm knatternd Bleigeschosse folgten. Nichts passierte. Er drehte sich um und sah zurück zum Haus.

Die Terrassentür wurde geöffnet. Diesmal kam der Mann ohne Gläser in Händen heraus. Er streckte sich, warf einen kurzen Blick zu den weißen Wolken am Himmel, grinste wölfisch zum Pool hinüber und streifte mit einer schnellen Bewegung der Arme sein Hawaiihemd vom Körper, so daß Jakob den eintätowierten Ring um seinen Oberarm sehen konnte.

In Jakobs Vergangenheit gab es nur einen einzigen Menschen, dessen Bewunderung für Grand Funk Railroad groß genug gewesen war, sich Mark Farners Erkennungszeichen in den Oberarm ätzen zu lassen. Diesen Jemand hatte er seinerzeit in Hamburg getroffen. Er war auf dem besten Wege gewesen, große Karriere auf dem Kiez zu machen. Sein Name war Ralle.

Ralle Helgenmacher.

Der Mann streifte seinen klitzekleinen, schwarzen Tanga über die haarigen Beine und sprang mit muskulösem Hechter ins Becken zu der blonden Frau.

35

Jakob hockte auf seiner Düne. Angespannt schreckte er aus seinen Gedanken hoch. Ein gallegrünes Käfer Cabrio stieß mehrmals die ersten paar Töne des River Kwai Marsches aus. Zwei schlacksige Schnösel mit Fliegerkappen und dunklen Brillen kauerten wie Bompiloten hinter ihrer Windschutzscheibe. Jakobs Lider glitten zurück über seine Augäpfel. Was er dahinter sah, gefiel ihm weitaus besser.

Genüßlich streckte er seine Glieder, wackelte mit den Zehen und schüttelte den Gedanken an die nackte Frau auf der Gartenliege ab. Warum war Suse nicht hier mit ihm auf seiner Bank hinter dem Haus? Die hätte ihm jetzt eine runterhauen können. Und sie hätte es sicher gerne getan. Was war bloß mit ihm los? Wie ein hechelnder Hund hatte er auf dem Rasen gehockt und sich zum Kasper gemacht. Völlig albern. Und der Sepp mit der Uzi hätte ihn beinah dabei erwischt. So ging es nicht. Das mußte anders werden.

Jakob stand auf und ließ seinen Blick über die Blidselbucht wandern. An der Spitze der Landzunge leuchteten die weißen Häuser von List in der prallen Mittagssonne. Ein paar Windsurfer warteten auf die Flut, bunte Segel flatterten in freudiger Erwartung. Auf den steinernen Seekühen, die seinerzeit herabstürzenden

Stukas als Zielscheiben gedient hatten, hockte ein Pulk Möwen.

Die schwitzigen Hände und der leichte Frost in den Knochen ließen ihm keine Wahl. Er mußte sich mit seiner Situation auseinandersetzen. Es war mal wieder Zeit für eine Entscheidung. Er hatte mit EINEM Toten gerechnet, als er über den Koffer am Strand gefallen war, nicht mit einer Ausrottungsaktion. Er hatte sich auf Verfolger eingestellt, als er sich das Geld in die Taschen stopfte, aber jetzt waren nicht nur die mörderischen Kleinstadtguerilleros hinter ihm her. Ihre Kreise zogen sich bis in die Schaltzentrale der Insel. Und der Clan von Hamburger Zuhältern wollte nicht nur das Geld zurück, sie wollten auch Rache für den toten Mittelsmann. Der Helgenmacher war nicht zum bloßen Spaß aus der Versenkung aufgetaucht. Der fiel nicht vom Himmel. Der war bestellt. Fehlte eigentlich nur noch dieser Katzmann aus Flensburg. Und die blonde Frau auf der roten Liege.

Jakob schlug sich mit der flachen Hand gegen die Stirn, bis es brannte. Nicht genug, daß Suse wieder aufgetaucht war. Diese Walküre war einfach zuviel. In jeder Beziehung.

Unten auf der Straße quälte sich ein Troß Blechkisten hinter einem im Schrittempo fahrenden Touristenbus her. Musikfetzen trieben herüber, Kinder winkten die Düne hinauf, ein über und über mit Rallyestreifen beklebter DAF 33 setzte vor der nächsten Rechtskurve zu einem wahnwitzigen Überholmanöver an, dessen Ausgang Jakob von seinem erhöhten Standpunkt aus vorhersehen konnte. Die entgegenkommende Kolonne wurde von einem mittelgroßen Mercedes angeführt. Jakob wischte sich die Hände an der Hose. Erleichtert stellte er fest, daß auch anderen Leuten Mißgeschicke passierten. Der übermütige

Kleinwagen klemmte sich in allerletzter Sekunde zwischen zwei Vordermänner, der Benz schleuderte über den Sandstreifen, und ein infernalisches Hupkonzert schallte durch die Dünen. Jakob ließ sich zu Boden sinken. Die Freiheitskämpfer konnten sich die Mühe eigentlich sparen. Wenn man lange genug wartete, löste sich das Problem der touristischen Überbevölkerung wahrscheinlich von selbst.

Nachdenklich hockte er im Sand, betrachtete die vorüberfahrenden Fremden und überlegte, welcher von ihnen wohl das nächste Opfer sein würde. Der da vielleicht oder der da ... Möglicherweise sollte er doch lieber zur Polizei gehen, nicht zuletzt, um sich selbst zu schützen. Aber konnte er sich dadurch schützen? Niemals würden sämtliche Verschwörer gefaßt werden. Das war klar. Jakob müßte ein Leben lang die Rache der restlichen Freiheitsfriesen fürchten. Dazu hätten sie schließlich allen Grund, denn einen Saboteur im eigenen Lager erwarteten sie sicher nicht. Eigentlich hätte er selbst dem Verein beitreten sollen. Als Kassenwart vielleicht. Das kam seiner Überzeugung am nächsten. Wenn sie nur nicht diesen fiesen Chef, den wildgewordenen Aktenordner als Einpeitscher hätten. So einen konnte Jakob niemals als Kopf einer Verschwörung hinnehmen, und außerdem hatte er das Gefühl, als gingen die Kämpfer ein bißchen zu unvorsichtig vor. Eigentlich konnte es nicht mehr lange dauern, bis sie entdeckt wurden. Diese regelmäßigen Treffen im Bunker. Irgendwann mußte doch mal jemand sehen, daß sich da nachts finstere Gestalten trafen. Und der Kleinstadttratsch mußte doch die Nachricht längst weitergegeben haben. Es sei denn, die Hüter des Gesetzes wären tatsächlich selbst in diese Geschichte verstrickt und verschlossen wohlwollend Augen und Ohren.

Jakob nahm einen rundgewaschenen Stein in die Hand. »Die Unterirdischen«, sagte er leise und betrachtete die Maserung auf der abgewetzten Oberfläche. Sein Blick glitt nachdenklich über den Boden, er beugte sich nach vorn und grub mit der anderen Hand ein Stück Mauerstein aus dem Sand. »Die Luden«, sagte er, wog die beiden Brocken langsam gegeneinander ab, um zu sehen, ob sie ungefähr gleich schwer waren, dann schlug er sie mit aller Kraft zusammen.

»So müßte es gehen«, flüsterte er.

36

Das Telefon klingelte lahm. Die altersschwache Glocke hatte nach monatelanger Untätigkeit einige Mühe, so plötzlich ihre Arbeit wiederaufzunehmen. Es war der erste Anruf, seit Jakob die ausstehende Telefonrechnung bezahlt hatte. Beim siebten Klingeln hatte er den Apparat in der dunkelsten Ecke des defekten Kühlschranks gefunden. Jakob kniete vor dem Bauknecht nieder und nahm den Hörer von der Gabel.

»Ja?«

»Jakob?«

»Ah, Suse. He, du bist die erste, die …«

»Jakob, ich hab was rausgefunden. Ich glaub, es ist wichtig.« Sie sprach schnell wie eine Sportreporterin, als wolle sie sich gar nicht erst mit irgendwelchen Spielchen aufhalten.

»Suse, sag mal …«, setzte er an und wollte ihr was Nettes sagen. Spröde schnitt sie ihm das Wort ab.

»Paß auf, ich hab nicht viel Zeit, schließlich werd ich nebenbei noch in meinem Job gebraucht. Also, diese Firma NORDBETON kam mir komisch vor, deshalb hab ich mich danach erkundigt. Hättest du ruhig schon mal tun können. Du solltest dich wundern, was man alles rausfinden kann, wenn man sich etwas Mühe gibt.« Sie unterbrach sich kurz.

Jakob hatte keine Lust mehr, was Nettes zu sagen.

»Bist du noch dran?«

»Ja, bin ich.« Netter ging es nicht.

»Hör zu: Die NORDBETON hat ihren Hauptsitz in Hamburg. Außerdem hat sie Zweigstellen in Flensburg, Itzehoe und Bremerhaven. Ihre Aufgabe ist die Fertigung von Betonteilen und die Planung von Großprojekten, bei denen diese Teile verwendet werden können. Klar?«

»Klar.«

»Gut. Kennst du Kreydenweiß aus Tinnum? Den Bauhof? Ich hab so das dumpfe Gefühl, als wenn der Laden mit dieser Firma NORDBETON zusammengehört. Der Tinnumer Betrieb arbeitet fast ausschließlich für diese Leute aus Hamburg. Jedenfalls haben sie in den letzten Jahren einen ganzen Haufen Apartmenthäuser hochgezogen. Allesamt als Subunternehmer im Auftrag der NORDBETON HAMBURG. Was sagst du dazu?«

»Ach«, sagte Jakob. Er schloß die Kühlschranktür, stand auf und ging mit dem Telefon in der Hand zum Fenster hinüber. »Woher hast du das?«

»Bärbel arbeitet doch beim Bauamt. Weißt du, meine Doppelkopffreundin aus Rantum. Die hat mir das erzählt. Darfst du natürlich keinem weitersagen, ist doch klar, oder?«

»Hm«, machte Jakob und legte seine Stirn gegen die kühle Scheibe.

»Durch Zufall fiel der Name des Vorstandsvorsitzenden, und der kam mir so verdächtig bekannt vor. Ich hatte dir nämlich was verschwiegen.«

Jakob kniff die Augen zusammen. »Ja?«

Sie zögerte einen Moment. »Naja, wahrscheinlich findest du mich jetzt ganz blöde, aber ich weiß den Namen von der Frau mit dem Ballerbusen. Ich wußte ihn schon die ganze Zeit. Ich wollte ihn dir bloß nicht sagen.«

»Müller, denk ich«, brummte Jakob.

»Ja, schon, aber das ist nur die halbe Wahrheit. Doppelnamen sind bei Frauen Mitte Vierzig ja schwer in Mode.« Suse wartete, bis Jakob verstanden hatte.

»Schon gut«, sagte er müde. »Wie heißt sie?«

»Eisenmann«, kicherte Suse. »Mara Müller-Eisenmann.«

»Was ist daran so komisch?« Jakob wurde langsam ärgerlich. »Dafür kann sie doch nichts.«

»Aber es paßt so gut. An der haben sich bestimmt schon ne Menge Leute die Zähne ausgebissen.«

Jakob spannte seine Kiefermuskeln.

»Also, ich wollte ganz sichergehen, und da hab ich bei dem Sohn von meiner Patentante angerufen. Gernot arbeitet nämlich im Kamp Hüs und hat Zugang zum Melderegister. Und tatsächlich. Rate mal, wie der Chef von NORDBETON heißt.« Sie klang so stolz, daß es Jakob beinah schwerfiel, ihr den Spaß zu verderben.

»Wenn du mich so fragst, heißt er wahrscheinlich Eisenmann, stimmt's? Vielleicht hat sie endlich jemanden gefunden, an dem sie sich selbst die Zähne ausbeißen kann. Manche Leute brauchen sowas.« Aber in Gedanken war er längst woanders. Jetzt wurde ihm langsam klar, warum Daniel nicht bei seiner Mutter wohnen konnte. Neue Ehemänner hatten keine Verwendung für gebrauchte Söhne. Und Macher hatten keinen Sinn für Schwächlinge.

Vor Jakobs Augen entstanden die Umrisse der Wählscheibe. Suses Stimme wurde lauter.

»Und das ist noch lange nicht alles. Hörst du mir zu?«

Jakob nickte nachdenklich. »Ja doch.«

»Die Tochter von unseren Nachbarn arbeitet in Keitum im Amt Landschaft Sylt. Ich wollte Merret sowieso schon lange mal wieder anrufen, und nachdem das mit dem Kamp Hüs so gut geklappt hatte, dachte ich mir, ich versuch es einfach mal. Das ging alles ziemlich schnell. Manchmal denk ich, vielleicht sollte ich eine Detektei aufmachen. Ich könnte dich dann für die schmutzigen Jobs anheuern. Wär das in Ordnung?«

Jakob war nicht gewillt, auf diese Art von Scherzen einzugehen. »Sag, was du sagen willst«, knurrte er grimmig.

»Wenn es um dich selber geht, bist du immer ziemlich humorlos, stimmt's?«

Jakob schwieg.

»Na gut«, sagte Suse. »Ich erzähl es dir trotzdem.«

»Danke«, sagte Jakob.

Verschwörerisch flüsterte sie: »Eisenmann war schon mal verheiratet.«

Jakobs Blick glitt auf der Suche nach Zigaretten durch den kleinen Raum. »Davon gibt es mehr«, sagte er wie zu sich selbst.

»Wart's doch ab. Er hat nämlich eine Tochter. Und die hat vor ein paar Jahren einen Sylter geheiratet. Und sie hat sich bestimmt nicht zufällig den Juniorchef von Kreydenweiß & Co. geangelt. Die haben in aller Stille woanders geheiratet, um das Aufgebot geheimzuhalten. Sagt Merret.« Suse wartete einen Moment lang auf Reaktion, aber Jakob schien gar nicht verstanden zu haben, wovon sie redete. Also hakte sie nach. »Das ist doch alles völlig merkwürdig, oder? Da ist doch bestimmt was faul. Warum tun die so geheimnisvoll, wenn sie nichts zu verbergen haben?«

Jakob preßte den Hörer an sein Ohr und ließ sich

rückwärts aufs Bett fallen. Mit Kristian Kreydenweiß war er in eine Klasse gegangen. Bei Frau Cornelsen. Das war in der Volksschule gewesen. In der dritten Klasse hatten sie nebeneinander gesessen, bis Jakob ihm einmal aus purer Bosheit alle Buntstifte ordentlich in kleine Stücke zerbrochen hatte. Unmengen von Kindern waren inzwischen durch den rotgeklinkerten Bau unter der Nikolaikirche geschleust worden, und Frau Cornelsen war vor einigen Jahren ins Meer gegangen, aber Jakob konnte sich noch gut an die gelbliche Gesichtshaut des immer unsicher wirkenden Jungen erinnern. Er war krank gewesen, zuckerkrank, oder sowas Ähnliches. Jeden Tag hatte man ihn mit dem Taxi zur Schule gebracht und mittags wieder abgeholt. Sein Vater war schon damals ein einflußreicher Mann gewesen, publikumssüchtiges Zugpferd der Sylter Unternehmer und Mitglied in der Westerländer Stadtvertretung. Da hatte der kränkliche Kristian nie mithalten können.

»Weißt du«, sagte Jakob, als er sich mit dem Handrücken über die Stirn fuhr und den feuchten Fleck an der Decke über dem Bett betrachtete. »Weißt du, wann ich Kristian zum letzten Mal gesehen habe?«

»Wann?« fragte Suse.

»Gestern abend«, sagte Jakob. »Bei den Verschwörern am Schwarzen Bunker.«

37

Weiß wie ein Stück Kreide saß Jakob lange auf der Bettkante und drückte den Hörer fest auf die Gabel. Dann stand er auf, zog mit der anderen Hand das lange Kabel hinter sich her und stellte das Telefon ordentlich in den Kühlschrank zurück.

»Verdammt«, murmelte er vor sich her, als er die mit kleinen Herzchen bemalte Tür aufzog. Er klappte den Deckel hoch, ließ seine Hose in die Kniekehlen fallen und hockte sich behutsam auf die eiskalte Brille. Es war der richtige Moment und genau der richtige Ort.

Zeit zum Nachdenken.

Etwas lustlos blätterte er in den am Boden gestapelten Heften herum. Tim und Struppi konnten ihn ebensowenig ablenken wie Lucky Luke und die Daltons. Hier saß er fest. Zappa grinste hämisch von seinem Plakat herab. Es gab kein Entrinnen. Jakob stützte seine Ellbogen auf die Knie, legte das Gesicht in beide Hände und wiegte sich kaum merklich vor und zurück, bis sein Herz so langsam schlug, daß er wieder mitzählen konnte. Ansonsten fielen seine Bemühungen eher kärglich aus.

Ohne hinzusehen, hob er den Deckel der Papierrolle, um sich wichtigeren Dingen zu widmen, da berührte er mit der Hand etwas Lebendes, das flatternd seinem Schicksal entgehen wollte.

Jakob kreischte auf, ließ den Deckel unsanft fallen und kam mit einem Satz auf die Beine. Angwidert betrachtete er das sich hilflos windende Wesen, das in seiner besten Zeit vielleicht mal eine Motte gewesen war. Jetzt war es ein breiiges Weichtier, aus dessen Bruchstellen eine eitrig weiße Flüssigkeit hervortrat.

»Mörder«, wisperte Jakob und schüttelte den Kopf. »Ich will kein Mörder sein.« Aber er wagte nicht, dem Elend ein Ende zu bereiten. Reglos beobachtete er, wie der Todeskampf die spindeldürren Beine nutzlos ins Leere greifen ließ.

Da regte sich das Telefon. Jakob fluchte laut, schlug mit der Faust auf die Rolle, bis sie aus der Wand brach, hüpfte mit der Hose an den Knöcheln durch die Hütte und riß das klingelnde Ding aus dem Kühlschrank hervor.

Jemand schniefte in die Muschel. Dann war es still. Im Hintergrund hörte man Schritte und Stimmen.

»Suse?«

Herzerweichendes Schluchzen. Jemand kämpfte um seine Fassung.

»Was jetzt? Wer ist denn da?« Jakob bereute schon, daß er sein Telefon wieder angemeldet hatte.

»Rede oder ich leg auf«, sagte er barsch.

Ein Schnaufen drang aus dem Hörer. Dann suchte jemand nach Worten. »... tut mir leid, wenn ich störe ... hier ist Anna. Du hast gesagt, ich kann dich anrufen.«

Jakob merkte, daß er von den Hüften abwärts im Freien stand. »Oh«, sagte er. »Du bist es. Klar kannst du mich anrufen.« Er klemmte sich den Hörer zwischen Ohr und Schulter, dann versuchte er, mit einer Hand die verhedderte Hose hochzuziehen.

Das Mädchen wirkte unsicher. »Ist was mit dir? Stör ich dich?«

»Nein ich muß nur gerade mal was in den Griff kriegen«, sagte er etwas atemlos und war froh, daß sie nicht sehen konnte, wie er rot wurde.

»Kann ich dich sehen?«

»Was ist denn los mit dir? Du klingst gar nicht gut. Wo bist du denn?«

»In List am Hafen. Kommst du?«

Jakob mußte einen Moment überlegen. Wenn das eine Falle sein sollte, stellten sie es etwas ungeschickt an. Wenn er andererseits erst mal im Hafenbecken versenkt war, tauchte er nicht so schnell wieder auf. Das funktionierte hundertprozentig.

»Ich komme«, sagte er. »Viertelstunde.« In der Leitung knackte es, und die Verbindung war unterbrochen.

Jakob stellte das Telefon beiseite, und wie jeder Mörder kehrte er eher ungläubig an den Ort seiner Tat zurück.

Mit einem Ruck riß er die Spülung in Gang, um seine Spuren zu verwischen. Er warf einen letzten Blick auf das tote Tier, das kaum mehr als solches zu erkennen war.

Zappa grinste immer noch.

38

Es hatte Zeiten gegeben, in denen hinter den großen, grünen Rolltoren tote Wale aufgebahrt waren, riesenhafte Säugetiere, bei deren Anblick es unvorstellbar schien, daß sie irgendwann mal gelebt haben sollten. Selbst in bewegungslosem Zustand waren sie eine unglaubliche Masse Fleisch, Fett und Tran, toter als jede andere Leiche, auf gespenstische Art dem Meer entrissen. Und immer schienen sie zu lächeln. Den kleinen Jungs war das Beweis genug gewesen, daß der Tod im Grunde nicht so übel war. Eine Erfahrung, die man machen mußte. Und zwar jeder. Später, als keine Wale mehr angetrieben wurden, hatte man die Halle wieder ihrem ursprünglichen Verwendungszweck zugeführt und altersschwache Kutter darin abgestellt. Heute lächelten die Wale woanders.

Jakob parkte seinen Wagen direkt unter dem Verbotsschild. Es war sowieso der einzige Parkplatz weit und breit, denn trotz des windig wechselhaften Wetters waren ganze Heerscharen von Regenjacken an den Lister Hafen gepilgert. Der Großteil von ihnen drängte sich unter den bunten Schirmen der Fischbuden, gelbe und blaue Pinguine, mit Schillerlocken und Aalbrötchen vor Augen, deuteten auf den Inhalt ihrer

Hände, nickten anerkennend und begafften die dampfenden Teller der Neuankömmlinge. Zwischen den Tischen der Muschelverkäufer brachten zwei kräftige Jungs in Lederjacken laut lachend einem Cockerspaniel das Biersaufen bei.

Jakob umschiffte die großflächigen Pfützen in der Mitte des Platzes und drängelte sich durch eine Eis essende Schulklasse zum Hafenbecken hinüber.

Zwei weiße Ausflugsdampfer dümpelten im öligen Wasser. Zwischen den vielfarbigen Fähnchen konnte Jakob die Ausfahrt des Hafens sehen. Rechts lag als stählerner Koloß die Fähre nach Dänemark vor Anker und riß ihr schwarzes Maul weit auf, um einen Troß Autos zu verschlingen. Auf dem blankgeputzten Seenotrettungskreuzer zog der Maat die Wimpel auf. Etwas abseits der Angler, die am äußersten Ende des Anlegers ihr Glück versuchten, ließ Anna lustlos ihre Beine baumeln.

Jakob blieb einen Moment lang stehen, dann schlenderte er, mit Händen in den Taschen, zu den Anglern hinüber. Aus purer Bosheit schlug er einmal fest gegen das weiße Geländer zum Wasser hin. Der träge Trupp Möwen am hinteren Ende unterbrach seine Mittagsruhe und hob sich in die Luft. Jakob suchte nach bekannten Gesichtern, versuchte herauszufinden, ob ihm jemand folgte, sah sich ein paarmal wie zufällig um, und als er niemanden entdecken konnte, der ihm verdächtig vorgekommen wäre, gab er sich der Illusion hin, unbeobachtet zu sein. Anna rührte sich nicht. Stur starrte sie auf ihre Turnschuhe. Die Sonne brach hervor und spiegelte sich einen Augenblick lang grell im wankenden Ölfilm des Wassers. Leise setzte sich Jakob neben das Mädchen.

»Hallo«, sagte er.

Sie hob den Kopf. Rotgeheulte Augen sahen ihn an.

Eins davon schimmerte leicht violett. Nasse Hennasträhnen hingen ihr ins Gesicht. Sie sah nicht so aus, als hätte sie einen guten Tag gehabt. Jakob ersparte ihr die Frage.

»Hast du …«, sie räusperte sich und fing an zu husten. »Ist sie …?«

»Nein.« Jakob schüttelte den Kopf. »So einfach geht das nicht.«

Enttäuscht wandte sie sich ab. »Ist auch egal. Das würde wohl keinen Unterschied mehr machen.« Lautstark zog sie die Nase hoch.

Jakob hob seinen Blick übers Wasser und sah, daß sich zwei Männer daran machten, vorsichtig das kleine Beiboot des Rettungskreuzers zu Wasser zu lassen. »Was ist mit deinem Auge passiert?«

»Ich will nichts mehr von ihm wissen.« Sie schluckte ihre Tränen herunter. Dann überlegte sie. »Er will nichts mehr von *mir* wissen.« Sie streckte ihren Oberkörper, als bäumte sie sich gegen einen Schmerz auf, der ihr die Kehle zuschnüren wollte. »Ich hab Angst«, sagte sie.

»Er kann dich nicht mehr brauchen, und jetzt bist du ihm im Weg«, sagte Jakob und bereute seine Worte im selben Moment.

»Ja«, sagte Anna leise. Zitternd fuhr die Hand über ihr blaues Auge. »Er faßt mich nicht mehr an. Nie wieder, hat er gesagt.«

Jakob sah ihr zu. »Er hat dich geschlagen.«

Das Mädchen nickte, bis irgendwo Möwen schrien. »Es gab Streit. Gestern abend nach der Versammlung. Sie haben sich um Geld gestritten und darum, wer das Sagen hat. Ich hatte gar nichts damit zu tun, aber als ich auf seinen Schoß wollte, ist er ausgerastet, hat er auf mich eingeprügelt wie ein Irrer, immer wieder. Erik hat mir geholfen. Das war meine Rettung.«

Das Beiboot brummte unter ihren Füßen vorbei. Die Angler winkten hinterher.

»Erzähl mir von dem Streit«, sagte Jakob. »Was war los?«

Die Augen des Mädchens folgten dem kleinen Boot, bis es hinter der Mauer verschwunden war. Der Mann am Ruder wedelte wild mit seiner Mütze.

»Das Schwein«, flüsterte sie, und Jakob war nicht mehr ganz sicher, ob sie noch immer den gleichen meinte. Er wollte ihr Zeit lassen und wartete, bis er nicht mehr wußte, ob sie überhaupt anwesend war. Er hob die Hand, um sie wachzustoßen, da zog sie die Nase hoch, sah mißtrauisch über ihre Schultern hinweg und begann zu sprechen. Sie beugte sich zu Jakob herüber und sagte leise: »Da war ein Mann. In den letzten Wochen war er öfter da. Er war immer höflich und freundlich. Sehr gepflegtes Äußeres, Pullunderträger, Porschefahrer, so einer. Sagte, er wär Bauträger. Zuerst hab ich gedacht, der schleppt die Steine, aber dafür sah der zu schlaff aus. Finn hat sich dauernd mit ihm getroffen.« Sie stockte. »Erik durfte auch mit.«

Die dänische Fähre schloß langsam ihr Riesenmaul.

»Es ging fast immer um Geld, ziemlich viel Geld. Ich weiß nicht genau wieviel, aber es war die Rede von siebenstelligen Zahlen.« Sie sah Jakob an. »Das sind doch Millionen, oder?«

Jakob stieß Luft durch seine Nase und nickte. »Allerdings«, sagte er.

»Jedenfalls wollte er Finn wohl das ganze Geld geben. Nicht alles auf einmal, in Raten, über Jahre.«

»Wofür?« Jakob rutschte unruhig hin und her. Er mußte sich einen besseren Ort für seinen schwarzen Revolver ausdenken.

»Dann haben sie sich gestritten. Vor ein paar Tagen. Ich weiß nicht genau worüber, aber Finn hat seitdem nur noch schlecht von diesem Mann gesprochen. Ein reicher Sack wie alle anderen auch, hat er gesagt, so einer, der weg muß.« Sie fuhr sich mit dem Zeigefinger von links nach rechts über den Hals. »Rübe ab.«

Einzelne Tropfen fielen vom Himmel. Die Regenjacken schlugen ihre Kapuzen hoch.

»Ich weiß nicht, was da passiert ist, aber seitdem ist Finn so. Er hat ganz plötzlich einen solchen Haß gegen diesen Mann. Und ich muß es ausbaden. Immer wieder hat er gesagt, daß wir uns nicht kaufen lassen. Niemals. Und jeder, der das mit sich machen läßt, ist genauso dran wie die Touristenschweine. Das ist doch nicht richtig, oder? Da gibt es doch einen Unterschied.« Fragend sah sie Jakob an und hoffte auf Bestätigung. Sie hatte völlig den Boden unter den Füßen verloren. Offensichtlich suchte sie einen neuen Vater.

Jakob zuckte mit den Schultern. »Du weißt besser als ich, was ihr vorhabt.«

Enttäuscht wandte sie sich ab. »Heute nacht ist der nächste dran«, sagte sie. »Auf der Morsumer Heide, hinten bei den Grabhügeln auf Nösse.«

Jakob hustete den Frosch im Hals beiseite. »Der Pullunderträger?«

Sie schüttelte ihre Mähne. »Irgendein Affe aus Kampen. Einer ist so gut wie der andere. Es gibt einen Opferdienst und eine Totenmesse. Und ich darf nicht dabei sein.« Wütend trat sie mit den Füßen in die Luft und verlor beinahe das Gleichgewicht, so daß Jakob sie von hinten um die Hüfte greifen mußte, damit sie nicht ins Hafenbecken fiel. Sofort schmiegte sie sich an ihn. Jakob löste seinen Griff.

Sie hing an seinen Augen. Er bemühte sich um einen strengen Ausdruck. »Erik mag dich, oder?«

Sie winkte ab und sah hinüber zu der Fähre, die sich auf den Weg zur Nachbarinsel machte. »Erik.« Zum ersten Mal an diesem Tag fuhr ein schwaches Leuchten durch ihre Haselnußaugen. Sie kicherte matt. »Er will die Leichenteile an die Kontrolleurshäuschen der Strandübergänge nageln. Damit sich möglichst viele Kurschweine vor Angst in die Hosen scheißen. So ist Erik. Dem macht das einfach Spaß. Für den ist das keine Berufung. Der will nur Spaß, sonst nichts.« In völligem Widerspruch zu den Worten sah man ihrem Gesicht deutlich an, daß Erik ihr sehr wohl imponierte.

Der Regen wurde stärker. Immer mehr Leute versammelten sich unter den Markisen der Verkaufsstände. Die Angler blieben eisern bei der Sache. Annas Hose hatte Löcher auf den Knien. Langsam wuchsen die Tropfen auf ihren Oberschenkeln zu einer Fläche zusammen.

Jakob fror. »Wofür war das Geld gedacht?« fragte er vorsichtig. »Wieso gibt so ein Mann euch soviel Geld? Was hat er davon, wenn die Fremden hier verschwinden?«

Anna richtete sich auf, sah sich auf dem Anleger um, als wollte sie sichergehen, daß niemand hören konnte, was sie sagte. Und niemand sie ins Wasser stoßen konnte, *wenn* sie es sagte.

»Keine Angst«, flüsterte Jakob, und ein unangenehmer Schauer lief ihm die Wirbelsäule bis zum Revolver hinunter. »Ich helf dir aus der Sache raus. Bestimmt.«

Sie sah aus, als überlegte sie angestrengt, wie sie die letzten Minuten ungeschehen machen konnte, und als sie einzusehen schien, daß sie längst zu weit vorgeprescht war und sich dann auf ihre kleine Rache besann, legte sie ihren Kopf an Jakobs Schulter und sah hinauf in den Regen.

»Es ist unglaublich«, sagte sie. »Diese Leute haben

soviel Geld, wie du noch nie in deinem Leben gesehen hast. Ich weiß noch nicht mal, wieviele Nullen bei denen hinter der Eins sind. Massenhaft.« Sie machte den Mund auf und ließ die Tropfen hineinfallen. Jakob saß starr wie Stein. Seine Jacke war auf dem Rücken längst durchgeweicht.

»Dieser Baumensch ist einer von mehreren, die sich zusammengetan haben. Irgendwo in Süddeutschland. Oder in der Schweiz, glaub ich. Ich hab die anderen nie gesehen, immer nur den einen. Finn hat gesagt, sie wollen die Insel kaufen.«

»Ach«, sagte Jakob.

»Ja, die ganze Insel. In einem Stück. Finn sagt, sie haben sich vorgenommen, daß in zehn Jahren alles ihnen gehört, die Häuser, der Strand, eben alles.«

»Das ist doch kein Grund, die ...«

»Sie wollen uns benutzen. Finn sagt, sie wollen, daß wir die Kurschweine vertreiben, damit sie alles billig aufkaufen können. Wenn sie dann alles in der Hand haben, wollen sie den Tourismus wieder ankurbeln und aus der Insel einen riesigen Vergnügungspark machen. Als Finn das rausgekriegt hat, ist er total ausgerastet. Er hat getobt wie ein Irrer. Ich schätze, deshalb will er nichts mehr damit zu tun haben.« Sie runzelte die Stirn und zuckte. Offenbar verstand sie die Zusammenhänge selbst erst in dem Moment, als sie laut über ihre Lippen kamen.

Jakobs Mund stand offen. »Dafür war das Geld?«

Anna nickte. »Dafür«, sagte sie.

39

Das mulmige Gefühl, das wie ein Geschwür in seiner Magengrube gewachsen war, wanderte ruhelos in Jakobs Körper umher. Es stieg auf, am Herzen vorbei, peitschte ihm ein, würgte die Kehle, verbrannte ihm beinah die Augen, fuhr kribbelnd über seine Kopfhaut, fügte sich der Schwerkraft, fiel bleiern zu Boden, schlug ihm heftig auf die Blase und landete wieder genau da, wo es entstanden war.

Um Anna brauchte er sich keine Sorgen zu machen. Als er sie am Ortseingang von Kampen abgesetzt hatte, wo sie sich, wie sie sagte, einen von diesen parfümierten Porschefahrern aufreißen wollte, die ein unschuldiges, naßgeregnetes Mädchen sicher liebend gerne nach Westerland bringen würden, hatte sie kurz ein ellenlanges Fahrtenmesser mit stehender Klinge und olivfarbenem Griff aus ihrer Tasche geholt. »Nur gegen die Angst«, hatte sie etwas gequält gelächelt, und Jakob hatte sie gerade noch davon abhalten können, sich mit dem Riesending während der Fahrt die abgekauten Fingernägel zu reinigen.

Er hatte von ihr alle Informationen bekommen, die er haben wollte. Er wußte, wo das nächste Massaker stattfinden sollte, und er wußte auch, wann. Er wußte wer und warum, wie und wodurch, und weder war er von ihren Freunden mit Zementfüßen im Hafenbekken versenkt, noch von ihr selbst hinterrücks erdolcht worden. Jakob wischte sich die Stirn. Lief doch alles gut soweit. Ihre Motive blieben dabei allerdings im dunkeln. Eine wilde Mischung aus Rache für enttäuschte Liebe und der Suche nach neuem Glück, Angst vor Strafe und purer Freude am Verrat. Von Baldur Finn hatte sie erzählt, freizügig seine Lebensgeschichte zum besten gegeben, obwohl Jakob keineswegs darum gebeten hatte. Der Bauernjunge aus Archsum war erst in letzter Zeit zur Höchstform aufgelaufen. Fünfundfünfzig etwa war er, hatte, nachdem der Hof seiner Eltern in die Knie gegangen war, mit viel Fleiß an der Abendschule eine Ausbildung nachgeholt und später die blasse, etwas ältliche Tochter seines Chefs geheiratet, kurz bevor dessen Baufirma in der Flaute des Gewerbes unterging. Finn saß wieder auf der Straße, bis ihm Freunde einen Job beim Stadtbauamt besorgten. Immer wieder hatte er versucht, irgendwie den Hof seiner Eltern zurückzukaufen, bis der ausgekernt, zu Apartments ausgebaut und häppchenweise verkauft worden worden war.

Das hatte ihm den Rest gegeben.

Die Verschwörung war im Laufe der Jahre aus einer Stammtischrunde gewachsen, und Finn hatte sich aus blindem Haß zu deren Sprecher aufgeschwungen. Besondere Freude hatte es Anna bereitet, Jakob die Einzelheiten seiner Sexualpraktiken zu schildern, von denen sich die eine Hälfte eher schmerzhaft und die andere einigermaßen akrobatisch anhörte. Zum Abschied hatte sie ihm einen weichen, feuchten Kuß aufs Ohr gegeben. Jakob hatte das unbestimmte Gefühl, daß es entschieden zuviele Frauen in seinem Leben gab.

Mit einem unangenehmen Singen in den Ohren hatte er am Kamp Hüs in der Telefonzelle gestanden und bei der Auskunft die Nummer der Villa am Watt erfragt. Der Anschluß war auf den Namen des Bauunternehmers gemeldet. Langsam, aber sicher fügte sich das Bild zu einem großen Ganzen.

Eine männliche Stimme war an den Apparat gekommen und hatte sich tatsächlich markig mit »Eisenmann« gemeldet, woraufhin Jakob fast in die Muschel schnauben mußte. Das hatte der Mann nicht besonders witzig gefunden. Trotzdem wollte er der blonden

Mara ausrichten, daß ihr heimlicher Verehrer am Telefon wäre. Sie wüßte schon, wer.

Es hatte etwas gedauert, bis ihre rauchige Stimme zu hören war. Sie schien von seinem Anruf nicht gerade begeistert zu sein. Es war aber auch nicht Jakobs Absicht gewesen, sie zu begeistern. Er wollte ihr einen Vorschlag machen, den sie hundertprozentig nicht ausschlagen würde. Jakob hätte eine Idee, aber die könne er ihr nur mitteilen, wenn er ihr dabei in die Augen sähe. Aus psychologischen Gründen. Aber das behielt er für sich. Zu seiner Überraschung sagte sie nach kurzem Zögern zu, ihn in seinem Haus zu besuchen, sobald sie sich unbemerkt freimachen konnte. Jakob mußte lächeln. Es konnte wohl kaum unbemerkt bleiben, wenn sie sich freimachte.

Es schien ihm, als ließ die Frau sich darauf nur ein, weil sie das Gespräch beenden wollte und keineswegs, weil sie an seinem Vorschlag interessiert war. Er glaubte, im Hintergrund Stimmen zu hören, streitende Männerstimmen, Tellergeklapper, jemand rief: »Du kannst mich mal!«, und eine Tür knallte. Die Stimme der Frau drang schwer durch die Leitung, sie klang nervös, als wollte sie Jakob schnell wieder loswerden. Egal, Hauptsache sie tauchte auf.

Als er den Hörer einhängte, fiel ihm ein, daß sie nicht mal so getan hatte, als wüßte sie nicht, wo er wohnte. Jakob war zuversichtlich. Ihre Offenheit würde seinen Plan wesentlich vereinfachen.

»Wart's ab«, zischte er zwischen zusammengebissenen Zähnen hindurch, schob seine Sonnenbrille die Nasenwurzel hinauf und lenkte den Wagen durch das vom Regen leergefegte Dorf am Hinchley Wood vorbei in Richtung Osten.

40

Jakob gähnte. Er fuhr mit der Zunge über die riffelige Oberfläche seines Daumens und wischte den klebrigen Staubfilm von den Resten des Taschenspiegels, den Suse vor Jahren bei ihm liegengelassen hatte. Er rieb ihn an seiner Hose trocken, sah hinein und betrachtete die beiden halbgeschlossenen Augen im Glas. Müde sah er aus. Hundemüde. Er zog eins von den Briefchen aus der Tasche, die er sich bei Kalle in Keitum für einiges Geld abgeholt hatte, entfaltete es und streute ordentlich eine Prise von dem kristallinen Pulver auf den Spiegel. Suse wäre stocksauer, wenn sie wüßte, was er mit ihren Schminkutensilien anstellte. Jakob zerkleinerte das weiße Häufchen, malte schwungvoll einen Bogen aus Pulver auf das Glas, rollte einen Hundertmarkschein zusammen, führte ihn sorgsam darüber und sog mit heftigem Atemzug das ätzende Zeug zu gleichen Teilen durch beide Nasenlöcher. Ein flammender Schmerz trieb ihm die Tränen in die Augen, und er brauchte mehrere Minuten, bis er wieder klar sehen konnte.

»Ein Hoch auf die Chemie«, hauchte er, fuhr mit der Zunge über seine Vorderzähne, wackelte genüßlich mit den Nüstern und wartete, bis das brennende Benzedrin seinen Gaumen hinuntergelaufen war. Dann stand er auf, streckte sich ausgiebig, achtete darauf, daß jeder ihm bekannte Muskel in seinem Körper bewegt wurde, und sah sich in der Hütte um.

Der Abwasch mußte gemacht werden, das Bett sah nicht eben einladend aus, auf dem Schreibtisch stapelten sich schon wieder Unmengen von Sachen, die nicht gerade den Eindruck vermittelten, als wäre hier jemand mit einer Arbeit beschäftigt, die unbedingt getan werden müßte. Jakob hatte ein bestimmtes Bild vor Augen, einen ganz bestimmten Typ Mann, den er der blonden Mara vorspielen wollte. Und dieser Typ Mann ließ keine Unterhosen auf dem Boden liegen. Wahrscheinlich trug er gar keine.

Mit spitzen Fingern hob Jakob das graugewaschene Ding auf und warf es in den Mülleimer. Dann machte er sich daran, sein Haus aufzupolieren, stand erst etwas unentschlossen herum, dann hastete er kopflos von einer Ecke in die andere, fing hier was an, ließ es dort liegen, konnte es nicht wiederfinden, dann fing er was Neues an und unterbrach es, als ihm einfiel, was er eigentlich vorgehabt hatte. Staubsaugen, Aufräumen, Abwaschen, Aufräumen. Beim Fensterputzen fing er an, laut vor sich hinzureden, wischte wilde Muster auf das Glas und probte seinen Auftritt. Er stand auf einem Stuhl und wischte und polierte und stritt mit ihr, schmeichelte ihr, beschuldigte sie, wischte, flüsterte vertraulich, lachte über die alberne Situation, sah sich selbst auf dem Stuhl, Sidolin in der einen Hand, Papierrolle in der anderen, flirtete ins Leere, kniff sie freundschaftlich in die Wange, berührte sie, wo sie weich und warm war.

Unten an der Straße hielt ein Taxi.

Jakob sah, daß der Fahrer den Wagen parkte. Ein schneeweißer Automatikschirm wuchs aus der Beifahrertür hervor und verbarg beinah die gelassenen, etwas schwerfälligen Bewegungen der blonden Mara, die sich, ohne einen Blick nach oben zu werfen, auf den Weg die Düne hinauf machte.

Jakob duckte sich, sprang von seinem Stuhl, rannte durch den Raum, warf das Putzzeug mit lautem Knall in den Schrank unter der Spüle, schnallte in aller Eile seinen altersschwachen Schulterhalfter über das schwarze Unterhemd, machte einen Satz zum Fenster, packte sich den Stuhl, rannte zurück, stellte ihn ab, setzte sich darauf, zog ein paar Zettel heran, beugte sich vor und fing an, konzentriert auf die Spitze seines Kugelschreibers zu starren. Dann schrieb er los. Es klopfte. Die Tür ging auf, bevor er antworten konnte.

»Herein«, brummte er, ohne aufzusehen. Es kostete ihn etwas Mühe, stillzuhalten. Er hörte hölzerne Absätze auf sich zukommen, feste Schritte, Entschlossenheit. Unauffällig blinzelten seine Augen in ihre Richtung. Er sah lederne Stiefel, schwarz. Sie blieb stehen. Er schrieb weiter. Der Geruch von scharfem Parfum wehte zu ihm herüber. Kräftige Hände stützten sich auf die Tischkante. Er wischte seine Nase und wollte gerade Überraschung mimen, als sich eine Hand vom Tisch löste und flach auf die Platte schlug.

»Markier hier nicht den Dichter.«

Mara Müller-Eisenmann machte ihrem Namen alle Ehre. Wasserblaue Eisblöcke nagelten Jakob an seinen Stuhl. Sie schleuderte ihren Regenschirm aufs Bett und sah sich im Zimmer um. »Gibt's hier noch einen Stuhl, oder muß ich auf dem Bett sitzen?« Jakob deutete auf ein wacklig wirkendes Ding mit einer geschnitzten Sonne in der Lehne.

»Da«, krächzte er und räusperte sich. Die schwarzen Stiefel reichten ihr bis knapp über die Knie und gaben den Blick auf drei bis vier Handbreit nackter Haut frei. Darüber spannte sich straff ein Strickkleid, kaum größer als ein Taschentuch. Türkis. Der Rücken war nicht freigeblieben, um Stoff zu sparen, und die Träger waren ihrer Aufgabe kaum gewachsen.

»Stör ich beim Fensterputzen?« lächelte sie kalt, als ihre Beine endlich übereinanderlagen und Jakob erschrocken seinen Blick von ihr löste.

»Fensterputzen?« Jakob hob die Augenbrauen und lehnte sich nach hinten. »Soll das ein Witz sein?« Mit angewiderter Miene holte er den Osborne und zwei

Joghurtgläser aus dem Schreibtisch, zog die Nase hoch und schenkte zwei Doppelte ein.

»Oh«, sagte sie und spitzte ihre Lippen. »Ich wußte nicht, daß du einen Zwillingsbruder hast. Und ihr wohnt hier zu zweit in dem kleinen Haus?« Ungefragt nahm sie das vollere Glas und sah sich im Zimmer um. »Hübsch. Romantisch.« Sie versuchte ein Lächeln und roch an ihrem Glas. »Also, Schlaumeier«, sagte sie, »was willst du?«

Jakob ließ sich Zeit. Er mußte ihr sein Tempo und die Schrittfolge aufzwingen, das war wichtig. Wenn sie ihm wieder das Heft aus der Hand nahm, konnte er seinen Plan vergessen.

»Gut«, sagte er gewichtig. »Ich will gleich zur Sache kommen. Ich bin kein Freund von großen Worten.« Er sah auf seine Fingernägel, als suchte er dort nach dem ersten Satz. »Ihr Sohn ist ermordet worden«, sagte er schließlich. Dann wartete er.

Sie sah ihn an. »Ach?«

»Ich meine: Man hat ihn nicht langsam in den Tod getrieben. Irgend jemand hat ihn mit Benzin übergossen, angesteckt und aus dem Fenster gestoßen.« Zur Bekräftigung nickte er und hob das Glas an die Lippen. »Das ist die Wahrheit.«

Sie schüttelte den Kopf. »Die Wahrheit«, sagte sie leise. »Was weißt du schon von der Wahrheit? Du sitzt hier warm und trocken auf deiner Düne und glaubst, du könntest von hier oben weit sehen. Du siehst immer nur bis zur nächsten Düne. Das solltest du nicht vergessen.«

Jakob sah aus dem Fenster. Er tippte sich an die Stirn. »Danke für den Hinweis, Ma'am. Mir gefallen diese kleinen Sandhaufen sehr gut. Und wenn mich mal die Wanderlust packt, dann steig ich auf die Nachbardüne. Von da aus kann ich das Meer sehen. Weit und schön und ziemlich tief. Das ist Wahrheit. Vielleicht die einzige weit und breit. Muß ich deshalb gleich im Meer ersaufen?« Er legte eine kleine Pause ein, fummelte seine Zigaretten aus der Hose und zerriß die Packung. »Bloß weil es Lügen gibt auf dieser Welt, muß man sich noch lange nicht damit abfinden. Ich weiß, daß Daniel ermordet worden ist.« Nervös trommelte er mit den Fingern auf der Tischplatte herum und betrachtete den Haufen Tabakskrümel, den er darauf verteilt hatte. Er hob den Blick. Das Fenster zeigte Streifen und Schlieren. Dahinter drängten sich die Wolken am Himmel zu einer dichten Decke zusammen. »Ich dachte, es würde Sie interessieren, wie ihr eigen Fleisch und Blut dieses Jammertal verlassen hat.«

Die blonde Mara schluckte. Jakob schob ihr eine von den Filterlosen über den Schreibtisch, dann nahm er diese wieder an sich, hielt ein brennendes Streichholz darunter und bot sie der Frau an. Ihre rotgemalten Mundwinkel zuckten, und sie begann, die goldenen Ringe an ihren zehn Fingern rhythmisch aneinander zu reiben.

»Hier«, sagte er. »Nehmen Sie.«

»Warum tust du das?« hauchte sie.

Und schwieg.

Jakobs Arm wurde langsam lahm. »Wollen Sie nicht rauchen?«

»Das ist doch alles schon schwer genug. Warum muß jetzt auch noch so ein kleiner, schmieriger Provinzganove auftauchen?« Sie legte eine Hand auf den Schreibtisch und sah Jakob durch den blauen Dunst an. »Ich schlaf nicht mehr, ich eß nicht mehr, lieg nur noch in der Sonne und betrink mich. Das ist zuviel. Ich kann nicht mehr. Ich will nicht mehr.« Sie lehnte sich nach vorn, nahm Jakob die Zigarette aus der Hand und sagte: »Mein Daniel. Mein Baby ist ermordet worden.«

»Ich weiß«, sagte Jakob.

Als sie den Rauch mit langem Atem ausstieß, zeigte das kalte Ende der Zigarette einen roten Rand. »Mein Baby«, wiederholte sie, aber in Jakobs Ohren klang es fast auswendig gelernt, als hatte sie eigentlich ihren verblichenen Dobermann im Sinn.

»Mir wäre an Ihrer Stelle nach Rache zumute.« Er legte eine Faust an seinen Mund und räusperte sich. Aufmerksam suchte er in ihrem Gesicht Spuren einer Reaktion. »Nach blutiger, befreiender Rache«, sagte er noch einmal und wartete.

»Blut«, flüsterte sie durch den Qualm, der von ihren Händen aufstieg. Dann sah sie Jakob ins Gesicht. Die roten Lider verwischten das Wasserblau ihrer Augen bis zur Unkenntlichkeit. »Du willst, daß ich dich engagiere. Du willst einen Job, versteh ich das richtig?«

Er nahm sich eine von den Zigaretten, klopfte sie gegen die Tischplatte und lehnte sich zufrieden in den Stuhl zurück. »Seh ich so aus, als würde ich so einen Job annehmen?«

Mit fahrigen Bewegungen nahm sie den Osborne vom Boden auf, füllte die Gläser zur Hälfte, stellte eines davon vor Jakob auf den Tisch und sagte heiser: »Du siehst aus, als würdest du jeden Job übernehmen, um den ich dich bitte.« Sie stand auf, kippte den Stuhl nach hinten und lehnte sich mit ihrer ganzen Masse weit über den Tisch, eine Hand auf die Platte gestützt, die andere griff Jakob in den Nacken, packte und schüttelte ihn sanft, strich ihm über den Hals. »Ist das so?« hauchte sie. »Sag.«

Ihre Hand war heiß, der Tabak verglühte zu nutzloser Asche, der Raum war auch ohne Ofen völlig überheizt. Jemand sollte ein Fenster öffnen. Jakob wischte sich über die Stirn. Die Hand brannte ihm die Brust hinab, Jakob riß die Augen auf, zuckte mit den Hüften, ließ es sich gefallen und schwankte haltlos auf dem schmalen Dach der Welt. Er mußte Herr der Lage bleiben. Sonst war er bald ihr neuer Dobermann. Da konnte er kläffen, soviel er wollte.

»Wuff«, machte Jakob, und Maras Lipgloss lachte ihm rosenrot ins Gesicht. Zwei beringte Finger krallten sich hinter den Elefantenkopf auf seiner Gürtelschnalle, der Daumen fuhr den Rüssel hinab und folgte dem Reißverschluß, so weit es ging.

»Bring mir den Kopf von diesem Finn«, flüsterte sie, und ihre Augen blitzten, als wären sie in diesem Moment zu neuem Leben erwacht. »Daniel hat mir soviele hübsche Geschichten von ihm erzählt. Du hattest Recht. Rache ist süß.«

Jakob fing an zu keuchen. »Moment mal«, wollte er sagen, aber der entzündete Gaumen weigerte sich.

»Moment mal *was*?« gurrte sie. »Willst du nicht mein kleiner Racheengel sein? Ja?«

Jakob setzte sich auf. Ihre Hand blieb, wo sie war. Das hatte er sich anders vorgestellt.

»Schon gut«, sagte er lauter als beabsichtigt. »Aber ich brauche Hilfe. Ich kann das nicht alleine. Das sind zuviele. Das schaff ich nicht.«

Ihr neuer Lebensmut gefiel ihm gar nicht. »Das schaffst du nicht? Dann kriegst du Hilfe. Ich kenn da ein paar Jungs, die mir noch mindestens einen Gefallen schuldig sind.« Das Lächeln bewegte sich keinen Zentimeter von der Stelle. »Eine Hand reibt die andere«, sagte sie. »Du weißt, wie das ist.«

»Nein«, sagte Jakob. »Das weiß ich nicht, und ich will es auch gar nicht wissen.« Er rückte ein Stück mit dem Stuhl von ihr ab. Er hatte ja nichts gegen kräftige, durchsetzungsfreudige Frauen, aber langsam fing sie an, ihm weh zu tun. »Gut. Ich sag dir, was ich tun kann. Heute nacht treffen sich die Freiheitskämpfer bei Nösse auf der Morsumer Heide. Ich werde da sein.«

Der rote Mund kam auf ihn zu. »Wenn du es schaffst, wirst du es nicht bereuen«, sagte sie und drückte Jakob mit fester Hand, daß er jaulte.

»Du weißt von dem Geld.« Es klang wie eine Drohung. »Ich weiß, wo es ist.« Sie wartete auf seine Reaktion. »Du mußt es dir in dem Durcheinander nur unter den Nagel reißen. Ich geb dir die Hälfte, wenn du die Schwachköpfe verschwinden läßt.«

Jakobs Blick wanderte vorsichtig hinüber zu seinem Bett und versuchte auszumachen, ob der Stein dahinter noch fest in der Wand saß. »Die Hälfte?« sagte er abwesend. »Das ist ja sehr großzügig.«

Sie löste ihren Griff, fuhr sich mit den Fingern an die Lippen und tippte den Elefanten zärtlich auf die Spitze seines Rüssels. »Du brauchst gar nicht erst daran zu denken«, flüsterte sie zuckersüß. »Du würdest es bitter bereuen, wenn du versuchst, mit dem Geld abzuhauen. Ich biete dir die Hälfte. Das ist mehr als genug.«

Jakob faltete die Hände im Nacken. Auf diesen Moment hatte er lange gewartet. »Was sagt dein Eisenmann eigentlich dazu, wenn du sein Geld so verschleuderst? Ich dachte, mit der Kohle sollten die Freiheitskämpfer eingekauft werden.«

Ihr Lächeln erlosch.

»Dein Mann«, sagte Jakob. »Hat er von deinem Sohn gewußt, oder hast du ihn lieber gleich von vornherein im goldenen Käfig am Meer versteckt?«

Hinter ihrer gemauerten Fassade arbeiteten Rädchen und Hebel, rotierten wild und ungestüm, wirbelten Staub auf, suchten nach Verbindungen, beiläufigen Bemerkungen, die erklären sollten, woher dieser kleine, hinterhältige, schmutzige Gauner wissen konnte, was und warum. Sie stand bewegungslos, das Wasserblau bohrte sich wie ein Eiszapfen durch den Raum.

»Laß meinen Mann aus dem Spiel«, zischte sie. »Ich rate dir gut: Laß meinen Mann aus dem Spiel. Du würdest es bereuen. Das versprech ich dir.«

»Oh«, sagte Jakob und legte die Stiefel wieder auf den Tisch. Werde ich dann auch geviertteilt wie der wilde Walter? Ja?«

Es dauerte einen Moment, bis sie ihre Fassung wiederfand. Jakob war froh, daß er endlich vollendete Tatsachen geschaffen hatte. Mit etwas Abstand betrachtet, gefiel sie ihm viel besser. Barsch wandte sie sich ab, stöckelte zum Bett, nahm den Regenschirm, tat zwei Schritte, besann sich, drehte sich noch einmal um und war wieder die Freundlichkeit in Person.

»Du bist schon gar nicht mehr aus einem Stück. Du hast es nur noch nicht gemerkt.«

»Meinen Job als Killer kann ich dann wohl auch an den Nagel hängen?«

Sie seufzte schwer, und es zeigte sich, warum sie keine große Schauspielerin geworden war. »Du willst doch keine Antwort, oder?« Sie beugte sich nach vorn. »Ist doch eigentlich schade um so einen netten Kerl. Wenn du nur ein bißchen cleverer gewesen wärst, hätte aus dir mal eine große Nummer werden können, aber so bist du nur wie alle anderen: klebriger Abschaum in einer ekelhaften Geschichte.«

»Wir sehen uns wieder«, sagte Jakob. »Wenn wir beide in der Hölle schmoren, können wir uns zuwinken. Man trifft sich ja immer zweimal.«

Sie hatte den Türgriff schon in der Hand, eine angenehm kühle Brise zog durch den offenen Spalt. Ein letzter Blick wehte im Raum.

»Wir haben uns schon zweimal getroffen«, sagte sie, drehte sich um und ging.

Jakob sah zum Fenster hinaus und freute sich über die frischgeputzten Scheiben. Alles war genau so, wie er es sich vorgenommen hatte.

41

Die beiden pechschwarzen Stoffraben mit den zitronengelben Schnäbeln waren eigentlich dafür gedacht gewesen, Suse das endgültige Friedensangebot zu überbringen. Jakob hatte sie mit großer Überwindung zwischen plappernden Blagen und deren ekelhaft gutgelaunten Kindergärtnerinnen vom obersten Regal der Spielwarenhandlung geangelt, während die etwas gebückt gehende Verkäuferin immer zwei Schritte hinter ihm stehengeblieben war, um darauf zu achten, daß er keinen der Teddies, ohne zu bezahlen, in seine Taschen stopfte. Sie sah aus, als würde es sie schlichtweg überraschen, wenn er es nicht versuchte.

Den Gefallen hätte er ihr gern getan, aber Jakob konnte es sich nicht leisten, kurz vor Ladenschluß beim Diebstahl erwischt zu werden, sich im Büro des Geschäftsführers stundenlange Vorträge anzuhören und dann den Rest des Abends auf der Polizeiwache im Amtsgericht seine Aussage zu Protokoll zu geben. Wahrscheinlich müßte er sich zu allem Überfluß auch noch Kommissar Katzmanns väterliches Grinsen gefallen lassen. Der bloße Gedanke daran hatte ihn eilig in den Tiefen seiner Hosentaschen nach Geld suchen lassen. Jetzt hockten die beiden Raben einträchtig Seite an Seite auf dem Tresen der Touristeninformation und hofften darauf, daß Suse ihnen ein freundliches Wort widmete.

Jakob wartete. Er hielt seinen Becher dampfenden Kaffee mit beiden Händen und beobachtete, wie Suse geduldig einer dänischen Reisegruppe den Weg zur Keitumer Kirche erklärte. Ja, heute abend gäbe es dort ein Orgelkonzert, ja, die Kirche sei mindestens achthundert Jahre alt, ja, der Sage nach wurde beim Bau des Turmes die Prophezeiung gemacht, daß die Glocke irgendwann niederstürzen und den schönsten und mutigsten Keitumer Jüngling erschlagen würde. Jakob schlürfte seinen Kaffee. Der Vortrag stockte. Ein paar Dänen drehten sich um. Suse warf ihm einen vorwurfsvollen Blick zu.

Jakob lächelte so honigsüß, wie er nur konnte, und fügte hinzu: »Außerdem sagt man, daß der Turm eines Tages zusammenbrechen und die schönste und eitelste Jungfrau erschlagen wird.«

Dänische Fragen wurden laut. Eine agil wirkende Frau mit karierten Hosen und einer übergroßen Hornbrille auf der Nase übersetzte und erklärte den Umstehenden Jakobs Worte. Ein paar von ihnen sahen herüber und nickten interessiert.

Suse knisterte hinter ihrem Tresen mit Papier. »So sagt man«, murmelte sie, sah auf und begann, Inselkarten zu verteilen. Eine davon entfaltete sie und deutete auf die Rückseite. »Dansker«, sagte sie. »Da steht alles, was Sie wissen wollen.«

Mit großem Hallo und ausschweifenden Dankesbekundungen drängten die Dänen, jeder einen Plan unter dem Arm, durch die Tür hinaus auf den Vorplatz. Ein strohblonder Junge mit bonbonblauer Baseballmütze auf dem Kopf war zurückgeblieben, stand vor dem Tresen und deutete mit ausgestrecktem Arm auf die beiden Vögel.

»Ravn«, sagte er fasziniert. »Ravn.« Von draußen hörte man jemanden einen dänischen Doppelnamen rufen, der Kleine drehte sich um, lachte bis über beide Ohren und rannte zur Tür hinaus. Suse ging um den

Tresen herum und schloß zweimal hinter ihnen ab, als wollte sie sichergehen, daß kein Däne mehr den Raum betrat. Einen Moment lang blieb sie stehen und sah durch die Scheibe hinaus, eine Hand an den Rahmen gelegt, die andere spielte nervös mit dem Schlüsselbund.

»So«, sagte sie und steckte ihn ein. »Und nun zu dir.« Sie nahm den linken Raben vom Tresen, legte ihre Finger fest um seinen Hals und begann, ihn zärtlich zu würgen. »Ich weiß wirklich nicht, wie ich das finden soll, mein Lieber. Ich glaube, du machst einen schweren Fehler.«

Jakob stellte den leeren Becher ab. »Was kann schon passieren? Ich habe der Frau gesagt, wann und wo der nächste Mord passiert. Sie wird es hundertprozentig dem Helgenmacher erzählen. Ich habe es ihr ganz unauffällig untergeschoben.«

Der Hals des Raben war in unnatürlichem Winkel abgeknickt. Das konnte unmöglich gesund sein. Suse schüttelte ihre Zöpfe. »Ich weiß nicht.«

Jakob stieß sich von der Wand ab. »Das kann gar nicht schiefgehen. Der Helgenmacher besucht mit seinen Jungs heute nacht den Heimatverein. Im Auftrag dieser Geldleute, die die ganze Insel kaufen wollen. Die wollen schließlich ihre Kohle wiederhaben, oder? Und dann sind wir sie alle auf einen Schlag los. Wenn das keine gute Idee ist …« Er baute sich vor ihr auf und drückte ihre Arme. »Suse«, sagte er sanft. »Du tust ihm weh.«

Sie preßte das weiche Tier fest an ihren Bauch und sah zu Jakob auf. »Es wird Tote geben«, flüsterte sie.

Jakob wich ihrem Blick aus und nickte. »Ja.«

»Bestimmt.«

»Nicht unbedingt …«

»Jakob, das ist nicht richtig.«

Er wandte sich ab und stützte die Hände auf den Tresen. »Aber es wird sowieso Tote geben.« Er nahm den zweiten Raben in die Hand und strich ihm mit dem Zeigefinger über den Rücken. »Hauptsache, es sind die Richtigen.« Er sah dem Tier tief in die Augen. »Außerdem«, sagte er, »kann ich es nicht mehr rückgängig machen.« Er setzte den Raben ab und wischte seine Hände an den Hosen.

»Kein Grund«, sagte Suse kopfschüttelnd. »Das ist absolut kein Grund, heute nacht selbst dabei zu sein. Warum mußt du dir unbedingt ansehen, wie sie sich gegenseitig abknallen? Reicht doch, wenn du es wie alle anderen morgen in der Zeitung liest.«

Jakobs Finger trommelten auf dem Tresen.

»Oder?«

Fest zog er die Nase hoch.

»Jakob?«

»Naja ...«

»Was?«

»Das kann ich mir doch nicht entgehen lassen.«

»Du willst wissen, ob es funktioniert.«

Jakob nickte. »Ich *muß* einfach wissen, ob es funktioniert.«

Suse setzte den Raben hart auf die Tischplatte und begann, mit kurzen, hektischen Bewegungen Kugelschreiber und Flutkalender zu ordentlichen Haufen zu sortieren.

»Ich ruf dich morgen früh an, okay? Hier im Büro.«

Sie holte eine orangefarbene Geldkassette aus der Schublade und prüfte, ob sie verschlossen war. Sein Blick folgte ihr auf dem Weg in den Nebenraum, starrte einen Moment auf das dunkle Viereck, und er sagte: »Wenn du bis mittags nichts von mir hörst, solltest du, so schnell wie möglich, die Tüten mit dem Geld holen und sie bei Pop verstecken.« Er räusperte sich und wartete. »Wenn ich tatsächlich nicht wieder auftauche, könnt ihr euch die Kohle teilen.«

Auf der Schwelle erschien Suse. Mit großen Augen sah sie zu ihm herüber. »Hört sich an, als wenn du dein Testament machst«, sagte sie leise und wischte sich über den Mund. Für einen winzigen Moment sahen sie sich tief in die Augen. Dann stieß Suse sich mit trotziger Geste vom Rahmen ab und sagte im Vorübergehen: »Muß ich dann auch deine grauenvolle Plattensammlung nehmen?«

Jakob schnaubte. »Noch ein Wort, und ich bleib am Leben. Nur um dich zu ärgern.«

»Keine Sorge«, sagte Suse. »Ich ärger mich jetzt schon über dich. Du bist so unvernünftig wie nur was. Du bräuchtest nichts weiter zu tun als abzuwarten. Aber nein, der Held der Geschichte kann ohne seine regelmäßige Adrenalinspritze nicht sein, sonst langweilt sich der harte Mann.« Wütend zog sie die Vorhänge zu und versperrte zwei neugierigen Regenjakken den Blick ins Büro.

Jakob stand auf. »Die Sache steh ich bis zum Ende durch. Da kannst du ganz sicher sein. Bücher lege ich auch nicht kurz vor Schluß aus der Hand. Das ist ein ganz normaler Instinkt. Dafür muß man kein Bluthund sein.« Nervös klopfte er seine Taschen ab, bis er das vertraute Klappern der Autoschlüssel hörte und den Bund aus der rechten Jackentasche fischte. »Mach's gut, Suse«, sagte er etwas betreten. »Bis morgen.«

Zwar wischte sie sich verdächtig oft übers Gesicht, würdigte ihn aber keines Blickes, als sie ihm die Tür aufschloß und er mit schweren Schritten über den Vorplatz auf seinen Wagen zusteuerte. Einmal drehte er sich noch um und sah, wie Suse, den Rücken von innen gegen die Scheibe der Tür gelehnt, stehengeblieben war.

Der dicke Knoten in seinem Magen zog sich mit jedem Schritt auf dem abschüssigen Pflaster fester. Für einen Moment hatte sie ihm fast die Überzeugung genommen, daß er das Richtige vorhatte. Dabei war er so zuversichtlich gewesen, daß sie sich über das Ende der Geschichte freuen würde. So konnte man sich täuschen.

Aufhören. Schluß damit.

Er durfte nicht zweifeln. Suse gehörte zum Clan der Sammler, nicht zu den Jägern. Sie war ein Hase, kein Fuchs. Er selber war ein Kämpfer. Im chinesischen Horoskop ein Hahn. Ein Kampfhahn.

Grimmig ließ er den Wagen an und scheuchte drei wankende Männer mit Pudelmützen und HSV-Schals von der Straße, die versuchten, eine Batterie Flensburger im Einkaufswagen heil von einem Kantstein zum anderen zu bugsieren.

»Suffköppe«, fluchte Jakob und fingerte im Handschuhfach nach seinem Flachmann. Als er den Verschluß abgedreht hatte, stellte er fest, daß die Flasche leer war.

42

Als die reißerische Bläserfanfare der Tagesschau verklungen war und der Sprecher mit ernster Miene auf dem farbig flimmernden Bildschirm erschien, öffnete Jakob schweren Herzens seine Augen. Wie sengende Lava brannte das Pulver die Innenwände seiner Nase hinauf. Vorsichtig schnaubte er den Rotz nach oben. Er mußte wach bleiben, so wach wie möglich. Wenn nicht, konnte ihm seine Nase sowieso egal sein. Dann hätte er ganz andere Schmerzen.

Ohne den Blick von der Mattscheibe zu nehmen, griff Jakob nach der Flasche, um den ekligen Geschmack loszuwerden, die andere Hand suchte blindlings nach den Filterlosen. Mit dem Trinken mußte er aufpassen, sonst wäre er später nicht mehr in der Lage, nach Morsum zu fahren. Hektisch hob er sich vom Bett und sah auf die Digitalanzeige des Videorecorders. Jakob lächelte. Das war ein gutes Geschäft gewesen. Als er Hoddel fragte, woher die Sachen stammten, hatte der ihn nur ausgelacht, was ihm noch in den Ohren klang, als das Gerät und die Tasche mit den bespielten Cassetten schon sicher im Wagen verstaut waren.

War aber auch eine denkbar blöde Frage gewesen.

Ein gedämpfter Blitz erhellte den Raum vom Fenster her und schickte ein Knistern durch den Flimmerkasten. Jakob sah hinaus. Milchige Fetzen hingen am Himmel, mischten sich zwischen das Sturmgrau der Wolken und die schäbigen Reste von verwaschenem Sonnenlicht. Bald würde es regnen. Jakob wartete auf den Donner, aber der blieb aus.

Haufenweise drängten Bilder aus dem Kasten in den Raum, Fakten, wie Perlen auf einem endlosen Faden, schummelten sich ins eine Ohr hinein und rollten unberührt auf der anderen Seite wieder heraus. Jakob nahm alles mit einiger Verspätung wahr, interessierte sich immer erst, wenn der Beitrag längst vorbei war. Taifun auf den Philippinen, Polizeieinsatz in Polen, Hungersnot in Afrika, Mafiamorde auf Sizilien. Das wäre wissenswert. Aber schon sah man die Wetterkarte.

Jakob nahm den Hörer zur Hand, wählte eine Nummer aus dem Kopf und wartete. Das Freizeichen klang vertraut. Leise suchte es sich seinen Weg durch die Leitung. Jakob stellte sich vor, wie Pop im Durcheinander seiner Wohnung unter Zeitungen, Milchtüten und Chipsresten das Telefon suchte. Nach dem zehnten Klingeln zählte er nicht mehr mit, wartete mindestens nochmal so lang und legte wieder auf.

Er tippte auf der Fernbedienung herum. Lauter, lauter. Heller, heller. Farbe, Farbe. Dann schaltete er um. Pelikane hockten auf Felsen, die sackförmigen Schnäbel mit Fischen gefüllt, Tausende von Pinguinen drängten sich vertraulich aneinander, eine gefleckte Seeschlange drückte sich windend ihr Junges aus dem Körper.

Jakob schüttelte sich. Er zog die weiße Plastiktüte mit den Videocassetten an einem Zipfel zu sich herüber, kippte sie auf dem Boden aus und schob eine davon in die beleuchtete Öffnung des Recorders. Mit dem Daumen setzte er das Gerät in Bewegung, spulte ein Stück nach vorn und sah nackte Menschen beim Vögeln. Jakob drückte die Cassette heraus und schob eine andere hinein. Die Szenerie unterschied sich nur unwesentlich von der vorherigen. Eine große, schwarze Frau war gerade dabei, ihren kraftlos gewordenen Partner zum Weitermachen zu überreden. Zwei Versuche gab er sich noch. Einer bescherte ihm drei Minderjährige am Pool, der nächste eine Orgie am Hof des Sonnenkönigs.

Jakob schaltete ab.

»Ganz toll, Hoddel«, knurrte er und langte nach seinem Adreßbuch. Er suchte eine Nummer unter K, griff nach dem Telefon und wählte. Es dauerte lange, bis die Verbindung nach Übersee zustande kam. Erst dachte er, er hätte sich verwählt, dann bekam er ein paar Takte Country zu hören. Die weibliche Stimme am anderen Ende freute sich über seinen Anruf, ganz besonders über diesen Anruf. Wenn er eine Nachricht hätte, sollte er sie doch bitte nach dem Piepton hinterlassen. Sie würde dann, so bald wie möglich, zurückrufen.

Jakob legte auf.

Der Osborne schimmerte wie Bernstein, roh und

wertvoll. Das leere Glas schien die Nähe der Flasche zu suchen. Jakob hatte ein Herz und schenkte ein. Sein Magen knurrte. Mühsam hob er sich vom Bett, das Glas noch in der Hand, stürzte dessen Inhalt herunter, stand einen Moment lang da und versuchte sich zu erinnern, wo sich vielleicht irgendwas Eßbares verbergen mochte. Ein paar aufgeweichte Pizzacräcker und ein Päckchen mit eingeschweißten Erdnüssen fielen ihm ein. Das war alles. Leicht angeschlagen wankte er durchs halbdunkle Zimmer, warf sich eine Handvoll Nüsse in den Mund, griff nach seiner alten Westerngitarre, in deren Resonanzkörper die ungebetenen Besucher vor drei Tagen ein fußgroßes Loch getreten hatten, und schlug scheppernd ein paar Akkorde an. Blechern antwortete das demolierte Ding.

Jakob stellte es beiseite.

Drei Tage. Vor drei Tagen erst war der ganze Ärger losgegangen, eigentlich vor vier Tagen. Das war weiß Gott nicht lange. Schließlich hatte sich eine ganze Menge verändert. Und heute nacht mußte diese elende Geschichte ein Ende finden, egal was Suse von ihm dachte.

Jakob drückte auf die Fernbedienung. Derrick, die basedowsche Eule, löste den Fall mit links. Frischgebügelt wie sein Hemd flatterten die Sätze belanglos im Wind. Schüsse fielen, Fritz Wepper warf sich zu Boden, der Bösewicht mit den zusammengewachsenen Augenbrauen wurde mit einem gezielten Streifschuß zur Strecke gebracht. Man reichte sich die Hände und bedauerte, daß Blut geflossen war. Jakobs Blick verfinsterte sich zunehmend. Er mußte an den Koffer denken, das Geld, den abgeschlagenen Kopf.

Dieser Walter Wilde mußte sich bei der Geldübergabe an die Verschwörer denkbar unvorsichtig angestellt haben. Oder hatten sie ihn einfach hinterrücks niedergemacht? Aber warum? Nur aus Rache? Oder hatte jemand mit der Prämie für die Touristenmorde verschwinden wollen?

Dafür kam nur Erik in Frage. Und Daniel? Der war doch auch am Strand. Aber wieso hatten sie Jakob mit dem Geld abhauen lassen?

Ungläubig hob er seine Hände vor die Augen und sah sie an. Da war kein Blut zu sehen. Aber sie zitterten, nicht stark, nur ganz wenig, aber je länger er sie betrachtete, desto weiter breitete sich die Bewegung aus. Fröstelnd schob er die Hände unter sich. Mit jedem Versuch, das Beben zu ersticken, das ihn erschütterte, bohrte es sich tiefer in seine Eingeweide, biß fest in sein Herz, stach ihm in die Augen. Hinter seinem Rücken zerriß ein Blitz die Dunkelheit.

Jakob griff nach der Flasche.

»Die haben es nicht besser verdient«, sagte er und füllte sein Glas zur Hälfte. »Früher oder später wären die sowieso aufeinander gestoßen. Dann kommt es jetzt auch nicht drauf an.«

Donner grollte.

»Genau«, flüsterte er und nickte. Dann hielt er an und saß starr auf seinem Bett. »Aber ich werde nicht schießen«, sagte er. Ein heller Streifen zackte über den Himmel, und das Programm wechselte automatisch. Eros Ramazotti sang. Trockeneisnebel waberte über eine bunte Bühne mit venizianischen Brücken aus Pappe.

»Was die Spinner aus dem Treffen machen, liegt doch nicht bei mir, oder? Ich kann es doch auch nicht ändern, wenn sie sich unbedingt abschlachten wollen.« Einen Augenblick lang folgte er den Lippen des Sängers. Dann schaltete er den Fernseher ab. Finster und in aller Stille lag der Raum.

Trotzig knipste er das Deckenlicht an, stopfte seine

Waffe in die Jacke, die Taschenlampe auf die andere Seite, faltete eines der Briefchen zusammen, griff sich die Flasche, nahm ein volles Päckchen Zigaretten vom Küchenschrank, sah sich nochmal um und löschte das Licht.

Draußen war es merklich abgekühlt. Gleichmäßig drängte der Wind von Westen, schickte regenschwere Wolken in flächigen Formationen vor sich her und machte dem Mond das Leben schwer. Jakob schlug seinen Kragen hoch. Die naßkalte Luft wischte für einen Augenblick die trüben Gedanken beiseite und brachte den Nebel hinter seinen Augen in Bewegung. Er breitete die Arme aus, fing den Wind im Rücken ein und stolperte die Düne hinab. Unten am Wagen blieb er stehen.

Der Himmel im Osten blitzte auf.

Jakob öffnete die Fahrertür, hob die Nase in den Wind. Dann stieg er ein.

Niemand hatte behauptet, daß es einfach werden würde.

43

Vom rauschenden Dach der Kastanien löste sich Blatt für Blatt. Mit jedem Windstoß taumelten sie zu Boden, stille Zeugen des Untergangs. Manche blieben unglücklich kopfüber in Sträuchern hängen, andere legten sich sanft auf alte Gräber.

Die Laternen der nahegelegenen Straße waren zu weit entfernt, als daß sie die festgetretene Erde beleuchten konnten, und so mußte Jakob warten, bis der Mond in seinen lichten Momenten die Inschrift auf dem Grabstein erhellte. *1792* stand dort mit geschwungener Schrift in die Fläche gemeißelt. Ein mannsgroßer Engel breitete vom Nachbargrab her schützend seine

Arme aus. Beruhigende, endgültige Stille lag über diesem Ort.

Jakob stand auf und streckte sich. In einem der kleinen Seitenfenster der Alten Dorfkirche flackerte ein schwaches Licht. Wie mondsüchtig steuerte er darauf zu und schob einen Fuß vor den anderen, um nicht über freiliegende Baumwurzeln zu stolpern oder in ein offenes Grab zu fallen. Dann kletterte er unter dem Fenster auf einen Stein und sah ins Innere der Kirche.

Unter dem holzgeschnitzten Altar, den die Sylter nach der Großen Flut aus dem versunkenen Eidum gerettet hatten, brannten zwei dicke, weiße Kerzen und beleuchteten das Gewölbe über den leeren Bänken. Jakob ließ seinen Blick durch den Raum schweifen. Kein Mensch war zu sehen, kein Büßer, kein Pastor, kein Küster. Von den Menschen verlassen, blickte der Heilige Dionysius gleichmütig in die Runde, als hätte er ihnen verziehen, daß sie ihn einst als Ketzer geköpft hatten.

Jakob stieg von seinem Stein. Das hatte ihn als Konfirmand am meisten beeindruckt. Der Legende nach sollte der Märtyrer noch mit abgeschlagenem Haupt ein paar hundert Meter weit gelaufen sein. Dort, wo er schließlich zusammengebrochen war, hatte man ihm eine Kapelle erbaut. Das war doch eine nette Geste gewesen. Heutzutage war kein Platz mehr, um allen unschuldig Geköpften eine Kapelle zu schenken.

Mit den Händen in den Hosentaschen schlich Jakob zwischen Gräberreihen zum Ausgang hinüber und verließ mit hängenden Schultern den Friedhof. Die drückende Last zwang ihn fast in die Knie, und er war froh, daß er sich einen Moment lang an der Pforte festhalten konnte.

Der schwarze Citröen stand noch immer vor Pops

Haustür und wartete. Die Hütte war dunkel, kein Mensch weit und breit. Wohl oder übel mußte Jakob weiter allein schweigen. Er ließ den Motor an und hörte ihm einen Moment lang zu. Dann legte er den ersten Gang ein und rollte langsam vom Kantstein. Ein Blick auf die Uhr. Dieser Tag wollte einfach nicht zu Ende gehen.

Und das Pulver hatte ihn hellwach gemacht.

Seit Stunden ratterte sein Hirn vor sich hin, führte ihm vor Augen, in was er da geraten war, klar und deutlich wie selten. Es machte Sinn, aber wer sollte das glauben?

Jakob zog die Nase hoch. Angestrengt murmelte er vor sich hin.

»Da setzen sich allen Ernstes ein paar Strategen zusammen und überlegen, wie man eine ganze Insel kaufen kann, um einen Riesenfreizeitpark daraus zu machen. Ausgerechnet DIE Insel. Passenderweise stoßen sie auf fanatische Freiheitskämpfer und fördern die mit Geld für Waffen, Bunkerausbau, sonstwas, weil sie sich einen besseren Preis ausrechnen, wenn der Tourismus für eine Zeit am Boden liegt. Da erfährt Finn, daß das Geld keineswegs von einem Gönner und Glaubensbruder kommt, daß man ihn ausnutzt und für dumm verkauft. Also läßt Finn den Mittelsmann kurzerhand ermorden, rechnet aber natürlich nicht damit, daß der eine Mörder den anderen anstiftet, mit der Kohle abzuhauen. Und so einfach ist es anscheinend auch nicht. Irgendwie geht da unten am Strand was schief, und sie müssen mich mit dem Geld ziehen lassen.«

Aber wieso?

»Später schickt der fette Erik mir den kleinen Daniel hinterher, um rauszufinden, was ich vorhabe und wo das Geld ist, bis der Junge in die Knie geht und

Erik Angst hat, daß Finn alles erfährt. Dem hat Erik wahrscheinlich erzählt, daß der Mittelsmann gar kein Geld dabei hatte. Nur deshalb weiß Finn nichts von mir.

Am Ende stößt Erik Daniel vom Balkon, um ihn loszuwerden und die Gelegenheit zu nutzen, daß mehrere Leute ihn für selbstmordgefährdet halten. Das Anzünden paßt zu Erik. Das ist soweit geregelt, da tauchen die Hamburger Luden auf, die Freunde vom toten Mittelsmann und der ganzen Blase, die dazugehört, um für die Bankenleute die verlorenen Spendengelder einzutreiben ...«

Nur so konnte es gewesen sein. So oder so ähnlich.

Aber wer sollte das schon glauben?

Jakob lenkte sein Schlachtschiff durch die engen Straßen der Innenstadt, ließ sich treiben in den Kanälen der Einbahnstraßen, sah den Taxifahrern beim Warten zu, sechs Mann hoch in einen Wagen gedrängt, die Scheiben beschlagen, suchte nach bekannten Gesichtern, Knud oder Ole, ganz egal, aber es schien, als hätten sie sich ausgerechnet heute irgendwo gemeinsam vergraben. Das wäre ja an sich kein Problem. Aber niemand hatte Jakob Bescheid gesagt.

Am oberen Ende der Friedrichstraße parkte er den Wagen am Straßenrand, lehnte sich zurück und steckte sich eine Zigarette an. Einen kurzen Augenblick lang überlegte er, ob er sich gegenüber ein aufgeweichtes Hackbrötchen kaufen sollte, aber bei dem bloßen Gedanken daran wurde ihm ganz anders. Überall waren Menschen, auch wenn er sie kaum als solche wahrnehmen konnte. Meist pärchenweise schoben sie sich durch den zugigen Schlauch der Fußgängerzone. Niemand achtete auf ihn. Man war damit beschäftigt, Wind und Wetter zu trotzen.

Jakob fühlte sich, als wäre er das einzige vernunftbegabte Lebewesen auf diesem Planeten und durch puren Zufall ausgerechnet hier gelandet. Ein Gesandter ferner Galaxien, der weitgereiste Botschafter, ein Forscher fremder Lebensformen. Er schniefte eine Prise Pulver in jedes Nasenloch und überlegte erfolglos, wie seine Botschaft heißen sollte. Dann setzte er sich wieder in Bewegung.

Der hellerleuchtete Kern der Stadt war ziemlich klein. Kaum war Jakob ein paar Straßenzüge weit über den Planeten geflogen, da gab es nicht mal mehr mechanische Vegetation. Dunkel war die Stadt, und verlassen lag sie da, als wäre an diesem Ende der Milchstraße schon jetzt tiefster Winter und die Stürme verbannten alles Leben hinter die Mauern der Häuser. Jakob fuhr mit der Zunge über seine pelzigen Zähne. Er suchte im Handschuhfach nach Osborne zum Spülen. Dieses Pulver schmeckte grauenhaft. Irgendwas daran war faul. Den Blick stur auf die Straße geheftet, ertasteten seine Finger die Flasche, zogen sie hervor, fummelten den Deckel ab, setzten sie an den Hals, und als er, gierig trinkend, den Kopf hob und nach tiefem Zug die Augen wieder aufschlug, sah er zu seinem Entsetzen, daß im Rückspiegel zwei Lichter tanzten.

Das an sich war nicht so schlimm, aber im Schein der gelegentlich auftauchenden Straßenlaternen erkannte er die beiden teuflisch blauen Hörner auf dem Dach seines Hintermannes. Zwei Männer mit Schirmmützen folgten ihm in dichtem Abstand.

Jakob war hellwach.

Das konnte das Ende sein, das Ende seines Führerscheins, das Ende dieser Nacht. Vielleicht auch sein eigenes. Mit beiläufigen Bewegungen schob er die Flasche unter den Sitz und versuchte, so unauffällig wie möglich seiner Wege zu ziehen, aber je gradliniger seine Fahrt ausfallen sollte, desto kurviger wurde sie am Ende. An der nächsten Ecke setzte er brav den Blinker und bog ab. Der Wagen blieb dicht hinter ihm. An der Ampel das gleiche Spiel. Sie blinkten erst, als er es schon tat. Aber sie machten keinerlei Anstalten, ihn anzuhalten. Jakob fletschte die Zähne.

»So nicht«, sagte er. Er mußte sie abschütteln, ohne sich verdächtig zu machen. Immerhin war es möglich, daß es sich um eine ganz normale Streife handelte. Deutlich langsamer, als die zulässige Höchstgeschwindigkeit vorschrieb, rollerte er an der Sparkasse vorbei, passierte den Brunnen, auf dem die dicke Wilhelmine thronte, und bog mit schleppendem Schwung in Richtung Bahnhof ein.

Ängstlich sah Jakob in den Rückspiegel. Schweißnaß glänzte seine Stirn. Bis zur nächsten Ecke folgten sie ihm. An der Ampel dann standen sie nebeneinander, und die Beamten sahen herüber. Der Fahrer hatte seine Mütze müde in den Nacken geschoben, der blasse Fusselbart auf dem Nebensitz sah aus, als wollte er gleich einschlafen. Jakob wandte sich ab und mußte eisern bis zur Grünphase die Luft anhalten, um nicht laut loszuprusten.

Das war der Beweis.

Er bildete sich alles nur ein. Immer bildete er sich alles nur ein. Totaler Blödsinn. Alles Quatsch. Ein großartiges Glücksgefühl ließ seine Ohren ganz heiß werden, und er lachte laut und trommelte mit den Händen auf das Lenkrad, bis er an der nächsten Ampel halten mußte.

Jakob lehnte sich entspannt in die Sessel und sah hinüber zum Bahnhof. Ein Zug war angekommen. Die Menschen standen in Trauben auf dem Vorplatz und drängten sich um die Taxen. Hinter Jakob hupte es. Er hob den Kopf und sah, daß die Ampel grün geworden war. Als er anfuhr, blitzte in seinem Augenwinkel Metall auf, nur kurz und flüchtig, aber hell genug, um ihn abzulenken. Er sah auf den Sitz, und was er fand, ließ ihn trotz der bevorstehenden Linkskurve geradeaus fahren. Er stieg auf die Bremse, riß das Lenkrad herum und blieb vor dem italienischen Imbiß auf der anderen Straßenseite stehen. Drei kurzgeschorene Soldaten mit Pizzastücken in den Händen ballten anerkennend die Fäuste. Jakob achtete nicht auf sie.

Silbrig schimmerte der Lauf seines Revolvers im Schein der blinkenden Neonschilder.

Tränen stiegen ihm in die Augen. Er griff nach der Flasche und trank. Gierig ließ er die glühende Flüssigkeit in sich hineinlaufen, schluckte nicht mehr, dachte nicht mehr, gab sich hin. Er setzte erst ab, als er atmen mußte, als es nicht mehr anders ging. Glasig erkannte er, daß kaum noch der Boden der Flasche bedeckt war. Drei Versuche waren nötig, bis er den Deckel aufgeschraubt und das Ding unterm Sitz verstaut hatte. Die Soldaten sahen neugierig zu ihm herüber und kauten konzentriert auf ihrem Käse.

Jakob fuhr an, als er merkte, daß um ihn herum alles zu verschwimmen drohte. Er nutzte die Gelegenheit und ließ sich von der Welle fortschwemmen. Kaum war er wie automatisch um die Biegung gepaddelt, da trieb er schon gemächlich durch ein Meer von Branntwein. Bis an die dunkle Mauer der Nacht schwappten die Wogen, wie besoffen und doch klar wie reiner Alkohol. War doch egal, ob sie ihn schnappten. Vielleicht war es sowieso das beste Alibi, was er haben konnte, wenn er die Nacht in der Ausnüchterungszelle verbrachte. Hoffnung brandete auf. Die Wilhelmstraße runter, die Süderstraße entlang. Er setzte den Blinker, bog, ohne einen Gedanken daran zu verschwenden, um eine Ecke und stand plötzlich vor dem gelbgeklinkerten Apartmenthaus, in dem Suses Lehrerfreund wohnte. Jakob hielt gegenüber und stellte den Motor ab.

In Glöckners Wohnung brannte Licht. Jakob stieß mit dem Ellbogen die Fahrertür auf und stellte einen Fuß auf die Straße. Beinah riß ihm der Wind die Tür aus der Hand. Schatten schwebten über die Gardine. Traute Zweisamkeit, gemütliches Beisammensein, ein paar zärtliche Gesten. Jakob holte seinen Fuß zurück in den Wagen und knallte die Tür zu. Er konnte wohl kaum erwarten, daß er hier gern gesehen war, geschweige denn, daß er sich bei ihnen ausheulen durfte. Außerdem gab es nichts zu heulen. Er hatte sich auf ein schräges Spiel eingelassen, und endlich war es soweit, daß er die Regeln vorgeben konnte. Er hatte die anderen Spieler in der Hand. Jetzt wollte er am liebsten kneifen. Jakob beschlich das dumpfe Gefühl, daß er bisher noch immer geflüchtet war, wenn eine Sache gut auszugehen drohte. Und er brauchte bestimmt keinen Lehrer, der ihm das aufs Butterbrot schmierte.

Jakob rammte den Gang ins Getriebe und trat fest aufs Gaspedal. Ein Scheinwerfer blendete grell im Rückspiegel, Bremsen quietschten, eine Hupe blökte, und ein dunkelblauer BMW raste von hinten an ihm vorbei.

Es hatte keinen Sinn mehr, blind in der Stadt herumzukurven, es hatte keinen Sinn, sich zu bemitleiden. Ein Blick auf die Uhr sagte ihm, daß es Zeit wurde. Mit übertriebener Entschlossenheit zündete er sich eine Zigarette an und nahm die Straße in Richtung Osten.

44

Jakob zog den Kragen fest um seinen Hals. Es war zu kalt für diese Jahreszeit, wenn der Wind auch etwas nachgelassen hatte. Er parkte den Wagen nicht direkt am Watt, sondern im Schutz der letzten Häuser, eine Vorsichtsmaßnahme, über deren Sinn er sich keine großen Gedanken machte. Es war ihm einfach lieber so.

Die Fahrt nach Morsum war vollkommen ereignislos vonstatten gegangen. Mit gleichbleibender Geschwindigkeit hatte er sein schwarzes Schiff durch sämtliche Kurven gelenkt, egal, wie lang oder eng sie waren, egal, ob der Bug in den Graben drängte und die Reifen auf dem Asphalt jammerten. Niemand war ihm gefolgt, nirgendwo hatte er verdächtige Gestalten in den Ecken rumstehen sehen. Stille lag über den Dörfern, in die er hinabtauchte und aus denen er wieder aufstieg in das tiefe Grau der Nacht über den Feldern und Wiesen, deren Dunst ihn wie ein kühler Schleier umfing. Die Insel schlief den Schlaf der Gerechten. Jakob erstickte diesen Gedanken im Keim.

Es gab nur eine Straße nach Nösse, einen schmalen Teerweg zwischen meterhohen Büschen, aber er war klug genug, diesen nicht zu nehmen. Die Wahrscheinlichkeit war zu groß, daß irgendwer darüber wachte, wer zum Teufel um diese gottlose Zeit in diese gottverlassene Gegend fahren wollte, um seine Nase in Sachen zu stecken, die ihn nichts angingen. Also war Jakob am Nes Pük vorbei zum Watt hinuntergefahren, um sich den kleinen Umweg am Wasser entlang zu leisten. Zeitraubend war es, aber erheblich sicherer.

Jakob kannte den Weg genau. Oft genug war er tagsüber hier gewesen, hatte auf irgendeiner Buhne im Wasser gehockt und aufs Watt hinaus gestarrt, vermeintliche Bernsteine gesammelt oder einfach in der Mittagssonne dem Treiben der Vögel zugesehen. Das kam ihm jetzt zugute, denn da er fürchtete, die Taschenlampe würde ihn verraten, blieb es um ihn herum finsterste Nacht. Nur der gelegentlich über ihn hinweg wandernde Schein des Mondes erhellte den steinigen Sand unter seinen Füßen. Als er sich umdrehte, sah Jakob, wie hinter ihm der Kampener Leuchtturm stille Botschaften über das Watt schickte.

Mit jedem seiner schweren Schritte wurde ihm wärmer. Nach einigen hundert Metern begann er zu schnaufen wie ein Ackergaul, in seinen Ohren pochte das Blut, und der Wind kämmte ihm von hinten das Haar ins Gesicht. Einmal blieb er stehen und lauschte. Vorsichtig blickte er in die Runde, um zu sehen, ob er allein war. Ein aufgeschreckter Vogel war zu hören, ansonsten weit und breit nur das Gluckern abfließenden Wassers. Er stapfte durch den feuchten Sand, motorisch, maschinengleich. Sein Blick tastete sich durch die Dunkelheit, die Schritte drängten seltsam freiwillig ins Ungewisse.

Mühsamer noch als der Weg am Watt entlang waren die Versuche, sämtliche Gedanken aus seinem Kopf zu verbannen, an nichts zu denken, rein gar nichts, aber immer, wenn er sich die Leere wünschte, wollte sie nicht kommen. Das war beim besten Willen nichts Neues, aber es machte ihn wütend. Er trat die Hacken fest in den Sand und fing an, leise die erstbeste Melodie vor sich hin zu summen, die ihm einfallen wollte. Und so summte er im Rhythmus der Stiefel traurige Töne. Düstere Bilder entstanden vor seinen Augen, füllten die Dunkelheit mit Farben, die sich mischten, bis sie sich auf ein erhabenes, purpurnes Rot einigen konnten, das unweigerlich an getrocknetes Blut denken ließ. Da merkte er, welcher Text zu dieser Melodie gehörte.

»In den Bäumen hängen Leichen
Mit aufgeschlitzten Bäuchen …«

Jakob stockte der Atem. Der Geruch von Lagerfeuer schien ihm in die Nase zu steigen, und mit einer ruppigen Handbewegung wischte er die Bilder beiseite. Das war nicht der richtige Moment für Hieronymus Bosch. Beim besten Willen nicht. Er spreizte seine Finger und fuhr sich durchs Haar, langte in die Jackentasche und stellte zu seiner Beruhigung fest, daß der Revolver nah bei ihm war.

Rechts stieg wie eine wildgewachsene Wand das Kliff aus dem Boden auf, hob sich mächtig gegen den düsteren Himmel und zeigte Jakob, daß er nicht mehr weit zu laufen hatte. Es gab einen einzigen gangbaren Weg, den man in der Dunkelheit finden konnte, ohne sich das Genick zu brechen, und Jakob brachte es fertig, beim Aufstieg nur zwei- bis dreimal auf die Knie zu fallen, bis ihm schließlich der Wind auf dem Kliff die schweißnasse Stirn trocknete.

Nach einem kurzen Moment der Orientierung machte er sich auf den Weg über die Heide. Irgendwo auf dem schmalen Landzipfel zwischen dem Kliff und den urzeitlichen Grabhügeln, die sich auf der anderen Seite aneinanderreihten, irgendwo zwischen der eisernen Fahrspur des Hindenburgdamms und der Weite des Wattenmeers sollten sie sich treffen. Die Rächer des Pidder Lüng. Die Fackelträger der friesischen Freiheit. Um halb zwei, wenn der letzte Zug durch war. Jakob versuchte sich zu erinnern, wie spät es gewesen war, als er seinen Wagen abgestellt hatte, aber er hatte keinen blassen Schimmer, wie lange er gelaufen war.

Gerade wollte er in seinen Taschen nach Zigaretten suchen, hatte beide Hände tief unter Revolver und Taschenlampe vergraben, da trat sein rechter Fuß ins Bodenlose, suchte hastig einen Halt, zappelte kurz am Rand der Welt, da stürzte er mit dem Gesicht zuerst ins Heidekraut.

Ein paar Minuten lang lag Jakob benommen auf dem Bauch, fragte sich, was los war, und wagte nicht, die Augen zu öffnen. Er kam sich vor wie ein Bär in der Falle, ein Hüne in seinem Grab, von den Zwergen zu Fall gebracht. Er lauschte und wartete, bis er sicher sein konnte, daß nichts Einschneidendes vorgefallen war. Mit den Händen am Boden ertastete er den Umfang der Grube. Gerade doppelt so groß wie er selbst und fast völlig von Gestrüpp überwachsen.

Jakob grinste breit. Ein Erdloch mitten auf freier Fläche. Eigentlich ein Glücksfall, aber Jakob hätte sich noch mehr gefreut, wenn er den Fund nicht mit einem festen Biß auf die Zungenspitze bezahlt hätte. Am Ende trieb ihm der Schmerz die Tränen in die Augen.

Eine Weile hockte er am Boden der Grube, leckte die Zunge an den Lippen und steckte wie ein Panzerfahrer seinen Kopf aus dem Versteck, damit er sehen konnte, wann die ersten Verschwörer die Straße herunterkamen. So ganz ohne Licht konnten sie wohl kaum auskommen.

Je länger er über die stille Heide blickte, desto müder wurden seine Augen, und als sie ihm schon zum dritten Mal zugefallen waren, obwohl er sich angestrengt bemühte, sie offenzuhalten, verschwand er tief in seinem Loch, nahm die Taschenlampe hervor und fummelte in ihrem Schein das kleine Briefchen aus der Hosentasche. Das Brennen zog bis zwischen seine Augen, zerrte seine Lider sandig über die Pupillen und hielt sie dort mit fester Hand. Es war ein Schock, immer wieder neu und jedesmal genau gleich. Sein Herz fing an zu stottern, trommelte hart gegen die Rippen, und er mußte tief den moderigen Gestank der Grube einatmen, um nicht die Besinnung zu verlieren.

Angeekelt ließ er das Licht über den Boden streifen. Der Geruch in dem Loch war ihm bisher nicht aufgefallen, und finden konnte er auch nichts. Mit kalten Händen kroch der Frost unter seine Jacke, und Jakob zog die Flasche hervor, um sich den letzten Schluck zu genehmigen. Kaum aber brannte der Osborne auf seiner zerbissenen Zunge, da war ihm, als hörte er hinter dem Rauschen des Windes ein Flüstern. Jemand zischelte unverständliche Worte, ein tiefes Brummen antwortete. Jakob setzte die Flasche ab und lauschte einen Moment lang angestrengt, bis er ganz sicher war, daß es sich eindeutig um menschliche Geräusche handelte. Er hob sich auf die Knie und schob die obere Hälfte seines Kopfes zwischen dem Heidekraut heraus. Die Blüten kitzelten gemein in der Nase, aber Jakob war sich darüber im klaren, daß ihn jedes Geräusch den Kopf kosten konnte, denn die beiden Figuren, die hastig über die Heide stolperten, trugen unübersehbar Maschinenpistolen in den Händen, und dabei war es ganz egal, zu welcher Gruppierung sie sich zählten. Nach einigen Schritten verschwanden sie links von ihm am Boden, und Jakob konnte sich noch so anstrengen: Es war nicht zu erkennen, wo sie geblieben waren.

Zwei Autoscheinwerfer leuchteten sich auf der anderen Seite ein Stück weit den Weg frei, hielten unvermittelt an und erstarben in der Dunkelheit. Weitere Lichter folgten. Mehr und immer mehr von ihnen rollten den sanften Hang hinab und zerschnitten mit Kegeln die Nacht über der Nösseheide.

Jakob rieb den Sand aus seinen Ohren und ärgerte sich, daß er keinen Feldstecher mitgenommen hatte. Was war eine Loge ohne Opernglas? Er räkelte sich kurz in seiner Grube, stützte die Arme auf den Rand und legte den Kopf darauf. Wenn es nach ihm ging, konnte es losgehen.

45

Eine Reihe von Blitzen zuckte hinter den Wolken über den Himmel, als wäre dieser eine leergefegte Lagerhalle mit defekten Neonröhren an der Decke. Kleine Lichter tanzten wie Glühwürmchen über den Boden, und der Wind schien sie über die Heide zu wehen. Bedenklich war nur, daß sie direkt auf Jakob zusteuerten.

Anfangs fürchtete er, sein Versteck wäre vielleicht doch ein bißchen zu zentral gelegen, und überlegte, ob er schnell noch einen Ortswechsel vornehmen sollte, da merkte er, daß es dafür längst zu spät war. Das Risiko, entdeckt zu werden, ließ sich nicht mehr übersehen. Ein Rascheln näherte sich von rechts aus der Dunkelheit, Füße schlurften über die Heide. Jakob zog den Kopf ein.

»Ein Betrieb ist das«, sagte er.

Und drückte erschrocken eine flache Hand auf seinen Mund. Es war wohl kaum der richtige Moment für laue Scherze. Trotzdem mußte er grinsen. Nur ein paar Meter entfernt schlichen zwei Männer im Gänsemarsch an seinem Versteck vorbei. Der eine versuchte, die hagere Gestalt mit gebücktem Gang zu kaschieren, der andere schob keuchend seinen Kugelbauch vor sich her. Das war komisch genug. Die Frage blieb, ob sie die langläufigen Flinten, von denen jeder eine um seine Schulter geschnallt hatte, würden gebrauchen können. Sie sahen beim besten Willen nicht aus wie Luden, also hatten die Freiheitskämpfer offenbar eine Wache auf den Weg geschickt. Lächelnd folgte sein Blick den beiden Komikern auf ihrem Weg in die Finsternis.

»In der Hölle sollt ihr schmoren«, flüsterte er ihnen hinterher, als im gleichen Moment, direkt vor seiner Nase, wenn er die Augen gerade hielt, ein Licht am

Boden aufflackerte, keine Taschenlampe, kein Autoscheinwerfer, unverkennbar der aufkeimende Feuerschein einer Fackel, die von unsichtbarer Hand an die Erde gepreßt wurde, um ein Feuer zu entfachen, einen Haufen von getrockneten Ästen und Zweigen, soweit man es erkennen konnte. Es dauerte nur einen kurzen Moment, bis die Flammen in einer leichten Bö knisternd vom Boden aufloderten und die Hüter des Feuers preisgaben.

Jakobs Zungenspitze schien zu glühen.

In knapp fünfzig Metern Entfernung drängten sich mehrere Gestalten um den Haufen, und obwohl Jakob nah genug bei ihnen gewesen wäre, um die Gesichter zu erkennen, war es doch unmöglich.

Lange Roben fielen bis auf den Boden, unschuldig weiß wie Schnee, von groben Stricken am Bauch zusammengehalten. Die Köpfe blieben hinter Kapuzen verborgen, in denen zwei herausgeschnittene Löcher andeuteten, wo die Augen sein mußten. Die spitzen Zipfel ihrer Mützen berührten sich beinah, wenn sie sich über ihre Fackeln beugten, um das Feuer von einem zum anderen weiterzugeben. Immer mehr von ihnen traten aus der Dunkelheit ins Licht, und immer größer und umfassender wurde der Kreis, den das Feuer ins Dunkel brannte. Sie schlossen sich zu einem Spalier zusammen, die Fackeln in den Fäusten erhoben, gruppierten sich um den lodernden Haufen und ließen einen Durchgang für die kleine Prozession, die ihnen folgte.

Allen voran stolzierte ein riesenhafter Mensch, der wie alle anderen unter seiner Kutte verschwand, jedoch anstelle der Fackel einen dieser gebogenen Hirtenstäbe vor sich hertrug, die normalerweise weihnachtliche Krippenfiguren schmückten. Weihevoll schritt er durch die Reihen, ohne die Umstehenden eines Blickes zu würdigen. Einige Meter hinter ihm folgten zwei Kapuzenträger mit Fackeln, die den einzig unverhüllten Teilnehmer dieser Feier grob in ihrer Mitte führten. Dieser drehte und wand sich in dem verzweifelten Versuch, seine Fesseln loszuwerden, trampelte mit den Füßen auf dem Boden und warf seinen Kopf wild hin und her. Ein dickes, kariertes Knebeltuch hing ihm aus dem Mund, das weiße Hemd flatterte in Fetzen von seinem Körper. Das Gesicht hatte Jakob schon häufiger gesehen, in der Zeitung, in Talkshows, zwei-, dreimal hinter dem Tresen seiner Kampener Diskothek. Alle Welt kannte ihn als den »schönen Dietmar«, nannte ihn Didi und bewunderte ihn als bekannten Gastgeber der High Society, Kasper und König zur gleichen Zeit. Unvorteilhaft klebte das lange Haar an seiner Stirn. Der schöne Dietmar hatte schon wesentlich besser ausgesehen.

Jakob rutschte auf den Knien hin und her, um seiner Unruhe Herr zu werden. Er hätte gern gehört, was gesprochen wurde, aber der Wind deckte sich sanft über die Worte. Jakob beobachtete, wie der Kreis von Freiheitskämpfern enger zusammenrückte, so daß kaum noch zu erkennen war, was in ihrer Mitte eigentlich vor sich ging. Zwischen den Fackeln sah man immer wieder, daß jemand ein langes Messer schwenkte, es mehrmals am ausgestreckten Arm in die Höhe hielt, dann ins Feuer drückte und schließlich dem am Boden kauernden Opfer drohend an den Hals legte. Bei dieser Gelegenheit hoben die umstehenden Kapuzenträger ihre Arme wie Flammenschwerter, nahmen sich bei den Händen und riefen gemeinsam immer wieder ein Wort, das Jakob gern verstanden hätte.

Dann hielten sie still und lauschten. Jakob duckte sich in seiner Grube. Andächtig standen etwa zwanzig bis fünfundzwanzig Fackelträger im Kreis um das

Feuer. Offenbar sprach der große Mann in ihrer Mitte salbungsvolle Sätze, ein paar Maskierte nickten leicht, dann hob der Mann das lange Messer in die Luft, und der Wind packte seine Worte und schleuderte sie über die Heide.

»Die Nacht ist unser!« brüllte er wie außer sich, und die Stimme klang vertraut in Jakobs Ohren. Die Umstehenden reckten ihre Arme zum Himmel und brüllten dumpf im Chor unter ihren Mützen hervor: »Wodan.« Immer wieder: »Wodan.«

Der schöne Dietmar kniete am Boden, die Arme unbeweglich auf dem Rücken zusammengebunden. Sein Blick wanderte entsetzt über die Reihen der Umstehenden. Er schien etwas schreien zu wollen, aber das Tuch in seinem Mund machte es ihm unmöglich. Kaum noch Menschliches lag in seinem blutunterlaufenen Blick. Der getretene Hund wagte nicht zu winseln. Apathisch hockte er am Boden und wartete ungläubig darauf, aus diesem Alptraum zu erwachen.

Jakob reckte den Kopf ein Stück weit aus dem Loch, um zu sehen, wo die beiden Männer mit den Maschinenpistolen geblieben waren. Jetzt wäre es bald an der Zeit, aufzutauchen. Sie mußten doch sehen, daß der Mann am Boden tausend Tode starb. Was hatten sie vor?

Das helle Knacken eines Astes ließ Jakob bleischwer in die Grube fallen. Der Wind und das gelegentlich herüberwehende Knistern der brennenden Zweige hatten die von hinten herankommende Wache glattweg übertönt. Jakob biß auf den Knöchel seines linken Zeigefingers, um den vor Schreck aufkommenden Hustenreiz zu unterdrücken. Die beiden Komiker wirkten vielleicht linkisch und unbedarft, aber ihren Gewehren nach zu urteilen, waren sie problemlos in der Lage, mit einem gezielten Schuß ins Charakterfach zu wechseln. Zwischen den einzelnen Schlägen seines Herzens lauschte Jakob ihren schlurfenden Schritten.

Als er wieder Mut gesammelt hatte und einen neugierigen Blick in die Runde warf, sah er gerade noch, wie zu seiner Linken zwei geduckte Gestalten aufsprangen, ein Stück weit zum Versammlungsplatz hasteten und die Heide sie dort erneut in ihren schwarzen Schoß aufnahm.

Wie eine bemalte Laterne drängte der Mond gelb hinter den Wolken hervor, und ein paar Sterne sahen auf die Erde herab.

Ein Blick zum Feuer sagte Jakob, daß man zwischen den Fackeln langsam, aber sicher zum Höhepunkt der kleinen Feier kommen wollte. Der Mann in der Mitte hob das lange Messer mit ausgestrecktem Arm in die Luft, die Umstehenden rückten soweit zusammen, wie es ging, ohne sich gegenseitig die Kutten abzufackeln, und Jakob war vollends die Sicht versperrt. Er sah nur noch, daß der Dolch wie ein Falke herabstieß, merkte eine kurze Unruhe in den Reihen, glaubte, ein Raunen zu hören, und sah, wie einer der Freiheitskämpfer offenbar ohnmächtig in sich zusammensank. Die Maskierten zu beiden Seiten hoben den Gestrauchelten vom Boden auf und hielten ihn in ihrer Mitte aufrecht. Da kam Bewegung in den Kreis. Die spitzen Mützen bewegten sich langsam gegen den Uhrzeigersinn, und Jakob erkannte, daß im Licht des Feuers, das immer wieder zwischen ihren Beinen durchschien, mit großer Geste der blutige Dolch von einer Hand in die nächste gegeben wurde.

Er hatte genug gesehen. Kraftlos sank er in die Grube. Er war froh und glücklich, daß sein Versteck nicht näher am Geschehen lag. Suse hatte recht gehabt. Vielleicht hätte er doch lieber in der Zeitung davon gelesen. Er schloß die Augen, aber zu seinem Entsetzen blieb ihm die erhoffte Dunkelheit verwehrt, und statt dessen warf er einen Blick hinter die geschlossenen Reihen der Maskierten. Er sah im Geiste Männer, die Augen hinter schwarzen Löchern im Stoff verborgen. Sie zerteilten ihr Opferlamm der Reihe nach. Jeder bekam den Dolch in die Hand. Zum Zeichen der gemeinsamen Schuld, des gemeinschaftlichen Glaubens und Willens. Und damit keiner meinte, er könnte ungeschoren davonkommen, wenn er von der Sache genug hatte. Solche Gemeinschaften verließ man nur, wenn die Kampfgefährten einen mit den Füßen zuerst durch die Tür trugen.

Jakob suchte auf der Heide nach der Stelle, an der er die beiden Luden zuletzt gesehen hatte. Obwohl sie fast bis an den Lichtkreis des Feuers vorgedrungen waren, blieben die beiden unsichtbar. Vielleicht waren sie genau wie er mit dem Kinn zuerst in eine Grube gefallen. Jakob fuhr sich mit der Zunge über die Lippen.

Die Wachen hatten ihren Rundgang unterbrochen, waren umgekehrt und näherten sich genau dieser Stelle am Boden. Hin und wieder drehten sie ihre Köpfe dem eigentlichen Geschehen des Abends zu, aber sie blieben nicht stehen, und sie sprachen auch nicht miteinander. Aufmunternd nickte Jakob ihnen zu.

Wie ein umgedrehtes Uhrwerk tanzten die Fackeln im Kreis, flackerte das Feuer im Wind, dann flogen wild Funken über die finstere Heide und Jakob hörte Stimmen. Ein schmerzverzerrtes Grunzen wurde laut, ein kurzer Tumult entstand, dann zischte jemand scharfe Kommandos. Links von ihm hoben sich mehrere Gestalten vom Boden ab. Mit jedem Schritt, der sie dem Feuer näherbrachte, konnte Jakob besser erkennen, daß zwei Männer mit langen Flinten zwei andere rüde vor sich herstießen.

Jakob lächelte mitleidig. »Tja, mein lieber Ralle«, sagte er. »Das hast du dir wohl anders vorgestellt.«

Da erkannte er seinen Irrtum. Die beiden Komiker waren keineswegs die Herren der Lage. Zwei Männer in schwarzen Jogginganzügen stießen sie vor sich her. Der Kleinere der beiden drehte sich immer wieder um und wedelte mit den Armen, als versuchte er, den Sportlern ihr Vorhaben auszureden. Ein Schlag mit dem Gewehrkolben warf ihn brutal zwischen die Vermummten und ließ ihn dort zu Boden gehen. Mit großen Schritten drängten die Männer zur Mitte.

Jakob war wie vom Wahn getrieben. Ohne an die möglichen Folgen zu denken, kletterte er aus dem Heideloch. Er richtete sich nicht auf, sondern kroch auf Knien und Händen durch das Gestrüpp am Boden auf das Feuer zu. Je näher er kam, desto fester drückte er sich an die Erde und robbte schließlich durchs Kraut, bis er nah genug war, um zu verstehen, was gesprochen wurde. Im dürftigen Schutz eines der kleineren Erdhaufen blieb er liegen und hoffte, daß es sich hierbei nicht um einen Grabhügel der Wikinger handelte. Die waren heute nicht auf seiner Seite.

Laute Worte und Kommandos hallten durch die Nacht. Ralle Helgenmacher stand breitbeinig zwischen den Maskierten und schwang seine Waffen. Der andere blinzelte etwas unsicher in die Runde und hielt die Kapuzenmänner in Schach.

»So, und jetzt rüber mit der Kohle.« Ralle kam gleich zur Sache. Als niemand darauf reagierte, schlug er der nächststehenden Kapuze mit der Flinte an den Hals. Der Mann ging wortlos zu Boden und verlor dabei seine Maske. Ein biederer Bäckermeister fiel darunter hervor.

Finn machte einen Schritt nach vorn, trat schützend vor seine Schäfchen. Die Bewegung seiner Kapuze verriet, daß er sprach, aber der Stoff verbarg die Worte.

Jakob spitzte die Ohren.

Ralle stand einen Moment lang da, dann hängte er sich seelenruhig seine Uzi wieder über die Schulter und nahm das Gewehr in beide Hände. Mit Schwung rammte er es Finn in den Bauch und riß ihm mit der freien Hand die Maske vom Kopf.

»Was?« schrie er. »Was redest du?« Mit einer Kopfbewegung deutete er auf die leblosen Körperteile am Boden. »Du willst mir sagen, was pervers ist? DU?«

Finn wischte sich mit der Hand über den Kopf. »Hören Sie«, sagte er, aber ein fester Ruck der Schrotflinte unterbrach seinen Satz im Keim.

»Das Geld«, zischte Ralle.

Langsam, wie eine Schlinge, vorsichtig, fast unmerklich kam Bewegung in die Vermummten. Zentimeter für Zentimeter zogen sie ihren Kreis enger zusammen. Es hatte einen Moment gedauert, bis Jakob schaltete, und es schien ihm, als bewegten sie sich so langsam, daß nur er von seinem Versteck aus sehen konnte, was vor sich ging.

Ralles Geduld war zu Ende. Er warf dem anderen einen Blick zu, dann sah er Finn an und sagte: »Du kommst mit uns.« Er packte ihn am Kragen und versuchte, ihn aus dem Feuerkreis herauszuzerren. Der andere versuchte zu folgen.

Einer wollte sich opfern. Einer zückte seinen Dolch und schob sich in die Mitte. Unglücklicherweise bewegte er sich dabei etwas zu plump und auffällig, schwang seinen Arm großartig in die Luft und holte mit pathetischer Geste aus, um dem Helgenmacher die Klinge von hinten in den Rücken zu rammen. Ein Schuß zerriß die Nacht.

Der Mann mit dem Dolch ging zu Boden. Der Schütze im Jogginganzug hatte kaum einen Finger krumm machen müssen.

Das war das Zeichen gewesen. Wie auf Kommando gingen im Umkreis des Feuers kleine Lichter an. Eilig schwebten sie darauf zu. Tumultartiges Durcheinander entstand. Mehrere Messer wurden unter den Kutten hervorgerissen, einige der Maskierten warfen sich, ohne zu zögern, todesmutig auf die beiden Bewaffneten in ihrer Mitte und stachen blindlings auf sie ein. Männer in schwarzen Jogginganzügen tauchten auf, richteten ihre Waffen in die Menge. Fäuste wurden geschwungen. Schüsse peitschten über die Heide, mehrere Zipfelmützen brachen unter ihren blutigen Umhängen zusammen, der ganze Pulk kam in Bewegung. Ein paar der eher zurückhaltenden Fackelträger begleiteten das Geschehen wie Beleuchter beim Film und geleiteten die Akteure über die Heide. Jakob rieb sich die Augen.

Immer näher rückten sie ihm auf den Pelz, als müßten sie ihren letzten Kampf ausgerechnet direkt vor seinem Hügel austragen. Die Luden waren kaum noch zu erkennen, man sah nur Haufen von wild armwedelnden Mützenmännern. Einer von ihnen stürzte rückwärts ins Feuer, rappelte sich schreiend wieder auf, rannte wie ein brennender Querschläger im Zickzack an Jakob vorbei ein Stück weit in die Dunkelheit, dann warf er sich zu Boden und erstickte die Flammen an seinem Körper.

Etwas abseits des Geschehens hatte sich der fette Erik von seiner Kutte befreit und die lederne Mütze mit beiden Händen über den kahlen Kopf gezogen. Er stand da, steinern, in der Bewegung erstarrt, die Arme auf halbem Weg zwischen Mütze und Oberkörper hängengeblieben. Die kleinen Augen zusammengekniffen, als glaubte er nicht, was er sah.

»He«, schrie er. »Aufhören! Hört auf, ihr Penner!«

Er deutete genau in die Richtung, die der brennende Mann genommen hatte, hob seinen Arm und zeigte ganz offensichtlich auf den kleinen Erdhügel, in dessen Schutz sich Jakob an den Boden drückte.

»Hört auf!« brüllte Erik, als die Überraschung von ihm abfiel. »Hört schon auf. Seht euch das an! Da vorne ist der Bursche mit dem Geld.« Die ersten Zipfelmützen wurden aufmerksam. »Da, hinter dem Grabhügel.«

Jakob reckte den Kopf wie ein Kaninchen im Scheinwerferkegel, unfähig sich zu bewegen.

Baldur Finn wollte die Gunst der Stunde nutzen und seinen Hirtenstab dem Helgenmacher von hinten über den Schädel ziehen, verfehlte ihn um Haaresbreite, und bevor Jakob aufspringen und loslaufen konnte, sah er gerade noch, wie der riesenhafte Mann mit weit aufgerissenem Mund vornüber zu Boden stürzte. Er war schon ein paar Meter weit über die Heide gestolpert, als er hinter sich einen Schuß hörte. Jemand brüllte Kommandos, und Jakob wäre ohne Umschweife bereit gewesen, alles auf der Welt zu geben, wenn er in diesem Moment sang- und klanglos hätte im Erdboden versinken können.

46

Der erste Tropfen traf ihn auf der Stirn. Er hätte laufen sollen, um sein Leben rennen, sich den Vorsprung zu nutze machen. Zumindest aber hätte er sich umdrehen müssen, einmal nur, um zu sehen, ob Erik ihm folgte. Aber er wagte es nicht. Er brachte es einfach nicht fertig. Mit großen Schritten, wenn auch keineswegs von übermäßiger Eile getrieben, stakste er nach Norden über die Heide und hoffte, er würde bei passender Gelegenheit in ein Erdloch stürzen, wie er es von solchen Gelegenheiten gewohnt war.

Jakob lächelte. Er fühlte sich leer und seltsam glücklich. Abgrundtiefe Dunkelheit, soweit das Auge reichte, und dunkles Rot hinter seinen Lidern.

Er nahm die Hände aus den Taschen und fiel in einen ruhigen Trab. Je weiter er sich vom Feuer und den Stimmen entfernte, desto sicherer fühlte er sich. Oben am Dünenkamm vor dem Kliff drehte er den Kopf nach hinten und ließ seinen Blick über die Heide fliegen. In einiger Entfernung tanzte ein Licht in seine Richtung. Mützenmänner waren keine mehr zu sehen. Jakob konnte nicht sicher sein, wer als Sieger aus der Schlacht hervorgegangen war, denn offenbar hatten sich die Freiheitskämpfer ihrer Kutten entledigt, und es war von seinem Standpunkt aus nicht zu erkennen, wer wen in Schach hielt. Da mußte er morgen wohl doch eine Zeitung kaufen.

Gerade wollte er sich nach Norden gegen den Wind das Kliff hinunterrollen lassen, um den gleichen Weg am Strand zurückzuschleichen, den er gekommen war, und seinen Wagen zwischen den Häusern suchen, da erkannte er im allerletzten Moment, als er armwedelnd seinen Schwung bremste, daß ihm unten am Strand aus genau dieser Richtung ein Licht entgegentanzte. Da traf ihn der zweite Tropfen auf die Stirn.

Hinter ihm rief jemand seinen Namen. Der Wind schleuderte einige Worte über die Heide. Man mußte sie nicht verstehen, um zu wissen, was sie bedeuteten. Scharf bellte Erik die Düne hinauf.

Jakob nahm Anlauf.

Er stürzte sich das Kliff hinunter, schlug mit der Schulter hart am steinigen Hang auf, rollte zweimal über Kopf und rutschte ein Stück weit auf Bauch und Händen über das Geröll der abschüssigen Fläche. Am Boden angekommen, krallte er die Finger fest in den Sand und schüttelte benommen seinen Kopf. Hastig rappelte er sich auf, klopfte den Sand von seiner Jacke und stopfte den Revolver fest in seinen Hosenbund. Dann lief er ein paar Schritte weit mit dem Wind. So sehr er sich die Leere herbeigewünscht hatte, bereute er jetzt seine Unfähigkeit, einen klaren Gedanken zu fassen. Keuchend blieb er stehen und schlug sich mit der Hand an die Stirn. Diese Richtung war ein grober Fehler. Dumm und unüberlegt. Nur ein paar hundert Meter weiter wartete auf ihn das Ende der Insel, der äußerste Zipfel, die klassische Sackgasse.

Oben am Kliff erschien das Licht einer Taschenlampe, der leuchtende Punkt am Strand schwebte wie das Auge der Finsternis den Muschelsaum entlang. Hinter ihm wartete mit offenen Armen die Falle, in die er getrieben werden sollte. Jakob hielt die Nase in den Wind. Einzelne Regentropfen kühlten sein Gesicht. Er holte tief Luft und gab sich geschlagen. Es gab nur eine Richtung, in die er gehen konnte. Regen oder nicht. Schließlich war Ebbe.

Sein Blick wanderte hinüber zu den einzelnen Lichtern, die undeutlich am Horizont flackerten. Geradeaus lag Röm, weiter rechts reihten sich die Dörfer auf dem Festland aneinander. Das war zu weit. Bis dahin würde er es niemals schaffen. Außerdem lagen da noch einige Kubikmeter Wasser zwischen ihm und den Lichtern. Vielleicht konnte er solange draußen bleiben, bis er sicher war, daß die Verfolger aufgaben. Vor allem aber mußte er sich davon abhalten, zu lange an einem Fleck herumzustehen und darauf zu warten, daß sie ihn fanden und fertigmachten. Der Wind warf einen Schauer über ihn. Traurig sah Jakob auf seine Wildlederstiefel hinab und machte sich auf den Weg hinaus ins Watt.

Anfangs knirschten Krebse und Schneckenhäuser unter seinem Gewicht. Verräterisch. Jakob machte mit langen Beinen ein paar Sätze vorwärts, um den Flutsaum möglichst schnell zu überwinden, und schon nach ein paar Schritten versanken seine Stiefel tiefer als erwartet im Schlick. Er hatte alle Mühe, sie nicht zu verlieren, und auf jedem Meter durch den Schlick kostete es ihn schier übermenschliche Kraft, sie wieder zu befreien. Blubbernd drang kaltes Wasser durch die Löcher im Oberleder, und seine Socken waren schon nach kurzer Zeit völlig aufgeweicht. Ganz langsam ging es voran, damit er nicht das Gleichgewicht verlor. Die Richtung mußte ihm fürs erste egal sein. Hauptsache, er war weit genug draußen, wenn seine Verfolger erkannten, welchen Weg er genommen hatte.

Jakob wischte sich den Regen von der Stirn. Er schwitzte vor Anstrengung. Trotzdem kroch die Kälte über seine Knochen, und bibbernd schüttelte er das nasse Haar. Gerade wollte er den Reißverschluß seiner Jacke fest nach oben ziehen, als sein linkes Bein bis über die Wade im Schlick versank und steckenblieb. Er ruderte erschrocken mit den Armen, versuchte sich zu befreien und verlor die Balance. Fluchend saß er mit dem Hintern zuerst im kalten Wasser. Der linke Stiefel steckte fest. Da gab es nichts zu rütteln.

Am Ufer trafen die beiden Lichter aufeinander und schienen sich zu beratschlagen. Lange Zeit blieben sie stehen. Jakob atmete tief durch und hoffte schon, daß sie es aufgegeben hatten, da merkte er, daß sie gar nicht mehr standen, sondern sich im Gegenteil zielstrebig in seine Richtung bewegten. Sie folgten seinen Spuren. Seufzend rieb er sich den angespannten Nacken. An diese Möglichkeit hatte er gar nicht gedacht.

Er richtete sich auf, zog den linken Fuß aus dem Stiefel, befreite zum Ausgleich auch den anderen, rollte seine Strümpfe ab und warf sie in hohem Bogen von sich. Er war wie von Fesseln befreit, wesentlich beweglicher, weil er nicht so tief im Schlick versank, und doppelt so schnell wie vorher. Außerdem schien der Boden fester zu werden, je weiter er ging. Oder er hatte sich inzwischen einfach an die Anstrengung gewöhnt. Nach wie vor schien er in zäher Zeitlupe seine Spuren im Watt zu hinterlassen, aber er konnte sicher sein, daß seine Verfolger es schwerer hatten. Vorausgesetzt, sie legten Wert darauf, ihre Stiefel zu behalten.

Da löste sich ein Schuß. Jakob warf sich der Länge nach ins schlammige Wasser und legte seine Arme über die Ohren. So blieb er liegen. Er wartete einen Moment, dann sah er zurück. Die Lichter waren verschwunden.

Jakob zog seinen Revolver aus dem Hosenbund. Zum Glück war das Ding noch einigermaßen trocken. Trockener jedenfalls als alles andere an seinem Körper. Er lag auf dem Bauch, die Zehen ins Watt gegraben, die Arme ausgestreckt, die Waffe fest in beiden Fäusten. Regen trommelte leicht auf seinem Hinterkopf. Hier draußen wehte scharfer Wind. Jakob gab dem Impuls nach, mit den Zähnen zu klappern, aber er bereute es schnell, denn schon bald konnte er es nicht mehr rückgängig machen.

Nichts passierte. Nachdem der Schuß gefallen war, blieb alles wie schwarze Tinte. Mit spitzer Feder malten die Wolken Muster an den Himmel. Der Mond hielt sich bedeckt. Da hörte Jakob Schritte. Das Geräusch langsamer, einzelner Schritte drang undeutlich durch den wässrigen Vorhang. Jakob traute seinen Ohren nicht. Einen Moment lang blieb er reglos liegen und lauschte. Glucksend wie Schwämme, aus denen man das Wasser preßte, näherten sich die Verfolger. Aber je länger er am Boden lag, desto sicherer wurde er, daß nicht zwei Männer auf seiner Spur waren. Offenbar war nur noch einer von ihnen übrig, das war deutlich zu hören. Jakob hatte keineswegs die Absicht, sich den Kopf darüber zu zerbrechen, wo der andere geblieben war. Einer genügte völlig.

Eilig kam er auf die Füße. Er konnte den anderen hören. Gleichmäßig fraßen sich die Schritte durch das Watt. Jakob begann zu laufen. Wie weit sollte er denn noch? Irgendwo da draußen wartete das offene Meer auf ihn. Keuchend drehte er den Kopf nach hinten. Kein Licht zu sehen, keins, das ihn verfolgte, und keins, das ihm zeigte, wo die Insel geblieben war. Vielleicht sollte er einfach umdrehen. Zum Land zurück, einfach seinen eigenen Spuren folgen und nebenbei die Klette ausschalten. Diese ganze Idee mit dem Watt war sowieso völlig schwachsinnig gewesen. Wieso war er bloß hier rausgelaufen? Aus Angst? Das war doch kein Grund, ins Meer zu gehen.

Immer wieder blieb er stehen, um zu lauschen. Im Laufen konnte er nicht hören, ob die Schritte ihm noch folgten. Das ging dem anderen nicht anders. Und wer stehenblieb, verlor Zeit. Jakob hastete weiter. Muscheln schnitten ihm in die nackten Füße, aber er achtete nicht darauf. Eines der Lichter am Horizont hatte es ihm angetan. Dahin wollte er laufen, nur noch ein Stück weit in die Richtung, dann würde er umkehren. Fünfzig Schritte noch.

Der Regen wurde stärker und die restlichen Konturen drohten vor Jakobs Augen zu verschwimmen. Ob es Erik war, der ihm folgte? Der wollte wissen, wo das Geld war. Damit er doch noch abhauen konnte. Aber Geld allein ließ niemanden bei Nacht freiwillig ins Watt laufen. Auf dem Schleier vor Jakobs Augen erschienen die Kapuzen der Freiheitskämpfer. Wie eine geschlossene Streitmacht traten sie mit gezückten Schwertern aus dem Regen hervor. Schafe schienen zu blöken, Ketten rasselten. In ihrer Mitte führten sie den Lehrer Glöckner, die Messer gewetzt, bereit ihn zu zerstückeln. Jakob wollte schreien, dann lachte er kurz auf. Wenn der aus dem Weg geräumt wäre, würde Suse ihm in die Arme fallen. Und bis in alle Ewigkeit von ihrem Märtyrer schwärmen. Nein, das war nichts.

Jakob fiel hin. Schlamm spritzte zu beiden Seiten. Einen kurzen Moment lang lag er in der Pfütze und lauschte. Der Regen pladderte aufs Watt herunter, als wollte er es auffüllen. Er hob den Kopf und wußte plötzlich nicht mehr, welche Richtung er eingeschlagen hatte. Er war einfach nicht mehr sicher, ob er sich einmal um die eigene Achse gedreht hatte oder nicht. War das da hinten Dänemark oder Sylt? Festland oder Einbildung? Blinkte da ein Leuchtturm oder nicht? Fahrig fuhr er sich mit der Hand übers Gesicht. Egal, nur liegenbleiben konnte er nicht.

Es war höchste Zeit zum Umkehren. Allerhöchste Zeit. Wenn er nicht bald wieder trockenen Boden unter die Füße bekam, brauchte er sich keine Gedanken mehr um seine nähere Zukunft zu machen. Die Flut würde mit Sicherheit nicht nur die Muscheln mit sich reißen. Er suchte sich eines der Lichter zu seiner Rechten aus. Wenn er das Tempo beibehielt, konnte er im Morgengrauen vielleicht wieder auf der Insel sein.

Jakob rannte los, als wollte er einen Rekord brechen. Schmerzhaft peitschte ihm der Regen ins Gesicht. Neue Hoffnung war die beste Medizin, aber nach kaum zwanzig Schritten war der Spaß zu Ende. Wie Schwerter der Kapuzenmänner hieben ihn die Seitenstiche in den Bauch. Jakob mußte stehenbleiben, preßte seine Hände in die Hüften und rang nach Luft. Sterne tanzten in großen Kreisen um ihn herum. Rote Ringe fingen sich in seinen Augen.

Daniel hockte dort am Boden, ängstlich in den Sand

gepreßt, die Augen fest auf den Koffer gerichtet, den gräßlichen Koffer mit der Leiche, keine zehn Meter weit von ihm entfernt. Sein Hemd sah aus, als hätte er zwei Liter Kirschsaft darüber ausgegossen. Rotgeheulte Augen wachten über den Strand. Er hatte den Kopf nicht absägen wollen, niemals im Leben hätte er sich sowas träumen lassen, aber Erik hatte gesagt, es würde ihm nichts anderes übrig bleiben, wenn er die Hälfte von dem Geld haben wollte. Und diese Hälfte brauchte er zum Abhauen.

Jakob begann zu laufen und versuchte, die Bilder abzuschütteln. Daniel war verzweifelt. Wie konnte er von dieser Insel verschwinden, wenn er kein Geld hatte? Und Erik ließ ihm keine Wahl. Er hatte ihm wortlos die Axt gegeben und gewartet. Und als sie die Leiche dann am Strand verteilen wollten, sagte Erik, er würde nur mal eben eine Schaufel aus dem Wagen holen, er wäre gleich wieder da, hatte er gesagt, paß bloß auf den Koffer auf. Das ist unser Kapital. Unser neues Leben.

Erik war kaum gegangen, als plötzlich wie aus dem Nichts jemand auftauchte, im Vollsuff über den Koffer fiel und anfing, dessen Inhalt zu untersuchen. Daniel drückte sein Messer, so fest er konnte, und rührte sich nicht von der Stelle. Er versuchte aufzustehen, immer wieder, aber seine Beine wollten nicht gehorchen. Es war sein erster Tag als Mörder. Das mußte Erik doch verstehen. Er war einfach nicht in der Lage, gleich zwei Leute hintereinander umzubringen. Das war zuviel verlangt.

Als der abgeschlagene Kopf durch die Luft segelte und am Wasser liegenblieb, schlug Daniel seine Hände vor die Augen. So sah er nicht, wie Jakob das Geld einsteckte. Erst, als Erik zurückgekommen war, hatte er sie wieder aufgemacht und gesehen, wie der Fette ausholte, um wie ein Irrer auf ihn einzuschlagen. Nicht nur seine Zukunft war zerstört, er hatte auch Eriks Pläne zunichte gemacht. Wer konnte so einen schon mögen? Kein Wunder, daß seine Mutter ihn nicht wollte.

So war es gewesen. Nur so konnte es gewesen sein.

Jakob schrie wie ein Schwein. Seine Augen schienen aus ihren Höhlen zu treten. Er schleuderte die Arme zum Himmel, breitete seine Hände aus und empfing den Regen wie eine Erlösung. Er riß den Mund auf, als wollte er sich vor Freude ertränken, warf seinen Kopf in den Nacken und weinte. Hysterisch schluchzend zerrte er den Revolver hervor. Er fühlte das kalte Metall an seiner Wange, wog die Waffe in der Hand. Dann legte er die Lippen um die Mündung.

Da spürte er das Wasser an seinen Knöcheln. Er schleuderte das stählerne Ding weit von sich und fing an zu laufen. Langsam erst und wie benommen, dann schneller und immer schneller. Die Beine stolperten, er knickte auf die Knie, riß sich wieder hoch und taumelte wie besoffen durch den Regen.

Alles hätte so gut werden können. Suse und er, die Südseeinsel, kühle Drinks und der Sonnenuntergang auf der Terrasse. Ein Leben unter Palmen. Man mußte nur nach oben greifen und schon hatte man alles, was das Herz begehrte. Es wäre einfach das Größte gewesen.

Er schreckte hoch. Es regnete Kokosnüsse. Millionen und Abermillionen von dicken, faserigen Kokosnüssen prasselten ihm auf den Kopf. Gesichter malten sich darauf, sie bekamen Ohren. Nasen wuchsen daraus hervor, bis es schließlich Köpfe waren, die krachend und knochenberstend auf ihn herabregneten. Ein Meer von weißer Flüssigkeit ergoß sich aus ihrem Inneren, die seine Beine klebrig an die Erde fesselte, dann mühelos die Terrasse umspülte und schließlich die gesamte Insel unter sich begrub. Der Himmel war Licht, und alles schien unglaublich einfach.

Ein heller Schein legte sich um Jakob. Er gab ihm nach und ließ sich fallen.

47

Er war tief gefallen, so tief, wie man nur fallen konnte. Jeder Muskel brannte, alle Knochen schienen zerbrochen, die Haut war völlig aufgeweicht. Er lag in einem dunklen Loch, am Boden eines Brunnens, dem Vorhof zur Hölle. Schon saßen ihm die Flammen im Genick, und ihm war, als umspülten ihn die Fluten des Hades. Leise und verdächtig friedlich plätscherten Wellen gegen das Ufer. Da war was faul.

Jakob blinzelte mit einem Auge und kniff es schnell wieder zu. Um ihn herum war es heller als tausend Höllenfeuer. Er warf die Hände schützend vor die Augen und wartete. Dann schielte er vorsichtig durch seine Finger. Was er sah, war keineswegs ein Ort der Finsternis, von Fegefeuer keine Spur.

Er lag auf einem schmalen, sandigen Streifen, kein weißer Strand, mehr grau vermischt mit schmutziger Erde. Als er sich aufstützte, berührten seine Hände Felsen, schwarzblaue, von Menschenhand ordentlich sortierte und gestapelte Basaltbrocken, die sich zu einem steil ansteigenden Damm auftürmten. Jakob hob den Kopf. Grell glänzten die abgefahrenen Eisenbahnschienen im Licht der aufgehenden Sonne. Jakob zog die Beine aus dem Wasser und drehte sich um.

Fast bis zum Horizont erstreckte sich das Meer. Freundlich klatschten kleine Wellen an die Steine, als könnten sie kein Wässerchen trüben. Ein verirrter Regenpfeifer stand verloren am Ende einer alten Buhne. Nichts erinnerte an die Sintflut der letzten Nacht.

Jakob setzte sich auf die Knie. Einige Meter entfernt dümpelte zwischen leicht chemisch wirkenden Schaumkronen ein merkwürdiges Ding wie ein Spielzeugboot im Wasser. Es kippelte ein paarmal hin und her, und bevor es von einer Welle erfaßt und zum Kentern gebracht wurde, erkannte Jakob im letzten Moment, warum ihm das Ding so bekannt vorgekommen war. Es war aus schwarzem Leder, und man hätte es sich bis zu den Ohren über den Kopf ziehen können. Sofern man auf der Elbe segeln wollte.

Er mußte im Kreis gelaufen sein. Es konnte keine andere Erklärung geben. Er hatte einen großen Bogen im Watt gemacht, und der fette Erik war nicht schnell genug hinterhergekommen. Das war doch wunderbar. Was konnte es gerechteres geben als die Gesetze der Natur?

Jakob versuchte aufzustehen, aber seine zerschundenen Füße hatten Mühe, ihn aufrecht zu halten. Auf Knien rutschte er den Hang hinauf, zog sich mit letzter Kraft an den groben Steinen hoch, bis er den Damm erklommen hatte und mit wackligen Beinen zwischen den Schienen stand. Der alte Hindenburg hätte seine wahre Freude an ihm gehabt.

Da lag sie vor ihm. Die Insel. Nur ein paar hundert Meter weit entfernt. Langsam hellte sich das Blau im Westen auf. Das harte Licht des neuen Tages zeigte sie von ihrer schönsten Seite. Jakob stand da, trat von einer Ferse auf die andere und breitete die Arme aus. Hier hatte er alt werden wollen. Zwischen kauzigen Fischern und weltfremden Spinnern, mit Suse an seiner Seite. Ihre Organisationsgabe und seine Talente, worin sie auch bestehen mochten.

Jakob wischte sich übers Gesicht und versuchte,

einen Fuß auf die nächste Bohle zu setzen. Keinen Tag würde er hier überleben. Zuviele hatten ihn gesehen, würden Rache fordern. Blutige Vergeltung an ihm, der ihre Träume zerstört hatte. Sie würden ihn mit Freuden massakrieren. Vielleicht kümmerte sich die Polizei um die Sache, aber für Jakob war es dann zu spät. Er mußte nicht hierbleiben. Es gab noch andere Inseln.

Schwelle für Schwelle torkelte er voran. Die Sonne brannte ihm ins Genick, und er fühlte, wie die Anspannung von ihm zu fallen drohte. Das durfte nicht passieren. Er mußte durchhalten, bis er den Wagen abgeholt, die Beutel mit dem Geld verstaut und Suse neben sich auf dem Beifahrersitz hatte. Das konnte ziemlich schnell gehen. Eine Stunde, vielleicht weniger. Vorausgesetzt, er mußte Suse nicht bei ihrem Glöckner aus dem Bett holen. Hauptsache, die Abschiedsszene nahm keine Zeit in Anspruch. Wenn der Lehrer Probleme machte, würde er sie einfach über die Schulter werfen und mitnehmen. Kein Problem.

Madagaskar. Antillen. Hawaii. Endlich war es soweit. Endlich hatte er das Geld und genügend Gründe, zu verschwinden. Er mußte nur noch die alte Insel erreichen, bis er sich aufmachen konnte, die neuen zu entdecken. Die Fußsohlen brannten, als liefe er über glühende Kohlen, und immer langsamer setzte er einen Schritt vor den anderen. Nach hundert Metern schwitzte er wie ein Heizer beim Kohlenschaufeln. Er blieb stehen und wischte sich die Stirn. Irgendwo hatte er seine Zigaretten hingesteckt, aber als er sie fand, zerfielen sie feucht in seinen Händen.

Drüben auf der Insel sah man blinkende Lichter. Notarztwagen hatten sich auf der Heide zusammengetan und sammelten die Verwundeten ein. Grünweiße Streifenwagen mischten sich darunter, und die Feuerwehr breitete ihren Schaum auf der Heide aus.

An der äußersten Spitze der Insel, wo die Schienen sich ins Watt wagten, stand jemand und wartete. Jakob blieb einen Moment lang stehen und überlegte, ob er umdrehen konnte, aber es war ihm völlig klar, daß er zu langsam wäre, um zu fliehen, egal ob man ihm helfen oder an den Kragen wollte. Was blieb ihm übrig? Was konnte schon passieren, was nicht schon passiert war? Also humpelte er weiter.

Sein Gegenüber setzte sich in Bewegung, und Jakob ließ den Blick nicht davon ab. Das erste, was ihm auffiel, als die Gestalt Konturen annahm, war, daß sie selbst nicht besonders sicher auf den Beinen stand. Das war gut so, deutete aber gleichzeitig darauf hin, daß es sich weder um einen Sanitäter noch um die Polizei handeln konnte. Ein paar Dutzend Bohlen brauchte er noch, bis er erkannte, wer es sein konnte, und noch ein paar Bohlen mehr, bis er erleichtert feststellte, wer ihm da mit zögernden Schritten, die Sonne im Gesicht, die Kleider in Fetzen am Körper, entgegenkam.

Anna sah überhaupt nicht gut aus. Er würde sich um sie kümmern müssen, bevor er die Insel verließ. Offenbar waren die Ereignisse der letzen Nacht auch an ihr nicht spurlos vorübergegangen. Sie blutete aus einer Wunde, die sich quer über ihre Wange zog. Wenige Schritte vor Jakob blieb sie stehen.

Er humpelte noch ein paar Schwellen weiter. Dann sah er, was sie in der Hand hielt.

Sie blickte starr zu Boden, direkt zwischen die Schienen, als suchte sie nach einem Grund, als sammelte sie ein letztes Mal, was von ihrem Verstand übrig war, bevor sich alles ändern würde.

Jakob suchte nach Worten.

Anna hob den Kopf, dann hob sie beide Arme. »Du Schwein«, flüsterte sie mit zerbrochener Stimme. »Du hast gesagt, es wird ihm nichts passieren. Du hast es mir versprochen. Fest versprochen.«

Jakob zuckte mit den Mundwinkeln. Er wollte etwas sagen, sich rechtfertigen, erklären, daß er doch nicht... das wäre doch alles ... wie kam sie nur darauf, aber schon das erste Wort erstickte, bevor es seine Kehle erreichte.

Sie würde ihm nicht glauben. Wahrscheinlich würde sie ihn gar nicht hören. Wirr vibrierten ihre Augen hinter den zottigen Strähnen.

Jakob machte einen Schritt in ihre Richtung. Er wollte sie beruhigen, sie in den Arm nehmen und trösten. Und wenn möglich, ihr die Waffe aus den Händen nehmen.

Er sah, wie sie sich bekreuzigte, und dachte noch, warum sie das eigentlich dauernd tat, da hörte er von ganz nah ihre Stimme.

»Du hast alles kaputtgemacht.«

Jakob war sich keiner Schuld bewußt. Er konnte es erklären, da war er ganz sicher, sie mußte ihm nur Zeit lassen, die richtigen Worte zu finden. Er suchte in ihrem Gesicht nach dem kleinen Mädchen, an das er appellieren wollte. Bleich und bebend sah sie ihn an. Rotz lief ihr aus der Nase.

Sie kniff die Augen zusammen und blinzelte in die Sonne.

Dann drückte sie ab.

FALSCHER HASE

für Lieschen Müller

14. Februar 1960, Valentinstag

Ich sitze wie in einem dunklen Keller, habe mich in meiner Kammer eingeschlossen. Was soll ich nur tun? Nichts wird mehr sein, wie es war. Nie mehr. Im Moment kann ich mir nicht mal vorstellen, überhaupt je wieder vor die Tür zu gehen. Draußen regnet es. Drei Tage habe ich nicht geschrieben.

Wir waren allein, mußten alles ohne Hilfe schaffen, weil der Arzt nicht kam. Es war eine Katastrophe. Schlimmer hätte es nicht kommen können. Als die Wehen einsetzten, war es, als wollte es mich zerreißen. Ich hatte solche Angst. Nie im Leben hätte ich mich darauf einlassen dürfen, in dieser Abgeschiedenheit ein Kind zur Welt zu bringen. Und dann fiel der Strom aus!

Aber für Reue ist es wohl zu spät.

Ich konnte sein Entsetzen sehen, im Kerzenschein. Drillinge … Er hatte Angst, wie er das alles schaffen sollte. Erst ein Kind, dann noch eins und noch eins … Hat er das dritte getötet? Hat er es mit Absicht fallen lassen? Ich kann es mir nicht vorstellen. Oder doch? Er ist mir fremd und redet kaum mit mir. Ich fürchte mich vor dem, was kommt. Was soll nur werden?

Die beiden anderen leben noch.

1

»Du hast WAS?«

Asche wiederholte sich nicht gern. Rhetorische Fragen waren nicht sein Ding, und sie hatte keinen Grund, ihn in die Enge zu treiben. Er hatte es klar und deutlich gesagt, hatte alles zugegeben, sich entschuldigt und gut.

Und worum ging es denn schon?

Asche sah sie an.

»Kuck nach vorn! Fahr uns nicht auch noch in den Graben!« Ärgerlich schüttelte Imme den Kopf.

Sie war eine Sonnenblume. Das hatte er schon immer gedacht, vom ersten Moment an. Schön im klassischen Sinn, diese Schönheit, die jeder sofort sah. Vor allem, wenn sie sauer war, aber manchmal auch, wenn sie lachte. Und sie lachte oft. Dann blitzten ihre blauen Augen, und sie warf die blonde Mähne. Stark war sie und voller Leben, nur manchmal etwas schmal im Kopf.

»Ich kann's nicht glauben. Wieso?«

Asche nahm den Fuß vom Gas. »Und ich kann nicht glauben, daß du dich so anstellst. Ich leg es doch zurück.«

»Wann?«

»Naja …«

»Woher willst du auf die Schnelle soviel Geld nehmen, ohne es woanders zu klauen?«

Asche lächelte.

»Und wenn nicht: Wie willst du meinem Vater erklären,

wo das Geld geblieben ist? Er läßt dich in seinem Haus wohnen, vertraut dir seine Tochter an …«

»So schlimm?« Er wollte ihr über die Wange streichen, was ihm nicht gelang. »Komm, sei nicht blöd. Du hast gequiekt, als hätte es dir gefallen. Klang richtig echt.«

Imme schüttelte den Kopf. »Dein Ganghebel nervt.«

»Es gibt den Volvo auch mit Automatik. Wenn es dich glücklich macht …«

Draußen flogen die Lichter am Sendemast von Puan Klent vorbei, rote Sterne am nachtschwarzen Himmel.

»Du wirst das Geld zurücklegen, und zwar so schnell wie möglich. Am besten verkaufst du deinen Wagen.« Imme klang wild entschlossen.

»Meine Amazone? Niemals.«

Sie sah sich um. »Dann die Gitarre. Ist die was wert?«

»Ist die was wert? Spinnst du? Ich soll das einzige, was mir im Leben irgendwas bedeutet«, er stutzte kurz, »von dir mal abgesehen – versetzen, weil dem Kleinen Fischbaron lausige zweitausend Mark in seiner Abendkasse fehlen? Damit wischt er sich den Arsch ab.«

Imme nahm ihre Stuyvesant vom Armaturenbrett, zog eine davon aus der Schachtel. »Du hast es nicht begriffen. Darum geht es nicht.«

»Worum dann? Willst du mich erziehen, oder was? Daran sind schon ganz andere gescheitert.«

Sie drückte den Zigarettenanzünder. »Er wird die Polizei rufen.«

»Und?«

»Man wird fragen, wer für den Diebstahl in Frage kommt.«

Asche schüttelte den Kopf. »Nicht, wenn das Geld morgen wieder da ist.«

Imme stutzte. »Langsam gehst du mir echt auf die Nerven. Also hast du es doch noch …« Imme seufzte. »Wofür brauchtest du es eigentlich?« Sie wirkte ärgerlich und doch erleichtert, nahm einen langen Zug und sah ihn an, wartete.

Das war der Moment, den er gefürchtet hatte.

Und dabei war alles so gut gelaufen. Zwei Wochen lang sah es richtig gut für ihn aus. Er hatte gewonnen und gewonnen, nicht viel, immer nur kleine Beträge, die er wieder einsetzte. Er hatte das Gefühl, als hätte er die anderen im Griff, als kontrollierte er das Spiel. Und plötzlich ging gar nichts mehr. Er konnte es nicht glauben. Das Blatt mußte sich doch wenden lassen, und Mücke hatte ihm gut zugeredet. Es lief doch auch. Andere verloren. Der Husumer hatte sich übernommen, Dregger, der Aufschneider, genauso, und nach zwei Tagen blieb dem Labersack nur, der Bank Haus und Hof zu überschreiben, mit allem drum und dran. Seiner Frau hatte er es noch immer nicht erzählt. Da waren die lausigen Zweitausend aus der Fischbrötchenkasse doch geradezu lächerlich.

Asche merkte, daß Imme ihn noch immer ansah. Draußen fing es an zu nieseln. Einzelne Tropfen trafen die kleine Windschutzscheibe, daß er den Scheibenwischer anstellen mußte. Er räusperte sich.

Imme aschte ab. »Kann es sein, daß ich es ahne?«

»Keine Ahnung. Sag du es mir.«

»Du warst wieder in Tinnum bei diesem …«

Er schüttelte den Kopf. »He, bin ich blöd?« Er trommelte einen Wirbel auf dem Lenkrad. »Ich und Drogen … das geht nicht gut.«

»Also?«

Asche hustete, hielt sich die Hand vor den Mund. »Kennst du Maumau?«

»Dieses Voodoo-Zeug aus Afrika?«

Entgeistert sah er sie an, ließ den Wagen rollen.

»Oder was?«

»Ich weiß nicht, kannst du Kartenspielen?«

»Was soll das? Mit meinem Humor ist es heute nicht weit her.«

Asche lächelte sie an. »Nein, aber du bist wirklich hübsch, wenn du ...«

»Willst du mir erzählen, du hättest beim Maumau verloren? Gegen meine kleine Schwester, oder was?«

Lene war sechs und sehr begabt.

»Nein, die spielt nicht um Geld.«

Und so kam alles raus. Nicht ganz alles, aber immerhin soviel, daß er sich vorkam, als stünde er ohne Hosen im Wind. Imme saß nur da, rauchte schon die Dritte und stierte in den Regen, schüttelte alle paar Sekunden den Kopf, schien zu überlegen, was sie mit ihm anfangen sollte.

Schließlich standen sie am Straßenrand, kurz vor Hörnum. Man sah den Leuchtturm, nicht den roten Rundbau, aber das Licht, das sich durch den Regen quälte und verging. Trübe fädelte sich die Straße durch die Dünen, an den alten Kasernen vorbei zum Hafen hin, wo Imme wohnte. Wo ihr Vater wohnte, oben auf der Düne über der Mole.

Wo Asche wohnte.

»Es geht nicht mehr«, sagte Imme. »Du mußt dir was anderes suchen.«

»Heißt das, du willst mich wegen zweitausend Mark verlassen?« Asche konnte es nicht glauben.

»Verlassen?« Sie drückte ihre Kippe aus. »Nenn es, wie du willst. Jedenfalls hab ich endgültig genug von der Scheiße, die du dauernd abziehst. Was soll ich damit anfangen? Meinst du, ich will mein Leben mit jemandem verbringen, dem ich nicht trauen kann? Wer weiß, was du noch so alles vor mir verheimlichst? Ich kann das nicht.«

Asche überlegte, was sie wissen konnte.

»Und ich will es auch nicht.« Imme wischte an ihren Augen herum. »Es geht doch um was ganz anderes.« Sie zog die Nase hoch, sah auf ihre schmalen Hände. »Wozu sind wir denn auf dieser Scheißwelt? Wußtest du, daß es in Nebraska einen Indianerstamm gibt, dessen Religion auf einem einzigen Satz beruht?«

»Bist du jetzt religiös geworden, oder was?«

»Willst du wissen, wie der Satz heißt?«

Asche sah sie an, aber sie wich ihm aus.

Dann sagte sie: »Wieviele Menschen waren glücklich, daß du gelebt hast?«

»Soll das eine ernstgemeinte Frage sein?«

»Wieviele?«

Regen pladderte aufs Autodach.

»Ich steh nicht auf diesen esoterischen Quatsch ...«

Und dann sah sie ihn mit ihren blauen Augen an, und Asche merkte, daß es ihr Ernst war.

»Naja, ich denke, meine Mutter wird sich freuen. Und bis eben dachte ich noch, du vielleicht, aber meine Mutter bestimmt ...«

»Bist du sicher?«

Imme versuchte ein schiefes Lächeln, sie gab sich alle Mühe, nur wollte es ihr nicht gelingen. Sie raffte ihr Zeug zusammen, warf einen Blick zum Himmel und drückte die Beifahrertür auf, daß der Wind den Regen in den Wagen fegte.

»Komm, ich kann dich doch eben nach Hause fahren ...«

»Danke, spar lieber deinen Sprit, damit du meinem Vater sein Geld wiedergeben kannst.« Und damit stieg sie aus, zog sich Asches Hemd über den Kopf und knallte die Tür hinter sich zu.

Irgendwo in Asche wollte etwas zerreißen.

Sie konnte doch nicht so einfach gehen, als hätte das alles zwischen ihnen nichts bedeutet. Drei Jahre waren kein Pappenstiel. Da war doch was gewesen.

Sie fehlte ihm schon jetzt.

Asche kurbelte seine Scheibe runter und reckte den Kopf in den Regen. Er konnte sie kaum noch sehen. »He«, rief er, und sie blieb stehen, drehte sich kurz um. Hübsch war sie, und ihm war, als konnte er sie riechen, wie er sie gerochen hatte, vor kaum einer Stunde an der Oase zur Sonne, als sie auf seinem Schoß gesessen hatte, mit nur seinem Holzfällerhemd um ihre Schultern.

»Viel Glück in Nebraska!« rief er und wischte den Regen aus seinem Gesicht.

2

Es war zum Heulen.

Wieso kam immer alles auf einmal?

Kaum war er umgekehrt und ein paar Kilometer durch den Regen in Richtung Norden gefahren, hatte blind ins verwaschene Licht der Scheinwerfer gestarrt und überlegt, wo er jetzt schlafen sollte, bei Tschibo oder Lutz, ob er Gitte anrufen konnte, oder Ina, die treue Seele, da stotterte die Amazone, ruckte, eierte und bockte. Den einsamen Sendemast von Puan Klent brachte er eben noch hinter sich, da tat der Motor spuckend seinen letzten Seufzer. Alle Lämpchen leuchteten an der Konsole auf. Das feuchte Klima war der Tod der Technik.

Draußen prasselte Regen aufs Dach. Ein Sturm fegte über die Insel, trieb von Westen finstere Wolken heran und rüttelte den Wagen auf seinen weichen Federn durch. Vom Mond war nichts zu sehen.

Asche ließ sich wiegen und rauchte, dachte nach.

Unter dem Scheibenwischer klemmte Immes Bild, das einzige, das er besaß, kein Foto, eine zerknüllte Kopie, auf der sie strahlte, wie nur sie strahlen konnte. War es Zufall, daß sie auch hier sein Holzfällerhemd trug, halb offen, daß die nackte Brust zu sehen war? Sie lächelte unter sandblonder Strähne hervor. Zwei Jahre war das Foto alt, zwei Jahre, in denen unendlich viel passiert war.

Langsam verliefen die Farben, mischten sich, gelb in grün, blau in rot, schwarz in weiß, und der Wind franste die Ränder aus, bis von ihrem Lächeln kaum noch etwas übrig blieb.

Es war nach drei.

Sandig sanken die Lider über seine Augen.

Der Wind heulte und klagte, daß die Amazone ins Wanken kam, als wäre sie ein Boot auf hoher See. Vorn am Bug stand Imme im Bikini, superknapp, kaum als Bikini zu erkennen, winkte ihm, lachte, weil sie sich auf dem Kamm einer Welle festhalten mußte und fast über Bord ging. Er winkte ihr, doch wandte sie sich ab, sah zum Horizont hin, wo ein Kutter seine Bahnen zog.

Ihre Stimme war kaum zu hören. »Versteh mich doch! Ich kann nicht anders!« rief sie.

Asche begriff nicht. »Was sagst du? Ich kann dich nicht verstehen!«

Er wollte zu ihr, nur konnte er das Ruder nicht loslassen, und so reckte er sich ihr entgegen, hielt das Holz nur noch mit einem Finger. Sie warf ihr blondes Haar und hechtete ins Meer.

Konnte sie denn schwimmen?

So weit draußen auf dem Meer?

Plötzlich war Asche nicht mehr sicher.

»Wo willst du hin?« rief er.

Sie strampelte etwas unbeholfen, langte mit verdutztem Blick weit unter sich, dann warf sie ihr Höschen in den Wind und lächelte ihn an. »Siehst du denn den Kutter nicht?« rief sie. Dann wandte sie sich ab und schwamm dem Horizont entgegen.

Asche blickte auf.

Die Sonne sank als rotes Ei ins Meer, färbte den Horizont wie Feuer, ließ den Himmel brennen, und Asche wußte, daß er umkehren mußte, wenn ihn die Dunkelheit nicht kriegen sollte.

»Imme!« rief er. »Komm zurück! Wo willst du hin? Das schaffst du nicht. Kaum sah er ihr blondes Haar noch, denn in der Entfernung wurde es mit den Schaumkronen eins.

Wind kam auf und ließ sein Segel flattern.

»Ich muß ihr nach«, dachte er. »Sie kann das nicht allein.«

Vom Kutter war nichts mehr zu sehen.

Von Imme auch nicht.

»Bitte«, rief er. »Bitte, lieber Gott!«

Dumpfes Brummen brodelte heran, drohte ihm von hinten, doch als er sich umdrehen wollte, blieb sein Hals starr, wollte sich nicht wenden lassen. Verzweifelt versuchte er, sich umzusehen, und das Brummen wurde immer lauter …

Asche schlug die Augen auf.

Es regnete nicht mehr.

Langsam …

Ganz langsam fiel ihm alles wieder ein.

Imme.

Die Sache mit dem Geld.

Rechts von ihm, nach Osten hin, sah man noch dunkle Wolken übers Festland ziehen, weit hinter dem Wattenmeer. Etwas müde kämpfte sich das Licht des frühen Morgens hinter der Wolkenwand hervor.

Direkt vor seiner Nase flatterten Immes letzte Fetzen. Von ihrem Bild war kaum etwas geblieben, ein paar aufgeweichte Klumpen unterm Wischerblatt, wie Reste eines ungeliebten Werbezettels.

Er schaltete den Wischer ein, es klickte auch, nur ging er nicht. Die Batterie war leer.

Da fiel ihm das Brummen wieder auf, das Brodeln hinter ihm. Es war noch immer da, vibrierte durch die Luft.

Und irgend etwas leuchtete von hinten, blendete im Spiegel, nur war dort nichts zu sehen.

Als er die Fahrertür aufdrückte, riß der Wind sie ihm fast aus der Hand, daß er sie mit beiden Händen halten mußte.

Das Brummen wurde lauter, wie ein Bolide vor dem Start.

Hinter ihm stand so etwas ähnliches wie ein Auto, ein monströses, gelbes Ding mit laufendem Motor und aufgeblendetem Fernlicht.

»Mann, mach das Licht aus!« Asche kniff die Augen zusammen, schüttelte den Kopf. Dann machte er sich lang, warf noch einen Blick in den Außenspiegel, um zu sehen, ob er sich so zeigen konnte, dann stieg er aus.

Das knallgelbe Ding war kaum hüfthoch und italienisch, keine Frage. Ein monströser, flossenloser Fisch drückte sich an den Asphalt und blubberte aus zwölf Zylindern.

Lamborghini Diablo.

Sowas bekam man selbst hier nicht oft zu sehen. Zu anfällig für das rauhe Klima.

Asche trat dem Licht entgegen, hob eine Hand schützend vors Gesicht, kniff die Augen zusammen, um etwas zu erkennen, aber erst, als er neben dem gelben Ding stand, konnte er was sehen.

Am Steuer saß ein großer Mann im grauen Fischgrätsakko, wie ein versoffener Englischlehrer, das blonde Haar smart zurückgekämmt, die Fäuste ums Lenkrad geballt. Er war zu groß für diesen Wagen, füllte den Innenraum fast aus, daß er den Kopf einziehen mußte. Krumm saß er da, hatte die Stirn auf die Handrücken gelegt und schien ein Nickerchen zu machen.

Es dauerte einen Moment, bis Asche merkte, was los war.

Erst schien es ihm absurd ...

Aber ...

Der Mann weinte.

Er bebte, schien zu schluchzen, dann wischte er die Augen am Ärmel seines Sakkos ab, schniefte und sah auf. Rotgeheult stierte er Asche an, glasig, etwas ziellos und blutunterlaufen.

Asche gab ihm ein Zeichen, daß er seine Scheibe runterkurbeln sollte, aber da gab es wohl nichts zu Kurbeln, und der Mann glotzte ihn auch an, als wäre er nicht ganz bei Trost. Schnaufend stieß er die Beifahrertür auf, ächzte wie ein Fallbeil.

Asche umrundete den Wagen hinten, wo der Motor war, strich mit der Hand über den mächtigen Spoiler am Heck. In diesem Augenblick brach die Sonne hinter den Wolken hervor und spiegelte sich auf den Scheiben, blendete und ließ den gelben Wagen grell erstrahlen.

»Komm, komm, komm!« rief der Mann von drinnen ungeduldig.

Asche sah hinein.

Der Typ war völlig fertig, stank nach Sprit und Schweiß und keuchte wie nach einem Waldlauf. »Komm rein, die Reise geht gleich weiter!«

»Fahren Sie nach Westerland? Mir ist mein Wagen verreckt.« Fast bereute Asche seine Frage schon.

»Logologologo. Ich muß nur eben kurz ...« Er fummelte in seiner Hosentasche herum und fingerte ein kleines Briefchen hervor, entfaltete es auf der klobigen Mittelkonsole. »Komm rein, es zieht.«

Asche zögerte kurz.

Sonntags morgens um halb fünf war es nicht einfach, jemanden zu finden, der von Hörnum in Richtung Norden fuhr. Da nahm man, was sich bot. Und außerdem ...

wollte er in so einer Kiste nicht immer schon mal mitfahren?

Also stieg Asche ein, versuchte es zumindest, faltete sich, klappte in der Mitte ein, stieß sich den Kopf, bis er merkte, daß zuerst die Beine in den schmalen Schacht zwischen den Rädern passen mußten, dann rutschte der Hintern nach, er stieß mit dem Kopf noch zweimal an dieselbe Stelle, dann lag er wie in einem Ledersarg.

»Tür zu«, sagte der Mann und legte seine großen Hände schützend um das aufgeklappte Briefchen.

Schnaufend fiel die Tür ins Schloß. Dick und süßlich roch die Luft im Innenraum.

Wildleder.

Das Brodeln und Brabbeln wurde lauter.

Der Mann trat kurz aufs Gaspedal, dann wischte er seine Augen mit dem Ärmel und hielt Asche etwas ungelenk die Rechte hin, konnte den Ellenbogen kaum bewegen, daß nur die aderige Riesenpranke ein Stück weit über die Konsole ragte. Asche griff zu und drückte die feuchten Finger. Der Typ konnte kaum zehn Jahre älter als Asche sein und sah trotzdem aus, als wäre er sein Vater.

»Du auch? Ist genug für alle da …,« sagte der Mann und schniefte, ohne ihn anzusehen, während er sich reichlich Pulver zurechtlegte. »Du hast doch nichts dagegen …?«

Asche schüttelte den Kopf und lächelte. »Danke, ich fürchte, ich hab schon Probleme genug …«

Seine letzten Worte gingen im lautstarken Schniefen des Mannes unter. Erst das eine Nasenloch, dann das andere. Dann beide, das ganz große Schniefen. Alles an ihm schien groß und laut und grell und heftig.

»Scheißheulerei. Ich hasse es.« Der Mann nahm eine Zigarette. »Wieso stehst du hier mitten in der Einsamkeit?«

»Mein Wagen ist verreckt. Irgendwann heute Nacht. Ich steh hier schon seit Stunden ...«

»Ich hasse diese Heulerei. Dauernd passiert mir das. Kaum geht mir mal was an die Nieren, schon heul ich los. Hab ich von meiner Mutter. Ich hasse es. Ich hasse sie. Ich hasse diesen ganzen Scheißdreck wie die Pest ...« Und schon brach es wieder aus ihm hervor, schüttelte er sich, ruckte und zitterte.

Asche war etwas ratlos. »Heee«, sagte er. »Ich wäre froh, wenn ich mal richtig heulen könnte. Grund genug hätte ich, aber irgendwie bring ich es nie zustande, und außerdem ...«

Der Mann zog ein verklebtes, lila Taschentuch aus seiner Hose und schnaubte hinein, daß es in Asches Ohren klingelte. Dann wischte er seine Augen.

Asche sah ein Monogramm.

Gänse sammelten sich schnatternd vorn am Watt. Es wurde eng im Wagen. »Ich weiß nicht, wieso ich das jetzt sage, aber meine Freundin hat mir was erzählt, meine Ex-Freundin, müßte ich wohl sagen. Jedenfalls ... ach, ist auch egal.«

»Was?« Der Mann kratzte seinen Rest zusammen, verrieb das Zeug am Zahnfleisch.

»Wußten Sie, daß es einen Wurm gibt, der unter dem Augenlid des Nashorns lebt und sich von dessen Tränen ernährt?«

Finster sah der Mann ihn an. Nur die brodelnde Maschine in ihrem Rücken war zu hören. »Willst du mich verarschen? Was erzählst du da für'n Scheiß?«

»Nein, nein, wirklich, hat sie gelesen.« Der Typ sah aus, als wollte er Asche gleich die Nase brechen.

»Und was soll ich mit deinem Gequatsche anfangen? Soll es mich trösten? Meinst du, du könntest mit deinen blöden Witzen was bewegen? Aaaaah, noch so ein Schwätzer! ICH HASSE ES!!!«

Asche suchte nach dem Türgriff. »Schon gut, ich glaube, ich sollte besser …« Er tastete, ohne hinzusehen, das Wildleder ab.

Der Mann hörte überhaupt nicht zu, schien selbst nicht zu wissen, was er wollte. Einer von den reichen Spinnern, die mit ihrem Geld nicht zurechtkamen, und mit ihrem Leben schon gar nicht. Sobald er wieder nüchtern wäre, würde er Asche nicht mal mehr mit dem Arsch ansehen. Von denen gab es hier reichlich. Meistens wohnten sie in Kampen, manche in Keitum oder Braderup am Watt, ließen hier mit Mietwagen und Mietfrauen den dicken Max raushängen, bis ihre Zeit um war und sie wieder in Bottrop, München oder Paderborn blaß hinterm Schreibtisch saßen.

Der Mann stierte auf die Straße, drehte seine Zigarette zwischen den Fingern. »Ich kenn da auch ein paar Geschichten …« Er schüttelte sich und rülpste. »Oh, Mann, ich glaub, ich bin hacke …«

Asche lächelte nachsichtig. »Gut möglich.«

»Ich hab auch ne Ex-Frau. Ich meine, ich hab zwar ne Frau, aber auch ne Ex, und die … egal, ich kenn auch solche Geschichten … bei denen man denkt, daß sie was bedeuten sollen. Warte mal. Paß auf … wie war das noch? Moment … genau.« Er hustete und wischte seinen Mund. »Die eine war: Wußtest du, daß die Amazonen, du weißt schon, nicht dein Volvo, die Mannweiber zu Pferd, daß die gedacht haben, daß Lahme besser im Bett sind?« Er nickte und wartete. »Wußtest du?«

»Nein.«

»Nein? Wußtest du nicht? Willst du wissen, wieso?«

Asche wollte endlich schlafen.

»Weiß ich eigentlich auch nicht. Jedenfalls haben sie ihren Gefangenen die Beine gebrochen.« Er wartete auf Reaktion. »Ist das gut?«

Asche sah ihn an.

»Ist das gut?«

»Grusel«, sagte er und schüttelte sich.

»Okay, gut, mal sehen«, sagte der Mann. »Bist du so ein Ding schon mal gefahren?«

3

»Vorsicht mit dem Getriebe. Die Kiste gehört mir nicht.«

Auch das noch.

Am liebsten wäre Asche wieder ausgestiegen, aber da saß er nun, festgezurrt und eingeklemmt und versuchte mit aller Kraft, die Kupplung unten zu halten. Er konnte kaum was sehen, weder vorn noch hinten. Die Spiegel waren nett gemeint, aber kleiner als Überraschungseier.

Er hätte nach Hause laufen sollen.

Nach Hause?

Asche zog die Nase hoch.

Vor ihm lag das schnurgerade Band der Straße nach Rantum, nur wollte sich das Biest von einer Maschine nicht in Bewegung setzen lassen. Zweimal hatte er den Motor schon abgewürgt.

Ganz, ganz langsam, kaum merklich ließ er den linken Fuß kommen und drückte so sanft es ging den rechten.

»Nein, nicht so ...!« meinte er noch zu hören, doch das infernalische Gebrüll in seinem Rücken übertönte jede Warnung, und ihm blieb auch keine Zeit, auf irgendwen zu hören, denn er wurde derart in den Sitz gepreßt, daß er tiefer rutschte und kaum noch über den Tacho sehen konnte. Wild schlingerte der Wagen die regennasse Straße runter, machte sich breit und breiter, drohte auszubrechen, aber das Monstrum fuhr problemlos geradeaus.

Wäre da nicht dieser wahnsinnige Lärm gewesen, hätte

er die Fahrt vielleicht sogar genießen können, nur wurde er hart durchgerüttelt. Das kleinste Schlagloch glich einem Fausthieb in den Nacken. Sein Kopf wackelte auf dem Hals, als wäre eine Schraube locker.

Irgendwer brüllte irgendwas.

Im Augenwinkel sah Asche die Hände des Mannes, die ihm was sagen wollten.

»Schalten?« Asche stand der Schweiß auf der Stirn.

Nicht schon wieder kuppeln …

Es blieb nichts anderes übrig, und einen Augenblick lang ließ der Lärm auch nach, daß er den Mann verstehen konnte.

»Gehst du so auch mit deiner Freundin um? Mann Gottes, mehr Gefühl! Du sitzt auf fünfhundert PS!«

Alles mögliche hätte er darauf erwidern können, daß er mit seinem Gefühl für Autos bisher noch nie Probleme gehabt hatte, daß er nicht darum gebeten hatte, dieses Ungeheuer zuzureiten, daß er zum ersten Mal in so einem Ding saß, da fiel ihm ein, daß Imme weg war, was ihm einen kurzen Stich versetzte, dann dachte er, daß der Typ doch zusehen sollte, wie er die Kiste nach Hause brachte, daß er sowieso keine Lust mehr hatte, daß er eigentlich nur noch ins Bett wollte …

Da kam die erste Kurve.

Der Mann deutete mit dem Zeigefinger auf den Tacho, und Asche sah kurz hin. Die Nadel stand bei hundertachtzig. Er nahm den Fuß vom Gas und lenkte ein.

Ging doch.

Er lächelte und sah den Mann an.

Der hielt sich an der Tür fest, stierte auf die Straße und sah aus, als müßte er sich demnächst übergeben.

Auf der Geraden danach gab Asche wieder Gas. Langsam aber sicher fing es an, ihm Spaß zu machen. Doch beim Schalten in den dritten Gang brach der Wagen hinten aus, mußte Asche kurz gegenlenken, um nicht die Kontrolle zu verlieren. Seine Hose klebte am Hintern, aber er wußte, was er tat.

»Okay?« schrie er.

Dem Mann perlte der Schweiß von den Schläfen.

»Alles okay?«

Der andere nickte. »Der Wodka …«, sagte er und grinste blaß. »Aber du machst das gut. Besser als ich jedenfalls.«

»Liegt bretthart auf der Straße!« schrie Asche.

Fragend sah ihn der Mann an.

Asche trat die Kupplung, nahm den Gang raus, daß der Wagen rollte. Da merkte er den Wind, der ihn von der Straße drücken wollte. Er scheuchte ein paar Möwen auf, die zeternd flüchteten, als das Monstrum ihnen zu nahe kam.

Eine Ruhe legte sich um Asche, zufriedene Ruhe, ein Gefühl von Macht und Kontrolle, das gute Gefühl, etwas zu beherrschen, was eben noch bedrohlich schien.

»Hat das Ding auch eine Hupe?«

»Keine Ahnung, ich fahr den Wagen zum ersten Mal, genau wie du.« Der Mann versuchte sich aufzusetzen, strich seine Hosen glatt.

»Gemietet?«

»Wenn der Akku von meinem Handy nicht im Eimer wär, hätte ich die Kiste glatt am Straßenrand stehen lassen. Wer will denn sowas fahren?«

Asche fuhr Schlangenlinien. »Solange man die Straße für sich allein hat, geht's doch eigentlich.«

»Warte, bis du rückwärts einparken mußt …«

Irgendwie bereitete es Asche ein ungeheures Vergnügen, dem Mann vorzuführen, wie es ging. Mit gesundem

Menschenverstand und etwas Einfühlungsvermögen konnte es doch nicht so schwer sein, etwas zu bewegen, was mit Geld zu kaufen war.

»Was kostet sowas?«

»He, paß auf, er ist breiter als du denkst. Ich muß das Ding heil wieder abstellen, sonst bin ich geliefert.«

Ein Stück voraus tauchten die ersten Rantumer Häuser auf. Unschuldig leuchtete das Weiß unter den Strohdächern, grüßte den neuen Morgen, und ein Vogelschwarm zog hoch am Himmel über die Insel hinweg.

Zwei, drei Kurven noch, dann kam das Dorf, und danach wäre der Spaß schon bald vorbei. Die beste Strecke für so ein Geschoß lag zwischen Hörnum und Rantum, keine Frage.

»Okay«, rief Asche. »Festhalten!«

Er hielt die Luft an und trat das Gas ganz durch.

Schlingernd zog der Wagen an, wollte sich fast drehen, brüllte wie ein waidwunder Elefant. Vor ihnen lag ein trockenes Stück Straße, eine Gerade, wie sie gerader kaum sein konnte.

Asche schlug das Herz bis an den Hals.

Er schrie wie am Spieß, genoß den Augenblick wie auf der Achterbahn, diesen Moment, in dem alles möglich war, als könnte er fliegen, als könnte er heulen, lieben, hassen, alles …

Der Tacho stand bei 240.

Asche nahm den Fuß vom Gas und trat die Bremse.

Er trat noch mal.

Und noch mal.

Ihm wurde kalt.

Er trat mit aller Kraft.

Der Wagen brüllte ungehindert weiter.

Der Mann neben ihm brüllte irgendwas.

Asche trat die Kupplung, wollte runterschalten. Es knirschte und knarrte und heulte und jaulte.

Da kam die letzte Kurve.

Asche sah sie noch auf sich zukommen, sah die gelbe 220 auf dem Tacho, spürte, wie der ganze Wagen breitseits links aus dem Kurveneingang drängte, dann das Heck ausbrach, hörte den anderen schreien, trat alle Pedale gleichzeitig, riß das Lenkrad nach rechts…

Er sah sich selbst auf seinem Dreirad im Sonnenschein, oben auf der Düne, auf dem Weg den Hang hinunter, sah sich auf der Bühne stehen, vor langer Zeit, mit der Gitarre um den Hals, er sah, wie schön die Heide war, dann sah er Imme in seinem Hemd, halb offen …

Im Augenwinkel zuckte ein Hase. Oder war es ein Kaninchen?

Jedenfalls kam der Wagen von der Straße ab.

4

Wie friedlich diese Insel war …

Groß und endlos blau wölbte sich der Himmel über dem Meer. Kaum Wolken zogen, und eine milde Brise ließ die Möwen treiben, daß sie nur faul die Flügel spreizen mußten, um auf dem Wind zu segeln. Manchmal schrien sie, als wollten sie zeigen, daß sie sich freuten, doch klang es eher, als zeterten sie. Sie konnten nicht anders.

Seit sein Vater tot war, wich Asche den Blicken der Möwen aus. Sie kamen bedenklich nah heran, wenn er manchmal im Strandkorb saß, vor allem die großen Silbermöwen mit ihrem roten Fleck am Schnabel. Sie blieben stehen, hielten Respektabstand, meist drei Meter, und warteten, richteten ihr starres, lidloses Auge auf ihn und hofften auf Futter. Mehr war es nicht. Es ging ums Fressen, und Asche konnte beim besten Willen nicht sagen, wieso er dieses Gefühl nicht los wurde, daß sein Vater ihn durch die Augen der Möwen sah.

Er fühlte sich beobachtet.

Und doch …

Wenn der Wind so wehte, daß die Heckenrosen schwankten, daß die Fahnen knatterten und die Touristenkarawane ihr Strandgepäck gebückt über den Bohlenweg schleppte, gab es an dieser Welt an sich nichts weiter auszusetzen.

An sich.

Asche lag am Boden seiner weißroten Holzbude,

drückte sich an die Rückwand neben dem Stuhl, hatte die Füße unter den Tisch gestreckt, seine Lederjacke um sich gewickelt und stierte durch das Fenster in den Himmel. Er hatte keine Ahnung, wie spät es sein mochte. Seine Uhr war kaputt, doch nach der Menge der wandernden Köpfe zu urteilen, die vor der Scheibe seines Kontrolleurshäuschens vorüberzog, mußte es fast Mittag sein.

Ein kleiner Junge mit rundem Gesicht und großen Ohren drückte seine Nase an das Glas und hielt die Hände schützend um die Augen, damit er was erkennen konnte. Es war nicht zu verhindern, daß sich ihre Blick trafen. Erschrocken wich der Junge zurück, und etwas dumpf hörte Asche ihn von weiter her nach seiner Mutter rufen.

Er mußte aufstehen.

Die Farbe an den Tischbeinen blätterte, in der Ecke darunter standen dreckige Gummistiefel, eine Flasche Terpentin, lagen alte Zeitungen. Es roch nach Salz und Teer und nach verbrauchter Luft.

Er mußte aufstehen.

Langsam kam er hoch, lehnte halbwegs an der Wand, spürte den kühlen Schweiß auf seiner Stirn. Die Hände brannten, am Hals schien er zu bluten, wenn er sich zu schnell bewegte. Er saß in einer trockenen Lache, und seine rechte Wange tat höllisch weh, als hätte ihm jemand den Mundwinkel aufgeschnitten, um sein Grinsen zu verbreitern.

Ihm war nicht zum Grinsen zumute.

Er war ein Blatt im Wind, versuchte, alles von sich zu weisen, was ihn bedrückte, und marterte zur gleichen Zeit sein Hirn, was es denn eigentlich war, was ihn bedrückte.

Die letzte Nacht war wie ein böser Traum.

War das alles wirklich so passiert?

Er konnte sich nur noch daran erinnern, wie er im Sand gekauert hatte, oben auf der Düne, in der Morgensonne, unter sich die blühende Heide, von breiter Furche durchzogen, die der Wagen gefräst hatte. Teile lagen herum, gelb wie falsch gefärbte Heideblüten, ein Rad, ein herrenloser Sitz.

Wie war er auf die Düne gekommen?

Wo war der andere?

Er mußte doch irgendwo liegen.

Asche suchte die Heide ab, konnte sich nur unter Schmerzen bewegen, konnte kaum stehen und traute sich nicht die Düne hinunter. Also suchte er mit den Augen, soweit er eben sehen konnte.

Das gelbe Monstrum war einige hundert Meter durchs Dünental gepflügt, hatte die Heide aufgerissen, eine sandige Wunde, die so schnell nicht vernarben würde. Verbogen und verbeult wie der Wagen war, schien es, als hätten sie sich mehrmals überschlagen, eher seitwärts als vorwärts, aber so sehr sich Asche auch daran erinnern wollte ... er sah sich nur auf der Düne hocken, hatte keinen blassen Schimmer, wie er dorthin gekommen war.

Oder hierher in seine Bude ...

War er am Strand entlanggelaufen?

Blutend? Ohne daß ihn jemand angesprochen hätte?

Es war sehr früh gewesen, Sonntagmorgen.

Da war kaum jemand unterwegs.

Er meinte sich zu erinnern, wie er am Meer entlanggetaumelt war, immer am Flutsaum, die aufgeweichten Stiefel schwer und naß. Aber sicher war er nicht.

Aus der Ferne hörte er eine Sirene, einen Krankenwagen aus der Klinik, und dann fielen ihm die Autos ein, die dort am Straßenrand gehalten hatten, während er noch auf der Düne hockte. Erst war ein großer Benz gekommen, bald darauf ein Taxi, und da hatte er sich dann verdrückt, war ein Stück weit auf der anderen Seite der Düne hinunter gerutscht. Soweit war alles klar. Nur welchen Weg hatte er genommen? Und wieso war er nicht gesehen worden?

Konnte er sicher sein?

Was war, wenn sein Volvo am Straßenrand jemanden mißtrauisch machte? Ob man ihn mit dem Diablo in Verbindung brachte?

Scharf sog Asche die dicke Luft in seine Lungen.

Was wäre, wenn der Typ nun tot war?

Asche schüttelte den Kopf, daß ihn der Schmerz durchzuckte. Daran wollte er nicht denken. Das konnte er noch immer tun, wenn ihm nichts anderes übrigblieb.

Hatte er alles getan, was zu tun war?

Hätte er ihm helfen können?

Wenn er ihn gefunden hätte?

Wieso war er so blöd gewesen, einen fremden Wagen zu fahren, noch dazu so ein Gerät? Je länger er darüber nachdachte, desto sicherer wurde er, daß er es genauso wieder machen würde.

Er hatte sich nichts vorzuwerfen.

Oder doch?

Scheißkarnickel.

Irgendwas brodelte in ihm, wollte, daß er sich daran erinnerte, und er gab sich alle Mühe, aber er hatte nicht den leisesten Schimmer, was es sein mochte.

Blinzelnd und schwankend trat er ins grelle Licht, suchte seine Jacke nach der Sonnenbrille ab und zog einen verbogenen Drahtrahmen hervor, in dem nur noch ein Glas war. Scherben knirschten in der Tasche.

Die Karawane kam zum Stehen. Ein älteres Ehepaar in dunkelblauen Trainingsanzügen mit der Aufschrift

BORUSSIA MÖNCHENGLADBACH kramte die Strandbeutel nach Kurkarten durch, wobei die Frau, die ihm kaum bis an die Brust reichte, ängstlich immer wieder aufsah, bis endlich die Karten zum Vorschein kamen, und der Mann sie triumphierend in die Luft hielt. Er trug eine Pilotenbrille und hatte gelbe Zähne.

Asche winkte ihn durch, und alle anderen auch, konnte die erwartungsvollen Blicke nicht ertragen. War ihm doch egal, ob die bezahlt hatten oder nicht.

Vorn, am Kiosk, saßen ein paar Trinker halbnackt in der prallen Sonne, die Bäuche braungebrannt, die Hosen ausgeleiert, vor sich je eine Dose Holsten, Kippen und darauf ein Feuerzeug. Menzel winkte aus seinem Guckloch hervor.

Asche wäre der ganzen Blase am liebsten aus dem Weg gegangen, aber sie hatten ihn längst gesehen, offenbar auch schon in seiner Bude, denn ihren glasigen Blicken nach zu urteilen, spekulierten sie seit längerem, was er gestern wohl getrieben haben mochte. Hotte und Walter wußten wie immer alles ganz genau. Dann waren da noch der leicht debile Diethelm und ein gepflegter Trinker, der – seinen Krücken nach zu urteilen – aus der Nordseeklinik kam.

Vor dem Toilettenhäuschen hatte sich ein Haufen Kinder versammelt, offenbar eine Schulklasse, die auf ihre Lehrerin wartete. Ein paar Jungen machten sich an den abgestellten Fahrrädern zu schaffen, sahen sich verschwörerisch um und schienen die Luft aus den Reifen zu lassen.

Asche schälte die Lederjacke von sich und sah seine Hände an. Er mußte sich waschen, damit er wenigstens an den Händen kein Blut mehr hatte.

Im Vorraum des Toilettenhäuschens war kaum Platz für zwei, und als er sich eben vor dem Spiegel aufbaute, wurde die Tür zur Kabine aufgerissen und vier kleine Jungs mit roten Baseballmützen rempelten lärmend an ihm vorbei.

Da sah er die Bescherung.

Vor allem der Schnitt im Gesicht war übel.

Die Wunde am Hals hatte heftig geblutet, war aber nur eine Schürfung, halb so wild. Sein Mund war gräßlich entstellt. Er versuchte zu lächeln, ließ es aber gleich wieder sein. Schon fing der Schnitt wieder an zu bluten.

Mit Wasser und Papierhandtüchern wischte er an sich herum und tupfte das schorfige Blut von seiner Wange, nur die Hände stellten ein echtes Problem dar, weil sie voller Splitter waren, voll winzig kleiner Dinger, die man kaum erkennen konnte. Es dauerte fast eine halbe Stunde, bis er soweit war, daß er sich an die Luft wagte. Er sah nicht gut aus, aber erheblich besser als vorher.

Als er vor die Tür trat und einen Moment lang auf der Stufe in der Mittagssonne stand, sah er seinen Chef am weißen Häuschen stehen.

Der Mann stand da und wartete.

5

Das war es dann gewesen.

Asche saß auf der obersten Stufe der Treppe, die steil zum Meer abfiel, die Hände gefaltet, Ellbogen auf die Knie gestützt, und stierte in die Ferne. Er saß hoch oben, weit über dem Meer, bei den Möwen, dem Himmel näher als der Erde, und doch war er am Boden wie noch nie.

Was hatte er getan?

Wieso ging alles schief?

Saß irgendwo jemand und stach Nadeln in eine Puppe, die ihm ähnlich sah?

Erst hatte er bei diesem blödsinnigen Kartenspiel soviel verloren, daß er allen Ernstes Immes Vater beklauen mußte, der ihm immer wohlgesonnen war. Der Mann war doch nicht verkehrt, nur weil er nach Fisch roch. Daraufhin hatte er auch noch Imme verloren, weil sie ihm nicht mehr traute ... und sein Dach über dem Kopf dazu. Dann war ihm ausgerechnet noch seine Amazone verreckt, was nicht mal das schlimmste war, denn noch in derselben Nacht hatte er einen megateuren Supersportwagen zu Schrott gefahren und konnte nicht mal sicher sein, was mit dem Beifahrer passiert war.

Aber das war noch nicht alles.

Jetzt war er zu allem Überfluß auch noch seine letzte Einnahmequelle los, und das nur, weil dieser Spacken von der Kurverwaltung mit seiner dämlichen Kapitänsmütze ausgerechnet einen Kontrollgang machen mußte, als Asche blutend vor dem Spiegel stand. Wenn es das erste Mal gewesen wäre, daß sie ihn für seinen mangelhaften Einsatz im Dienste der Kurtaxe gerügt hätten, wäre er damit vielleicht noch mal davongekommen, aber leider war es ihm von Anfang an egal gewesen, ob die Leute ihr Scherflein beitrugen oder nicht. Sylter zahlten bei ihm sowieso nicht, das war klar. Wer wollte denen allen Ernstes Geld dafür abnehmen, daß sie an ihren eigenen Strand gingen? Es war schlicht unanständig. Und selbst wenn er es versucht hätte ... wollte er mit denen diskutieren?

Aber auch die Touristen ... ob sie ihn nun nervten oder nicht, das Meer gehörte nicht dem Kurdirektor, und die paar Papiersammler von der Strandreinigung konnten nun wirklich nicht soviel kosten wie die Kurverwaltung für das bloße Betreten des Strandes kassierte. Die kriegten doch auch nicht mehr als er.

Manchmal war es hier wie im Wilden Osten.

Seilschaften und Betonköpfe.

Asche seufzte schwer.

War doch sowieso alles egal. Er hatte keine Arbeit mehr, keine Kohle, keine Wohnung, keine Liebe. Ihm blieben nur seine Blechamazone und die alte Höfner mit dem Amp im Kofferraum. Aber er war keine siebzehn mehr. Es würde nicht mehr lange dauern, bis er der zweiten Hälfte seines Lebens in die trüben Augen blicken mußte. Jedenfalls wenn er so weitermachte.

Unten am Strand versuchten zwei kleine Bengel ohne Badehosen, einen Drachen ins Blaue steigen zu lassen, hetzten am Wasser entlang, umschifften Wanderer und Badenixen, doch reichte der Anlauf nicht, und immer wieder landete das Plastikding im Wasser. Armwedelnde

Rentner beklagten sich bei den Rettungsschwimmern, deuteten mit langen Armen auf die beiden Kinder.

Jedes Alter hatte seine eigenen Probleme.

Als kleine Jungen hatten sie im Sommer fast jeden Tag am Strand gespielt, Sandburgen geschippt, als das noch erlaubt war, Muscheln gesammelt und die Burgen damit verziert, waren auf Pappen die Dünen runtergerutscht und um die Wette von den Tetrapoden gesprungen, die inzwischen kaum noch aus dem Sand ragten, bis er sich dabei ein Knie so fest an die Zähne geschlagen hatte, daß seine Unterlippe genäht werden mußte. Irgendwie war alles anders gewesen, und hatte doch immer mit dem Meer zu tun gehabt.

Und jetzt?

Die Leute sagten, das Meer fräße die Insel.

War das nicht immer so gewesen? Anders wäre Sylt nie zur Insel geworden. Nein, viel schlimmer waren die vielen Leute. Der Tourismus fraß die Insel ... wenn sich die Insel nicht vorher selbst fraß. Manchmal erinnerte ihn Sylt an eine Herzinfarktpatientin, die um keinen Preis vom fetten Essen lassen wollte, dafür aber reichlich trank und ultraleichte Zigaretten Kette rauchte, um dann, wenn ihr blasser Körper ausgelutscht war, zu klagen, daß sie nicht mehr konnte, wie sie wollte.

Wer konnte schon, wie er wollte?

Asche griff hinten rechts in seine Hosentasche, nahm raus, was drin war. Zwei Zehner und ein feuchter Zwanziger. Das war der allerletzte Rest.

Irgendwas mußte passieren.

Vielleicht konnte er Tschibo fragen, ob der ihm die Amazone nach Tinnum in die Werkstatt schleppen würde, aber die Jungs von der Maumau-Runde waren nicht sonderlich gut auf ihn zu sprechen. Spielschulden sind

Ehrenschulden, hatten sie gesagt, ein Spruch, von dem Asche nie so recht gewußt hatte, wie man ihn verstehen sollte.

Was war, wenn einem die Ehre nicht so wichtig war?

Wenn man ganz andere Sorgen hatte?

Er konnte Schemel fragen, aber eigentlich hatte er keine Lust, irgendwem von seiner Lage zu erzählen. Schemel hätte Mitleid, würde ihm sein Sofa anbieten, auf dem niemand ernstlich schlafen wollte, und bevor er sich von jemandem wie Schemel abhängig machte, der nach drei Bieren unweigerlich zum Jammerlappen wurde und um seine Ex-Frau heulte, schlief er lieber im Sand und ging das Risiko ein, von sächselnden Strandwächtern aufgegriffen zu werden.

Er konnte froh sein, daß nicht Winter war.

Rauschend ging der Wind durchs Dünengras.

Wen konnte er fragen, was mit dem Mann im Diablo passiert war? Ob er verletzt war? Ob er in der Klinik lag? Oder hatte er sich einfach genauso aus dem Staub gemacht? Hatte er gesagt, daß der Wagen gemietet war? Asche konnte sich nicht mehr erinnern. Er sollte Kalle fragen.

Ein leises Beben ging durchs Holz der Treppe, und eine runde Frau kam ihm entgegen, schnaufte die Stufen herauf. Ein kleiner, schwarzer Köter hechelte zu ihren Füßen, wartete auf Frauchen, während sie rotgesichtig stehenblieb, daß der Paillettenadler auf ihren mächtigen Brüsten schwankte, als wollte er sich von ihr lösen und am liebsten mit den Möwen durch die Lüfte segeln. Sie stand auf der Hälfte der Treppe und sah aus, als würde sie den Rest nicht schaffen, zumindest nicht in diesem Leben. Hilfesuchend blickte sie zu Asche auf. Zwischen ihnen lagen mindestens noch zwanzig Stufen.

Er wich ihrem Blick aus.

Es gab so schrecklich viele einsame Gestalten, die auf dieser Insel Anschluß suchten.

Danach war ihm nicht zumute.

Vielleicht brauchte er zur Abwechslung mal jemanden, bei dem er *seine* Geschichte loswerden konnte.

Nur wollte ihm keiner einfallen …

Hatte er eigentlich keine Freunde mehr?

Was war passiert?

Vor Imme hatte er doch welche gehabt …

Oder?

Unten, bei der weißen Hütte mit dem großen, roten Kreuz, in der die Rettungsschwimmer ihre Sachen ließen, saß ein braungebranntes Mädchen im weißen Trägerhemd mit weiten Khakis, das sich die Reeboks zuband. Es hielt einen Kasten unterm Arm und lief die Treppe hinauf, immer zwei Stufen mit einem Mal, so leichtfüßig, daß es im Holz kaum zu spüren war.

Die Frau mit dem Adler auf der Brust sah sich um, hielt sich am Geländer fest, um nicht im Weg zu stehen, doch als das Mädchen zu ihr kam, blieb es stehen, sprach kurz mit der Alten, nahm sie beim Arm, half ihr hinauf.

Vielleicht war »Mädchen« nicht das richtige Wort. Ohne weiteres hätte sie als einer dieser geschorenen Technobengel durchgehen können, wären da nicht die beiden hübschen, runden Möpse gewesen, die ihr Trägerhemdchen strapazierten. Frisch und proper.

Der schwarze Kläffer lief voraus, immer fünf Stufen vor den beiden, blieb dann stehen, sah sich um, dann lief er weiter. Als er zu Asche kam, schnüffelte er an dessen Stiefeln herum, und Asche hielt ihm seine Hand hin, daß er daran leckte. Willig ließ sich der Hund hinter den Ohren kraulen.

Das Mädchen hielt einen Erste-Hilfe-Kasten unterm Arm.

Konnte er nicht auch mal eine kennenlernen, die ihm half, die ihm zur Seite stand, die zu ihm hielt?

Asches Augen wurden feucht. Er fühlte sich krank und elend, einfach erbärmlich, und ganz bestimmt war ihm nicht danach zumute, sich jetzt auch noch vor einem Teenie alt zu fühlen …

Schnaufend bebte der Adler vor Asche am Geländer. »Hören Sie auf den Rat einer alten Frau«, ächzte sie. »Bleiben Sie jung. Alt werden ist großer Mist.« Schwitzend lächelte sie ihn an.

Asche sah aus dem Augenwinkel zu ihr auf. »Ich hab auch nicht vor, alt zu werden«, knurrte er und wich den beiden aus, stierte aufs Meer. Wie leicht sich sowas sagte.

»Und hören kann man auch nicht mehr so gut. Was sagen Sie?« Sie roch nach Kölnisch Wasser.

»Wer will schon alt werden?« Asche wollte lächeln, aber sein Mundwinkel riß auf. Seine Rechte zuckte an die Wange, und ein Tropfen Blut rann ihm ans Kinn.

Zielstrebig schob sich das Mädchen um die Alte. »Komm schon, rück rüber. Du siehst ja schlimm aus. Laß mal sehen.« Sie setzte sich neben ihn auf die Treppe und klappte ihren Rettungskasten auf.

»Ach, Sie beide kennen sich? Das ist ja nett. Was für ein hübsches Paar … Alles Gute wünsch ich Ihnen.« Die Alte nickte vor sich hin, rief ihren Hund und schnaufte asthmatisch die letzten Stufen hinauf.

Asche war wie versteinert, schmeckte das Blut in seinem Mund, wagte sich nicht zu bewegen. Wieso sollte ihm jemand helfen?

»Gehörst du zu den Rettungsschwimmern? Ich hab dich hier noch nie gesehen.«

Das Mädchen kramte in dem Kasten herum. »Ich dich schon. Ich hab vorhin gesehen, wie der Typ mit der häßlichen Mütze dich zur Minna gemacht hat. Ich dachte mir, du würdest dich vielleicht freuen, wenn ich Jod und Pflaster besorge ... Halt still!«

Dann tupfte sie in seinem Gesicht herum, wischte das Blut ab, kam ganz nah heran, als kannten sie sich. Asche wagte nicht, ihr in die Augen zu sehen, ohne daß er hätte sagen können, wieso. Schüchtern war er eigentlich nicht.

Sie roch gut, nach Salz und Meer, und war so ernst und eigentlich gar nicht sein Typ.

Sie nahm das Fläschchen Jod und kippte es in einen Wattebausch. »Ich bin Ose«, sagte sie. »Paß auf, gleich tut's vielleicht ein bißchen weh.«

6

»Ist es nicht einfach unfaßbar geil?« sagte sie und riß die dritte Dose Bier auf. »Sieh dir das Meer an ... wird da nicht alles andere klein?«

Sie lagen im Sand, seit Stunden schon, vorn am Wasser, ein Stück abseits der Strandläufer und Badenden, rauchten, tranken und ließen sich begaffen. Ose hatte seine Wunden gereinigt, ihm ein paar Pflaster verpaßt und sich geradezu naiv mit der Erklärung zufriedengegeben, daß Asche am Abend vorher im American erst Streit und dann ein paar aufs Maul bekommen hatte.

»Du machst gar nicht den Eindruck, als würdest du dich prügeln«, hatte sie gesagt.

»Tu ich auch nicht.« Das Lügen fiel Asche nicht schwer. »Ich hab nur eingesteckt.«

Diese Ose hatte so eine Art, ihn anzusehen, die er kaum einordnen konnte. Sie wirkte konzentriert, zielstrebig, irgendwie ernst und mütterlich wie ein Glucke, die für ihre Küken sorgt, aber gleichzeitig war sie für das alles viel zu jung und schmal und knabenhaft, daß Asche sich nicht traute, sie zu fragen, wie alt sie eigentlich war.

Fast lag der Nachmittag schon hinter ihnen. Die ersten Familien packten zusammen, die Rettungsschwimmer machten langsam Feierabend, holten ihre Fahnen ein, und das Licht nahm diesen warmen, milden Ton an, ließ das Gleißen hinter sich und sank langsam, ganz langsam dem Meer entgegen.

Asche hatte einen echten Glimmer.

Bier in der prallen Sonne war nicht so ganz sein Fall, aber dieser Tag war wirr wie seine Gedanken, und er konnte sich kaum von der Stelle rühren. Wo sollte er auch hin? Wozu sich rühren, wenn da nichts zu rühren war? So lag er im Sand und rauchte, lauschte diesem seltsamen Mädchen und wartete darauf, daß irgendwer die beiden verjagte, weil sie nicht – wie alle anderen – nackt am FKK-Strand saßen. Seltsam, wie verletzlich man in Kleidern werden konnte, wenn sonst alle ohne waren.

»Ich weiß gar nicht, wieso ich dir das alles erzähle«, sagte sie und fuhr mit rosa Zunge über ihre Lippen. »Eigentlich kenn ich dich ja gar nicht.«

Asche hielt seine Arme hinter dem Kopf verschränkt, lag da und starrte in den Himmel. »Ich weiß es auch nicht«, sagte er und sah sie aus dem Augenwinkel an, als sie sich ganz nah neben ihn legte. Sie hatte feine, blonde Härchen an ihren kleinen Ohren. Ihr Haar, oder das, was davon übrig war, leuchtete knallrot und war kürzer als die Wimpern. Sie kam aus einer anderen Welt, von einem anderen Planeten.

Mit bleiernem Kloß im Magen dachte er an Imme. Sie waren so vertraut gewesen, drei Jahre lang. Jetzt war es noch keinen Tag zu Ende, und schon umflatterte er eine andere. Was war los mit ihm? Hatte denn nichts mehr irgend etwas zu bedeuten?

Dieses Geld von ihrem Vater. Er mußte es sich irgendwie beschaffen, und auch den Rest der Spielschulden begleichen, sonst konnte er sich bald nirgendwo mehr blicken lassen.

Den alten Mangelsen beklauen ... Imme hatte recht. Er war ein Schwein.

Ose setzte sich auf, stellte ihre Dose in den Sand und

schloß die Augen, reckte sich dem Wind entgegen. »Was hast du jetzt vor?«

»Im Moment?«

»Wo willst du hin?«

Den ganzen Nachmittag hatte sie von sich erzählt, daß sie aus Berlin kam und den Sommer hier verbrachte, daß sie flüchten mußte, weil sie ihre Mutter nicht mehr sehen konnte, die soff und außer bitterer Verachtung für ihren Vater nichts mehr empfand. Die Riesenwohnung in Schöneberg stand so gut wie leer, seit ihre Mutter nur noch auf dem Sofa vegetierte. Dauernd saßen in der Küche irgendwelche Haushälter am Tisch, Polen oder Wolgadeutsche, alle zwei Monate ein anderes Pärchen, Männer mit großen Brillen, Frauen mit schmalen Lippen, und die meisten sprachen kein Wort Deutsch. Der Vater lebte wieder in Connecticut. Sie sah ihn nur einmal im Jahr.

»Und du?« hatte sie gesagt. »Hab ich dich nicht neulich mit so 'nem großen Blonden rumlaufen sehen? Mit blauen Augen?« Sie wartete. »Du bist hier geboren, oder?«

Asche schreckte auf. Er war nicht scharf darauf gewesen, mehr als nötig von sich preiszugeben, jedenfalls nicht gleich, aber soviel konnte er verraten. »Allerdings«, sagte er. »Was machst du in Berlin?«

Sie zuckte mit den Achseln. »Fotojobs manchmal. Einmal war ich sogar im Playboy.« Das ließ sie etwas wirken. »Ansonsten ist dabei nicht viel rausgekommen ... und bald bin ich dafür zu alt.«

Asche lächelte sie an. »Witzig«, sagte er und schloß die Augen.

»Manchmal helf ich im Copyshop aus. Aber sonst ... hast du ein Problem mit meinem Alter?«

Asche schob seine Augenbrauen in die Höhe. »Ich?«

Vorn am Flutsaum sammelten sich ein paar Vögel, die

das schaumige Wasser nach Futter absuchten und die Gelegenheit nutzten, daß dort gerade niemand badete. Sie wetzten so schnell hin und her, daß man kaum folgen konnte.

Ose grub die Füße in den Sand. »Weißt du, ich glaube, daß das körperliche Alter eines Menschen nicht entscheidend ist …«

»Ich bitte dich, das ist ja sehr charmant, aber wenn man die Treppe nicht mehr raufkommt …«

»Läßt man sich eben helfen. Reine Organisationsfrage. Darauf das Selbstbewußtsein aufzubauen, ist kindisch. Und außerdem: Kommst du die Treppe etwa nicht mehr rauf?«

Zu gern hätte Asche ihr geglaubt. Wahrscheinlich war er nur unwirsch, weil er sich so scheußlich fühlte.

Ose ließ nicht locker. »Weißt du, ich hab mal was gelesen, keine Ahnung, wo, aber das hat mir irgendwie die Augen geöffnet. Seitdem bin ich überzeugt davon, daß das Altern im Kopf stattfindet.«

»Schön wär's.« Asche fummelte nach seinen Zigaretten.

»Die Frage lautete: ›Wie alt wärst du, wenn du nicht wüßtest, wie alt du bist?‹«

»Als ich geboren wurde, waren die Elefanten noch behaart.« Asche riß sein Zippo an.

»Verstehst du denn nicht?«

Asche zog an seiner Zigarette und blies Rauch in den Wind. »Ich will dir mal was sagen. Ich möchte ja nicht schroff klingen, aber wenn ich dir erzählen würde, was bei mir gerade los ist …«

»Und wieso erzählst du es mir nicht?«

»Weil ich …« Er schwieg.

»Weil du Schiß hast, daß ich sage: ›Reiß dich zusammen! Ist doch alles halb so schlimm‹?« Ose klang kalt und unbeugsam wie eine Buhne.

»Und wenn schon … Was streitest du mit mir? Hab ich dir was getan? Ich bitte dich! Wir kennen uns kaum. Ich hab auch so schon reichlich Ärger. Wenn du wüßtest …« Und obwohl er gar nichts erzählen wollte, schossen ihm plötzlich die Tränen in die Augen. »Verdammt!« Er putzte sich die Nase.

»So schlimm?«

Einen Moment lang sah er sie an.

Und dann erzählte er … von Imme, vom Zocken, vom Klauen, Amazone kaputt, kein Dach mehr überm Kopf. Das mit dem Job wußte sie ja schon, aber das mit dem Unfall behielt er lieber für sich. Es reichte auch so.

Danach saßen sie eine Weile im Sand und sahen den Möwen zu, die auf dem Wasser schaukelten.

Irgendwann sagte Ose: »Tut mir leid. Ich bin wohl manchmal vorlaut. Also, was deine Freundin angeht, kann ich nur eins sagen: Liebe ist wie Sellerie. Man braucht mehr Kalorien, ein Stück davon zu essen, als dieses Stück einem an Nährwert gibt. Wenn du verstehst, was ich meine …«

Asche sah sie an, sah zum ersten Mal, daß sie fast schwarze Augen hatte.

»Und was den Rest angeht … ich weiß nicht, du sagst, wir kennen uns ja kaum … aber wenn du willst … vielleicht kann ich dir helfen.«

7

»Hier wohnst du?« Asche konnte es kaum glauben.

»Wieso, gefällt es dir nicht?«

Von der Decke hing eine nackte Birne, an den Fenstern gab es keine Vorhänge, und das dunkle Grau einer Ytong-Mauer nahm rahmenfüllend eine ganze Wand ein. Mitten im Zimmer stapelten sich Umzugskartons bis fast zur matten Birne. Von den Wänden blätterte die feuchte Tapete, und auch der Teppich schien zu leben. An der Westwand, zu den Dünen hin, breitete sich Schimmel aus. Hier schien früher mal so etwas wie ein Speisesaal gewesen zu sein. Es roch muffig und schal. Aus der Gemeinschaftsküche wehte es verbrannt herüber.

Für eine Nacht würde es gehen.

Asche hatte ohnehin längst nicht mehr damit gerechnet, daß sich etwas ergeben würde, denn die letzten zwei Stunden hatte er draußen im Wagen gewartet, daß Ose wiederkam. Aber sie kam und kam nicht.

Kaum irgendwo auf dieser Insel fühlte er sich unwohler als in Gesellschaft der gepflegten Biedermänner, die sich in den teuren Kampener Hotels mit Blick über die Heide, auf die Sturmhaube, aufs Meer herumtrieben, umgeben von panzerverglasten 600ern und fabrikneuen 7er BMWs. Drei Stunden hatte sie ihn in ihrer mattschwarzen Ente warten lassen, auf dem Parkplatz an der Heide, und wohl oder übel hatte er sich die abendliche Prozession alter Männer, die allesamt aussahen wie Vorstandssprecher, mit deren lederhäutigen Begleiterinnen ansehen müssen, auf dem Weg vom Strand zum Abendessen, zum Tennis, zum Tanzen, zum Autowandern durch den Strönwai.

Auf einem Hinterhof war sie verschwunden, mußte etwas abseits parken, wollte nicht zuviel versprechen, mußte aber erst was klären.

»Lauf nicht weg! Ich bin gleich wieder da,« hatte sie noch gesagt.

Von wegen.

Asche hatte in ihrer Ente gehockt, mit offenem Dach und hochgeklappten Scheiben Lamb und Portishead vom CD-Player gehört, Stunde um Stunde, hatte sich den Sonnenuntergang angesehen, geraucht, die letzte Dose Bier geleert und irgendwann trotz einsetzender Dunkelheit Oses Sonnenbrille aufgesetzt, um den abschätzigen Blicken nicht mehr begegnen zu müssen, die ihm die Passanten pärchenweise zuwarfen.

Er wußte, woran es lag.

Der Aufkleber auf dem Kofferraumdeckel der finsteren Ente gefiel nicht jedem, und hier, im Reich der Reichen und Superreichen, wo alles seine Ordnung hatte, wo man sich erholen und keineswegs belästigt werden wollte, zeigte niemand Sinn für grobe Provokationen.

Ein Trio blieb hinter ihm stehen, eine Frau, hübsch aus dem Sonnenstudio, zu dunkelbraun für diesen kühlen Sommer, ein dicker Mann mit Zwirbelbart, der andere ein Modekasper mit Drei-Tage-Schatten, Armani-Anzug und Designerbrille. Schamlos standen sie direkt hinter der Ente und sprachen zu laut, als daß er es hätte überhören können. »Reizend«, meinte die Frau mit bayrisch rollendem R, und eifrig pikiert schüttelten die beiden Typen ihre Köpfe.

GOTT IST EIN AMATEUR stand da mit schwarzer Schrift auf gelbem Grund.

Dem war kaum etwas hinzuzufügen.

Asche hatte versucht zu schlafen, aber immer, wenn er die Augen schloß, blieb es nur kurze Zeit dahinter dunkel. Wie aus dem Nichts blitzten plötzlich Bilder auf. Er sah seine eigenen Hände am Lenkrad des Diablo, sah, wie der Wagen abhob ... und riß die Augen wieder auf.

Was war mit diesem Mann passiert?

Sollte er Kalle danach fragen?

Irgendwann traute er sich nicht mehr, die Augen zu schließen.

Und als er eben die Beifahrertür aufdrücken und sich auf den Weg machen wollte, irgendwohin, egal, Hauptsache weg von hier, da kam Ose wieder, war ungewöhnlich aufgekratzt, entschuldigte sich tausendmal, erzählte irgendeine Geschichte von irgendwem, irgendwas, das sie unbedingt hatte tun müssen, warf mit Namen um sich, die Asche nicht kannte.

Sie hatte sich umgezogen, trug große, runde Ohrringe, ein enges, schwarzes Kleid, das ihre Formen eher hervorhob als verhüllte, lang, tief ausgeschnitten und zu heiß gewaschen.

Nun also standen sie in ihrem Zimmer.

»Wie kommst du in dieses Personalwohnheim? Kellnerst du, oder was?«

Ose lächelte. »Seh ich so aus?«

Sie ging voraus, schob sich zwischen zwei Kartons hindurch. Links und rechts von ihnen türmten sich die braunen Dinger, führten in eine Art Labyrinth, einmal um die Ecke, nochmal um die Ecke, und dann stand da ein Bett. Am Boden lagen Slips und dicke Socken, an den Kartons klebten Bilder. New York im Winter, Mike Tyson mit der

Hand an seinem Herzen. Seltsam still war es hier. Die Pappe dämpfte die Geräusche aus dem Haus, das Klappern der Gemeinschaftsküche, das Brabbeln der Gespräche nebenan.

»Das ist mein Reich. Hier kann mir keiner was«, sagte sie schwer seufzend und sank aufs Bett, ließ sich nach hinten kippen und nahm mit nacktem Arm eine Zigarette von dem Pappkarton, der ihr als Nachttisch diente.

Asche sah sich um. »Was ist das alles?«

»Das meiste dürfte wohl mir gehören.«

»Ich dachte, du wolltest nur den Sommer auf Sylt verbringen und dann wieder ...«

»Hab ich das gesagt?« Sie runzelte die Stirn. »Nein, nein, ich hab alles aus Berlin geholt, oder holen lassen, besser gesagt.« Ose sog den Rauch tief ein und blies ihn langsam wieder aus, sah zur nackten Birne auf. »Willst du da so stehenbleiben?«

Asche setzte sich neben sie auf die Matratze, daß das ganze Bett zu schaukeln begann. »Sag mal«, sagte er, »ich weiß wirklich zu schätzen, daß ich bei dir pennen kann ...«

»Aber?«

»Meinst du, du würdest mir noch einen Gefallen tun?«

Ose setzte sich auf, drückte die halbe Kippe in einen vollen Aschenbecher und schüttelte den Kopf, daß die Ohrringe klapperten. »Nein, ich denke, dein Konto ist weit überzogen.«

»Oh.«

»He, das war ein Scherz, natürlich helf ich dir.« Sie lehnte sich ganz leicht an ihn, sah zu ihm auf. »Was denn?«

»Mein Wagen steht hinter Rantum an der Straße. Der ist mir gestern da verreckt.«

Ose wartete einen Moment. »Aha«, sagte sie. »Und wie bist du von da weggekommen? Getrampt, oder was?«

Asche nickte. »Ich möchte meine Gitarre und den Amp holen, bevor sie jemand klaut. Falls die Kiste noch nicht abgeschleppt ist.«

Ose sah ihn an, sagte kein Wort, saß nur da und glotzte.

»Du spielst Gitarre? Echt?«

»Wieso, traust du es mir nicht zu?«

»Warum hast du das nicht gleich gesagt?«

»Wann gleich?« Asche wußte überhaupt nicht mehr, was los war.

Ose strahlte übers ganze Gesicht, legte ihre warme Hand auf sein Knie und drückte zu. »Paßt doch«, sagte sie.

»Was paßt?«

»Vielleicht hab ich einen Job für dich.«

8

»Kalle?«

»Wer ist da?«

»He, Kalle, bist du das? Ich bin's.«

Einen Moment lang war in der Leitung alles still.

»Asche? Wie spät ist es?«

Er sah auf seine Uhr. Sie zeigte auf Viertel nach fünf. Seit dem Unfall hatten sich die Zeiger nicht mehr von der Stelle bewegt.

»Keine Ahnung. Kalle, du mußt mir helfen!«

Vom anderen Ende krächzte ungesundes Husten herüber. Kalle rauchte viel. »Wieso klingst du so komisch? Ich kann dich kaum verstehen ...«

Asche wandte dem Wind den Rücken zu. »Besser so?«

»Was ist los mit dir? Wenn du schon wieder Geld leihen willst, kann ich dir nur raten ...«

»Ganz ruhig. Du sollst mir nur eine Frage beantworten, ohne Fragen zu stellen.«

Asche hätte sich ohrfeigen können. Es widersprach Kalles Wesen. Und hätte ihm auch den Lebensunterhalt verdorben. Einmal in der Woche reservierte man ihm eine Kolumne in der Zeitung.

»Ohne zu fragen?«

Asche sah ihn förmlich vor sich, wie er stirnrunzelnd von seinem fusseligen Sofa hochkam, während die Glotze stumm durch die Bude flimmerte und die dicke Katze von seinem Bauch sprang. In den Ecken staubten Yucca-

Palmen, an der Wand über dem Sofa hing ein Plakat von Rio Reiser, bevor er König von Deutschland wurde. Der Tisch stand voller Aschenbecher, Rotweingläser klebten auf der Platte, und irgendwo dazwischen lag ganz sicher eine angebissene Käsestulle.

»Hast du wieder mal was angestellt?«

Asche sah zu Ose hinüber, die in der schwarzen Ente auf ihn wartete. Sie hörte Portishead. Im gelben Licht der Bogenlaterne schimmerte ihr rotes Haar wie Mohn. OASE ZUR SONNE stand auf dem Schild hinter ihr.

»Bist du noch da?«

»Kalle, ich kann es dir im Moment nicht erklären. Du weißt, ich hab dich noch nie wirklich belogen ...«

Asche holte tief Luft, wollte warten, ob Kalle dazu was sagte, aber es kam nichts.

»Ein Freund von mir ...«, Asche räusperte sich, »also ... gestern nacht hat es hinter Rantum einen Unfall gegeben, bei dem ...«

»Woher weißt du das?«

»Also, dieser Freund ...«

»Hat er keinen Namen?«

»Hörst du mir zu?«

»Asche, paß auf, das stinkt doch jetzt schon. Welcher Freund?«

Kalle konnte man nichts vormachen.

»Mann Gottes, kannst du nicht einmal im Leben eine Frage beantworten, ohne eine mißtrauische Gegenfrage zu stellen?«

Kalle schnaubte feucht in den Hörer. »Dann hätte ich auch Koch bleiben können. Außerdem bin ich ganz bestimmt kein Mann Gottes.«

»Also, dieser Freund von mir, der möchte wissen ...«

»... was mit dem Fahrer passiert ist.« Kalle lachte heiser. »Du meinst den Fahrer von diesem Lamborghini, der heute morgen hinter Rantum einen Unfall hatte.«

»Also hast du keine Ahnung. Sag das doch gleich.«

Kalles Stimme wurde scharf. »Mann, wenn ich den Polizeifunk nicht abhören würde, könnte ich auch Gedichte schreiben und wieder ...«

Das kannte Asche schon.

Ose saß in ihrem schwarzen Kleid in der offenen Tür und rauchte, streckte ihre schlanken Beine auf den Asphalt. Die Ohrringe schimmerten im Licht, wenn sie den Kopf bewegte.

»Hörst du zu?«

»Bitte?«

Der Wind fegte durch die Schneise in den dunklen Dünen und wehte ihm das Haar ins Gesicht.

»Ich hab mir nur Sorgen gemacht. Es könnte sein, daß ich den Mann kenne, der den Wagen gefahren hat. Also, ist ihm was passiert?«

»Asche?«

»Was?«

»Warst du dabei?«

Langsam fing er an zu nerven. »Du willst mir also nicht helfen ...«

»Das hab ich nicht gesagt.« Kalle hustete harsch. »Mich wundert nur deine Frage. Du müßtest dich mal hören. Ist ihm was passiert? Das soll wohl ein Witz sein. Der Typ muß an die dreihundert gefahren sein, so wie der abgehoben ist. Wahrscheinlich breit wie die Natter.«

»Mich würde interessieren, ob ihm was passiert ist.«

Kalle klapperte am anderen Ende herum.

»He, bist du noch da? Lebt der Mann?«

Asche hörte ein Feuerzeug.

»Was weiß ich? Der Typ hat sich verpißt, und die Kiste

war wohl gemietet. Ich versteh sowieso nicht, wieso manche Hotels ihren Gästen solche Geschosse zur Verfügung stellen. Ist ja tolle Werbung, aber wie man sieht, kann nicht jeder damit umgehen. Der Sachschaden allein liegt bei vierhunderttausend. Ohne die aufgefräste Düne.«

Der Wind fegte feinen Sand über den Asphalt.

»Asche? Bist du noch da?«

Er stand nur da und konnte sich nicht rühren.

»Du kennst den Mann, sagst du?«

»Ich?«

»Wer sonst? Natürlich du.«

»Nein, nein, ich hab nur … Bist du sicher?«

»Ich weiß vor allem, daß das Wrack von diesem Wagen in Tinnum an der Keitumer Chaussee steht, von der Straße aus zu sehen. Ich war vorhin kurz da. Daß dieser Mensch überhaupt noch in einem Stück sein soll, glaubt man nicht.«

»Wieso warst du da?«

»Schemels Freundin wollte mal sehen, wie sowas aussieht.«

Asche sah das gelbe Wrack vor sich. Die Teile über die Heide verstreut. Es gab kein Entrinnen. Er war den Wagen gefahren, freiwillig oder nicht. Er hatte es getan. Niemand sonst.

Asche hörte kaum noch, was aus dem Hörer kam.

» … wenn ich mich recht erinnere, wolltest du mir vor Wochen was über Mau-Mau-Zocker erzählen, und den Vorschuß darauf hast du schon kassiert. Du erinnerst dich? Wann sehen wir uns?«

Ose war ausgestiegen. Asche dachte an die lausigen Zweihundert, die Kalle ihm zugesteckt hatte.

»Ich glaub, ich muß los.«

Als er auflegte, hörte er ihn noch, aber die Stimme kam

nur klein und leise aus dem Hörer, bis dieser in der Gabel hing.

Konnte irgend jemand wissen, daß er am Unfallort gewesen war, daß er den Wagen gefahren hatte?

Irgend jemand?

Ose stand mit verschränkten Armen an den Wagen gelehnt, sah zu Boden und wackelte mit dem rechten Fuß, als bohrte sie ihren Absatz in den Boden. Sie hatte seine Lederjacke angezogen und sah zu ihm herüber, breitete fragend die Arme aus, und als er sich nicht rührte, stieß sie sich vom Wagen ab, schlenderte heran.

»Was ist mit dir?« sagte sie, als sie mit ihm im gelben Licht der Zelle stand.

Asche wollte etwas sagen, aber ihm fiel nichts ein. »Ich weiß nicht«, sagte er und schüttelte den Kopf. »Ich glaub, diesmal hab ich echt Scheiße gebaut.«

9

»Frag mich nicht, wie es kommt, daß sie ausgerechnet hier auf Sylt hängengeblieben sind. Das muß Lasse dir erzählen.« Ose nahm noch einen kalten Pommes aus der Tüte und sah sich trübsinnig die Touristen an, die draußen vorüberschlurften.

»Sein Bruder heißt Bosse und kommt aus Bullerbü, oder?« Er gab sich alle Mühe, bei der Sache zu bleiben.

»Nein, sein Bruder heißt Ole, und der ist ... he, vielleicht bist ihm schon schon mal begegnet. So ein blonder Schrank, der zuviel redet.« Aufmerksam sah sie ihm in die Augen.

Asche kniff den Mund zusammen. »Auf Sylt gibt es bestimmt zweihundert blonde Oles ...«

Ose seufzte schwer. »Ich glaub, ich hol mir noch einen Kaffee. Du auch?« Sie sah in den Rückspiegel ihrer Ente und ließ einen blauen Jeep vorbei, dann stieg sie aus und beugte sich zu ihm herein. »Ja?«

Asche winkte kauend ab. »Apfeltasche«, sagte er, froh, daß sie nicht mehr bohrte, was es mit diesem Anruf bei Kalle auf sich hatte.

Sie parkten vor McDonald's, oben an der Friedrichstraße, seit einer halben Stunde schon, sahen sich die Touristen an, das wandelnde Panoptikum. Rundleibige Pärchen, blonde Gräten mit hechelnden Pitbulls an der Leine, aufgedrehte Teenies, die auf den weißen Bänken hockten und sich mit Ketchuptüten bewarfen. Weiter hinten kauerten singende Bettler mit Gitarren am Boden, umringt von Männern in kurzen Hosen, aus denen haarige Beine ragten, Frauen mit bläulichen Betonfrisuren, pflegeleicht im Nacken kurz.

Einige kannte Asche vom Strand.

Er sah Ose drinnen im Laden in der Schlange stehen, die einzig Sehende unter den Blinden, eine Lichtgestalt, mit nichts und niemandem zu vergleichen, und die Leute hielten etwas Abstand, warfen ihr verschämte Blicke zu. Wie konnte er sich ihr nur erkenntlich zeigen? Was sollte er ohne sie nur tun? Es war, als wäre sie vom Himmel gefallen, direkt in seinen Schoß.

Als sie an der Unfallstelle zwischen Rantum und Hörnum vorbeigekommen waren, hatte er versucht, im Dunkeln etwas zu erkennen, und tatsächlich war da diese Schneise durch die Heide gewesen, irgendwo in der Weite der Dünen ein heller Strich durch die Landschaft, sonst nichts. Kurz sah man der Straße an, wo Reifen ihre Spuren auf dem Asphalt hinterlassen hatten und eine Bahn zeichneten, die so nicht vorgesehen war.

Die Amazone parkte noch am Straßenrand, unangetastet, und auch die Höfner und der Amp waren da. Als er am Kofferraum stand und der Wind ihm in die Augen wehte, dachte er kurz an Imme, dann zog er den Kopf ein, duckte sich hinter der Klappe und schrieb seine Klamotten ab. Das Wichtigste hatte er am Leib: Lederjacke, Jeans und Stiefel. Alles andere konnte er waschen. Er wollte sich die Blöße sparen, bei Imme vor der Tür zu stehen und zuzusehen, wie sie sein Zeug im hohen Bogen aus dem Fenster warf.

Ob sie das mit dem Sparbuch schon gemerkt hatte?

Er mußte es ihr schicken. Gut, daß er noch nichts abgehoben hatte.

Als Ose einstieg, schaukelte die Ente wie ein Boot. Sie lächelte ihn an und gab ihm eine kleine Tüte. »Vorsicht, heiß. Für die Blöden steht's auch drauf.«

Er sah in die Tüte, griff hinein. »Au! Das Ding ist so heiß, daß man die Aufschrift gar nicht lesen kann.« Er grinste böse. »Vielleicht sollte ich den Laden verklagen ...«

Sie schlürfte an ihrem schwarzen Kaffee, verzog das Gesicht. »Um noch mal darauf zurückzukommen ...«

»Wieso machst du es eigentlich so spannend?« Mit spitzen Fingern klappte Asche die Packung auf. Es roch nach Zimt.

»Ich möchte, daß du weißt, was auf dich zukommt ... falls du einsteigst ... Ich kann dir nur sagen, daß da jemand gebraucht wird, und wenn du dich der Aufgabe gewachsen fühlst ... warum solltest du es nicht versuchen?«

Asche pustete an dem heißen Ding herum. »Wie kommst du darauf, daß ich es kann?«

Klaren Blickes sah sie ihn an. »Keine Ahnung.« Sie runzelte die Stirn. »Du siehst gut aus. Deine Haare müßten geschnitten werden, du bräuchtest andere Klamotten. Aber du machst den Eindruck, als würdest du keinen Scheiß erzählen. Ob du spielen kannst, wird sich zeigen.«

»Es geht um Jazz, ja?«

»Lasse und Ole haben die Band gegründet. Rabe und Lasse kennen sich vom Internat, und Ulf ... keine Ahnung, Ulf Hammel ist irgendwie immer dabei. Guck mal, die da!« Sie zeigte mit ihrem Kaffee auf zwei Männer, die mit ihrem Schäferhund flanierten. Der eine war schon etwas älter, auf Gamaschenschuhen, mit großen Ohren, weißer Weste und Uhrenkette, der andere dreißig Jahre jünger, mit breitem Lachen, toupiert, mit weißer Hose, weißen Slippern.

Asche nickte grinsend. »Schick«, sagte er.

»Da sitzen wir und lästern«, meinte Ose. »Als könnte man über uns nicht auch herziehen.«

»Mir doch egal.« Asche zog die Nase hoch. »Ich hab nichts gegen Spinner. Hauptsache keine Schlafmützen.«

»Das wird dein Publikum sein.«

Asche seufzte.

»Für fünfhundert am Abend.«

Er sah sie an. »Pro Nase?«

»Was glaubst du, wieso Lasse das macht? Die Band ist nicht unbekannt. Im letzten Jahr waren sie in Kopenhagen, Stockholm, Mailand, vor zwei Jahren haben die Jungs versucht, in New York Fuß zu fassen, aber daraus wurde nichts ...«

»Oha ... Ose, das kann ich nicht. Das ist ein paar Nummern zu groß für mich. Ich meine, ich spiel vielleicht nicht schlecht, und mit Standards kenn ich mich ganz gut aus, aber ...« Auf Asches Stirn machten sich Sorgenfalten breit. Er ließ die Apfeltasche sinken.

»Hör sie dir erstmal an. Lasse wirst du mögen. Den mag man einfach.«

»Ist er eigentlich ...?«

»Was?«

Asche wischte sich die Krümel vom Mund.

»Mein Freund?« Sie strahlte ihn an und schüttelte den Kopf. »Nein, war er mal. So bin ich dazu gekommen. Ich kenn die Jungs aus Berlin. Da spielen sie im A-Trane, Blue Note, Quasimodo, fast jeden Abend irgendwo. Nur der Sommer ist lau. Lasse hat meine Stimme gefallen.«

»Du singst?«

»Wenn man mich zum Singen bringt ...«

Irgendwie hatte Asche das Gefühl, als sollte das eine Aufforderung sein. Er konnte gar nicht sagen, wieso er eigentlich nickte, aber als er sie nach einigem Schweigen ansah, merkte er, daß sie ihn beobachtete. Mit spitzen Fingern hielt sie den dampfenden Kaffee mit der Linken zwischen den nackten Knien und sah ihm in die Augen, fragend, forschend. Ihr Mund war feucht und rot, die Augenbrauen wie Schwingen über den schwarzen Augen. Sie beugte sich zu ihm herüber, daß er ihr entgegenkam.

Draußen brabbelte eine Harley vorbei, unverkennbar, dann war alles still, und eine Ruhe machte sich im Wagen breit, daß alles wie in Watte lag und ihm ganz schwindlig wurde, als sie immer näher kam und ihn sanft auf den Mund küßte.

Das Herz schlug Asche bis zum Hals. Er spürte, wie seine Ohren rot wurden, und sie lächelte.

»Du bist süß«, sagte sie und rückte wieder ab.

Asche blies die Backen auf und pustete.

»Was ist?« Sie trank von ihrem Kaffee. »Hast du Angst, daß du dir die Finger verbrennst?«

Asche grinste. »An der Apfeltasche?«

»Woran sonst?« Sie suchte in ihrer Tasche am Boden nach ihren Zigaretten.

»Sag mal ...«

»Mal ...«

»Dieser Ole, der verlorene Bruder ...«

»Ja?« Als sie die Kippen fand, stellte sie den Kaffee ab.

Asche nahm den letzten Bissen Apfeltasche und knüllte die Packung mit zwei Fingern zusammen. »Wieso ist der eigentlich nicht mehr dabei, wenn die Band so gut läuft?«

Ose schüttelte ihre Streichholzschachtel und nahm eines heraus, riß es an. Als es brannte, stierte sie in die Flamme. »Weil er ein Idiot ist«, sagte sie.

10

Es war mitten in der Nacht, als Asche aufschreckte. Oder besser: Es war sehr früh am Morgen. Ein merkwürdig dicker, süßlicher Geruch hing im Raum, muffig und schimmlig, und er schüttelte den Kopf, bis schneidender Schmerz ihn daran hinderte. Irgendwo spielte jemand Klavier.

Er hatte eine fürchterliche Birne.

Ihm taten alle Knochen weh.

Über den Umzugskartons ging allmählich die Sonne auf.

Asche sah sich um, streckte eine Hand aus. Seine Wange brannte. Das Laken neben ihm war leer.

Er stützte sich auf seine Ellenbogen.

Neben der Matratze standen zwei Flaschen Grappa, eine leer, die andere halbvoll, daneben ein Spiegel am Boden mit Resten von weißem Pulver. Auf dem stinkenden Aschenbecher stand PICARD. Asche mußte eklig husten, sank zurück und schloß die Augen.

Was für ein Abend …

Diese Ose war unglaublich.

Unwillkürlich mußte Asche grinsen, zuckte vor Schmerz.

Ob es an ihm lag, an seiner Ausstrahlung? War er noch der alte Herzensbrecher?

Etwas ungewohnt fühlte er sich.

Als sie am Abend herkamen, war er schon nicht mehr

ganz nüchtern gewesen. Anfangs saß er auf dem Bett und rauchte. Am Boden, in den Ecken, hatte Ose weiße, kniehohe Altarkerzen angesteckt, daß man die braunen Kartons kaum noch als solche sah. Aus der Minianlage auf der anderen Seite des Bettes schwebte sanfter Jazz. Chris Connor sang mit spröder Stimme zwischen Geigen »Almost Like Being in Love«, und Asche sah sich schon nach seiner Gitarre um, die irgendwo am Boden liegen mußte, hätte gern mitgespielt. Da kam Ose aus dem Bad, barfuß.

Sie hatte die Ohrringe abgenommen und trug nur noch ihr langes, schwarzes Trägerkleid. Lächelnd tänzelte sie herein, langte neben ihm unter die Matratze. Auf dem kleinen Spiegel, den sie hervorzog, lag ein altes Teppichmesser, und sie warf ein weißes Briefchen darauf, aus dem sie einen ganzen Haufen Pulver schüttete, um davon ein paar Sicheln abzuteilen. Sie schniefte kurz und reichte Asche das Silberröhrchen, das sie aus dem Nichts gezaubert hatte, dann sprang sie auf und lief zur Anlage.

Fragend sah sie ihn an. »Ist die Musik okay?«

Asche wollte nicht koksen. Er wußte genau, was dann kam. Er würde aufsteigen wie eine Rakete, einmal über den Himmel segeln, ein paarmal den Mond umrunden und enden wie Apollo 13. Er saß da und hielt das Röhrchen in der Hand.

»Was ist mit dir?« sagte sie, während sie in den CDs herumklapperte. »Ist dir nicht gut?«

Er nickte und lächelte, sah auf den Spiegel und beugte sich herab, schniefte zweimal und warf den Kopf in den Nacken.

»Na also«, sagte sie. »Geht doch.«

Abrupt machte sie dem Stück ein Ende und legte eine neue Scheibe ein. Es dauerte einen Moment, dann sang Nat King Cole. Wie blauer Nebel breitete sich seine

Stimme aus, wippte in den Hüften. Asche lächelte. Was der Gitarrist da machte, war unglaublich weich und schlau, kaum zu begreifen. Asche steckte sich eine Zigarette an, saß da und freute sich, dann sank er aufs Bett und blies den Rauch zur Decke. Er fühlte sich geborgen wie im Mutterbauch.

»Ich kann dir gar nicht sagen, wie froh ich bin, daß ich jetzt hier sein kann«, sagte er, sah Ose an, die seinen Blick erwiderte und langsam ums Bett kam.

»Ziehst du deine Jacke eigentlich nie aus?«

Sie hatte recht, ihm wurde warm, und so streifte er sie ab und warf sie neben das Bett. Ose stand vor ihm, sah auf ihn herab; sie strahlte eine Ruhe aus, wie er sie selbst nie fand, sie leuchtete im Dunkeln, und die schwarzen Augen ließen keinen Moment lang von ihm ab.

Dann kniete sie vor ihm am Boden, zart und unschuldig.

Er beugte sich vor, wollte nah an ihr Gesicht, wollte sie riechen, wittern, kam ganz nah, hielt seine Zigarette so, daß ihr der Rauch nicht in die Augen wehte. Er wollte sie küssen, und es schien, als wollte sie es auch, dann wich sie zurück, legte ihre warmen Hände auf seine Knie, stützte sich ab, fuhr über seine Schenkel.

Langsam kam sie hoch, strich die Träger von ihren Schultern, nur ein Stück weit, nahm beide Hände und hob ihre Brüste aus dem Kleid.

Stolz sah sie an sich herab.

»Uff«, sagte Asche. »Wieso bin ich dir noch nie begegnet? Wo warst du die ganze Zeit?«

Mit spitzen Fingern nahm sie ihre Brustwarzen, kniff hinein und drehte sie ein wenig, sah sich selbst dabei zu, bis sie hart wurden.

»Ich war hier«, sagte sie. »Wo warst *du*?«

Sie streckte die nackten Arme aus und knöpfte seine Jeans auf, daß er den Bauch einziehen mußte.

Mit einem Ruck riß sie ihm die Hose über den Hintern. Er wollte ihr helfen, wollte sich befreien, aber sie hielt ihn zurück, drückte ihn mit spitzen Fingern aufs Bett. »Laß deine Stiefel an«, sagte sie. »Ich mag das.«

Anfangs sah er diesen Mann noch vor sich. Immer wieder blitzte er auf, kurz vor dem Unfall, die großen Augen, die großen Hände, und Asche schreckte hoch, wollte sie fast von sich schieben, aber Ose ließ nicht locker, und ihm fehlte schlicht die Kraft.

Dann lag er da und schloß die Augen, rührte sich nicht von der Stelle. Er wäre ja auch dumm gewesen. Irgendwann verbrannte er sich die Finger, japste kurz und mußte die Glut von der Decke sammeln, aber sie ließ nicht locker, ließ ihn nicht gehen, ließ nicht los, blieb warm und feucht und schnurrend bei ihm, und Nat King Cole sang »What Is This Thing Called Love?«

Stunden später, wie es schien, nahm sie ihn in die Hand, hob den Spiegel vom Boden, nahm das Röhrchen und zog sich zwei Halbmonde in die Nase, schniefte, steckte sich mit einer Hand eine Zigarette an, zog daran, hielt und rieb ihn immer noch, reichte ihm das glimmende Ding und nahm ihn wieder in den Mund. Die ganze Zeit sagte sie kein Wort, und es war, als blieb die Zeit stehen, als gäbe es auf dieser Welt nichts anderes als Pappkartons und Nat King Cole und diese Frau, die zwischen seinen nackten Beinen kniete, ihre Arme darum schlang und ihren weichen Mund in seinem Schoß vergrub.

Als er nicht mehr an sich halten konnte, hob er kurz und wild vom Boden ab, daß sie ihn festhielt, ihn nicht gehen ließ, und er sah noch einmal hin, brannte sich ihr Bild ein, um es nur nicht zu vergessen.

Dann ließ er sich gehen und kam wie ein Orkan.

Scharf ging die Gischt übers Meer, peitschte im Wind.

Als er wieder zu sich fand, war alles still. Er lag noch da, wie er gelegen hatte, nur wurde ihm langsam kalt um die Hüften. Ose kauerte noch zwischen seinen Beinen, hielt ihn umschlungen und drückte ihre nackten Brüste an sein Bein. Langsam kam er hoch, strich über das rote Stoppelfeld auf ihrem Kopf. Eine warme Woge der Dankbarkeit ging über ihn hinweg, daß er mit seinen Fingern ihren kleinen Kopf umfaßte und die Ohren kraulte.

Träge hob sie den Kopf. Er sah nur ihre schwarzen Augen und daß sie lächelten. »Puh, Mister President«, sagte sie mit rauher Stimme, daß er lachen mußte.

Er schüttelte den Kopf. »Ich weiß nicht, was ich sagen soll.«

»Das will ich hoffen«, sagte sie.

11

Lasse Olsen sah tatsächlich aus, als käme er aus Bullerbü. Er hatte blondes Haar, blaue Augen und einen Schraubstock von einem Händedruck, bei dem er Asche etwas müde, aber offen in die Augen sah. Er wirkte jünger, als er sein konnte, was wohl an der frechen Tolle in der Stirn und an seinem Schnullermund lag. Er war weich um die Wangen und rot um die Augen. Einen Moment lang stand Asche in der Tür zur Personalkantine, wußte nicht so ganz, ob er hier richtig war und überlegte, woher er diesen Lasse kennen konnte. Er kam ihm irgendwie bekannt vor. Wahrscheinlich nur, weil er wie Stoltenbergs Enkel aussah, kurz nachdem der seinem Vater beichten mußte, daß er vom Internat geflogen war.

Es war fast eins, als die Band langsam zum Frühstück zusammenkam. Lasse und Ose saßen wie Bruder und Schwester auf der Bank in der Ecke am Fenster. Sie hatten die Gardinen zugezogen, sperrten das grelle Sonnenlicht aus. Asche ließ sich von Lasse die Hand quetschen und lächelte Ose zu, die ihn mit ernster Miene musterte. Gern hätte er ein Zeichen von ihr bekommen, etwas, das ihm zeigte, daß sie die letzte Nacht nicht bereute.

Sie war kaum wiederzuerkennen.

Die schwarze Bubikopfperücke verlieh ihr etwas Asiatisches, und die weiße Bluse stand für Asches Geschmack mindestens zwei Knöpfe zu weit offen. Zumindest so lange sie so nah bei diesem Lasse saß, der ihr dauernd in den Ausschnitt gaffte.

Asche nahm sich einen Stuhl, der aussah, als hätte er die letzten dreißig Jahre in einem Wienerwald verbracht, und setzte sich den beiden gegenüber.

Auf dem Tisch lag eine umgedrehte Zeitung.

»Laßt euch nicht stören«, sagte er und lächelte.

Trübe sah ihm Lasse in die Augen. »Was hast du mit deinem Mund gemacht?«

Asche faßte an sein Pflaster und zuckte mit den Schultern. »Kleines Mißgeschick«, sagte er. »Ist schon wieder besser. Habt ihr Kaffee?«

Träge machte sich Ose von Lasse los und holte eine Tasse.

Lasse fuhr sich mit beiden Händen durchs Haar, ließ die Ellbogen aufgestützt. Seufzend sah er auf die Blümchendecke. »Ich hoffe, du kriegst nicht den falschen Eindruck von uns. Gestern war Sonntag. Wir hatten unseren freien Abend, und da sind wir glatt versackt.« Lasse kniff die Augen zusammen, als bereute er. »Ulf hab ich schon gesehen, aber Rabe ... Ose, hat er was gesagt?«

Klappernd stellte sie Asche die Tasse hin und berührte ihn kaum merklich mit der Hüfte, strich an ihm entlang, stieß ihn leicht an, als wäre es Absicht. Er sah ihr nach, wie sie sich setzte, folgte ihren weichen Bewegungen, sah ihre schmalen Hüften. »Eben hat er noch geschlafen. Ich hab ihm gesagt, daß er aufstehen soll.«

»Ose sagt, du bist Gitarrist?« Lasse schmierte reichlich Butter auf sein Brötchen.

»Und ihr sucht einen ...«, sagte Asche.

Lasse nickte. Schweiß stand auf seiner Stirn, als er Honig auf sein Brötchen laufen ließ. »Mein Bruderherz hat uns versetzt. Ist wohl irgendwo versackt. Mal wieder. Ganz toll.« Er schnaubte verächtlich und wischte seine Tolle aus der Stirn.

Asche sah in seine Tasse. Der Kaffee war kaum stark genug, um aus eigener Kraft aus der Kanne zu kommen.

»Is' was?« Ose runzelte die Stirn.

Asche lächelte. »Der ist bestimmt gesünder so, oder?«

»Ach ja, Ose hat auch ihre mütterliche Seite. Stimmt's, oder hab ich recht? Neben diversen anderen. Die Mutter der Kompanie.« Als sie ihn so ansah, an ihren schmalen Fingernägeln herumspielte und offenbar nicht wußte, was sie darauf entgegnen sollte, nahm Lasse sie in den Arm und gab ihr brüderlich einen Kuß an die Stirn.

Asche stellte klappernd seine Tasse weg und sah sich um. »Was ist das für ein seltsamer Bau hier? Wohnt ihr alle in dieser Baracke?«

Lasse hatte reichlich abgebissen, kaute mit mahlendem Kiefer und sah ihn einen Moment lang an, als nähme er ihn jetzt erst richtig wahr. »Ose sagt, du bist Sylter ... da müßtest du doch wissen, was hier abgeht ... die sind doch alle größenwahnsinnig. Hier ...«, er nahm die Rundschau und schlug sie auf der Sylter Seite auf, »hier steht's heute gerade wieder. ›Exodus ist nicht mehr aufzuhalten.‹ Nicht mal der Kampener Kurdirektor findet eine bezahlbare Wohnung.« Er sah ihm in die Augen. »Und du? Wo wohnst du?« Lasse nahm eine kleine Plastikschale mit Leberwurst und riß sie auf, roch daran. Asche schloß die Augen, damit ihm nicht übel wurde.

»Er kann doch mein Zimmer haben«, sagte Ose.

Lasse sah auf sie herab, wackelte mit der Leberwurst herum. »Damit du endlich in meinem Bett schlafen kannst?« Er grinste sie an. »Was soll eigentlich mit Oles Sachen passieren? Diese Kisten ... meine Güte, wieviele sind es eigentlich? Überall steht dieses Zeug rum. Wir müssen es irgendwo einlagern.«

»Kommt er nicht wieder?« Asche knurrte der Magen. Er sah sich um. »Kann ich mir einen Teller nehmen?«

»Nein, oder ja.« Lasse sah irgendwie verzweifelt aus. »Kommt drauf an, welche Frage zuerst dran ist.«

Asche griff sich ein gummiweiches Aufbackbrötchen und schnitt mit seinem stumpfen Messer daran herum.

»Ich weiß nicht, ob Ole noch mal wiederkommt. Sollte mich wundern, wenn er sich traut.« Lasse und Ose sahen sich an, beide mit fragendem Blick, aber keiner sagte was. Vielleicht war es zu privat. Ging ihn ja auch nichts an. Und wenn es mit der Band nichts wurde, hatte er wenigstens ein paar Nächte ein Dach über dem Kopf. In Oses Bett … oder war es Oles?

»Wann können wir proben?«

Es schien, als mußte Lasse von weither kommen, um darauf zu reagieren. Er dachte nach, zog feucht die Nase hoch und runzelte die Stirn. »Am besten, sobald alle da sind. Wenn es klappt, und Ose scheint ja große Stücke auf dich zu halten, könntest du heute abend schon dabei sein. Wo bleibt Rabe eigentlich? Und Ulf, der Penner?« Er sah auf seine Uhr.

»Heute abend?« Asche sprach mit vollem Mund.

»Hast du was besseres vor?«

»Das heißt, ich soll vom Blatt spielen …«

Die beiden gegenüber sahen auf, an ihm vorbei zur Tür, daß Asche sich umdrehen mußte.

Ein dürrer, blasser Albatros mit roten Haaren schlurfte herein, mit kleinen Augen und großen Ohren, schob sich an Asche vorbei, ohne ihn anzusehen, und sackte stumpf neben Ose auf die Bank.

»Meine Güte, Ulf, wie siehst du denn aus?« Ose war ehrlich besorgt.

»Keine Ahnung.« Mit hängenden Schultern sah der Lulatsch in die Runde. Seltsam unansehnlich war er, als paßte nicht alles zusammen.

»Hi«, sagte Asche und hob einen Zeigefinger, aber der andere nahm ihn gar nicht wahr.

»Mann, hab ich einen Kater ...« Zitternd schenkte er sich von der Brühe ein.

»Einen Kater? Ich dachte, du hast eine Katzenallergie ...« Lasse prustete mit roten Wangen, und Ose sah ihn böse an.

»Down and out im Heidekraut«, sagte Asche, und Ulf bemerkte ihn, schlürfte an seiner Tasse, starrte ihn an. Asche räusperte sich. »Du bist der Trommler?«

Mit schiefen Zähnen lächelte ihn der andere an, sprach mit tiefer Stimme. »Ich bin der Baß.« Der Baß hielt ihm die Hand hin. »Aber nicht vor fünfzehn Uhr.«

Die roten Flecken auf seinen Wangen sahen nicht sonderlich gesund aus. Er zog die Nase hoch. »Was hast du mit deinem Mund gemacht?« Einen Augenblick lang hob er seinen Kopf, kniff die Augen zusammen und versuchte, sich auf Asches Mundwinkel zu konzentrieren.

»Er kann vielleicht für Ole einspringen. Das heißt, daß wir nach dem Frühstück proben müssen, um zu sehen, ob es Sinn macht«, sagte Lasse wie ein echter Bandleader.

»Musik am frühen Morgen?« Ulf hustete häßlich und zog ein altes Tempotaschentuch aus seiner Hosentasche, trompetete hinein. »Ich weiß nicht, ob ich dem gewachsen bin.«

»Muß ja nicht sofort sein.« Asche lächelte ihn an.

»Was ist mit Ole?« Der Baßmann kniff die Augen zusammen. »Das war's jetzt endgültig? Er ist raus? Oder was?«

Plötzlich schäumte Lasse auf, und seine Stimme wurde barsch. »Der Schwachkopf hat uns alle reingeritten. Ich bin ja nicht der einzige, der mit ihm ein Hühnchen zu rupfen hat. Was würdest du tun, wenn er plötzlich wieder vor der Tür stünde?«

Ulf machte einen friedfertigen Eindruck, aber man sah ihm an, daß er tatsächlich nachdachte, was er diesem Ole antun wollte. »Schmerzen zufügen?« sagte er.

»Meine Güte«, sagte Asche, »was hat er denn angestellt?«

»Noch jemand Kaffee?« Ose schlenkerte mit der Kanne. »Auch wenn er etwas schlapp ist?«

»Ich, bitte«, sagte Ulf.

»Ich bitte Kamillentee. Für meine Stimme«, sagte Lasse und hielt ihr seine Tasse hin.

Asche runzelte die Stirn. »Schon gut, war ja nur eine Frage. Ich will bloß nicht den gleichen Fehler machen ...«

Lasse sah unter seiner blonden Tolle hervor, glasig, verständnisvoll. »Soviele Fehler kannst du gar nicht machen.« Er warf einen Blick auf seine Uhr. »Was ist mit Rabe los?«

»Liegt noch im Koma«, meinte Ulf.

»Soll ich ihn holen?« Ose wollte schon aufstehen, als hinter Asche eine schneidende Stimme laut wurde, daß alle aufblickten und Asche sich umsah.

In der Tür stand ein kleiner Mann im dunklen Anzug, ganz in Schwarz, das feuchte Haar zurückgekämmt, und grinste spitz. »Na, ihr Arschkriecher? Steckt ihr wieder die Köpfe zusammen?«

Lasse lachte wie ein kleiner Junge. »Schlagzeuger sollten nicht sprechen. Es könnte der Eindruck entstehen, als wollten sie was sagen. Hier, das ist unser neuer Gitarrist ... so Gott will.« Er deutete auf Asche, und der andere strich mit schmaler Hand das ölige Haar zurück, musterte ihn. Sein Blick bohrte sich kalt zwischen Asches Augen. Bei allem Lächeln wirkte er spöttisch.

Mit seltsam wiegendem Gang schlenderte er an den Tisch, wie ein Matrose auf hoher See, nahm eine Tasse und hielt sie Ose fordernd hin. Ohne Asche anzusehen, sagte er: »Und? … Haben dir die Schnarchnasen schon erzählt, worauf du dich hier einläßt?«

12

»Und wenn er jetzt doch wiederkommt?« Ulf Hammel schraubte ganz unten an seinem Kontrabaß herum und klang, als wollte er am liebsten keine Antwort hören.

Die Luft in der plüschig roten Kellerbar war schal und stank nach hundert Jahren Zigarettenqualm.

»Das sehen wir dann.« Lasse ließ seinen Blick über die Tasten gleiten und suchte einen Ton in der Mitte.

»Ich meine, stellt euch doch mal vor, wenn er heute abend wieder auftaucht, mit seiner Gitarre unterm Arm, wenn wir hier spielen, und da sitzt schon sein Ersatzmann und … wie muß er sich da fühlen?« Hammel schien der Gedanke ganz und gar nicht zu behagen.

»Vielleicht überlegt er sich dann endlich, daß er so mit uns nicht umspringen kann.« Lasse schlug ein paar offene Akkorde an, trat prüfend auf den Pedalen herum. »Ehrlich, Ulf, ich weiß, du meinst es gut und alles, aber Ole hat seine Chance gehabt. Wie oft sollen wir noch darauf warten, ob er auftaucht oder nicht? Ob er sich die Birne breitschlägt und bei irgendeiner Braut abtaucht oder nicht?« Lasse wirkte ratlos. »Wie oft sollen wir uns das noch reinziehen? Irgendwann kippt die ganze Band deswegen … Stell dir vor, wir sitzen Donnerstag im Westerländer Kursaal, und er kommt nicht …«

»Du willst deinen Bruder rauswerfen«, knurrte Rabe. »Das ist nicht in Ordnung.«

Alle wandten sich ihm zu. Einen Moment lang summte

nur die Espressomaschine hinterm Tresen, und jemand klapperte weiter hinten mit Gläsern.

»Was ist nicht in Ordnung? Daß ich keine Geduld mit jemandem habe, auf den ich mich nicht verlassen kann?« Lasse schnaubte verächtlich.

»Daß du deinen eigenen Bruder rauswirfst ...«

»Mann, Rabe, sei doch mal ehrlich. Wie oft wolltest du ihm selbst schon eine reinhauen?«

Rabe aschte neben seinen Hocker, schüttelte den Kopf. »Ich sage nur: Jeder braucht eine zweite Chance im Leben ...« Der Satz hing in der schalen Luft. »Vergiß nicht, wie du selbst drauf warst, Blutsbruderherz. Das ist noch nicht sehr lange her.«

»Und habe ich mich selbst an den Haaren aus dem Dreck gezogen? Habe ich eine Therapie gemacht, um nicht alles in den Sand zu setzen? Bin ich jetzt hier und kann spielen oder nicht?«

»Wenn du weißt, wie es ist ... wieso läßt du deinen Zwilling dann im Stich?« Rabe ließ sich nicht beirren.

Asche wischte seine Hände an der Hose ab und stellte den Verstärker auf die runde Bühne. Was sollte das hier werden? Wieso konnten sie nicht einfach losspielen? Wieso mußte im Leben alles immer einen Haken haben? Wo war Ose eigentlich?

Lasses Ohren färbten sich rot ein. »Wer läßt hier wen im Stich? Seh ich Ole irgendwo? Steht er hinterm Vorhang und versteckt sich, oder was? Rabe, komm runter! Ole ist nicht da! Ich reagier doch nur darauf, daß er nicht kommt ...«

Asche klappte seinen Gitarrenkoffer auf, räusperte sich. »Sagt mal, ihr seid aber sicher, daß ich auspacken soll?«

Alle sahen ihn an, als hätten sie ihn ganz vergessen. Hinten, irgendwo im dunklen Raum, schob jemand einen Staubsauger durch die Bar.

Lasse stellte seine Noten auf das Pult und holte tief Luft. »Tut mir ehrlich leid, daß wir dich in so eine Lage bringen, aber du hörst ja, worum es geht …«

»Die Frage bleibt doch …«, es rasselte am Schlagzeug, als Rabe aufstand, um sich am Tresen noch einen Kaffee zu holen, »… brauchen wir ernstlich einen Gitarristen? Wenn es denn schon so schwierig ist …«

Asche runzelte die Stirn und seufzte. »Paßt mal auf, ich glaube, ihr solltet euch erstmal einig werden, was ihr wollt. Ich komm hier zwischen alle Fronten, bevor ich überhaupt einen Ton von mir gegeben habe.« Er legte seine Höfner wieder in den Koffer.

»Du hast recht«, meinte Lasse. »Hör einfach nicht auf Rabe. Ich kenne meinen Bruder sehr genau, und ich weiß, daß man ihn nicht ändern kann. Jedenfalls nicht in diesem Leben. Und wir schon gar nicht.«

Asche nahm seine Zigaretten aus der Jacke. »Die Frage ist doch: Muß ich der Knüppel sein, den dein Bruder in den Nacken kriegt? *Will* ich der Knüppel sein?«

Hammel grinste. »Schön gesagt«, meinte er ehrlich begeistert.

Lasse nickte. »Knüppel aus dem Sack!« rief er, schlug laut einen Akkord an und lachte, als wäre nichts gewesen. »Laß uns am besten erstmal spielen. Wir reden schon wieder viel zuviel. Was ist mit ›Until the Real Thing Comes Along‹? Paßt doch zum Thema. Kennst du die Nummer? Steht im Fakebook.«

Rabe schob sich konzentriert mit seinem Kaffee in der einen und einem Cognac in der anderen Hand hinter seine Kiste, stellte beides auf das Standtom und nahm seine Besen.

Sofort hob Hammel seinen Riesenbaß vom Boden auf, atmete durch, machte sich groß und brummte los.

Augenblicklich schlug die Stimmung um. Es war nicht schwer zu verstehen, wieso die beiden zusammen spielten. Die beiden kannten sich, groovten warm und freundlich, ungeachtet aller Streitereien. Hammel grinste selig, und selbst Rabe konnte sich ein mildes Lächeln nicht verkneifen. »Was ist?« rief er in die Runde. »Geht's los?«

Lasse warf ein paar Akkorde ein, klimperte dazu, wartete einen Moment, dann fing er an zu singen, mit sanfter Stimme.

»I'd sigh for you, I'd cry for you,
I'd tear the stars down from the sky for you:
If that isn't love, it will have to do,
Until the real thing comes along.«

Es war ein Wunder. Er sang wie Nat King Cole. Genauso weich und liebevoll, geradezu intim, während Asche noch immer in den Noten blätterte, um das Stück zu finden. Gehört hatte er es schon, gespielt aber noch nie.

Er stöpselte sein Kabel in den Fender, drehte an seiner Lautstärke herum, dann setzte er sich auf den leeren Stuhl mitten auf der kleinen Bühne und sah Lasse zu, der eine Seite von sich zeigte, die am Frühstückstisch nicht zu erahnen war. Seine Stimme füllte den ganzen Raum bis an die Decke. Weit hinten am Tresen war die Frau mit dem Staubsauger stehengeblieben, stützte sich darauf und hörte zu.

Dann kam das Solo.

Lasse lächelte Asche an, nickte auffordernd, und die Band wurde leiser, ließ Asche Raum, daß er einsteigen konnte. Er gab sich alle Mühe, nicht wie ein Berserker loszulegen, ließ sich Zeit mit seiner Melodie, warf ein paar schräge Akkorde ein, griff zweimal daneben, steigerte sich aber zum Ende hin, und war dann ganz zufrieden mit sich, als er den Bogen schlug und Lasse wieder sang. Der Schlußakkord war kaum verklungen, als Asche in die Runde sah. Er fand sich gut. Vor allem aber fand er die Band gut. Supergut. Mit solchen Leuten hatte er noch nie gespielt. Sie wußten, was sie taten. Das war beileibe nicht immer der Fall.

Hinten in der Bar klatschte jemand Beifall.

»So ungefähr?« fragte er mit gespielter Arroganz.

Die anderen nickten. Ulf drehte an seinem Verstärker herum. Lasse lächelte, aber Asche glaubte, Enttäuschung in seinem Gesicht zu sehen.

»So kann man es machen«, meinte Lasse.

»Muß man aber nicht«, knurrte Rabe und nahm einen Schluck Cognac.

»Wie denn?« Asche wurde unsicher.

»Kannst du was mit deinem Sound machen? Du klingst so spitz«, meinte Hammel.

»Entlarvend.« Rabe grinste dreckig. »Apropos spitz. Wo ist eigentlich Ose?«

Asche drehte mehr Bässe rein, nahm die Mitten weg und schlug ein paar Akkorde an. »Besser?«

»Hast du noch 'ne andere Gitarre? Eine, die irgendwie runder klingt?« Lasse spitzte die Lippen, überlegte.

»Klar, fünfundzwanzig Stück, draußen im Wagen. Ich geh mal eben eine holen.« Asche runzelte die Stirn und blieb sitzen.

»Was jetzt?« Rabe schüttelte den Kopf, hatte nur halb zugehört. »Holst du eine oder was?«

»Hol doch«, sagte Hammel.

Asche schnaufte. »Es war ein Scherz«, sagte er und stellte die Höfner weg. »An der Gitarre kann es nicht liegen. Sagt mir lieber gleich, wenn euch nicht gefällt, was ich spiele.«

»Doch, doch, keine Sorge.« Lasse blätterte in seinen Noten. »Was ist mit ›Summertime‹ von Gershwin? Das kennst du doch, oder?«

Asche war genervt.

Sollte das ein Witz sein? Jeder Depp kannte Summertime, ob er nun Jazz spielte oder sonstwas.

Schon legten die anderen los, leicht latinomäßig trieben sie das Stück voran, schneller als gewohnt. Lasse war keine dicke, schwarze Baumwollpflückerin, aber seine weiche Stimme machte einiges wett. Er spielte das erste Solo, riß die anderen mit, dann ließ er Asche übernehmen, sehr höflich, sehr dezent. Und Asche legte seine ganze Wut hinein, den ganzen Ärger, zog die Töne endlos, spielte sich den Blues vom Leib, aber der Gedanke, daß die Höfner wohl zu grell klang, ließ ihn nicht los, und noch mitten im Spiel überlegte er, woher er bis zum Abend eine andere Gitarre bekommen konnte.

Am Ende grinsten alle, was ihn glatt überraschte.

Hammel freute sich, Lasse nickte, nur Rabe war mit seinem Kaffee beschäftigt, gab keinen Laut von sich.

»Super«, sagte Lasse. »So hab ich mir das vorgestellt. Geht doch. Wollen wir gleich das nächste spielen? Wir haben hundertzwanzig Stücke im Programm.«

Er sah auf seine Uhr.

13

»Bist du sicher? Was ab ist, ist ab …«

Traurig nickte Asche in den runden Spiegel. Monate war es her, seit ihm Gretchen zuletzt die Haare geschnitten hatte, und nun war nicht nur für seine Spitzen das letzte Stündlein gekommen, sondern auch seine Locken mußten Abschied nehmen. In der Band war man sich einig, daß aus ihm äußerlich doch was zu machen wäre, und nachdem Lasse versprochen hatte, daß Asche mindestens zwei Wochen mitspielen konnte, sofern er wollte, hatte er kurz nachgerechnet und sich gegen die Locken entschieden.

Zwei Wochen brachten ihm sechstausend in bar.

Pop lachte heiser. »Seit Rudi Völler nicht mehr spielt, machen diese Frisuren einfach keinen Sinn. Früher war es ein Bekenntnis. Heute wird man übel denunziert.« Er wippte seinen kleinen Sohn auf seinen Knien. »Na, Tommel, wenn du groß bist, willst du bestimmt auch mal so aussehen, was?«

»Also gut.« Asche seufzte schwer. »Schneid sie hinten auch ab.« Resignierend schloß er die Augen.

Gretchen klapperte mit ihrer großen Schere.

Es war eine Qual.

Asche verzog sein Gesicht, als hätte er Schmerzen auszustehen. »Aber den Nacken rasierst du mir nicht! Ich warne dich! Ich rede nie wieder ein Wort mit dir!«

Einen Moment blieb alles still, und nur einsames Scherenklappern und das Rascheln von Hosenwindeln waren zu hören. Aufmerksam saß der kleine Tom da und sah sich das Drama an.

»Muß ja eine echt gute Band sein, wenn du dir die Haare dafür schneiden läßt«, sagte Pop. »Wenn ich mich recht erinnere, konnte nicht mal Imme dich dazu bewegen.«

Asche warf ihm einen leeren Blick zu.

»Und? Warst du bei ihr?« fragte Gretchen, trat einen Schritt zurück und betrachtete sein rechtes Ohr mit Abstand.

»Du meinst, ob ich auf die Knie gefallen bin? Ob man mich wieder in den Schoß der Fischfamilie aufgenommen hat?«

»Sie hat dich rausgeschmissen, oder?« Pop setzte den Kleinen zwischen endlosen Kabeln und Effektgeräten am Boden ab. Dann stand er auf.

Asche nickte traurig.

Es war eine dieser Erinnerungen, die kein Mensch will. Imme hatte ihn nicht ins Haus gelassen, als er am späten Nachmittag in Hörnum am Hafen bei ihr vor der Tür stand, um seine Sachen zu holen. Erst hatte sie gedroht, sie würde alles als Pfand behalten, bis er ihrem Vater das Geld zurückgegeben hatte, aber dann war ihr wohl klar geworden, daß nichts davon irgendeinen Wert hatte, und so flogen seine Sachen allen Ernstes im hohen Bogen aus dem Giebelfenster, dem Fenster, hinter dem ihr Bett stand.

Asche dachte an Ose, dann an Imme, dann wieder an Ose, sah sie vor sich, wie sie ihm den Entenschlüssel gegeben und dabei seine Hand gehalten hatte, kurz nur, aber fest.

Langsam bekam er Magenschmerzen.

»Und jetzt?« Gretchen zog etwas uncharmant die Nase hoch.

»Keine Ahnung. Von der Kohle, die ich da in diesem Hotel verdiene, bezahl ich erstmal meine Schulden bei ihrem Vater. Bevor er mir den Gerichtsvollzieher auf den Hals hetzt.«

»Nein, ich meinte, was mit deinen Haaren ist. Gut so?« Gretchen neigte den Kopf. Ihr Hals war voller Sommersprossen.

Asche überlegte, ob er Pop eigentlich die dreihundertfünfzig Mark zurückgegeben hatte, die er ihm seit Februar schuldete. Er konnte sich einfach nicht erinnern, und seit dem Unfall kam es ihm vor, als würde der Überblick zunehmend schwieriger. Es war einfach zuviel. Die zweifünf für den neuen Motor hatte er bei Pop erst abgestottert und dann mit einem Mau-Mau-Gewinn beglichen. Was das Gras anging, waren sie soweit quitt, aber irgendwas hatte er bestimmt vergessen.

Wankend steuerte der kleine Tom die offene Terrassentür an. Draußen kauerten zwei Kaninchen auf dem trockenen Rasen in der Abendsonne und warfen mit den kurzen Ohren lange Schatten.

»Paß auf, daß er nicht wieder deine Kippen in den Mund steckt!« Gretchen sah gar nicht hin, ging leicht in die Knie, um mit Asches Stirn auf gleiche Höhe zu kommen. »Du siehst besser aus, als ich dachte.«

Asche schnaubte. »Ist das jetzt positiv oder negativ?«

»Fertig«, sagte sie und reichte ihm den Spiegel.

Asche war nicht glücklich. »Jetzt seh ich aus wie alle«, sagte er.

Gretchen schüttelte ihr rotes Haar und lächelte. »Sei unbesorgt. Das schaffst du nicht.« Sie schien zu überlegen, ob sie noch was sagen wollte. Dann verzog sie den Mund. »Du bist und bleibst ein schräger Vogel.«

»Ich weiß ja, von wem es kommt«, sagte Asche und

kam schwerfällig auf die Beine, als Gretchen dem Kleinen in den Garten folgte.

Pop hatte seine grauen Strähnen hinter die Ohren geklemmt und saß an der Orgel, die dort unter den Gitarren an der Wand stand. Er versuchte ein paar offene Akkorde. Früher war er mal eine große Nummer gewesen, der einzige von Asches Freunden, der jemals mit seiner Musik Geld verdient hatte. Zumindest ein paar Jahre lang. Davon hatte er seinem Vater dann dieses kleine Häuschen abgekauft, damit der Alte sein Rheuma woanders auskurieren konnte. Der wohnte jetzt in Eckernförde.

Asche hob sein Kinn und sah sich die alten Gitarren an der Wand an. Ganz rechts hing auf Augenhöhe eine alte Gibson Byrdland, das Schmuckstück der Sammlung, mehr wert, als Asche Schulden hatte. Er griff danach, während Pop die Melodie von »You're Nobody 'til Somebody Loves You« anfing.

»Man traut sich gar nicht, das Ding auch zu spielen«, meinte Asche, und Pop lächelte nur, ließ ihn machen. Asche dudelte irgendeine Melodie zur Orgel. »Hast du mal wieder was geschrieben? Musik, meine ich?«

Pop schob seine Augenbrauen in die Höhe, dann warf er kurz einen Blick in den Garten. »Keine Zeit. Alle fragen mich das gleiche«, sagte er achselzuckend. Vor zwei Jahren etwa waren seine Reserven aufgebraucht gewesen, und seither tat Pop, als wäre er mit ganzem Herzen Hausmeister. Gretchen hatte ihn gedrängt, die Arbeit anzunehmen, damit sie in Ruhe schwanger werden konnte. Alles andere war ihr zu unsicher gewesen.

»Mir fällt nichts mehr ein«, sagte er.

Asche spielte mit und sah, wie die Kaninchen vor dem Kleinen flohen, der armwedelnd durch die Gänseblümchen pflügte. Gretchen stand da und lächelte selig.

»Wie macht ihr das nur?« sagte Asche. »Wie kommt ihr miteinander aus? Wieso geht es bei euch und bei mir nicht?«

Pop stierte auf die Tasten und spielte einfach weiter.

»Ich meine, jetzt bin ich Imme auch noch los. Die war doch immer nett zu mir.« Asche schüttelte den Kopf.

»Aber du nicht zu ihr«, gab Pop zurück.

Asche tat, als müßte er lachen. »Bist du denn immer nett zu Gretchen, ja? Wieso glaub ich dir nicht? Entweder läßt du dich hier einkochen, oder du lügst dir in die eigene Tasche. Wahrscheinlich schlägst du sie heimlich.« Asche stutzte. Er sollte sich zusammenreißen. Erstens ging es ihn nichts an, und zweitens war er nicht ganz ohne Absicht hier.

»Tut mir leid«, sagte er. »Ich steh etwas neben mir. Und jetzt ist da noch so eine aufgetaucht. Als hätte ich nicht schon genug an den Hacken. Ich weiß überhaupt nichts mehr. Ich kann mit Frauen nicht umgehen. Ich versteh kein Wort.«

Pop legte seine Hände in den Schoß und nickte vor sich hin. »Du kennst doch die alte Nummer …«, sagte er und summte eine Melodie.

»Musik hilft nicht immer gegen alles.« Asche schüttelte den Kopf.

»›Love Is A Tender Trap‹.« Pop holte tief Luft, dann fing er an zu spielen, suchte nach passenden Akkorden, fand sie aber nicht, und so hörte er wieder auf und sah Asche an. »Du würdest die Byrdland gern leihen, oder? Damit die reichen Säcke dich auch ernst nehmen, ja?«

Asche runzelte die Stirn. »Ich trau mich gar nicht, dich zu fragen. Ich weiß, wieviel sie dir bedeutet, aber mit meiner alten Höfner komm ich nicht zurecht. Da muß ich was bieten.«

»Ich seh schon, ich soll die Produktionsmittel stellen, damit du deine Schulden bei mir begleichen kannst. Das wäre mir sehr recht.« Pop sprach so leise, daß er kaum zu hören war. »Im Moment läuft es bei mir nicht richtig.«

»Wieso spielst *du* eigentlich nicht in so einer Band?« Im selben Augenblick bereute Asche seine Frage. Was wäre, wenn sich Pop das selbst schon fragte? Ihn würden sie mit Kußhand nehmen.

Ruckartig stand Pop auf und schüttelte seine Hosen aus, wischte daran herum. »Verdammt, dieses Alete-Zeug klebt ja fürchterlich. Dauernd klecker ich mich voll.« Er leckte seinen Zeigefinger, um an einem rosa Fleck am Reißverschluß herumzureiben. »Siehst du?« sagte er. »Genau das ist der Grund. Ich kann mich nicht benehmen. Und wenn ich die Typen sehe, die da wohnen und abends bedient werden wollen, wenn ich sehe, wie die drauf sind und ihre barschen Bräute auch, dann kann mir niemand soviel Geld bezahlen, wie ich bräuchte, damit mein Stolz mich nicht eine Dummheit begehen läßt ...«

»Du findest also, ich verkaufe meine Seele, ja?«

Pop trat an die Terrassentür und sah hinaus. »Ach, was weiß ich, Mann. Verkaufen ist ein großes Wort. Ich könnte die Kohle genausogut brauchen wie du. Aber ich würde es vermasseln. Ich kann es einfach nicht.«

Asche nickte, legte die Byrdland quer auf seinen Schoß. »Sag mal, du hättest nicht vielleicht auch noch einen grauen Anzug für mich, oder?« Er räusperte sich, als er Pops Blick sah. »Muß nicht grau sein«, sagte er heiser. »Dunkelblau tut's auch.«

14

»Tut mir leid, Eintritt nur für Mitglieder.«

Der Blödmann von einem Türsteher schob Asche sanft beiseite, um den Weg für einen etwas fülligen, weißhaarigen Herrn mit seinen drei Begleiterinnen freizumachen. Die älteste der drei mochte die beste Freundin von Veruschka Gräfin Lehndorff sein, mit schwerem, dickem Lidstrich und roten Krallen an den Fingern. »Willkommen, die Herrschaften. Ich wünsche einen angenehmen Abend ...«

Der Playboy steckte dem Blödmann einen Hunderter in die Brusttasche, und es schien, als wollte der Kleine die Hacken zusammenschlagen. Die letzte der drei braungebrannten Schönheiten zwinkerte ihm mit schweren, schwarzen Wimpern zu, daß er ihr grinsend nachsah, als der Trupp die Treppe zum Club hinunterstöckelte.

»Ich bin der neue Gitarrist«, versuchte Asche es nochmal.

»Und ich bin Ekke Nekkepen«, knurrte der Türsteher zurück, ohne ihn überhaupt anzusehen. »Verpiß dich, sonst mach ich dich lang.«

»Aber unten wartet die Band auf mich. Hat denn keiner Bescheid gesagt?«

»Guten Abend, Frau Direktor. Heute ganz ohne den Herrn Gatten?« Der Türsteher war wie ein Drahthaarterrier mit zu großen Ohren, sprungbereit, ein Angstbeißer. Mit Gewalt kam man an dem nicht vorbei.

»Was meinst du wohl, was ich hier im Koffer habe?«

»Mann, guck dich doch mal an! So kommst du hier nicht rein.« Der Terrier schüttelte den Kopf. »Nimm deinen komischen Koffer aus dem Weg. Die Nummer mit dem Gitarristen nimmt dir sowieso keiner ab.«

Asche sah auf die Uhr und seufzte. Fast halb zehn.

»Die warten auf mich, ehrlich. Ich sollte schon um acht hier sein, aber Oses Ente wollte nicht.«

»Soso, Oses Ente …«

»Na, Ose wirst du doch wohl kennen. Die Kleine mit den großen …«

»Paß auf, kann sein, daß ich die treue Ose kenne, vielleicht, vielleicht auch nicht, das ist hier völlig unerheblich. Vor allem nämlich kann ich mir sehr gut vorstellen, daß sich jemand wie du alles mögliche einfallen läßt, um …«

»Mann, wo bleibst du? Wir warten schon auf dich!« Puterrot schnaufte Ulf Hammel die Treppe rauf. »Komm endlich, der Laden ist so voll wie lange nicht! Wir wollen endlich spielen!« Eckig riß er Asche den Gitarrenkoffer aus der Hand. Dann sah er Asches Batik-T-Shirt an und runzelte die Stirn. »Du mußt dich umziehen. Hast du was dabei?«

Asche hielt seine Plastiktüte hin. »Ich steh schon fast 'ne halbe Stunde vor der Tür, aber er hier …« Er wollte den Türsteher nicht ungeschoren davonkommen lassen, aber Ulf stiefelte längst die Treppe runter, daß Asche seine Schuldzuweisungen für sich behalten mußte. Achselzuckend nahm der Terrier die nächsten Gäste in Empfang.

Die Treppe zur Kellerbar, über deren Eingang mit blauen, welligen Lettern »Manndränke« geschrieben stand, war mit rotem Teppich ausgeschlagen, der vermuten ließ, daß der Laden aus einer Zeit stammte, in der Gunther Sachs der heißeste Stecher an Buhne 16 gewesen war. Nackte Frauen in Schwarzweiß hingen von den Wänden, und weiter unten drehten sich dicke Diskokugeln an der Decke. Ulf hatte recht. Es war so voll, daß man die runde Bühne kaum noch sehen konnte.

Links zog sich ein langer Tresen an der Wand entlang. Unten, direkt gegenüber der Treppe, ragte Lasse wie ein Leuchtturm im Nebel auf und winkte kurz. Er trug eine große, rote Fliege zu seinem braunen Cordanzug.

Ulf ließ Asche vorgehen und schob ihn durch die dichtgedrängten Leiber. Sie tauchten in ein Meer aus bunten Sakkos, karierten Pullundern, schlohweißen Schnurrbärten, schweren Wimpern und tiefen, braungebrannten Dekolletés. War das drüben nicht der Typ von der Tagesschau mit seinem Freund? Und die da in der Ecke? Hatte die nicht eine Talkshow auf irgendeinem Kabelsender? Und das da? Werner Höfer? Ach, nein, der lebte ja nicht mehr. Asche rutschte das Herz in die Hose. Wer hätte gedacht, daß hier soviel los war? Gläser wurden geschwenkt, man lachte ausgelassen, aus den Boxen zwitscherten die Bee Gees.

Auf dem Weg zur Toilette stand am hinteren Ende des Tresens ein schwitzender Mann mit blauer Brille auf, ließ zwei halslose Gestalten mit Baseballkappen hinter sich, stellte sich Ulf in den Weg und knurrte: »Wo wollt ihr hin? Wer ist das?« Er deutete mit dem Daumen auf Asche, sah aber Ulf an.

»Der neue Gitarrist. Ersatz für Ole Olsen.« Ulf hatte Probleme, den Leuten Asches Gitarrenkoffer nicht in die Weichteile zu rammen.

»Wo ist der Typ?« bellte der Dicke wie ein Dobermann.

»Keine Ahnung ...« Treuherzig achselzuckend sah Ulf ihn an. »Aber er hier macht seine Sache auch gut. Keine Sorge ...« Mit dem Daumen deutete er auf Asche.

»Ist mir alles scheißegal! Wo ist dieser Ole?« Unding sah sich um, als er merkte, daß er zu laut sprach. »Wenn der Typ nicht hier auftaucht, und zwar ganz bald, könnt ihr euch schon mal auf was gefaßt machen! Ich mach ihn platt, die Sau!« Der Schweiß stand ihm auf der Stirn.

Ulf verkniff den Mund. »Sie sollten lieber Lasse fragen. Vielleicht …«

Am liebsten wäre Asche wieder umgekehrt. Er schien hier nicht eben willkommen zu sein. Und er wußte, wer der Mann war, kannte ihn zwar nicht persönlich, aber aus den Zeitungen, von den Bunten Seiten, meist mit einem Sektglas in der Hand und einer blonden Braut im Arm.

Uwe Unding. Ihm gehörte das Hotel.

Und somit auch die Bar.

Ulf beugte sich vor und raunte dem Dicken etwas ins Ohr, was Asche nicht verstehen konnte. Es dauerte einen Moment, dann sah der Hotelier Ulf Hammel über seine eisblaue Brille an, wandte sich um und ließ ihn einfach stehen. Ulf zog Asche mit sich, drückte die Tür zur Herrentoilette auf.

Asche schnaufte. »Mann, wenn ich geahnt hätte, daß ausgerechnet Unding dieses Hotel gehört …«

»Komm, zieh dir schnell was anderes an. Hast du einen Anzug oder sowas?«

Asche sah sich Ulf genauer an. Dessen grauer Zweireiher hatte senfgelbe Flecken am Revers und wirkte auch eher gemietet.

»Okay, ich kann die Klamotten selbst nicht leiden, aber sonst geht der Job hier nicht.« Ulf musterte ihn mit seinen kleinen Augen. »Du hast die Haare ab …«

Asche nickte, während er sich aus seinen Jeans schälte, froh, daß man es ihm offenbar nicht gleich auf den ersten

Blick ansah. Ulf suchte in der Plastiktüte nach dem Hemd, schüttelte es aus und hielt es Asche hin. »Hast du die Nummern drauf?«

»›Cry Me A River‹ in c-moll?«

»Mehr oder weniger.« Ulf grinste breit, klappte den Gitarrenkoffer auf. »Du hast wohl 'ne neue Geige …«

Asche versuchte, seinen halbnackten Kopf durch den zugeknöpften Kragen des Smokinghemdes zu zwängen.

»Und Schuhe?«

»Oh.« Asche stopfte eben das Hemd in die graue Anzughose.

»Was oh?«

»Ich hab nur Stiefel.«

Ulf grinste. »Bloß keine Turnschuhe. Alles andere ist okay.« Mit klebrigen Fingern zog er ein Briefchen aus der Tasche, rollte geschickt mit einer Hand einen Zwanziger zusammen und schniefte Pulver in die Nase, während Asche noch mit Pops grauer Krawatte zu kämpfen hatte.

»Hier«, sagte Ulf und hielt ihm das Zeug hin.

»Mann, ihr seid ja ganz gut dabei …« Asche lächelte ihn an.

»Gut dabei? Wer?«

»Na, mit den Wachmachern, meine ich …«

Ulf sah zur Tür. »Du willst nicht?«

Asche schnallte seinen Gürtel zu und zuckte mit den Achseln. »Kann nicht schaden, oder?« Dann zog er sich das weiße Pulver rein, erst ins eine Nasenloch, dann ins andere, daß ihm die Tränen in die Augen traten. Verwaschen sah er Ulf vor sich.

»Was war das?« Er fühlte sich, als hätte ihm jemand in den Arsch getreten. »Das war kein Koks.«

»Überraschung …« Ulf grinste breit. »Komm, jetzt

geht's ab.« Damit nahm er den Gitarrenkoffer und drückte die Tür zur Bar auf.

Asche trabte ihm hinterher, wußte nicht so recht, wie er sich fühlen sollte. Irgendwas war nicht in Ordnung, und dieses Ding um seinen Hals war wie ein Strick.

15

Wer weiß schon, wo der Sturm einen stranden läßt? Wozu man fähig ist … was so alles in einem steckt. Wie oft sagt man: »Ich? Niemals!« oder: »Du kannst dich auf mich verlassen!« Man sagt Sachen wie: »Es geht gar nicht anders!« oder: »Eher will ich sterben!« Alles Worte, leere, hohle, heuchlerische Worte, die rein gar nichts bedeuten. Man kann soviel versprechen, wie man will, sich selbst und allen anderen, man kann eidesstattlich schwören, auf die Ehre seiner Mutter, den Baghwan oder sonstwas. Vergiß es! Alles ist immer möglich, jeder hat seinen Preis, und oft muß der nicht einmal aufgerufen werden. Oft genug verkauft man sich weit darunter und muß dafür noch dankbar sein.

Welcher Ochse kann schon sagen, was er wert ist?

Und wer sagt, daß es dir besser geht, wenn du es weißt?

Asche stand der Schweiß auf der Stirn.

Hilfesuchend sah er zu Ulf hinüber, aber der war mit seinem Baß beschäftigt, stierte auf sein Stimmgerät, drehte an den großen Wirbeln oben an der Schnecke. Lasse winkte zur Bar hinüber, gab dem Tresenmann ein Zeichen, und auch Rabe war nichts anzumerken. Eben stellte er seinen Cognac und den Aschenbecher auf den Boden.

Irgendwas war mit der Klimaanlage los.

Es konnte doch nicht allein der Schlips sein.

Vorn, links vor der Bühne saßen an einem Tisch Mutter

und Tochter bei Caipirinha und Erdnüssen und klatschten nach jeder Nummer artig Beifall. Weißes Leder, breite Gürtel und goldene Pumps, die im Dunkeln glitzerten. Am Tisch dahinter zwei aufgeweckt wirkende Herren mit weißen Socken und einem großen Hund, der unter dem Tisch lag. Einer der beiden schien etwas von Jazz zu verstehen, und der andere blickte ehrlich interessiert über seine Lesebrille hinweg. Vor der runden Bühne tanzten meist drei, vier Paare Gesellschaftstänze.

Asche wischte sich die Stirn.

Weiter rechts saß einer im Halbdunkel, der wie ein abgehalfterter Schlagersänger aussah, nicht mehr ganz frisch, dafür in Begleitung eines rosigen Mädchens, das ohne Erziehungsberechtigten um diese Zeit wahrscheinlich nicht mal Zigaretten an der Tanke kaufen dürfte. Der Typ sah aus wie dieser eine, wie hieß er gleich, der hatte doch mal diesen Hit, irgendwas mit »Sehnsucht« …

Asche lockerte den Knoten seiner Krawatte.

Wieso ging es nicht weiter?

Bisher war alles ganz gut gelaufen und machte, bei allen Abstrichen, was den Laden anging, sogar Spaß, wenn Asche auch wußte, daß er sich keineswegs mit Ruhm bekleckert hatte. »All Or Nothing At All« war keine leichte Einstiegsnummer gewesen, vor allem für Asche, der mal eben unvorbereitet ein Solo aus dem Ärmel schütteln sollte, aber Lasse sang derart eindringlich, daß vorn, gleich neben der Bühne, einer ausgemergelten Blondine mit struppigen Zöpfen glatt die Tränen kamen. Sie hatte ihren Hocker mit Blick auf das Klavier postiert und während des ganzen ersten Sets starr dagesessen. Am Ende reichte ihr eine Kellnerin ein Taschentuch. Man schien sie hier zu kennen.

Die folgenden Stücke kamen etwas flotter, lösten die

Spannung, daß auch das Publikum lockerer wurde. Nur diese hagere Frau rechts vom Klavier blieb, wo sie war, reglos umringt von plaudernden Gästen.

Asche sah zu Lasse hinüber, der irgendwas mit Rabe tuschelte. »Geht's weiter?«

»Paß auf«, sagte Lasse. »Gleich wirst du staunen.« Mit dem Kinn deutete er zum Tresen hin. »Wir spielen ›When I Fall in Love‹«, und er zählte an, ganz langsam, zwingend langsam, zeigte mit den Fingern, dann legten sie los, breiteten einen samtigen Teppich auf dem Boden der Hotelbar aus, weich, daß man gern barfuß laufen wollte. Ein Spot ging an, und es wurde still. Die Leute hörten auf zu reden, wandten sich dem dicken Samtvorhang neben dem Tresen zu, als dieser eben in der Mitte aufgeschoben wurde.

Asche hörte auf zu spielen.

Seine Lippen wurden rund.

Wie aus dem Morgennebel trat Ose in den roten Raum. Sie schwebte zwischen den Gästen, und man bildete ihr eine Gasse, dicht an dicht, die sie durchschritt, schweigend, in sich gekehrt, ein Mikro in der Hand, langsam wie der Baß, ganz in Grün, ein dunkelgrünes Nichts von einem Kleid, das glitzerte und funkelte, daß Asche sie kaum erkennen konnte. Schwarze Zöpfe trug sie und sah aus wie fünfzehn.

»Spielst du oder nicht?« zischte Rabe ihn an.

Asche schüttelte den Kopf, als Ose zu singen begann. Mit tiefer Stimme, daß ihm der Atem stockte, stand sie zwischen den Leuten und sang zart und etwas zittrig, mit leisem Tremolo, etwas gebrochen, traurig, einsam und verlassen.

»When I Fall in Love, it will be forever,
Or I'll never fall in love ...«

Asche hätte sie küssen können.

Wie sie da stand und sang, so unantastbar makellos. Sie war ein Wunder, einfach zum Heulen schön.

Er schüttelte den Kopf, als wollte er sie von sich weisen, sah in die Noten, kurz vor dem Solo, warf Lasse einen Blick zu, gab ihm ein Zeichen, daß er gleich übernehmen wollte …

»In a restless world like this is,
Love has ended before it's begun.
And too many moonlight kisses
Seem to cool in the warmth of the sun …«

Ose hob ihr schwarzes Haupt und sah mit klarem Blick herüber, schien zu warten, ob man ihre Offenheit zu schätzen wußte, und Asche dachte noch, ob sie beim Singen eigentlich ihn gemeint hatte. Kurz fiel ihm ein, daß er etwas genervt gewesen war, weil den ganzen Tag so gar nichts zwischen ihnen laufen wollte, ganz im Gegensatz zum Tag zuvor, als sie sich am Strand die Herzen ausgeschüttet hatten.

Sie hielt den letzten Ton, sanft und weich, und Asche nahm ihn, lächelte und ließ ihn klingen, formte eine drückend schwere Melodie.

Er ließ sich Zeit, hielt sein Solo schlicht und melancholisch, spielte lange Töne, gab sich alle Mühe, ihr zu entsprechen, ihr zu antworten, wie ein Käuzchen dem anderen, im dunklen Wald und mitten in der Nacht.

Während die Aufmerksamkeit ihm galt, schwebte Ose durch das Publikum, unnahbar, unantastbar, nicht von dieser Welt.

Dann sang sie wieder, stand neben Asche auf der Bühne, und er konnte sie riechen, fühlen, so rein und wahr, wie kaum irgend etwas auf der Welt. Er bereute, daß er dauernd in die Noten sehen mußte, denn so konnte er sich nicht an ihr weiden, wie er wollte, und nichts wäre ihm lieber gewesen, als in ihrem Anblick aufzugehen und alles um sich zu vergessen. Es schien, als schmeckte selbst die Luft nach ihr.

Vor der Bühne wurde nicht mehr getanzt. Die Leute standen da, einige mit offenen Mündern, andere nickend und grinsend. Zwei Kellner hielten ihre Tabletts in Händen und lauschten.

Lasse ließ zum Abschluß ein paar hohe Töne perlen, Rabe rauschte mit den Besen wie der Wind durch Bäume, und den letzten Ton ließen sie alle gemeinsam verklingen.

Ose verneigte sich, lächelte die Band an, und jetzt erst sah man ihre roten Wangen, den Schweiß auf ihrer Stirn, die zitternde Rechte mit dem Mikrofon, und Asche wußte, wieso sie kaum davon sprach, daß sie sang. Asche hätte nicht sagen können, ob sie nun eigentlich so toll gesungen hatte, oder ob es ihre Ausstrahlung war, die schauspielerische Leistung, ein Image abzuliefern, das sie absolut beherrschte.

Am Ende war es auch egal.

Sie war einfach unglaublich.

Aus welchem Grund auch immer.

Ein paar Sekunden lang war alles still, als warteten die Leute, ob noch etwas kommen sollte, dann hielten es die ersten nicht länger aus. Die beiden Herren mit den weißen Socken waren aufgestanden, wie die meisten im Raum.

Ose lächelte. »Vielen Dank«, sagte sie mit sanfter, rauchiger Stimme und nickte. Da brach der Applaus wie eine Woge los, eine weiß schäumende Welle, die langsam von weit draußen auf dem Meer hereinläuft und sich tosend am Strand bricht. Es machte sie froh, man sah es, man sah die reine Freude, das Glück, gewürdigt zu werden.

»Ich danke Ihnen vielmals.« Sie hob eine Hand, als der Beifall verebbte. »Vielen Dank. Ich möchte gern die Gelegenheit nutzen, Ihnen jemanden vorzustellen, der mir persönlich sehr am Herzen liegt ...«

Asche kratzte sich am Ohr.

»... manchmal fällt der Zufall glatt vom Himmel, und dann muß man schnell sein Kleidchen aufspannen ...« Sie zupfte an ihren Hüften herum.

Vor allem die Männer lachten.

»... damit einem der Schatz nicht verloren geht. Ich kann Ihnen gar nicht sagen, wieviel es mir bedeutet ...«

Asche spürte, wie ihm schwindlig wurde.

Er wollte nicht wissen, wer ihr Freund war.

»... und deshalb möchte ich das nächste Lied einem ganz besonderen Mann widmen ...«

Ein Raunen ging durch den Raum.

»... wie könnte es anders sein ...«

Rabe klapperte mit seinen Besen, knurrte irgendwas Unverständliches.

»... der für mich, der für uns alle diesen Abend so besonders macht.«

Asche sah sich um.

Lasse lächelte nickend.

»Begrüßen Sie mit mir den Mann, der mein Herz wie keiner sonst zum Schwingen bringt.«

Sie drehte sich zu Asche um, warf ihm eine Kußhand zu und zollte leise Beifall. Vorn vor der Bühne ging man etwas träge darauf ein, die Herren der Schöpfung eher etwas enttäuscht, aber Mutter und Tochter mit den goldenen Schuhen standen am Tisch, klatschten eifrig und leuchteten herüber.

Asche lief karmesinrot an.

Wie eine Rose.

16

Es war der Abend aller Abende.

Wäre Asches Leben zu Ende gewesen, und er hätte nie mehr die Sonne über dem Meer gesehen, es hätte ihm nichts ausgemacht. Besser konnte es nicht werden. Der Abend hatte alles, was sein Herz begehrte, selbst wenn ihm seine Begehrlichkeiten gar nicht so ganz klar gewesen waren.

Er grinste über alle Backen.

Schwer gefallen war ihm nur, daß man ihn für etwas lobte, was ihm selbst nicht wirklich gefallen wollte. Er hatte schon erheblich besser gespielt, und je länger der Abend ging, desto klarer wurde ihm, daß er sich wiederholte, selten Neues brachte, daß er auf Nummer Sicher spielte.

Aber schließlich war es der erste Abend.

Und er hatte nur Augen für Ose.

Sie sang nicht wieder, wollte nicht, konnte nicht, irgendwas, und blieb doch der leuchtende Stern des Abends, saß aufrecht an der Tresenecke, ließ sich eine Frozen Margarita nach der anderen bringen und lauschte der Musik. Sie saß in ihrem grünen Nichts und glitzerte erhaben, sah Asche an, ernst und konzentriert manchmal, wie abwesend.

Wenn sie Asche nicht gerade anlächelte.

Ein paarmal traten einzelne Herren an sie heran, einer in karierten Hosen, ein anderer im dunkelblauen Seglersakko, sprachen kurz mit ihr, manche höflich, fast unterwürfig, als bäten sie um Autogramme, einer zigarrepaffend wie ein Produzent.

Ose blieb höflich und immer unnahbar.

Asche hätte vor Stolz fast platzen können.

Er bedeutete ihr etwas.

Sie hatte es gesagt.

Vor allen Leuten.

In der Pause stand er dann bei ihr, schlürfte an ihrer Margarita und genoß die kurzen Augenblicke, in denen sie ihren Kopf an seine Schulter lehnte. Jedesmal erstarrte er, damit sie sich ja nicht von der Stelle rührte. Einmal, als er zwischen zwei Sets mit Lasse über seine Soli sprach, schlang sie ihm von hinten die nackten Arme um den Hals, und wenn es nach ihm gegangen wäre, hätte er die Zeit glatt angehalten, eingefroren, daß es so blieb, für immer, er dort an die Bar gelehnt, sie in seinem Rücken, um ihn geschlungen, hielt sich an ihm fest, dem Felsen in der Brandung, dem Macher, dem Könner, der hatte, was sich alle anderen wünschten.

Diese Frau.

Nur wenn er sich an sie wandte, ihr von sich aus einen Kuß geben, sie an sich drücken wollte, wich sie zurück, lachte laut und viel zu harsch.

Als sie einmal kurz verschwunden war, für kleine Königstigerweibchen, wie sie sagte, stellte der Barmann ihre frische Margarita auf dem Tresen ab und grinste Asche an. Ein echter Latin Lover mit strahlend weißen Zähnen, nicht mehr ganz jung, etwas füllig um die Hüften, mit haarigen Armen und buschigen Augenbrauen. Er schien zu sehen, was vor sich ging, und Asche fühlte sich herausgefordert, etwas sagen zu müssen.

»Und?« Er räusperte sich. »Schon mal verliebt gewesen?«

Der andere runzelte die Stirn. »Nein, nein«, sagte er gedehnt und schüttelte den Kopf. »Ich war schon immer Barkeeper.« Er wischte seine Hände an der Hose ab, sah Asche in die Augen. Da der darauf nichts mehr zu sagen wußte, schwankte der Keeper wie ein Nashorn ans andere Ende des Tresens.

Dort thronte Uwe Unding.

Als Ose nicht wiederkam, dachte Asche, länger als ihm lieb war, über diese Antwort nach.

Nein, ich war schon immer Barkeeper.

Er fühlte sich wie ein Idiot. Das hatte der Typ doch irgendwo aufgeschnappt. Einer der beiden halslosen Schlägertypen neben Unding sah unter seiner Baseballkappe herüber und kratzte sein unrasiertes Kinn. Wahrscheinlich lachten sie über ihn, meinten, Ose führte ihn am Schwanz spazieren.

Wo blieb sie eigentlich?

Kurz dachte er, wie seltsam schnell sich alles ändern kann, daß sein Leben wie ein Hase Haken schlug.

Lag es an ihm?

Der Unfall fiel ihm wieder ein, und er tastete am Pflaster auf seiner Wange herum.

Es war noch da.

Frühmorgens liefen sie ans Meer, Ose und er, hasteten kichernd bei der Sturmhaube zum Strand, Asche reichlich angedüst und selig, taumelte barfuß durch den Sand, die Stiefel in der Hand. Der Schnitt an seiner Wange brannte fies, seit er an den Unfall hatte denken müssen. Ulf Hammel hatte, als die letzten Gäste winkend gegangen waren und der Keeper mit den buschigen Augenbrauen die Gläser trocknete, sein Pulver auf den Tresen gepackt, und alle außer Rabe hatten sich bedient.

An Schlaf war nicht zu denken.

Seichter Wind wehte Asche in den kahlen Nacken, ungewohnt kühl. Ose winkte ihm im fahlen Mondlicht, stand schon am Flutsaum zwischen den Muscheln und jaulte wie eine Wölfin das eierige Rund am Himmel an.

Asche knurrte etwas atemlos, als er bei ihr ankam. »Ist doch komisch.«

»Was ist komisch?« Ose lehnte sich an ihn.

»Jedesmal bin ich erleichtert, wenn ich über die Dünen komme.« Er breitete die Arme aus. »Siehst du? Das Meer! Es ist noch da!«

Ose blieb stehen, sah nach Norden, wo der Himmel im Sommer nie ganz dunkel wurde.

»Spinner«, sagte sie. »Natürlich ist es da. Wo soll es denn sonst hin?«

»Ich freu mich einfach, daß man sich auf irgendwas verlassen kann.« Er sah sie an, als hätte er was Philosophisches gesagt.

»Mißtrauisch bist du«, sagte sie und kam ganz nah heran.

Dann machte sie sich los, raffte ihr Glitzerkleid bis zu den Knien und rannte ein Stück am Wasser entlang, als müßte sie überschüssige Kräfte loswerden. Schließlich blieb sie mit den Füßen vorn im nassen Sand stehen und sah hinaus, atmete schwer.

Asche ging zu ihr hinüber. Kalt war das Wasser, eisig kalt für diese Jahreszeit, was ihn nur noch wacher machte. Er legte die Arme um sie, drückte seine Wange an ihre, spürte, daß er kratzte, roch sie, wollte sie küssen.

»Warst du schon mal auf der Uwe-Düne?« lachte sie und beugte sich so unerwartet vor, daß seine Beine kurz überm Boden hingen.

»Soll das ein Witz sein?« keuchte er, und gab sich alle

Mühe, nicht das Gleichgewicht zu verlieren. »Ich bin hier geboren, da werd ich ja wohl ...«

Und schon hatte sie ihn bei der Hand und zog ihn hinterher, daß das Wasser nur so spritzte.

»Meine Stiefel! Warte!« Er machte sich los und suchte im Halbdunkel den Sand ab. Hinter den Dünen, über dem Osten der Insel, wurde der Himmel langsam türkis, nur am Strand herrschte noch Nacht.

Ose lief voraus, rannte mit fliegenden Armen über den Strand zum Roten Kliff.

Hatte sie denn keine Schuhe angehabt?

Es dauerte einen Moment, bis Asche seine Stiefel fand, auf dem Weg zur Treppe. Schon sah er Oses Umrisse ein Stück weit oben, winkend, ein dunkler Schatten, der die Bohlen hinaufhetzte.

Wozu die Eile?

Asche wischte mit seinen Socken den Sand zwischen den Zehen ab, schüttelte die Stiefel aus. Er mußte mit dem Anzug aufpassen, damit er ihn nicht versaute.

Pop hatte nur den einen.

Seltsam laut kam er sich vor, als er die knarrenden Stufen erklomm. Ose war nicht mehr zu sehen. Ohrenbetäubend hämmerte sein Herz, als er endlich oben ankam, schnaufend und verschwitzt. Er blieb kurz stehen, und der Wind trocknete ihm die Stirn.

Am Geländer hing etwas und flatterte, und als Asche näherkam, fing es an zu glitzern, dunkelgrün wie ...

Oses Kleid.

Asche grinste und schüttelte den Kopf.

Da oben lief sie!

Drüben bei der Düne verschwand sie gerade auf dem dunklen Pfad durchs Dünengras.

Asche nahm das Kleid und gab sich alle Mühe, mit den

Stiefeln auf dem steinigen Weg nicht lang hinzuschlagen, aber allzu weit wollte er sie auch nicht vorauslaufen lassen. Sie hatte ihr Kleid wohl nicht nur ausgezogen, um schneller laufen zu können.

Im Schatten der Dünen oben auf dem Kliff war es noch dunkel, daß Asche kaum erkennen konnte, wo der Weg sein sollte. Ein paarmal hoffte er, sie hätte sich dort irgendwo versteckt und wartete auf ihn.

Japsend kam er an die nächste Treppe, hielt sich am Geländer fest, schnappte wie ein blasser Fisch nach Luft.

Wieso tat er sich das an?

Führte sie ihn vor?

War sie der Igel, er der Hase?

Zwanzig Meter weiter hing ihr Slip, fest verknotet am Geländer. Es dauerte einen Moment, bis er den Knoten gelöst hatte, als hätte sie das kleine Ding extra fest darum verschnürt.

Weit drüben im Osten, hinter dem weißen Leuchtturm mit dem schwarzen Kummerbund, dämmerte der Morgen rötlich vor sich hin.

Von Ose keine Spur.

Asche seufzte.

Wahrscheinlich war sie längst oben auf der Düne.

Asche sah sich um. Bald würden die ersten Frühaufsteher kommen, mit Handtüchern um den Hals, die wackeren Naturfreunde in ihren gestreiften Bademänteln, auf dem Weg zum Meer.

Es hatte keinen Sinn.

Asche wäre gern gerannt, aber daraus wurde nichts. Zuviel geraucht, zuviel getrunken, zuviel von allem. Und wenn diese Frau ihn müde hetzen wollte, dann hatte sie ihr Ziel erreicht.

Er hätte sich gern etwas hingelegt.

Konnte er das machen?
Einfach nach Hause gehen?
Sich ungebeten in ihr Bett legen?
Unwillkürlich schüttelte er den Kopf.
Haltlos flogen seine Gedanken darin herum.
Jenseits der Heide sah er das Personalwohnheim im Tiefschlaf hinter dem Hotel. Seltsam, er kannte diese Insel wie sein Handschuhfach, aber der Umstand, daß Hotels auch eine Rückseite haben, war ihm bisher nie in den Sinn gekommen, wenn es auch nahe lag. Wo man vorn reingehen kann, kommt man auch meistens hinten wieder raus.
Dann lag die entscheidende Treppe vor ihm.
Hundert Stufen mindestens.
Asche wischte seinen Nacken und begann den schleppenden Aufstieg. Zum ersten Mal fragte er sich, ob die Mühe lohnte.
Was machte er?
Die Nacht war fast vorbei, er selbst war ausgepumpt und müde, hatte fünf Stunden Gitarre gespielt und war im Grunde fix und butte, und ob Ose wollte, wie er wollte, das wagte er nicht mal zu erahnen.
Bin ich ein Esel?
Hält sie mir die Möhre vor die Nase?
Soll das jetzt Erotik sein?
Was hetzt sie mich durch die Dünen, wenn wir es viel bequemer haben könnten?
Zwischen ihren Pappkartons.
Oder unten am Strand.
Er hatte es sich schon prima ausgemalt. Zwei Strandkörbe zusammenschieben, damit man vor fremden Blicken etwas geschützt war und nicht auch noch die uniformierten Spielverderber aufscheuchte. Manchmal hatte

er fast Mitleid mit den Schwarzen Sheriffs, den armen Wichten, die irgendein Blödmann vor Jahren eingestellt hatte, damit am Strand keine Feten mehr gefeiert wurden, weil vielleicht drei Dosen liegen blieben.

Auf der Hälfte der Treppe etwa fand er neben einer Holzbank die schwarze Perücke am Boden. Seine Lunge pfiff und keuchte. Wenn er noch einmal alle Kräfte mobilisierte, konnte er es schaffen. Er sah hinauf und dachte an die alte Frau mit ihrem applizierten Adler und an Ose, wie sie mit dem Erste-Hilfe-Kasten unterm Arm die Treppe hinaufgerannt war, als wäre das ein Klacks.

Vorgestern?

Kopfschüttelnd kam Asche oben an. Er mußte sich stützen und wartete einen Moment, bis der Preßlufthammer in seiner Brust nicht mehr so sehr wummerte.

Asche war nicht sicher, was er sich vorgestellt hatte.

Aber Ose war nicht da.

Er blickte in die Runde und sah die ganze Insel unter sich, den Kampener Leuchtturm bei der alten Schule, am weißen Strand entlang das Kurzentrum von Westerland, weit hinter dem Flugplatz ganz klein die Keitumer Kirche. Eben wollte die Sonne als rotes Ei aus dem Wattenmeer aufsteigen.

Sanfter Wind umwehte ihn.

Da sah er sie.

Ganz am Ende der hölzernen Plattform kauerte sie hinter einer Bank am Boden und wandte ihm den braungebrannten Rücken zu. Wie ein Streichholzkopf leuchtete das rote Stoppelhaar im ersten Sonnenlicht.

»Asche! Hilf mir!« rief sie, ohne sich umzusehen, und viel zu laut knallten seine Stiefel auf den Bohlen.

»Was ist? Kriegst du deine Schuhe nicht aus?« lachte

er, aber als er bei ihr war, sah er, daß sie nicht mitlachte. Sie saß über ihren rechten Fuß gebeugt. »Was ist mit dir?«

Sie sah ihn gar nicht an. »Hier«, sagte sie und hielt ihm ihren großen Zeh hin.

Asche ging vor ihr in die Knie und sah sich die Bescherung an. »Barfuß auf dem Bohlenweg«, sagte er ein wenig vorwurfsvoll. »Tut's weh?«

Ose verzog das Gesicht. »Kriegst du den Splitter raus?«

Sie sah unglaublich nackt aus.

Nackter als nackt.

Wie ein frisch geschorenes Lamm kauerte sie am Boden und sah Asche hilfesuchend an. Als er ihren Fuß nahm, zuckte sie zusammen, daß ihre Brüste wippten.

»Willst du mir helfen oder nicht?«

Asche hielt den Fuß ins Licht und sah den Splitter gleich, im Ballen ihres großen Zehs, ein dickes, braunes Ding. »Ich bräuchte eine Nadel«, sagte er.

»Hab ich nicht dabei.« Oses schwarze Augen blitzten kurz.

»Dann geht's nicht anders.« Asche nahm den zarten, schmalen Fuß und fuhr langsam, vorsichtig mit der Zunge unter dem großen Zeh entlang.

»He, laß das!« lachte sie.

Er spürte den Splitter mit der Zungenspitze, zielte einen Moment lang, bekam ihn zwischen die Zähne und zog ihn langsam heraus. Asche schmeckte Blut. Mit spitzen Fingern nahm er den Splitter aus dem Mund und hielt ihn Ose hin. »Hier, wünsch dir was«, sagte er.

Sie nahm seine Hand und drückte sie vor seinen Mund. »Nein, wünsch du dir was!« Sie sah ihn aus dem Augenwinkel an und richtete sich auf. »Du hast es dir verdient.«

Er pustete den Splitter in den Wind und sah sich Ose an, wie sie so nackt dasaß.

»Ist dir nicht kalt?« Er sah die Gänsehaut.

»Wünsch du dir was«, hauchte sie und sah ihm offen in die Augen, während sie an seinem Gürtel zerrte und eine Hand in seine Hose schob, daß er die Luft anhalten mußte. Sie kam ganz nah heran.

»Wünsch dir was und nimm es dir«, sagte sie.

Asche beugte sich vor, zielte auf ihre Lippen, wollte einen Kuß, aber sie kippte quiekend hinten über, landete auf dem Rücken und riß Asche mit sich. Hektisch fummelte sie an seiner Hose herum, umschlang ihn mit den Beinen, drückte ihr Gesicht an seinen Hals, schob ihm die graue Hose mit den Fersen über die Hüften.

»Komm schon! Komm! Mach!« Sie klang verzweifelt.

Asche kauerte auf den Knien, vom Anzug halb gefesselt, konnte sich kaum rühren. »Moment«, sagte er. »Hast du ein Gummi?«

Sie schob ihn von sich. »Was ist los?«

»Ein Gummi. Ich hab keins in der Tasche …«

»Seh ich aus, als könnte ich irgendwo irgendwas bei mir haben, was nicht zu sehen wäre?«

Asche zog das graue Sakko aus, suchte in den Innentaschen. »Vielleicht hat Pop ja irgendwo …«

Ose lag vor ihm wie eine verlorene Blüte, spreizte ihre Blätter von sich, winkelte die Beine an. »Was jetzt?«

»Wie jetzt?« Asche mußte husten. »Willst du wirklich ohne …?«

»Du redest mir zuviel.« Eine unbekannte Schärfe lag in Oses Stimme. Sie krallte sich in Asches Hemd und drückte ihn mit beiden Beinen an sich, half ihm mit der Hand, sein Ziel zu finden und schloß die Augen.

Asche hatte sich schon besser gefühlt.

Die Knie taten ihm weh, seine Nase brannte vom Pulver, die Wange brannte vom Schnitt … und Ose war wie ein Karnickelweibchen, das in diesem Jahr noch dringend Junge wollte.

Er schnaufte und ächzte und gab sich alle Mühe.

Da sah er drüben bei der Treppe jemanden stehen.

17

»Du elender Spanner! Das kann doch wohl nicht wahr sein!«

Ose war bis nach Dänemark zu hören.

»Was willst du hier? Spionierst du mir etwa nach? Ich faß es nicht! Mann, verpiß dich, aber ein bißchen plötzlich!«

Mit den Fäusten an den Hüften stand sie da und sprühte Funken, daß Asche schon fürchtete, gleich brannten die Dünen. Die Treppe war lang. Da konnte man sich prima den Hals brechen.

Sie schien gar nicht zu merken, daß sie splitternackt wie eine Elfe oben im Wind stand. Es war ihr komplett egal.

Sie wirkte echt gefährlich.

Ulf Hammel hatte rote Ohren, und seine Mundwinkel gingen zu Boden. »Ich bin euch nicht gefolgt«, sagte er so leise, daß Asche, der eben grunzend auf die Beine kam und seine Hosen zusammenraffte, ihn kaum verstehen konnte. »Ich wollte mir nur den Sonnenaufgang ansehen ...«

Oses Blick war kalt wie die See. »Du wolltest dir nur den Sonnenaufgang ansehen, und da hast du dir gedacht: Ulf, hast du gedacht, da geh ich doch mal eben auf die Uwe-Düne ...«

Asche war nicht ganz klar, wieso sie sich dermaßen aufregte. Falls sie sich schämte, wäre jetzt der richtige Zeitpunkt, sich was anzuziehen. Er sammelte das grüne Kleid von den Bohlen auf und wollte es ihr bringen, dachte aber noch mal drüber nach. Im Zweifel ging der saure Regen dann auf ihn nieder.

»Wieso glaub ich dir nicht? Was meinst du wohl, wieso ich mir so sicher bin, daß du uns nachgedackelt bist?«

Ulf zuckte mit den Schultern, als hätte jemand seine Pornohefte gefunden.

»Ich habe es dir hundertmal gesagt! Tausendmal! Laß mich in Ruhe! Soll ich es dir buchstabieren? R-U-H-E!« Sie schüttelte den Kopf. »Mann, du bist und bleibst ein echter Hammel!«

Das ging zu weit.

Der arme Kerl war doch ganz nett. Und wenn er sie bewunderte, sie heimlich verehrte, konnte man es ihm kaum übelnehmen.

Elfen sind sehr selten.

Asche trat von hinten an Ose heran, um ihr das Kleid zu geben, und als sie seine Schritte hörte, drehte sie sich kurz um, mit einem Blick, der durch Beton geschnitten hätte.

»Hier ...« Er reichte Ose das grüne Kleid und nickte dabei Ulf zu, der ihn hilfesuchend mit kleinen, roten Augen ansah. Fettig flatterte sein rotblondes Haar im Wind. »Willst du dir was überziehen?«

Sie riß Asche das Kleid aus der Hand. »Misch dich bloß nicht ein«, fuhr sie ihn an. »Das ist eine Sache zwischen dem Hammel da und mir.«

Ulf deutete mit seinem langen, blassen Zeigefinger auf Asches Knie.

»Nichts ist umsonst«, knurrte Ose, riß Asche das Kleid aus der Hand, rammte ihn dabei mit dem Ellenbogen, daß er ihr ausweichen mußte, dann stieß sie Ulf mit flacher Hand beiseite. Mit eckigen, kleinen Schritten trappelte sie die Treppe hinunter, wedelte ihr Kleid in der linken Hand, schlug mit der rechten Faust im Laufen ans Geländer.

»Da hinten liegt ihr Slip«, meinte Ulf und deutete mit ausgestrecktem Arm ans Ende der Plattform.

Asche konnte gar nicht sagen, wieso er eigentlich ihre Unterwäsche einsammelte, aber als er zurückkam und Ulf fragen wollte, was das Ganze denn jetzt zu bedeuten hatte, war der verschwunden, stand schon auf halber Treppe, hielt sich am Geländer fest und starrte Ose nach, die ihr Kleid inzwischen angezogen hatte und quer über die blühende Heide zur Rückseite des Hotels rannte, als hätte die Mutter zum Essen gerufen. Asche sah noch, wie sie glitzernd grün im ersten Sonnenschein hinter den Heckenrosen auf dem Friesenwall verschwand.

Na prima.

Soviel zur Nacht der Nächte.

Eine Weile blieb er oben auf der Düne sitzen, auf der höchsten Stufe. Er rauchte und überlegte, was er mit den Knien seiner Anzughose machen sollte, ob die Flecken jemals wieder rausgehen würden.

Falls er sie denn heute abend überhaupt noch brauchte.

Aber was sprach dagegen?

Er hatte Ose ja nichts getan.

Leider.

Ulf tat ihm leid, die arme Sau. Ganz offensichtlich bewunderte er Ose aus der Ferne, kam aber nicht zum Stich, und jetzt trat Asche auf den Plan, ihr Auserwählter, der Mann ihrer Träume, und Ulf mußte zusehen, wie sie sich ihm auf der Düne hingab. Leiser Stolz erfüllte Asche, wenn er auch nicht wirklich froh über das Ende dieser Nacht sein konnte.

Von Ulf mal abgesehen.

Asche dachte an diese Schlägertypen unten in der Kellerbar, wie sie ihn hämisch angegrinst hatten, als wußten sie mehr als er, als hatten sie alle selbst schon die Erfahrung gemacht, daß Ose eine entsicherte Handgranate war. Keiner von denen wünschte ihm was Gutes.

Aus Neid?

Oder was?

Asche gähnte wie ein alter Hund und zitterte dabei.

Er dachte an Imme, wie sie ihn abends oft beim Einschlafen noch im Arm gehalten hatte, unten in Hörnum, am Hafen, in ihrem warmen Bett mit Blick über die Mole, und eine unbändige Sehnsucht packte ihn beim Kragen, würgte ihn und schüttelte, bis ihm die Tränen kommen wollten.

Er brauchte eine Ecke, wo er sich zusammenrollen konnte.

Das einzige Dach überm Kopf, zu dem er noch den Schlüssel hatte, war sein Volvo, aber der stand hinter Rantum an der Straße.

Als er eben seine dritte Zigarette anstecken wollte, mußte er zwei älteren Damen mit Wanderstöcken Platz machen, die drahtig die Düne erklommen, als wäre nichts dabei.

Trübsinnig trabte Asche die lange Treppe zum Strand hinunter, lief ein Stück am Kliff entlang, südwärts Richtung Wenningstedt, bis er einen Strandkorb fand, der ihm gefiel. Kalt war ihm, und er raffte das graue Sakko fest um seine Schultern, zog beide Fußbänke hervor und rollte sich, so gut es ging, auf dem blaugestreiften Plastik zusammen.

Er mußte sich was einfallen lassen.

Ein paar Krähen hatten sich verflogen, standen im Sand herum, daß sich ihr Gefieder sträubte.

Er mußte sich dringend was einfallen lassen.

Langsam sanken Asches Lider über seine Augen, zuckten noch ein paarmal, als er von weither einen großen Hund bellen hörte, und schon war er eingenickt.

Er sah den schwarzen Hund vor sich, ein struppiges Tier, das seine Zähne wie zum Grinsen bleckte. Heiser bellte er ihn an, und Asche wich zurück, nicht aus Angst, eher aus Respekt, wollte dem Vieh nicht in die Quere kommen.

Was bedeutete der schwarze Hund?

Da spürte er die Last auf seinen Schultern und merkte, daß er zwei Knöchel in Händen hielt, an denen zarte Füße baumelten. Es drückte ihn im Nacken, und er fragte sich, wieso ihm gar nicht aufgefallen war, daß jemand auf seinen Schultern saß. Den Füßen nach zu urteilen, mußte es eine Frau sein, und wie sie sich so an ihn schmiegte, so warm und feucht, fühlte es sich an, als säße sie dort ohne Hosen.

Asche verdrehte seinen Hals, versuchte, zu erkennen, wer es war, aber es wollte nicht gelingen. Mit Kraft umschlangen ihn die Arme, hielten ihm die Augen zu und rückten seinen Kopf geradeaus, daß er sich schon beklagen wollte. Nur war das Gefühl in seinem Nacken, diese verschwitzte Wärme, gar nicht übel, und er hätte sich ganz wohl gefühlt, wäre da nicht dieser schwarze Hund gewesen, der ganz offenbar nach diesen nackten Füßen schnappte, die sich an seine Brust drückten.

»Imme?« rief er. »Bist du das?«

Er taumelte über den Strand, verlor beinah das Gleichgewicht. Sie klemmte ihn mit ihren Schenkeln ein, daß ihm fast die Luft wegblieb, weich und warm.

Er schmeckte Salz auf seiner Zunge …

Schon stand er in der Friedrichstraße, mitten in der Einkaufszone, stand barfuß auf dem Pflaster, und die graue Anzughose hatte keinen Gürtel mehr. Sie rutschte über seine Hüften, blieb kurz an den Knien hängen und fiel auf seine Füße, wo sie liegen blieb. Er konnte nichts dagegen tun.

Warum um alles in der Welt hatte er Oses Slip angezogen?

Touristen blieben stehen und schüttelten die Köpfe. Die nackte Frau auf seinen Schultern schien etwas zu tun, was die Aufmerksamkeit der Leute erregte.

Oder gafften die nur, weil sie nackt war?

Wieder drehte er den Kopf und reckte ihn, machte seinen Hals lang und länger und versuchte, zu erkennen, wer auf seinen Schultern saß.

Sie standen bei den Lederbandverkäufern, den Münzensägern, den Karikaturisten, zwischen den Staffeleien, da sah er sich im Schaufenster der Apotheke.

Ohne Hosen stand er da, das graue Sakko blutverschmiert, die Hose eine Fessel, seine Miene eine wilde Fratze, neben ihm der schwarze Hund, und auf seinen Schultern, nackt, saß Elisabeth Flickenschildt und rasierte ihre Achselhöhlen.

Von irgendwo kam eine Stimme aus dem Nichts.

»Sagen Sie mal, was machen Sie da eigentlich?«

18

Der Mann war rund wie eine Tonne und hielt seine geblümte Kühltasche mit beiden Händen. Die graue Mütze mit der weichen Krempe saß etwas schief auf seinem Kopf, daß die fleischigen Ohren hervortraten. Es heißt, hinter jedem großen Mann stünde eine große Frau. Das traf in diesem Fall auch auf die kleine Tonne zu. Wie ein müder Leuchtturm ragte sie hinter ihm auf.

Asche starrte die beiden an und versuchte, sich einen Reim darauf zu machen.

Was wollten die von ihm?

Er sah an sich herab. Seine Hosen hatte er an.

Da gab es nichts zu meckern.

»Können Sie mich hören? He, hallo, Sie da! Sind Sie betrunken, oder was?« Der Mann kam definitiv von irgendwo südlich des Mains.

»Ach, Hermannchen, nun laß dem jungen Mann doch Zeit. Wir sind ja im Urlaub. Sieh nur, wie hübsch die weißen Vögel da drüben …«

»Möwen, Waltraut, es sind Möwen, wie oft soll ich das noch sagen …«

Asche schüttelte sich. Kalt war ihm, er bibberte im Wind. Total zerknittert war er. Wie sein grauer Anzug.

Da fielen ihm die braunen Flecken auf den Knien ein.

Er sah lieber nicht hin.

Der Mann stellte seine Kühltasche in den Sand und plusterte sich auf, ruckelte am Strandkorb herum, wollte ihn zur Sonne drehen. »Jetzt aber mal ein bißchen plötzlich hier. Hopphopp, oder muß ich handgreiflich werden?«

»Hermannchen, nun laß ihm Zeit ... Du siehst doch, daß er geschlafen hat ...«

»In unserem Strandkorb. Waltraut, wenn wir dem nachgeben, wenn jeder einfach so machen kann, wie er lustig ist, ob er nun bezahlt hat oder nicht ... wir hätten bald das Chaos ... Anarchie, Waltraut! Weißt du, was das Wort bedeutet?««

Asche knurrte und versuchte, aufzustehen.

Die Welt schien sich um ihn zu drehen.

Er mußte sich wieder setzen.

Kuhäugig lächelte die Frau ihn an.

Der Mann war nicht zu bremsen. »Aufstehen, sag ich! Und zwar sofort! Für wen halten Sie sich eigentlich? Ich werde Sie dem Kurdirektor melden! Ich werde mich beschweren! Sie haben absolut kein Recht, in unserem ...«

Asche hangelte sich hoch, stand wankend vor dem Korb und drehte seine Nase in den Wind. Er konnte den kleinen Mann kaum hören, sah wie durch einen roten Schleier, daß er mit den Armen ruderte, sein knallrotes Gesicht, den hilflosen Zorn in seinen Augen.

»Mann, laber mich nicht voll! Ich geh ja schon.« Schwankend stieß Asche die Tonne beiseite, daß der kleine Mann fast rückwärts in den Sand fiel, sah noch das erschrockene Lächeln der Frau, dann den puterroten Rundkopf des Mannes und daß er etwas sagte, was nicht eben freundlich klang, aber Asche wollte mit dem Wicht nicht weiter reden.

Ohne sich noch einmal umzusehen, stapfte er am Strand entlang in Richtung Norden.

Die Sonne schien ihm in den Nacken.

Weit hinten lag das Rote Kliff, dahinter Haus Kliffende in den Dünen.

Er fühlte sich schrecklich leer.

Ein strahlend schöner Tag war es geworden, so friedlich und entspannt, daß er kaum daran denken mochte, was ihn im Hotel erwartete. Zwischen Wenningstedt und Kampen war der Strand fast menschenleer. Bunte Halbzelte schützten Familien vor dem Wind, Kinder hetzten durch den Sand, zwei kurzbeinige Hunde stritten vorn am Wasser um einen Ast.

Asche wollte nicht den Weg zur Uwe-Düne nehmen, wollte sich nicht an das Fiasko mit Ose erinnern lassen. Also stapfte er am Flutsaum entlang noch an der Sturmhaube vorbei, nahm den weiteren Weg klaglos in Kauf. Manche Leute blieben stehen und gafften ihm nach, als hätte er die Nacht gesoffen und gesumpft und dann im Strandkorb geschlafen.

Glotzt nur, dachte er.

Ihr habt doch keine Ahnung von irgendwas.

Als er ins Personalheim kam, hörte er von weitem laute Stimmen aus der Küche. Oses Zimmertür war zu, und daran wollte er nicht rütteln.

Er hörte Lasses Stimme aus der Küche.

»Ich weiß gar nicht, was ihr von mir wollt«, sagte er, »wir haben diesen Job als Quartett angenommen, und genau so will uns Unding haben. Vier Leute, das Lasse-Olsen-Quartett.«

Asche wollte stehenbleiben und lauschen, aber seine Stiefel knallten im Flur so laut, daß das Gespräch in der Küche erstarb.

Man hatte ihn gehört.

Als er um die Ecke kam, starrten ihn drei Augenpaare an. Rabe wandte sich schnaubend ab, Lasse grinste unter einer übergroßen Sonnenbrille hervor. Seufzend stand Ulf mit seiner Tasse auf und holte sich Kaffee.

»Moin«, sagte Asche. »Ihr seid schon auf?« Er blieb in der Tür stehen, als rechnete er damit, daß man ihn wegschickte.

»Witzig«, schnarrte Rabe mit einem Griff zum Brotkorb. Er trug den roten Sweater, der vorgestern am Fußende von Oses Bett gelegen hatte.

Lasse sah ihn noch immer lächelnd an und winkte. »Komm schon rein. Hör nicht auf Kurt. Der hat bloß noch keinen Cognac gehabt. Warte zehn Minuten, dann geht's besser.« Er schob Asche mit dem Fuß einen Stuhl hin. »Setz dich.«

»Was ist mit deinen Augen?« Asche deutete auf die Sonnenbrille.

Rabe schüttelte den Kopf.

Ulf kam mit seinem Kaffee wieder, suchte auf dem Tisch nach Milch und Zucker. »Er hat sich den Kopf gestoßen«, sagte er, »an der Tür.« Er nahm einen großen Löffel Zucker und rührte, richtete sich auf. »Nein, stimmt nicht. Er ist hingefallen.« Er goß die Tasse randvoll mit Milch. »Oder er hat die Ehre einer schönen Frau verteidigt. Stimmt's? Und DABEI ist er hingefallen. Nein? Es war zwar eine Frau, aber sie hieß NICHT Ose ...« Mit seinen kleinen Augen sah er Asche über den Rand seiner Tasse hinweg an.

Rabe wandte sich zu Lasse um, sah ihn mit gesenktem Kopf an. »Echt? Ich glaub's nicht. Die Alte hat dir eine geklebt? Ich wette, du hast es dir gefallen lassen, oder? Du hast dagestanden wie ein Dussel und WAMM!« Er bleckte die Zähne wie ein Wolf. »Du solltest mal bei Ole in die Lehre gehen, Bruder Weichei ...«

»Willst du den Sommer hier verbringen, oder sollen wir morgen unsere Sachen packen?«

»Wegen dieser magenkranken Trockenpflaume?« Rabe runzelte die Stirn.

Ulf Hammel sagte: »Immerhin ist sie Undings Frau.«

»Papier ist geduldig. Reden die beiden überhaupt noch miteinander? Gestern abend hat sie jedenfalls auf ihrem Hocker gesessen und kein Wort mit ihm gewechselt.« Lasse nahm ein gekochtes Ei aus dem karierten Korb und jonglierte es von einer Hand in die andere.

»Ob die überhaupt schon mal miteinander geredet haben? Hat sie denn was Hörenswertes zu sagen? Okay, sie war bestimmt mal eine schöne Frau ... ich weiß, ich weiß, sie sagt, sie war mal auf dem Cover der VOGUE.« Er rechnete mit den Fingern. »Neunzehnhundertdreiundsechzig. Da warst du kaum geboren.«

»Rabe, du bist ein Schwein.« Aus Lasses Mund klang es nicht böse.

»Ich bin ein Schwein? Wer vögelt denn hier alte Schachteln, weil die so schön dankbar sind?«

»So war das nicht.«

»Und wieso hast du ein blaues Auge?«

»Ich dachte, er hat sich den Kopf gestoßen ...« sagte Asche grinsend.

»Vorsichtig«, knurrte Rabe und zeigte mit dem Finger auf ihn. »Du bist auch gleich an der Reihe.«

Asches Nase juckte, und er kratzte sich daran. »Was willst du eigentlich von mir? Paßt dir irgendwas nicht?«

Der Trommler schnaubte böse. »Wir unterhalten uns, wenn du wieder wie ein Mensch aussiehst.«

»Mann, Rabe, jetzt laß ihm doch 'ne Chance«, meinte Ulf.

»Du hast mir gerade noch gefehlt.« Wütend stürzte er sich auf den Bassisten. »Mit deinem ewigen Drogenscheiß wirst du noch wie Ole enden. Und den da hast du gestern genauso angestiftet.« Er deutete mit dem Daumen auf Asche, ohne ihn anzusehen.

»Was soll das? Hat doch gut geklappt gestern, oder nicht?« Fragend sah Asche erst Rabe, dann Ulf, dann Lasse an. »Oder nicht?«

»Naja ...« Lasse wand sich. »Im Prinzip schon.«

»Gestern hat es dir gefallen.«

»Sagen wir mal so: Ich habe mich gefreut, daß wir den Abend hinter uns haben, ohne dabei eingebrochen ...«

»Also nicht gut?« Asche atmete tief.

»Du schummelst dich durch«, meinte Rabe. »Das ist kein Jazz. Du weißt nicht, was du tust.«

»Was hast du denn erwartet? Bin ich Barney Kessel? Wächst mir Gras aus der Tasche?«

»Der Sound der Band verändert sich. Wir klingen nicht mehr wie früher ...«

Asche spürte, wie ihm das Blut in den Kopf stieg, wie es in seinen Ohren rauschte.

Wütend sah er Rabe in die Augen. »Paß mal auf, Mann. Ich sage es nur einmal ...«

»Willst du mir drohen?« Rabe lachte.

»Menschen sind verschieden. Wenn dieser Ole so grandios Gitarre spielt, daß du keinen anderen ertragen kannst, solltest du dich fragen, wo er denn geblieben ist. Wenn er so wichtig war, hättet ihr ihn vielleicht besser pflegen müssen, damit er euch nicht wegrennt.«

»Ganz ruhig.« Lasse hatte sein Grinsen abgelegt und hielt ein Messer in der Hand. »Davon verstehst du nichts.« Er schlug seinem Ei die Spitze ab.

Rabe stützte seine Ellenbogen auf den Tisch. »Ich sag nur: Laß die Finger von den Drogen. Kuck dir mal deine Augen an ...«

»Und deine Sauferei? Ein Cognac nach dem anderen?«

»Das laß mal meine Sorge sein. Du bist neu in der Band. Du weißt noch nicht Bescheid.«

Asche war kurz davor, alles hinzuwerfen. »Das mit dem Saufen ist was anderes, ja?«

»Hast du an meinem Spiel was auszusetzen?« Rabe schäumte, schien aufstehen zu wollen, sah aus, als wollte er Asche gleich eine scheuern.

In diesem Moment hob Lasse den Kopf und sah zur Tür, schob seine Sonnenbrille in die Stirn, daß sein blaues Auge leuchtete. »Wow, immer wieder die reine Freude«, sagte er, und alle drehten sich um.

In der Tür stand Ose. Sie trug einen winzigen Bikini, der wie aufgemalt aussah. In der linken Hand baumelte ein Badebeutel. Weich sah sie aus, wie ein frischer Pfirsich.

»Kommt einer mit mir schwimmen?« sagte sie.

19

Kann nicht mal endlich jemand diesen blöden Staubsauger ausmachen? Man versteht ja sein eigenes Wort nicht!« Lasse sah mit seiner Sonnenbrille wie einer von diesen Surfertypen aus. »Also, was wolltest du sagen?«

Asche krempelte die Ärmel von Ole Olsens grünem Sweater hoch, beugte sich vor und fuhr mit dem Finger über sein Notenblatt. »Also, hier in der dritten Zeile von ›You Don't Know What Love Is‹, am Ende, da steht ein C7#5. Spielst du auch wirklich C7#5 auf dem Klavier? Und wenn ja, muß ich es unbedingt mitspielen? Es greift sich so umständlich ...«

Der Staubsauger dröhnte wie ein Flugzeug auf dem Rollfeld, röhrend, leicht metallisch.

Lasse Olsen kniff die Augen zusammen, verstand nicht, welche Stelle Asche meinte. Er schüttelte den Kopf. So ging es schon seit einer halben Stunde.

Hinten am Tresen stand einer der beiden unrasierten Baseballkappentypen und qualmte. Er hielt seine Zigarette zwischen spitzen Fingern, blies die Backen auf, wenn er den Rauch im Mund hielt, und gab ihn in Form von strammen, runden Ringen in Richtung Decke wieder von sich.

Komischer Vogel.

Benahm sich wie ein Bodyguard.

Asche klimperte herum, suchte den fiesen Akkord auf seinem Griffbrett.

»Pfuscher«, zischte Rabe von hinten und klapperte mit seinem Aschenbecher.

Ulf zog die Nase hoch.

»Also?«

»Klar spiel ich es.« Lasse mußte mit seiner Sonnenbrille ganz nah an die Noten, um was erkennen zu können. »Wollen wir gleich noch mal? Selbe Stelle?«

Asche seufzte und nickte. »Sag mal, singt Ose eigentlich heute abend auch wieder?«

Rabe lachte eklig. »Der Herr Prinzregent. Vielleicht könnt ihr ja wieder Königskinder spielen. Wir könnten die Nummer fest ins Programm einbauen: Prinzessin Ose schwört dem armen Lautenspieler ewige Liebe.« Er wartete einen Moment auf Reaktion. »Oder wie nennt sich dieses Kribbeln zwischen den großen Zehen?«

Asche drehte sich um und sah ihn einen Moment lang schweigend an.

»Was ist los mit dir?« Rabe hob sein Kinn. »Träumst du von der Uwe-Düne?«

Endlich stellte jemand den Staubsauger ab.

Asche sah Ulf an, der plötzlich dringend irgendwas an seinem Verstärker herumzufummeln hatte.

Na prima.

Gut zu wissen, daß der Hammel blökte, wenn man ihn trat.

Daher die dicke Luft.

»Weißt du eigentlich, wieso die Uwe-Düne Uwe-Düne heißt?« Rabe nahm einen Schluck aus seinem Schwenker. »Hm? Irgendeine Ahnung?«

Lasse Olsen seufzte schwer. »Mann, jetzt laß ihn doch zufrieden. Wir haben noch eine schlappe Stunde Zeit. Laßt uns endlich ...«

»Uuuuuwe-Düne«, sagte Rabe mit spitzen Lippen.

»Uns Uwe soll die treue Ose da oben mit seinem Elefantenrüssel entjungfert haben. Da war sie noch keine vierzehn ... Im Morgengrauen. Sehr romantisch.«

»Hör auf damit!« Plötzlich kam Leben in Ulf Hammel. »Das stimmt nicht, und du weißt es ganz genau ...«

»Der Uwe in uns allen. Sie war mit ihrer Mutter in den Ferien hier, vor drei, vier Jahren ...«

»Rabe, du übertreibst mal wieder.« Lasse lächelte milde.

»Sie hat es dir doch selbst erzählt, oder nicht? Sie hat so eine spezielle Art, diesen Namen auszusprechen ...«, dann sprach der Trommler plötzlich ganz leise und sah mit spitzen Lippen zum Tresen hinüber, »... Uuuuuwe.« Und wieder laut: »Das weiß doch jeder.« Er richtete sich auf.

Keiner sagte was.

»Du müßtest es doch wenigstens wissen.« Rabe ließ nicht locker, deutete mit seinem Schlagzeugbesen auf den Pianisten. »Hier, Mister Saubermann. Hast du sie nicht auch gerammelt, bevor sie richtig hoppeln konnte?«

Lasse Olsen starrte auf die Tasten vor seiner Nase und rührte sich nicht.

»Hat das Küken nicht bei dir die Kür gelernt? Die grobe Pflicht bei Unding, die Feinheiten bei dir?« Er holte tief Luft. »Okay, der Fairness halber sollte man vielleicht darauf hinweisen, daß du die Kinder nicht wie Freund Uwe mit Koks vollknallst, bevor du sie in der Sauna vergewaltigst.«

Lasse sagte kein Wort, aber Asche sah, daß seine Hände zitterten. »Wenn ich dich nicht so lange kennen würde, wüßte ich nicht, ob das jetzt ein Scherz sein soll oder nicht«, sagte er.

»Ach ja, entschuldige.« Rabe gab sich versöhnlich.

»Wieder dieses Wort … Es war die große Liebe, oder?« Er grinste. »Liiiiebe … mmmh … fast wie Uuuuuwe …« Er schmatzte Lasse einen Kuß herüber, und sah Asche mit kaltem Blick an. »Willkommen im Club.«

Ulf sah auf. »Welcher Club denn?«

»Na, hat er es mit dem Schindluder getrieben, oder nicht?« Rabes Stimme kam als Schnarren heraus. »Hast du doch selbst erzählt.«

Ulf stand da, und seine Ohren wurden rot. »Das war bestimmt das letzte Mal, daß ich dir irgendwas erzählt habe«, sagte er.

Rabe grinste. »Glaub ich nicht. Du bist doch auch ein Weichei, oder? Weicheier brauchen immer einen, bei dem sie sich ausheulen können …«

»Okay, es reicht, das hat doch keinen Sinn. So können wir nicht proben.« Lasse stand auf, klappte seine Noten zusammen und sah Asche an, der seine Gitarre auf den Knien liegen hatte. »Vergiß nicht, dich noch mal in Oles Sachen umzusehen, damit du heute abend einen vernünftigen Anzug hast.«

Asche runzelte die Stirn. »Ist das auch okay? Ich meine, ich komm mir langsam etwas seltsam vor. Bald ist es wie bei den sieben Zwergen. Irgendwann kommt dein Bruder wieder, und wer weiß, ob es ihm gefällt, daß ich von seinem Tellerchen …«

»Keine Sorge«, meinte Lasse. »Das biegen wir schon hin. Vor allem kannst du heute nicht in dem grauen Anzug von gestern abend aufkreuzen. Der sah schon sauber scheiße aus.«

»Aber Oles Klamotten sind mir alle viel zu groß«, klagte Asche. »Kuck dir mal die Hose an.« Er stand auf und sah verzweifelt in die Runde, wobei er versehentlich Rabes Blick auffing.

Er wußte, was der sagen wollte.
Es lag ihm auf der Zunge.
Zum Glück hatte Asche noch seine eigenen Stiefel an.
Zwei Männer kamen die Treppe herunter, als Asche eben Pops Gitarre in den Koffer legen wollte, und im Halbdunkel dauerte es einen Moment, bis er sie vorsichtig verstaut hatte, ohne dem kostbaren Ding einen Kratzer zu verpassen. Als er wieder aufblickte, sah er, daß die beiden Männer Uniform trugen. Sie hatten ihre weißen Schirmmützen unter die Arme geklemmt.
Asche hielt die Luft an.
Dann klappte er den Mund wieder zu.
Langsam, gleichmäßig atmete er aus und setzte sich, wischte die Saiten mit dem Tuch ab, tat, als hätte er sie nicht gesehen, als wüßte er von nichts.
Sie konnten nicht seinetwegen hier sein.
Unmöglich.
Wieso auch?
Woher sollten Sie wissen, wo er war?
Nein, nein …
Es ging um irgendwas anderes.
Vielleicht wollten sie Unding ans Leder.
Zitternd wischte Asche den Schweiß von seiner Stirn.
Rabe steckte sich im Gehen eine Zigarette an und brachte seinen leeren Cognacschwenker an den Tresen, wobei er den Weg der beiden Polizisten kreuzte.
Man grüßte sich. Man tauschte ein paar Worte, dann blickte Rabe auf und grinste breit.
Er sah zur Bühne herüber und sagte lauter als nötig: »Ich wußte gar nicht, daß er auch einen Nachnamen hat, aber jetzt, wo Sie es sagen, wird mir einiges klar. Das kann nur unser Freund und Schwerenöter sein!«
Asche zog seine alte Lederjacke über.

Einer der beiden Beamten nickte Rabe dankbar zu und kam in Asches Richtung.

Der warf einen hektischen Blick zu den Toiletten am Ende des Tresens hinüber und dachte noch, ob er, wenn er jetzt losrannte, wohl durch ein Klofenster würde klettern können, ob er Chancen hatte, durch die Heckenrosen hinter dem Hotel und dann über die Heide zu verschwinden, in die Dünen, an den Strand, sonstwohin, ganz egal ...

Da stand der blondgelockte Mann schon vor ihm.

Er trug eine Pistole an seinem Gürtel und sah aus, als wüßte er, wie man damit umging.

»Guten Tag«, sagte er mit ernster Miene. »Sind Sie Besitzer eines roten Volvo Amazon mit Sylter Kennzeichen?«

20

Der Wagen bot ein Bild des Jammers.

Die Scheiben waren eingeschlagen, die karierten Sitze aufgeschlitzt, jemand hatte die Verkleidung rausgerissen, das Lenkrad mit Gewalt zertreten, und sämtliche Schlösser waren mit der Brechstange aufgebogen. Das Auto war komplett verbeult, schief und krumm, die Scheinwerfer geplatzt, und selbst das Dach war so platt, daß darunter nur noch die sieben Zwerge sitzen konnten.

Akki stand im Overall bei seinem rostorangen Abschleppwagen und zog ein betretenes Gesicht. Fast schien es, als wollte er sich entschuldigen, daß er Asche die Leiche seiner Liebsten bringen mußte, aber Asche war es lieber, wenn in einem solchen Augenblick ein alter Freund zur Stelle war.

»Wir mußten den Wagen mit der Winde aus dem Graben ziehen«, meinte der blonde Polizist, und Akki nickte unnötigerweise. »Zufällig kam gerade die junge Dame vorbei«, er deutete auf Ose, die etwas abseits auf dem Wall vor dem Hotel hockte, »und daher wußten wir, wo wir Sie erreichen konnten. Tut mir ehrlich leid um den schönen Oldtimer. Allzuviele gibt es davon ja leider nicht mehr.«

Asche standen die Tränen in den Augen.

Es konnte doch nur der reine Vandalismus sein. Was sonst trieb jemanden dazu, eine solche Schönheit zu schänden? Sogar der rote Lack war zerkratzt, mehrmals rundherum, mit einem Nagel oder Schraubenzieher. Soviel war klar: Der Volvo war gefoltert worden, bevor sie ihn von der Straße in den Graben gekippt hatten. Es mußten mehrere gewesen sein. So eine Amazone wog gut und gerne ihre anderthalb Tonnen.

Aber wozu?

»Wir haben den Wagen schon länger an der Straße stehen sehen«, sagte der Polizist, »und hätten ihn sicher heute oder morgen abschleppen lassen. Er stand da mitten in den Dünen am Straßenrand …« Er warf Asche einen fragenden Blick zu und wartete.

Asche nickte.

»Die Elektrik spinnt«, nuschelte er. »Ich wollte mich heute abend darum kümmern.« Er sah dem Polizisten in die Augen, um seinen Worten Glaubwürdigkeit zu verleihen.

Der Mann war ihm wohlgesonnen.

Irgendwie kam er ihm bekannt vor. Die spitze Nase mit dem schmalen Mund, dazu die blonden Locken mit den blauen Augen … sah aus wie einer von den Boysen-Brüdern aus Munkmarsch.

Asche atmete tief und blies die Wangen auf.

»Tja«, sagte er trübe achselzuckend. »Was macht man in so einem Fall? Zahlt da die Versicherung?«

Der Schupo schob seine Schirmmütze aus der Stirn und kratzte sich. »Keinen Schimmer. Ich an Ihrer Stelle würde Anzeige gegen Unbekannt erstatten … es sei denn, Sie hätten eine Ahnung, wer mit Ihnen ein ausgewachsenes Huhn zu rupfen hat. Möglicherweise hat jemand seine ganze Wut daran ausgelassen, um Ihnen irgendwas heimzuzahlen.« Der Mann trat ans Heck des Abschleppwagens, um sich die verbogene Kofferraumklappe am Volvo anzusehen. »Oder er hat irgendwas gesucht. Irgendwas ist komisch. Ich weiß nur noch nicht so ganz, was …«

Hilflos sah Asche in die Runde.

Ein kleiner Kreis von Neugierigen hatte sich vor dem Hotel versammelt. Meist kamen sie vom Strand, mit gestreiften Taschen und bunten Handtüchern unterm Arm. Zwei kleine Jungen auf Mountainbikes standen ganz in der Nähe und fachsimpelten mit einem Langhaarigen, der einen Dalmatiner an der Leine hielt.

Ein Mädchen mit blauem Seglerpulli und Frettchengesicht stand dabei und sagte etwas zu laut: »Ihr tut ja gerade so, als wäre hier ein Pottwal gestrandet. Ist doch nur ein Auto …«, und erntete allgemeines Kopfschütteln. Beleidigt raffte sie ihr Badezeug zusammen.

Sie verschwand in genau dem Augenblick im Haupteingang des Hotels, als Uwe Unding ins Sonnenlicht trat, in karierter Golfhose und blauem Golfpullover, mit Golfmütze auf dem Kopf und Golfschuhen an den Füßen. Einer der beiden halslosen Lakaien schleppte ihm die karierte Tasche mit den Schlägern hinterher. Unding steuerte seinen Jaguar an, aber als er den Aufruhr sah, schwenkte er nach links aus und stiefelte mit strahlendem Lächeln und ausgestreckter Hand auf den Polizisten zu.

»Ja, da schau her, der Herr Hauptwachtmeister. Gibt es hier ein Problem?« dröhnte er noch im Gehen jovial über die Straße hinweg und ruderte mit seinen dicken Armen. Der Halslose blieb am Kantstein zurück und hielt die Tasche fest.

Unding warf Asche einen scharfen Seitenblick über seine blaue Brille hinweg zu und rückte dem Polizisten so nah auf die Pelle, daß nicht zu verstehen war, was die beiden da redeten. Sein Kollege hatte es sich auf dem Fahrersitz des Streifenwagens bequem gemacht, hielt sein Gesicht in die Sonne.

Der war keine große Hilfe.

Asche dachte kurz an Selbstjustiz und seufzte schwer.

An wem sollte er Rache nehmen?

Unding mochte endlos Dreck am Stecken haben, aber das mit seiner Amazone konnte er ihm wohl nicht in die Schuhe schieben. Der stand auf Drogen und Minderjährige. Autos waren nicht sein Metier.

Ose saß etwas abseits wie ein Häufchen Elend im Schneidersitz auf einem Friesenwall und ließ die Ohren hängen. Wenn das stimmte, was Rabe von Unding und Ose behauptete ...

Als Asche zu ihr kam, wischte sie kurz an ihren Augen herum, und er merkte, daß irgendwas los war. Weinte sie? Eine warme Woge ging durch ihn hindurch, als er spürte, wie sehr es ihn bewegte, daß er echte Gefühle bei ihr sah. Es erschreckte ihn, und er brauchte einen Augenblick, bis er den unbändigen Drang niedergerungen hatte, sie in den Arm zu nehmen und zu trösten. Wenn schon, hätte er selbst getröstet werden sollen.

Wortlos hockte er sich neben sie auf den Wall.

Drüben auf der Heide sah man die langen Ohren eines Hasen aufragen. Leiser Wind ging über sie hinweg. Einen Moment lang schwiegen beide, und das Geschnatter der Leute verflog mit der Brise.

Ose zog die Nase hoch. »Ehrlich, ich wollte dir nur eine Freude machen«, sagte sie ganz leise. »Ich wußte doch, daß der Wagen da noch steht, und, naja, das heute morgen auf der Uwe-Düne tat mir leid, und ich wollte, ich wollte nur ...« Ein Schluchzen schüttelte sie, und er legte einen Arm um ihre Schulter.

»Du kannst doch nichts dafür«, meinte Asche und tat, als stutzte er. »Es sei denn, du hättest meine Amazone eigenhändig demoliert ...«

Rotgeheult sah sie zu ihm auf, die kleine Nase kraus, die Augen leicht blinzelnd, als hätte er sie gewürgt.

Asche sah ihre finstere Miene. »Ein Scherz«, sagte er eilig. »Es war ein Scherz. Ehrlich.«

Sie rückte von ihm ab.

»Was glaubst du eigentlich, wer du bist?« fauchte sie. »Meinst du, du bist besser als die anderen?«

Mit spitzem Ellenbogen stieß sie ihn von sich, daß Asche fast rückwärts auf den Rasen kippte.

Wie ein Windrad ruderte er mit seinen Armen.

Ose sprang auf und rannte los, ließ ihn einfach liegen.

»He!« rief er, daß sich alle auf der Straße nach ihm umdrehten, der blonde Polizist, der dicke Hotelier, die Jungen mit den Mountainbikes, der Typ mit seinem Dalmatiner, selbst Akki.

»Lauf nicht weg!« rief Asche und sah achselzuckend in die Runde.

Aber Ose blieb nicht stehen, sah sich nicht mal um.

Schon verschwand sie um die Ecke hinter dem Hotel.

Asche warf einen Blick auf seine Amazone, dann machte er sich auf die Socken, hängte sich an ihre Fersen und gab sich alle Mühe, den erstaunten Blicken auszuweichen, als er über den Kies der Auffahrt hetzte.

Hinten auf dem Hof, etwas abseits, bei den Heckenrosen, lagen ein paar Fahrräder, die zum Personalheim gehörten, die sich nehmen konnte, wer sie brauchte, und Ose steuerte zielstrebig darauf zu.

»Was soll der Scheiß? Warte doch! Was rennst du vor mir weg?« Asche hetzte über den Kiesweg und hörte auf zu rennen, als er sah, daß Ose bei den Hecken stand und sich das oberste Rad nahm. Silbern glänzte es im warmen Licht der Abendsonne.

»Ose! Bleib stehen! Wo willst du denn hin?«

Oh, Mann …

Jetzt hatte er auch noch Ose vor den Kopf gestoßen, obwohl sie es doch gut meinte. Sie hatte recht. Er war zu mißtrauisch. Sollte er sie laufen lassen? Wollte sie wirklich allein sein?

Diese Frau war ihm ein Rätsel.

Sie riß das oberste Rad an sich und sprang darauf, bevor Asche sich entschließen konnte, ob er ihr nun ernstlich folgen wollte oder nicht.

Am Fenster der Gemeinschaftsküche stand einer der schwarzen Küchenhelfer und kraulte eine kleine Katze.

»Hinterher!« lachte er breit. »Das will sie doch! Los, los! Du mußt sie hinterher!«

Asche kniff den Mund zusammen.

Ose war schon halb über die Heide in Richtung Wenningstedt, nicht mehr lange, und sie wäre im Wäldchen verschwunden.

Er sah sich die anderen beiden Räder an, ein schweres, rotes Hollandrad, das hinten total platt war, und darunter, halb von der Hecke überwuchert, lag seit etwa hundert Jahren ein rostbraunes Klapprad.

Die Reifen waren rissig, aber prall.

Prüfend drückte Asche am Gummi herum und stieg auf das eierige Ding. Es dauerte ein Stück, bis er sich an das seltsame Gefühl gewöhnt hatte, dann trat er fest in die knarrenden Pedale.

Der Weg durch die Heide war kaum mehr als ein Trampelpfad, ein schmaler Streifen Sand, aus dem uralte Wurzeln ragten, was ihn bei erster Gelegenheit fast aus dem Sattel warf. Asche spreizte die Beine und rollte aus, dann kämpfte er sich weiter.

Die verdammte Klapperkiste hatte keine Gangschaltung.

Sowas sollte verboten werden.

Asche sah sich um.

Am Hotel war nichts zu sehen. Niemand winkte ihm nach.

Hätte er der Polizei nicht sagen sollen, ob er Anzeige erstatten wollte oder nicht? Mußte er Akki nicht sagen, wohin die Amazone sollte?

Und wer sollte das bezahlen?

Am Wäldchen wurde der Weg breiter, dafür kam ihm auf dem Wanderweg ein Troß radelnder Rentner mit bunten Mützen entgegen, von denen der Rädelsführer schon von seinem Drahtesel gestiegen war, daß sich die anderen hinter ihm versammeln mußten. Fassungslos sahen sich die Stehenden um, deuteten kopfschüttelnd hinter sich, in Oses Richtung.

Und standen mitten im Weg.

Asche versuchte noch zu klingeln, aber das Klingelding saß fest.

»Vorsicht!« keuchte er, blieb um ein Haar an einem breiten Lenker hängen, wich einer alten Dame im blauen Sternchenoverall aus und rempelte ihre Nachfolgerin vom Rad, daß diese wortlos in die Büsche kippte.

Ose war schon weit hinten, auf der anderen Straßenseite, jenseits vom Campingplatz, auf geradem Weg durchs Rapsfeld auf Höhe des Leuchtturms.

Hier war mehr los als auf dem Autoput.

Eben wich Asche einem Tandem aus, dessen Vordermann verträumt die Schönheiten der Insel genoß, da schoß von rechts etwas Gelbes heran, das knatterte und Asche in die Eisen zwang.

Ein Motorroller mit zwei behelmten Kids kreuzte rödelnd seinen Weg ... danach ein dickes Wohnmobil mit Troddeln an den Fenstern.

Schweißnaß und hechelnd stand Asche da.

Es hatte keinen Sinn.

Ose war nirgends mehr zu sehen.

Okay, mit Gewalt war nichts zu machen.

Mal abgesehen davon, was das alles sollte, wieso sie eigentlich weglief, blieb doch vor allem die Frage, wohin sie ging, wenn sie allein sein wollte.

Asche rollerte weiter, quer durch das duftende Feld. Lupinen standen da und zeigten ihre blauen Glöckchen her, dazwischen massenweise Löwenzahn. Auf Höhe der alten Schule bog Asche in Richtung Dorfteich ab und blieb kurz stehen, sah sich um. Nach Braderup war sie nicht gefahren. Was sollte sie am Watt wollen? Nein, wenn sie wütend oder traurig war, würde sie doch immer nach Westen an den Strand fahren.

Oder?

Natürlich!

Durchs Osetal beim Campingplatz zum Meer.

Drüben, neben der Kampener Schnellstraße, hatte ein Kinderzirkus seine Zelte aufgeschlagen. Blau und rot und gelb flatterten die Planen, und man sah die weißen Schiffsschaukeln in der Abendsonne fliegen.

Dann ging es wieder durch ein dichtes Wäldchen.

Seit seiner Schulzeit war er hier nicht mehr gewesen.

Als er dann ins Helle kam, sah er am Ende des Weges die Wenningstedter Friesenkapelle, hörte schon von weitem das Geschnatter der Enten am Dorfteich.

Verdammt, sie mußte doch hier irgendwo …

Da sah er das silberne Rad am Zaun beim Hünengrab stehen.

Na also.

Endlich.

»Ose!« rief er und trat noch fester in die Pedale. Langsam wurde ihm in seiner Lederjacke heiß.

Weit und breit kein Mensch.

Die Fahne am weißen Mast war aufgezogen, zeigte an, daß der Wärter am Hünengrab sein mußte, aber niemand war zu sehen. Seit zwanzig Jahren hockte Nicke Nickelsen auf seiner weißen Bank und flunkerte neugierigen Kurgästen grausige Geschichten um den Denghoog vor, aber wenn man ihn mal brauchte, so wie heute …

Typisch.

Asche stieg ab und warf das elende Klapprad gegen Oses, das es nur so schepperte.

»Ose, verdammt!«

Asche blieb stehen und lauschte.

Was hetzte er dieser Braut nach, wenn sie doch allein sein wollte? Er sah schon Undings halslose Helfershelfer vor sich, die beiden ewig Unrasierten, wie sie sich beeimerten, wenn sie ihn so hätten sehen können.

Oder Rabe.

Wieso war der bloß dauernd so angepißt auf ihn?

Ulf, klar, das war verständlich.

Aber Rabe?

Vorn, in der rotgeklinkerten Kapelle mit der goldenen Kugel unterm Kreuz, läuteten die Glocken. Seit seiner Konfirmation war er da drinnen nicht mehr gewesen, erinnerte sich nur noch an massenweise blaue Kacheln und irgendwelche Schiffsmodelle.

Asche rieb seinen feuchten Nacken und stieg über den weißen Zaun, der den Denghoog umgab. Ein geschwungener Weg aus rundlichen Steinen führte zum oberen Eingang des Hügels, und er mußte aufpassen, wohin er trat, damit er mit seinen spitzen Stiefeln nicht ausglitt.

»Ose?« sagte er etwas unsicher.

Was wollte sie hier?

Als er oben auf dem Hügel stand, ging der Wind harsch

durch die Bäume. Asche sah zum Himmel auf. Ein Schwarm von Staren zog über ihn hinweg, auf dem Weg zum Dorfteich. Von Westen kamen Wolken auf.

»Ose? Bist du hier?«

Asche bückte sich über dem runden Eisendeckel, der neben dem Loch am Boden lag. Finster war es da unten, nicht viel zu erkennen, nur das Ende einer Holzbank.

Da lag doch was …

Ein roter Pulli oder irgendwas.

»Ose? Komm schon, was willst du denn da unten? Jetzt verkriech dich nicht. Ist doch nur ein Auto. Ehrlich, ich will nicht, daß du dich deshalb schuldig fühlst. Ich …«

Eine dunkle Wolke schob sich vor die Sonne, daß er da unten kaum noch was erkennen konnte.

»Echt jetzt … oder soll ich runterkommen?« Er lauschte, meinte, ein Schniefen zu hören. Der Wind verwehte sein Haar, als er die Nase hob und den Regen witterte, dann seufzte er und stellte seinen rechten Fuß auf die oberste Stufe der Leiter, verlagerte sein Gewicht und schob den anderen Fuß hinterher. Er hielt sich kurz am Deckel fest, als er sich durch den Eingang zwängte, dann tastete er mit der Fußspitze nach dem steinernen Boden des Grabmals.

Feuchte, kalte Luft schlug ihm entgegen.

»Ose, bist du hier?«

Es quietschte.

Und der Deckel schlug ihm an den Kopf.

21

Er hätte sich in den Hintern beißen können. Wieso passierte sowas immer ihm? Er hätte sich von vornherein nicht darauf einlassen dürfen. War ja auch Schwachsinn, und dann hatte er auch noch die Kontrolle verloren, was sonst so gar nicht seine Art war.

Egal, was Imme sagte.

Asche stutzte.

Sein Gefühl sagte ihm, daß irgendwas nicht stimmte, irgendwas nicht so gewesen war, wie es hätte sein sollen.

Hatte er denn nicht gebremst?

Klar waren sie schnell gewesen, aber doch nur, weil die Kiste nicht anzuhalten war. Hatte er nicht mit aller Kraft auf dieses Pedal eingetreten? Irgendwann sogar mit beiden Füßen?

So war es doch gewesen, oder?

Seine Schläfe brannte. Er mußte sich gestoßen haben.

Vorsichtig tastete er an seinem Kopf herum und wollte die Augen aufschlagen, nur war es derart grell, daß er sie schnell wieder zusammenkniff.

Langsam, ganz langsam linste er unter seinen Wimpern hervor. Etwas Feuchtes rann an seiner Wange herab. Er strich mit seiner Hand darüber und sah Blut.

Er lag im Sand in einem Dünental, etwas abseits des gelben Wracks, von dem noch Rauch aufstieg, weißer Rauch, als wurde hier der Papst gewählt.

Offenbar lief Öl aus.

Kalt war ihm. Er zitterte am ganzen Leib.

Asche stützte sich auf seine Ellenbogen, und irgendwelches Kraut schnitt ihm in die Arme.

Scheißkalt war ihm. Wo war seine Lederjacke?

Asche sah sich um, rieb dabei seine Knie.

Über der Straße stand rot und prall die Morgensonne.

Er sah die Schneise, die der Wagen durchs Heidekraut gepflügt hatte, sah gelbe Teile herumliegen, ein herrenloses Rad und drüben einen der beiden Sitze.

Wo war der Mann geblieben?

Asche reckte seinen Hals, zuckte zusammen und wischte sich mit dem Handrücken das Blut aus dem Mundwinkel. Etwas abseits sah er seine alte Lederjacke, das gute Stück, den treuen Freund. Bibbernd kroch er hinüber und sank davor in sich zusammen. Alles mögliche lag im Sand verstreut, sein Zippo, seine Kippen, Papiere, Immes Sparbuch …

Asche sah gar nicht richtig hin.

Er zog die Jacke über und raffte alles zusammen, was ihm in die Finger kam, stopfte es in seine Taschen. Kaugummis, Autoschlüssel, Taschentücher. Er nahm eins aus der Packung und versuchte, das Bluten am Mundwinkel zu stillen. Der Schnitt tat eklig weh. Drei dicke Möwen landeten mit einigem Sicherheitsabstand, wollten wohl wissen, ob es hier was zu holen gab.

Aasgeier.

Asche wich ihren Blicken aus, sah zum Himmel auf, ob sie schon über ihm kreisten. Drüben, weiter zum Strand hin, sammelten sich ein paar von ihnen leuchtend weiß im großen Blau über dem Meer. Da schien es was zu geben.

Der Kreislauf des Lebens.

Kaum in den Graben gerutscht, schon als Vogelfutter wiedergeboren.

Asche seufzte bleiern, sah an sich herab.

Anscheinend war er nicht schwer verletzt.

Aber der andere …

Auf der Straße jagte ein Taxi mit gelbem Geier nach Hörnum, dem blinkenden Leuchtturm entgegen. Der Fahrer schien ihn nicht zu sehen, was ihm nur recht sein konnte.

Wenn sich der Diablomann verdrückt hatte, konnte es um ihn nicht schlimm bestellt sein, und Asche wollte sich bestimmt nicht an dessen Stelle von der Polizei befragen lassen, was er dazu beigetragen hatte, daß hier ein italienisches Kunstwerk im Wert eines Zweifamilienhauses komplett zertrümmert in den Dünen lag.

Vom Flurschaden mal ganz abgesehen.

Die Naturschützer konnten ziemlich eklig werden, wenn man die Dünen mißhandelte.

Wankend kam er auf die Beine, rieb an seinem rechten Knie herum, das ihn nur unwillig tragen wollte. Wenn er sich nicht bald auf die Socken machte, hätte man das Wrack gefunden, bevor er in Sicherheit war. Und so schleppte er sich durch das Dünental in Richtung Westen, zum Strand hin. Er ächzte und stöhnte, fluchte leise vor sich hin. Nur noch die eine Düne …

Unwillkürlich zog er den Kopf ein, als ein Schatten über ihn hinweg huschte, und fiel auf die Knie, warf die Arme um den Kopf, hörte ein Flattern, ein Kreischen.

Das Herz schlug ihm bis zum Hals.

Er wagte nicht, die Augen aufzuschlagen.

Kalt war ihm, und seine Schläfe brannte wie die Hölle.

Stirnrunzelnd lag er da und fror.

Gut, daß er wenigstens die Lederjacke hatte.

Wie ein Embryo rollte er sich ein, zog die Knie an seine Brust, faltete die Hände am Hinterkopf und hielt die Luft an.

Lag im Sand und wollte nicht atmen.

Kein bißchen.

Hielt die Luft an, bis das Rauschen in seinen Ohren donnerte, lauter, als die Möwen kreischten.

Plötzlich war alles still.

Verdächtig still ...

War das alles nur ein Traum gewesen?

Einen Moment lang lauschte er, sammelte seine Gedanken.

Dann schlug er die Augen auf.

Stockfinster war es, kalt und klamm.

Es roch nicht sehr lebendig.

Seine Schläfe lag auf feuchtem Stein. Er hielt die Hände vor der Brust gefaltet, die Knie angezogen. So lag er da am Boden. Von Sand und Dünen keine Spur.

Asche schüttelte den Kopf.

Manches fiel ihm wieder ein.

Vorsichtig richtete er sich auf.

Wenn ihn nicht alles täuschte, war er die Treppe runtergefallen. Nachdenklich rieb er seinen kahlen Nacken.

Pechschwarz war alles um ihn, nicht mal der Hauch von einem Schimmer zu erkennen. Er sah nach oben, dorthin, wo er den Eingang, das obere Ende dieser vermaledeiten Leiter vermutete.

Er tastete nach dem Holz, das ins Freie führte, zog sich langsam daran hoch und ertastete die Stufen, stieß mit seinem Kopf an Stein. Vorsichtig nahm er die schmalen Sprossen, eine nach der anderen, bis er frische Luft witterte, die durch das kleine Loch im Deckel drang.

Erleichtert stemmte er sich dagegen.

Dann ruckelte er daran herum, erst mit einer, dann mit beiden Händen. Er schnaufte und rüttelte, stieg noch eine Sprosse weiter und drückte mit dem Nacken gegen den

Verschluß. Irgendwie mußte sich der Scheißriegel doch öffnen lassen! Das konnte doch nicht sein …

Aber das Ding war dicht.

Mutlos kauerte Asche auf der Treppe.

Er sah die Hand vor Augen nicht.

Das konnte doch nicht wahr sein.

Vielleicht war er so blöd gewesen, die Treppe runterzufallen, aber wer war so blind, den Deckel zuzuschrauben, ohne sich vorher zu vergewissern, ob nicht noch jemand da unten hockte?

Das sah Nicke Nickelsen ähnlich.

Zwar war es wohl schon ein paar Jahre her, daß sie zusammen eingeschult worden waren, aber Menschen ändern sich nicht. Einmal Braderup, immer Braderup.

Zweimal noch stand er auf und versuchte sein Glück, rüttelte und trommelte dagegen, fing an, um Hilfe zu rufen, aber wenn draußen alles dunkel war, wer sollte ihn schon hören? Die nächsten Häuser waren zu weit, und in der Kapelle war so spät bestimmt keiner mehr.

Asche versuchte, auf seiner Armbanduhr etwas zu erkennen, da fiel ihm ein, daß sie kaputt war.

Irgendwann, als er so dasaß, fing es an zu regnen, ganz leicht erst, dann heftig, daß es nur so pladderte, wie ein Trommelwirbel auf dem Eisendeckel.

Trübsinnig saß er da und überlegte. Sollte er jetzt allen Ernstes die ganze Nacht in diesem feuchten, klammen Loch hocken, ohne Licht, ohne Decke, ohne …

Plötzlich schlug er sich an die Stirn.

Was für ein Idiot!

Er grinste über seine eigene Blödheit.

Dann wühlte er in seinen Taschen nach dem Zippo. Hatte Nicke nicht erzählt, daß er schon mal hier unten übernachten mußte, weil seine Frau ihn ausgesperrt hatte? Was hatten sie gelacht, auf Nickes Kosten, waren sich einig gewesen, daß es vielleicht nicht schlechter war, mit Halbverwesten in einem alten Grab zu übernachten, als mit Soraya Nickelsen das Bett zu teilen.

Wo war nur das verdammte Feuerzeug?

Jedenfalls hatte Nicke damals zur Sicherheit ein paar Kerzenstummel im Denghoog deponiert. Für alle Fälle.

Aber wo?

In den Außentaschen der Lederjacke fanden sich nur ein paar alte Lakritzbonbons, drei halbzerknüllte Luckies und ein blutverkrustetes Tempo. Die Innentasche war leer.

Asche stutzte.

Die Jacke hatte in Oses Zimmer gelegen, zwischen den Pappkartons, am Boden bei ihrem Bett.

Seine Papiere und das ganze Zeug …

Alles weg.

Asche zog die Jacke aus, tastete daran herum, aber im Dunkeln konnte er nichts erkennen und deshalb auch nicht sicher sein. Deshalb zog er sie wieder an.

Dann saß er da und machte dicke Backen.

Was tun?

Er mußte nach Kampen, ins Hotel …

Die warteten auf ihn.

Er stand auf und stieß sich den Kopf, also setzte er sich wieder hin, tastete blindlings unter der Holzbank herum.

Nichts.

Noch einmal klopfte er alle Taschen ab, die Hose vorn und hinten, die Jacke außen und …

Oha.

Da war ein Loch im Futter.

Asche riß das Ding von seinen Schultern und tastete im Dunkeln unten am Saum herum.

»Ich glaub es nicht!«

Er zuckte zusammen, als er seine eigene Stimme in der finsteren Grube hörte. Dumpf klang sie, fast wie erstickt.

Egal.

Er schob die Rechte tief in seine Innentasche, durch das Loch im Futter bis runter in den Saum, wo er mit langen Fingern tastete, bis diese endlich an etwas stießen. Das war bestimmt kein Feuerzeug, aber wenn sich seine Papiere wiederfanden, war das auch nicht schlecht. So zupfte er alles mögliche aus dem Futter der dicken Jacke, ohne daß er sehen konnte, was es war …

… und dann sein Zippo.

Lächelnd saß er wie in schwarzer Tinte und fühlte das kalte Metall in seiner Hand. Er streckte den Arm ein Stück weit aus, hielt das Feuerzeug vor sein Gesicht, klappte den Deckel auf und riß am Rädchen.

Bläulich zuckte die Flamme auf und flackerte ein wenig.

Jetzt erst, als die Schatten auf den mächtigen Findlingen tanzten, lief ihm ein Schauer über den Rücken. Unwillkürlich warf er einen Blick in die Ecke hinter der unseligen Leiter, wo früher mal das Höckergrab gewesen war. Als man den Hügel geöffnet hatte, waren neben Gefäßen, Bernstein und einem Rinderzahn tatsächlich auch Reste einer unverbrannten Leiche gefunden worden.

Fünftausend Jahre alt.

Asche klappte sein Zippo wieder zu und schüttelte sich.

Seit der ersten Klasse war er hier nicht mehr gewesen und konnte auch nicht sagen, ob er den toten Krieger tatsächlich gesehen oder ob ihm seine Phantasie mal wieder einen Streich gespielt hatte. Jedenfalls hatte seine Lehrerin damals was von achthundert Hünengräbern auf der Insel gesagt.

Deshalb hieß Sylt auch »Insel der Toten«.

Asche seufzte.

Wieso fiel ihm sowas immer in den ungelegensten Augenblicken ein? Mit gequälter Miene dachte er daran, wie sie als kleine Jungen am Wandertag davon gar nicht genug bekommen konnten, während die Mädchen in ihren bunten Kleidern längst draußen bei den Heckenrosen standen und Hagebutten sammelten.

Asche machte seine Arme lang und tastete hinter den Bänken den Boden ab. Irgendwo mußten diese blöden Kerzen doch sein, von denen Nicke ...

Und plötzlich hielt er sie in der Hand.

Zwei Stück.

Und Dochte hatten sie auch.

22

Es hieß, an jenem Tag seien vier Könige gefallen, darunter Bröns, der letzte Sylter König, aber auch Ring und Nißchen und der Zwergenkönig Finn. Die letzte Schlacht der Riesen mit den Unterirdischen auf der Kampener Heide war fast schon verloren gewesen, weil die Zwerge den Riesen unter die Kleider krochen und mit Flintsteinen auf sie einstachen. Nur hatten sie nicht mit den Sylter Weibern gerechnet. Die wollten ihren Männern Grütze bringen, um sie für den Kampf zu stärken, und so trug jede einen Topf mit heißem Essen bei sich. Als sie ihre Hünen auf der Flucht sahen, kamen sie erst richtig in Fahrt und kippten den Zwergen die heiße Grütze ins Gesicht, daß einige erblindeten, andere erstickten, und wieder andere der Unterirdischen, denen man nachsagte, sie entführten liebestoll so manche Friesenfrau, vergaßen beim Anblick der vielen prallen Weiber glatt den Kampf. So starben die Unterirdischen, schwarzhaarige Gnome, die sich von den blonden Hünen nicht vertreiben lassen wollten. Als die Sonne unterging, saß nur noch ihr König einsam auf einem Stein.

Traurig nahm er ein Messer und machte sich ein Ende.

Am nächsten Tag wurden die Sylter Helden bestattet.

In Hünengräbern wie dem Denghoog.

»Wer's glaubt, wird selig«, brummte Asche mit Blick auf die massiven Deckensteine. Der dickste wog gut und gerne seine zwanzig Tonnen, und es blieb schlicht unerklärlich, wie diese Dinger mit bloßen Händen bewegt worden waren.

Hauptsache, der Bau stürzte nicht über ihm zusammen.

Im Kerzenschein sah Asche auf die Uhr. Immer noch kaputt. Inzwischen verfluchte ihn die ganze Band bestimmt im Chor. Alles war bereit fürs zweite Set, und immer noch kein Gitarrist in Sicht. Rabe wäre es sicher nur recht. Es bestätigte, was er ohnehin von Asche dachte, aber Lasse Olsen tat ihm etwas leid. Der war bisher auf seiner Seite gewesen.

Und Ose?

Der rote Pullover, der da in der Ecke auf der Bank lag, gehörte nicht ihr, soviel war klar. Aber wieso stand ihr Rad vorn am Zaun? Und wieso hatte sie nicht nach ihm gerufen, als sie sein Rad neben ihrem am Zaun gesehen hatte?

Wasser tropfte von der Decke, sammelte sich am tiefsten Punkt des dicken Brockens in der Mitte und seilte einen Tropfen nach dem anderen ab, sammelte sich am Boden zu einer matschigen Pfütze.

Asche hatte mit einiger Mühe drei Bänke zusammengeschoben und hockte im Schneidersitz darauf, seit ihm auf der Erde kalt geworden war. Am Rand der einen Bank hatte er eine der beiden Kerzen inzwischen mit ihrem eigenen Wachs am Holz verklebt. Gelblich flackerte sie vor sich hin. Zweimal schon war Asche auf allen Vieren in den flachen Gang gekrochen, der ihm gegenüber theoretisch in die Freiheit führte.

Theoretisch.

Es war der ursprüngliche Eingang, gut sechs Meter lang und einen Meter hoch, von mächtigen Steinen gesäumt und am Ende mit Brettern und einem dicken Schloß verriegelt. Wenn Asche seine Wange ganz oben links an den

Stein drückte und die Augen etwas verdrehte, konnte er draußen was erkennen, nicht viel, weit hinten eine Straßenlaterne. Manchmal, wenn der Mond zwischen den Wolken hervorkam, sah er drüben das blaugestreifte Zelt vom Kinderzirkus leuchten. Meist aber blieb alles im Regen verborgen.

Unruhig streckte er die Beine und stand gebückt, trampelte, um seine Füße wieder zum Leben zu erwecken. Er strich mit einer Hand über den Stein, wischte die nassen Finger an der Hose trocken und zog die Jacke fester um sich. Die Kälte kroch ihm in den Nacken. Er nahm den roten Pulli von der Bank und roch daran. Vorn waren zwei goldene Teddybären aufgestickt, und das Ding war ziemlich weit.

Für Eitelkeit war jetzt wohl nicht der richtige Augenblick, und Zeugen gab es ohnehin keine, also schob er die Lederjacke von den Schultern und zog den Pulli drunter.

Am Boden vor ihm lag das Zeug, das er im Futter der Jacke gefunden hatte, neben der Bank, etwas abseits der Pfütze. Er sammelte alles ein und brachte es auf dem Holz vor dem Wasser in Sicherheit. Unglaublich, was alles im Futter so einer dicken Jacke Platz fand, ohne daß man es bemerkte. Er nahm sich eine Zigarette und zündete sie an der Kerze an, sog den Rauch in seine Lungen. Der Tabak war knochentrocken, schmeckte hart und blieb an seinen Lippen kleben, daß er ihn ausspucken mußte.

Angewidert starrte er die Kippe an, überlegte, ob er sie in die Pfütze werfen sollte. Aber er hatte außer dieser nur noch zwei.

Zwischen Papieren, Krimskrams, Adreßbuch, Bonbons und dem restlichen Zeug lag ein kleines, schwarzes Buch mit rotem Rücken, das er noch nie gesehen hatte. Er runzelte die Stirn, konnte sich aber nicht erinnern. Das war in seiner Tasche gewesen? Es mußte wohl schon etwas länger im Saum gesteckt haben.

Er nahm es in die Hand, drehte es um.

Vorn war ein vergilbtes Etikett aufgeklebt, aber es stand nichts darauf geschrieben. Seltsam. Das Ding war ihm völlig neu. Rückwärts ließ er die Seiten durch die Finger rattern, gelbliches Papier, mit dünner, schwarzer Tinte beschrieben, seitenweise.

Asche runzelte die Stirn.

Wo kam das her?

Wieso war es in seiner Jacke?

Es war nicht dick, aber sehr eng beschrieben. Manche Einträge waren nur fünf Zeilen lang, andere dagegen fünf Seiten. Über den einzelnen Einträgen standen Daten und auch Orte. Die Schrift war nur schwerlich zu entziffern, aber die Daten waren deutlich.

Ein Tagebuch.

Asche schüttelte den Kopf.

Kampen, 31. Mai 1956 las er, oder *Rom, 12. August 1959.*

Nur war ansonsten kaum zu lesen, was dort stand, zu klein gekritzelt, etwas verwaschen, an manchen Stellen feucht geworden. Asche lehnte sich an den kalten Stein und zog die Beine an.

Draußen kam der nächste Wolkenbruch herunter, peitschte in Böen gegen den Eisendeckel. Man konnte froh sein, wenn man jetzt ein Dach über dem Kopf hatte.

Asche grinste säuerlich.

Er hielt das Buch ins Licht der Kerze und blätterte zum Anfang. Es stand kein Name da, wem dieses Buch gehörte, nicht mal »Tagebuch« oder sonstwas in der Art stand da geschrieben, als sollte man nicht wissen, was es war. Andererseits schreibt man ein Tagebuch wohl ohnehin nur für sich selbst.

Die Schrift sah alt aus, aber eher durch das vergilbte Papier, nicht eigentlich wegen der Schrift. Wie alt mochte der Autor gewesen sein? Zwanzig vielleicht? Kein Kind mehr, soviel war klar. Die Schrift war viel zu ausgebildet, etwas wie Sütterlin, spitz, mit vielen Schlaufen.

Asche fing ganz vorne an, versuchte, auszumachen, was da stand, arbeitete sich von einem Wort zum nächsten, las laut, probierte die Sätze, bis sie einen Sinn ergaben.

Je länger Asche sich bemühte, desto leichter fiel es ihm, flüssig zu lesen; kurz sah er auf. Er dachte an Ose, wie sie in ihrem grünen Glitzerkleid auf der Bühne stand, und daran, daß es noch Stunden dauern würde, bis mit Nicke Nickelsen zu rechnen wäre. Falls es nicht morgen immer noch Bindfäden regnete.

An schlechten Tagen blieb der Denghoog zu.

Und plötzlich ging ihm ein Licht auf …

Auf einmal war ihm alles klar. Er hätte nicht sagen können, wieso, aber plötzlich, wie aus heiterem Himmel, als hätte ihm jemand ins Ohr geflüstert, wußte er, woher er dieses Buch hatte, wie es in seine Jacke gekommen war.

Er sah sich auf den Knien liegen, im Dünental am frühen Morgen, kurz hinter Rantum, von gelben Wrackteilen umgeben, bibbernd, wie er sein Zeug zusammenraffte, sein Zippo, die Kippen, Immes Sparbuch … Erinnern konnte er sich nicht, das kleine, schwarze Buch eingesteckt zu haben, aber nur so konnte es gewesen sein. Es hatte da im Sand gelegen, zwischen seinen Sachen.

Er hatte es versehentlich eingesteckt.

Asche zog die Nase hoch und kniff die Lippen zusammen.

Was war mit diesem Mann passiert? Wo war er gewesen,

als Asche zu sich kam? Wieso hatte er sich aus dem Staub gemacht? Er sah das Buch auf seinen Knien liegen.

Da war doch irgendwas im Busch.

Wozu hatte ein großkarierter Kokser wie der ein solches Buch in der Tasche?

In der Tasche?

Wieso war eigentlich alles im Sand verstreut?

Asche seufzte. Es schien, als verstrickte er sich mit seinen Fragen langsam aber sicher selbst.

Eins nach dem anderen.

Er wollte weiterlesen, aber irgendwie stand ihm dieser Mann im Licht, der schwitzende, weinende Berg von einem Kerl, mit seinen Riesenpranken …

Draußen rumpelte ein Auto durch die Schlaglöcher, und für einen kurzen Augenblick zuckte Licht ins steinerne Rund. Asche sprang auf, wollte um Hilfe rufen, aber bis er sich entschlossen hatte, war der Wagen wieder weg.

So stand er da, mitten im Raum, daß ihm das Wasser auf den Kopf tropfte und über Stirn und Nase rann, und er konnte nicht fassen, daß er einfach weggelaufen war, das Wrack und diesen Mann dort hatte liegen lassen. Er konnte sich drehen und wenden, wie er wollte. Hatte er richtig nachgesehen, ob der Typ nicht irgendwo blutend auf der Heide lag und elend krepierte?

Er hatte sich feige verpißt.

Da gab es nichts dran zu rütteln.

Er schüttelte den Kopf, wischte sich das Wasser aus dem Gesicht und steckte seine vorletzte Zigarette an der Kerze an. Dann setzte er sich hin und las.

Er las von einer Frau, die sehr erfolgreich war, als Sängerin, Schauspielerin. Namen fielen, die er kannte. Sie schien zu ihrer Zeit geradezu berühmt gewesen zu sein. Er las, wie sie irgendwann von allen geschnitten wurde, weil sie sagte, was keiner sich zu sagen traute. Wie sie wieder auf die Beine kam, wie die Liebe ihres Mannes sie beflügelte. Dann sollte sie ein Kind bekommen, und er wollte sie vor den Reportern schützen, wollte, daß sie das Kind in aller Abgeschiedenheit bekam. Ein befreundeter Arzt sollte helfen, nur kam er nicht, war krank geworden. Er las von einem Sturm, davon, wie ihr Mann bei der Geburt mit ihr allein war, wie erst ein Kind kam, dann noch eins und noch eins und wie ihm das dritte aus der Hand glitt, daß es auf den Steinfußboden schlug.

23

Asche schreckte hoch, als oben jemand am Eisendeckel schraubte. Es stank um ihn herum. Die Kerze neben seinem Kopf war zu rußig grauem Wachs verlaufen, der Docht darin ersoffen.

Asche kniff die Augen zusammen und schmatzte ein paarmal, um den fiesen Geschmack im Mund loszuwerden.

»Nicke?«

Oben wurde der Deckel aufgeklappt. Das Ding quietschte und knarrte, bis es scheppernd auf die Steine schlug.

»Nicke, bist du das?«

Oben an der Leiter tauchte ein Gesicht mit großer Brille auf, eine besorgte Miene, dunkelrot, wohl weil sie fast kopfüber hing.

»Mann, Nicke, du bist schon wieder zu spät. Wie in der Schule.« Asche setzte sich auf und machte seinen Rücken gerade.

»Atze, bist du das? Wieso bist du denn da unten?« Nicke war noch nie der Schnellste gewesen. Manchmal arbeitete sein Hirn langsamer als er Mofa fuhr.

»Abenteuerurlaub.«

Etwas vorschnell stand Asche auf und stieß mit dem Kopf an die Decke, mußte sich ducken und fluchte. Gebückt stand er unten an der Leiter. »Mir ist das Leben zu langweilig geworden, und da habe ich mir gedacht,

Asche, habe ich gedacht: Laß dich doch mal im Denghoog einsperren!« Schnaubend sammelte er seine Sachen von der Bank, nahm das schwarze Tagebuch, sah es einen Moment mit spitzen Lippen an, dann wollte er es in die Innentasche seiner Lederjacke stecken, überlegte es sich aber anders. Mühsam, mit knarrenden Knochen, kletterte er ans Tageslicht.

Nicke stand im Blaumann da, mit Krabbenfischermütze, schüttelte den Kopf. »Mann, Atze, das ist doch verboten. Du kannst doch nicht einfach die ganze Nacht da unten sitzen. Das geht doch nicht. Wenn das nun alle machen würden ...« Vorwurfsvoll sah er Asche an und schien zu überlegen, was er machen sollte, wenn jetzt alle ...

»Mann, Nicke, du bist die allerletzte Schlaftablette. Du hast mich gestern abend eingesperrt!«

»Ich dich?«

»Nein, ich dich ... natürlich du mich, oder hab ich etwa den Schlüssel für den Deckel da?« Er deutete zu Boden, daß Nickes Blick seinem Finger folgte.

»Nee, den hab ich«, sagte Nicke und runzelte die Stirn.

Asches Magen knurrte lauter als gewöhnlich. Genervt sah er Nicke an.

»Du mußt Hunger haben«, meinte Nicke.

»Nein, Nicke, ich hab mir gestern abend eine Pizza kommen lassen.«

Ehrlich betroffen wühlte der Blaumann in seinen Taschen und holte ein Päckchen in Butterbrotpapier hervor. »Tut mir echt leid. Hier, nimm. Ich weiß gar nicht, wie das passiert sein soll. Ich mein, ich bin ja nicht blöd ...« Fragend sah er zu, wie Asche in das grobe Schinkenbrot biß. »Schmeckt's?«

Asche sah in die Runde. Um ihn herum war alles naß vom Regen, aber die Sonne stand am Himmel, weiße

Schäfchenwolken zogen von Nordwesten her, und die meisten Pfützen waren schon getrocknet. Unten am Zaun stand Nickes Mofa mit den Wimpeln und Blinkern und der selbstgebauten Windschutzscheibe. Asche hatte schwer zu kauen, würgte an dem Brot herum.

»Hat Soraya mir geschmiert«, sagte Nicke stolz.

Asche schluckte trocken, dann seufzte er und stiefelte den Weg hinunter, ließ Nicke einfach stehen.

»Atze, sei nicht sauer. Ehrlich, ich kann mir das gar nicht erklären.« Mit großen Schritten schlenkerte er auf seinen viel zu langen Beinen hinterher, rückte an der Brille herum.

Asche sah ihn nicht an, stieg über die kniehohe, weiße Pforte, sagte: »Du hast mir den Deckel an den Kopf gehauen!«

»Ich?«

»Nein, du doch nicht.« Asche stand vor seinem Minirad.

»Wer denn?«

Für einen Augenblick wurde Asche ganz ruhig, gab sich alle Mühe, gleichmäßig zu atmen und sah Nicke in die Augen.

Der wischte an seinem Mund herum, neigte seinen Kopf wie ein Hund, der darauf wartete, daß man ihm das Stöckchen warf. »Gleich sagst du wieder, daß ich blöd bin.«

Asche lächelte. »Nein, Nicke, das wäre nicht richtig. Du bist bestimmt blöder als blöd. Kennst du Denke-dran-Jost?«

»Von Sylt?«

»Aus der Sesamstraße.«

Traurig schüttelte er den Kopf. »Ich kann hier ja nicht jeden kennen.«

»Ein weiser Mann. Der würde dir gefallen.« Asche nahm das rostbraune Miniding vom Zaun. Oses Rad stand nicht mehr da. Es war ihm auch egal. Irgendwie ging alles schief. Vermutlich lag es wohl an ihm.

»Aber Atze, hör doch mal, ich kann dir den Deckel gar nicht an den Kopf gehauen haben, weil der nämlich schon zu war, als ich abschließen wollte. Nee, warte, das Schloß war eingeschnappt. Genau, so war's. Mann, manchmal fliegt in meinem Schädel alles durcheinander, aber das weiß ich genau …«

Asche stutzte. »Ganz genau?«

War nicht schon immer alles Unsinn gewesen, was Nicke so von sich gab?

»Ich war's nicht, ehrlich.« Betreten stand der Blaumann da.

Asche kniff den Mund zusammen und drückte ihm das zweite Schinkenbrot in die Hand. »Ist schon gut, Nicke. War hoffentlich Absicht …«

»Tut mir leid, Atze, auch wenn ich es gar nicht war.« Nicke stand da und winkte. »Erzähl es bloß nicht Kalle … nachher sagt der wieder, ich bin …«

Die letzten Worte waren für Asche nicht mehr zu hören, aber er konnte sich schon denken, was Nicke meinte. Müde schwang er sich auf das wacklige Rad und buckelte im Schatten des kleinen Wäldchens in Richtung Kampen.

24

Friedlich lag die Kampener Heide da, streckte sich im Norden bis zu den Dünen beim roten Quermarkenfeuer, im Westen bis zum Meer, das sich heute friedlich gab und seine Kronen blitzen ließ. Ein paar verschreckte Kaninchen hoppelten durch den Sonnenschein, ein entenbeiniges Touristenpärchen wartete am Straßenrand, bis Asche auf seinem Klapprad vorbeigestrampelt war.

Schon von weitem war zu sehen, daß am Ende der Kurhausstraße etwas anders war als sonst. Zwei blaugehörnte Streifenwagen parkten am Straßenrand, einige Leute hatten sich davor versammelt. Fast sah es aus, als stünden manche noch von gestern da, als er Ose nachgejagt war. Ein Notarztwagen kam ihm langsam, ohne Sirene, entgegen. Gegenüber vom Hotel hoben zwei Männer in Schwarz eine längliche Blechkiste hinten aus ihrem Leichenwagen, und einer klappte mit der Hüfte die Türen zu.

Asche blieb stehen und hielt die Luft an.

Ungläubig schüttelte er den Kopf.

Wahrscheinlich hatte sich irgendein Rentner im Kraftraum zuviel zugemutet.

Die beiden Männer mit der länglichen Blechkiste schoben sich zwischen den Leuten hindurch, unter den weißen Masten mit knatternden Fahnen entlang, hielten auf den Haupteingang mit der mächtigen Markise zu, scherten kurz vorher aus und nahmen den Weg zum Personalwohnheim.

Asche warf das Rad weg, fing an zu rennen, sprang über den Friesenwall, hetzte mit großen Schritten über die Wiese.

Vor dem Eingang stand Unding im Hausmantel mit zwei Polizisten, die ihre Mützen abgenommen hatten und lange Gesichter zogen. Unding ruderte mit den Armen, redete wie ein Wasserfall, wirr und aufgewühlt. Alt sah er aus. Alt und verbraucht. Eben wandte er sich ab, als Asche um die Ecke kam.

»Was ist passiert?« rief Asche.

»Vorsicht bitte«, hörte er eine Stimme hinter sich und ließ die beiden Leichenheinis durch, die einige Probleme damit hatten, das breite Blechding ohne Schrammen zu manövrieren.

Asche drückte sich kurz vor ihnen in den schmalen Flur. Von überall her waren Stimmen zu hören, vor allem von hinten, wo die Zimmer der Band lagen.

Das Herz schlug ihm bis an den Hals.

Bitte, bitte, lieber Gott, mach, daß nichts mit Ose ist!

Er hetzte den Gang hinunter, an den offenen Türen vorbei, sah den schwarzen Küchenmann mit seiner kleinen Katze auf dem Schoß dasitzen, sah die verheulten Augen. Schon hastete er weiter, drängte an einem Mann im Overall vorbei, bis er an Oses Tür kam.

Die war zu.

War das ein gutes oder schlechtes Zeichen?

Asche atmete tief, nahm innerlich Anlauf und klopfte.

Keine Antwort.

Er versuchte die Klinke und drückte die Tür nach innen.

»Ose? Bist du hier? Ose?«

Er ging hinein, zog hinter sich die Tür ins Schloß und trat zwischen die braunen Pappkartons, schob sich in das Labyrinth, einmal um die Ecke, noch mal um die Ecke.

Blieb stehen.

»Ose!« keuchte er. »Oh, Mann, ich dachte schon …«

Sie saß auf ihrem Bett und blätterte in einer Modezeitschrift. Mit leerer Miene sah sie zu ihm auf.

»Wo warst du?« sagte sie.

Asche blies die Wangen auf, stand schnaufend vor ihr. »Was ist hier passiert?« sagte er. »Draußen steht ein Leichenwagen.«

Ose nickte.

Stickig war es hier zwischen den Kartons, es roch nach alter Wäsche. Licht drang kaum herein, man sah den Staub in der Luft.

»Ehrlich, ich hatte schon befürchtet, dir wäre irgendwas zugestoßen …« Zitternd wischte er seine Stirn.

Mit kühlem Blick sah sie ihn an. »Mir? Wieso denn mir?«

»Keine Ahnung, ich dachte nur …« Da fiel ihm etwas anderes ein. »Doch nicht Ulf Hammel …?«

»Undings Alte hat sich aufgehängt. Wohl wegen Lasse«, sagte sie und deutete mit einer Kopfbewegung zur Tür. »Nebenan. Wahrscheinlich schneiden sie sie gerade von der Decke runter.«

Wie belämmert saß Asche da. »Das ist ja furchtbar …«

Ose wandte sich wieder ihrer Zeitschrift zu. »Wieso, fandst du die etwa gut?« Sie blätterte, als hätte sie die Bilder alle schon gesehen. »Jeden Abend hat sie dagehockt und Lasse wie ein Backfisch angeglotzt, jeden Abend. Sie wollte es wohl nicht begreifen.«

»Was begreifen?« Asche setzte sich neben sie, daß die Matratze schaukelte.

»Daß Lasse alles fickt, was seinen Mutterkomplex kitzelt. Die Neue ist Mitte fünfzig. Auch so'n magenkrankes Ex-Model.«

»Ach.«

»Was ach?« Mißtrauisch sah Ose ihn an. Blaß war sie, wie sie so dasaß, mit ihrem roten Strubbelkopf wie ein Streichholz, das gleich brennen wollte.

Einen Moment lang schwiegen beide. Die Stimmen nebenan wurden lauter, man hörte dumpfe Kommandos, dann ein Wummern. »Langsam!« rief jemand. Vor der Tür schluchzte eine Frau. Eine sonore Männerstimme sprach beruhigend auf sie ein.

»Wo warst du?« sagte Ose. »Ich hab dich gesucht.«

»Wo ICH war? Wo warst DU?« Asches Stimme wurde schärfer als er wollte. »Ich bin dir gestern mit dem Rad hinterhergefahren, weil ich dachte, du bräuchtest vielleicht Trost oder irgendwas, aber du warst nicht aufzutreiben ... Ich weiß nicht, welcher Teufel dich reitet, aber ...«

»MICH reitet der Teufel?« Ose war aufgesprungen. »Wie redest du eigentlich mit mir? Überall hab ich dich gesucht, als dein Rad am Denghoog stand. Wo warst du denn? Mann, du gehst mir echt auf den Keks. Das kann ich überhaupt nicht brauchen!«

Asche sah zu ihr auf, wie sie da stand, die Fäuste in die Hüften gestemmt, mit tränenfeuchten Augen. Es klopfte an der Tür, und beide wandten sich um, obwohl die Tür hinter den Kartons nicht zu sehen war. Ose sagte nichts, aber trotzdem klappte die Tür, man hörte schlurfende Schritte, und schließlich stand Lasse mit seinem blauen Auge vor ihnen. Er sah aus, als hätte er geheult, als hätte er bis gerade eben die Decke über den Kopf gezogen, um allem zu entgehen. Sein Sakko hing verbeult über einem schwarzen T-Shirt und Pyjamahosen, die ihn deutlich älter wirken ließen. Wortlos stand er da, suchte Trost.

Ose fischte ihre Zigaretten vom Boden neben dem Bett, daß ihr Kopf nicht mehr zu sehen war. »Hat sie einen Brief hinterlassen?« sagte sie dumpf vom Teppich her.

Lasse blieb im Eingang stehen und schüttelte den Kopf.

»Ja?« Sie richtete sich auf.

Lasse wollte etwas sagen, was wie ein Krächzen klang, dann räusperte er sich und sagte leise: »Ich glaube nicht.«

»Dann weiß Unding nichts von dir und ihr?«

Betrübt sah er zu Boden und schüttelte den Kopf.

»Ein Idiot. Hat er keine Augen im Kopf?« Abfällig schnaubte sie und warf die Zigarettenschachtel im hohen Bogen aufs Bett.

Mit schweren Lidern sah Lasse dem Flug der Schachtel nach, dann sagte er ins Leere: »Hast du es ihm schon erzählt?«

Asche machte sich gerade, ahnte, daß er gemeint war, und sah Ose erwartungsvoll an. Sie schüttelte den Kopf.

»Ich schätze, wir werden wohl trotz allem heute abend spielen. Wie ich Unding kenne, macht er den Laden auf ...« Lasse stutzte kurz und sah Asche blutunterlaufen in die Augen. »Wo warst du gestern eigentlich?«

Asche seufzte. Er brachte es einfach nicht über die Lippen. Irgendwie klang es schal und unglaubwürdig.

Er hatte sich im Denghoog eingesperrt.

Wer sollte ihm das glauben?

Kapitulierend zuckte Lasse Olsen mit den Schultern. »Naja, ist jetzt wohl egal. Hauptsache, du bist heute abend wieder dabei. Wir brauchen dich heute mehr denn je. Und mach dir um deine Byrdland keine Sorgen. Die kriegen wir schon wieder hin. Bis dahin kannst du Oles Gitarre und den Verstärker nehmen. Der scheint ihn im Moment wohl nicht zu brauchen.« Mit hängenden Schultern warf er Ose noch einen Blick zu, die Fäuste tief in den Taschen seines Sakkos vergraben, drehte sich um und schlurfte zur Tür, den Stimmen auf dem Flur entgegen.

Leichenblaß sah Asche Ose an. »Was ist mit der Byrdland?« Er schluckte. »Sag nicht ... die gehört mir nicht. Das Ding ist unbezahlbar ... wenn die nur einen Kratzer hat ...« Starr saß er da und wartete auf Antwort.

»Das ist doch alles halb so wichtig ...«

»Halb so wichtig?« In Asches Ohren rauschte es.

»Nichts ist unbezahlbar, und wenn du wissen willst, was eine wirklich wertvolle Gitarre ist, dann warte, bis du Oles siehst ...«

»Ose, verarsch mich nicht! Wo ist die Byrdland?«

Sie kniff die Lippen zusammen, machte große Augen und schien zu überlegen, wie sie es ihm beibringen sollte.

Dann nahm sie seine Hände, hielt sie einen Augenblick und knetete daran herum, holte tief Luft.

»Asche, ich hab mich da in so eine Sache reinziehen lassen ...« Sie stockte, sah mit großen Augen zu ihm auf.

»Ja?«

»Ich wollte dich raushalten, aber ich fürchte, das geht jetzt nicht mehr ...«

»Mich? Woraus?«

Ose sah mit schwarzen Augen tief in ihn hinein, blinzelte, sagte nichts.

»Ose, was ist los? Ich bin doch nicht blöd. Ich hab schon längst gemerkt, daß irgendwas im Busch ist. Irgendwas ist doch faul mit dieser Band ...«

»Nein, nein! Mit der Band hat das alles absolut nichts zu tun.« Heftig schüttelte sie den Kopf und sah zur Tür, sprach leise weiter. »Die dürfen nichts davon erfahren, vor allem Rabe nicht. Der würde garantiert ... ach, egal ...«

Sie klappte ihre Zeitschrift zu.

Draußen auf dem Flur wurde es leiser, die Stimmen verzogen sich, es rumpelte ein paarmal an der dünnen Wand entlang. Wahrscheinlich der Sarg.

Zweimal sah Ose zu ihm auf, schien Anlauf zu nehmen, verlor dann aber doch den Mut und stierte ins Leere. Als er sie eben anschieben wollte, weil es schien, als würde sie die Kurve von allein nicht kriegen, holte sie Luft.

»Ich habe mich anstiften lassen ...«, sagte sie, als erklärte es irgendwas.

»Soweit war ich schon«, sagte Asche.

»Und ich schäme mich dafür«, sie legte eine Pause ein, »aber ich kann den Weg nicht mehr zurück. Ich bin so weit gegangen, daß ich nicht mehr umkehren kann.«

Asche machte sich von ihr los, rieb die feuchten Hände aneinander. »Es ist nie zu spät«, sagte er lahm.

»Ich schäme mich so sehr, daß ich es dir kaum erzählen kann, aber ...«, sie sah ihn an, »... ich weiß etwas von jemandem, und der will nicht, daß sonst jemand davon erfährt ...«

Asche spitzte die Lippen. »Du kriegst nicht rein zufällig Geld von diesem Jemand, damit du es für dich behältst, oder?«

Erleichtert nickte sie. »Ich sehe, wir verstehen uns.«

»Ach ja?« Asche war leicht genervt. Irgendwie zog sie vor ihm doch eine Show ab. »Um wieviel geht es denn?«

Sie lächelte schief, zuckte mit den Schultern.

»Du weißt es nicht? Du weißt nicht, wieviel Geld du haben willst?«

»Viel«, sagte sie nickend, »aber darum geht es im Moment gar nicht.«

»Ich dachte, darum geht es bei Erpressungen immer ...«

»Bitte nicht dieses Wort.« Flehend sah sie ihn an.

Asche legte seine Stirn in Falten. »Was hat das alles mit Pops Byrdland zu tun?«

»Mit der Byrdland? Wieso?«

»Na, du wolltest mir doch erklären, wo ...«

»Nein, nein, das ist alles gar nicht wichtig. Warte doch ab, was ich dir sagen will …«

»Dann sag es einfach, Ose. Du redest, als wolltest du es lieber für dich behalten.«

»Nein, aber …«, kurz hielt sie die Luft an, »aber …«

»Aber?«

»Oh, Mann … dieses gottverdammte Scheißtagebuch hat mir einfach kein Glück gebracht …« Prüfend sah sie ihm in die Augen, wartete, ob er etwas dazu sagen würde.

Asches Kinn sackte ab.

Damit hatte er zuallerletzt gerechnet.

Woher wußte sie von diesem Buch?

Er schnaubte und schüttelte sich. »Und was hat das alles mit Undings Frau zu tun?«

»Mit Undings Frau? Nichts, wieso?«

»Und mit der Byrdland?«

»Asche, kann es sein, daß du weißt, wo dieses Tagebuch ist? Du siehst mich an, als wüßtest du, wovon ich rede.«

»Welches Tagebuch?« sagte er.

25

Langsam rollte der dicke Doppeldeckerbus rückwärts an die Schranke, parkte ein, nickte kurz, als wollte er sie grüßen, sich entschuldigen, daß er ihnen die halbe Sicht versperrte. Er zischte mit den Bremsen. Dann schoben sich die Türen auf und spuckten eine Ladung Touristen aus. Stirnbänder und bunte Mützen schützten gegen Ohrenschmerzen, ausgestopfte Jacken gegen frischen Wind, Fotoapparate gegen die Vergeßlichkeit.

»Wenn er uns anrempelt, fackel ich ihm seine blöde Scheißmühle ab.« Ose sprach mit vollem Mund, spuckte kleine Brötchenbrocken um sich.

Asche sah sie an.

Ose hatte ihre blaue Strickmütze tief in die Stirn gezogen, kauerte auf dem Fahrersitz und hielt ihr Lachsbrötchen mit beiden Händen. Kampfbereit hob sie das Kinn.

»Wozu hast du mich hierher geschleppt?« Asche zog die Nase hoch. Fischbrötchen erinnerten ihn an Imme. »Der Lister Hafen ist doch ekelhaft! Daß du hier essen kannst! Mir wird kotzübel, wenn ich die Leute nur sehe ...« Er klappte das Fenster auf seiner Seite hoch und wollte frische Seeluft atmen. Es stank nach Bratenfett und toten Tieren.

»Mein Brötchen ist okay. Deins nicht?« Funkelnd sah sie ihn an. Ose hatte viele Gesichter.

Nicht alle gefielen ihm.

»Du wolltest mir was erzählen. Wir sind extra weit gefahren, damit du Zeit hattest, es dir zurechtzulegen.«

Ose nickte. »Ich weiß nicht, wie ich es dir sagen soll.«

»Sag es einfach.«

»Ich glaube, du wirst mich mißverstehen.«

»Gut möglich.«

»Das möchte ich aber nicht.« Sie ließ ihr Brötchen sinken. »Ich weiß nicht, wo ich anfangen soll.«

Drüben bei der Bootshalle drehte ihnen ein großer Mann den Rücken zu, hielt mit beiden Händen seinen Strahl in den Wind und versuchte, die braune Wand zu treffen.

»Du mußt mich für eine echte Schlampe halten.«

»Noch nicht.«

Sie seufzte und schwieg.

Asche setzte sich aufrecht, daß die Ente schaukelte. »Hör zu, Ose, noch weiß ich überhaupt nicht, worum es geht, und ich will mit deiner Erpressung eigentlich auch nichts zu tun haben. Ich bin ganz sicher kein Heiliger, und ganz bestimmt hab ich selbst mehr Dreck am Stecken, als mir lieb sein kann, aber das ist mir eine Nummer zu groß. Das geht zu weit. Zieh mich nicht in diese Sache rein ...«

»Weißt du noch, wie wir uns kennengelernt haben? Vorvorgestern am Strand?« Sie klang verträumt.

Asche stutzte, runzelte die Stirn.

»Du weißt es noch?«

»Bin ich senil, oder was?«

»Wie ich die Treppe raufgelaufen bin, um dich zu verarzten?«

»Und?«

Sie nahm Anlauf, hielt kurz die Luft an. »Es war kein Zufall ...«

Wind rauschte am offenen Dach.

»Es war kein Zufall. Ich wußte, daß du da sein würdest.«

Was wollte sie von ihm? Sollte das jetzt eine von diesen mystischen Liebeserklärungen werden? Daß sie vom Schicksal für einander bestimmt waren und er ihr deshalb in schweren Zeiten beistehen mußte? Sie erpreßte jemanden, der sich ungewollt schuldig gemacht hatte und wahrscheinlich lange schon vom Schicksal schwer gestraft war. Er sah Ose mit anderen Augen.

Er hatte gelesen, worum es ging.

»Ich hab gesehen, wie du in den gelben Lamborghini gestiegen bist ... Sonntagmorgen, kurz nach Sonnenaufgang, gleich hinter Hörnum.«

»Du hast ...« Asche spürte, wie seine Ohren heiß wurden. »Welcher Lamborghini?«

Sie ließ sich nicht beirren. »Diese Erpressung ... Ich weiß, du mußt mich für eine Sau halten, abgewichst und alles, eine ganz abgebrühte Ratte, und vielleicht konnte er ja wirklich nichts dafür, aber sie, sie hat geschwiegen und so getan, als wäre nichts ... ihr Leben lang! Für die Karriere ... die haben ihr Kind verscharrt, im Garten ... findest du das in Ordnung?«

Asche schüttelte den Kopf. »Was soll ich dazu ...?«

»Ole hat das alles eingefädelt. Es war seine Idee. Ich bin nur mit dabei. Ich will endlich weg von hier, weg von diesen widerlichen Spießern, den breitärschigen Muttis und den Karnickelfickern und dem ganzen Scheiß ...«

Asche runzelte die Stirn, kaute an seinem Daumennagel. »Welcher Ole?«

Ose schob die Mütze aus der Stirn. »Bist du ein bißchen langsam, oder was? Ole Olsen! Du kennst ihn doch!«

»Ich ...?«

Der weinende Mann im Lamborghini.

Der versoffene Kokser, das heulende Elend, der Typ, der dann verschwunden war? Das war nicht möglich ... wieso war ihm die Ähnlichkeit mit Lasse nicht aufgefallen?

»Bin ich naiv, oder was?«

Ose lächelte ihn an.

»Dann bist du mir nachgelaufen?« Asche wußte gar nicht, was er zuerst fragen sollte. »Durch die Dünen?«

»Ich kenn einen von den Bullen in Westerland. Jungbulle, steht auf Sex.« Sie klang sehr sachlich. »Ich wußte dein Kennzeichen, den Rest hat er für mich gemacht.«

Mit runden Augen sah Asche sie an, holte tief Luft und blies sie wieder aus.

»Es war total bescheuert. Ole und ich ... wir haben uns gestritten ... er wollte plötzlich doch in Deutschland bleiben, mußte angeblich noch irgendwas regeln, aber er war schon wieder dermaßen breit, daß er wirres Zeug erzählt hat. Ole hat ein echtes Drogenproblem. Er war komplett fertig und überdreht, und dann leiht er sich noch Undings Wagen, der Idiot, obwohl er gar nicht damit umgehen kann!«

Sie überlegte kurz.

»Jedenfalls hab ich ihm gesagt, wenn er sowieso hierbleiben will, dann braucht er ja auch meine Hilfe nicht, und blöd wie ich bin, hab ich ihn allein gelassen, vor Wut, bin ausgestiegen und hab gesagt: ›Mach deinen Scheiß allein. Sieh doch zu, wie du die Kiste nach Kampen bringst!‹ Glaub mir, ich könnte mir eine reinhauen!«

Asche kniff die Augen zusammen, sah sie an, sah die roten Wangen, sah, wie sie mit zittrigen Fingern eine Stuyvesant aus der Schachtel fingerte, und gab ihr Feuer.

»Liebst du ihn?«

Sie rauchte und räusperte sich. »Ich mach mir wirklich echte Sorgen«, sagte sie. »Lasse meint, er wäre mal wieder abgetaucht, steckt den Kopf in den Sand, um seinen Schulden zu entkommen. Undings Gorillas machen ganz schön Druck.«

»Er lebt doch aber, oder?«

Sie zuckte mit den Schultern, und der Rest vom Lachsbrötchen fiel ihr von den Knien. »Verdammt!« Sie nahm das Ding vom Boden auf und warf es durch das offene Dach, roch an ihren Fingern.

»Ist er tot?«

»Spinnst du? Hör auf mit dem Scheiß! Ole kriegt so schnell keiner klein. Der ist ein ziemlicher Brocken.« Ihre Augen glänzten. »Und wenn, hast du ihn auf dem Gewissen! Du Kindskopf!«

Asches Herz schlug oben im Hals. Er wischte an seiner Nase herum. »Ich hab ihn überall gesucht! Soweit ich mich erinnern kann. Ey, ich war nicht bei mir! Ich weiß es nicht mehr so genau! Die ganzen Tage hab ich mir Vorwürfe gemacht …« Er stutzte, sah sie an. »Du hast mich nur angesprochen, weil du Ole suchst.«

Ruckend rieb Ose die Hände zwischen den Knien aneinander. »Ich weiß nicht, ich hab ein ganz ungutes Gefühl. Er hätte sich längst bei mir gemeldet, wenn er okay wäre …« Sie sah Asche in die Augen. »Hat er dir was von dem Tagebuch erzählt? Hat er was angedeutet?«

Asche runzelte die Stirn. »Ehrlich gesagt, weiß ich gar nicht mehr, was wir geredet haben. Irgendwas von Amazonen, und dann sind wir irgendwie von der Straße abgekommen …«

Finster sah sie ihn an. »Du machst es dir zu leicht. Du willst dich doch rausreden.« Ihre Stimme wurde scharf. »Du hast die Kontrolle verloren und alles vermasselt. Du bist ein Weichei. Rabe hat ganz recht.«

»Der weiß Bescheid?«

»Rabe weiß von nichts. Jedenfalls nicht von mir. Allerdings ist er mit Ole gut Freund. Könnte sein, daß *er* Rabe … ich hab schon versucht, was aus ihm rauszukriegen, aber der ist sogar zwischen den Beinen kalt wie ein Fisch.«

»Du warst bei ihm.«

Fragend sah Ose ihn an.

»Letzte Nacht, meine ich. Du warst bei Rabe, stimmt's?«

»Wie kommst du darauf?«

»Du fickst jeden, der dir nützen kann, oder?«

»Danke für die Blumen.« Sie schnippte ihre Kippe aus dem Dach und sah auf ihre Uhr. »Also gut. Was hat er dir erzählt? Hat er dir das Tagebuch gezeigt?«

Asche sah sie an und schüttelte den Kopf. »Ich begreif dich nicht«, sagte er.

Sie runzelte die Stirn. »Was gibt es da nicht zu begreifen? Er hat es dir nicht zufällig gegeben, oder? Weil er es loswerden wollte?«

Er holte Luft. »Entschuldige, ich hatte gehofft, daß ich dir vielleicht irgendwas bedeute …« Im selben Augenblick bereute er, daß er davon angefangen hatte.

»Siehst du? Ich hab es doch gesagt!« Stöhnend setzte sie sich auf und ließ den Motor an.

»Was hast du gesagt?«

Draußen schlurfte ein älteres Pärchen im graublauen Partnerlook vorbei und gaffte in den Wagen.

»Daß du mich mißverstehen wirst …«, sagte Ose und sah den beiden nach.

Asche spitzte die Lippen und sah zum Himmel auf. »Bin ich blöd, oder was? Was verstehe ich denn nun falsch? Daß ich dir was bedeute, oder daß ich dir nichts bedeute?«

Ose sah ihm in die Augen. »Du hast echt keine Ahnung, oder?«

26

Ulf Hammel war kein schöner Mann, mit seinen fettig roten Haaren, den großen, roten Ohren und seinen kleinen, roten Augen, die hektisch zwinkerten und vor Verlegenheit am liebsten in ihren Höhlen verschwunden wären.

Asche schüttelte den Kopf, konnte es kaum glauben. »Tut mir echt leid, Mann, ehrlich. Wenn ich das gewußt hätte … wie lange denn schon?«

Ulf stand draußen vor dem Hotel an Undings dunkelgrünen Jaguar gelehnt und zuckte mit den Schultern. »Zwei Jahre im November.«

Asche nickte. »Die dunkle Jahreszeit.«

»Es war wohl sehr spontan.« Ulf verkniff den Mund. »Aber trotzdem … immerhin …«

Asche hätte sich gern verdrückt, wäre am liebsten ein Stück am Strand gelaufen, hätte die Probenpause gern genutzt, um sich mal durchzulüften, sich, seine Klamotten und seine wirren Gedanken. Es ging auch bald nichts mehr in seinen Kopf rein. Was würde man ihm als nächstes auftischen? Er wollte gar nicht wissen, was Ulf Hammel da erzählte.

Seine Amazone fiel ihm ein, daß er Akki was schuldete und noch nicht mal die Versicherung angerufen hatte.

Er schüttelte den Kopf.

Alles konnte man Ose wohl nicht anhängen.

Wenn er gewußt hätte, wohin, wäre er sofort abgehauen.

Andererseits … wenn Ose sagte, sie wollte ihm alles bezahlen … vielleicht sollte er noch warten …

Er hatte die Byrdland gesehen. Lasse hatte sie in seinem Zimmer. Sie sah schlimm aus. Jemand hatte die vordere Decke aufgebrochen, von den F-Löchern ausgehend, hatte offensichtlich was gesucht. Da war nichts mehr zu retten. Dem alten Fender-Verstärker hatte man erst vorsichtig die Bespannung zerschnitten, dann vor Wut, als sie nichts fanden, in den Lautsprecher getreten.

Ose stritt alles ab.

»Was ist mit Ose?« sagte Ulf.

Asche sah in seine roten Augen. »Hab ich was gesagt?«

»Hast du.« Ulf nickte und sah rauchend über die Heide.

Links zog sich das weiße Band des Weststrands, auf das die Wellen rollten, rechts die weite Blidselbucht, an deren Zipfel die Fähre nach Dänemark ankerte.

Zwei rotwangige Backfische, die schwarzen Helme stramm ums Kinn geschnürt, trabten hoch zu Roß am Stacheldraht entlang.

Ulf räusperte sich. »Und hat sie dir von Ole und dem Tagebuch erzählt?«

Asche stöhnte auf, sah ihn kopfschüttelnd an.

»Ich glaub es nicht!« Er schnippte seine Kippe in den Kies. »Ich faß es einfach nicht! Sag mal, wo bin ich hier eigentlich? Bin ich bescheuert, oder was?« Er stieß Ulf Hammel mit spitzen Fingern an die Brust. »Oder was?«

Ulf schob die Augenbrauen in die Höhe, hob kapitulierend beide Hände, hatte diesen Ausbruch nicht erwartet. »Ich dachte, daß Ole …«

»Mann, dieser Ole macht nur Schwierigkeiten. Laß mich mit dem Scheiß in Ruhe. Der ganze Unsinn mit dem Tagebuch und dieser blödsinnigen Erpressung …«

Ulf sah sich zum Hotel auf der anderen Straßenseite um und legte einen Finger an die Lippen.

»Seid ihr eigentlich alle auf Droge, oder was?« Asche schnaubte genervt.

Ulf schüttelte den Kopf. »So kann man das nicht sagen.«

»Du hängst auch mit drin, oder?« sagte Asche und sah zu, wie der andere in seine hintere Hosentasche griff, ein kleines Briefchen rauszog und sich an Undings Jaguar in die Hocke rutschen ließ, bis er auf den Fersen kauerte.

»Du auch?« Ulfs kleine Augen lachten. Es schien, als lebte er auf, sobald er Pulver vor der Nase hatte. Der Rest war tote Zeit.

Asche ging in die Knie. »Sag mal, verballerst du eigentlich deine komplette Gage dafür?«

Ulf rollte einen Zwanziger zusammen und schniefte mit beiden Nasenlöchern abwechselnd. Dann verzog er das Gesicht und rollte mit den Augen. »Nicht ganz«, er schüttelte den Kopf, »ich muß ja auch was essen.«

»Oh, Mann. Vielleicht solltest du dir mal überlegen, wie du aus der Klemme wieder rauskommst. Wie lange soll das denn so weitergehen?«

Ulf Hammel zeigte seine schiefen Zähne. »Ich weiß ja, von wem es kommt«, sagte er. Er sah über die Heide hin zum Watt.

»Weißt du eigentlich, worum es geht?« Asche nahm einen Kieselstein vom Boden auf, spielte damit in seiner Hand herum. »Ich meine, die Frau, die müßte jetzt doch schon ziemlich alt sein, und das alles ist schon lange her und ...«

»Keine Ahnung, ehrlich. Ich hab nur zufällig was aufgeschnappt.« Ulf schniefte den Rest in seine rote Nase.

Asche kratzte sich an der Wange.

Rotäugig sah Ulf auf. »Hast du ihre Burg schon mal gesehen?«

»Welche Burg?«

»Naja, die Burg von dieser Frau da.« Vage deutete er über die Heide.

»Welche Burg meinst du?«

»Na, wieviele Burgen kennst du denn auf Sylt?« Ungeduldig deutete Ulf zum Watt hin. »Der graue Klotz dahinten um die Ecke ...«

Asche blinzelte, kniff die Augen zusammen, schüttelte den Kopf. »Das Haus von Lena Lundquist?«

»Na, siehst du, du weißt es doch.« Ulf zog seine Zigaretten aus dem Hemd. »Ich glaub, wir sollten bald mal wieder runter, wenn wir noch was proben wollen. Schließlich müssen wir das Geburtstagsständchen noch üben.«

Mit offenem Mund saß Asche da, kauerte zwischen Luxuslimousinen und stierte über die Insel. Weit hinten glitzerte das Watt.

Ulf Hammel stieß ihn an. »He, sag nicht, du hast es nicht gewußt ...«

Asche kniff die Augen zusammen, sah Ulfs Umrisse vor dem dunklen Gelb der Sonne. »Das kann er doch nicht machen, dieser Ole! Weiß der denn gar nicht, wer sie ist? Mann, Lena Lundquist, ich bitte dich ...« Asche war nicht sicher, ob seine Frage ernst gemeint war oder nicht.

Ulf runzelte die Stirn und richtete sich auf. »So ein Haus ...«, er deutete trotzig mit dem Kopf zum Watt hinüber, »... gibt's nur mit Leichen im Keller.«

»Ja, vielleicht, aber ...«

»Und wenn ich ganz ehrlich sein soll ...«, Ulf kniff sich ins Ohr und zog feucht die Nase hoch, »... ist es mir eigentlich scheißegal! Meinst du, denen tut so eine Million ernstlich weh? Damit tapezieren sie sich die Wände!

Komm, wir müssen los.« Ulf warf seine Kippe in den Kies.

Asche schüttelte den Kopf und sah zum Watt hinüber. Am Horizont blitzten die weißen Windrotoren auf dem Festland.

Kopfschüttelnd starrte er Ulf nach, der eben über die Straße schlurfte, zum Eingang der Hotelbar.

»Zwei Jahre?« rief Asche ihm nach. »Zwei Jahre ist es her, sagst du? Im November?«

Ulf blieb am Kantstein stehen, ließ einen schwarzen Porsche durch, der am Ende der Straße in einer Tiefgarage in den Dünen verschwand. Er wartete, bis Asche bei ihm war. »Du solltest nicht so rumbrüllen. Unding hat lange Ohren, und Rabe könnte ziemlich ungemütlich werden, wenn …«

»Wieso Rabe?«

Ulf Hammel seufzte. »Naja, also, jedenfalls haben wir in Tondern geheiratet. Am 12. November.« Er stockte. »Ich hab das noch nicht oft erzählt.« Er seufzte. »Mann, fast hab ich es inzwischen verdaut. Ist ja auch schon zwei Jahre her. Ich weiß, daß sie einen mit Sex gefügig macht, aber im Grunde ihres Herzens ist sie doch …« Er fischte nach dem richtigen Wort.

»… eine gute Seele?«

Ulf Hammel sah ihn mit seinen roten Augen an, und vor dem dunklen Blau des Himmels zeichneten sich die großen Muscheln an seinem Kopf deutlich ab.

»Ja, genau das ist sie. Ose ist kein schlechter Mensch. Sie weiß nur nicht, was gut für sie ist, und oft ist sie so einsam …«

»Und als sie einmal so richtig einsam war, da hat sie dich geheiratet.«

Ulf nickte.

»Und durftest du sie schon mal richtig anfassen?«

»Wie meinst du das?«

Sie standen am Friesenwall, noch in der Sonne, kurz vor dem harten Schatten, der den Eingang zum Hotel verdunkelte.

»Na, hat sie dich schon mal richtig rangelassen?«

Ulf runzelte die Stirn. »Du hast ein ganz falsches Bild von ihr und mir. So ist das zwischen uns nicht«, sagte er und schüttelte den Kopf.

27

Legenden gibt es viele.

Zu oft werden Leute im Alter zum Kult erklärt, nach denen schon zu ihrer besten Zeit, auf dem Höhepunkt ihrer Karriere, kein Hahn mehr krähen wollte. Die haben einfach Schwein gehabt. Es sei ihnen gegönnt. Immer haben Künstler geprahlt, sie seien woanders die große Nummer. Das alles ist nur recht und billig. Nichts gegen die glorreiche Viertelstunde im Leben, die angeblich jedem gegeben ist, aber irgendwo hört der Spaß doch auf.

Irgendwann hat nichts mehr irgendwas zu bedeuten.

Und dann gibt es immer wieder welche, die es sich schwer machen, weil sie ihren eigenen Kopf haben, die sich nicht billig blenden lassen, die ihre Würde wahren und ihr Ding durchziehen, wenn es sein muß auch im stillen Kämmerlein, während das zarte Licht, das sie vor langer Zeit entzündet haben, unbeirrbar brennt.

Seit Asche denken konnte, hatte im Hobbykeller seines Vaters an der Wand zwischen den Hämmern und Zangen ein Foto von Lena Lundquist gehangen, die gerahmte Autogrammkarte einer Frau mit kurzem, dunklem Haar, mit hohen Wangenknochen, großen, schwarz geschminkten Augen und einem Mund, der so weich aussah, daß man sie einfach nur küssen wollte. Sie war die schönste Frau, die Asche je gesehen hatte. Von seiner Mutter mal ganz abgesehen. Aber die war stinksauer gewesen und hatte geschworen, sie würde die Werkstatt so lange nicht wieder betreten, bis das Bild von der Wand kam. Verschwörerisch hatte ihm sein Vater zugezwinkert und gesagt: »Wir lassen es hängen.«

Er hatte ihm alles erzählt, immer wieder.

Daher kannte er ihre Lieder, aus dem Radio im Keller, wo er seinem Vater beim Laubsägen geholfen hatte. »Wenn ein Traum verloren geht«, ihr großer Hit aus einer Zeit, in der Asches Mutter mit seinem Bruder schwanger war, schwermütig dieser tiefe Klang, sehnsüchtig gebrochen, rauh und heiser. Ein Klassiker, ein Evergreen, der Durchbruch für die traurige Stimme der fünfziger Jahre. Es war ihm bis heute ein Rätsel, wieso seine Mutter diese Frau nicht leiden konnte. Wahrscheinlich nur, weil sein Vater sie verehrte.

Asche streckte sich, knöpfte seine Lederjacke zu und kauerte im feuchten Sand. Er wußte soviel über diese Frau, daß es ihm schwerfiel, alles mit dem in Einklang zu bringen, was er in dem Tagebuch gelesen hatte.

Es war nicht zu begreifen.

Sie war ein Star, vielleicht der einzig wirklich große Star, den dieses Land nach dem Krieg hervorgebracht hatte. Naja, nicht ganz, da waren schon noch andere, aber bei kaum einer Sängerin, einer Schauspielerin hatte die versammelte Nation dermaßen mitgelitten. Nichts gegen Romy, Hilde und Marlene, aber für ein paar Jahre gehörten die Herzen Lena mit den schwarzen Augen, deren Weg derart verschlungen war, daß man nie wußte, was noch kommen würde.

Da waren die Filme ihrer jungen Jahre, aus der Zeit, als sie noch nicht sang. Jeder Bundesbürger hatte irgendwann im Leben mindestens einmal die Heimat-Trilogie gesehen, meist in der Adventszeit. »So soll es immer sein«, »Kann es noch schöner werden?«, »Ewig und drei Tage«. Jeder kannte sie, so süß und liebenswert, so unschuldig …

… bis es zu diesem Skandal kam, weil sie nicht mehr das süße Lenchen aus dem Dorf sein wollte.

Sie drehte einen ganz anderen Film.

Die Nation stöhnte auf.

Im Nachhinein war es das Beste, was ihr passieren konnte. Lena Lundquist nackt im Kino! Ganz kurz nur, zwei Sekunden Brustwarzen, und ihre Karriere war im Eimer. Der Film hieß »Wolfslämmer«, was immer das bedeuten mochte, und wurde beileibe nicht nur in Bayern aus dem Verleih genommen. Selbst die kämpferische Knef, die für Lena in die Bresche sprang, konnte ihr nicht helfen.

Damals fing die Lundquist an zu singen, schrieb ihre Lieder selbst und brach mit allem, was man von ihr kannte. Wenn schon durch den Dreck gezogen, dann stolz und offenen Auges. »Land ohne Menschen«, ihr letzter großer Film, der mit den Mitläufern im Dritten Reich abrechnen sollte – ein Flop. Der bis dato größte Flop der deutschen Filmgeschichte kostete alle Beteiligten Kopf und Kragen. Heute galt er als Meisterwerk.

Sie war für die deutsche Leinwand gestorben.

Endgültig.

Asche saß im Sand und summte. Da war doch dieses eine Lied gewesen: »Er hat so grobe Füße«, ein trauriges Liebeslied über jemanden, an dem alles wundervoll war, nur eins nicht.

Grandiose Idee.

Und von Anfang an eine Ehe nach der anderen. Auf dem Höhepunkt der Heimatwelle heiratete sie mit neunzehn einen Gärtnersohn, bald darauf die Trennung, wegen der Karriere, dem Leben vor den Augen aller, dann die wilde Ehe mit dem schönsten Mann, den Frankreich damals auf die Bühne brachte, dem gallischen Sinatra. Yves Irgendwas. Männer kamen und gingen. Irgendein Großindustrieller machte das Rennen, aber sie hatte kein Glück. So zumindest stand es in den Zeitungen. Drittklassige Streifen in Italien, Frankreich, Mexiko. Sie selbst war immer gut, mit ihren schwarzen Augen, dem weichen Mund und ihrem strengen Blick, der alles schmelzen ließ, sobald sie lächelte. Man wünschte sich so sehr, daß diese Frau doch endlich wieder lächelte.

Und dann war sie verschwunden, wollte von allem nichts mehr wissen, wollte nur noch ihre Ruhe und das Glück mit ihren kleinen Kindern.

So zumindest stand es in den Zeitungen.

Als sie fünfzig wurde, lief im Fernsehen eine große Reportage über ihr Leben, ihr Werk. Alles lachte über ihre frühen Filme, man schüttelte über manches den Kopf, aber ihre Lieder erlebten eine Renaissance. Bald arbeitete sie mit großen Leuten. Bert Kaempfert wollte helfen, angeblich stand Count Basie vor der Tür, aber die letzten Aufnahmen, die sie mit Paul Kuhn und seinem Trio im Studio machte, standen unter keinem guten Stern.

Die Stimme brach. Sie wurde krank.

Keiner wußte, was es war.

Oder man wollte es nicht sagen.

Damals war sie nach Sylt gezogen, wegen des Klimas, der Ruhe, der Weite. Ihr Mann hatte vorgesorgt, und bald wurde bekannt, daß die große Lena Lundquist die graue Burg am Watt erwerben wollte.

Jedesmal wenn Asches Familie sonntags aus List vom Krabbenkaufen kam, ließ sein Vater kurz vor Kampen den Opel langsam rollen und spähte sich die Augen aus, ob er die Lundquist vielleicht am Fenster sehen würde. Inzwischen war die Mutter nicht mehr böse. »Sie ist eine kranke Frau«, sagte sie oft.

Nie war Lena Lundquist auf Sylt in der Öffentlichkeit erschienen, nahm am Inselleben keinen Anteil. Anfangs führte man bei Inselrundfahrten stolz die Burg der Lundquist vor, aber auch das verging, und bald wußten nur noch ihre treuen Fans, wer dort in dieser grauen Burg wohnte.

Es hieß, sie sei seit zwanzig Jahren nicht mehr vor die Tür gegangen.

Ächzend kam Asche auf die Beine, klopfte seine Hosen ab und schlug den Kragen hoch. Der Sand vor seinen Stiefeln war von Spuren übersät, von links nach rechts, von rechts nach links, als wären hier Armeen durchgekommen. Unzählige Spuren unzähliger Leben, unzähliger Menschen. Jeder mit seiner eigenen Geschichte, jede Geschichte mehr, als irgendwer erzählen konnte, jeder mit seinem Schicksal allein. Jeder mit sich allein, mit dieser Welt und dem, was er damit anfangen wollte. War irgendeiner ohne Schuld?

Wie war das mit dem ersten Stein?

Er sah das Buch in seiner Hand.

Muscheln knirschten unter seinen Stiefeln.

Er holte aus, in weitem Bogen, schleuderte seinen Arm zum Meer hin, das ihm mit jeder kleinen Welle einen Schritt entgegenkam.

Es ging nicht.

Hilflos stand er da.

Und schnaufte bitter.

Wahrscheinlich würde das Ding ohnehin gleich wieder angespült. Er wußte einfach zuviel darüber.

Er konnte Ose dieses Buch nicht geben.

Unmöglich.

Für keinen Preis der Welt.

Asche sah sich um, als suchte er nach Hilfe.

Ein Stück weiter stand am Flutsaum eine dicke Silbermöwe und fixierte ihn mit starrem Blick.

Sein Vater würde ihn hassen, wenn er wüßte, daß er auch nur einen Gedanken daran verschwendete, das Tagebuch der Lena Lundquist zu verkaufen. Von einer Erpressung mal ganz abgesehen.

Er wollte nicht, daß dieser Frau etwas geschah.

28

Es war schon früher Abend, als Asche mit Oses mattschwarzer Ente nordwärts durch Kampen rollte, auf dem Weg zum Hoogenkamp. Sauber und adrett lagen die reetgedeckten Häuschen hinter ihren Friesenwällen mit den weißen Gartentoren, hielten deutlichen Respektabstand zum nächsten. Überall flatterten Fahnen an den weißen Masten.

An der Ecke stand eine einsame Telefonzelle, eins von diesen lilasilbernen Dingern, die wie herrenlose Fahrstühle aussehen. Irgendwo hier mußte früher das Haus von diesem Avenarius gewesen sein, das mit der Badewanne zwischen den Schornsteinen.

Die Straße bog ab, Asche fuhr weiter geradeaus, rumpelte langsam den Weg zum Watt hinunter, sah unter sich die Wiesen liegen, auf denen ein großer Möwenschwarm versammelt war. Fest stieg er auf die Bremse, daß sie quietschte.

Diese Ente war nicht eben unauffällig.

Vorsichtig setzte er zurück und parkte weiter oben neben einem Wall mit Heckenrosen. Ein schnaufender Trupp Wandervögel mit Schnürstiefeln, Rucksäcken und schrägen Mützen stapfte freundlich grüßend vom Watt heran, und Asche wartete, bis die Leute ihrer Wege zogen.

Dann machte er sich auf die Socken.

Finster, etwas bedrohlich, ragte der graue Klotz über der Heide auf. Majestätisch beherrschte er den Blick auf

Kampens Norden, ein Mittelding zwischen germanischer Trutzburg und preußischem Gutshof. Wie einen Helm zog sich die Burg das mächtige Reetdach in die Stirn.

Nie im Leben würde Asche vergessen, wie er vor vielen Jahren, als sein Vater noch bei der Freiwilligen Feuerwehr war, die Burg hatte brennen sehen. Im Morgengrauen hatte er ihn geweckt und mitgeschleift, wollte ihn wohl für die Feuerwehr begeistern. Asche hatte nur hinten im Kadett gesessen und alle Knöpfe runtergedrückt, während draußen Männer mit besorgten Mienen alles mögliche aus dem Haus schafften und auf dem Dachfirst welche standen, die mit Haken das Reet herunterrissen, um ein Übergreifen auf den Westflügel zu verhindern.

Brandstiftung, hieß es.

Der Gedanke war gespenstisch.

Wie eine gigantische Fackel hatten die Flammen überm Wattenmeer gelodert. Einige der Männer waren ständig zwischen den dichten Heckenrosen verschwunden und dann mit Kisten wieder aufgetaucht. Es hatte etwas gedauert, bis Asche klar wurde, daß sie den Weinkeller retteten, der offenbar von unten, vom Wanderweg her, zu erreichen war.

Kurz überlegte Asche noch, einfach vorn an der Tür jenseits der hölzernen Burgbrücke zu klingeln, zu sagen, wer er war und dann das Buch dort abzugeben. Wahrscheinlich würde ihn ein Wachmann in Empfang nehmen, die Haushälterin vielleicht, höchstens noch der Herr des Hauses. Die Chancen, bis zu Lena Lundquist vorzudringen, schienen ihm gering. Sicher hatte es seinen Grund, daß sie seit zwanzig Jahren nicht mehr vor die Tür ging, und er wollte sein Pulver nicht vorzeitig verschießen. Schließlich hatte er was vorzuweisen, und die Gelegenheit, aus gutem Grund einer solchen Frau zu begegnen, bot sich nicht eben oft.

Er wollte ihr in die Augen sehen.

Eine Weile saß er auf einer Bank am Weg, streckte die Beine aus und wartete, ob dort oben irgendwas zu sehen wäre.

Unterhalb der Sonnenterrasse war das Gestrüpp der Heckenrosen besonders dicht. Ein paar Reiter kamen vorbei, und Asche schlenderte vage herum, mit den Händen in den Hosentaschen, gab sich alle Mühe, wie ein Tourist zu wirken, und suchte nach dem Trampelpfad, der da unten irgendwo zum Haus führen mußte.

Es war Abendbrotszeit. Wer jetzt zu Hause war, wäre beschäftigt.

Die schmale Schneise im Gestrüpp war kaum als solche zu erkennen und doch für jemanden, der danach suchte, unmöglich zu übersehen. Asche blickte in die Runde. Sanft wehte ihm Wind ins Gesicht. Ein Falke stand in der Luft, flatterte über der Wiese abseits der Möwen. Am Horizont glitzerte List.

Asche seufzte, machte sich bereit und schwenkte vom Weg aus, stieg ein Stück den Hang hinauf. Er machte die Ärmel lang, um seine Hände zu schützen und drückte mit den Unterarmen die dornigen Büsche beiseite, schob sich entschlossen in den Urwald aus Dornenranken.

Zwei Schritte, und er war davon umgeben.

Am Boden war der Trampelpfad zu sehen, sandig, seit Jahrzehnten unbenutzt, aber die Rosen standen dicht, stachen durch seine Hosen, zerkratzten sein Gesicht. Zweimal rutschte er mit den Stiefeln ab, bereute seine dämliche Idee und fürchtete schon, er habe sich getäuscht, da wurden die Rosen lichter, und weiter hinten sah er eine braune Tür.

Der letzte Busch am Haus schlug ihm von hinten in den Nacken, und Asche fand Blut an seiner Hand, als er darüber wischte.

Alt und klapprig war die Tür, hatte schmutzige Scheiben und keinen Griff. Die Farbe blätterte ab. Offensichtlich wurde dieser Zugang lange nicht mehr benutzt.

Asche sah an der grauen Mauer auf. Die ersten Fenster waren meterweit über ihm, und so zielte er mit dem Ellenbogen auf die linke, untere Scheibe und ruckte kurz dagegen.

Klirrend fielen die Scherben drinnen zu Boden.

Asche wich zurück und lauschte.

Nur nichts überstürzen.

Ein paar Möwen schrien vom Watt her.

Er hockte am rauhen Mauerwerk und wartete, verkniff sich seinen Schmachter und lauschte, ob drinnen was passierte.

Alles blieb, wie es war.

Vielleicht war niemand da.

Und wenn die Lundquist gar nicht mehr hier wohnte?

Er richtete sich auf und spähte in den dunklen Kellerraum. Alles war voller Staub und Dreck und Spinnweben. Ein paar alte Kisten standen da.

Vorsichtig griff Asche durch die zerschlagene Scheibe und tastete nach dem inneren Türgriff. Ein rostiger Schlüssel steckte im Schloß, der sich nur mit Gewalt drehen ließ, und endlich ging die Tür nach innen auf.

Es roch nach feuchtem Sand und knirschte leise unter seinen Stiefeln.

Nur trübes Licht fiel in den kleinen Vorraum, und die Tür am anderen Ende mußte sich Asche ertasten, wenn auch klar war, daß sie nur da und nirgends sonst sein konnte. Leicht knarrend ließ sie sich öffnen.

Zu sehen war nicht viel, aber dem Geruch nach mußte hier der Weinkeller sein. Asche tastete neben der Tür herum, fand einen Lichtschalter, ließ aber lieber die Finger davon.

Im zuckenden Licht des Zippos peilte er die nächste Tür an, zehn Schritte weiter hinten in der Finsternis.

Er durfte nur nicht an die Kisten stoßen.

Leicht wankend schlich er durch den schmalen Gang. Links und rechts reihte sich an den Wänden eine Flasche an die nächste, daß ihm der Mund ganz trocken wurde. Er blieb kurz stehen, langte in seine Innentasche und griff ins Leere, weil die Tasche nach wie vor noch nicht genäht war.

Er dachte an Imme.

Unten im Saum fühlte er das Tagebuch.

Kurz blieb er stehen, dann stieg er eine steinerne Treppe hinauf, stand an der nächsten Tür und lächelte.

Es roch nach Bratkartoffeln.

Mit Speck und Zwiebeln.

Er hörte ein Klavier.

29

Asches Magen knurrte.

Warmes Licht fiel durch den schmalen Spalt auf seine Stiefel. Blaue Bodenfliesen waren zu erkennen, und irgendwo klapperte jemand mit Geschirr. Er mußte die spitzen Dinger ausziehen, wenn er unbemerkt bleiben wollte.

Gegenüber, keine fünf Schritte von der Kellertür entfernt, wand sich eine Treppe aus dunklem Holz zwischen geschnitzten Säulen nach oben in den ersten Stock. Den runden Wänden nach zu urteilen, mußte dort der Turm sein. Wieder spielte ein Klavier.

Plötzlich wurden Schritte laut, und als Asche die Tür schon fast geschlossen hatte, raschelte draußen jemand vorbei und summte vor sich hin. Es dauerte einen Moment, dann war dieser Jemand schon wieder auf dem Rückweg, pfiff inzwischen laut und knallte mit einer Tür.

Asche trat seine Stiefel von den Fersen, klemmte sie unter den Arm und schob sich an der Kellertür vorbei, lief auf leisen Socken zur Treppe hinüber.

Die Wände waren weiß, und das Abendlicht ließ die ganze Diele wie eine Orangenkiste leuchten. Dunkle Balken, wie Fachwerk, durchzogen Decken und Wände, und die Stufen waren kalt.

Seltsam, wie leicht es war, hier einzudringen.

Je weiter er nach oben kam, desto lauter wurde das Klavier. Zaghafte Töne kamen von dort. Die dunkle Wendeltreppe endete an einer groben Holztür. Jemand spielte »Für Elise«.

Den Anfang der Melodie.

Dann brach sie ab. Kurz blieb es still, dann fing sie wieder an … brach wieder ab.

Asche klopfte zögerlich.

Schweigen.

Dann wieder diese Melodie.

Asche klopfte etwas lauter, und die Musik brach ab. Bald darauf hörte er ein leises Schlurfen auf der anderen Seite.

»Hallo?« Die Stimme war gleich hinter dem Holz.

Asche räusperte sich. »Frau Lundquist? Hier ist …«

»Hallo?«

Fast mädchenhaft klang diese Stimme.

Asche verzog den Mund. Hoffentlich war er hier richtig.

»Sind Sie das, Frau Lundquist? Darf ich reinkommen?«

»Hallo?«

Unten klapperte Geschirr.

Asche versuchte den Türgriff zu drehen, da fielen ihm die beiden Messingriegel auf, mit denen die Tür verrammelt war.

Er stutzte.

»Moment, ich komm rein …«

»Hallo?«

Die Riegel waren nicht mit Schlössern gesichert. Er schob sie ganz einfach zurück und drückte die Tür langsam in die Turmkammer.

Asche atmete tief. Die Luft war etwas abgestanden.

Vor ihm lag ein großer, runder Raum. Die Abendsonne schien herein, daß der dunkelrote Teppich glühte.

Die Frau, die vor ihm stand, war zierlich, stand etwas gebückt auf ihren kleinen Schuhen und hob eine knochige Hand an ihren Mund, während sie zu Asche aufsah, als wäre ihr eben Petrus erschienen. Die Haare standen struppig weiß vom Kopf ab, und eigentlich war nur an der Art und Weise, wie sie sich schminkte, zu erkennen, daß die große Lena Lundquist vor ihm stand, die dunklen Augen schwarz umrandet, etwas verwischt, der Mund viel zu rot gemalt, an manchen Stellen abgerutscht.

Ihre schmale Nase zuckte.

Asche schob sich in die Turmkammer, drückte die Tür hinter sich ins Schloß und lächelte die Alte an, hielt ihr die rechte Hand hin.

»Junger Mann«, sagte sie freundlich.

Asche stutzte. Was war mit ihrer tiefen, rauchigen Stimme passiert? Sie kiekste wie im Stimmbruch.

Tränen standen in ihren schwarzen Augen.

Asche sah sich kurz im Zimmer um. »Sie werden sich sicher wundern, was ich hier will, aber …«

»Junger Mann«, sagte sie. »Wie schön, daß Sie gekommen sind.« Sie sprach sehr langsam.

Mit warmen Händen zog sie ihn zum weißen Flügel am Fenster hinüber, von wo aus man die rote Sonne über den Dünen sah. Unzählige Bilderrahmen drängten sich auf dem Deckel, neigten sich wie Bäume im Wind allesamt in eine Richtung.

»Morgen abend …«, sagte sie träumerisch. »Sie wissen es vielleicht: Ich gebe wieder ein großes Konzert!« Ihre dunklen Augen leuchteten. »Für meinen Arne … ein großes Konzert! Aber …«, sie beugte sich weit vor, daß er ihren schweren Duft bemerkte, »… Sie dürfen uns nicht verraten!« Vorwurfsvoll sah sie ihn an.

Asche schob seine Augenbrauen in die Höhe.

Die große Lena Lundquist überragte ihn kaum um eine Handbreit, als er auf dem Hocker vorm Klavier saß.

»Ein großes Konzert«, sagte sie nickend, sah ihm ins Gesicht und ließ seine Hand nicht los. »Was haben Sie mit Ihrem Mundwinkel gemacht?«

Asche zuckte mit den Achseln, sah die Bilder vor seiner Nase. Lena Lundquist in ihren besten Zeiten, Lena mit dem alten Gründgens, Lena mit Winnie Markus und Curd Jürgens, Lena mit Maria Schell, Lena beim Möwenfüttern auf der Promenade, Lena im roten Kleid inmitten einer Herde Schafe in den Dünen …

Lena Lundquist mit zwei kleinen Jungen auf dem Arm.

»Ich habe Ihnen was mitgebracht.« Asche fummelte in seiner Jacke herum.

Die Alte lächelte verliebt, trat einen Schritt zurück an das eng bestückte Bücherregal zwischen den Fenstern. »Wissen Sie, ich singe immer noch so gern.« Sie flüsterte, hielt einen Zeigefinger an die Lippen. »Nur sagen Sie es keinem. Es ist geheim … aber ich singe gern … sehr gern sogar …«

Asche wischte seine Stirn. »Könnten wir vielleicht ein Fenster aufmachen? Es ist so stickig hier.«

Sie sah ihn an, als wüßte sie nicht so ganz, was er damit meinte. Also stand er auf und rüttelte am nächstbesten Fenstergriff, nur war das Ding verriegelt und kein Schlüssel weit und breit zu sehen.

»Wollen Sie denn schon gehen?« sagte sie etwas besorgt, als sie neben ihn ans Fenster trat und aufsah. »Schon?«

Asche langte mit spitzen Fingern tief in seinen Saum, wo er das kleine Buch zu fassen bekam und langsam herauszog. Ihr Blick folgte seiner Hand wie der des Hundes seinem Knüppel.

Asche stellte seine Stiefel am Boden ab, klemmte sich das Ding unter den Arm und nahm ihre Hände, führte sie an den Flügel zurück, wo sie sich setzen konnte. Er hockte neben ihr.

Dann nahm er das Buch und legte es auf ihre Knie.

»Das habe ich Ihnen mitgebracht«, sagte er.

»Für mich?« Sie hob die Hände an ihr Herz, lächelte ins Nichts und wandte sich der Tastatur zu, um mit einem Finger die ersten Töne »Für Elise« zu spielen.

»Wollen Sie denn gar nicht wissen, was es ist?« sagte Asche. »Es gehört doch Ihnen.«

Lächelnd sah sie zu ihm auf. »Ole spielt auch mit«, sagte sie und fing wieder von vorn an.

Wie angenagelt saß Asche da. »Welcher Ole?« sagte er.

»Und Lasse? Achtet ihr darauf, daß er nicht zuviel ißt? Ach, er ißt so gern. Daß ihr mir nur nicht …« Sie sah Asche in die Augen, als fiel ihr etwas ein. »Sie waren so süß und lieb. Ich weiß es noch wie heute. Die süßesten Kinder der Welt …«

Asche schüttelte den Kopf.

Es war doch nicht zu fassen.

Dieses Schwein …

Ole Olsen erpreßte seine eigene Mutter!

Und jetzt?

Er nahm ihre Hände und drückte das Tagebuch hinein.

»Was ist das?« Sie schien etwas zu ahnen.

Dann fing sie an zu blättern, von hinten nach vorn, hielt einmal zwischendurch an, las etwas, blätterte weiter … »Nein«, sagte sie ganz leise und sah Asche an, mit hilfloser Verzweiflung.

Ose hatte recht. Er war ein Vollidiot.

Er hätte das Buch zerreißen sollen, vergraben, verbrennen, sonstwas.

»Nein«, sagte sie ganz leise, daß ihre mädchenhafte

Stimme im großen Turmraum kaum zu hören war. »Das will ich nicht ...«

Draußen auf der Treppe klapperten Schuhe.

»Abendessen!« flötete jemand und wollte die Riegel zurückschieben. »Nanu?« Die Tür ging auf, und schwer wie nasser Sand blieb Asche, wo er war.

Eine rotgesichtige Frau im Kittel kam mit einem Tablett herein, blieb stehen und sah ihn mit rundem Mund an, blieb einfach stehen, rührte sich nicht von der Stelle, bis sie sich fing, dann holte sie tief Luft und schrie: »Herr Olsen! Herr Olsen! Schnell!«

Asche riß der alten Frau an seiner Seite das Buch aus den Händen und schob es wieder in seine Jacke. Dann sprang er auf und machte sich bereit.

Von unten donnerten schwere Schritte die Treppe herauf, und die Frau im Kittel stand wie ein Koloß dort in der Tür. Ein Blick zum Fenster erstickte jeden Fluchtgedanken. Selbst wenn es nicht verriegelt gewesen wäre ... ein Sprung aus dem Turmfenster hätte allen kurzfristigen Plänen ein Ende bereitet.

Lena Lundquist saß auf ihrem Hocker, drückte die Fingerspitzen beider Hände an die hohen Wangenknochen und starrte auf ihre Schuhspitzen, als wäre ihr vorher nie aufgefallen, daß am Ende ihrer Beine Füße waren.

»Was ist hier los?« Ein alter Baum von einem Mann stand in der Tür, daß die Haushälterin beiseite trat.

»Ich komm hier rein, und da sitzt plötzlich einer.« Die Frau im Kittel sprach hastig und mit lauter Stimme. »Da saß er schon und hat mit ihr geredet. Ich weiß nicht, wo er herkommt, wie der hier reingekommen ist ... einen Fotoapparat hat er nicht.« Sie stellte ihr Tablett auf einem Tischchen ab.

Mit schweren Schritten trat der alte Olsen vor, stand

wie ein friesischer Bauernschrank mitten im Raum. »Wer sind Sie? Was wollen Sie von meiner Frau? Können Sie uns nicht in Frieden leben lassen? Schreiben Sie in Ihrer Zeitung ruhig, daß Sie nicht willkommen waren. Und jetzt raus hier! Bevor ich Ihnen Beine mache …«

Der Mann sah aus, als konnte er ihm mit einer Hand das Rückgrat brechen, aber als Asche auf Socken an der Tür stand, mit den Stiefeln in der Hand, und sich noch mal umsah, kniete der blonde Schrank am Boden vor Lena Lundquist und streichelte ihr graues Haar.

30

»Du hast WAS?«

Oses Stimme überschlug sich fast, schnitt in Asches Ohren, daß ihm ganz anders wurde. Sie kniete auf dem Bett, eine kampfbereite Geisha im schwarzen Abendkleid, schlicht und hochgeschlossen, aufrecht in ihrem heiligen Zorn, hielt Lasses Kopf auf ihrem Schoß und hatte ihm bis eben noch das Haar gestreichelt, als wäre er ihr Hund.

»Das ist ja wirklich allerliebst! Dein toter Vater, der Feuerwehrmann, hat auf Lena Lundquist gestanden, und deshalb rennst du los und bringst ihr das Buch zurück, das uns alle reich machen sollte? Bist du bescheuert, oder was?«

Wie belämmert stand Asche da.

Er hätte nicht herkommen sollen.

»Gib es doch wenigstens zu! Der Alte hat dich gekauft. Ich wußte es von Anfang an. Er hat dich auf uns angesetzt. Du hast dich bei uns eingeschleimt, weil du das Buch beschaffen solltest. Wieviel hat er dir dafür gegeben?«

Lasse räkelte sich in seinem schwarzen Anzug auf dem Bett, reichte Asche einen langen, qualmenden Joint und sah zu ihr auf. »Wirklich, Ose, das geht zu weit. Ich dachte, du hättest ihn selbst aufgestöbert, weil du …« Er sah zu Asche auf, der mit dem Spliff in der Hand zwischen den Kartons stand und nicht wußte, ob er bleiben sollte. »… weil du … ach, ist auch egal. Geld stinkt. Scheiß auf die Kohle! Ich bin froh, daß endlich alles vorbei ist.« Lasse seufzte wie ein verarmter Adliger.

Asche trat vor, schob den vollen Aschenbecher beiseite. Er aschte ab und zog an dem langen Ding.

Ose schüttelte den Kopf. »Von Anfang an hab ich gewußt, daß es ein Fehler war, ihn in die Band zu holen …« Sie sprach von Asche, als wäre er nicht da.

»Ich bin echt gespannt, was mein Bruder dazu sagt.« Lasse grinste glasig. »Ich könnte mir vorstellen, daß er gern ein Hühnchen mit uns rupfen würde. Aber andererseits … wer weiß, ob er wieder auftaucht. Das weiß man bei ihm nie. Wahrscheinlich ist er abgehauen, weil er Undings Wagen zu Klump gefahren hat. Das hat ihm den Rest gegeben.«

Ose sah auf ihn herab.

Lasse nahm das glimmende Ding von Asche entgegen und hielt es Ose hin. Sie schüttelte nur ungeduldig den Kopf. Lasse sah aus, als sei ihm etwas eingefallen. Betreten starrte er die Glut an.

»Ihr seid schon umgezogen … also spielt die Band heute abend?« Asche wartete. »Ich denke, ihr werdet mich wohl nicht mehr dabeihaben wollen … hab ich mir schon so gedacht.«

»Du hast mit meinem Alten gesprochen?« Lasse lag da und sah an seiner langen Nase entlang. Gelblich schimmerte die Prellung an seinem Auge.

Asche nickte.

»Und meine Mutter? Hast du sie gesehen? Ich meine, warst du bei ihr oben? Hast du gesehen, was er mit ihr macht? Wie er sie gefangen hält? Er will nicht, daß sie alt wird. Er will den Mythos bewahren, sagt er, in ihrem eigenen Interesse.«

Asche wollte was sagen, behielt es aber lieber für sich.

»Ole war stinksauer, als er sie zum ersten Mal mit eigenen Augen da oben gesehen hat. Wir hatten lange keinen

Kontakt zu unseren Eltern. Seit Jahren nicht. Und dann … erst hat uns der Alte noch den Gig hier im Hotel besorgt … aber Ole, na, du kennst ihn ja …«

Asche schüttelte den Kopf. »Das wäre wohl zuviel gesagt.« Er dachte an den weinenden Mann im Fischgrätsakko, wie er neben ihm in diesem gelben Monstrum gesessen und geschwitzt hatte. Jetzt, wo er es wußte, sah er eine gewisse Ähnlichkeit mit dem Pianisten.

Lasse verkniff den Mund. »Du hast also mit dem Alten gesprochen …«

»Naja, wohl eher er mit mir.«

»Was hat er denn gesagt?«

Asche zuckte mit den Achseln. »Daß ich verschwinden soll.«

Müde zog Lasse an der Rolle und hielt den Rauch einen Moment in seinen Lungen, dann hauchte er ihn als qualmende Wolke wieder aus. Heiser sagte er: »Ich glaub, er hat die ganze Erpressung überhaupt nicht ernstgenommen. Der Alte hat gedacht: Ole war schon immer ein Freund dramatischer Momente, das meint er doch gar nicht so … er hat es ausgesessen, einfach abgewartet, denk ich mal. Jedenfalls müssen wir uns was einfallen lassen. Bei allem Scheiß, der – Ole sei Dank – passiert ist …«, Ose boxte ihm scharf in die Seite, »… na, wem haben wir das alles denn sonst zu verdanken? Wenn ich mich recht erinnere, hab ich von Anfang an gesagt, wir sollten …«

»Vergiß es!« zischte Ose, stieß seinen Kopf von ihrem Schoß, daß er aufs Bett fiel und alles vollaschte.

Er richtete sich auf und wischte mit seinen großen Händen am schwarzen Jackett herum. »Vielen Dank auch … Mann, ich könnte mir in den Arsch beißen, daß wir uns auf diese dämliche Jubelfeier eingelassen haben.«

Lasses Zunge wurde schwer und trocken. Rotäugig sah er Asche an. »Hat er denn gar nichts gesagt wegen morgen?«

»Wieso morgen?«

Lasse stieß Ose an, die mit verschränkten Armen dasaß. »Hast du ihm etwa nichts davon erzählt?«

»Das ist doch alles Scheiße!« fauchte sie, stand auf und strich mit einer Hand ihr Kleid glatt. »Wieso sollte ich es ihm erzählen? Ich dachte nicht, daß er so lange mitspielt ...«

Asche sah in Oses schwarze Augen, schüttelte den Kopf. »Ich möchte mich bei dir bedanken«, sagte er. »Einen kurzen Moment hatte ich ehrlich gedacht, ich wäre für dich vielleicht was Besonderes.«

Ose sagte kein Wort, sah ihn einen Moment lang an, als suchte sie in seinem Gesicht nach Worten, dann wandte sie sich ab und trampelte barfuß zwischen den Pappkartons hinaus, knallte mit der Tür, daß irgendwo was schepperte.

Lasse wischte seine Tolle aus der Stirn, gab den jovialen Lebemann. »Mann, Asche, du darfst sie nicht falsch verstehen. Sie mag dich, glaub mir, ehrlich, sogar sehr. Ich seh das, ich kenn die Kleine ziemlich gut, aber ...«

»Vögelst du sie auch?«

Lasse versuchte, nicht zu lächeln.

»Hier zwischen den Kartons?«

»Das ist lange her.«

»Zehn Minuten, oder was?«

»Asche, hör mal. Wir haben im Moment ein ganz anderes Problem. Ich bin überhaupt nicht begeistert davon, daß wir heute abend spielen sollen. Das mit Anita geht mir ziemlich an die Nieren, wie du dir vorstellen kannst, auch wenn es vielleicht nicht so aussieht. Ich hab jetzt schon Schiß vor dem leeren Hocker an der Bühne.« Er sah

Asche an, um sich zu vergewissern, daß der ihm glaubte. »Ich weiß nicht, wieso ihr Mann so tut, als wäre nichts gewesen. Vielleicht ist es nur einfach seine Art, damit umzugehen. Die beiden waren sich schon lange nicht mehr grün, aber trotzdem … naja, das tut wohl nichts zur Sache.«

Asche blies die Backen auf. »Was ist mit morgen? Was hätte Ose mir erzählen sollen?« Er runzelte die Stirn. »Ehrlich gesagt, hab ich eigentlich die Schnauze voll von euren ewigen Überraschungen. Ich bin für euch doch nur der Kasper.«

»Ich kann dir wohl nicht übelnehmen, daß du so denkst.« Lasse hielt ihm halbherzig die Rolle hin, zuckte mit den Schultern, als Asche ablehnte, und drückte das Ding im Aschenbecher aus. »Das Ganze war komplett anders geplant, deshalb sieht es aus, als wären wir alle nicht ganz dicht.« Er stutzte und lächelte. »Naja, wahrscheinlich sind wir wirklich nicht ganz dicht …«

Asche hätte sich gern wieder aufs Bett gesetzt, aber so leutselig war ihm nicht zumute.

Lasse schnaufte und kniff den Mund zusammen, preßte die Worte hervor. »Mir fehlt ein Bruder«, sagte er.

»Stimmt.«

»Nein, ich weiß, was du jetzt meinst, aber mir fehlt konkret morgen abend ein Bruder.« Wie ein blonder Bernhardiner sah er Asche in die Augen. »Ich könnte mir in den Arsch beißen. Wenn ich auch nur im Ansatz geahnt hätte, wie dieser Sommer … oh, Mann, daß Ole diese Erpressung auch allen Ernstes wahr macht! Ich hätte nicht gedacht, daß er es wirklich tut. Ich meine …«

»Du weißt, wo er ist?«

Lasse riß die Augen auf, schüttelte den Kopf. »Scheiße, nein! Wie kommst du darauf?« Er nahm die nächste Zigarette. »Entschuldige, ich will dich nicht kränken, aber ich würde einiges dafür geben, wenn Ole morgen abend mitspielen könnte. Ich war mir hundertprozentig sicher, daß er wiederkommt, daß er sich so ein Riesending nicht entgehen läßt, aber inzwischen …«

»Hast du eigentlich eine Haftpflichtversicherung?«

»Was?« Lasse suchte in seinen Taschen nach Feuer.

»Eine Versicherung, die Schäden bezahlt, wenn dir …«

»Ich weiß, was eine … ach, Scheiße, Mann, hast du Feuer?«

Asche riß sein Zippo an, hielt es ihm hin. »Die Byrdland gehört mir nicht«, sagte er.

Lasse kniff die Augen zusammen, inhalierte tief und blies den Rauch durch die Nase wieder aus. »Das ist echt 'ne ganz miese Nummer«, sagte er kopfschüttelnd. »Will dir jemand eins auswischen, oder was? Also, was die Band angeht, kannst du ohne weiteres Oles Gitarre spielen.«

»Du verstehst mich nicht …«

»Doch, doch …« Lasse überlegte kurz. »Paß auf, ich mach dir einen Vorschlag. Wenn du morgen abend nochmal mitspielst, bezahl ich dir den Schaden und leg noch was oben drauf.« Er wartete auf Antwort.

Asche schnaubte und verschränkte die Arme vor der Brust.

»Morgen abend, wenn wir gut sind … das könnte unsere große Chance werden. Wer weiß, wer da alles kommt … und Fernsehen, Mann, die volle Dröhnung. Nicht irgendein kleiner Regionalsender … Wir reihern in den ersten Sitzen!«

»Wer?«

»Samstagabendunterhaltung nennt man das.«

»Was?«

»Und weißt du, wieso?« Lasse schien sich das Grinsen

nicht verkneifen zu können. »Komm, setz dich lieber wieder hin!« Er klopfte mit der flachen Hand neben sich aufs Bett.

»Ich steh ganz gut.«

Lasse sah zu ihm auf, spitzte die Lippen. »Meine Mutter hat Geburtstag …«

»Und?«

»Sie wird fünfundsiebzig Jahre alt.« Er dehnte die Zahl so lang wie möglich.

Asche stutzte. »Ich glaube, ich sollte mich doch besser setzen«, sagte er und hockte sich aufs Bett, starr aufrecht, drückte die Knie aneinander, spreizte die Hände, sah auf seine Fingernägel.

Lasse nickte. »Im großen Stil. Die ganz große Geste. Man will sie würdigen. Da kommen alle möglichen Leute … soweit sie noch leidlich am Leben sind. Die haben alle aufgetrieben, die irgendwie damals wichtig waren. Wer noch singen kann, soll singen, ihre Lieder … und jetzt rate mal …«

Asche sah ihn an und schüttelte den Kopf. »Ich begreif euch nicht … Das könnt ihr doch nicht machen … mit der Erpressung und so … nach allem, was gewesen ist …«

Lasse schnalzte mit der Zunge. »Das ist dem Veranstalter komplett egal. Und wenn du hörst, was der den Söhnen der großen Lena Lundquist zahlt …«

Hinter den Kartons klapperte irgendwo ein Fenster im Wind. Asche schüttelte den Kopf. »Du bist käuflich, oder?«

Lasse lachte heiser, schüttelte sich. »Nein, das nicht«, sagte er. »Aber ich bin nicht dumm.«

31

»Ist er nicht herzallerliebst? Der süßeste Fratz, den du je gesehen hast?« Erwartungsvoll sah Gretchen zu ihm auf. »Aber sag es nur, wenn du es auch ehrlich meinst!«

Im Halbdunkel des muffigen Kinderzimmers sah Asche drüben am Fenster hinter den Gittern eines Bettchens einen wirren, blonden Haarschopf. Darüber baumelte ein Mobile aus Mond und Schweinen. Auf der Fensterbank hockten Käpt'n Blaubär, Ernie und Hein Blöd einträchtig beieinander. Bert lag am Boden vor dem Bett. Mehr war nicht zu erkennen.

Asche nickte langsam. »Tut mir echt leid, daß ich hier so reinplatze. Wenn ich gewußt hätte …«

»Er ist ein solcher Schatz … mein allerliebster Sonnenschein.« Mit feuchten Augen blickte Gretchen ins dunkle Zimmer, dann zog sie die Tür lautlos ins Schloß.

Im Bad nebenan rauschte und quietschte die Spülung. Es raschelte und klapperte, dann kam Pop in seinem grüngestreiften Bademantel vom Klo geschlurft, hustete wie ein alter Schornstein und strich die graue Mähne aus der Stirn.

Betreten kniff Asche den Mund zusammen. »Ehrlich, ich weiß ja, wenn der kleine Racker endlich mal Ruhe gibt … Hoffentlich habe ich euch nicht beim Vögeln gestört …«

Es sollte ein Scherz sein.

Pop und Gretchen sahen sich kurz an. Pop wirkte etwas

unbefriedigt, aber Gretchen sagte: »Ach was, fortgepflanzt haben wir uns ja schon.«

Einen Augenblick war alles still.

Quietschend stellte sich die Spülung ab.

Pop wischte seine Hände am Bademantel ab und seufzte.

»Ich mach uns einen schönen, grünen Tee«, sagte Gretchen, strich ihr langes Wolfgang-Petry-T-Shirt glatt und stellte sich mit nackten Beinen auf die Zehenspitzen. Sie gab Pop einen schwesterlichen Kuß auf die Wange und machte sich auf den Weg in die Küche.

»Tut mir leid, Mann, ehrlich.« Asche zuckte mit den Schultern.

»Was soll's.« Pop holte tief Luft und blies die Backen auf. »Ich hab ja nur fünf Wochen darauf gewartet, daß mal wieder was passiert.«

Müde schlurfte er voran.

»Und wie läuft's bei dir? Du hast die Byrdland mitgebracht. Brauchst du sie nicht mehr?«

Asche dackelte ihm hinterher, suchte irgendwo in seinem Hirn nach Worten.

Im Wohnzimmer sammelte Pop Zeitungen zusammen und warf sich aufs alte Ledersofa, suchte auf dem vollen Kaffeetisch nach Kippen.

Asche nahm den Gitarrenkoffer vom Boden auf und legte ihn quer auf den einzigen Sessel im Raum. »Ich steh auf ewig in deiner Schuld«, sagte er leise.

»Ach was, ich hab sie dir doch gern geliehen. Hauptsache, sie hat dir genützt. Und? Haben dich die Bonzen gefeiert?« Pop rang sich ein Lächeln ab und fingerte an einem Einwegfeuerzeug herum, das seinen Dienst verweigerte.

Asche klappte die Scharniere am Koffer auf und zögerte. »Im Arabischen gibt es ungefähr eintausend verschiedene Worte für ›Kamel‹«, sagte er. »Wenn du mir die Freundschaft kündigst, könnte ich dich gut verstehen.«

»Weil du uns beim ersten ungestörten Augenblick seit Monaten aus dem Bett geklingelt hast? Ich bitte dich ... ich weiß sowieso schon kaum noch, wie es geht. Ich muß nur durchhalten! Irgendwann in meinem Leben werde auch ich wieder sowas ähnliches wie ein Geschlechtsleben haben. Aber ehrlich ... wozu hat man Freunde? Ich hätte ja nicht aufmachen müssen.«

Es kam von Herzen und machte alles nur noch schlimmer. Asche schämte sich in Grund und Boden.

»Mir ist ein Mißgeschick passiert.« Asche wackelte mit dem Kopf. »Naja, eigentlich nicht mal mir selbst. Ich weiß ehrlich nicht, wie es passiert ist ...«

Wie Gewitterwolken schoben sich Pops Augenbrauen zusammen. »Sie hat einen Kratzer.«

»Nein, nein ... so kann man das nicht sagen.«

Erleichtert schnaufte Pop, und ein Lächeln verzerrte sein Gesicht. »Puh«, sagte er. »Ich dachte schon ... Diese Gitarre ist so ziemlich das einzig Wertvolle, was mir geblieben ist. Kannst du dir das vorstellen? Zwanzig Jahre habe ich an meiner Karriere gebastelt und gebastelt, hab mir für jeden Scheiß die Finger wund gespielt, und am Ende ist mir nur diese alte Gitarre geblieben.« Endlich flackerte eine winzige Flamme am Feuerzeug auf. »Aber wie es aussieht, werde ich sie wohl, wie alles andere, bald versetzen müssen ... es sei denn, es geschieht noch ein Wunder.«

Erwartungsvoll sah er den Koffer an.

Asche hätte heulen können.

Gretchen kam mit Herzchenbechern aus der Küche, stellte sie auf den Tisch und schob den grauen Anzug beiseite, um Platz zu schaffen. Sie schüttelte die Hose aus und sah die grünlich braunen Flecken auf den Knien.

»Oha«, sagte sie, sah Asche an.

Der schob seine Unterlippe vor und seufzte.

»Das geht nicht wieder raus.« Sie rieb daran herum und schüttelte den Kopf. »Was hast du denn damit gemacht?«

Asche zuckte mit den Schultern.

Pop winkte ab. »Ach, laß doch. Es gibt mindestens hunderttausend Sachen, die ich dringender bräuchte als einen grauen Anzug. Die Farbe steht mir sowieso nicht. Macht mich zu blaß.«

Gretchen setzte sich, sah Asche an. »Du hast nicht zufällig eine Haftpflichtversicherung, oder?«

Asche wußte gar nicht mehr, wo er mit seiner Beichte ansetzen sollte.

»Du weißt, so eine Versicherung, die einspringt, wenn man …«

»Ich weiß, was eine Haftpflichtversicherung ist.« Schwer sank Asche auf die Lehne neben dem Gitarrenkoffer und holte tief Luft. »Ich weiß echt nicht, wie ich anfangen soll. Mir ist ein wirklich schlimmes Mißgeschick passiert.«

Pop setzte sich auf und faltete die Hände auf den Knien.

Gretchen hockte da und hielt die graue Anzughose auf dem Schoß. »Ist was mit Imme?«

Asche strich über den schwarzen Gitarrenkoffer, wischte etwas Staub ab, als würde es was ändern.

Dann klappte er den Deckel auf.

Endlos saßen sie da.

Ein Wrack aus zersplittertem Holz und wirren Drähten.

Draußen fuhr der Wind durch die Bäume.

Pop wandte sich ab, drückte seine Faust an Mund und

Nase, sah zum großen Fenster hinaus auf die verwilderte Wiese im Licht der Nachbarhäuser.

In der Küche pfiff ein Wasserkessel auf dem Herd. Traurig stand Gretchen auf, ließ den Anzug auf dem Sofa liegen und schlich hinaus.

Nach einer Ewigkeit sah Pop ihn an. »Mann, Asche, was ist los mit dir?« Was anderes kam aus ihm nicht heraus.

Hätte er rumgebrüllt, ihm Schläge angedroht …

Aber Pop saß nur da, sah ihn an, nickte, blinzelte.

Asche hob beide Hände, ließ sie wieder sinken.

Er hätte ganz von vorn angefangen, hätte er nur gewußt, wo vorn und hinten war, wußte aber kaum noch, wo oben und unten sein sollte, links und rechts, wahr und unwahr.

Also fing er irgendwo mittendrin an.

Schleppend erzählte er von seiner langen Nacht im Denghoog, wie er am nächsten Morgen nach Kampen zum Hotel gekommen war, wo sich die Frau von diesem Unding erhängt hatte, wegen Lasse, und daß es Ose so kaltgelassen hatte und ihm keiner auch nur einen Ton von der kaputten Byrdland erzählen wollte. Irgend jemand hatte seinen alten Fender-Amp kaputtgetreten und die rote Amazone war schon am Tag vorher nur noch ein Wrack gewesen. Der Auftritt in der Manndränke war gut gelaufen und Ose … das mit der Uwe-Düne im Morgengrauen und der Nacht im Strandkorb behielt er lieber für sich.

»Es war die Nacht der Nächte«, nuschelte er betreten.

Gretchen sah ihn mit leerem Becher auf den Knien an. »Sie hat mit allen was, oder?«

Asche seufzte.

Dann rückte er mit der Erpressung raus, mit dem geheimen Tagebuch der Lena Lundquist, und daß alles irgendwie damit zusammenhing, wenn er auch nicht sagen konnte, wieso deshalb eigentlich dauernd alles in Scherben lag. »Irgendeiner hat es auf mich abgesehen. Ich weiß nicht, ob es mit dem blöden Tagebuch zu tun hat«, sagte er vage.

»Diese Ose bringt dir kein Glück«, meinte Pop.

Asche zuckte mit den Schultern.

Gretchen schnaubte abfällig, schwenkte den Becher hin und her.

Pop sah sie an, sagte: »Sag mal, wie lange zieht der Tee eigentlich schon?«

»Oh!« Hastig sprang sie auf und rannte in die Küche.

Pop beugte sich vor, sah Asche mit zusammengekniffenen Augen an. »Tu mir einen Gefallen ... tu dir selbst einen Gefallen ... laß die Finger von dieser Frau und sieh zu, daß dir irgend jemand den ganzen Scheiß bezahlt. Egal wie. Ich meine ...«, er sah zur Küche, wo es klapperte, sprach dann leiser, schärfer weiter, »... ehrlich, Mann, es ist mir total wurschtepiepegal, in wen du deinen dicken Dödel steckst, aber – da sind wir uns wohl einig – die Nummer mit der Byrdland geht zu weit.« Er zog die Nase hoch. »Mann, du hast nicht den leisesten Schimmer, was ich damals anstellen mußte, um diese Geige zu kriegen. Das ist nicht irgendeine Gitarre ... die hat mal Kenny Burrell gehört! Die ist Baujahr Neunzehnhundertachtundfünfzig, Mann! Da war ich gerade mal fünf Jahre alt. Und du?«

Asche wich seinem Blick aus.

»Du warst noch nicht mal ein Furz im Wind! Nicht mal in der Warteschleife! Ein Nichts! Noch nicht mal abzusehen! Wer weiß, ob sich deine Großeltern überhaupt schon kannten!« Pop schlug sich laut klatschend auf die Knie. »Und soll ich dir mal was sagen?«

Auf nackten Sohlen trug Gretchen ein Tablett mit Tee, Milch und Zucker herein, stellte es auf dem flachen Tisch ab.

Asche zog die Nase hoch. »Was?«

»Weißt du, was das allerschlimmste ist? Ja?« Er wartete kurz. »Ich weiß nicht mehr, ob ich dir glauben kann.«

Asche sah zu Gretchen auf, die Tee einschenkte.

»Ewig und drei Tage hör ich mir von dir die wildesten Geschichten an. Jahrein, jahraus tischst du mir Märchen auf, weil du meinst, wenn du dich selbst belügst, kannst du das mit deinen Freunden genauso machen. Ich bin kein Ochse, Mann! Irgendwann ist Ende der Fahnenstange.« Pop sah Asche in die Augen, finster und böse, strich eine graue Strähne hinters Ohr. »Also, jetzt mal ehrlich: Was ist wirklich passiert? Bist du im breiten Schädel drübergefallen? Seid ihr beim Rammeln ausgerutscht? Oder ist dir die Gitarre einfach nur hingefallen?«

Pop und Gretchen nahmen ihre Becher.

Asche zuckte mit den Schultern.

Stierte auf den grauen Flokati zwischen seinen Beinen.

»Ich weiß nicht mehr, wohin ich gehöre«, sagte er leise. »Keine Ahnung, echt nicht. Ich weiß nur, daß ich morgen an einem Abend soviel Kohle verdiene, daß ich alles wiedergutmachen kann, bei dir, bei Kalle, bei Imme, bei ihrem Alten ...«

»Eins nach dem anderen«, sagte Pop etwas skeptisch.

»Es tut mir furchtbar leid, auch wenn du es mir vielleicht nicht glaubst ... ich hab das alles nicht gewollt. Und jetzt weiß ich wirklich nicht mehr, wohin.«

Gretchen blies am heißen Tee, sah über ihren Becher hinweg. »Wärst du bloß bei Imme geblieben«, sagte sie.

Mit trüben Augen sah Asche sie an. »Kann ich heute nacht hier auf dem Sofa schlafen?«

32

Der sogenannte Neue Kursaal war ein Relikt aus den sechziger Jahren, als der CDU-Ball noch Höhepunkt gesellschaftlichen Insellebens war und bei der Wahl zur Miss Westerland biedere Backfische aus Darmstadt anreisten, um im Badeanzug stotternd Fragen zur Allgemeinbildung zu erraten oder was auf der Blockflöte vorzuspielen.

Der Saal war hoch, mit mächtig großen Scheiben, endlosen Gardinen und breiter Bühne mit schlichtem Vorhang in dezentem Rentnerbeige. Dort baute Rabe eben sein Schlagzeug auf, ließ sich von der Hektik im Saal nicht anstecken, blieb nur manchmal stehen, um vorsichtig die qualmende Kippe in seinem Mundwinkel abzuaschen.

Kameras wurden postiert und verkabelt, man gab Anweisungen, der Aufnahmeleiter, stets von fragenden Mienen umgeben, stand mit seinem Klemmbrett mitten im Saal und suchte in den Unterlagen. Ein paar Gäste saßen schon herum, hinten in der Ecke sah man ein paar greise Recken der Schlagerwelt an einem Tisch, vorn an der Bühne ruderte ein vergessener Schauspieler mit den Armen. Es waren nicht genügend Garderoben da.

Asche rieb an seinen juckenden Augen herum und gähnte wie ein Heuler, daß ihm die Tränen liefen. Er hatte schlecht geschlafen und noch viel schlechter geträumt, von Imme, die wie Ose aussah und nichts mehr von ihm wissen wollte. Mindestens hundertmal war der kleine Tommel wach geworden, und Asche hatte über den Rand des raschelnden Schlafsacks hinweg gesehen, wie Gretchen ihre runden Brüste unter dem T-Shirt hervorholte und den Kleinen nuckeln ließ.

Schrecklich einsam hatte er sich gefühlt.

»Alles klar bei dir?« Ulf stellte zwei Tassen Kaffee ab.

Asche blies die Backen auf. »Ich glaub, ich krieg meine Tage«, sagte er lahm und riß eins von den Sahnedingern auf.

Ulf Hammel blieb vor dem Tisch stehen und zupfte an seinem Smoking herum. Fragend sah er Asche an. »Findest du, es hat sich gelohnt, für alle so was zu mieten? Ich komm mir vor wie Fred Astaire.« Er sah aus, als sollte er den Konfirmationsanzug seines älteren Bruders auftragen.

Asche schob die Unterlippe vor und sah an sich herab. »Hauptsache, wir müssen nicht tanzen«, sagte er. »Meinst du, ich kann auf die Gitarre andere Saiten aufziehen? Die hier sind mir viel zu dick.« Er zeigte seine roten Fingerkuppen an der linken Hand vor.

Verschwörerisch zwinkerte Ulf ihm zu. »Wenn heute abend richtig was läuft, kannst du sie bestimmt mit nach Hause nehmen. Ich glaub kaum, daß Ole noch mal wiederkommt.«

Asche sah in die Runde. Falls Lasse ihn ernstlich mit einer echten D'Angelico New Yorker entlohnen wollte, konnte es ihm nur recht sein. Mehr als recht. Das Ding war gut und gerne seine Vierzigtausend wert, sofern man einen Käufer fand, der sowas suchte. Sechzig Jahre alt und wie aus dem Ei gepellt. »Ich trau mich kaum, sie anzufassen ...«

Ulf nickte. »Mit deinen Knöpfen mußt du aufpassen, sonst zerkratzt du den Lack auf der Rückseite.«

Asche fing an, die alten Saiten runterzukurbeln.

Ulf rauchte und klapperte mit seiner Tasse. »Ose ist in der Maske«, sagte er, als hätte ihn jemand danach gefragt.

Asche sah von der Gitarre auf.

»Sie schminken sie auf Lena Lundquist, weil sie nachher zwei Nummern singen soll«, sagte er.

Asche warf einen Blick in die Runde, als betrachtete er Malereien an Kirchenwänden. »Wußtest du, daß hier sogar schon mal Zarah Leander gesungen hat?«

Auch Ulf sah zur Decke. »Wow«, meinte er. »Echt wahr? ›Ich weiß, es wird einmal ein Wunder geschehn‹?«

»Hat mir mein Vater erzählt. Der war dabei ...«

»Der Feuerwehrmann?« Ulf nahm noch einen Schluck.

Asche fädelte die erste neue Saite ein. »In dieser Band bleibt niemandem irgendwas verborgen, oder?«

Fragend sah Ulf ihn an.

Drüben, an den Glastüren zum Foyer, bildete sich ein mittelschwerer Menschenauflauf, aus dem ein großer Mann im Fischgrätsakko hervortrat und sich dabei mit beiden Pranken durchs schüttere Haar fuhr. Entschlossen steuerte er die Bühne an.

Asche erstarrte.

Verdammt.

Ole Olsen.

Er stellte die Gitarre auf den Boden und stieß Ulf Hammel an, deutete hinüber. »Da kommt euer Gitarrist. Ich glaub, ich pack mal lieber meine Sachen«, sagte er.

»Wo?« Ulf sah in die Runde.

Je näher der Mann kam, desto krummer saß Asche auf seinem Stuhl. Er wandte sich ab, beugte sich weit vor und tat, als müsse er seine Schuhe zubinden.

»Wer denn? Wen meinst du?« Ulf beugte sich zu ihm unter den Tisch.

»Mann, du wirst doch wohl euren Gitarristen erkennen ...«

Ulf richtete sich wieder auf, runzelte die Stirn. »Ach so, neenee.« Er lachte und stutzte. »Aber du hast recht. Von weitem und dann mit dem Sakko ... Im Alter werden sich Väter und Söhne wohl immer ähnlicher.«

Rotgesichtig richtete sich Asche auf. »Das will ich nicht hoffen«, sagte er.

Der alte Olsen sah sie mit ihren Instrumenten am Tisch sitzen, gab seinem Begleiter mit der Baskenmütze ein kurzes Zeichen und kam herüber.

»Die Herren Musikanten«, dröhnte er schon von weitem und reichte Ulf dann die Hand. Der stand auf und machte einen Diener. »Na, na«, sagte der Alte, »wir sind hier doch nicht bei der Feuerzangenbowle.« Er beugte sich weit vor und hielt demonstrativ eine flache Hand an seinen Mund. »Wenn ich hier allerdings so in die Runde blicke, könnte der eine oder andere damals schon mitgespielt haben!« Er richtete sich auf und lachte scheppernd, daß die meisten Umstehenden herübersahen. Dann wandte er sich Asche zu und zögerte einen Moment.

Asche verzog das Gesicht, kam dem Mann zuvor. »Ich bin der neue Ole«, sagte er mit schiefem Grinsen.

»Kennen wir uns nicht?« sagte Olsen und kratzte sich mit blondbehaarter Pranke am Kinn.

Asche saß da, als hätte er seine Hausaufgaben vergessen, den Turnbeutel oder sonstwas. »Tut mir leid«, nuschelte er. »Ich wollte gestern ganz bestimmt nicht ...«

»Also gut!« Nickend sah der Alte von ihm zu Ulf. »Macht eure Sache ordentlich«, dröhnte er wie ein Feldwebel. »Daß mir keine Klagen kommen!« Vage winkte er ihnen im Umdrehen noch zu, dann stampfte er der Baskenmütze entgegen, wandte sich auf halbem Weg noch einmal um, warf Asche stirnrunzelnd einen Blick zu, dann legte er einem Fernsehmann mit Walkie-Talkie einen Arm um die Schulter, schob ihn mit sich zur Bühne hin, bis er einen bärtigen Bären mit weißem Schal sah, der etwas abseits stand und zwei Kabelträger vergatterte. Mit ausgebreiteten Armen schwankte er ihm entgegen.

»Tja«, sagte Ulf und kramte in seiner Hosentasche herum. »Der Tropfen fällt nicht weit vom Hahn.«

»Wen meinst du?«

»Ich glaub, es gibt noch Ärger«, sagte Ulf und breitete auf seinem Knie unterm Tisch ein kleines Briefchen aus.

Asche zog die nächste Saite auf.

Aus heiterem Himmel stand Lasse Olsen plötzlich da und hustete verkatert. »Wie ich sehe, habt ihr euch schon eingelebt«, sagte er etwas matt und knallte einen Packen Noten auf den Tisch. Frisch frisiert war er und reichlich dick geschminkt. »Denkt dran: Ihr müßt vor der Probe noch in die Maske ...«

»Wann sind wir dran?« sagte Asche.

Lasse schob ihm die Noten rüber, sah skeptisch auf Ulfs Knie. »Ist es nicht noch ein bißchen früh dafür?«

Ulf schniefte links und rechts, hielt das Zeug den anderen hin, aber keiner wollte.

Betrübt warf Asche einen Blick in die Notenblätter, hielt die Gitarre zwischen seinen Beinen. »Was spielen wir denn? Ich kenn die Stücke alle gar nicht ...«

»Ach was!« Lasse winkte ab, sah Rabe kommen, der wie ein Erster Offizier mit doppeltem Cognac in der Hand durch die Tischreihen schlenderte. »Das schaffst du schon.«

»Du bist witzig«, sagte Asche. »Von dem hier kenn ich nicht mal die Melodie ... das müssen wir in Ruhe durchgehen ...«

»Ich denk, du bist Lena-Lundquist-Absolvent von der

Feuerwehrakademie.« Rabes Zunge war schwerer als gewöhnlich. »Hättest ja gestern zur Probe kommen können.« Er stellte den Cognac ab und strich mit schmaler Hand seine Pomade glatt. Im Smoking sah er supersmart aus. »Und? Wart ihr schon in der Maske?«

Asches Ohren wurden rot und er sah in die Runde. »Ihr habt gesagt, wir hätten den Abend frei ... Unding hätte es sich anders überlegt und die Bar geschlossen, weil es sonst einen schlechten Eindruck gemacht hätte, und da hab ich natürlich ...«

»Na, und wir haben die knappe Zeit genutzt und uns ein bißchen vorbereitet, hm?« Rabe sah zwei blonden Kellnerinnen nach, die Tischkarten verteilten und dabei in seine Richtung kicherten.

Schwerfällig rieb Lasse Olsen seinen Nacken über dem weißen Hemdkragen, sah Asche beim Blättern zu. »Verdammt, ich hätte die letzte Caipirinha gestern nicht mehr trinken sollen.«

Ulf hielt ihm das Pulver hin. Lasse zögerte, winkte ab.

»Ist das Geburtstagskind schon da?«

»Deinen Alten hab ich gesehen«, meinte Rabe.

Lasse Olsen nickte, strich seine Tolle aus der Stirn. »Ich auch«, sagte er. »Ich werd meine Mutter nachher mal in einem unbeobachteten Augenblick in ihrer Garderobe besuchen. Wenn der Alte sie allein läßt.«

»Wann habt ihr euch zuletzt gesehen?« fragte Asche beim Kurbeln.

Lasse kratzte seine Nasenspitze, überlegte. »Gute Frage«, sagte er. »Irgendwann, Weihnachten wahrscheinlich. Ist ewig her.«

»He«, rief Ulf, und alle sahen auf. »Ist das nicht dieser berühmte Posaunist da drüben an der Bar? Wie heißt er noch?«

»Welcher?« Asches Blick wurde vor lauter Gähnen glasig.

Langsam füllte sich der Saal. Asche seufzte, sah sich Ulf an, der so beneidenswert wach wirkte. Dann sah er auf Lasses Uhr. Er stimmte die Gitarre und warf einen Blick in die Noten. »Was spielen wir denn jetzt?«

Rabe schnaubte. »Na, was schon? ›Er hat so grobe Füße‹.«

»Wer?« Ulf hatte nicht zugehört.

»He, da drüben kommt Ose!« Lasse stand auf und winkte sie herüber.

Asche schepperte mit der Gitarre an den Tisch.

Ose trug das schlichte, dunkelrote Kleid, das um die halbe Welt gegangen war, das Markenzeichen der Lena Lundquist, knalleng und bis zum Brustbein ausgeschnitten. Schmale Taille, weiche Hüften, lange Beine. Sie füllte es aus, als wäre es für sie geschneidert. Ernst sah sie aus mit ihrem schwarzen Pagenkopf.

Stark und aufrecht.

Der Lundquist wie aus dem Gesicht geschnitten.

Einige im Saal blieben stehen. Der Aufnahmeleiter hielt sein Klemmbrett vor dem Bauch und lächelte ihr nach.

Irgendwo weit oben knallte ein Scheinwerfer durch.

»Alter Schwede!« Rabe schneuzte in sein Taschentuch. »Lasse, sei ehrlich, das hast du doch höchstpersönlich eingefädelt! Damit du endlich mal deine eigene Mutter …«

»Überleg dir gut, was du sagst!«

Wie angeschraubt stand Lasse da.

Einen Moment war alles still.

33

»Wieso küßt du mich?« Asche rückte etwas von ihr ab, hielt schützend Oles D'Angelico im Arm.

»Was glaubst du wohl, wieso?« Ose stand auf Zehenspitzen und sah am Vorhang vorbei zur Bühne hinaus. »Gleich sind wir dran.« Unruhig wippte sie zweimal auf den Ballen, dann drängte sie sich wieder eng an ihn und zitterte wie eine Blume.

Auf der Bühne stand Hildegard Knef etwas wacklig auf den Beinen, hielt sich am Klavier fest und wartete gerade, daß der smarte Trompeter an ihrer Seite sein Solo beendete.

Es war schon erstaunlich, wer sich alles darum gerissen hatte, am großen Tag der Lena Lundquist auf dieser lausigen Provinzbühne zu erscheinen. Immerhin war hier kulturelles Niemandsland, von Kirchenmusik mal abgesehen. Und doch: Im Saal sah man viel Prominenz. Lasse Olsen schleimte seit Stunden durch die Reihen, klapperte Produzenten ab, alte Bekannte seiner Eltern, damit der Abend auch was brachte. Seinem Vater ging er aus dem Weg.

Filmausschnitte hatte man gezeigt, vor allem immer wieder die berühmte Badeszene, bis auch der letzte Depp begriff, daß es nur um zwei ziemlich kleine Brustwarzen gegangen war. Man war stolz auf den Skandal. Es wurde sich erinnert, und alle möglichen schrulligen Gestalten hatten mehr oder weniger aufrecht die Bühne betreten, um ihre Erlebnisse mit der großen, unsterblichen, alles überstrahlenden Lena Lundquist zum Besten zu geben. Dazwischen immer wieder Filmausschnitte. Fast zwei Stunden dauerte die Show nun schon.

Man wartete auf das Geburtstagskind.

Den hellsten Stern des Abends.

»Du bist doch wohl nicht nervös, oder?« Asche grinste.

»Siehst du, wie ich aussehe?«

Er nickte. »Wie Lena Lundquist ...«

Ose seufzte. »Eben.«

»Du trägst keinen Slip«, sagte Asche wie beiläufig, sah in die Runde, als interessierte ihn, wo die anderen blieben.

Ose wippte auf und ab. »Diese Schuhe sind todschick, aber scheiße unbequem ...« Sie grinste ihm offen ins Gesicht. »Ich dachte, es würde dir vielleicht gefallen.«

»Mir? Was hab ich mit deinem Slip zu tun?« Er stutzte, sprach leiser. »Ich hab das Tagebuch doch gar nicht mehr ...«

Sie sah zur Bühne, wippte auf den Füßen, machte einen runden Mund, schmatzte mit den Lippen, wackelte mit dem Kopf. »Bring mich jetzt bloß nicht schlecht drauf! Wo warst du eigentlich heute nacht?«

Asche sah, wie die Knef sich tief vor ihrem Publikum verbeugte, ihren Trompeter vorstellte und dem feisten Fernsehmoderator eine Kußhand zuwarf. Winkend trat sie auf der anderen Bühnenseite ab.

»Jetzt?« Ose sah zu Asche auf.

»Hast du echt keinen Slip an?«

Ose strich ihr Kleid an den Hüften glatt. »Mann, mach mich nicht fertig ... sollen wir jetzt raus oder nicht?«

Lasse Olsen nahm die beiden mit starken Armen von hinten in die Mitte. Frech baumelte ihm die blonde Tolle in die Stirn. Seine Augen glänzten. »Sieht gut aus«, sagte er. »Sieht echt gut aus für uns. Und gleich geht's los.«

Rabe stand rauchend an die Wand gelehnt, spielte mit seinen Schlagzeugbesen in der Hand. »Na, Oberbrandmeister, hast du deine Mundharmonika auch dabei?«

Ulf Hammel kam zu weit nach vorn, daß eine energische Frau mit Ohrhörern, Klemmbrett und Mikrofon vor dem Mund ihn ärgerlich mit langem Arm zurückhielt.

»Vorsicht, Kamera!« sagte sie ernst und konzentriert mit Blick auf den Monitor. »Sind Sie soweit? Sie sind gleich dran. Und, bitte, bitte ...«, sie sah Rabe über ihre Brille hinweg an, »... ich habe es Ihnen doch schon gesagt: Hinter der Bühne ist das Rauchen streng verboten!«

Asche hechelte kurz, mußte seine Spannung irgendwo lassen, atmete tief, drückte die Gitarre an seine Brust.

Auf dem Monitor sah man schwarzweiße Bilder: die dunkle Lena mit zwei Säuglingen im Arm, mit Vater Fridjof beim Möwenfüttern auf der Promenade, dann zwei kleine Jungen mit Trommeln unterm Weihnachtsbaum ...

Die Fernsehfrau mit den Ohrhörern lächelte zu Lasse Olsen auf, daß Falten ihr Gesicht zerknitterten. »So ...«, sagte sie. »*Sie* gehen zuerst.«

Lasse Olsen schnaufte wie ein Gewichtheber, riß die Augen auf, nickte, sah sich um, dann packte er Asche mit seiner Pranke beim Arm und zerrte ihn mit sich auf die Bühne in den brandenden Applaus hinein. Grell blendeten die Scheinwerfer. Asche stolperte fast. Vom Publikum war kaum etwas zu sehen, nur Schemen, die allesamt in seine Richtung sahen.

Lasse verbeugte sich im Gehen, winkte dem Moderator am anderen Ende der Bühne zu, strahlte über alle Backen. Er streckte einen Arm aus und deutete auf seine Mitmusiker, dann zog er den Hocker am Klavier zurück und setzte sich, wartete, bis alle anderen an ihren Instrumenten saßen.

Der Moderator strich sein himmelblaues Sakko glatt, zuckte mit dem graumelierten Schnauzbart, wartete, bis der Applaus verebbt war, dann stand er da und schüttelte vorwurfsvoll den Kopf. »Sie sollten sich nicht verausgaben«, warnte er leutselig mit wackelndem Zeigefinger. »Sie werden staunen, was noch kommt ...«

Er sah zum Bühnenrand hinüber, streckte seine Rechte aus, blickte dabei ins Publikum. »Stellen wir uns vor, die Zeit wäre stehengeblieben ...«

Schlagartig war es auf der Bühne dunkel.

»Wir schreiben das Jahr Neunzehnhundertfünfundfünfzig! ... Erinnern Sie sich?«

Nur ein gelber Spot blieb an, zielte auf den Bühnenrand.

Rabe zählte bis vier, und Lasse warf ein paar Akkorde in den Raum.

Es war sehr still im Saal. Kameras summten.

Und Ose trat hervor.

Ruhig und gelassen ...

Es war gespenstisch.

Menschen glauben an die absurdesten Dinge, wenn sie sich das Unerklärliche begreiflich machen wollen, als Selbstschutz, um nicht den Verstand zu verlieren. Man sagt »Reinkarnation«. Aber wie nennt man eine Wiedergeburt, wenn der Wiedergeborene zwar leibhaftig vor einem steht, der Entleibte aber noch am Leben ist?

Langsam verfolgte der gelbliche Kegel Oses kleine Schritte über die Bühne zum Mikrofon. Winzige Pailletten funkelten bei jedem Schritt auf ihrem roten Kleid.

Im Saal hielt man den Atem an.

Ulf Hammel stieg mit ein, brummte seinen Bass, und

Lasse Olsen nickte Asche zu, um sicherzugehen, daß er nicht vor lauter Staunen mit offenem Mund einfach so sitzen blieb.

Als Ose am Mikrofon stand, streckte sie die nackten Arme an ihrem funkelnd roten Leib entlang dem Boden entgegen, dann spreizte sie die Finger und sah zur Decke hin, als blickte sie in einen Frühlingshimmel auf.

Die Band hielt an, ließ einen Augenblick die Spannung im Raum hängen, dann trat Ose einen halben Schritt nach vorn und sang wie nie zuvor.

Mit tiefer Stimme hauchte sie, rauchig und heiser, ließ sich Zeit, formte die Worte eine Strophe lang, ließ eine kurze Pause. Dann stieg die Band mit ein, zart und einfühlsam. Vorsichtig umspielten sie die Wiedergängerin, und Ose sang von einem Mann, an dem im Grunde alles dran war, bei dem es ihr an gar nichts fehlte, nur landete der Reim am Ende stets bei seinen groben Füßen.

Die waren ihr schier unerträglich.

Sie gab sich alle Mühe, liebte ihn von Herzen ... bis sie dann die Schuhe wiedersah ... Größe 49. Fünf Strophen hatte das Lied, der größte Erfolg der Lena Lundquist, das Stück, das sie für einen Sommer beinah zum Weltstar hatte werden lassen. Schwermütig, von nordischer Sehnsucht, echt und ehrlich wie das Meer.

Totenstill war es im Saal.

Vorn vor der Bühne wurden Kameras geschoben, rote Lichter blinkten auf. Lasse Olsen grinste Asche an und zwinkerte, ließ ihn acht Takte übernehmen.

So war es abgemacht.

Asche spielte auf Nummer Sicher, was dem Stück nur angemessen war, aber ihm blieb auch nichts weiter übrig, denn die neuen Saiten hielten ihre Stimmung kaum.

Dann setzte Ose wieder ein, hauchte noch eine Strophe

von den groben Füßen, dann hielt die Band inne, wurde langsamer, ließ sie die letzte Wendung nehmen.

Dann der Schlußakkord.

Warm und rund und ewig.

Ose verneigte sich, bevor noch alles ausgeklungen war, lächelte nicht, blieb ernst, deutete mit nackten Armen rotglitzernd auf die Band, die dort im Dunkel außerhalb des Lichtkegels saß, für das Publikum kaum auszumachen.

Gleich standen vorn die ersten Reihen auf und applaudierten wie verrückt. Wie eine Woge breitete sich der Jubel im Saal aus, und bald standen alle auf den Beinen, auch die Leute ganz hinten bei der Bar.

Die Kameras hielten ins Publikum.

Drüben am gegenüberliegenden Bühnenrand wurde es hinter dem Vorhang eng. Im Halbdunkel sah Asche Fridjof Olsen stehen, der in seinem Fischgrätsakko alle überragte. Man bildete eine Gasse, und strahlend schob er jemanden in den Applaus hinein.

Ose nahm den gelben Lichtkegel mit hinüber, streckte die Hände ins Dunkel, als griffe sie direkt in die Vergangenheit.

Lena Lundquist ließ sich ziehen.

Sie trug einen schlichten Anzug aus gelbem Satin, auf dem Kopf ein schwarze Perücke, glattes Haar bis ans Kinn. Weiß geschminkt war sie, mit dunkelroten Lippen. Mit zögerlichen Schritten steuerte sie die Bühnenmitte an, Hand in Hand mit ihrer jungen Doppelgängerin.

Lasse Olsen gab den anderen ein Zeichen, und alle standen auf, selbst Rabe, wenn auch mühsam.

Dann kamen die beiden Frauen in der Mitte an, blieben im Lichtkegel vor dem Mikro stehen, und Ose sagte mit heiserer, aber deutlicher Stimme: »Meine Damen und

Herren ... begrüßen Sie mit mir ... die große LENA LUNDQUIST!«

Jemand rief: »Bravo!« in den brandenden Applaus, andere stimmten ein, bis bald der ganze Saal davon ergriffen war.

Ose lächelte und trat zurück.

34

Minutenlang stand die alte Dame da, schien den Tränen nahe, sah ins Publikum hinab, dann einmal unsicher zum linken Bühnenrand. In der Rechten hielt sie einen kleinen, weißen Zettel, gab sich alle Mühe, nicht so sehr zu zittern.

Langsam versiegte der Applaus. Die Leute wollten hören, was sie zu sagen hatte, ob sie wieder singen würde, und es wurde still im Saal.

Die alte Dame blickte in die Runde. Etwas abseits, im Dunkel der Bühne, ragte hinter ihr der alte Olsen auf.

»Wie schön!« sagte sie ganz leise, und ihre hohe Stimme brach. »Meine Freunde ...«

Sie stand da und nickte.

»Wie schön ...«

Weit hinten, am Eingang des dunklen Saales, wurden Stimmen laut. Jemand machte: »Schschscht!«

Polizisten mit Schirmmützen standen in der Tür.

Vom Bühnenrand her zischte jemand auffordernd in ihre Richtung. Lena wandte sich um, dann hob sie wie ferngesteuert ihre Rechte und hielt den Zettel auf Augenhöhe in die Luft, beugte sich ein wenig vor, damit sie besser lesen konnte.

Zögernd sah sie noch einmal zum Eingang hin, wo es langsam unruhig wurde. Jemand versuchte, die Beamten aufzuhalten.

Schwer atmete die alte Frau ins Mikrofon.

Es rumpelte und fiepte kurz.

Und knisterte.

»Ich ... ich war so lange nicht auf einer Bühne«, sagte sie mit zitternder Stimme und lächelte schüchtern. Dann sah sie auf ihren Zettel. »Aber es gefällt mir immer noch ...«

Unten, im Publikum, wurde gelacht, eine helle Stimme wurde laut, daß Lena Lundquist aufsah.

Ein Mann im nassen Anorak schritt energisch durch die Reihen, eine Hand an der Waffe in seinem Gürtel, im Schlepptau zwei weiße Schirmmützen. Mit finsterer Miene sah dieser Mann zu ihr herauf, peilte mit quietschenden Stiefeln die Bühne an.

Verunsichert stierte sie auf ihren Zettel.

Dann wieder in den Saal.

»Ich ...«, sagte sie und stockte. »Es ist so lange her, aber ...« Sie knisterte mit dem Zettel an ihrem Herzen, starrte ins Dunkel. »Ich wußte es. Ich wußte, daß Sie kommen würden ... früher oder später ...« Ihre Stimme bebte. »Er ist tot ...« Sie zögerte, hob ihren Kopf. »Fridjof hat ihn verbrannt!«

Ihre Stimme wurde lauter.

»Hinter dem Haus!« Es brach aus ihr hervor.

Dann war alles still.

Die Leute waren wie versteinert.

Mit stampfenden Schritten stürmte der alte Olsen vom Bühnenrand heran, kam noch eben rechtzeitig, daß er sie fangen konnte, denn sie taumelte, starrte in den grellen Scheinwerfer, als merkte sie erst jetzt, was sie da eben gesagt hatte.

Das Licht im Saal ging an.

Zielstrebig steuerten die Polizisten Undings Tisch gleich vor der Bühne an. Zwei weitere Beamte tauchten oben hinterm Vorhang auf, sprachen mit dem schnauzbärtigen Moderator, der kopfschüttelnd zusehen mußte, wie sein großer Abend in die Binsen ging.

»Aus! Aus! Aus!« Der Aufnahmeleiter trat zwischen die Kameras unten vor dem Bühnenrand. »So geht das nicht!« rief er. »Was will die Polizei hier?«

Lasse war aufgesprungen, hielt sich am Klavier fest, als traute er sich nicht nach vorn.

Man hörte ein Schluchzen weit hinten im Saal.

Fridjof Olsen kniete unter dem Mikrofon, hielt seine Lena in den Armen, ein Häufchen Elend mit weiten, dunklen Augen. Schwarze Schminke lief über ihre Wange. Sie zitterte am ganzen Leib, schnappte nach Luft, hielt ihre Brust, die Fäuste geballt, hielt ihren Zettel fest.

Der dicke Unding war vor den Polizisten aufgestanden, knöpfte sein schwarzes Jackett zurecht und beugte sich jovial dem Mann im Anorak zu, lächelte verbindlich. Der Beamte zuckte mit keiner Wimper, zeigte seine Marke vor und bat mit höflicher, aber deutlicher Geste, ihm zu folgen.

»Es kann sich nur um einen Irrtum handeln!« Undings Stimme dröhnte durch den Saal. »Aber wenn ich Ihnen damit behilflich sein kann ...« Er sah sich unter seinen Tischgenossen um. »Ich komme wieder«, sagte er, schob seine blaue Brille an der Nase hoch.

Links, im Halbdunkel unter der Empore, stand einer von Undings Leuten auf, stieß an den Tisch. Rasiert und ohne seine Mütze war er kaum zu erkennen. Halslos stand er da und starrte herüber, als überlegte er, ob er sich einmischen sollte. Dann sah er seinen sitzenden Kumpan an, und einen Moment lang schienen sie Kriegsrat zu halten. Dann knarrten ihre Stühle auf dem Parkett. Sie schoben sich durch die Reihen und steuerten die Küche an, als wollten sie sich verdrücken.

Auf der Bühne nahm ein älterer Beamter mit grauen Koteletten seine Mütze ab, klemmte sie unter den Arm und trat entschlossen ins Scheinwerferlicht. Als er in den Saal sah, kniff er die Augen zusammen und hob schützend eine Hand davor, ging bei Fridjof Olsen in die Hocke. Er sagte etwas, das nicht zu verstehen war, sah Lena zögernd ins Gesicht, dann nickte er und kniff den Mund zusammen.

Einen Moment lang saßen sie wie eingefroren.

Dann schlug sich der Beamte auf die Knie, kam ächzend wieder auf die Beine.

Der alte Olsen reckte seinen Hals, sah zu dem Polizisten auf, als hätte er ihn nicht verstanden.

»Tot?« sagte Olsen. »Das kann nicht sein …!«

Er sah in den Saal hinunter, dem dicken Unding nach, der eben von drei Schirmmützen zur Tür hinausgeleitet wurde.

Mit großen, schwarzen Augen sah Lena Lundquist den Polizisten an. »Auch verbrannt?« sagte sie heiser.

Fridjof hielt sie in den Armen, wiegte sie und schüttelte den Kopf. »Du hast es nicht verstanden. Lenchen. Du mußt ganz tapfer sein«, sagte er und wartete. »Sie haben Ole gefunden, in einem Dünental. Hinter Rantum.«

»Ole?« Sie schien nicht zu begreifen.

Der Beamte räusperte sich, kratzte seinen grauen Backenbart. »Ja, also, wie soll ich sagen? Man hat ihn erst jetzt gefunden, weil er vom Wind halb verweht war … drei Kilo Kokain hatte er bei sich. Wahrscheinlich wollte er damit fliehen … und die Möwen … naja, das sollte ich jetzt vielleicht nicht … er ist das ganze Stück gekrochen. Offensichtlich wollte er …«

Asche wischte seine Stirn.

Hektisch winkte der Moderator hinter der Bühne

herum, wo sich zwei Sanitäter mit einer Trage auf den Weg machten. Fridjof Olsen schob alle beiseite, hob seine Frau mit beiden Armen an, duldete keine Hilfe, nahm sie selbst in die Hand, machte sich von allen frei und schwankte wie der Golem mit der weißen Frau im Arm davon, angeschlagen, im Begriff, alles zu verlieren.

Im Saal wurden Stimmen laut.

Irgendwann sah der Moderator zum Bühnenrand hinüber, dann zu Lasse Olsen am Piano, der auf seinem Hocker saß und übers Notenpult zum Vorhang starrte, mit roten Wangen, stierem Blick, reglos, kopflos, hirnlos. Ose stand nah bei ihm, hatte eine Hand zwischen seine Schulterblätter gelegt und redete auf ihn ein.

Rabe zählte an, Hammel spielte los, sah auf und nickte zu Asche hin, der immer noch auf Lasse Olsen wartete.

Der schüttelte den Kopf.

Asche stieg mit ein, sah fragend in die Runde, was das werden sollte.

Ulf spielte Blues, schwer und schleppend wie der Augenblick. Asche blätterte in seinen Noten. *Nobody Knows You When You're Down and Out.*

Ein paar Fernsehleute standen unten vor der Bühne und besprachen sich, standen im Halbkreis um den Aufnahmeleiter. Der breitete ratlos die Arme aus, in einer Hand sein Klemmbrett.

Rechts vorn an einem Tisch standen die ersten Leute auf. Eine Frau nahm ihre weiße Stola vom Stuhl, folgte ihrem Mann zur Garderobe.

Jemand weinte.

35

Die schwarze Ente rüttelte und schüttelte im Wind, als konnte sie kaum erwarten, daß sich die Schranke vor ihr hob, damit sie endlich flattern konnte. Trat man rechts die Bremse, mußte man gleichzeitig mit der Schuhspitze das Gas antippen, damit der Motor nicht verreckte. Asche griff nach der Revolverschaltung, zog den ersten Gang zu sich heran und ließ die Kupplung langsam kommen, als ihn der Pförtner aus der Klinik winkte.

Die kleinen Scheibenwischer ackerten im Regen.

»Und jetzt?« Asche hielt am Taxiposten unter der Laterne, drehte sich um.

»Was ›*und jetzt*‹?« Scharf sah Rabe auf.

Er saß mit einer Flasche Cognac in der Hand auf der Rückbank, trug sein Smokinghemd weit offen, die Fliege lose, den Kragen der Jacke hochgeschlagen, hielt wärmend einen Arm um Ose.

Mit geschorenem Kopf lag sie auf seinem Schoß. Noch immer trug sie Lena Lundquists Kleid, das lange Rote, das im Durcheinander dieses Abends keiner von ihr wiederhaben wollte. Schweren Herzens hatte Asche ihr seine Lederjacke geliehen, damit sie sich nicht den Tod holte.

Kalt war es geworden.

Eben war Lasse Olsen ausgestiegen, wortlos, grußlos. Sie hatten ihn vor der Notaufnahme abgesetzt, weil er bei seiner Mutter sein wollte. Die anderen durften nicht mal mit reinkommen, damit sich die alte Frau nicht aufregte. Die Familie rückte zusammen.

Wer nicht dazu gehörte, war schnell klar.

Es stand nicht gut um Lena Lundquist.

Fast hätte es auf dem Weg vom Kursaal hierher noch Streit um die Gage gegeben, weil Lasse sich im Chaos nicht darum gekümmert hatte. Asche brauchte dringend Geld, wie alle anderen auch, nur hatte Lasse kaum was in der Tasche, gab jedem erst mal hundertfünfzig, und es war nicht abzusehen, ob der Veranstalter die versprochenen Zwölftausend für den geplatzten Abend überhaupt zahlen konnte.

»Ich hab die Schnauze gestrichen voll.« Rabe setzte die Flasche an den Hals, gluckerte und wischte mit schmaler Hand über seinen Mund. »Lasse ist fertig, Ole ist tot und Unding hat die nächsten zehn Jahre was vor ... die Bullen hatten ihn schon lange im Visier.« Er schüttelte den Kopf und schnaubte feucht. »Was wollen wir noch hier?«

»Ulf geht mit Hilde Knef«, sagte Ose leise.

Asche lachte heiser. »Das ist nicht wahr!«

Rabe kraulte Oses rote Stoppeln und nickte: »Der Trompeter hat ihn gefragt, ob er einspringen kann. Denen fehlt ab morgen ein Ersatzmann. Und Lasse sagt, er braucht jetzt erst mal Zeit.«

Asche nickte. »Kann ich mir vorstellen.« Vorn am Sparmarkt setzte er den Blinker links, und sie röhrten Richtung Norden, zwischen den Wäldchen durch.

Rabe nahm noch einen Schluck. »Wieso hast du nicht richtig gesucht?« sagte er harsch und räusperte sich.

Asche sah in den Rückspiegel. »Redest du mit mir?«

»Allerdings rede ich mit dir. Wieso hast du seine Spuren in den Dünen nicht gesucht? Sei doch ehrlich! Du hast ihn da im Sand krepieren lassen, weil du nicht wußtest, was du machen solltest!«

Asche schüttelte den Kopf. »Mann, du weißt genau, daß es so nicht wahr! Ich hab gesucht, so gut ich konnte. Überall. Was weiß ich, wieso ich ihn nicht gesehen hab ...«, er stutzte, »... außerdem wollte er nicht gefunden werden.«

»Tot ist tot«, sagte Rabe mit dicker Zunge. »Für mich ist das unterlassene Hilfeleistung.« Das Wort kam schwer heraus.

Ose rührte sich. »Hört endlich auf damit! Das macht ihn auch nicht wieder lebendig.«

»Kiloweise Koks in einer Einkaufstüte.« Asche suchte Rabes Blick im Rückspiegel, aber der hatte schon wieder die Flasche am Hals. »Dafür gibt es garantiert auch ein Wort.«

»Ach, scheiß der Hund drauf ...« Rabe legte seinen Kopf in den Nacken, stöhnte laut, lehnte sich an, legte eine Hand an Oses Ohr und drückte ihren Kopf in seinen Schoß.

»Grob übern Daumen würde ich mal schätzen, daß es da mehr oder weniger um eine halbe Million ging«, meinte Asche.

»Schwachsinn ...« Rabes Kopf nickte nach vorn. »Mann, er war nur Bote! Du hast doch gesehen, wie er drauf war! Unding hat ihn ausgenutzt, das Schwein, seine Schulden bei ihm. Frag mich nicht, wie Ole es geschafft hat, in den drei Monaten, die wir hier sind, achtzigtausend Miese zu machen. Er hat sich aufgeführt wie einer von den Oberen Zehntausend, immer große Geste, große Klappe, wollte um jeden Preis dazugehören. Und dann dieses Zeug ...« Er stierte vor sich hin. »Scheiße, wären wir bloß geblieben, wo wir waren ...«

»Ihr hattet keinen vernünftigen Job«, sagte Ose und richtete sich langsam auf. Sie kratzte hinter ihrem Ohr, sah in den Regen und nahm Rabe die Flasche aus der Hand.

»Ole, der Idiot ... das verdammte Pulver hat ihn weichgekocht. Wo fährst du eigentlich hin?« Rabe sah hinten aus dem Fenster.

Schnurgerade zog sich die Straße durchs regennasse Dorf.

»Also hat Unding meine Amazone auf dem Gewissen, ja? Und die Byrdland und alles andere auch?«

Rabe beugte sich vor, um besser sehen zu können.

Asche spitzte die Lippen. »Seine Honks haben den Stoff gesucht und gedacht, ich hätte ...«

»Ich will nicht nach Kampen«, sagte Ose leise.

Im Rückspiegel sah Asche, daß sie sich an Rabe lehnte.

Asche schnaubte. Er folgte der Hauptstraße scharf nach rechts, daß der Gitarrenkoffer ins Rutschen kam und an sein Bein stieß. Vorsichtig schob er ihn zurück.

»Was?« Ose richtete sich auf. »Was grinst du so blöd?«

Asche schüttelte den Kopf. »Ich hab mich echt für dumm verkaufen lassen, oder?«

»Was soll das?«

»Mann, wahrscheinlich hast du überhaupt keine Ahnung, was ›Ose‹ eigentlich bedeutet, oder?« An der Ampel knarrten die Bremsen, als sie stehenblieben.

Sie lehnte sich zurück. »Wer weiß schon, wieso er heißt, wie er heißt?«

Asche setzte den Blinker und rieb an seiner Nase.

»Vor Jahren hat hier in Wenningstedt ein Bauer im Streit einem anderen den Schädel eingeschlagen und ist abgehauen. Weit weg von der Insel, angeblich. Seine Frau mußte für die Kinder und den Hof und alles allein sorgen, zehn Jahre lang, und alle haben sie bewundert, wie sie das so schaffen konnte. Aber plötzlich war sie wieder schwanger.«

Als Asche die Kupplung kommen ließ, blitzte hinter der Kurve der Kampener Leuchtturm auf.

Ruckend schaltete er in den Zweiten.

»Du bist ein echter Märchenonkel«, knurrte Rabe.

»Nach zehn Jahren ...«, Asche drehte sich kurz um. »Die Frauen wollten wissen, mit wem sie im Bett gewesen war, ob einer ihrer Männer sie geschwängert hatte.«

Ose beugte sich vor, daß ihr warmer Mund ganz nah an seinem Ohr war. »Und?« sagte sie leise.

»Nach zehn Jahren ... man muß sich das mal vorstellen ... nach zehn Jahren stellt sich raus, daß ihr Mann gar nicht abgehauen war. Er hatte sich in einem Dünental versteckt, und sie hat ihn versorgt. Allen Ernstes. Die ganze Zeit. Zehn Jahre lang!«

Draußen segelte der weiße Leuchtturm im Regen vorbei.

»Was soll das heißen?« Ose rückte ein Stück ab und sah ihn von der Seite an. »Meinst du etwa ... glaubst du, ich hätte gewußt, daß Ole da in den Dünen liegt ...« Ihr standen die Tränen in den Augen.

»Damals waren die Leute so beeindruckt, daß sie den beiden verziehen haben, vor allem ihr, weil sie ihn so aufopfernd geliebt hat.«

»Amen«, sagte Rabe und nahm Ose die Flasche weg.

»Das Tal, in dem er sich versteckt hatte, wurde nach ihr benannt ... ist nicht weit von hier. Beim Wenningstedter Campingplatz.« Asche deutete mit dem Daumen zum Meer.

Einen Moment lang war es still im Wagen. Nur der Motor röhrte. Am Kampener Ortsschild ließ er die Ente rollen, und sie schwebten unter den Laternen durch.

Noch immer saß Ose da und starrte ihn an.

»Was ist mit dir? Hab ich's nicht gesagt? Du kennst die Sage von der Treuen Ose gar nicht.«

Asche sah in ihre schwarzen Augen.

»Greif in meine Jacke,« sagte er. »Innen, ganz unten. Der Saum ist kaputt.«

»Was soll das?« sagte Rabe.

Ose langte tief hinein, runzelte die Stirn, dann zog sie etwas hervor, stutzte kurz.

»Das ist nicht wahr!«

Baff saß Ose da, dann stieß sie Rabe an, dem fast die Flasche aus der Hand fiel.

Sie schüttelte den Kopf. »Du hast gelogen.«

»Was ist das? Gib her!« knurrte Rabe.

Asche lachte heiser.

Am Kamp-Hüs fuhr er geradeaus durchs Dorf und dann ins Dunkel jenseits der Laternen.

»Das ist dieses ominöse ...?« Rabe sah Ose an und blätterte, ohne hinzusehen. »Wieso hat er es noch?«

»Weil er es ihr gar nicht zurückgegeben hat!«

Ose saß da, in ihrem roten Kleid, die Augen groß und schwarz. Sie glühte, leuchtete im Dunkeln.

»Raus!« sagte sie. »Raus aus meinem Wagen!«

Wie Schiffslaternen schwankten die Scheinwerfer im Regen.

Kurz vor der Kläranlage kamen sie am Straßenrand zum Stehen, links die Dünen, rechts das weite Watt im Regen.

Ose warf ihre Tür auf, daß der Wind sie mit sich riß, stürzte hinaus und zerrte an der Fahrertür.

»Raus!« schrie sie.

»Schon gut, schon gut!« Abwehrend hob er die Hände, schüttelte den Kopf. »Ich konnte nicht ... es ging nicht ... Ose, du hast sie doch gesehen ...«

Regen lief ihr übers Gesicht, verschmierte ihre Augen. »Hau ab! Verschwinde in deine langweilige, kleine Scheißwelt ... du Feigling!« Kalt und böse klang sie, richtete sich auf und trat zur Seite, machte Platz.

Asche seufzte.

Was sollte er machen?

Immerhin war es ihr Wagen.

Müde sah er in den Regen auf, knöpfte seinen gemieteten Smoking zu, dann stieg er aus.

Auf der anderen Seite war Rabe hinten dabei, Oles D'Angelico auf die Rückbank zu räumen. Wortlos stieg er ein, setzte sich nach vorn, rückte ans Steuer durch. »Komm!« rief er, klappte die Scheibe hoch.

Ose stand da, reichte Asche bis ans Kinn, klatschnaß in ihrem Abendkleid. Sie sah auf ihre Hände.

Zitternd hielt sie das Tagebuch.

Rabe hupte zweimal, wendete die Ente mitten auf der Straße. »Was ist? Laß uns packen und verschwinden! Scheißinsel, elende!«

Dann sah sie auf, hob ihr Gesicht in den Regen, sah ihm in die Augen. »Ich dachte, ich fand dich gut«, sagte sie, ging zögerlich zwei Schritte rückwärts. »aber du bist ein Idiot.«

Sie warf ihm das Buch vor die Füße.

Dann stieg sie ein.

Bevor sie noch richtig saß, war die Ente in Fahrt, röhrte durch den Regen, jaulte in die Nacht.

»Meine Jacke ...«, rief er noch.

Kalter Regen schlug ihm in den Nacken.

Da lag das Buch vor seinen Füßen, im Dunkeln kaum noch zu erkennen. Er bückte sich, sah das aufgequollene Papier. Asche schlug den Kragen hoch und begann zu frieren.

Matt glitzerten die Lichter des Dorfes, links am Watt die graue Burg der Lena Lundquist.

Er wollte nicht nach Kampen.

Suchend sah er sich um.

Hinter ihm war alles dunkel.